時のみぞ知る

クリフトン年代記 第1部

ジェフリー・アーチャー
戸田裕之 訳

ONLY TIME WILL TELL
BY JEFFREY ARCHER
TRANSLATION BY HIROYUKI TODA

ハーパー
BOOKS

ONLY TIME WILL TELL

BY JEFFREY ARCHER

Published by K.K. HarperCollins Japan, 2025

アラン・クウィルター（一九二七年―一九九八年）に。

貴重な助言と調査をしてくれた
以下の人々に感謝する。

ジョン・アンスティー、サイモン・ベインブリッジ、
ジョン・クレヴァードン、エレノア・ドライデン、
ジョージ・ヘヴンズ、アリソン・プリンス、
マリ・ロバーツ、スーザン・ワット、
デイヴィッド・ワッツとピーター・ワッツ。

クリフトン家
バリントン家

家系図

クリフトン家

ハロルド・タンコック
一八七一年～

ヴェラ・プレスコット
一八七六年～

レイ
一八九五年～一九一七年

アルバート
一八九六年～一九一七年

スタンレー
一八九八年～

メイジー
一九〇一年～

アーサー・クリフトン
一八九八年～一九二一年

ハリー
一九二〇年～

エルシー
一九〇八年～一九一〇年

バリントン家

サー・ウォルター・バリントン
一八六六年〜

メアリー・バリントン
一九七四年〜

ニコラス
一八九四年〜一九一八年

ヒューゴー
一八九六年〜

エリザベス・ハーヴェイ
一九〇〇年〜

ジャイルズ
一九二〇年〜

エマ
一九二一年〜

グレイス
一九二三年〜

時のみぞ知る

おもな登場人物

ハリー・クリフトン――ブリストル在住の少年
メイジー・クリフトン――ハリーの母親
スタン・タンコック――ハリーの伯父
オールド・ジャック・ター――港の客車に住む男
ミスター・ホールコム――ハリーの初等学校の教師
ミス・マンディ――ホーリイ・ナティヴィティ教会の聖歌隊指揮者
ミスター・フランプトン――ロイヤル・ホテルの総支配人
ノエル・フロビッシャー――セント・ビーズ校の寮監
ジャイルズ・バリントン――ハリーの同級生
ヒューゴー・バリントン――ジャイルズの父親。バリントン海運の社長
エリザベス・バリントン――ジャイルズの母親
エマ・バリントン――ジャイルズの妹
サー・ウォルター・バリントン――ジャイルズの祖父。バリントン海運の会長
ハーヴェイ卿――エリザベスの父親
フィル・ハスキンズ――港湾労働者の親方
ミス・ティリー――ティー・ショップの経営者
エディ・アトキンズ――ナイト・クラブのオーナー
パトリック・ケイシー――投資会社の社員
ミスター・プレンダーガスト――地元銀行の支配人
ブレイクモア――地元警察の警部補

メイジー・クリフトン

一九一九年

プレリュード

わたしが妊娠しなかったら、この物語が書かれることはなかっただろう。なぜなら、わたしは近くにある保養地、ウェストン-スーパー-メアへ遊びに行き、そこで処女を捨てようとずっと考えていたからだ。だが、相手があの男になるとは思ってもいなかった。

アーサー・クリフトンはわたしと同じくスティル・ハウス・レーンで生まれ、小学校もやはり同じメリーウッド初等学校《エレメンタリー》だったけれど、三つ年上の彼は、わたしが同じ学校にいることに気づいていなかった。クラスの女の子は一人残らず彼に首ったけだったけれど、それは彼が学校代表のサッカー・チームのキャプテンだというだけが理由ではなかった。

学校時代のわたしにはちらりとも関心を見せなかったにもかかわらず、彼が西部戦線から帰ってきた直後に、それに変化があった。あの土曜の夜の〈パレ〉で、わたしとわかっていてダンスを申し込んできたのかどうかはいまだによくわからないけれども、公平を期すために言うなら、わたしも相手が彼とわかるまで、二度もその顔を見直さなくてはならなかった。だって、ロナルド・コールマンみたいに細い口髭《くちひげ》を蓄え、髪をぴったり後ろに撫《な》でつけていたのだから。あの夜、彼はほかの娘には目もくれず、わたしは最後のワルツを踊り終えたとき、プロポーズされるのは時間の問題に過ぎないと確信した。

彼はわたしを送ってくれるあいだも手を握って離さず、家の前に着いたときにはキスをしようとさえした。わたしは顔をそむけて応じなかった。結婚するまでは清くなくてはならないと、これでもかというほどワッツ師から聞かされていたし、男が女から欲しがるものはたった一つであり、それを手に入れたらすぐに関心を失ってしまうのだと、聖歌隊指揮者のミス・マンデイにも忠告されていたからだ。その忠告はミス・マンデイ自身の経験に基づいているのだろうかと、わたしはしばしば首を捻《ひね》った。

次の土曜日、アーサーは映画《フリック》――リリアン・ギッシュ主演の「散り行く花」――に誘ってくれた。そのときも、肩に腕を回すところまでは許したが、まだキスはさせなかった。それでも、彼は機嫌を損ねなかった。あとでわかったのだが、実はアーサーは結構な恥ずかしがり屋だったのだ。

その次の土曜には、キスを許してやった。だけど、ブラウスの下に潜り込もうとした手は押し戻した。事実、彼がプロポーズし、指輪を買い、ワッツ師に教会で二度目の結婚予告《バーンズ》（教会で挙式前に三週連続で日曜日に行ない、異議の有無を問う儀式）をしてもらうまでは許さなかった。

兄のスタンによれば、わたしはエイヴォン川のこっち側で、知られている限りでは最後の処女だった――いま考えると、彼の女性征服体験の大半は空想に過ぎないような気がするけれど――が、それでも、そのときがきたとわたしは判断した。何週間かあとには夫になる男とウェストン‐スーパー‐メアへ行くとなれば、それ以上の好機があるはずがない。

でも、アーサーとスタンは大型遊覧バス《シャラバン》を降りるやいなや、一番近いパブへ直行してしまった。わたしがこのときのためにひと月がかりで作戦を練り、馬車《コーチ》を降りたらどうするか、まるで優秀な女性ガイドのように万端の準備を整えていたというのに。

欲求不満を募らせながら桟橋のほうへ歩いていると、だれかがあとをつけてくるのに気がついた。後ろを見て驚いたことに、それは意外な人物だった。彼は追いついてくると、独りかと訊《き》いた。

「ええ」わたしは答えた。いまごろ、アーサーは三パイント目のビールに取りかかっているはずだ。

尻《バム》を触られたときに横面《よこつら》を張り飛ばしてやるべきだったのだけれど、いくつかの理由で、思いとどまった。まず第一に考えたのは、二度と出くわさないであろう男となら、セックスしても後腐れはないはずだということであり、正直に言うと、口説かれて悪い気もしていなかった。

アーサーとスタンが八パイント目に雪崩《なだ》れ込んでいると思われるころ、彼は海に近い旅館《ゲストハウス》に入った。どうやら、泊りでない客には特別な料金で便宜を図る宿のようだった。

彼は二階の踊り場にもたどり着かないうちからキスをしはじめ、部屋のドアを閉めるのももどかしく、大急ぎでわたしのブラウスのボタンを外した。明らかに初めてではなかった。それに、彼が目をつけ、こんなふうに少し遠出をして行きずりの相手をさせた女は、わたしが最初ではなかったに違いない。そうでなければ、こういう特別な料金で便宜を図る宿があるのを知っていたはずがない。

実を言うと、あんなにあっという間にすべてが終わってしまうとは予想していなかった。彼はわたしの身体《からだ》から降りると、すぐにバスルームへ行くわたしを尻目《しりめ》に、ベッドの端に坐《すわ》って煙草《ファーグ》をつけた。二回目はもう少しいいかもしれないと期待したが、バスルームを出てみると、彼の姿はどこにもなかった。がっかりしなかったと言ったら嘘《うそ》になる。

ブリストルへ戻る旅の途中でアーサーから反吐《へど》を浴びせられなかったら、彼を裏切った罪悪感はもっと強くなっていたかもしれない。

次の日、わたしは母親にすべてを打ち明けたが、相手の名前は黙っていた。母はその男に会ったことがなかったし、これからも会うことがあるとは思えなかったからだ。結婚式を中止にしたくないからこのことはだれにも言わないようにと、母はわたしに釘《くぎ》を刺した。たとえ妊娠していたとしてもだれも気づくはずはないし、気づかれたときには、もうアーサーと結婚してしまっているのだから、と。

ハリー・クリフトン

一九二〇年—一九三三年

1

父は戦争で死んだと、私はそう教えられていた。

そのことを訊《き》くたびに、母は決まって、父はロイヤル・グロスターシャー連隊に所属していて、休戦の署名がなされるほんの何日か前に西部戦線で戦死したとしか答えてくれなかった。おまえの父さんは勇敢だったと祖母は言い、一度、家で二人きりになったときに勲章を見せてくれた。祖父は何についてであれ滅多に意見を口にしなかったが、まるっきり耳が聞こえなかったのだから、そもそも質問されていること自体がわからなかったのかもしれない。

記憶にある唯一《ゆいいつ》もう一人の男性はスタン伯父で、朝食の席は上座とほぼ決まっていた。スタン伯父は町の港で働いていて、私は朝、仕事に出かける彼によくついていったが、そこで過ごす日々は、いつもわくわくするような刺激に満ちていた。遠い国から貨物船がやってきて積み荷——米、砂糖、バナナ、ジュートなど——を降ろす。大半が聞いたこともないようなものばかりだった。船倉が空になるや、今度は塩、林檎《りんご》、錫《すず》、そして、石炭

(私は石炭が苦手だった。なぜなら、一日どこで何をしていたかをごまかしようがなく、母に叱《しか》られるからだ) まで積み込み、私の知らないどこかへとふたたび港を出ていく。そういう朝、船が入ってくると、いつもスタン伯父の荷降ろしを手伝おうとしたが、伯父は笑ってこう言うだけだった——「そのうちにな、坊主《ぼうず》」。ところが、早く手伝いたくてうずうずしている私の前に、何の前触れもなく学校が立ちふさがった。

六つになってメリーウッド初等学校《エレメンタリー》に入学したが、私に言わせれば、学校はまったく時間の無駄だった。必要なことはすべて港で学べるのに、学校に何の意味があるのか？　わざわざそんなところへ行くのは明日からでもやめたかったのだが、母に校門まで引きずっていかれ、無理矢理預けられ、午後四時に迎えにこられ、連れて帰られては、なす術《すべ》がなかった。

そのときは知るよしもなかったのだが、母は私の将来について別の計画を持っていて、スタン伯父と一緒に造船所で働くという選択肢は、そこに含まれていなかった。

学校へは毎朝、母に連れられて行くには行ったけれども、そのまま校庭で時間を潰《つぶ》し、母の姿が見えなくなるや坂を下って港へ向かい、午後、母が迎えにくるまでに必ず正門へ戻るということを繰り返した。そして、家へ帰る道々、今日、学校であったことを逐一報告した。そういう話をでっち上げるのはお手のものだった。もっとも、それが何から何までそういうもの——でっち上げた嘘《うそ》——だとばれるのに、さして長くはかからなかったが。

ほかにも一人か二人、同じ学校の生徒でよく港をうろうろしている者がいたが、私はなるべく近づかないようにしていた。彼らは年も上で身体《からだ》も大きく、私が邪魔になったときには、ほぼ必ず、拳《こぶし》にものを言わせたからだ。それに、港湾労働者の親方のミスター・ハスキンズにも見つからないようにしなくてはならなかった。ぶ、ら、ぶ、ら、し、て、い、る——彼のお気に入りの言葉だった——ところを見つかると、尻《しり》を蹴飛《けと》ばされ、こう脅されるのだ——「今度このあたりでぶらぶらしているのを見つけたら、坊主、校長先生に言いつけてやるからな」

それでもあまりに頻繁に私の姿が見かけられるものだから、ミスター・ハスキンズはときどき脅しを実行に移し、そのときには、校長先生に鞭《むち》で打たれてから教室へ戻らなくてはならなかった。担任のミスター・ホールコムは無断欠席を告げ口するような人ではなく、厳しくもなかった。母は私が学校をサボっているのを見つけるたび怒りを露《あら》わにし、週に半ペニーの小遣いを停止した。しかし、年上の生徒にときどき殴られても、校長先生から定期的に鞭打ちの罰を喰らっても、小遣いを停められても、港の誘惑には相変わらず抵抗できなかった。

港の周辺をうろついているあいだに、たった一人だけだが、本当の友人ができた。その名前はオールド・ジャック・ター。ミスター・ターは倉庫の端に見捨てられている鉄道客車に住んでいて、馬鹿《ばか》で薄汚ない浮浪者だから近づいてはいけないとスタン伯父に教えられている人物だった。でも、私にはそんなに薄汚なく見えなかったし――それを言うなら、間違いなくスタン伯父のほうが汚れていた――馬鹿でないことがわかるまでにも、そう長い時間はかからなかった。

　マーマイトのサンドウィッチを一口、残った林檎の芯《しん》、ビールを一口という、スタン伯父の昼食のおこぼれにあずかったあとは、サッカーをするのに間に合うよう学校へ戻るのが日課になっていた。学校でやるに値すると私が見なした、それが唯一の活動だった。なぜなら、初等学校を卒業したら、ブリストル・シティのキャプテンになるか、世界を経巡る船を造るか、それしか考えていなかったからだ。ミスター・ホールコムが黙っていてくれて、ミスター・ハスキンズが校長先生に言いつけなかったら、その間《かん》は何日でもことが露見する心配はないし、石炭を積んだ艀《はしけ》に近づいて炭塵《たんじん》で汚れるのを避け、毎日午後四時に学校の正門に戻ってさえいれば、母に気づかれる恐れもないはずだった。

　隔週の土曜日は、スタン伯父に連れられて、ブリストル・シティを応援しにアシュトン・ゲート・スタジアムへ通った。日曜の朝は、母に連れられて、ホーリイ・ナティヴィティ教会へ通った。これればかりは逃れる術を見つけられなかったが、ワッツ師が最後の祝福を与えるやいなや教会を飛び出し、運動場まで走り通しに走って、仲間とサッカーに興じてから、夕食に間に合うように家に帰った。

　七歳になるころには、私が学校の代表チームに入るのは到底無理だと、多少でもサッカーを知っている者ならはっきりわかったし、だとすれば、ブリストル・シティのキャプテンになるなど論外だった。しかし、神がささやかな才能を与えてくれていて、それのある場所が自分の足でないことに気づいたのも、そのころだった。

最初は気がつかなかったのだが、日曜の朝の教会で私が歌いはじめると、近くに坐《すわ》っていた人たちは、だれであれ必ず口を閉じた。母に勧められなかったら、聖歌隊に入るなど、これっぽっちも考えなかっただろう。最初に言われたときには馬鹿にして嗤《わら》っただけだった。だれもが知っているとおり、聖歌隊は女の子と、女のような男の子《シシー》だけのものだからだ。それなのになぜ聖歌隊に入ったかといえば、少年聖歌隊員は葬式で歌うと一ペニー、結婚式で歌うと二ペンス《タペンス》の報酬をもらえると、ワッツ師が教えてくれたからにほかならない。私にとって最初の賄賂《わいろ》体験だった。だが、歌の試験を受けることに渋々ながら同意したあとでさえ、悪魔はミス・エレノア・E・マンデイの姿をとって、私の行く手を邪魔しようとした。

ミス・マンデイがホーリイ・ナティヴィティ教会の聖歌隊指揮者でなかったら、彼女と出会うことはなかっただろう。身長は五フィート三インチしかなく、強い風が吹いたら飛ばされてしまいそうな見かけにもかかわらず、彼女をからかおうとする者はいなかった。悪魔もミス・マンデイを怖がるに違いない、と私は思った。何しろ、ワッツ師が明らかに怖がっているのだから。

歌の試験を受けることに同意はしたが、それにはひと月分の小遣いを母が前払いしてくれたら、という条件を付けた。そして次の日曜日、ほかの子供たちと一緒に整列して、自分の番を待つことになった。

「聖歌隊の練習は遅刻厳禁です」ミス・マンデイに鋭い目で見据えられて、私は挑戦的に見返した。「許可なく言葉を発することも厳禁です」私はかろうじて言葉を呑《の》み込んだ。「それから、礼拝のあいだは常に集中していること」私は渋々うなずいた。そしてそのあと、なんたることか、彼女は逃げ道を提供してくれた。「でも、一番大事なのは」と、腰に両手を当てて宣言したのだ。「三カ月のうちに、読み書きの試験に合格することです。そうでないと、安心してあなたたちに新しい聖歌や馴染《なじ》みのない賛美歌に取り組んでもらえませんからね」

ありがたや――私は内心で小躍りした。最初のハードルでつまずけたとは。しかし、後に明らかになるとおり、ミス・エレノア・E・マンデイは、何であれ簡単に諦《あきら》めるような人ではなかった。

「何を歌うの?」列の一番前に出た私に、彼女は訊いた。

「特に決めていません」私は答えた。

彼女は賛歌集を開いて私に渡し、ピアノに向かった。まだ午前中のサッカーの試合の後半に間に合うかもしれないと思って、私は内心でにんまりした。よく知っている調べを彼女が弾きはじめたとき、信徒席の最前列で母が睨《にら》みつけているのに気づき、彼女をがっかりさせないためだけにでも、ここはうまくやってやろうと決めた。

「すべての輝かしき、美しいもの、すべての大きな生き物、小さな生き物。すべての賢いもの、素晴らしいもの……」私が「主たる神がこれらすべてを造りたもうた」と締めくくるはるか前から、ミス・マンデイの顔には笑みが浮かんでいた。

「あなたの名前は?」彼女が訊いた。

「ハリー・クリフトンです」

「ハリー・クリフトン、聖歌隊の練習に参加しなさい。毎週月曜、水曜、金曜の六時ちょうどから始めます」そう告げると、私の後ろで順番を待っている男の子を見た。「次!」

最初の練習に絶対に遅刻しないと母に約束はしたが、それが最後になることもわかっていた。なぜなら、私が読むことも書くこともできないと、ミス・マンデイにすぐにわかるはずだからだ。ところが、実際にはそうはならなかった。私の歌声は聖歌隊のどの男の子と較《くら》べてもまったくの別格だと、だれであれそれを聴いた者に明らかになってしまったのだ。事実、口を開いたとたんに全員が沈黙し、羨望《せんぼう》の、あるいは畏怖《いふ》と言ってもいいような表情——サッカー場で浮かべてほしいと思い焦《こ》がれていた表情だ——を見せた。ミス・マンデイは気づかない振りをしていた。

練習が終わったあと、家に帰らず、港までずっと走っていった。そこへ行けば、読み書きができないという事実をどうすべきか、ミスター・ターに訊けるからだ。私は彼の言葉に注意深く耳を傾けたあと、次の日はきちんと学校へ行って、ミスター・ホールコムのクラスの席に着いた。校長先生は私が最前列に坐っているのを見て驚きを隠せず、初めて午前中の授業に集中しているのを見たときには、もっと驚きを露わにした。

ミスター・ホールコムは私にアルファベットを教えるところから始め、おかげで数日後には、常に正しい順番とはいかないまでも、二十六文字すべてを書けるようになった。学校が退《ひ》けて家に帰れば、普通なら母親が協力してくれるのだろうが、わが家の場合、家族全員がそうであるように、私の母も読み書きができなかった。

スタン伯父は自分の名前の綴《つづ》りだけは何とかそれらしい形を書くことができ、ウィルズ社の煙草《たばこ》〈スター〉と〈ワイルド・ウッドバイン〉の箱の区別はつけられたが、実際にラベルが読めているとは到底思えなかった。スタン伯父がぶつぶつと役にも立たない文句を言うのもお構いなしに、私は目に留まった紙切れに手当たり次第にアルファベットを書きはじめた。トイレット・ペーパー代わりにトイレに置いてある、ちぎった新聞紙をいつも埋め尽くしているのが文字であることに、どうやら彼は気づいていないようだった。

アルファベットを完全に習得するや、ミスター・ホールコムはいくつかの簡単な言葉を教えてくれた——〝犬（dog）〟、〝猫（cat）〟、〝母さん（mum）〟。〝父さん（dad）〟という単語を教えてもらったとき、初めて父親のことを尋ねてみた。どうやらすべてを知っているようでもあり、何か教えてもらえるのではないかと思ったのだ。だがミスター・ホールコムは、父親について息子がほとんど何も知らないことを訝《いぶか》しんでいる様子だった。一週間後、私にとって初めての四文字からなる言葉が黒板に書かれた――〝本（book）〟。そして、五文字の言葉――〝家（house）〟。それから、六文字――〝学校（school）〟。その月の終わりに、私は初めて文章を書くことができた――「すばしこい茶色の狐《きつね》が鈍くさい犬の上を飛びこえる」（The quick brown fox jumps over the lazy dog）。そこにはアルファベット二十六文字が全部含まれているとミスター・ホールコムに指摘され、実際に自分で調べてみると、確かにそのとおりだとわかった。

学期末には〝聖歌（anthem）〟、〝賛美歌（psalm）〟、それに、〝賛歌（hymn）〟まで綴れるようになった。だがミスター・ホールコムからは、発音すべき語頭の〝h〟音がいまだにいつも抜け落ちていると指摘されつづけていた。しかし、休暇に入ってしまったためにミスター・ホールコムに教えてもらえなくなり、彼の手助けがなかったらミス・マンデイの厳しい試験に合格できないのではないかと心配になりはじめた。オールド・ジャック・ターがあの客車の座席にいてくれなかったら、その心配は現実になっていたかもしれない。

金曜の夕方、聖歌隊の一員でありつづけたければ二度目の試験に合格しなくてはならないと知らされて、練習開始時間の三十分前に教会へ行き、ミス・マンデイに一番に指名されないことを祈りながら、大人しく聖歌隊席に坐って待った。

すでに一回目の試験には合格して、ミス・マンデイからは〝素晴らしい《フライング・カラーズ》〟と評価されていた。そのときは全員が「主の祈り」を歌わなくてはならなかったが、私には雑作もないことだった。記憶にある限りでは、母が毎晩ベッドの横にひざまずき、上掛けを掛けてくれる前に必ずその言葉を繰り返してくれたから、耳がすっかり憶《おぼ》えていたのだ。しかし、次のミス・マンデイの試験ははるかに難しいものであることがわかった。

練習が始まってふた月が過ぎようとしているこのころには、聖歌隊全員を前にして、一人ずつ賛美歌を暗唱しなくてはならないことになっていた。私は「詩篇一二一」を選んだが、それはこれまでに数え切れないくらい歌って、やはり完全に頭に入っていたからだ――「われは丘へと目を上げる。わが救いはどこからくるのでしょう」私としては主からくるのを願うしかなかった。もう一から百まで数えられるようになっていたから、賛美歌集のページを正しくめくることはできたが、そこに記されている言葉を正しくたどることができず、それをミス・マンデイに見抜かれるのではないかという不安があった。しかし、ミス・マンデイはそれを見抜いたとしても、知らん顔をしてくれた。なぜなら、そのあともさらに二カ月、二人の異端者《ミスクリアント》――ミス・マンデイは実際にその言葉を使ったのだが、次の日、ミスター・ホールコムに教えてもらうまで、私はその意味がわからなかった――

が信徒席へ追い返されてからも、私は聖歌隊席にとどまることができたからだ。

三度目の、すなわち最後の試験のときは、私も準備ができていた。そしてミス・マンデイが聖歌隊席に残っている全員に、「出エジプト記」を見ないで、〈十戒〉を正しい順番で書くよう求めた。

ところが、私は〝殺してはならない〟と〝盗んではならない〟の順番を間違え、〝姦淫《かんいん》してはならない〟の〝姦淫〟の文字が書けず、しかも明らかにその意味を知らなかった。にもかかわらず、彼女は目をつぶってくれた。のみならず、もっと些細《ささい》な間違いしかしていない二人が、さらなる異端者としてその場で追放された。私はそれを見て、自分の声はよほど稀《まれ》に違いないとようやく気がついた。

降臨節の最初の日曜、ミス・マンデイが新たに三人のソプラノ――あるいは、ワッツ師が私たちを形容するときの常套句《じょうとうく》を使うなら〝小さな天使たち〟――を選んで聖歌隊に加えたことを明らかにし、それ以外の候補者はたとえば説教の最中《さなか》におしゃべりをしたり、大きなキャンディ《ゴブストッパー》をくわえたりというような赦《ゆる》し難い罪を犯したために外れてもらったと説明した。あろうことか、二人などは「シメオンの賛歌」のときにコンカーズ（紐に通したトチの実を振って打ち合わせ、相手の実を割る遊び）をしていたのだ、と。

次の日曜、私は襞飾りの白い襟の、長いブルーのカソック（足までの長さのぴったりした法衣）で正装し、ただ一人、聖母を浮き彫りにした青銅のメダイヨンを首にかけるのを許された。それはソプラノの独唱者《ソリスト》に選ばれたことを示すものだった。そのメダイヨンを首にかけたまま誇らかに家へ帰り、次の朝もそのまま学校へ行って、みんなに見せびらかしてやるはずだったのだが、残念なことに、礼拝が終わるたびにミス・マンデイに返さなくてはならなかった。

そういう日曜日、私はもう一つの世界へ行っていた。だがその一方で、この夢のような状態がいつまでもつづくはずがないのではないかと不安でもあった。

2

毎朝、スタン伯父がベッドを出ると、どういうわけか家じゅうが目を覚まして行動しはじめた。だれもそれに文句を言わないのは、彼が稼ぎ手として一家の大黒柱とも言うべき存在であり、どんな場合でも目覚まし時計より安上がりで、しかも信頼できるからだった。

ハリーが最初に聞くのは寝室のドアが勢いよく閉まる音で、そのあとに、遠慮会釈《えしやく》のない足音がぎしぎしと床を軋《きし》ませながら踊り場から階段へ、そして、外へとつづいた。そのあと、もう一度ドアが力任せに閉められるのだが、それはスタン伯父がトイレに入ったということだった。それでもまだ寝ている者がいれば、鎖を引いて水を流す音、ふたたび二回閉まるドアの音が、彼が戻ってきてキッチンへ入ったときにはテーブルに朝食の準備ができていなくてはならないことを思い出させてくれた。身体《からだ》を洗うのも髭《ひげ》を剃《そ》るのも土曜の夕方だけで、〈パレ〉や〈オデオン〉へ出張《でば》る前と決まっていたし、風呂《ふろ》を使うのは年に四回、四季支払い日だけと決まっていた。だから、石鹸《せっけん》を無駄に使っていると彼を咎《とが》める者はいなかった。

スタン伯父の次に起きるのはたいていハリーの母のメイジーで、彼女は一回目のドアが閉まる音でベッドを飛び出し、スタン伯父がトイレから出てくるころには、焜炉《こんろ》にポリッジの鍋《なべ》をかけていた。間もなく祖母が起き出し、キッチンで娘と合流したところへ、スタン伯父がやってきて上座につくのだった。何であれ朝食にありつきたかったら、ハリーは最初のドアが閉まって五分以内にテーブルにたどり着く必要があった。最後に姿を現わすのはたいがい祖父で、耳が聞こえなかったから、スタン伯父の朝の儀式に気づかずに寝つづけていることが往々にしてあった。このクリフトン家の朝の手順が変わることは決してなかった。トイレが外に一つ、流しが一つ、タオルが一枚しかない家では、手順を変えないことが必須《ひっす》の要件だった。

ハリーがほんの少しの冷たい水で顔を洗っているころ、母はすでにキッチンで朝食の準備に取りかかっていた——スタン伯父のためには分厚く切ってラードをたっぷり塗ったパンを二枚、彼以外の家族には薄く切ったパンがそれぞれ一枚ずつ。毎週月曜に玄関の前に運ばれる麻袋に多少でも石炭が残っているときは、それがトーストされた。スタン伯父がポリッジを食べ終わると、ハリーはすぐにその椀《わん》を舐《な》めることを許されていた。

炉床では茶色の大きなティー・ポットにお茶が沸いていて、祖母が母親から引き継いだヴィクトリア様式の銀メッキの茶漉《ちゃこ》しを使って、色も形もさまざまに違うマグ・カップに注いでいった。家族が甘くないお茶——砂糖は祝日《ハイ・デイ》と休日にしか使われなかった——を楽しむ一方で、スタン伯父は一本目のビールを開け、たいていの場合一息に飲み干してしまうと、立ち上がって大きなげっぷをしてから、弁当を手に取った。それは彼が朝飯を食べているあいだに祖母が作ったもので、マーマイトのサンドウィッチが二つ、ソーセージが一本、林檎《りんご》が一個、ビールが二本、箱に入れた煙草《コフィン・ネイル》が五本という内容だった。そして、彼が仕事へと家を出たとたんに、全員が口を開いた。

祖母はいつでも、自分の娘がウェイトレスとして働いている軽食堂《ティー・ショップ》にだれが客としてやってきたか、彼らが何を食べたか、どんな服装だったか、どこに坐《すわ》ったか、蠟《ろう》の垂れる心配のない、電球が明るく照らす厨房《ちゅうぼう》の焜炉で調理された料理はどんなものなのか、そして言うまでもなく、ときどき十二辺形の三ペンス硬貨《スレペニー・ビット》をチップ――メイジーはそれをコックと山分けしなくてはならなかった――として残してくれる客について知りたがった。

メイジーはそんなことよりも、ハリーが昨日、学校で何をしたかを知りたかったから、毎朝根掘り葉掘り問い質《ただ》したが、祖母はまったく関心がない様子で、それは彼女が一度も学校へ行ったことがないからかもしれなかった。しかし考えてみると、彼女はティー・ショップへも一度も行ったことがなかったのだが。

祖父は滅多に意見を言わなかった。四年ものあいだ、朝も昼も夜も野戦砲に砲弾を装塡《そうてん》しては発砲するということを繰り返したために耳が聞こえなくなり、家族の唇の動きを見て、ときどきうなずくだけで満足しなくてはならなくなったのだ。その事情を知らない者には馬鹿《ばか》のように見えただろうが、実際にはそうでないことを、家族はみな、身をもって知っていた。

　この決まり切った朝の手順は週末だけ変更された。毎週土曜、ハリーはスタン伯父についてキッチンを出ると、必ず一歩後ろを歩いて港へ向かった。日曜日には母に連れられてホーリイ・ナティヴィティ教会へ行き、信徒席の三列目に坐る彼女に、聖歌隊のソプラノ独唱者の栄誉を分け与えた。

　だが、今日は土曜日だった。港まで二十分の道のりを歩くあいだ、伯父が話すまで、ハリーは決して口を開かなかった。そして伯父が話すのは、この前の土曜日に話した内容と、結果的にいつも同じだった。

「おまえ、いつ学校をやめて、本気で仕事をするつもりなんだ、坊主《ぼうず》」スタン伯父がいつもと同じ質問で話の口火を切った。

「十四になるまではやめられないんだ」ハリーの答えもいつもと同じだった。「法律で決まってるんだよ」

「おれに言わせりゃ、そいつは恐ろしく下らん法律だ。おれなんか、十二のころには学校なんかやめちまって、港で仕事をしてたもんだ」スタン伯父は今日もまた、いま初めて聞かせるかのように、その自説をもっともらしく開陳した。ハリーは応《こた》える手間を省いた。その次にどういう言葉が繰り返されるか、聞くまでもなくわかっていた。「それに、キッチナー軍に志願したのは、十七の誕生日の前だったんだからな」

「戦争のことを教えてよ、伯父さん」ハリーは頼んだ。そうすれば、あと何百ヤードかを退屈せずにすむ。

「おれとおまえの父さんは、同じ日にロイヤル・グロスターシャー連隊に入った」スタン伯父が布の帽子《キャップ》に手を当てた。まるで遠い記憶に敬礼するかのようだった。「タントン兵舎で二週間の基礎訓練を受けたあと、ドイツ野郎と戦うためにイープルへ出動した。現地に着いたとたんに、ラッパが鳴ったら銃剣をつけて塹壕《ざんごう》をよじ登り、ライフルをぶっ放しながら敵の前線へ向かって突撃しろと高慢ちきな将校どもに言われるのを待って、大半の時間を、鼠《ねずみ》のようよしている塹壕にうずくまって過ごした」このあとに長い間があり、スタン伯父はこう付け加えるのが常だった。「おれは運がよかったよ。五体満足で故郷《くに》に帰ってこられたんだからな」ハリーは次につづく文章を一言半句違《たが》えずに言うことができたが、声に出しはしなかった。「おまえは自分がどんなに運がいいかわからないだろうな、坊主。おれは二人の兄貴を失った。おまえにとっては、レイ伯父さんとバート伯父さんということになる。それに、おまえの父さんは兄弟だけじゃなく、自分の父親、つまり、おまえのもう一人の祖父《じい》さんもなくしてるんだ。おまえは会ったことがないだろうがな。立派な男で、おれが出会った港湾労働者のだれよりも早く、一パイントのビールを飲み干せた」

スタン伯父が目を下に向けたら、ハリーが自分の言葉を声に出さずになぞっているのがわかったはずだが、ハリーが驚いたことに、今日のスタン伯父はこれまで一度も口にしたことのない文章を付け加えた。「それに、おまえの父さんだって、いまも生きているはずなんだ。上のやつらがおれの言うことを聞いていさえすればな」

ハリーははっと気を引き締めた。父親の死が話題になるときは、ささやくような声で、秘密めかした口調になるのが常だったからだ。しかし、スタン伯父は深入りしすぎたと気づいたかのように、固く口を閉ざしてしまった。もしかしたら来週は教えてもらえるかもしれないと期待しながら、ハリーは伯父さんの横に並んで歩調を合わせた。閲兵式場を行進する二人の兵士のように。

「ところで、今日の午後のシティの相手はどこだ？」スタン伯父がいつもの台本に戻って訊《き》いた。

「チャールトン・アスレティック」ハリーは応えた。

「あいつら、老いぼればかりじゃないか」

「でも、前のシーズンはその老いぼれにやられてるよ」ハリーは思い出させてやった。

「おれに言わせりゃ、恐ろしくやつらの運がよかっただけだ」スタン伯父が言い、二度と口を開かなかった。港の入口に着くと、伯父は出勤時刻を記録して、一緒に働いている港湾労働者の溜《た》まり場へ向かった。その誰一人として遅刻する余裕などなかったが、それは相変わらずのひどい求職難で、門の前には若者が職を求めて溢《あふ》れ返っていたからだ。

ハリーはスタン伯父についていかなかった。仕事場のあたりをうろついているのをミスター・ハスキンズに見つかったら、親方に不愉快な思いをさせたという理由でスタン伯父に横面《よこつら》を張られ、尻《しり》を蹴《け》り上げられるとわかっていたからだ。だから、反対の方向を目指して歩いていった。

毎週土曜に最初に訪ねる先は、オールド・ジャック・ターの住まいだった。彼は港のもう一方の端に見捨てられている、鉄道客車で暮らしていた。定期的に彼のところへ通っていることは、スタン伯父には内緒だった。何があろうと絶対にあの爺《じい》さんには近寄るなと、前々から警告されていたのだ。

「たぶん、何年も風呂に入ってないんじゃないか」自分も三カ月に一度、そして、臭いとハリーの母に咎《とが》められたときしか風呂に入らない、スタン伯父の言葉だった。

しかし、ハリーはとうの昔に好奇心に負けていて、ある日の朝、とうとう四《よ》つん這《ば》いになって客車に近づくと、そうっと立ち上がって、窓越しに車内をうかがった。老人は一等車に坐って本を読んでいた。

オールド・ジャックがハリーを見て言った。「入っておいで、少年」ハリーは慌《あわ》てて頭を引っ込め、自分の家の玄関まで走りに走って逃げ帰った。

次の土曜日、ハリーはふたたび客車まで匍匐《ほふく》前進して、なかをうかがった。オールド・

ジャックは熟睡しているように見えたが、そのとき、声が聞こえた。「どうして入ってこないのかな、少年？　別に嚙《か》みついたりはせんよ」

ハリーは大きな真鍮《しんちゅう》の把手《ハンドル》を回し、それをおずおずと引いて客車のドアを開けたが、なかには入らず、客車の真ん中に坐っている老人を見つめて立ち尽くした。何歳ぐらいなのか見当がつかなかったが、それはよく手入れされた白髪混じりの髭が顔を覆《おお》っていたからであり、その髭のせいで、煙草の〈プレイヤーズ・プリーズ〉の箱に描かれている船乗りに似て見えた。しかし、老人がハリーを見る目には、スタン伯父が一度も宿したことのない優しさがあった。

「オールド・ジャック・ター？」ハリーは思い切って訊いた。

「みんなはそう呼んでいるな」老人が応えた。

「ここに住んでいるの？」ハリーは訊いた。車内を一瞥《いちべつ》すると、向かいの座席に積み上げてある古い新聞に目が止まった。

「ああ」オールド・ジャック・ターが認めた。「二十年前から、ここが私の家だ。ところで、ドアを閉めて坐ったらどうかな、少年」

ハリーはその申し出を受けたものかどうかちょっと思案したが、やはり客車を飛び出して、今度も一目散に逃げ帰った。

さらにその次の土曜日、ハリーはドアこそ閉めたもののハンドルは握ったままで、老人の筋肉がぴくりとでも動いたらすぐに逃げ出せるよう準備を整えた。しばらく見つめ合っていると、オールド・ジャックが訊いた。「名前は何と言うんだ？」

「ハリー」

「学校はどこだ？」

「学校へは行ってない」

「それなら、大人になったらどんな仕事をしたいんだね、少年？」

「決まってるじゃないか、港で働くんだよ。伯父さんと一緒にね」ハリーは答えた。

「どうしてそうしたいのかな？」老人が訊いた。

「どうしていけないの？」ハリーはむっとして訊き返した。「ぼくじゃ無理だと思ってるの？」

「そうではないが、きみはあの仕事にはもったいないんじゃないのかな」オールド・ジャックが応えた。「私がきみぐらいのときには」と、彼はつづけた。「軍隊に入りたかった。父はそれを思いとどまるよう私を説得できなかったし、するつもりもなかった」それから一時間、ハリーはオールド・ジャック・ターの思い出話に魅せられて一心に聞き入った——港のこと、ブリストルの町のこと、地理の授業では教えてもらえないだろう、海の向こうの国々のこと。

次の土曜日、そして、それ以降の憶《おぼ》えていられないぐらい多くの土曜日、ハリーはオールド・ジャック・ターを訪ねつづけた。だが、スタン伯父にも母親にも、そのことは決して話さなかった。おくびにも出したら、最初にできた本物の友だちに会いに行くのを禁じられる恐れがあった。

その土曜日の朝、ハリーが客車のドアをノックしたとき、オールド・ジャック・ターは明らかに彼を待っていた。なぜなら、向かいの席にいつものコックス・オレンジ・ピピン（皮が赤みがかった緑色をした、甘いデザート用の林檎）がすでに置いてあったからだ。ハリーはそれを手に取ると、一囓《ひとかじ》りして腰を下ろした。

「ありがとう、ミスター・ター」ハリーは顎《あご》に垂れた果汁を拭《ぬぐ》いながら礼を言っただけで、その林檎がどこからきたのかは訊かなかった。おかげで、この偉大な人物の謎《なぞ》が一つ増えた。

オールド・ジャック・ターは、スタン伯父とは大違いだった。スタン伯父は狭い知識や経験を果てしなく繰り返して話すだけなのに、オールド・ジャックは毎週、新しい言葉、新しい経験、新しい世界までも、目の前に広げて見せてくれる。どうしてミスター・ターは校長先生ではないのだろう、とハリーはたびたび不審に思った。ミス・マンデイより物知りで、ミスター・ホールコムにだってほとんど引けを取らないみたいなのに。ミスター・ホールコムは何でも知っていると、ハリーは信じて疑わなかった。ミスター・ホールコムが質問に答えられなかったことは一度もなかった。オールド・ジャックはハリーを見て笑みを浮かべたが、言葉を発したのは、彼が林檎を食べ終わり、芯《しん》を窓の外へ投げ捨ててからだった。

「今週は学校で何を習ったのかな？」老人は訊いた。「先週はまだ知らなかったことか？」

「海の向こうにはイギリス帝国の一部分でもある国がたくさんあって、その全部がイギリス国王が支配しているんだって、ミスター・ホールコムが教えてくれたけど」

「そのとおりだ」オールド・ジャックが応じた。「そういう国の名前を言えるかな？」

「オーストラリア、カナダ、インド」ハリーはそこでためらった。「そして、アメリカ」

「いや、アメリカは違うぞ」オールド・ジャックが訂正した。「昔はそうだったが、もう違うんだ。弱腰の首相と病気の国王のおかげでな」

「その国王と首相はだれなの？」ハリーは訊いた。急に腹が立ってきた。

「一七七六年当時の国王はジョージ三世だが」オールド・ジャックが言った。「公正に見れば、彼は精神を病んでいたと言わざるを得ない。一方で、首相のノース卿《きょう》は植民地で起こっていることをまったく顧みず、悲しいかな、われわれ自身の親類知己が最終的にわれわれに対して武器をとって立ち上がるという事態を生じさせてしまったんだ」

「でも、やっつけたんでしょ？」ハリーは訊いた。

「ところが、そうはならなかったんだよ」オールド・ジャックが答えた。「彼らの主張のほうが正しかったし——もっとも、それは勝利のための先行条件ではないんだがね——」

「先行条件って、どういう意味なの？」

「あらかじめなくてはならない必要な条件という意味だよ」オールド・ジャックが答え、ハリーの質問などなかったかのように話をつづけた。「そのうえに、実に優秀な将軍に率いられていたんだ」

「何という将軍なの？」

「ジョージ・ワシントンだ」

「先週、ワシントンはアメリカの首都だって教えてくれたじゃない。彼の名前はその町から採られたの？」

「いや、町の名前が彼から採られたんだ。あの町はコロンビアと呼ばれていて、ポトマック川が流れている沼地に作られたんだよ」

「ブリストルもだれかの名前から採られたの？」

「ブリストルはそうじゃない」オールド・ジャックはハリーの好奇心が一つの対象から別の対象へ素速く切り替わる能力を持っていることに感心し、思わず笑みをこぼした。「ブリストルは元々ブリグストウと呼ばれていたんだ。橋の址《あと》という意味だな」

「だったら、ブリストルになったのはいつなの？」

「歴史学者によって見解が違うんだが」オールド・ジャック・ターが言った。「グロスター伯ロバートが、アイルランドとの羊毛貿易に可能性があると考え、一一〇九年にブリストル城を造って、そのあと、町は貿易港へと発展していった。以来、何百年も造船の中心地でありつづけ、一九一四年に海軍の拡張が必要になったときには、発展の速度がもっと速くなりさえしたんだ」

「父さんはこの前の戦争で戦ったんだよ」ハリーは誇らかに宣言した。「あなたは？」

ハリーの質問に答えるのをオールド・ジャック・ターが初めてためらい、そこに坐ったまま沈黙した。「ごめんなさい、ミスター・ター」言葉を発しない老人に、ハリーは謝った。「そこまで訊くつもりじゃなかったんだけど」

「いや、いいんだよ」オールド・ジャックが応えた。「その質問をされたのが何年ぶりかだったというだけだ」そして何も言わずに手を開き、六ペンス貨を差し出した。

ハリーはその小さな銀貨を手に取ると、噛んでみてから――スタン伯父がそうするのを見たことがあった――「ありがとう」と礼を言い、ポケットにしまった。

「港の近くのカフェでフィッシュ・アンド・チップスでも買いなさい。だが、伯父さんには内緒だぞ。さもないと、その金をどこでどうやって手に入れたか、訊かれずにはすまないからな」

実際、オールド・ジャック・ターのことは、何であれスタン伯父には一言も話していなかった。いつだったか、彼が母にこう言っているのを耳にしたからだ――「あのルーニイは刑務所にでもぶち込まれるべきなんだ」〝ルーニイ〟という単語は辞書に載っていなかったからミス・マンデイに尋ねたのだが、その意味を教えてもらうや、スタン伯父こそとんでもない馬鹿に違いないと、ハリーは初めて気がついた。

「必ずしも馬鹿とは限りませんよ」と、ミス・マンデイは助言してくれた。「単に間違っている話を鵜呑《うの》みにし、そのせいで偏見を持つことはあり得ます」そして、付け加えた。「わたしには疑う余地がないのだけれどね、ハリー。一生のうちに、あなたはもっともっとたくさんのそういう人と出くわすことになるでしょう。そのなかには、あなたの伯父さんとは比べものにならないぐらい地位の高い人もいるはずです」

3

玄関のドアが乱暴に閉まる音が聞こえ、スタンが仕事に出かけたとわかると、メイジーが報告した。「ウェイトレスとして働かないかって、ロイヤル・ホテルから誘われているの」

テーブルを囲んでいる者はみな無反応だったが、それは朝食のときの会話はほぼ話題が決まり切っていて、不意を打たれた場合の心構えができていなかったからだ。ハリーは質問したいことが山ほどあったが、まずは祖母に先を譲るべきだろうと考えて自制した。しかし、彼女はお茶のお代わりを注ぐのに忙しく、そもそも娘の話を聞いていないかのようだった。

「ねえ、だれか、何か言ってくれない?」メイジーが催促した。

「母さんが新しい仕事場を探していたなんて、気づきもしなかったよ」ハリーは敢《あ》えて祖母より先に口を開いた。

「探してなんかいなかったわよ」メイジーが応《こた》えた。「でも、先週、ロイヤル・ホテルの総支配人のミスター・フランプトンが〈ティリーズ・ティー・ショップ〉へコーヒーを飲みに立ち寄ったの。それから何度かやってきたあとで、誘ってくれたのよ！」

「あのティー・ショップで満足してるものとばかり思ってたよ」祖母がようやく参加した。

「だって、ミス・ティリーはいい給料を払ってくれてるし、仕事時間だって融通を利《き》かせてくれてるじゃないか」

「もちろん、満足してるわ」メイジーが認めた。「でも、ミスター・フランプトンは週五ポンドを提示しただけでなく、チップの総額の半分をわたしが取ってもいいと言ってくれてるの。だとしたら、金曜には六ポンドぐらいは家に持って帰れるんじゃないかしら」

それを聞いて、祖母の口があんぐりと開《あ》いた。

「夜も仕事をしなくちゃならないの？」スタン伯父のポリッジの椀《わん》を舐《な》め終えるや、ハリーは訊《き》いた。

「夜勤はしなくてもいいの」メイジーは答え、息子の髪をくしゃくしゃにした。「そのうえ、二週間に一日は休みがもらえるわ」

「おまえ、ロイヤルみたいな一流のホテルにふさわしい、上品《ポシュ》な服を持ってるのかい？」

祖母が訊いた。

「制服を支給してもらえるし、毎朝、洗濯したての白いエプロンが配られるの。あそこは自前の洗濯屋まで持ってるのよ」

「そうだとしても不思議はないわね」祖母が言った。「だけど、おまえがロイヤル・ホテルで働くとなると、一つ問題が出てくるんじゃないかしらね。わたしたち家族全員が慣れなくちゃならない問題がね」

「どんな問題よ？」メイジーは訝《いぶか》った。

「だって、スタンよりもあんたの稼ぎが多くなるかもしれないいんだろ？　あの子は面白くないんじゃないのかね、これっぽっちもね」

「だとしたら、あいつに慣れてもらうしかないいんじゃないのか？」祖父が言った。数週間ぶりに口にする意見だった。


収入増は一家の助けになるはずであり、ホーリイ・ナティヴィティ教会でのことがあったあとはなおさらだった。というのは、メイジーが礼拝を終えて教会を出ようとしたとき、ミス・マンデイがいかにも用があるといった様子で通路を歩いてきたのだ。

「ちょっと込み入った話があるのですが、ミセス・クリフトン」ミス・マンデイはそう言うと、踵《きびす》を返して聖具室のほうへ引き返しはじめた。メイジーはハーメルンの笛吹き男のあとについていく子供のように聖歌隊指揮者を追いかけながら、最悪の事態になったのではないかと心配していた。きっとハリーのことに違いない。今度はいったい何をやらかしてくれたのだろう。

ミス・マンデイにつづいて聖具室に入ったメイジーは、そこにワッツ師、ミスター・ホールコム、そして、さらにもう一人の紳士がいるのを見て足が萎《な》えそうになり、ミス・マンデイがドアを閉めるや、どうしようもなく身体《からだ》が震えはじめた。

ワッツ師がメイジーの肩に腕を回した。「大丈夫、何も心配することはありませんよ」そう請け合うと、椅子《いす》を勧めながら付け加えた。「それどころか、これをいい知らせだと思ってもらえることを願っているのです」メイジーは腰を下ろしたが、それでも震えを止められなかった。

全員が席に着くと、今度はミス・マンデイが口を開いた。「実はハリーのことなんです、ミセス・クリフトン」メイジーは口元を引き締めた。こんなに立派な人たちが三人まとめて顔を揃《そろ》えなくてはならないような、どんな悪さをあの子はしでかしたのだろう。「単刀直入に言うと」ミス・マンデイはつづけた。「実はセント・ビーズの音楽主任がわたしに、そこの聖歌隊奨学金を申請することをハリーに考えてもらえないだろうかと頼んできたのですよ」

「でも、あの子はホーリイ・ナティヴィティ教会でとても満足しています」メイジーは言った。「ともあれ、そのセント・ビーズ教会というのはどこにあるんでしょう。聞いたことがないんですけど」

「セント・ビーズは教会ではありません」ミス・マンデイが答えた。「聖歌隊学校です。

セント・メアリー・レッドクリフ教会に聖歌隊員を提供しているんですよ。この国で最も美しく、最も神聖な教会だと、エリザベス女王が形容なさったことで有名な教会です」

「それはつまり、いま通っている学校も、この教会もやめなくてはならないということですか?」メイジーは信じられない思いで訊いた。

「ハリーの人生を丸ごと変えるかもしれない好機と捉《とら》えてもらえませんか」ミスター・ホールコムが初めて意見を述べた。

「でも、上流階級《ボシュ》のもっと頭のいい子供たちと一緒になるんじゃないですか?」

「ハリーより頭のいい子がセント・ビーズ校にそんなに多くいるでしょうか」ミスター・ホールコムが応じた。「ハリーは私が教えてきた子供たちのなかでも飛び抜けて聡明《そうめい》です。グラマー・スクールに入る子はわが校にもときどきいますが、セント・ビーズ校への入学の機会を提供された子は、これまでに一人もいません」

「結論を出す前に、もう一つ知っておいてもらわなくてはならないことがあります」ワッツ師が言い、メイジーの顔にさらに不安が募った。「学期中は、ハリーは自宅を離れなくてはなりません。セント・ビーズは寄宿学校なのですよ」

「それなら、はなからお話になりません」メイジーは言った。「わたしどもにそんな余裕はありませんから」

「それについても、心配には及ばないと思いますよ」ミス・マンデイが助け船を出した。

ますからね」

「ハリーに奨学金が出れば、学費が免除されるだけでなく、一学期に十ポンドが給付され

「でも、そこは父親がスーツを着てネクタイを締め、母親は働かないという種類の学校ではないんですか？」メイジーは訊いた。

「スーツにネクタイなんて生やさしいものじゃありませんよ」ミス・マンデイが雰囲気を軽くしようとした。「何しろ、教師は黒の長いガウンをまとい、角帽《モーターボード》をかぶっているんですから」

「それでも」ワッツ師がつづいた。「少なくとも、ハリーが革の鞭《むち》で打たれることは二度とありません。セント・ビーズははるかに洗練されていますからね。籐《とう》の鞭しか使わないんです」

メイジーだけは笑わなかった。「でも、どうして家を離れなくてはならないんでしょう？」彼女は訊いた。「あの子はメリーウッド初等学校《エレメンタリー》に馴染《なじ》んで落ち着いているし、ホーリイ・ナティヴィティ教会の上席聖歌隊員になるのを諦《あきら》めたくないはずです」

「本当は、彼が失うものより、わたしの失うもののほうがはるかに大きいんです」ミス・マンデイが言い、小さな声で付け加えた。「でも、たとえそうだとしても、わたし個人の身勝手な欲望を満足させるために、あれだけの才能を持った少年の行く手をさえぎることを、主は決して欲しておられないでしょう」

「たとえわたしが首を縦に振ったとしても」メイジーは最後のカードを切った。「ハリーもそうするとは限らないでしょう」

「実は、先週、ハリーと話したのです」ミスター・ホールコムが白状した。「これがそんなに簡単なことではないとわかって、もちろん不安げではありましたが、私の記憶にある限りでそのとおりの言葉を使うなら、彼はこう言いました――『ぼくがそこでやっていけると先生が言ってくれさえすれば、行きたいと思います』」そして、メイジーが反応する前に付け加えた。「ですが、お母さんがうんと言ってくれない限り、考慮の余地はないとも断言したのですよ」

入学試験を受けることを考えると、ハリーは恐ろしくもあり、興奮もしたが、合格して家を離れるのと同じぐらい、不合格になって多くの人たちを失望させるのが不安だった。メリーウッド初等学校の次の学期、彼は一度も欠席することなく授業を受け、夕方家に帰ると、スタン叔父と共有している寝室へ常に直行して、ろうそくの助けを借りながら勉強に没頭した。いままではそんなにも多くの時間が存在することさえ知らなかったほどだった。ときどきメイジーがのぞいてみると、床にひっくり返り、開きっぱなしの教科書を周囲に散らかしたまま熟睡していることがたびたびあった。

土曜の朝にオールド・ジャックを訪ねるのは一度も欠かさなかった。彼はセント・ビーズ校についてずいぶんたくさんのことを知っているようだったし、それ以外にも、とても多くのことを教えつづけてくれた。まるでミスター・ホールコムが何を教えて、何を教えてくれなかったかを知っているかのようだった。

土曜の午後は、スタン伯父は面白くなさそうだったが、ブリストル・シティの応援にアシュトン・ゲート・スタジアムへ同行するのをやめ、その代わりにメリーウッド初等学校へ戻って、ミスター・ホールコムから補習を受けた。そのときは知り得べくもなかったのだが、実はその補習をするために、ミスター・ホールコムもまた、週末の習慣ともいうべき、贔屓《ひいき》チームであるロビンズの応援に行くのを取りやめていたのだった。

入学試験の日が近づくにつれて、合格の自信が不合格の恐怖に負けそうになることさえあった。

入学試験当日、ミスター・ホールコムは自慢の教え子をコルストン・ホールまで連れていき――そこで二時間の試験が行なわれることになっていた――建物の入口で別れる前に忠告した。「忘れてはいないだろうが、まず一つ一つの問題を必ず二度読むんだぞ。それまではペンを手に取ってもだめだからな。いいね」それは先週、何度も繰り返された助言だった。ハリーは強《こわ》ばった笑みを浮かべ、ミスター・ホールコムとまるで昔からの戦友であるかのような握手をした。

試験会場に入ると、六十人ほどの男の子が、いくつかのかたまりになっておしゃべりをしていた。それはつまり、大半が旧知の仲で、ハリーは独りぼっちだということのようだった。それでも一人か二人は口を閉ざして視線を送るなか、できるだけ自信ありげに見せようとしながら、会場の前のほうにあるはずの自分の席を目指した。

「アボット、バリントン、カボット、クリフトン、ディーキンズ、フライ……」

最前列の机に腰を下ろして待っていると、時計が十時を打つ少し前、黒の長いガウンに角帽といういでたちの数人の教員が颯爽《さっそう》と会場に姿を現わし、一人一人の受験生の机に試験問題を配っていった。

「諸君」試験問題を配らないで会場の前方に立っている教員が口を開いた。「私はミスター・フロビッシャー、諸君の試験監督だ。諸君は二時間以内に百の問題に解答しなくてはならない。幸運を祈る」

どこかで時計が十時を打った。前後左右でペンがインク壺《つぼ》に浸《つ》けられ、猛然と答案用紙に文字が綴《つづ》られはじめたが、ハリーは腕組みをしたまま、机に覆《おお》い被《かぶ》さるようにしてゆっくりと問題に目を通していき、だれよりも遅くペンを取った。

もちろんハリーは知らなかったが、そのころ、ミスター・ホールコムは受験している本人以上に首尾を案じながらホールの前の舗道を行きつ戻りつし、母のメイジーは朝のコーヒーの給仕をしながらロイヤル・ホテルのロビーの時計へ数分おきに目を走らせ、ミス・マンデイはホーリイ・ナティヴィティ教会の祭壇に向かってひざまずいて、静かに祈りを捧《ささ》げていた。

時計が十二時を打って間もなく、答案が回収され、受験生はホールを出ることを許された。笑っている顔、渋い顔、考え込んでいる顔の三種類しかなかった。

会場から出てきたハリーを見たとたんに、ミスター・ホールコムは嫌な予感がして訊いた。「だめだったのか？」

ほかの少年たちに聞こえる心配がないとわかるまで待って、ハリーが応えた。「予想とは全然違っていましたよ」

「どういう意味だね？」ミスター・ホールコムはさらに不安になった。

「恐ろしく簡単だったんです。簡単すぎるぐらいでした」

ミスター・ホールコムはそれを聞いて、これまで生きてきたなかで最高の褒め言葉をもらったような気がした。


「グレイのスーツが二着、マダム。濃紺のブレザーが一着、白のワイシャツが五枚、白のスティッフ・カラーが五本、くるぶし丈のグレイの靴下が六足、白の下着が六組、そして、セント・ビーズのスクール・タイが一本」店員が慎重にリストをチェックした。「これで全部揃ったと思います……いや、待ってください。学帽《キャップ》も必要です」そしてカウンターの下の引き出しを開けると、赤黒の帽子を取り出し、ハリーの頭にかぶせて宣言した。「ぴったりですね」メイジーは息子を見て、少なからず誇らしげな笑みを浮かべた。寸分違《たが》うところのない、完璧《かんぺき》なセント・ビーズ生だった。「三ポンド十シリングと六ペンスになります、マダム」

メイジーはその金額にうろたえたが、何とか顔に表わすまいとしながら小声で訊いた。

「全部とは言わないけれど、どれか中古で買えるものはないかしら」

「お気の毒ですが、マダム、手前どもは古着屋ではございませんので」この客につけは認められないと、店員はすでに見切っていた。

メイジーは財布を開けて四ポンド札を渡し、釣り銭を待った。セント・ビーズ校が一学期の給付金を前払いしてくれているのがありがたかった。これからまだ、紐付《ひもつ》きの黒の革靴を二足、紐付きの白の体育館履きを二足、寝室用のスリッパを一足買わなくてはならないとあれば、なおさらだった。

店員が咳払《せきばら》いをした。「パジャマが二着と、ドレッシング・ガウンも必要になると思いますが」

「ええ、もちろんよ」メイジーは応じたが、それらを買うだけの金が財布に残っているという確信はなかった。

「それに、聖歌隊奨学生でいらっしゃいますよね？」店員がリストに目を凝らして訊いた。

「そうよ」メイジーは誇らかに認めた。

「では、赤のカソックが一着と、白のサープリス（儀式で聖職者や聖歌隊員が着る白衣）が二着、それから、セント・ビーズのメダイヨンも必要になりますが」メイジーは店から逃げ出したくなった。

「それらは最初の聖歌隊の練習が行なわれるときに、学校から支給されるはずです」店員が釣り銭を渡す前に付け加えた。「ほかにご入り用のものはございませんか、マダム？」

「ありがとう、もうありません」ハリーは二つの袋を手に取ると、母の腕をつかんで、足早に〈T・C・マーシュ――最高級仕立屋《テイラーズ・オヴ・ディスティンクション》〉をあとにした。


セント・ビーズ校入学の土曜日の午前中を、ハリーはオールド・ジャックと過ごした。

「新しい学校へ行くのは不安かな？」オールド・ジャックが訊いた。

「不安じゃないよ」ハリーは挑戦的に否定した。オールド・ジャックが微笑した。「怖いんだ」

「新入り《ニュー・バグ》――きっとそう呼ばれるはずだ――というのは、みんなそうだ。新しい世界への冒険に取りかかるようにすべてを扱おうとすればいいんだよ。新しい世界では、スタートするときは全員が同等だからな」

「でも、ぼくが口を開いたら、そのとたんに、みんなと同等じゃないとわかってしまうよ」

「そうかもしれない。だが、きみが歌うのを聞いたら、そのとたんに、彼らは自分たちのほうがきみと同等じゃないと気づくはずだ」

「使用人のいるような金持ちの子が大半なんだよ」

「そんなことを慰めにするのは愚かな者たちだけだ」オールド・ジャックが励ました。

「それに、上の学年に兄さんがいる者もいるし、お父さんやおじいさんがあそこの出身だって子もいるんだよ」

「きみのお父さんは立派な人だったし」オールド・ジャックが言った。「きみほど素晴らしいお母さんを持っている子はほかにいない。それは私が保証してやろう」

「父さんを知っていたの?」ハリーは驚きを隠せなかった。

「〝知っていた〟というのは言い過ぎだが」オールド・ジャックが応えた。「遠くから見てはいた。港で働いていた、ほかの大勢を見るようにしてね。彼はきちんとしていて、勇敢で、信心深い男だった」

「でも、どうして死んだかを知ってる?」ハリーは正面からオールド・ジャックを見つめ、長いこと胸の内に引っかかっている疑問にようやく正直な答えが得られるのではないかと期待した。

「きみはどう聞いているんだ?」オールド・ジャックが用心深く訊き返した。

「大戦で戦死したって。でも、ぼくが生まれたのは一九二〇年だからね。いくらなんでもそれがあり得ないことぐらいは、ぼくだってわかるよ」

オールド・ジャックがしばらく沈黙し、ハリーは座席の端に腰掛けたまま返事を待った。

「彼があの戦争で重傷を負ったのは間違いない。だが、きみが疑っているとおり、死の理由はそれではない」

「それなら、どうして死んだの？」ハリーは訊いた。

「知っていれば、もちろん教えてやるんだが」オールド・ジャックが言った。「ただ、あのときにはずいぶん多くの噂《うわさ》が飛び交い、そのせいで、私はだれの話を信じていいかわからなかった。しかし何人かは、あの晩何があったのか、真実を知っているはずだ。特にそのうちの三人は、絶対に知っているに違いない」

「きっと、その三人の一人はスタン伯父さんなんだろうけど」ハリーは言った。「あとの二人はだれなの？」

オールド・ジャックがためらったあとで答えた。「フィル・ハスキンズとミスター・ヒューゴーだ」

「フィル・ハスキンズって、港湾労働者の親方のあのミスター・ハスキンズ？」ハリーは訊き返した。「あの人じゃ、話してくれるどころか、口もきいてくれないだろうな。それで、ミスター・ヒューゴーってだれなの？」

「ヒューゴー・バリントンだ。サー・ウォルター・バリントンの息子だよ」

「あの海運会社を持ってる一族の？」

「そうだ」オールド・ジャックは応えた。深入りしすぎたかと心配になりはじめていた。

「彼らもきちんとしていて、勇敢で、信心深いの？」

「サー・ウォルターは、私が知っているなかでも最高の人物の一人だ」

「息子のほうはどうなの？　ミスター・ヒューゴーは？」

「残念ながら、同じ形質を受け継いでいるとは思えないな」オールド・ジャックは言ったが、それ以上の説明はしなかった。

4

垢抜《あかぬ》けた服装のその少年は、母親と並んで路面電車《トラム》の後部座席に坐《すわ》っていた。

「ここよ」停留所で止まると、母親が言った。母子《おやこ》は路面電車を降り、学校のほうへゆっくりと丘を上りはじめた。少しずつではあるが、一歩ごとに足取りが遅くなった。

ハリーは母の手を握り、もう一方の手にはくたびれたスーツケースを下げていた。二人とも押し黙ったままだった。見ていると、数台の辻馬車《ハンサム・キャブ》や、ときには運転手付きの車が追い抜いていき、学校の正門の前で止まった。

父親は息子と握手をし、たっぷりした毛皮をまとった母親は、わが子を抱擁してから頬にキスをした。手塩にかけて育ててきた雛《ひな》がいまや巣を飛び立とうとしていることを、ついに認めなくてはならなくなった母鳥のようだった。

ハリーは人前で母親にキスされたくなかったから、校門の五十ヤード手前で手を離した。メイジーは息子が嫌がっているのを感じ取り、素速く屈《かが》んで額にキスをするにとどめた。

「頑張るのよ、ハリー。みんなの誇りになってちょうだい」

「じゃあね、母さん」ハリーは言った。必死で涙をこらえなくてはならなかった。

メイジーは踵《きびす》を返し、いまきた道を今度は下りはじめたが、その両頰を滂沱《ぼうだ》の涙が濡《ぬ》らした。

ハリーは歩きながら、スタン伯父が語ってくれた、イープルで塹壕《ざんごう》を飛び出し、敵の前線へ突進したときの武勇伝を思い出していた。絶対に振り返るな、さもないと、死んだも同然だ。ハリーはどうしようもないほど振り返りたかったが、後ろを見たが最後、ふたたび路面電車へと走り出し、最後までその足を止められなくなるに決まっていた。だから、前を向いたまま歩きつづけた。

「ところで、おまえ《オールド・チャップ》。休暇はどうだった？」ある男の子が友だちに訊《き》いていた。

「最高《トッピング》だったよ」訊かれた男の子が応《こた》えた。「父さん《ペイター》（パブリック・スクールの生徒が使う父親の呼び方）がローズのバーシティ・マッチに連れていってくれたんだ」

ローズって教会か、とハリーは訝《いぶか》った。そうだとしたら、教会で行なわれる試合ってどんな競技があり得るだろう。彼は断固とした足取りで校門をくぐり、建物の正面玄関脇でクリップボードを持って立っている男に気づいて、足を止めた。

「それで、きみはだれかな、若者」男が歓迎の笑みを浮かべて訊いた。

「ハリー・クリフトンです、サー」教師や、しかるべき女性と話すときには必ずそうしなくてはならないとミスター・ホールコムに教えてもらったとおり、ハリーは帽子を取って答えた。

「クリフトン」男が長い人名リストに指を這《は》わせた。「ああ、これだ」そして、ハリーの名前にチェック・マークを入れた。「聖歌隊奨学生の新入生だな。本当におめでとう。ようこそ、セント・ビーズへ。私はミスター・フロビッシャー、きみの寮監でもある。そして、ここがフロビッシャー・ハウスだ。スーツケースをホールへ置いたら、監督生が大食堂へ案内してくれる。そこで私が新入生全員に話をし、それから夕食《サパー》だ」

ハリーにはサパーの経験がなかった。クリフトン家では常に〝お茶《ティー》〟が一日の最後の食事で、それが終わって暗くなったら、すぐに寝ることになっていた。スティル・ハウス・レーンにはまだ電気が引かれていなかったし、ろうそくに使うような余分な金の持ち合わせもなかった。

「ありがとうございます、サー」玄関をくぐると、そこはぴかぴかに磨き上げられた木の羽目板張りの、天井の高い広々としたホールだった。ハリーはスーツケースを下ろし、髪が胡麻塩《ごましお》で、豊かなもみあげは真っ白な、黒の長いガウンを着て赤いフードを両肩に垂らしている老人の肖像画を見上げた。

「おまえ、名前は？」背後で大声がした。

「クリフトンです、サー」しかし、振り返ってみると、声の主は長ズボンをはいた長身の少年だった。

「〝サー〟はいらない、クリフトン。フィッシャーでいい。おれは監督生で、寮監じゃない」

「すみません、サー」ハリーは謝った。

「スーツケースを向こうへ置いて、ついてこい」

ハリーはずらりと並んでいる革のトランクの隣りに、中古でくたびれている自分のスーツケースを置いた。イニシャルが捺《お》してないのは彼のスーツケースだけだった。監督生の後ろに従って長い廊下を歩いていくと、壁には過去の学校代表チームの写真がずらりと並び、展示棚には銀のカップが所狭しと置かれて、次の世代へ過去の栄光を伝えようとしていた。大食堂に着くと、フィッシャーが言った。「どこでも好きなところへ坐っていいぞ、クリフトン。ただし、ミスター・フロビッシャーが入ってきたら、すぐに口を閉ざすこと」

四つの長テーブルのどこに坐るか、ハリーはしばらく決めかねた。大勢の少年がすでにいくつもの群れを形成し、小声で話しながらうろうろしていた。ハリーは部屋の奥の隅へゆっくりと歩いていき、テーブルの端の席に腰を下ろした。顔を上げると、数人の少年が次々と大食堂へ入ってくるのが目に入った。みな、ハリーと同じ当惑を感じているようだった。そのうちの一人がハリーの隣りへやってきて腰を下ろすと、もう一人が向かいに席を占めて、まるでハリーなどそこにいないかのように二人でしゃべりつづけた。

やがて何の前触れもなくベルが鳴り、ミスター・フロビッシャーが姿を現わしたので、全員が口を閉ざした。ミスター・フロビッシャーが聖書台《レクターン》――そんなものがあることに、ハリーはそのとき初めて気がついた――に向かって立ち、ガウンの両襟《りょうえり》を引っ張った。

「ようこそ、諸君」と、彼は角帽を脱いで口を開いた。「今日はすなわち、きみたちにとってセント・ビーズの第一学期の第一日だ。間もなく、きみたちはこの学校での最初の、そして断言してもいいが、最高の食事を経験することになる」一人か二人が神経質な笑いを漏らした。「夕食が終わったらすぐに寄宿舎へ案内するから、そこで荷物をほどいてもらう。八時にもう一つのベルが鳴る。と言っても、実際には同じベルが異なる時間に鳴るだけだがね」ハリーはにやりと笑みを浮かべたが、大半の少年はミスター・フロビッシャーのささやかな冗談を無視した。

「三十分後に同じベルがもう一度鳴り、きみたちはベッドに入るわけだが、その前に顔を洗い、手足をきれいにして、歯を磨かなくてはならない。ベッドに入って三十分は読書の時間を取ってあるが、それを過ぎると明かりが消える。以降は眠るわけだが、消灯後もおしゃべりをしているのが見つかったら、それがだれであれ、監督生によって罰せられる。次にベルの音を聞くのは」ミスター・フロビッシャーはつづけた。「翌朝六時三十分だ。そのベルが鳴ったら、起床して洗面、歯磨きを終えて着替えをし、七時前には必ず大食堂へ集合しなくてはならない。だれだろうと遅れた者には朝食は与えられない。

「八時に大ホールで朝礼があり、校長先生の訓辞を聞く。そのあと、八時三十分に一時間目の授業が始まる。午前中は六十分の授業が三科目、二時間目と三時間目が始まる前にはそれぞれ十分の休憩時間があるから、そのあいだに教室を移動すること。三時間目が終わると、十二時に昼食となる。

「午後の授業は二科目だけで、そのあとはゲームだ。サッカーだな」ハリーは二度目の笑みを浮かべた。「これには全員の参加が義務づけられている。ただし、聖歌隊のメンバーは除外される」ハリーは眉《まゆ》をひそめた。聖歌隊の生徒はサッカーをできないなんて聞いてないぞ。「ゲーム、あるいは聖歌隊の練習が終わったら、フロビッシャー・ハウスへ戻って夕食だ。そのあと、一時間の予習をしてからベッドへ引き上げる。やはり消灯まではベッドで読書してもいい。ただし、読んでもいいのは、寮母《マトロン》が許可しているものに限られる」ミスター・フロビッシャーが付け加えた。「ここまでの話を聞いて、諸君はひどく困惑《ビミューシング》しているに違いないが」ミスター・ホールコムがプレゼントしてくれた辞書で〝困惑《ビミユージング》〟という単語を引くのを忘れないこと、とハリーは心に留めた。「心配は無用だ。諸君はすぐに、わがセント・ビーズの伝統に慣れるはずだ。では、今夜の話は以上だ。私はこれで失礼するから、存分に夕食を堪能《たんのう》してくれたまえ。では、諸君、おやすみ」

「おやすみなさい、サー」数人の勇気ある少年が挨拶《あいさつ》を返すのを背中に聞きながら、ミスター・フロビッシャーは大食堂をあとにした。

数人のエプロン姿の女性がテーブルのあいだを往《い》きつ復《もど》りつして、一人一人の少年の前にスープの深皿を並べていくあいだ、ハリーは石のように身体を硬くしていた。そのあと、向かいの少年が深皿に奇妙な形のスプーンを浸《つ》け、それを向こうへ押すようにしてスープをすくって口へ運ぶのを、注意深く観察した。そして、その動きを真似《まね》しようとしたが、結局はスープが何滴もテーブルにこぼれ、スプーンに残っている液体をなんとか口まで持っていったものの、大半が顎《あご》に垂れて終わってしまった。袖《そで》で顎を拭《ふ》くところはほとんどだれにも気づかれずにすんだが、スープをするたびに大きな音を立てていると、さすがに何人かの少年がスプーンを持つ手を止めてハリーを見つめた。ハリーは当惑してスプーンをテーブルに戻し、スープが冷たくなるにまかせた。

二番目の料理はフィッシュケーキ（魚肉とマッシュポテトを混ぜて平らにし、揚げたもの）だった。向かいの少年がどのフォークを手に取るかを確かめるまで、ハリーは動かなかった。驚いたことに、少年は料理を口に運ぶごとにナイフとフォークを皿に戻していた。しかし、ハリーは自分のナイフとフォークを、まるで農作業用のピッチフォークのように握りしめたまま離さなかった。

向かいに坐っている少年と隣りに坐っている少年が話しはじめた。馬に乗って猟犬を使う狩りの話だったが、ハリーには加わりようがなかった。馬に乗るのに最も近い経験と言えば、ウェストン－スーパー－メアへ出かけたある日の午後、半ペニーでロバの背にまたがったことしかなかったからだ。

フィッシュケーキの皿と入れ替わりにプディングが現われた。ハリーの家でお目にかかることは滅多になく、故《ゆえ》に、母が〝ご馳走《ちそう》〟と呼んでいる食べ物だった。それからも、新しいスプーンが登場し、新しい味が出現し、新しい失態を演じるはめになった。バナナが林檎《りんご》と同じでないことを知らなかったから、周囲のだれもがびっくりしたことに、皮まで食べようとしたのだ。ほかの少年たちの最初の授業は明日の朝の八時半からかもしれないが、ハリーの授業はすでに始まっていた。

夕食が完全にテーブルから片づけられると、フィッシャーが監督生として戻ってきて、受け持ちの新入生を連れて幅の広い木造の階段室を上り、二階の寄宿舎へ案内した。そこには三十脚のベッドが十脚ずつ整然と三列に並び、それぞれに枕《まくら》が一つ、シーツが二枚、毛布が二枚、揃《そろ》えて置かれていた。何であれ同じものを二つ持つなど、ハリーには初めての経験だった。

「ここが新入り《ニュー・バグ》の寄宿舎だ」フィッシャーが偉そうに宣言した。「文明化されるまで、おまえたちはここにいるんだ。それぞれのベッドの裾《すそ》のところに、アルファベット順に名前が書いてある」

ハリーは自分のスーツケースがベッドの上に置いてあるのに気づき、だれが運んでくれたんだろうと訝った。隣りの少年は早くも荷ほどきを始めていた。

「ディーキンズだ」もっとよくハリーが見えるよう眼鏡を押し上げながら、その少年が名乗った。

「ハリーだ。去年の夏、入学試験のときにきみの隣りに坐ってたんだ。すごいな、たった一時間のあいだに全部の問題を解くなんて」

ディーキンズが赤くなった。

「だから、奨学生なんじゃないか」ハリーの反対隣りの少年が言った。

ハリーはその少年を見て訊いた。「きみも奨学生なのか？」

「まさか、とんでもない」少年が荷ほどきの手を休めずに答えた。「ぼくがセント・ビーズへの入学を許された理由はたった一つ、父と祖父がここの卒業生だからさ。ぼくはその三代目というわけだ。もしかして、きみのお父さんもここの卒業生だったりして」

「違うよ」ハリーとディーキンズが同時に否定した。

「無駄口を叩《たた》くな！」フィッシャーが怒鳴った。「さっさと荷物を片づけろ」

ハリーはスーツケースを開けて衣服を取り出すと、ベッドの隣りの二つの引き出しにきちんとしまった。母が入れてくれたのだろう、シャツのあいだに〈フライ〉のファイヴ・ボーイズ・チョコレートが潜んでいた。ハリーはそれを枕の下に押し込んだ。

ベルが鳴った。「着替えの時間だ！」フィッシャーが宣言した。ハリーはたった一人の少年の前ですら服を脱いだことがなく、ましてこんなに大勢がいる部屋では、あるはずがなかった。壁に向かってゆっくりと服を脱ぎ、急いでパジャマに着替えて、ドレッシング・ガウンの紐《ひも》を結び終えると、ほかの少年のあとについて洗面所へ向かった。そこでふたたび、彼らがフランネルのタオルで顔を洗い、そのあとで歯を磨く様子を注意深く観察した。ハリーはタオルも歯ブラシも持っていなかった。隣りのベッドの少年が自分の洗面用具入れを引っ掻《か》き回し、新品の歯ブラシと練歯磨きのチューブを渡してくれた。ハリーがためらっていると、少年はこう言った。「母は何だろうと、いつでも二セット揃えてくれるんだ」

「ありがとう」ハリーは礼を言った。急いで歯を磨いたにもかかわらず、やはりいちばん最後に部屋へ戻ったうちの一人になってしまった。そして、ベッドに入った。きれいなシーツが二枚、毛布が二枚、柔らかい枕。ちらりと横を見ると、『ケネディのラテン語入門』を読んでいたディーキンズが愚痴った。「煉瓦《れんが》みたいに固い枕だな」

「ぼくのと交換しようか?」ハリーは訊《き》いた。

「ありがとう」ディーキンズがにやりと笑って応《こた》えた。「だけど、きっとどれも同じだと思うよ」

ハリーは枕の下からチョコレートを取り出すと、それを三つに割った。そして、一つをディーキンズに、もう一つを歯ブラシと歯磨きをくれた少年に差し出した。

「きみのお母さん《メイター》はぼくの母より気が利《き》くらしい」その少年がチョコレートを一囓《ひとかじ》りして

言った。またベルが鳴った。「ところで、ぼくはジャイルズ・バリントンだ。きみは？」

「クリフトン。ハリー・クリフトンだ」

何分かうとうとすると目が覚めるということが繰り返されたが、それはベッドが心地よすぎるせいだけではなかった。ジャイルズが父の死の真相を知っている三人の一人の親戚《しんせき》だという可能性があるだろうか？　もしそうなら、隣りにいるジャイルズの人間性は父親譲りだろうか、それとも、祖父の形質を受け継いでいるだろうか？

不意に、たまらなく寂しくなった。ハリーはバリントンにもらった歯磨きのチューブの蓋《ふた》を開け、眠りが訪れるまでそれを吸いつづけた。


翌朝六時半、いまや耳に馴染《なじ》んだベルが鳴ると、ハリーはのろのろとベッドを出た。吐き気がしていた。ディーキンズのあとから洗面所に入ると、ジャイルズが水の様子を確かめているところだった。「この学校は湯ってものがあるのを知らないいんじゃないかな、どう思う？」と、彼は言った。

ハリーが返事をしようとした瞬間、監督生のフィッシャーが怒鳴った。「洗面所での私語は禁止だ！」

「あいつ、プロイセンの将軍より始末に負えないな」ジャイルズが踵《かかと》を打ち鳴らす振りをして言い、ハリーは思わず噴き出した。

「いま笑ったのはだれだ?」フィッシャーが二人を睨《にら》みつけた。

「ぼくです」ハリーは即座に認めた。

「名前は?」

「クリフトンです」

「今度その口を開いたら、クリフトン、スリッパが待ってるからな」

〝スリッパが待っている〟というのが何を意味するのかはわからなかったが、どうやら愉《たの》しいものではなさそうだった。歯を磨くと急いで寄宿舎へ戻り、一言も発しないで着替えをした。ネクタイを結び終えると――まったくうまくできないことの一つだった――ジャイルズとディーキンズにくっついて階段を下り、大食堂へ向かった。

階段室で話をしてもいいかどうかわからなかったので、三人は一度も口を開かなかった。大食堂に入ると、ハリーはできたてほやほやの二人の友だちのあいだに席を占め、朝食のポリッジをよそった椀《わん》が一人一人の前に置かれるのを見守りながら、自分の前にスプーンが一つしかないとわかってほっとした。これなら、今度は失態の演じようがないはずだった。

ハリーはまるでスタン伯父が現われて椀をひったくっていくのではないかと恐れているかのように、大急ぎでポリッジを掻き込み、だれよりも早く食べ終えると、一瞬たりと考える素振りも見せずにスプーンをテーブルに置いて、椀を舐《な》めはじめた。信じられないという顔でそれを見つめる者もいれば、指をさす者も、くすくす笑う者もいた。ハリーは火が出るのではないかと思うほど真っ赤になって椀をテーブルに戻した。バリントンが自分の椀を持ち上げて舐めはじめなかったら、泣き出してしまうところだった。

5

オックスフォード大学博士であり、セント・ビーズ校の校長であるサミュエル・オークショット師が両足を踏ん張るようにして演壇の中央に立ち、眼下に居並ぶ自分の群れを穏やかに見つめた。教え子を〝群れ〟と見ているのは確実だった。

ハリーは最前列の席にいて、目の前に聳《そび》える、畏怖《いふ》を覚えずにはいられない姿をじっと見上げていた。その人物、ドクター・オークショットは、身長が優に六フィートを超え、豊かな髪には白いものが多く、もみあげも長く豊かに伸びて、そのせいでますます近づきがたく見えた。深みのある、射抜くような青い眼は、決して瞬《まばた》きをしないように見えたが、その一方で、額に横に走るように刻まれている何本もの皺《しわ》が、偉大な知恵を感じさせた。

そのドクター・オークショットが咳払《せきばら》いをし、生徒たちに呼びかけた。

「ビーズ生諸君、今日、新学年の始まりの日に、私たちはふたたびこうして集うことができた。いかなる困難が待ち受けていようとも、もとより、諸君にはそれに立ち向かう覚悟ができているはずだ」そして、ホールの後方へ目を向けた。「上級生は、第一志望の学校に受け入れてもらおうとするならば、無駄にしていい時間は一瞬もない。第二志望でいいなどと思ってはならない」

「中学年は」視線が中央へ移った。「この一年で、だれがより大きな役目に向いているかを決められる。来年ここへ戻ってきたときに、だれが監督生、クラス委員、寮長、運動部門のキャプテンになり、だれがただの落伍者《らくごしゃ》でいるかがわかることになる」数人の生徒が俯《うつむ》いた。

「われわれの目下の義務は、新入生を歓迎し、ここがわが家同然に感じられるよう全力を尽くすことだ。彼らは人生という長い競争の始まりにおいて、ここで最初のバトンを渡される。その競争があまりに厳しいとわかって落ちこぼれる者も一人や二人はいるかもしれないが」ドクター・オークショットが前三列の生徒を見下ろして警告した。「本校は心の弱い者向きではない。というわけで、偉大なるセシル・ローズの言葉をきみたちに贈る。肝に銘じて、決して忘れることのないように。〝幸運にもイギリスの男子と生まれたのであれば、きみはすでに人生という籤《くじ》で一等を引き当てているのだ〟」

そこに集っている生徒全員が喚声を爆発させるなか、オークショット校長は演壇を降りると、縦一列に並んだ教員を引き連れて中央通路を下り、大ホールをあとにして朝の陽差しの下へ出ていった。

ハリーは気持ちの高ぶりを抑えられず、絶対に校長先生を失望させはしないと心に誓った。上級生のあとに従ってホールを出たが、中庭に足を踏み入れた瞬間に、高揚感がしぼんでいった。上級生の一団が隅にかたまっていたのだ。両手をポケットに入れているところを見ると、監督生のようだった。

「ほら、あいつだ」そのなかの一人がハリーを指さした。

「あれが浮浪児みたいだってやつだな」別の一人が言った。

三人目――ゆうべの担当監督生のフィッシャーだった――が付け加えた。「あいつは獣《けもの》だからな。おれたちの最大の義務は、できるだけ早く、あいつを本来の棲処《すみか》へ戻れるようにしてやることだ」

ジャイルズ・バリントンが追いかけてきて慰めた。「あんなの無視すればいいんだ。そうすれば、いずれは飽きて、別の標的を見つけるさ」しかし、そうは思わなかったハリーはそのまま教室へ駆け込み、バリントンとディーキンズが戻ってくるのを待った。

やがて、ミスター・フロビッシャーが教室に入ってきた。とっさにハリーの頭に浮かんだのは、彼もまた、ぼくのことをセント・ビーズにいる価値のない浮浪児と見なしているのだろうかという不安だった。

「おはよう、諸君」ミスター・フロビッシャーが声をかけた。

「おはようございます、サー」生徒が挨拶《あいさつ》を返すなか、ミスター・フロビッシャーは黒板の前に立った。「一時間目は歴史の授業だ。きみたちのことを早く知りたいので、これまでにどれだけ学んでいるか、あるいは、どれだけ学んでいないかを把握するために、まずは簡単なテストをさせてもらおう。ヘンリー八世に何人の妃《きさき》がいたか、知っている者？」

すぐさま数本の手が挙がった。「アボット」ミスター・フロビッシャーが教卓に広げた席割り表を見て、最前列の生徒を指名した。

「六人です、サー」即座に答えが返ってきた。

「よろしい。では、その名前を言える者？」挙手の数が減った。「クリフトン、どうだ？」

「アラゴンのキャサリン、アン・ブリン、ジェイン・シーモア、そして、もう一人のアンがいますが……」ハリーは答えに詰まった。

「クレーヴのアンだ。残る二人の名前を答えられる者？」宙に突き出されている手は一本しか残っていなかった。「ディーキンズ」ミスター・フロビッシャーがふたたび席割り表を見て指名した。

「キャサリン・ハワードとキャサリン・パーです。クレーヴのアンとキャサリン・パーはヘンリーよりも長生きしました」

「大変よろしい、ディーキンズ。では、時計の針を二世紀進めよう。トラファルガーの戦いで艦隊を指揮したのはだれだ？」とたんに、生徒全員の手が挙がった。「マシューズ」何としても指名してくれと言わんばかりの一本の手に目を留めて、ミスター・フロビッシャーがうなずいた。

「ネルソンです、サー」

「正解だ。では、そのときの首相はだれだ?」

「ウェリントン公爵《こうしやく》です、サー」マシューズは答えたが、自信満々というわけではなさそうだった。

「違うな」ミスター・フロビッシャーが言った。「当時の首相はウェリントンではない。もっとも、ネルソンと同時代の人ではあるがね」そして教室を見渡したが、いまだに挙がっているのはクリフトンとディーキンズの手だけだった。「ディーキンズ」

「ピット・ザ・ヤンガーです。一七八三年から一八〇一年まで、そして、一八〇四年から一八〇六年まで首相を務めました」

「そのとおりだ、ディーキンズ。では、鉄人公爵《ジ・アイアン・デューク》が首相だったのはいつだ?」

「一八二八年から一八三〇年、そして、一八三四年にも首相を務めています」

「それでは、彼の最も有名な勝利が何か、わかる者?」

バリントンの手が初めて勢いよく挙がり、彼はミスター・フロビッシャーの指名を待たずに叫んだ。「ワーテルローの戦いです、サー!」

「正解だ、バリントン。では、そのときにウェリントンが破った相手はだれだ?」

バリントンは沈黙したままだった。

「ナポレオンだよ」ハリーはささやいた。

「ナポレオンです、サー」バリントンが自信に満ちて答えた。

「正解だ、クリフトン」フロビッシャーが笑みを浮かべた。「では、ナポレオンも公爵だったかな?」

「いいえ、サー」だれもその質問に答えようとしないのを見て、ディーキンズが言った。「彼は最初のフランス帝国を造り、皇帝になりました」

ディーキンズは一般公募奨学生だったから、ミスター・フロビッシャーは彼の応答には驚かなかったが、クリフトンの知識には感心していた。つまるところ彼は聖歌隊奨学生であり、ミスター・フロビッシャーは長年の教師としての経験から、優れたスポーツ選手がそうであるように、才能に恵まれた聖歌隊員もまた、得意分野以外で能力を発揮するのが稀《まれ》であることを知っていた。クリフトンは早くも、その稀な一人であることを証明しつつあった。この少年を教えたのはだれだろう、とミスター・フロビッシャーは興味を抑えられなかった。

授業の終わりを告げるベルが鳴ると、ミスター・フロビッシャーは言った。「次の科目は地理だ。先生はミスター・ヘンダーソンだが、彼は待たされるのが好きではない。だから、休み時間のあいだに教室を探し出して、彼が姿を現わすしばらく前に着席することを薦めておくとしよう」

ハリーはジャイルズにくっついて離れなかった。何がどこにあるか、彼は全部知っているようだった。二人で中庭を突っ切っていると、彼らが通りかかると声をひそめたり、まじまじと見つめたりする生徒が何人もいることにハリーは気がついた。

数え切れないほど多くの土曜の午前中をオールド・ジャックと過ごしたおかげで、地理の授業はもちこたえられたが、午前中の最後の授業の数学はディーキンズの圧倒的な一人舞台で、教師でさえ彼を相手にするときには気を引き締めてかからなくてはならなかった。

三人で昼食の席に着くと、ハリーは無数の目が自分の一挙手一投足を見つめているのを感じたが、気づかないふりをして、何から何までジャイルズのやるとおりに真似《まね》をした。

「きみに教えられることがあるとわかってうれしいよ」ジャイルズがナイフで林檎の皮を剝《む》きながら言った。

午後の最初の科目は化学だった。ハリーはその一回目の授業を面白いと思い、とりわけブンゼン・バーナーに火をつけさせてもらったときには、ほとんど有頂天だった。しかし、その日最後の科目の自然観察は、手も足も出なかった。自宅に庭がない生徒はハリーだけだったからである。

一日の終業のベルが鳴ると、同級生はサッカーをするために教室を出ていったが、ハリーは聖歌隊の最初の練習に参加するために礼拝堂へ行かなくてはならなかった。ここでもみんなの視線が自分に注がれるのがわかったが、今回のそれはまったく正当な理由によるものだった。

しかし、礼拝堂を出るや否《いな》や、運動場から戻ってくる生徒たちの、例のひそひそ話に煩《わずら》わされることになった。

「あれはわれらが哀れな浮浪児じゃないか？」ある声が言った。

「気の毒に、歯ブラシも持ってなかったぜ」別の声が応じた。

「夜は港で寝るって聞いたぞ」三人目がさらに付け加えた。

ディーキンズもバリントンもどこにも見当たらず、ハリーは途中で生徒たちに出くわさないようにしながら、急いでフロビッシャー・ハウスへ逃げ帰った。

夕食のときの無遠慮な視線はめっきり数が減っていたが、その理由はたった一つ、ジャイルズ・バリントンが声の聞こえる範囲にいる全員に、ハリーは自分の友だちだと宣言してくれたからだった。しかしそのジャイルズも、全員が予習を終えて寄宿舎へ上がり、フィッシャーが入口に立っているのを見たときにはいかんともしがたかった。その監督生は明らかにハリーを待ち構えていた。

少年たちが着替えを始めると、フィッシャーが聞こえよがしに言った。「紳士諸君、臭くてすまないな。だが、風呂《ふろ》のない家からきてるやつが一人いるんだ」フイッシャーに取り入ろうとするのか、一人か二人が同調するようにくすくす笑った。ハリーは取り合わなかった。「その貧乏人のガキは風呂だけでなく、父親もないときてる」

「父はこの前の戦争で国のために戦った立派な男です」ハリーは誇りをもって言い返した。

「どうして自分のことだと思うんだ、クリフトン?」フィッシャーが挑発した。「おまえも母親が働いてるガキだというなら、もちろん話は別だがな」――そして、一拍置いた――「ホテル《ア・ホテル》のウェイトレスとしてな」

「アン・ホテルです」ハリーは誤りを正した。

フィッシャーがスリッパをつかんで声を荒らげた。「口答えをしたな、クリフトン。腰を曲げて、ベッドの縁に手をつけ」ハリーが言われたとおりにすると、スリッパが六回、ジャイルズが顔を背けずにはいられなかったほどの激しさで振り下ろされた。ハリーはベッドに突っ伏し、必死で涙をこらえた。

明かりを消す前に、フィッシャーが付け加えた。「明日の晩、また諸君の顔を見るのが待ちきれないな。そのときに、寝るまでスティル・ハウス・レーンのクリフトンのお話をつづけてやろう。スタン伯父さんのことを教えてやるから楽しみに待ってろ」

次の日の夜、ハリーは初めて、自分の伯父が住居侵入罪で一年半も刑務所に入っていたことを知った。それはスリッパで叩《たた》かれるより辛《つら》く、ハリーはまたもやベッドに突っ伏しながら悲観した――父さんがいまも生きているとしても、それは獄中で、これまで家族の誰一人として父さんのことを詳しく話そうとしないのは、それが本当の理由だからではないのだろうか?

つづく三日目の夜もほとんど眠れず、授業を受けているときの出来映えもはかばかしくなかったし、礼拝堂でもみんなの賞賛を受けるに至らなかった。フィッシャーとまた顔を合わせなくてはならず、しかもそれを逃れる術《すべ》がないということしか頭になかったのだ。ほんの些細《ささい》な言い訳をしただけで、洗面所の床に水を一滴こぼしただけで、枕《まくら》がまっすぐになっていないだけで、靴下が片方たるんでいるだけで、あの担当監督生がスリッパを六回、力任せに振るうに決まっている。しかも、それはほかの生徒の面前で行なわれ、その前にクリフトン一家の新たなあら探しが行なわれ、笑いものにされるというおまけまでつくのだ。五日目の夜には、ハリーは我慢の限界に達していた。ジャイルズとディーキンズをもってしても、宥《なだ》めることはできなかった。

金曜の夜の予習時間、ほかの生徒たちが『ケネディのラテン語入門』のページをめくっているとき、ハリーはシーザーもガリア人も無視して、金輪際フィッシャーに煩わされなくてすむ計画を練った。そしてその夜、〈フライ〉のチョコレートの包み紙をフィッシャーに見つけられ、またもやスリッパで叩かれてからベッドに入るころには、計画は完全にできあがっていた。明かりが消されてからも、目を開けたまま身じろぎもせず、間違いなく全員が眠ったと確信できるのを待った。

何時かはまったくわからなかったが、そうっとベッドを抜け出し、音を立てずに着替えをすると、ベッドのあいだを抜けて部屋の奥へたどり着いた。窓を開けると冷たい夜気が吹き込み、そのせいで、いちばん近くにいた生徒が寝返りを打った。非常階段へ出るとゆっくりと窓を閉めて地上へ下り、まるでサーチライトのように煌々《こうこう》とあたりを照らしているかに思われる満月の光をあらゆる陰を利用して避けながら、芝生の縁を迂回《うかい》していった。

正門にたどり着いてみてぞっとしたことに、そこには鍵《かぎ》がかかっていた。やむなく壁伝いに進んで、わずかな割れ目や窪《くぼ》みを探した。それを使って壁をよじ登れば、その向こうには自由が待っている。ついに煉瓦《れんが》が抜け落ちている部分が見つかり、そこに手をかけて身体《からだ》を引き上げると、何とか壁をまたいで坐《すわ》った。上端に指を引っかけて反対側にぶら下がると、胸の内で神に祈りながら手を離した。したたかに地面と衝突したが、どこも折れたりはしていないようだった。

立ち上がるや、道路を駆け下った。最初はゆっくりと、間もなく速度を上げて、足を止めることなく港にたどり着いた。夜番の港湾労働者がちょうど仕事を終えて出てくるところで、ほっとしたことに、そこにスタン伯父の姿はないようだった。

最後に出てきた港湾労働者の姿が見えなくなると、ゆっくりと波止場地帯を歩き、目の届く限り一列に並んで舫《もや》われている船の脇《わき》を通り過ぎた。煙突の一つに〝B〟の文字が誇らしげに描かれているのに気づいて、いまごろはぐっすり眠っているに違いない友だちのことが頭に浮かんだ。あいつは……と、そのとたんに思いが打ち切られた。オールド・ジャックの鉄道客車の前だった。

彼もまたぐっすり眠っているのではないだろうかと気になったが、その疑問に声が答えてくれた。「そんなところに突っ立っていないで、ハリー、凍え死ぬ前になかに入りなさい」客車のドアを開けると、オールド・ジャックがマッチを擦って、ろうそくをともそうとしているところだった。へたり込むように向かいの座席に腰を下ろした少年を見て、老人が訊《き》いた。「逃げてきたのか？」

単刀直入に切り込まれてびっくりしてしまい、すぐには答えられなかった。「実は、そうなんだけど」ハリーはようやく、それでも口ごもって認めた。

「それで、きわめて重大なその決心をした理由を私に話しにきたというわけだな？」

「逃げたくて逃げたわけじゃないよ」ハリーは言った。「そうさせられたんだ」

「だれに？」

「フィッシャーってやつだよ」

「それは教員か？　それとも生徒かな？」

「寄宿舎の監督生だよ」ハリーは顔をしかめ、セント・ビーズ校での最初の一週間にあったことを一つ残らず打ち明けた。

老人はふたたびハリーをびっくりさせた。事情を聞き終えると、こう言ったのである。

「すまなかった、私のせいだ」

「どうして？」ハリーはびっくりして訊いた。「これ以上はできないぐらい、あなたはぼくを助けてくれたじゃない？」

「いや、もっとできたはずだ」オールド・ジャックは言った。「この国にはびこる、上にへつらい、下に威張るという、地球上のどの国もかなわないほどの見下げ果てた俗物根性にたいして、もっときみに準備をさせてやらなくてはならなかった。地理や歴史ではなく、上流階級意識というのがどんなものかを教えることに時間を費やすべきだった。すべての戦争を終わらせるためのこの前の戦争のあと、少しは状況が変わったのではないかと期待していたんだが、セント・ビーズ校では明らかにそうではないらしい」そして、黙って考えていたが、ようやく口を開いて訊いた。「それで、これからどうするつもりだね、少年？」

「海へ逃げるんだ。乗せてくれる船なら何でもいいよ」ハリーは言った。断固とした声に聞こえてほしかった。

「なるほど、名案だな」オールド・ジャックが応じた。「フィッシャーの思うつぼにはまって悪いということはないかもしれないからな」

「どういう意味？」

「逃げ出したら、フィッシャーは確かに喜ぶだろう。あの浮浪児は根性無しだったと、友だちに吹聴《ふいちょう》できるからな。だが、それはせいぜいそれだけのことだ。しかし、母親がウエイトレスをして働いている港湾労働者の息子――きみのことだ――に、人は何を期待していると思う？」

「でも、フィッシャーの言うとおりだよ。ぼくはあいつと同等じゃないんだ」

「それは違うな、ハリー。問題は自分がきみと同等ではないし、これからも絶対に同等ではあり得ないことを、フィッシャーがすでに気づいていることだ」

「要するに、あいつのいる恐ろしいところへ戻れってこと?」

「それを決められるのは、最後はきみしかいない」オールド・ジャックが言った。「しかし、この世のフィッシャーたちに出くわすたびに逃げていたら、結局は私と同じ、きみの校長先生の言葉を借りるなら、落伍者で終わってしまうぞ。しかも、人生のな」

「でも、あなたは立派な人じゃないですか」ハリーは言った。

「そうだったかもしれない」オールド・ジャックが応じた。「だが私は、自分のフィッシャーと出くわしたときに逃げてしまった。簡単な出口を選択することに甘んじたうえに、自分のことしか考えなかった」

「だけど、考えるべき人って、ほかにだれがいるの?」

「まずは、きみのお母さんだ」オールド・ジャックが教えた。「彼女自身があり得べくもないと思っていたほどの、よりよい人生のスタートをきみに切らせるために、どれだけの犠牲を払ってくれたかを忘れてはならない。それから、ミスター・ホールコムがいる。きみが逃げ出したと知ったら、彼は自分を責めるばかりだろう。さらに、ミス・マンデイもだ。彼女はきみが聖歌隊奨学生に絶対にふさわしいと明らかにするために、それはそれは多くの時間を費やして、いろいろな人たちを口説き、説得した。そして、ハリー、賛否両論を秤《はかり》にかけなくてはならなくなったら、秤の皿の一方にフィッシャーを置き、もう一方にバリントンとディーキンズを置くことだ。なぜなら、フィッシャーはあっという間もなく取るに足りない存在になって消えてしまい、バリントンとディーキンズは終生の友となって残ってくれるに違いないからだ。もしきみがいま逃げ出したら、バリントンもディーキンズも繰り返し繰り返しフィッシャーの自慢話を聞かされ、自分たちがきみを見損なっていたという事実をいつまでも思い出させられるはめになるんだぞ」

ハリーはしばらく沈黙していたが、ついに、ゆっくりと立ち上がった。「ありがとうございました、サー」そして、あとは一言も発せずに、客車のドアを開けて外へ出た。

ゆっくりと波止場地帯を引き返しながら、そこに並ぶ巨大な貨物船をふたたび見上げた。そのどれもが、間もなく、遠くの港へと出ていくはずだった。歩きつづけて港の門までやってくると、町へ引き返すべく、いきなり走り出した。学校の前にたどり着いたときにはすでに正門が開いていて、大ホールの壁の時計が八時を知らせようとしていた。

ミスター・フロビッシャーは電話というものがあるにもかかわらず、自ら校長の家まで足を運んで、生徒の一人がいなくなったことを報告しなくてはならないだろうと考えていた。書斎の窓から外をうかがっていると、寄宿舎へ向かって用心深く走るハリーの姿が、木立のあいだに見え隠れした。寄宿舎の玄関をおずおずと開けた瞬間に時計が八回目を打ち、ハリーは寮監と鉢合わせした。

「急いだほうがいいぞ、クリフトン」ミスター・フロビッシャーが言った。「さもないと、朝食にありつけなくなるからな」

「イエス、サー」ハリーは応《こた》え、廊下を走った。ドアが閉まる寸前に大食堂に飛び込み、バリントンとディーキンズのあいだに割り込んだ。

「一瞬、今朝はぼく一人で椀《わん》を舐《な》めなくちゃならないかと思ったよ」バリントンが軽口を叩き、ハリーは思わず苦笑した。

その日はフィッシャーと顔を合わさないですんだし、さらに驚いたことに、その夜の寄宿舎の担当監督生はフィッシャーではなく、別の上級生だった。ハリーは入学してから初めて熟睡した。

6

ロールス－ロイスがマナー・ハウスの門を抜けた。長い車道《ドライヴウエイ》の両側には背の高い樫《かし》の並木が衛兵のように列を作り、屋敷が見えるまでに六人の庭師が数えられた。

セント・ビーズで寄宿舎生活を送るあいだに、休暇で実家に戻ったときの生活の様子はジャイルズから多少聞いていたが、まさかここまですごいとは思ってもいなかった。初めてその屋敷を目にしたとき、ハリーは呆気《あっけ》にとられて口が開き、しばらく閉じることができなかった。

「建ったのは十八世紀ってところじゃないかな」ディーキンズが予想した。

「いいところだ」ジャイルズが応《こた》えた。「一七二二年にヴァンブラ（イギリスの劇作家、バロック様式の建築家）の設計で建てられた。でも、庭の設計者は絶対にわからないだろうな。ヒントを一つやろうか。庭が造られたのは、建物よりあとだ」

「造園家は一人しか知らないけど」ハリーは依然として屋敷を見つめたままで言った。「ランスロット・〝ケイパビリティ〟・ブラウンとか」

「彼が選ばれた理由はまさしくそれなんだ」ジャイルズが応えた。「二百年後のぼくの友だちでも、彼の名前を知っていると考えられたからだ」

ハリーとディーキンズが声を挙げて笑ったそのとき、ロールス－ロイスはコッツウォルド地方で採れる柔らかな蜂蜜色《はちみついろ》の石灰岩で造られた、三階建ての邸宅の玄関に着いた。ジャイルズは運転手が後部ドアを開けるのを待ちもしないで車を飛び降り、石段を駆け上がっていった。二人の友人もおずおずとあとにつづいた。

ジャイルズが石段を上り切るよりだいぶ早く玄関が開き、黒のロング・コートにピンストライプのズボン、ブラック・タイというういでたちの長身の男性が現われて、お構いなしに走り過ぎようとする若主人に会釈《えしゃく》をした。「お誕生日、おめでとうございます、ジャイルズさま」

「ありがとう、ジェンキンズ。さあ、入れよ、チャップス！」叫びながら、ジャイルズが家のなかへ消えた。開いているドアを執事が押さえて、ハリーとディーキンズをなかへ通した。

玄関ホールへ足を踏み入れるやいなや、ハリーは思わず立ちすくんだ。肖像画のなかの老人に、まともに睨《にら》みつけられているような気がしたのだ。その老人の鉤鼻《かぎばな》、力のこもった青い眼、がっちりした顎《あご》は、ジャイルズと同じだった。ハリーは壁に飾られている、そのほかの肖像画を見回した。油彩画は本のなかでしか知らなかった――「モナ・リザ」、

「笑う騎士」、そして、「夜警」。コンスタブルという画家の風景画を眺めていると、舞踏会のドレスとしかハリーには形容できない服装の女性が、滑るように玄関ホールへ入ってきた。

「お誕生日、おめでとう、マイ・ダーリン」彼女が言った。

「ありがとう、お母さん《メイター》」ジャイルズが応え、その女性は腰を屈《かが》めて彼にキスをした。ジャイルズが恥ずかしそうな顔をするのを、ハリーは初めて見た。「これが親友の二人、ハリーとディーキンズだよ」ハリーは自分と背丈があまり変わらないその女性と握手をし、とても優しい笑顔で迎えられて、とたんに緊張がほぐれた。

「さあ、客間でお茶でもいかがかしら?」彼女は三人の少年を引き連れて玄関ホールを横切ると、芝生の前庭を望む、広い部屋へ案内した。

部屋に入っても、ハリーは坐《すわ》りたくなかった。四方の壁に飾られた絵を観《み》てまわりたかった。しかし、すでにミセス・バリントンにソファのほうへ押しやられつつあり、とうとうフラシ天のクッションに深々と腰を下ろすことになった。そして、ベイ・ウィンドウの向こうの、実に手入れの行き届いた芝生に目を奪われた。そこはクリケットの試合が十分にできるほどの広さで、芝生の向こうに大きな池が見え、何羽もの鴨《かも》が満ち足りた風情《ふぜい》で所在なげに泳いでいた。次の餌《えさ》にありつく心配をしていないのは明らかだった。ディーキンズが同じソファの、ハリーの隣りに腰を下ろした。

だれも口を開かないでいると、丈の短い黒のジャケットを着たもう一人の男性が部屋に入ってきて、その後ろから、洒落《しゃれ》たブルーの、ハリーの母がホテルで着ているのとは似ても似つかない制服姿のメイドがつづき、運んできた大きな銀の盆を楕円形《だえんけい》のテーブルの、ミセス・バリントンの前に置いた。

「インドがいいかしら？　それとも、中国？」ミセス・バリントンがハリーを見て訊《き》いた。

ハリーは質問の意味がわからなかった。

「ぼくたち三人とも、インドがいいな。ありがとう、お母《マ》さん《ザー》」ジャイルズが助け船を出してくれた。

実際に上流社会と交わるなかで、何であれ知っておかなくてはならない礼儀作法については、ジャイルズにすべて教えてもらって会得したとハリーは考えていたが、そのハードルがミセス・バリントンによって、さらに高く設定されてしまった。

執事補佐が三つのカップに紅茶を注ぎ終わるとすぐに、メイドがそれぞれの少年の前にカップと小皿を並べた。ハリーはサンドウィッチの山を見つめた。手を出す勇気がなかった。ジャイルズが一切れつまんで自分の小皿に置き、母親はそれを見咎《みとが》めて眉《まゆ》をひそめた。

「何度言えばわかるんですか、ジャイルズ。お客さまが選び終わるまでは、どんなときでも絶対に先に手を出してはいけません」

ハリーはミセス・バリントンに、ジャイルズがいつも手本を示してくれて、ぼくはそのおかげでどうすればいいか――もっと大事なのは、どうしてはいけないか――を知ることができるんです、と弁護してやりたかった。ディーキンズがサンドウィッチを一切れ、小皿に取った。ハリーも同じようにした。ディーキンズがサンドウィッチを口に入れるのを、ジャイルズが辛抱強く待っていた。

「スモークサーモンも好きならいいんだけど」ミセス・バリントンが言った。

「最高《スピフィン》だよ」ジャイルズが応え、自分たちはスモークサーモンというものを食べたことがないと認める隙《すき》を、二人の友だちに与えなかった。「学校ではフィッシュ・ペースト・サンドウィッチしか出ないんだ」

「ところで、三人は学校ではどうなの？　教えてもらいたいわね」

「〝改善の余地あり〟というのが、ぼくの努力に対するミスター・フロビッシャーの評価なんじゃないかな」ジャイルズが二切れ目のサンドウィッチに手を伸ばしながら言った。

「でも、ディーキンズは全科目で一番なんだ」と、彼は付け加えた。

「英語は違うよ」ディーキンズが初めて口を開いた。「ハリーのほうが、ぼくより二点上だったもの」

「あなたは何かの科目で、だれかより上だったの、ジャイルズ？」母親が訊いた。

「彼は数学で二番でした、ミセス・バリントン」ハリーはジャイルズを助けようとした。

「数学については天才的ですよ」

「それなら、おじいさまに似たのね」ミセス・バリントンが応えた。

「煖炉《だんろ》の上の肖像画はあなたですよね、ミセス・バリントン、とても素敵ですね」ディーキンズが褒めた。

ミセス・バリントンが微笑した。「あれはわたしではないのよ、ディーキンズ。敬愛するわたしの母なの」そして、ディーキンズがうなだれる前に素速く付け加えた。「でも、勘違いしてもらえて、とてもうれしいわ。だって、若いころの母は美人の誉れ高かったんですもの」

「描いたのはだれですか?」ハリーは訊いた。今度はディーキンズを助ける番だった。

「ラズロだけど」ミセス・バリントンが答えた。「どうしてそんなことを?」

「玄関ホールにある紳士の肖像画を描いたのも、同じ画家じゃないかと思ったものですから」

「あなたはとても鋭い観察眼を持っているのね、ハリー」ミセス・バリントンが感心した。「あの肖像画はわたしの父で、確かにラズロによって描かれたものよ」

「お父さまは何をしておられるんですか?」ハリーは訊いた。

「こいつはいつだって人を質問攻めにするんだ」ジャイルズが言った。「ぼくたちとしては、それに慣れるしかないんだけどね」

ミセス・バリントンがふたたび微笑した。「この国へワインを輸入しているわ。特にスペインのシェリーをね」

「〈ハーヴェイズ〉みたいですね」ディーキンズが口いっぱいにきゅうりのサンドウィッチをほおばったままで言った。

「〈ハーヴェイズ〉みたいにね」ミセス・バリントンは繰り返し、ジャイルズがにやりと笑みを浮かべた。「あなた、もう一切れサンドウィッチはいかが、ハリー」彼の目が皿に釘付《くぎづ》けになっているのに気づいて、ミセス・バリントンが勧めた。

「ありがとうございます」とハリーは応え、スモークサーモン、きゅうり、卵とトマトのどれにしようか迷った末に、どんな味がするのだろうと思いながら、サーモンに決めた。

「あなたもいかが、ディーキンズ？」

「ありがとうございます、ミセス・バリントン」手が伸びたのは、今度もきゅうりのサンドウィッチだった。

「ところで、いつまでもあなたをディーキンズと呼ぶわけにはいかないわね」ジャイルズの母が言った。「まるで使用人を呼んでいるみたいですもの。クリスチャン・ネームは何というの？」

ディーキンズがふたたび俯《うつむ》いた。「ディーキンズと呼ばれるほうがいいんですが」

「アルだよ」ジャイルズが代わりに答えた。

「とても素敵な名前じゃないの」ミセス・バリントンが言った。「でも、お母さまはアランとお呼びになるんでしょ？」

「いえ」ディーキンズは依然として俯いたままだった。そのあとの告白を聞いて、ジャイルズもハリーも驚いた様子を見せたが、口には出さなかった。「ぼくの名前はアルジャーノンなんです」と、彼がついに意を決して明らかにしたのだった。

ジャイルズが噴き出し、声を挙げて笑いはじめた。

ミセス・バリントンは笑っている息子を無視して、ディーキンズに言った。「お母さまはきっと、オスカー・ワイルドがお好きなのね」

「そうなんです」ディーキンズが認めた。「でも、ぼくとしてはジャックのほうがよかったんですけど。あるいは、アーネストでも」

「そんなことを気に病む必要はありませんよ」ミセス・バリントンは言った。「いいことを教えてあげましょう。実はジャイルズも、同じような恥ずかしさを抱えているのよ」

「お母さん、それは絶対に言わないと約束した――」

「いいから、あなたのミドル・ネームを教えてあげなさい」抗議に耳も貸さず、母が命じた。ジャイルズが応えないので、ハリーとディーキンズは期待の目でミセス・バリントンを見た。「マーマデュークよ」と、彼女はため息とともに明らかにした。「彼の父親も祖父もそうなの」

「このことを学校でだれかに話したら」ジャイルズが二人の友だちを睨んで通告した。

「誓って、二人とも殺すからな。本気だぞ」ディーキンズとハリーは笑いを弾《はじ》けさせた。

「あなたにはミドル・ネームがあるの、ハリー？」ミセス・バリントンが訊いた。

ハリーが答えようとしたとき、客間のドアが勢いよく開いて、使用人には間違っても見えない男性が、大きな包みを持って颯爽《さっそう》と入ってきた。ハリーはミスター・ヒューゴーでしかあり得ないその男性を見上げた。ジャイルズが勢いよく立ち上がり、父親へ駆け寄った。「誕生日、おめでとう、息子よ」父親が包みをジャイルズに手渡した。

「ありがとう、お父さん」ジャイルズはすぐさま包みのリボンをほどきはじめた。

「プレゼントを開ける前に、ジャイルズ」母が注意した。「お父さまにあなたのお客さまを紹介するべきじゃないの？」

「ごめんなさい、お父さん。ここにいる二人は、ぼくの親友のディーキンズとハリーです」ジャイルズがプレゼントをテーブルに置いて紹介した。ハリーは気づいたのだが、運動選手のように引き締まった身体《からだ》と枯渇《こかつ》することがないように思われるエネルギーを持っているところが、この親子の唯一《ゆいいつ》の共通点のようだった。

「ようこそ、ディーキンズ」ミスター・バリントンが彼と握手をし、次いで、ハリーを見た。「こんにちは、クリフトン」そして、妻の隣りの空いている椅子《いす》に腰を下ろした。ミスター・バリントンはなぜぼくとは握手をしなかったんだろう、とハリーは訝《いぶか》った。それに、ぼくの苗字《みようじ》がクリフトンだと、どうして知っているんだろう？

執事補佐がミスター・バリントンの前に紅茶のカップを置くやいなや、ジャイルズはプレゼントの包装を剝《は》がし、それがロバーツ社のラジオだとわかって歓声を上げると、プラグを壁のコンセントに差し込んで、いろいろな局に周波数を合わせはじめた。ハリーとディーキンズもそこに加わり、大きな木の箱から新しい音が流れ出すたびに、手を叩《たた》いて笑った。

「今学期、ジャイルズは数学で二番を取ったそうよ」ミセス・バリントンが夫を見て教えた。

「そんなのはほとんどすべての科目で最下位であることの埋め合わせにはならんだろう」ミスター・バリントンが言い返した。ジャイルズは当惑を顔にも素振りにも出すまいとしながら、ラジオの選局作業をつづけた。

「でも、ご両親が見られなかったのは残念ですけど、ジャイルズはエイヴォンハーストとの試合でゴールを決めたんですよ。来年は彼がイレヴンを率いるんだと、だれもが期待しているんです」

「サッカーでいくらゴールを決めたところで、イートン校へ行く役には立たん」ミスター・バリントンがハリーを見ないで言った。「そろそろ気持ちを入れ替えて、本気で勉強に打ち込んでもらわなくてはな」

それにつづいた沈黙を、ミセス・バリントンが破った。「あなたがセント・メアリー・

レッドクリフ教会の聖歌隊で歌っているクリフトンなの?」

「ハリーは最高音域のソリストなんだ」ジャイルズが言った。「実際、聖歌隊奨学生だからね」

いまやジャイルズの父親が自分を見つめていることを、ハリーは意識せざるを得なかった。

「わたし、あなたを見たことがあるんじゃないかしら」ミセス・バリントンが打ち明けた。「ジャイルズの祖父と一緒に、あの教会で上演された『メサイア』を観にいったときよ。あの日、セント・ビーズ校の聖歌隊とブリストル・グラマー・スクールの聖歌隊が合同で歌ったでしょ? あなたの『私は知る、我が贖《あがな》い主は生きておられる』は本当に素晴らしかったわよ、ハリー」

「ありがとうございます、ミセス・バリントン」ハリーは頬を染めて礼を言った。

「セント・ビーズを卒業したら、ブリストル・グラマー・スクールへ進むのが望みなのかね、クリフトン?」ミスター・バリントンが訊いた。

またもやクリフトンだ、とハリーは気になった。「奨学金をもらえたら、ですが」

「でも、どうして奨学金が重要なの?」ミセス・バリントンが訝った。「ほかの子たちと同じく、あなたなら間違いなく入学を許されるでしょうに」

「授業料を払う余裕が母にないからです、ミセス・バリントン。母はロイヤル・ホテルでウェイトレスをしているんです」

「でも、お父さまが――」

「父はいません」ハリーはさえぎった。「この前の戦争で戦死しました」そして、ミスター・バリントンの反応を注意深くうかがった。しかし、優れたポーカー・プレイヤーのように、彼の表情は毛条《けすじ》ほども動かなかった。

「ごめんなさい」ミセス・バリントンが詫《わ》びた。「知らなかったものだから」

ハリーの背後でドアが開き、執事補佐が銀の盆に載せた二段のバースデイ・ケーキを運んできて、テーブルの中央に置いた。ジャイルズが十二本のろうそくを一息で吹き消すと、全員が拍手喝采《かっさい》した。

「きみの誕生日はいつなんだ、クリフトン？」ミスター・バリントンが尋ねた。

「先月でした」ハリーは応《こた》えた。

ミスター・バリントンが顔をそむけた。

執事補佐がろうそくを抜き取り、大きなケーキ・ナイフを若主人に手渡した。ジャイルズは深くナイフを入れてきっちりケーキを五等分し、メイドがテーブルに並べたティー・プレートに一切れずつ分配した。

ディーキンズは自分の皿に垂れた砂糖衣《アイシング》の塊を貪《むさぼ》り尽くし、そのあとでケーキ本体に取りかかった。ハリーはミセス・バリントンを手本にし、自分の皿の横に置いてある小さな銀のフォークを手に取ると、それを使って自分のケーキを小さく切り分けてから、ふたたびフォークを皿に戻した。

ミスター・バリントンだけはケーキに手をつけず、何も言わずにいきなり立ち上がると、そのまま部屋を出ていった。

ジャイルズの母は夫の振舞いに驚きを隠せないようだったが、言葉に出しては何も言わなかった。ハリーは部屋を出ていくミスター・ヒューゴーから片時も目を離さず、一方、ディーキンズはケーキを食べ終えて、またもやサーモンのサンドウィッチを見ていた。自分の周囲の出来事など、明らかに眼中にないようだった。

ドアが閉まると、ミセス・バリントンは何事もなかったかのようにおしゃべりを再開した。「あなたならブリストル・グラマーの奨学生になれないはずがないわよ、ハリー。ジャイルズからいろいろ聞いているけど、それを考慮したらなおさらでしょう。間違いなくとても頭がいいし、そのうえ、天性の歌い手なんですもの」

「ジャイルズには物事を大袈裟《おおげさ》に言いがちなところがあるんですよ、ミセス・バリントン」ハリーは言った。「でも、ディーキンズだけは奨学生になれると保証できます」

「だけど、ブリストル・グラマー・スクールは音楽に対しての奨学金制度を持っていないの？」

「ソプラノ歌手の奨学金はありません」ハリーは答えた。「学校だって、そんな危険は冒しませんよ」

「よくわからないんだけど」ミセス・バリントンが言った。「でも、あなたは何年も聖歌隊で練習を積んできているのよ。だれであろうと、何であろうと、あなたのその年月を無にすることはできないわ」

「そのとおりだと思います。でも、残念なんですけど、声変わりしたあとどうなるかは、だれにも予測できないんですよ。結局はバスやバリトンになってしまうソプラノもいるし、本当に運のいい者はテノールになるんですが、それを前もって知る方法はないんです」

「どうして？」ディーキンズが初めて興味を示した。

「声変わりしたとたんに、自分の地元の聖歌隊ですら席を追われるソプラノのソリストは山ほどいるんだ。天才と言われたアーネスト・ラフに訊《き》いてみるといい。彼が歌う『鳩《はと》のように歌えたら』はイギリスじゅうの人が聴いていたのに、声変わりしたら、二度と、誰一人として、その声を聞けなくなったんだ」

「そうだとしたら、きみはもっと勉強しなくちゃならないな」ディーキンズがサンドウィッチを口に入れたままで言い、淡々と付け加えた。「だって、忘れるなよ、あのグラマー・スクールは毎年十二人の奨学生を受け入れるけど、ぼくが勝ち取れる奨学生の席はたった一つなんだからな」

「だけど、それが問題なんだ」ハリーは言った。「これ以上勉強しなくちゃならないとしたら、聖歌隊をやめざるを得ないだろう。そうなると奨学金は打ち切られるから、セント・ビーズを退学するしかなくなるし……」

「どっちにしても辛い立場なわけだ《ビトウイーン・ア・ロック・アンド・ア・ハード・プレイス》」ディーキンズが同情した。

それはハリーが初めて聞く言い回しで、あとでディーキンズに意味を教えてもらうことにした。

「でも、確かなことが一つあるわ」ミセス・バリントンが言った。「ジャイルズはどこの学校の奨学生にもなれないということよ」

「そうかもしれないけど」ハリーは言った。「ブリストル・グラマー・スクールは彼のような左利《ひだりき》きの強打者を拒絶しないいんじゃないですか?」

「だとすれば、イートン校も同じ方針であることを願わなくちゃね」ミセス・バリントンが言った。「だって、彼の父親が息子に行ってほしがっている学校だもの」

「イートンは嫌だな」と言って、ジャイルズがフォークを置いた。「友だちと一緒にブリストル・グラマーへ行くほうがいいよ」

「イートンでも、必ず新しい友だちが大勢できるわよ」母親が言った。「それに、あなたが自分と同じ道を歩いてくれなかったら、お父さまはとてもがっかりなさるでしょう」

執事補佐が咳払《せきばら》いをした。ミセス・バリントンが窓の向こうへ目をやると、玄関の石段の前に一台の車が止まるところだった。「そろそろ学校へ戻る時間のようね」と、彼女は言った。「わたしがここにいるのに、だれであれ予習の時間に遅刻させるわけにはいかないものね」

ハリーはサンドウィッチの残っている大きな皿と、半分しか食べられていないバースデイ・ケーキを名残惜しそうに眺め、渋々立ち上がって出口へと歩き出した。ちらりと後ろを振り返ると、誓ってもいいが、ディーキンズがサンドウィッチをポケットに詰め込んでいた。最後に窓の外を一瞥《いちべつ》したときに初めて気づいて驚いたのだが、長いおさげ髪《ピッグテイル》のひょろりとした少女が隅にうずくまり、本を読んでいた。

「ぼくの恐るべき妹のエマだよ」ジャイルズが教えてくれた。「本の虫なんだ。ほっとけばいい」ハリーはエマに微笑したが、彼女は顔も上げなかった。ディーキンズは彼女に目もくれなかった。

ミセス・バリントンは三人の少年を玄関まで送り、ハリーとディーキンズと握手をした。

「二人とも、是非また近いうちにいらっしゃってね。あなたたちはジャイルズにとてもいい影響を与えてくださっているわ」

「お茶をごちそうさまでした、ミセス・バリントン」ハリーは言った。ディーキンズは会《え》釈《しゃく》しただけだった。二人が気を利かせて顔をそむけてやると、母は息子を抱擁し、キスをした。

長い車道《ドライヴウエイ》を門へと向かう運転手付きの車のなかから、ハリーはリア・ウィンドウ越しに見えている屋敷を振り返った。彼は気がつかなかったが、屋敷の窓の向こうでは、エマが最後まで車を見送っていた。

7

学校の近くの駄菓子を売っている売店は、毎週火曜と木曜の午後四時から六時まで開いていた。

生徒たちが〝百貨店《エンポリアム》〟と呼んでいるその売店をハリーが訪れることは滅多になかったが、それは一学期分の小遣いが二シリングしかなかったからであり、学期末にまとめて支払いをするときに赤字になっていたら、それがどんなに少額でも、母は喜ばないとわかっているからだった。しかし、ディーキンズの誕生日にはそのルールに例外を認め、友だちのために一ペニーを費やしてファッジ（砂糖、バター、チョコレート、香料などで作った柔らかいキャンディ）を買うつもりでいた。

自分では滅多に売店に行かないのに、毎週火曜と木曜の夜には、必ず机の上に〈フライ〉のファイヴ・ボーイズ・チョコレートがあった。売店で使っていいのは週に六ペンスまでという校則があるにもかかわらず、お返しなど期待していないと公言しているジャイルズは、ディーキンズの机の上にも甘草入りのキャンディが全種類入った袋を置いてやるに違いなかった。

その週の火曜、ハリーは売店の前に並ぶ長い列に加わり、自分の番がくるのを待った。整然と積み上げられ、何列にも並んでいるチョコレートやファッジ、ジェリー・ビーンズ、甘草入りキャンディ、いま大人気の〈スミス〉のポテト・チップスを見つめていると、唾《つば》が湧《わ》くのを抑えられなかった。自分にも一つ買おうかという思いが頭をかすめたが、最近ミスター・ウィルキンズ・ミコーバー（ディケンズの『デイヴィッド・コパフィールド』の登場人物で、そのうちいいことがあると思っている楽天的な下宿の主人）を知った身としては、六ペンスの価値に疑いの持ちようがなかった。

エンポリアムの宝物を羨望《せんぼう》の目で見つめていると、ジャイルズの声が聞こえた。見ると、行列の何人か前にその姿があった。声をかけようとしたまさにそのとき、彼がチョコレートを一つ棚から取ってズボンのポケットに入れた。ややあって、今度はチューインガムがつづいた。列の一番前に出たジャイルズは、全種類が入った甘草入りキャンディ（二ペンス）とポテト・チップス（一ペンス）をそれぞれ一袋、カウンターに置いた。店の責任者のミスター・スウィヴァルズが台帳のバリントンと名前が記してある欄にきちんとそれを記入した。チョコレートとチューインガムはジャイルズのポケットに入ったままで、台帳には記入されなかった。

ハリーは恐ろしくなり、ジャイルズが振り向かないうちに売店を出た。自分がそこにいたことを、気づかれたくなかった。学校の周囲をゆっくりと歩きながら思案した。どうしてジャイルズは盗みなんかしたんだろう？　お金に不自由は絶対にしていないはずなのに。

たぶん単純な理由なのだろうと思われたが、それが何かは想像できなかった。

予習の時間の直前にハリーが学習室へ戻ると、ジャイルズがくすねたチョコレートが机に置いてあった。ディーキンズは甘草入りキャンディを貪《むさぼ》るように口に入れていた。ハリーは産業革命の原因を考えることに集中するのが難しく、自分が見てしまったことにどう対処したらいいかを考えようとした。

その答えは予習時間が終わるころに出た――木曜に売店へ行き、素知らぬ顔でチョコレートを棚に戻して、ジャイルズには何も言わないでおこう。ハリーはチョコレートを机の最上段の引き出しにしまった。

その夜は眠れず、朝食のあとでディーキンズを隅へ連れていって、誕生日のプレゼントを渡せなくなった理由を説明した。ディーキンズは信じられないという表情を抑えられずにいた。

「お父さんが言ってたけど、うちの店でも同じ問題が起こってるらしい」ディーキンズが言った。「万引《ショップ・リフティング》きって言うんだそうだ。〈デイリー・メール〉は大恐慌《だいきょうこう》のせいにしてるけどね」

「ジャイルズの一家が大恐慌の影響を受けているとは思えないけどな」ハリーは自分の気持ちを口にした。

ディーキンズが思案の様子でうなずいた。「フロビッシャー先生に話すべきなんじゃないかな」

「ジャイルズは親友だぞ」ハリーは言った。「告げ口なんかできるわけがないだろう」

「だけど、ばれたら退学かもしれない」ディーキンズが言った。「何をやらかしているかをぼくたちが知ってしまったことぐらいは、あいつに教えてやるべきだろう」

「考えてみるよ」ハリーは応《こた》えた。「でも、それはそれとして、ジャイルズがくれたものを売店に返しに行こうと思うんだ。あいつに知られないようにしてね」

ディーキンズが身を乗り出してささやいた。「それなら、ぼくがもらったものも返してきてもらえないかな。売店に行ったことがないから、どうすればいいかがわからないんだ」

ハリーはその頼みを聞き入れたあと、そのあとは週に二回、ジャイルズからの喜べない贈り物を棚に戻すために売店へ通った。そして、ディーキンズの言うとおり、ジャイルズが捕まる前に――ただし、学期末まで待って――話をすべきだと結論した。

「見事な打球だ、バリントン」ミスター・フロビッシャーが感嘆し、ボールは境界線《バウンダリー》を越えていった。グラウンドの周囲で感嘆の声がさざ波のように広がった。「これから私が言うことを忘れないでくださいよ、校長先生。バリントンはイートン校のために、ローズ（ロンドン北部にあるクリケット競技場。世界のクリケットのメッカと呼ばれる）でハロー校と戦うことになるでしょうね」

「クリケットにうつつを抜かしてばかりじゃ、それは無理だろうけどな」ハリーはディーキンズにささやいた。

「夏休みはどうするんだ、ハリー」ディーキンズが尋ねた。クリケットなどまるで興味がないようだった。

「今年はトスカナへ遠征する予定はないんだ」ハリーはにやりと笑った。「もしそういうことを訊《き》いているんならな」

「ジャイルズも実は行きたくないんじゃないのかな」ディーキンズが言った。「だって、イタリア人はクリケットなんかまるっきり知らないんだから」

「代われるものなら代わってやってもいいかな」ハリーは言った。「ぼくならミケランジエロやダ・ヴィンチやカラヴァッジョがレッグ・ブレーク投球（ボールが右打者の外角へバウンドする投球）の細かい区別を教えられていないことも気にならないし、そればかり食べなくちゃならないんじゃないかとジャイルズが気に病んでるパスタだって、もちろん平気だし」

「で、どこへ行くんだ？」

「西のリヴィエラで一週間過ごすんだ」ハリーは虚勢を張った。「ウェストン－スーパー－メアの大桟橋は相変わらず見物だし、そのあと〈コフィンズ・カフェ〉でフィッシュ・アンド・チップスを食べるのさ。一緒にくるか？」

「暇がないよ」ディーキンズが言った。冗談を真に受けていた。

「どうして暇がないんだ?」ハリーは芝居をつづけた。

「やらなくちゃならない勉強が山ほどあるんだ」

「夏休みも勉強するってのか?」ハリーには信じられないことだった。

「ぼくにとっては勉強が休暇なんだよ」ディーキンズが言った。「勉強してると、とにかく愉《たの》しいんだ。ジャイルズにとってのクリケット、きみにとっての歌と同じさ」

「だけど、どこで勉強するんだ?」

「市立図書館に決まってるじゃないか、馬鹿《クロット》だな。あそこなら必要なものが全部揃《そろ》ってる」

「ぼくも一緒に行っていいかな」今度は心底本気だった。「ブリストル・グラマー・スクールの奨学生になれる可能性が少しでもあるんなら、得られる限りの手助けが必要なんだ」

「静かにしてると約束してくれるんなら、かまわないけど」ディーキンズが同意した。ハリーは笑い出しそうになったが、勉強は笑いの種にするものではないと友だちが考えているのも知っていた。

「でも、ラテン語の文法だけは助けてもらわなくちゃどうにもならないんだよ」ハリーは言った。「いまだに結果節が理解できないし、仮定法なんかとんでもない。ラテン語の試験で合格点を取れなかったら、たとえほかの全科目が上出来だったとしても、そこで終わりだ」

「ラテン語の手助けならおやすいご用だ」ディーキンズが言った。「ただし、お返しとしてぼくの頼みも聞いてもらいたい」

「何でも言ってくれ」ハリーは応じた。「だけど、まさか今年のクリスマス・キャロルでソロを歌いたいなんて思ってはいないよな？」

「グッド・ショットだ、バリントン」ミスター・フロビッシャーがふたたび声を挙げ、ハリーも拍手喝采《かっさい》に加わった。「今シーズン、彼が叩《たた》き出した三度目の五十点《ハーフ・センチュリー》ですよ、校長先生」ミスター・フロビッシャーが付け加えた。

「ふざけるなよ、ハリー」ディーキンズが諌《いさ》めた。「実は父が人を必要としているんだ。夏休みのあいだ、代わりに朝刊を配達してくれるだれかをね。それで、きみを推薦してある。配達賃は週に一シリング、毎朝六時に店にこられるんなら、その席はきみのものだ」

「六時だって？」ハリーは小馬鹿《ばか》にしたような口調で訊き返した。「毎朝五時に家じゅうの者を起こす伯父さんがいたら、そんなのは問題でもなんでもないよ」

「つまり、やってくれるってことだな？」

「当たり前だ」ハリーは応えた。「だけど、どうしてきみがやらないんだ？　週に一シリング《ボブ》だぞ？　馬鹿にならないんじゃないか？」

「もちろん、そんなことはわかってるさ」ディーキンズが言った。「だけど、ぼくは自転車に乗れないんだ」

「何だって？」ハリーは思わず声を挙げた。「ぼくは自転車を持ってないぞ」

「ぼくは自転車を持っていないとは言ってない」ディーキンズがため息をついた。「乗れないと言ったんだ」

「クリフトン」クリケットの選手がお茶の時間になってグラウンドから引き上げると、ミスター・フロビッシャーが声をかけた。「予習が終わったら、私の書斎へきなさい」


ハリーは変わることなくミスター・フロビッシャーに好感情を持ちつづけていた。みんなと分け隔てなく扱ってくれる数少ない教師の一人であり、依怙贔屓《えこひいき》という言葉とも無縁の人のようだった。たとえ声がどんなに美しかろうとも、港湾労働者の息子はセント・ビーズ校の神聖な門をくぐるのを許されるべきではなかったのだと、疑いようもなくハリーに思わせるような教師もなかにはいたのである。

予習時間の終わりを告げるベルが鳴ると、ハリーはペンを置き、廊下を歩いてミスター・フロビッシャーの書斎へ向かった。寮監が自分に会いたがっている理由に心当たりはなく、いずれにしても大した用ではないだろうと高をくくっていた。

ハリーは書斎のドアをノックした。

「入りなさい」決して言葉を無駄遣いしないミスター・フロビッシャーの声が返ってきた。

ハリーがドアを開けて驚いたことに、寮監の顔にはいつもの歓迎の笑みがなかった。机の前で直立不動の姿勢を取ると、黙ってそれを見つめていたミスター・フロビッシャーが口を開いた。「一つ、見過ごすわけにいかないことがわかってしまったんだ、クリフトン。きみは売店で盗みを働いているようだな」ハリーは頭のなかが真っ白になり、それでも、ジャイルズに累《るい》を及ぼす心配のない返事を考えようとした。「きみが棚の品物を手にするのを、監督生の一人が見ていた」ミスター・フロビッシャーが変わらぬ厳しい口調でつづけた。「列の一番前になる前に、きみが売店をこっそり抜け出したところもな」

ハリーは言いたかった。「取ったのではありません、先生《サー》。戻したんです」しかし、言葉にできたのはこれだけだった――「ぼくは売店から何一つ盗んだことはありません、サー」

「では、週に二度もあの売店へ行ったことをどう説明するんだ？　ミスター・スウィヴァルズの台帳に、きみの名前は一つもなかったぞ」本当のことを言っているのに、依然として頬が赤らむのがわかった。

ミスター・フロビッシャーは忍耐強く待っていたが、事実を話したら、ジャイルズはおそらく退学処分になるはずだった。

「それに、このチョコレートと甘草入りキャンディの袋が、売店が閉まって間もなく、きみの机の最上段の引き出しで見つかっている」

ハリーはチョコレートとキャンディを見下ろしたが、それでも黙っていた。

「説明を待っているんだ、クリフトン」ミスター・フロビッシャーが促し、しばらく間を置いたあとで付け加えた。「クラスのほかの生徒たちに較《くら》べると、きみの小遣いが極端に少ないことは、もちろん私も知っている。だが、それは盗みの言い訳にはならない」

「盗みを働いたことは一度もありません」ハリーは言った。

今度はミスター・フロビッシャーが落胆を顔に表わし、机の向こうで立ち上がった。

「もしそれが真実だと言うなら――もちろん、私はきみを信じたいが――聖歌隊の練習がすんだらもう一度ここへきて、明らかに代金を払っていない駄菓子をなぜ所有することになったのか、その理由を完璧《かんぺき》に説明してもらいたい。その説明に納得できなければ、私はきみを連れて校長先生のところへ行くことになる。校長先生がどういう選択をされるかは、私には疑いの余地がないけれどもな」

ハリーはミスター・フロビッシャーの書斎を出た。ドアを閉めたとたんに気分が悪くなり、ジャイルズがそこにいないことを願いながら学習室へ引き返した。ドアを開けて最初に目に入ったのは、またもや机に置かれているチョコレートだった。

ジャイルズが目を上げ、ハリーの真っ赤な顔を見て訊いた。「大丈夫か？」ハリーは返事をせず、チョコレートを引き出しに入れると、ジャイルズにもディーキンズにも一言も声をかけずに聖歌隊の練習に向かった。ジャイルズはずっとその様子を見ていたが、ドアが閉まるやいなや、気楽な調子でディーキンズに訊いた。「あいつ、どうしたんだ？」デイーキンズはその質問が聞こえなかったかのようにペンを走らせつづけた。「聞こえなかったのか？　耳でも悪いのか？」ジャイルズが重ねて訊いた。「ハリーはどうして機嫌が悪いんだ？」

「ぼくが知ってるのは、フロビッシャー先生に呼び出されたってことだけだよ」

「なぜ？」ジャイルズは興味をそそられたようだった。

「さあね」ディーキンズはペンを走らせる手を止めなかった。

ジャイルズが立ち上がり、部屋を横切ってやってくると、ディーキンズの耳を引っ張って訊いた。「おまえ、何を隠してるんだ？」

ディーキンズはペンを置くと、神経質に眼鏡を押し上げてから、ようやく白状した。

「あいつはトラブルに巻き込まれてるんだ」

「どんな？」ジャイルズがディーキンズの耳を捻《ひね》った。

「退学処分だってないとは言えないかもしれない」ディーキンズは半べそをかいていた。

ジャイルズがディーキンズの耳を離し、大笑いしながら嘲《あざけ》った。「ハリーが退学処分だって？　教皇が聖職衣を剝奪《はくだつ》される可能性のほうがまだしも高いんじゃないのか？」そのまま自分の机に戻るつもりだったが、ディーキンズの額に汗が浮かんでいるのに気づいて考え直し、さっきよりも声を落として訊いた。「退学になる理由は何だ？」

「あいつが売店で盗みを働いてるとフロビッシャー先生は思ってるんだ」ディーキンズは

答えた。

そのときディーキンズが顔を上げれば、ジャイルズが真っ青になったのがわかっただろう。直後、ドアの閉まる音が聞こえた。ディーキンズはもう一度ペンを握って集中しようとしたが、人生で初めて、予習を最後まで終えることができなかった。


一時間後、ハリーが聖歌隊の練習を終えて出てくると、フィッシャーが壁にもたれているのがわかった。その顔に隠しようのない笑いが浮かんでいた。こいつだ、とそのときわかった。こいつが密告したに違いない。ハリーはフィッシャーを無視し、自分に心配ごとなど何一つないという振りを装《よそお》って、ゆったりとした足取りで寄宿舎へ引き返した。しかし実際には、親友を見捨てない限り刑の執行中止はあり得ないとわかっていながら、絞首台《こうしゅだい》に上ろうとしている男のような気持ちだった。ハリーはためらったあとで、寮監の書斎のドアをノックした。

「入りなさい」という声が、午後よりもはるかに穏やかになっていた。しかし、部屋に入ったハリーを迎えたのは、あのときと変わることのない厳しい目だった。ハリーはうなだれた。

「クリフトン、私はきみに心から謝らなくてはならない」ミスター・フロビッシャーが机の向こうで立ち上がった。「きみが犯人でないことが、さきほどわかった」

心臓はまだ早鐘を打っていたが、ハリーの心配はいまやジャイルズに移っていた。「ありがとうございます、サー」まだ俯《うつむ》いたままだった。質問したいことは山ほどあったが、何を訊いても答えてもらえないだろうこともわかっていた。

ミスター・フロビッシャーが机の向こうから出てきて、ハリーと握手をした。これまでに一度もないことだった。「急いだほうがいいぞ、クリフトン、さもないと夕食にありつけなくなるからな」

ミスター・フロビッシャーの書斎を出ると、ハリーはゆっくりと大食堂へ向かった。入口にフィッシャーが立っていたが、その顔に驚きが浮かぶのがわかった。ハリーはためらうことなくフィッシャーの前を通り過ぎ、ベンチの端のディーキンズの隣りに腰を下ろした。向かいの席は空いたままだった。

8

ジャイルズは夕食に姿を見せず、ベッドも一晩じゅう空のままだった。毎年恒例のエイヴォンハースト校との定期戦でセント・ビーズが三十一点差で負けなかったら、彼がいないことに気づいた生徒は、あるいは教師も、あまり多くなかったかもしれない。

しかし、ジャイルズにとって不幸なことに、今年の定期戦はセント・ビーズのホーム・ゲームであり、したがって、母校の先頭打者がなぜ正位置でバットを構えなかったかについては全員がそれなりの意見を持っていて、とりわけフィッシャーは、聞く耳を持ってくれる者には誰彼なしに、ジャイルズは退学処分になったのだと言いふらしていた。

ハリーは夏休みを待ち焦《こ》がれていたわけではなかった。ジャイルズにまた会えるかどうかわからなかったし、スティル・ハウス・レーン二七番地に戻って、たいがい酔いたわけて帰ってくるスタン伯父と、部屋を共有しなくてはならないからである。

過去の入試問題を再検討して夕方の時間を過ごし、十時ごろにベッドに入るのがハリーの日常だった。眠りはすぐに訪れ、起こされるとすれば、夜半過ぎにスタン伯父が戻ってきたときだけだったが、そういうときの伯父はしばしば泥酔していて、自分のベッドの在処《ありか》さえわからないというていたらくだった。寝室用便器《チャンバーポット》に小便をする音――必ず的に当たるとは限らない――は、死ぬまでハリーの記憶に刻まれるに違いなかった。

スタン伯父がベッドに倒れ込むや――滅多に服を脱がなかった――もう一度眠る努力をするのだが、数分後に酔っぱらった大きな鼾《いびき》に起こされることもたびたびだった。セント・ビーズへ戻りたかった。二十九人の同級生と寄宿舎にいるほうがよかった。

父の死についてスタン伯父がうっかり口を滑らせてくれて、もう少し詳しいことがわかるのではないかという期待はいまも捨てていなかったが、彼は正気を失っているときがほとんどで、最も簡単な質問にすらまともには答えられなかった。稀《まれ》に素面《しらふ》で話ができるときも、とっとと失せろ《バガーオフ》と邪険に拒否し、今度その話を持ち出したらぶん殴ると脅す始末だった。

スタン伯父と同じ部屋にいるたった一つの利点は、新聞配達に遅刻する心配が絶対にないことだった。

スティル・ハウス・レーンでのハリーの日々は、判で捺《お》したように同じだった。朝五時に起き、トースト一枚の朝食をとり――もう伯父の椀《わん》は舐《な》めなかった――、六時にミスター・ディーキンズの新聞販売店へ行き、正しい順番に新聞を束ねて配達して回る。二時間もあれば終わるので、いったん家に帰って母とお茶を一杯飲んでから、今度は勉強になる。八時三十分ごろに家を出て図書館へ行き、ディーキンズと落ち合う。ディーキンズは正面階段の一番上に腰を下ろし、図書館のドアが開くのを待っているのが常だった。

午後はセント・メアリー・レッドクリフ教会の聖歌隊の練習に出席する。それはセンセント・ビーズ校に対する義務の一部だった。自分では義務とは感じていなかったが、それは歌うことがとても愉《たの》しかったからである。事実、ハリーは一度ならずこうささやいた――「神さま、お願いです、声変わりしたら、ぼくをテノールにしてください。この願いを叶《かな》えていただけたら、二度と願いごとはしません」

夕方に家へ戻ってお茶をすませると、今度はキッチンのテーブルで二時間ほど勉強し、それからベッドに入る。伯父が帰ってくるのは、セント・ビーズ校での最初の一週間、つまり、フィッシャーと顔を合わせたときと同じぐらい嫌だった。ただ、フィッシャーはすでにコルストン・グラマー・スクールへ進んでいて、歩む道が交差することはまずないだろうと思われた。

ハリーはセント・ビーズ校での最後の年が楽しみだったが、一方では、二人の友だちと別々の道を進む結果になったら自分の人生の方向が大きく変わるのは間違いなく、それに対する不安を抱いてもいた。ジャイルズはどこへ進むのかわからなかったが、ディーキンズはブリストル・グラマー・スクールへ、そして、自分はブリストル・グラマー・スクールの奨学生になれなければメリーウッド初等学校《エレメンタリー》へ戻り、十四歳になったらそこを卒業して仕事を探すことになるだろう。失敗したあとのことは考えないようにしたかったが、スタン伯父がことあるごとに、仕事なら港にいつでもあるのを思い出させてくれた。

「そもそもあいつをあんな高慢ちき《スタック・アップ》な学校へ行かせるべきじゃなかったんだ」メイジーがポリッジの深皿を前に置くや、例によってスタン伯父が言い、まるでハリーがそこにいないかのように付け加えた。「だから、あいつが分不相応なことを考えるようになったんだ」フィッシャーが聞いたら大喜びで同意しただろうな、とハリーは苦い思いだったが、その一方ではとうの昔に、スタン伯父とフィッシャーには多くの共通点があるという結論に達していた。

「でも、ハリーだってよりよい人生を歩むチャンスを与えられてしかるべきでしょう、当然よ」メイジーが反論した。

「なぜだ?」スタン伯父が反問し、これ以上の議論は受け付けないという断固たる口調で言った。「おれもこいつの親父《おやじ》も港の仕事で十分だった。それなら、こいつだってそれで十分なはずだろう」

「でも、この子はわたしやあなたより賢いかもしれないわ」メイジーは抵抗した。

スタン伯父はその言葉で一瞬沈黙したが、ポリッジを一すくいして口へ運んだあとで宣言した。「そいつは〝賢い〟という意味によりけりだな。何しろ色んな〝賢い〟があるんだ」そして、ポリッジをまた一すくいして口へ運んだが、その深遠な見方については、それ以上何も付け加えなかった。

ハリーは毎朝スタン伯父が繰り返しかける同じレコードを聴きながら、一枚のトーストを四つに割るのが習慣だった。自分の将来については決して口にしなかった。その問題についてのスタン伯父の考えはもはや明らかに決まっていて、何を言おうと、何をしようと、その決心を揺るがせそうになかったからだ。しかし、スタン伯父は気づいていなかったが、進学を反対されればされるほど、ハリーは諦《あきら》めるどころか逆の決意を固くし、もっと勉強しようという気になるのだった。

「日がな一日、ここでごろごろしているわけにはいかないんだ」というのが、スタン伯父のいつもの、特に議論の旗色がよくないときの捨《す》て台詞《ぜりふ》だった。「仕事をしなくちゃならない人間もいるってことだ」彼はそう付け加えて、テーブルを立った。わざわざ議論を蒸し返す者はいなかった。「それから、もう一つ」スタン伯父がキッチンのドアを開けながら言った。「おまえたちは気づいてないようだが、こいつは軟弱になったぞ。その証拠に、もうおれのポリッジの椀を舐めもしないじゃないか。あの学校がこいつに何を教えてるんだか、わかったもんじゃない」そして、叩《たた》きつけるようにドアを閉めた。

「伯父さんの言うことなんか気にしないのよ」ハリーの母親が言った。「焼《や》き餅《もち》を焼いてるだけなんだから。わたしたちみんながあなたをとても誇りに思ってるのが気に入らないのよ。あなたがお友だちのディーキンズと同じようにあの学校の奨学生になったら、伯父さんの口振りだって変わるに決まってるわ」

「だけど、それが問題なんだよ、母さん」ハリーは言った。「ぼくはディーキンズと同じじゃないし、自分がどうしてもあの学校へ行く価値があるかどうかわからなくなりはじめているんだ」

家族全員が信じられないという目で黙ってハリーを見つめたが、やがて、祖父が何日かぶりに口を開いた。「わしもブリストル・グラマー・スクールへ行くチャンスを与えられたかったたな」

「なぜ？」ハリーは思わず声が大きくなった。

「なぜって、もしあの学校へ行っていれば、わしたちはおまえのスタン伯父さんと、この長い年月を一緒に過ごさずにすんだだろうからさ」

朝の新聞配達は面白かったが、その理由は家を出られるからというだけではなかった。何週間かが過ぎるうちに、ミスター・ディーキンズのお得意さんの何人かを知るようになり、そのなかにはセント・メアリー・レッドクリフ教会で彼の歌を聴いた人がいて、配達に行くと手を振ってくれたり、お茶を一杯振る舞ってくれたり、林檎《りんご》までくれたりしたからである。配達中に用心しなくてはならない犬が二匹いるとミスター・ディーキンズは教えてくれたが、二週間後には、ハリーが自転車を降りると、二匹とも尻尾《しっぽ》を振ってくれるようになっていた。

ミスター・ホールコムがミスター・ディーキンズのお得意だとわかり、毎朝〈タイムズ〉を配達に行ったときにたびたび言葉を交わせるのもうれしかった。ハリーを最初に教えてくれた先生は、明らかにメリーウッド初等学校へ戻ってきてほしくない様子で、もし補習が必要なら、夜はほとんどいつでも空いていると言ってくれた。

配達を終えて新聞販売店へ戻ると、ミスター・ディーキンズが必ずと言っていいほど、一ペニーの〈フライ〉のチョコレートを肩掛け鞄《かばん》に入れてくれた。そのせいもあって、自分の家に帰る道すがら、ハリーはジャイルズのことを思い出した。あいつはどうなっただろうかという思いが、頻繁に胸に去来した。予習がすんだら書斎へくるようミスター・フロビッシャーに呼び出された日以来、ハリーもディーキンズもジャイルズの消息を知らなかった。やがて、仕事を終えて自宅へ帰る前に、必ず店の陳列棚の前で足を止めて、一つの腕時計に見入るのが常になった。到底手の出る値段でないことはわかっていたから、いくらかなどとミスター・ディーキンズに訊《き》きもしなかった。

判で捺したような一週間で変化があるのは二日しかなく、その二日のうち、土曜の午前中は必ずオールド・ジャックと一緒に先週の〈タイムズ〉をすべて読んで過ごそうとし、日曜の夜は、セント・メアリー・レッドクリフ教会での義務を果たし終えるや、ホーリイ・ナティヴィティ教会の晩禱《ばんとう》に間に合うよう、一気に町を走り抜けた。

ソプラノのソロのあいだ、華奢《きゃしゃ》なミス・マンデイの顔は誇りに輝いていた。彼女の望みはたった一つ、ハリーがケンブリッジ大学へ進学するまで生きていることだった。キングズ・カレッジの聖歌隊について、ハリーに聞かせたいことがいくつもあったが、そのためにはまず、彼がブリストル・グラマー・スクールへ進んでくれなくてはならなかった。

「ミスター・フロビッシャーはきみを監督生にしてくれそうかな？」ハリーが鉄道客車のいつもの座席に腰を下ろして自分と向かい合うのも待たずに、オールド・ジャックが訊いた。

「わかりません」ハリーは応《こた》えた。「だって、フロビッシャー先生はいつもこう言ってるんです」そして、両襟《りょうえり》を引っ張って付け加えた。「『クリフトン、人生においては、人はそれにふさわしいだけのものを得るのだ。それ以上でもないし、絶対にそれ以下でもない』」

オールド・ジャックはにやりと笑みを浮かべ、「フロビッシャーの物真似《ものまね》は悪くないぞ」と口にしそうになるのを危うく自制して、こう言うことで満足した。「まず間違いなく、きみは監督生になるだろうな。賭《か》けてもいい」

「実は、ブリストル・グラマー・スクールの奨学生になりたいんです」ハリーは言った。

突然、何歳も老《ふ》けたような口調に変わった。

「それで、きみの二人の友人はどうなんだね？　バリントンとディーキンズは？」オールド・ジャックが雰囲気を明るくしようとして言った。「彼らも何かの役目を与えられそうかな？」

「ディーキンズは監督生にはなれないでしょうね」ハリーは答えた。「あいつは自分のことにすら無頓着《むとんちゃく》だから、他人《ひと》の面倒まで見られるわけがありません。とにかく、あいつはだれも引き受けたがらない図書管理委員を希望しているから、それについては、ミスター・フロビッシャーも眠れないほど悩むことはないんじゃないかな」

「バリントンはどうなんだ？」

「あいつが新学期に戻ってくるかどうかもわからないんです」ハリーは憂《うれ》わしげに応えた。

「たとえ戻ってきたとしても、監督生に指名されないのは間違いないでしょうね」

「彼の父親を侮《あなど》ってはだめだ」オールド・ジャックが言った。「あの男は絶対に何らかの方法を見つけて、新学期の初日に、必ず息子がそこにいられるようにするはずだ。それに、バリントンが監督生になれないほうに賭けるつもりもないな」

「あなたが正しいことを祈りましょう」ハリーは言った。

「そして、もし私が正しかったら、彼は父親の歩いた道をたどってイートン校へ進むのではないかな」

「ジャイルズ自身に決定権があるのなら、たぶんそうはならないと思います。あいつはデイーキンズやぼくと一緒に、ブリストル・グラマー・スクールへ進みたがっているんです」

「イートン校へ入らないんなら、ブリストル・グラマー・スクールに受け入れられるとは思えないな。あそこの入学試験は、この国でも最難関の一つなんだ」

「何か計画があるって言ってました」

「それが父親と同じように試験官を騙《だま》すというものなら、もっとましな計画を考えたほうがいいだろうな」

ハリーは黙っていた。

「お母さんは元気か?」オールド・ジャックが話題を変えた。ハリーがその話に深入りしたがっていないのが明らかだったからだ。

「ついこのあいだ、昇進したんです。いまは〈パーム・コート〉のウェイトレスの責任者として、ホテルの総支配人のミスター・フランプトンのすぐ下にいます」

「きっと、お母さんをとても誇りに思っているんだろうな」オールド・ジャックが言った。

「もちろんです。でも、ただ思ってるだけじゃなくて、きちんと形にして表わすつもりです」

「何を企《たくら》んでいるんだね?」

ハリーはこれまで自分だけの胸にしまっていた計画を打ち明けた。老人はじっと耳を傾け、ときどきうなずいて、賛成の意思を示した。一つだけ小さな問題があるように思われたが、克服できないようなものではなかった。

学校へ戻る日を目前にして最後の新聞配達を終え、販売店へ帰ると、ミスター・ディーキンズが一シリングのボーナスを奮発してくれた。「きみはこれまでに雇ったなかで最高の新聞配達員だよ」

「ありがとうございます」ハリーはその一シリングをポケットにしまった。「ミスター・ディーキンズ、質問してもいいですか?」

「もちろんだとも、ハリー」

ハリーは陳列棚の前に立った。その一番上の棚に、二つの腕時計が肩を並べていた。

「この時計はいくらするんですか?」彼はアメリカのタイメックス社製のインガーソルを指さした。

ミスター・ディーキンズの顔に笑みが浮かんだ。ハリーがその質問をするのを何週間も前から待っていたから、答えもしっかり準備してあった。「六シリングだよ」

思いがけない値段だった。こんなに立派な作りのものなら、その二倍はすると信じて疑っていなかったのだ。しかし、毎週の報酬の半分をそのために取り分けていたにもかかわらず、ミスター・ディーキンズからもらった一シリングのボーナスを足しても、まだ五シリングにしかならなかった。

「もちろんわかっていると思うが、ハリー、その時計は女物だぞ？」ミスター・ディーキンズが念を押した。

「ええ、もちろんわかっています」ハリーは応えた。「母に買ってやれればと思っていたんです」

「そういうことなら、五シリングに負けておこう」

ハリーは自分の幸運が信じられなかった。

「ありがとうございます」ハリーはまず四シリングをミスター・ディーキンズに渡し、そこに六ペンス貨を一枚、三ペンス貨《スラペンス》を一枚、そして、三ペニーを付け加えた。それで、ポケットは空になった。

ミスター・ディーキンズは陳列棚から時計を取り出すと、十六シリングの値札をこっそり外して、洒落《しゃれ》た小箱に収めた。

ハリーは口笛を吹きながら新聞販売店をあとにした。ミスター・ディーキンズは笑みを浮かべ、いまの取引の不足分を補うことに喜びを覚えながら、十シリング札を店の現金箱に入れた。

9

ベルが鳴った。

「着替えの時間だ」担当の監督生になったハリーは新入生の寄宿舎で指示した。新学期の最初の夜だった。新入生はみな小さく、心細そうに見えた。一人か二人は懸命に涙をこらえているのが明らかで、それ以外の者はこれからどうすればいいのかわからずに困惑し、周囲を見回していた。一人、壁を向いて震えている少年がいた。ハリーは足早にその新入生に歩み寄った。

「名前は何と言うんだ?」ハリーは優しく尋ねた。

「スティーヴンソンです」

「そうか、ぼくはクリフトンだ。セント・ビーズへようこそ」

「ぼくはチュークスベリーです」スティーヴンソンのベッドの反対側に立っている少年が名乗った。

「セント・ビーズへようこそ、チュークスベリー」

「ありがとうございます、クリフトン。実は父と祖父もここの出身で、そのあとイートン校へ進んだんです」

「きっとそうなんだろうな」ハリーは言った。「そして、賭《か》けてもいいが、二人ともハロー校を相手にローズで戦ったんだろ？」そう付け加えたとたんに、余計なことを言ったと後悔した。

「いえ、父はウェット・ボブで」チュークスベリーが落ち着き払って応《こた》えた。「ドライ・ボブではないんです」

「ウェット・ボブ？」ハリーは意味がわからなかった。

「父はオックスフォード大学とケンブリッジ大学のボートの対抗戦で、キャプテンを務めました」（ウェット・ボブはイートン校のボート部員、ドライ・ボブはクリケット部員、あるいはラグビー部員）

　スティーヴンソンがいきなり涙をこぼした。

「どうした？」ハリーはスティーヴンソンが坐《すわ》っているベッドの隣りに腰を下ろした。

「ぼくの父は路面電車《トラム》の運転士なんです」

　全員が荷ほどきの手を止め、スティーヴンソンを見つめた。

「そうなのか？」ハリーは言った。「それなら、ぼくの秘密をきみに教えたほうがいいな」そして、そこにいる新入生全員に間違いなく聞こえる、大きな声で付け加えた。「ぼくの父は港湾労働者だ。きみが新たな聖歌隊奨学生だとわかっても驚かないぞ」

「いえ」スティーヴンソンが応えた。「ぼくは一般公募奨学生です」

「心からおめでとうを言わせてもらうよ」ハリーはスティーヴンソンと握手をした。「きみはこれから、長く気高い伝統に連なることになるんだ」

「ありがとうございます。でも、ちょっと困ってるんです」スティーヴンソンがささやくような声で言った。

「何を困ってるんだ?」

「歯磨きを持っていないんです」

「それなら心配ないよ、オールド・チャップ」チュークスベリーが言った。「母がいつも、一つ余分を持たせてくれているんだ」

ハリーが笑みを浮かべたとたんに、もう一度ベルが鳴った。「全員、ベッドに入れ」彼は断固とした口調で命じると、寄宿舎の出口へと向かった。

そのとき、ささやき声が聞こえた。「歯磨きのことだけど、どうもありがとう」

「そんなの気にするなよ、オールド・チャップ」

「では」ハリーは明かりを消した。「明日の朝、六時半にベルが鳴るまで、きみたちのだれであろうと一言も言葉を発さないように」そして、ちょっとのあいだ待っていると、だれかのささやく声が聞こえた。「本気で言ってるんだぞ——一言もしゃべっちゃだめだからな」そのあと、笑みを浮かべて階段室を下り、上級監督生の学習室でディーキンズとジャイルズに合流した。

新学期の初日にセント・ビーズへ戻ったハリーは、二つのことに驚かされた。正面玄関を入るやいなや、ミスター・フロビッシャーに脇《わき》へ連れていかれた。

「おめでとう、クリフトン」優しい声だった。「正式な発表は明日の朝礼で行なわれるが、きみはスクール・キャプテンに指名されることになった」

「それはジャイルズがなるべき役目だったはずですが」ハリーは思わず口走った。

「バリントンにはスポーツ部門のキャプテンをやってもらう。そして――」

ジャイルズがセント・ビーズへ戻ってくるとわかった瞬間、ハリーは実際に跳び上がった。オールド・ジャックの言ったとおり、ミスター・ヒューゴーが何とか方法を見つけて、新学期の初日に間違いなく息子をここへ返したのだ。

ややあってジャイルズが正面の玄関ホールに姿を現わし、二人は握手をした。お互いに胸の内では同じことを思っているに違いなかったが、ハリーはそれを決して口に出さなかった。

「今年の新入り《ニュー・バグ》はどんなだい」ハリーが学習室に入ると、ジャイルズが尋ねた。

「きみを思い出させるのが一人いるよ」ハリーは言った。

「チュークスベリーだな？　そうだろ？」

「あいつを知ってるのか？」

「いや、知らない。だけど、父があいつの父親と同じ時期にイートン校にいたんだ」

「ぼくが港湾労働者の息子だと教えてやったよ」ハリーは打ち明け、部屋に一つしかない安楽椅子《いす》に腰を沈めた。

「そうなのか？」ジャイルズが言った。「それで、あいつは自分が閣僚の息子だと白状したか？」

　ハリーは答えなかった。

「あいつのほかに、気をつけてやらなくちゃならないのがいるか？」ジャイルズが訊《き》いた。

「スティーヴンソンだな」ハリーは答えた。「ぼくとディーキンズを足して二で割ったようなやつなんだ」

「それなら、非常階段のドアの鍵《かぎ》をかけておいたほうがいいな、あいつがあそこから逃げ出す前にな」

　あの晩、セント・ビーズへ戻るようオールド・ジャックが諭してくれなかったら、いまごろ自分はどこにいただろうと考えることが、ハリーはたびたびあった。

「明日の一時間目は何だったかな」ハリーは時間割を見た。

「ラテン語だよ」ディーキンズが言った。「だから、第一次ポエニ戦争について、ジャイルズに教えてやってるんじゃないか」

「紀元前二六四年から二四一年だ」

「きっとおもしろいんだろうな」

「もちろんだ」ジャイルズが応えた。「続き、つまり、第二次ポエニ戦争が待ちきれないぐらいだよ」

「紀元前二一八年から二〇一年だ」ハリーは言った。

「ギリシャ人もローマ人も、キリストがいつ生まれたかを正確に知っているみたいだけど、それには昔から感心するよ」ジャイルズが言った。

「何を言ってるんだか」ハリーが混ぜ返した。

ディーキンズは笑わず、こう言った。「そして最後に、紀元前一四九年から一四六年の第三次ポエニ戦争があったことを忘れちゃだめだ」

「その三つを全部知る必要が本当にあるのか？」ジャイルズが疑わしげな声を出した。

　セント・メアリー・レッドクリフ教会は、八つの朗読と八つのキャロルからなる降臨節を祝う町の人々や大学関係者で一杯だった。聖歌隊は身廊《ネーヴ》を通って入場し、「神の御子《みこ》は今宵《こよい》しも」を歌いながら、ゆっくりと通路を下って聖歌隊席についた。

　校長が第一日課を朗読し、それに「ああベツレヘムよ」がつづいた。式次第を見ると、その三番目の独唱部のソリストはマスター・ハリー・クリフトンとなっていた。「静かに夜露の／降るごとく／恵みの賜物／世に臨みぬ／……」ハリーの母親のメイジーは誇らしげに三列目に坐り、その隣りの女性はそこに集う会衆の一人一人に、いま歌っているのは自分の孫だと吹聴《ふいちょう》したいのを懸命にこらえていた。メイジーの反対隣りの男性は歌詞の一言たりと耳に捕らえることができなかったが、知らない人間が見たら耳が不自由だとは絶対にわからないほどの、満ち足りた笑みを満面にたたえていた。スタン伯父の姿はどこにも見えなかった。

スポーツ部門のキャプテン、すなわちジャイルズ・バリントンが第二日課を朗読した。彼が席へ戻ったとき、その隣りに銀髪の人品卑《いや》しからぬ男性が坐っていることに、ハリーは気がついた。ジャイルズの祖父、サー・ウォルター・バリントンに違いないと思われた。サー・ウォルターはマナー・ハウスよりもっと大きな屋敷に住んでいるとかつてジャイルズから聞かされたが、そんなことがあり得るとは、ハリーには考えられなかった。ジャイルズのもう一方の隣りには、彼の両親が並んでいた。ミセス・バリントンはちらりとハリーを見て笑みを浮かべたが、ミスター・バリントンは目もくれなかった。

オルガンがプレリュードを奏《かな》ではじめると、会衆は起立し、「我らはきたりぬ」を大きな声で斉唱した。次の日課をミスター・フロビッシャーが朗読したあと、ミス・マンデイが期待している、今日の礼拝のハイライトが訪れた。ハリーによる「聖夜」の独唱である。

その自信に満ちた澄んだ歌声は千人を超える会衆を金縛りにし、校長にまで笑みを浮かべさせずにはおかなかった。

図書管理委員のディーキンズが次の日課を朗読した。聖マルコの言葉の朗読の仕方については、何度もハリーが指導してやっていた。ディーキンズはその面白くも何ともない嫌な役目《チョーア》——彼は実際にジャイルズにそう言った——を逃れようとしたのだが、ミスター・フロビッシャーがそれを許さなかった。第四の日課は昔から図書管理委員が朗読すると決まっているのだ、と。ディーキンズはジャイルズほどではなかったが、悪い出来でもなかった。そそくさと両親の隣りの席に戻るディーキンズに、ハリーは片目をつぶって見せた。

そのあと、聖歌隊が起立して「もろびと声あげ」を歌ったが、その間《かん》、会衆は着席したままだった。ハリーの考えるところでは、このキャロルの和音は普通とは異なっていて、彼らのレパートリーのなかでは一番難しい曲だった。

ミスター・ホールコムは自分の教え子だった上席聖歌隊奨学生の声をよりはっきり聞くために、目を閉じて耳を澄ませていた。「いま、すべての心をして歌わしめよ《ナウ・レット・オール・ハーツ・ビー・シンギング》」をハリーが歌っているとき、その声にほとんど聞き取れないほどかすかな罅割《ひびわ》れがあるように思われた。風邪でも引いているのだろうと彼は楽観したが、ミス・マンデイは騙《だま》されなかった。そういう初期兆候を、これまで数え切れないぐらい聴いていたのだ。彼女は自分の耳が間違っていることを祈ったが、その祈りが叶《かな》えられないであろうこともわかっていた。ハリーはこの礼拝を最後までやり通すだろうし、声の変調に気づく者もほんの一握りに過ぎないはずで、あと数週間、もしかすると数カ月は、いまのままつづけられるかもしれない。しかしイースターには、彼以外の少年が「主が眠りから覚められたことを喜べ《リジョイス・ザット・ザ・ロード・ハズ・アライズン》」を歌っているに違いない。

礼拝が始まってすぐに姿を見せた老人も、それを疑っていない者の一人だった。オールド・ジャックは司教が最後の祝福を与える直前に教会をあとにした。次の土曜までハリーが自分に会いにこられないとわかっていたし、そうであるならば、避けて通ることのできない質問にどう答えればいいか、考える時間がたっぷりあるというものだった。

「二人だけで話したいんだが、いいかな、クリフトン？」予習の時間の終わりを告げるベルが鳴ると、ミスター・フロビッシャーの声がかかった。「私の書斎へきてくれないか」

ハリーは嫌な予感がした。この前ミスター・フロビッシャーの書斎へ呼び出されたときのことは、忘れようにも忘れられなかった。

ハリーが書斎のドアを閉めると、寮監は煖炉《だんろ》のそばの席に坐れと手招きした。そういう遇され方をするのは初めてだった。「一つ、どうしても保証しておきたいことがある」――その言葉も、もう一つの初めてだった――「それは、もう聖歌隊で歌えないという事実が、きみの奨学金に影響を及ぼす心配は絶対にないということだ。セント・ビーズにいるわれわれは、本校に対するきみの貢献が礼拝堂内にとどまらず、はるか広範に及んでいることをよく承知している」

「ありがとうございます、サー」ハリーは応えた。

「しかし、われわれとしては、そろそろきみの将来について考えなくてはならない。音楽の教師によれば、きみの声が完全に回復するにはまだしばらくかかるそうだ。残念なことだが、それはつまり、きみがブリストル・グラマー・スクールの聖歌隊奨学金を得る可能性について、現実を見なくてはならないということだ」

「可能性はないと思います」ハリーは冷静だった。

「私もそう考えざるを得ないな」ミスター・フロビッシャーが言った。「きみがそれを理解してくれていてほっとしたよ。だが」と、彼はつづけた。「一般公募奨学生試験を受ける気があるのなら、私は喜んできみの名前を受験候補者リストに加えるつもりでいるが」そして、ハリーが返事をする前に付け加えた。「状況を考えると、そうだな、コルストン・グラマー・スクールかキングズ・カレッジ・グロスターのほうが、奨学金を得る可能性が高いことを視野に入れておくべきではないかな。あの二つは入学試験がはるかに易《やさ》しいんだ」

「ありがとうございます、サー。でも、それはお断わりします」ハリーは言った。「ブリストル・グラマーを第一志望にするという気持ちは変わりません」それはこの前の土曜日に、オールド・ジャックに対して言ったことと同じだった。彼の庇護者《ひごしゃ》もまた、退路を断たないほうがいいというような助言を、それとなくしてくれたのだった。

「それならそれでいい」ミスター・フロビッシャーは無理強いをしなかった。そういう返事が返ってくることは予想していて、せめて選択肢を提示するぐらいはしてやるのが自分の義務だと考えたのだった。「では、この災いを福に転じようじゃないか」

「そのためにはどうすればいいんでしょう、サー？」

「いまや聖歌隊の練習に参加しなくてもよくなったわけだから、もっと多くの時間を入学試験の準備に割けるだろう」

「聖歌隊についてはそのとおりですが、まだほかに果たさなくてはならない役目が——」

「これからはスクール・キャプテンとしてのきみの負担が軽くなるよう、私も力の及ぶ限りのことをするつもりだ」

「ありがとうございます、サー」

「ところで、ハリー」ミスター・フロビッシャーが立ち上がりながら言った。「ジェイン・オースティンについてのきみの小論文をついさっき読み終わったところなんだが、ミス・オースティンがもし大学に行っていたら、彼女は絶対に小説を書かなかっただろうし、たとえ書いたとしても、あれほど洞察に満ちた作品にはならなかっただろうという見方は、実に刺激的だった」

「不利であることが有利に働く場合がないわけではないということです」ハリーは言った。

「それはジェイン・オースティンの言葉か?」ミスター・フロビッシャーが訝《いぶか》った。

「いえ、違います」ハリーは応《こた》えた。「でも、やはり大学へ行かなかった、ある人の言葉です」彼は付け加えたが、それ以上の説明をしなかった。

　メイジーは新しい時計をちらりと見て微笑した。「わたし、そろそろ出かけるわよ、ハリー。さもないと遅刻してしまうからね」

「もちろんだよ、母さん」テーブルに向かって坐《すわ》っていたハリーは勢いよく立ち上がった。

「路面電車の停留所まで一緒に行くよ」

「ハリー、もし奨学金をもらえなかったらどうするか、もう考えてる?」メイジーがついに訊いた。何週間も避けていた質問だった。

「いつも考えてるよ」ハリーは答え、母のためにドアを開けてやった。「でも、それについての選択肢はほとんどないに等しいんだ。そのときにはメリーウッド初等学校へ戻り、十四になったら卒業して、仕事を探すしかないんじゃないかな」

10

「試験官と向き合う準備はできたかな、少年?」オールド・ジャック訊《き》いた。

「これ以上ないぐらいの準備ができています」ハリーは応《こた》えた。「あなたの助言を受け入れて、過去十年の入試問題を調べてみました。やはり、おっしゃったとおりでした。一定の間隔を置いていくつか同じ問題が出題されているという、はっきりした傾向がありました」

「なるほど。それで、ラテン語はどうなんだ? 心配はなくなったのかな? ほかの科目がどんなによくできたとしても、ラテン語をしくじる余裕はわれわれにはないからな」

オールド・ジャックが〝われわれ〟と言ったのを聞いて、ハリーは微笑した。「ディーキンズのおかげで、先週の模擬試験では、ハンニバルにアンデスを越えさせたにもかかわらず、何とか六十九点採れました」

「わずか六千マイルの違いじゃないか」オールド・ジャックがにやりと笑った。「では、最大の難敵は何なのかな?」

「ぼく以外にセント・ビーズ校から受験する四十人です。もちろん、ほかの学校からやってくる二百五十人は言うまでもありません」

「彼らのことは忘れるんだ」オールド・ジャックが言った。「できることをきちんとやりさえすれば、彼らは問題ではないよ」

ハリーは応えなかった。

「それで、変声期は終わりつつあるのかな?」オールド・ジャックが尋ねた。ハリーが応えないとき、彼は必ず話題を変えた。

「特に新しい情報はありません」ハリーは言った。「ぼくの声がテノールになるか、バリトンになるか、あるいは、バスになるかがわかるまでに、まだ何週間もかかるかもしれません。それに、わかったとしても、必ずしも有利に働くとは限りません。一つ確かなのは、ブリストル・グラマー・スクールがぼくを聖歌隊奨学生にしてくれる心配はないということです。ぼくが脚の骨を折った馬と同じである限りはね」

「そこまで悲観する必要はないだろう」オールド・ジャックが宥《なだ》めた。「そんなにひどくはないよ」

「いや、もっとひどいですよ」ハリーは言った。「もしぼくが馬だったら、撃ち殺されて、苦しみから解放してもらえるでしょうからね」

オールド・ジャックが笑い、答えを知っているのに訊いた。「それで、試験はいつなんだ?」

「次の次の木曜です。最初の科目は十時に始まる一般教養で、その日のうちに、さらに五科目の試験があります。最後は四時の英語です」

「得意科目が最後にくるのはいいことだな」オールド・ジャックが言った。

「そうだといいんですが」ハリーは言った。「でも、ディケンズに関する問題が出ることを祈ってください。過去三年間はその問題が出題されていないので、消灯後にも彼の作品を読んでいるところなんです」

「ウェリントン公爵が回想録で書いているが」オールド・ジャックが言った。「いかなる作戦であれ、最悪なのは、戦いの朝に日の出を待っているときだそうだ」

「鉄人公爵《ジ・アイアン・デューク》に同意しますよ。つまり、これからの二週間、ぼくは眠れないということです」

「今度の土曜日に私に会いにこない理由が一つ増えたじゃないか。自分の時間をもっと有効に使うべきだからな。ところで、私の記憶が正しければ、その日はきみの誕生日だな?」

「どうして知ってるんですか?」

「別に〈タイムズ〉の王室欄で読んで知ったわけではないさ。去年と同じ日ではないかと思って、一《いち》か八《ばち》か、きみにささやかなプレゼントを買ってあるんだ」オールド・ジャックは先週の新聞でくるんだ包みを取り出し、ハリーに渡した。

「ありがとうございます、サー」ハリーは紐《ひも》をほどいた。新聞紙を剝《は》がしてダーク・ブルーの小箱を開けた瞬間、信じられないという思いで目が釘付《くぎづ》けになった。それはミスター・ディーキンズの店の陳列棚で最後に見た、男物のインガーソルだった。

「ありがとうございます」ハリーはもう一度礼を言い、その時計を手首に巻いた。そして、しばらくそれを見つめながら、オールド・ジャックに六シリングの買い物をする余裕が、万に一つもどうしてあるのだろうと訝った。

入学試験当日、ハリーは日の出前に完全に目覚めていた。朝食を抜いて一般教養の過去問題にもう一度目を通し、ドイツからブラジルまでの各国の首都名、ウォルポールからロイド・ジョージまでの各首相の在任期間、アルフレッド大王からジョージ五世までの各王の戴冠《たいかん》期間を確認した。一時間後、ハリーはこれでいいと納得した。試験官と向き合う準備は整った。

今度も最前列に腰を下ろした。両側はジャイルズとディーキンズだった。こうやって並ぶのもこれが最後になるんだろうかと思うと、感慨深いものがあった。塔の時計が十時を打つと、数人の教員が机の列のあいだを歩きながら、神経質になっている四十人の少年――いや、神経質になっている三十九人の少年と、ディーキンズ――に、一般教養の問題用紙を配った。

ハリーはゆっくり問題を読んでいった。百問目にたどり着いたとき、思わずその顔に笑みがよぎった。ペンを取り、その先端をインク壺《つぼ》に浸して、答えを書きはじめた。四十分後、ふたたび百問目にたどり着いた。ちらりと時計を見ると、解答を見直す時間がまだ十分《じゅっぷん》あった。三十四問目で一瞬立ち止まり、最初に書いた答えを再検討した。反逆罪でロンドン塔送りになったのは、オリヴァー・クロムウェルだっただろうか？　それとも、トマス・クロムウェルか？　ハリーはウルジー枢機卿《すうききょう》の運命を思い出し、大法官として彼のあとを襲った男のほうを選んだ。

ふたたび時計が打ちはじめた。解答の見直しは九十二問目まで進んでいた。残りの八問に急いで目を通し終えたとたん、最後に書いた答え、チャールズ・リンドバーグという文字のインクが乾ききらないうちに、ひったくるようにして答案用紙が回収された。

二十分の休憩時間のあいだ、ハリー、ジャイルズ、そして、ディーキンズは、クリケット場の周囲をゆっくりと歩いた。つい一週間前、ジャイルズがセンチュリーを叩《たた》き出したところだった。

「アモー、アマース、アマト」ディーキンズは『ケネディのラテン語入門』を一度も見ることなく、二人の友人に動詞の活用を繰り返してやった。

「アマームス、アマーティス、アマント」三人で試験会場へ引き返しながら、ハリーは繰り返した。

一時間後、ラテン語の答案用紙を提出したとき、ハリーは最低限必要とされている六十点以上をものにしたという自信があったし、ジャイルズでさえ、満足のいく出来だったことを顔に表わしていた。三人で大食堂へ向かいながら、ハリーはディーキンズの肩に腕を回して言った。「ありがとう、オールド・チャム」

その前、午前中の最後の試験科目である地理の問題に目を通したとき、ハリーは胸の内で自分の秘密兵器に感謝した。オールド・ジャックは何年にもわたって、決して教室にいるときのような気分を味わわせることなく、大量の知識を授けてくれていた。

昼食のあいだ、ハリーはナイフにもフォークにも手を出せず、ジャイルズはポーク・パイをようやく半分口にしただけだったが、ディーキンズはおかまいなしに食べつづけた。

午後の最初の試験科目、歴史については、不安はなかった。ヘンリー八世、エリザベス、ローリー、ドレイク、ナポレオン、ネルソン、そして、ウェリントン、全員が意気揚々と戦場に現われたが、一人残らず退却させることができた。

数学は予想よりはるかに簡単で、ジャイルズでさえ、自分がもう一つのセンチュリーを叩き出したかもしれないと考えていた。

最後の休憩のあいだにハリーは勉強室へ戻り、自分が書いた『デイヴィッド・コパフィールド』についての小論文に手早く目を通した。この得意科目ではだれにも負けない自信があった。彼は試験会場へ戻りながら、ミスター・ホールコムのお気に入りの言葉を繰り返した――〝集中〟。

その日の最後の問題を見ると、今年はトマス・ハーディとルイス・キャロルの作品から出されていることがわかった。『カスターブリッジの市長』も『不思議の国のアリス』も読んでいたが、いかれ帽子屋《マッド・ハッター》もマイケル・ヘンチャードもチェシャ猫も、ペゴティやチリップ先生、そして、ミスター・バーキスほどには馴染《なじ》みがなかった。ペンはゆっくりとしか進まず、時計が試験の終わりを告げたときにも、十分な解答が書けたかどうか自信がなかった。試験会場をあとにして午後の陽差しの下に出たときには少し悲観的になっていたが、あれが簡単な問題だったとは誰一人として考えていないことを、ライヴァルたちの表情がはっきり物語っていた。ハリーはそれを見て、自分にもまだ可能性があるということだろうかと考えた。

そのあとに、ミスター・ホールコムが言うところの、試験の最悪の部分が待ち受けていた。合格者の名前が学校の掲示板に貼《は》り出されて正式に結果がわかるまで、果てしなく待ちつづけるしかない日々である。そのあいだに、少年たちのなかには自分の運命を知るよりも退学処分になるほうがましだとでもいうかのように、結局はあとで後悔するはめになるようなことをしでかす者がいる。今回も、一人は自転車置き場の陰に隠れて林檎酒《サイダー》を飲んでいるところを、別の一人は便所で煙草《ウッドバイン》を吸っているところを、三人目は消灯後に地元の映画館から出てくるところを目撃された。

次の土曜日、ジャイルズは今年のクリケット・シーズンが始まって以来、初めて得点を上げられないままアウトになった。ディーキンズは図書室に戻り、ハリーはいつまでも歩きながら自分の書いた解答を繰り返し頭のなかで反芻《はんすう》しつづけたが、いまさらどうなるものでもなかった。

日曜の午後、ジャイルズは長いあいだクリケットの練習をし、月曜日には、ディーキンズが不承不承に図書管理委員の引き継ぎをした。そして火曜、ハリーはトマス・ハーディの『遥《はる》かに狂乱の群を離れて』を読み、呪詛《じゅそ》の言葉を吐き捨てた。水曜の夜、ジャイルズとハリーは夜が更《ふ》けるまで話し込んだが、ディーキンズはぐっすりと眠っていた。


その週の木曜の朝、塔の時計が十時を告げるはるか前だというのに、四十人の少年が早々と中庭に群れ、ポケットに手を突っ込んで俯《うつむ》いたまま、校長先生の登場を待っていた。ドクター・オークショットが予定の時刻より一分早く現われることも、一分遅く現われることもないのは全員が知っていたが、それでも、十時五分前にはほとんどの目が中庭の向こうに注がれて、校長先生の居宅のドアが開くのを待ち受けた。数は少なかったが、大ホールの時計をじっと見上げ、自分たちの意志の力で、少しでも分針《ふんしん》の動きを速めようとしている者もいた。

　定刻を知らせる時計が打ちはじめると同時に、サミュエル・オークショット師が居宅の玄関を開けて小径《こみち》に姿を現わした。一方の手には一枚の紙が、もう一方の手には四本の錫《すず》メッキの鋲釘《びょうくぎ》があった。何をするにせよ、周到に準備しないではいられない性分の人だった。ドクター・オークショットは小径の終わりまでくると小門を開けて中庭に入り、普段と変わらない足取りで歩きつづけた。そこに群れている生徒など眼中にないかのようだった。少年たちはさっと脇《わき》へどいて、校長先生の歩みの妨げにならないよう道を空けた。ドクター・オークショットは時計が十回目を打ち終えると同時に掲示板の前に立ち、入学試験の結果を貼り出すと、一言も発することなく、いまきた道を引き返していった。

　四十人の少年はわれ先に突進して、押し合いへし合いしながら入学試験の結果に目を凝らした。だれも驚きはしなかったが、ディーキンズは九十二点で一番で合格し、さらに、ブリストル・グラマー・スクールのペロクウィン奨学生として認められていた。ジャイルズは自分が六十四点で合格したとわかった瞬間に宙に跳び上がり、嬉《うれ》しさを隠そうともしなかった。

　ディーキンズとジャイルズは振り返って親友を捜したが、ハリーは独り、狂乱の群から遠く離れていた。

メイジー・クリフトン

一九二〇年―一九三六年

11

アーサーとわたしが結婚するとき、お祝いは盛大と形容できるようなものでは到底なかった。タンコック家もクリフトン家も、とにかく貧しかった。最大の出費は聖歌隊だった。半クラウンもかかったが、その価値は十分にあった。わたしは昔からミス・マンデイの聖歌隊に入りたいと願っていたし、ミス・マンデイもその声なら立派に通用すると直接褒めてくれたものの、読み書きができないという事実が邪魔をして、候補者とは見なしてもらえなかった。

披露宴——そう呼べるとすればだが——は、スティル・ハウス・レーンのアーサーの両親のテラス・ハウスで開かれた。ビールが一樽《たる》、ピーナツ・バター・サンドウィッチが少々、そして、ポーク・パイが一ダース。わたしの兄のスタンなど、自分だけのためにフィッシュ・アンド・チップスを持ち込んでさえいた。おまけに、ハネムーンの地であるウエストン－スーパー－メア行きの最終バスに乗るために、宴《うたげ》を半ばで退席しなくてはならなかった。金曜の夜に泊まれるよう、アーサーが海辺のゲストハウスを予約してくれていて、その週末は雨に降り込められたこともあり、わたしたちはほとんど寝室を出なかった。

二度目のセックスがまたもやウェストン－スーパー－メアだと思うと、妙な気分だった。ショックを受けたのは初めてアーサーの裸を見たときで、乱暴に縫ったと思われる一本の傷跡が、腹の上を一直線によぎっていた。ドイツ軍のせいに決まっているが、戦争で負傷したという話を彼の口から聞いたことは一度もなかった。

わたしがスリップを脱いだとたんにアーサーが勃起《ぼっき》し、それには特に驚きもしなかったが、実を言うと思いもかけなかったことに、彼はセックスをするときもブーツを履いたままだった。

日曜の午後にゲストハウスをチェックアウトし、最終のバスでブリストルへ戻った。月曜の朝の六時には、アーサーが造船所に出勤しなくてはならなかったのだ。

結婚したあと、アーサーはわたしの実家に引っ越してきた。自分たち夫婦の住まいを見つけられるまで置いてくれとアーサーはわたしの父親に言ったが、それは普通、どちらかの両親が死ぬまで、という意味だった。ともあれ、わたしたちの家族は両方とも、記憶にある限り、スティル・ハウス・レーンに住みつづけていた。

妊娠を告げると、アーサーは喜んだ。少なくとも六人は子供が欲しいと言っていたのだ。最初の子がアーサーの子かどうか不安だったが、あのときのことを知っているのはわたしと母だけであり、アーサーが不審に思う理由はないはずだった。

八カ月後、男の子が生まれた。神に感謝すべきことに、アーサーの息子でないと疑わせるところはまったくなかった。洗礼を受け、ハロルドと名前が決まると、わたしの父はご満悦だった。なぜといって、自分の名前がもう一世代生き延びることになったからだ。

結婚したら、母や祖母がそうだったようにわたしもずっと家にいて、毎年子供ができるのが当たり前だと考えていた。何しろ、アーサーは八人家族で、わたしは五人の兄弟姉妹の四番目だったのだから。しかし、結局のところ、ハリーがわたしのたった一人の子になってしまった。

アーサーは夕方、仕事が終わるとたいていまっすぐ家に帰ってきたから、わたしが寝かせつける前に、しばらく赤ん坊と一緒に過ごす時間を持てた。あの金曜の夜に彼が帰ってこなかったときも、たぶんスタンとパブで引っかかっているのだろうぐらいに思っていた。だが、夜半を過ぎて間もなく、スタンは泥酔し、千鳥足で帰ってきて、五ポンド札の束を振り回してみせたが、アーサーの姿はどこにも見えなかった。実際、スタンがその五ポンド札を一枚くれたときには、銀行強盗でもやらかしたのではないかと疑ったぐらいだ。しかし、アーサーの居所を訊《き》くと、貝のように固く口を閉ざしてしまった。

その夜、わたしは一睡もせず、階段の一番下にじっと腰を下ろして、夫が姿を現わすのを待った。結婚したその日から、アーサーが一晩じゅう家を空けたことは一度もなかった。

　次の日の朝、キッチンへ降りてきたスタンはさすがに素面《しらふ》に戻っていたが、朝食のあいだ、一言も口をきかなかった。アーサーはどこにいるのかともう一度尋ねると、昨日の夕方、仕事を終えて一緒に退出時間を記録したあとは姿を見ていないという答えが返ってきた。スタンが嘘《うそ》をついていると見抜くのは、その目が泳いでいるのを見れば、難しくなかった。さらに問い詰めようとしたそのとき、玄関が乱暴にノックされた。わたしは一も二もなくアーサーだと思い、開けようと玄関へ走った。

　ドアを開けたとたんに二人の警察官が飛び込んできて、キッチンでスタンを捕らえると、手錠をかけて通告した——「住居侵入罪で逮捕する」。五ポンド札の出所がようやくわかった。

「おれは何も盗んじゃいない」スタンが抗議した。「あの金はミスター・バリントンにもらったんだ」

「そんな話を信じろってのか、タンコック」警察官が言った。

「嘘じゃない、神に誓って本当だ」警察へと引き立てられながら、スタンはなおも抗議をつづけた。今度は兄の言っていることは嘘じゃない、とわたしにはわかった。

　母とハリーを置いて、わたしは造船所へ走った。アーサーが朝番で仕事に出ているかもしれないし、そうであれば、スタンが逮捕された理由を知っているはずだ。アーサーが拘留されている可能性については考えないようにした。

今朝はアーサーを見ていないと門衛詰所の男は言ったが、輪番勤務当番表を確認したあとで訝《いぶか》しそうな顔をした。ゆうべのアーサーの退勤時間が記録されていないからだった。

「おれを責めないでくれよ。昨日は非番だったんだ」男はそれしか言わなかった。

どうしてあの男は〝責める〟という言葉を使ったのだろうという疑問は、そのときは頭に浮かばなかった。

造船所へ行き、アーサーの仕事仲間の何人かに当たってみたが、みな、異口同音に同じ答えを返してきた。「ゆうべ、あいつが退勤してからは見てないな」そして、足早に離れていった。アーサーも逮捕されているかどうかを警察へ行って確かめようとしたそのとき、一人の老人が俯《うつむ》いて通り過ぎていった。

わたしはその老人を追いかけた。あっちへ行け《バガー・オフ》と追い払われるか、何の話だかさっぱりわからないと拒絶されるのが落ちだろうと覚悟していたが、近づいていくと、足を止め、帽子を取って挨拶《あいさつ》してくれた。「おはよう」わたしはその物腰の柔らかさに驚き、この人なら大丈夫だろうと確信して、今朝、アーサーを見なかったかと訊いた。

「いや、見ていませんね」老人が答えた。「最後に彼を見たのは昨日の午後、あなたのお兄さんと一緒に遅番の仕事をしているときです。お兄さんに訊いてみたらどうですか?」

「それができないんです」わたしは言った。「逮捕されて、警察へ連れていかれたんです」

「容疑は何です?」老人がオールド・ジャックと名乗り、訝しげな顔で訊いた。

「わかりません」わたしは応《こた》えた。

オールド・ジャックが首を振った。「私では役に立てそうにないな、ミセス・クリフトン」そして、付け加えた。「だが、何があったかを最初から最後まで知っている人間が、少なくとも二人はいますよ」彼は赤煉瓦《あかれんが》造りの大きな建物のほうへ顎《あご》をしゃくった。アーサーが〝管理棟《マネジメント》〟といつも呼んでいるところだった。

その建物から警察官が出てくるのを見て、わたしは身震いした。振り返ったときには、もうオールド・ジャックの姿はなかった。

〝管理棟〟――正式な呼び名は〝バリントン・ハウス〟――を訪ねてみようかと考えたが、やはり、やめておくことにした。だって、アーサーの雇い主と会ったところで、何を言えばいいのかわからないのだ。結局、どうしてこういうことになったのかを考えながら、漫然と家へ引き返すことになった。

わたしは証拠事実を述べるヒューゴー・バリントンを見つめた。彼は陪審員を前にして、いかにも説得力に富んだ弁舌を振るっていたが、相変わらず自信過剰で、相変わらず尊大で、相変わらず真相を一部しか明らかにしようとせず、それはまさしく、あの日、二人きりの寝室でわたしに対したときと同じだった。彼が証人席を降りた瞬間、スタンが無罪になる可能性はこれっぽっちもないことが、わたしにはわかった。

判事は陪審員に対し、この案件は取り立ててどうということもない窃盗事件であり、スタンは自分の立場を利用して雇い主から盗みを働いたのだと説明した。そして、自分としては三年の実刑を言い渡す以外に選択の余地はないと結論して、裁判を終わりにした。

わたしは一日も欠かすことなく、裁判を最後まで傍聴した。あの日、アーサーに何があったのかを知る手掛かりになるような情報が、どんな小さなものでもいいから手に入るのではないかと期待したからだ。でも、判事はついに閉廷を宣言し、わたしはスタンがすべてを語っていないと確信できただけで、それ以外の情報はまるで手に入っていなかった。理由を突き止めるには、しばらく時間がかかりそうだった。

もう一人だけ、法廷に日参した人物がいた。オールド・ジャックだ。だけど、言葉は交わさなかった。事実、ハリーのことがなかったら、二度と彼に会うことはなかったかもしれない。

アーサーが家に帰ってくる可能性は完全に潰《つい》えたと思い切るには、やはり時間が必要だった。

スタンがいなくなってまだほんの数日しかたっていなかったが、〝不足を補う〟という言葉の本当の意味を思い知るには十分だった。一家の生計の柱だった二人が、一人は刑務所送りになり、一人は杳《よう》として行方が知れなくなってしまったあと間もなくして、一家は、自分たちがまさしく文字どおりの最低水準生活者であることを認めざるを得なくなった。幸運にも、スティル・ハウス・レーンではまだ不文律が生きていた。だれかが〝休みでいなくなった〟ら、近所ができる限りのことをしてその家族を助けるのだ。

定期的にワッツ師が立ち寄ってくれ、長年にわたって彼の募金皿に寄付してきたわたしたちのお金のいくばくかを返してくれさえした。ミス・マンデイも定期的にではなかったがやってきて、いい助言とそれ以上の施しをしてくれて、持ってきた籠《バスケット》を必ず空にして帰っていった。でも、どれだけのことをしてもらっても、夫を失い、無実の兄が刑務所に送られ、ハリーが父親のない子になったことの埋め合わせにはならなかった。

ハリーは最近よちよち歩きができるようになっていたが、わたしは早くも、彼の最初の言葉を聞くのが恐ろしかった。スタン伯父以前にテーブルの上座を占めていた人を、果たして憶《おぼ》えているだろうか？　その人がもうそこにいない理由を尋ねてくるだろうか？　ハリーが問いを発するようになりはじめたら、わたしたちはどう答えるか？　その解決策を思いついたのは、彼の祖父だった。そしてわたしたちは、同じ物語を答えにしつづけるという盟約を結んだ。だって、ハリーがオールド・ジャックと出くわす可能性など、そのときには考えもしなかったのだ。

だけど、当時のタンコック家の最も切迫した問題は、どうやって狼《おおかみ》を玄関に近づけないでおくかということであり、それ以上に重要なのが、家賃の集金人と執行吏からどうやって逃れるかということだった。スタンがどうにか押収《おうしゅう》を免れた五ポンド紙幣の束を使い果たし、母の銀メッキの茶漉《ちゃこ》しを、次いでわたしの婚約指輪を、最後には結婚指輪を質に入れてしまうと、とたんに、すぐにも追い立てを食らってここを出ていかなくてはならなくなるのではないかという恐怖に襲われた。

しかし、それは何週間か先延ばしされた。玄関がノックされたおかげだった。今度は警察ではなく、ミスター・スパークスという男の人が立っていて、アーサーの所属していた労働組合の代表者だと自己紹介をし、会社から何らかの補償があったかどうかを確認にきたのだと用向きを告げた。

ミスター・スパークスをキッチンに坐《すわ》らせ、お茶を淹《い》れると、わたしはすぐに事情を説明した。「鐚一文《びたいちもん》、もらっていません。アーサーはだれにも告げずに出ていったのだから、彼の行動に対する責任は自分たちにはない、というのが会社側の言い分なんです。それに、あの日、実際に何があったのか、わたしもまだ知らないんです」

「私もそうなんですよ」ミスター・スパークスが言った。「みんなが口を固く閉ざして、話してくれないんです。経営者側も、労働者もね。とにかく、一言も引き出せないんですよ。『死んでも話せない』と、一人などそこまで言いましたからね。だが、あなたの御主人の給料の前借りは、全額返済されています」そして、付け加えた。「だから、あなたには労働組合からの補償を受け取る資格があります」

わたしはそこに立ち尽くした。ミスター・スパークスが何の話をしているのか、さっぱりわからなかった。

ミスター・スパークスがブリーフケースから書類を取り出してキッチンのテーブルに置き、ひっくり返して裏表紙を見せた。

「ここにサインをお願いします」そして、署名欄に人差し指を置いた。

指し示されたその場所にわたしが×印を書くと、ミスター・スパークスがポケットから封筒を取り出して差し出した。「少なくて申し訳ないんですが」

彼がお茶を飲み終えて帰っていくのを待って、わたしは封筒を開けた。

七ポンド九シリングと六ペンス、それが彼らの見積もったアーサーの命の価値だった。わたしは独り、キッチンのテーブルに向かって腰を下ろしていた。二度とふたたび夫に会えないのだとわかったのは、そのときだったと思う。

その日の午後、質屋のミスター・コーエンから結婚指輪を返してもらった。アーサーの思い出のためにわたしにできる、せめてものことだった。次の日の午前中には、遅れていた家賃、肉屋とパン屋、そして、蠟燭《ろうそく》屋への、溜《た》まっていた払いを清算した。それでも、教会の慈善バザーで古着――ほとんどハリーのものだ――を買えるぐらいのお金は残った。

だけど、ひと月とたたないうちに、またもや肉屋、パン屋、蠟燭屋への払いが滞るようになり、質屋へ舞い戻って結婚指輪をミスター・コーエンに渡すまでに、そう長い時間はかからなかった。

家賃の集金人が二七番地の玄関をノックしたときは居留守を使わざるを得ず、今度玄関をノックするのが執行吏だとしても、家族の誰一人として驚かないだろうと思われた。仕事を探さなくてはと決心したのは、そのときだった。

12

　やはり、職探しは簡単でなかった。政府が最近になって、戦争に従軍した男性を最優先に雇用し、それ以外の求職者は後回しにするようにという指示を全雇い主に出していたから、難しさはなおさら増していた。その指示は、イギリスの兵士は英雄にふさわしい待遇で母国に迎えられるという、ロイド・ジョージ首相の約束を守るためのものだった。

　戦争中に軍需工場で立派に国に奉仕したことにより、前回の選挙では三十歳以上の女性には選挙権が与えられていたにもかかわらず、平時になると、彼女たちもまた、職を求める長い列の後ろへと押しやられてしまっていた。見つかる可能性が一番高いのは男がやろうとしない種類の仕事だろう、とメイジーは考えた。そしてそれは、きつすぎる仕事か、ひどく給料の安い仕事を意味していた。そのことを忘れないようにしながら、町で最大の雇い主である〈W・D&H・O・ウィリス〉の前の行列に加わった。列の一番前に出ると、彼女は面接官に訊《き》いた。「こちらの煙草《たばこ》工場で、箱詰めする人間を捜していらっしゃるというのは本当でしょうか？」

「本当だが、あんたは若すぎるな」面接官が言った。

「二十二ですけど」

「あんたは若すぎる」面接官は繰り返した。「一年か二年たったら、またくればいい」

スティル・ハウス・レーンへ戻ると、食事に間に合ったから、一杯のチキン・ブロスと、先週の残りのパン一枚をハリーや母親と分け合って食べた。

翌日はワインを商っている〈ハーヴェイズ〉の、もっと長いかとさえ思われる列に並んだ。三時間後、自分の番になったとき、糊《のり》の利《き》いた白い襟《えり》と細いブラック・タイの男から、自分たちが求めているのは経験のある者だけだと告げられた。

「それなら、どうすれば経験者になれるんですか？」メイジーは訊いた。必死さが声に出ないようにするのは容易でなかった。

「わが社に見習い制度がある」

「では、それに入れてください」メイジーは糊の利いた襟の男に頼んだ。

「年はいくつだ？」

「二十二です」

「だめだ、年を取りすぎてる」

メイジーはそのわずか一分の面接での言葉を、昨日の残りをさらに薄めたブロスと昨日のパンのかけらを分け合いながら、一つ残らず母に繰り返した。

「港なら、いつだって見込みがあるんじゃないのかい」母がほのめかした。

「何を考えてるの、母さん。わたしに港湾労働者ができると思う？」

母は笑わなかった。だが、彼女がこの前いつ笑ったか、メイジーは思い出せなかった。

「清掃員という仕事があるじゃないか」母が言った。「それに、あの会社はおまえに大きな借りがあるはずだよ」

翌朝、メイジーは日の出のはるか前に起きて服を着替えると、食料が心細くなっているので朝食を省き、空腹を抱えたまま、港への長い道を歩き出した。

港へ着くと、門衛詰所で、清掃員の仕事を探していることを告げた。

「ミセス・ネトルズのところへ行ってくれ」門衛詰所にいた男が、大きな赤煉瓦《あかれんが》の建物のほうへ顎《あご》をしゃくった。かつて一度、危うく行きそうになったところだった。「清掃員を雇ったり、馘《くび》にしたりする責任者だ」メイジーがこの前訪ねてきたことを、男は明らかに忘れていた。

落ち着かない気分で建物のほうへ向かいはじめたが、正面入口まであと数歩のところで足を止め、帽子とコート、傘という洒落《しゃれ》た装《よそお》いの男たちが次々と両開きのドアをくぐるのを見守った。

その場に立ち尽くし、朝の冷たい空気に震えながら彼らのあとにつづいてそのドアをくぐる勇気をかき集めようとしたものの、やはり諦《あきら》めて引き返そうとしたそのとき、つなぎの作業服を着た年配の女性が、建物の横の、もう一つのドアから入っていくのが見えた。メイジーは彼女のあとを追った。

「何でしょう?」追いついたメイジーに、その女性が疑わしげに訊いた。

「仕事を探しているんです」

「ちょうどよかったわね」彼女が言った。「若い人が何人か欲しかったところなのよ。ミセス・ネトルズのところへ行くといいわ」そして、清掃用具置き場のそれと見紛《みまが》いそうな幅の狭いドアを指さした。メイジーは思い切ってそのドアの前へ行き、ノックをした。

「どうぞ」疲れた声が返ってきた。

ドアを開けると、自分の母親と同年配と思われる女性が一つしかない椅子《いす》に坐《すわ》っていて、その周囲をバケツやモップ、いくつかの大きな石鹸《せっけん》が取り巻いていた。

「仕事が欲しければ、ここへくるよう言われたものですから」

「そのとおりよ。神が与えたもうた時間を手抜きなんかせずにきっちり働いて、決められた賃金でいいというなら、話は決まりね」

「労働時間は何時間で、賃金はいくらでしょう」メイジーは訊いた。

「仕事開始は午前三時、その場合には、七時には建物を出ていなくてはならないわ。自分の執務室《オフィス》がぴかぴか《スピック・アンド・スパン》になっているのを期待してお偉方《ニブス》が出勤してくる前にね。あるいは、夕方の七時に仕事にかかって、夜半まで休みなしで仕事をすることもできるけど、どっちを選ぶかはあなた次第でかまわないわ。ただし、どっちを選んでも、賃金は時給六ペンスよ」

「両方ともやります」メイジーは言った。

「いいでしょう」ミセス・ネトルズがバケツとモップを選んだ。「では、今日の午後七時に、もう一度ここへきてちょうだい。そのときに、やり方を教えるわ。わたしはヴェラ・ネトルズよ。あなたは？」

「メイジー・クリフトンです」

ミセス・ネトルズが手にしていたバケツを床に戻し、モップをふたたび壁に立てかけると、出口へ行ってドアを開けた。「ここにはあなたの仕事はないわ、ミセス・クリフトン」

月が変わっても、職探しはつづいた。まずは、ある靴屋に仕事を求めた。だが、店主は穴の空いた靴を履いている女を雇う気にはどうしてもなれないようだった。次いで婦人帽の売り子をしようと面接を受けたが、計算ができないとわかった瞬間に断わられた。花屋では、だれであれ自分の家に庭のない者を雇うつもりはないと拒絶された。父の家庭菜園は庭とは見なしてもらえなかった。やけくそで地元のパブに応募したが、主人にこう言われて可能性は潰《つい》えた。「悪いな、あんたの胸《テイッツ》じゃ、大きさが不足なんだよ」

次の日曜のホーリイ・ナティヴィティ教会で、メイジーはひざまずき、助けの手を差し伸べてほしいと神さまに頼んだ。

その手はミス・マンデイだとわかった。ブロード・ストリートで友だちが軽食堂《ティー・ショップ》を経営していて、ウェイトレスを探していると教えてくれたのだ。

「でも、わたし、経験がありません」メイジーは言った。

「そのほうがいいかもしれませんよ」ミス・マンデイが応《こた》えた。「何しろ、ミス・ティリーは従業員を自分流のやり方で訓練するのが、人並外れて大好きときていますからね」

「年を取りすぎているとか、若すぎるとか、そんなふうに思われるんじゃありませんか？」

「あなたは年を取りすぎてもいないし、若すぎもしないわ」ミス・マンデイが保証した。「信じてほしいんだけど、あなたがあの仕事に向いていないと思ったら、わたしは推薦なんかしません。だけど、メイジー、ミス・ティリーが時間にとてもうるさい人だということは言っておきます。明日の八時前にお店へ行ってちょうだい。遅刻したら、それがあなたの最初の印象になるだけじゃなくて、最後の印象になってしまうわよ」

メイジーは翌朝の六時に〈ティリーズ・ティー・ショップ〉の前に立ち、それから二時間、一歩もそこを動かなかった。きっかり八時五分前に、髪をきちんと丸く結い上げ、半月形の眼鏡を鼻の先に載せた、こぎれいな服装のふくよかな体形の中年女性が、ドアに吊《つ》るしてあった〈準備中〉の札を裏返して〈営業中〉にし、凍えていたメイジーはようやくなかに入れてもらえた。

「決まりです、ミセス・クリフトン」それが、新しい雇い主の第一声だった。

仕事に行くときはいつも、ハリーの世話を母に任せた。時給はわずか九ペンスだったが、チップの半分をもらえることになっていたから、実入りのよかった週末には、三ポンドほど持って帰ることができた。それに、予想外のボーナスもあった。午後六時に〈営業中〉の札が〈準備中〉に変わるや、残った食べ物を持って帰るのをミス・ティリーが許してくれるのだ。〝新鮮でない〟という言葉が客の口から発せられるのは御法度《ごはっと》だったからだ。

半年がたつと、ミス・ティリーはメイジーの進歩にいたく満足し、彼女を自分の八つのテーブルの責任者に任じて仕切らせることにした。さらに半年がたつと、何人かの常連客がメイジーを指名するようになった。ミス・ティリーはメイジーの担当するテーブルを十二に増やすことでその問題を解決し、賃金を時給一シリングに上げた。毎週、正規の賃金とチップの割り前の両方を手にするようになったメイジーは、ふたたび婚約指輪と結婚指輪を自分の手に取り戻し、銀メッキの茶漉《ちゃこ》しも、本来あるべき場所に戻すことができた。

スタンが品行が模範的であるという理由でわずか一年半で出所したのはメイジーにとって本来は喜ぶべきことなのだが、実を言うと本音は複雑だった。

いまや三歳と六カ月のハリーは、スタン伯父が戻ってきたために、ふたたび母の部屋に引っ越さなくてはならなかった。スタンのいないあいだ、家のなかがどんなに平和だったかを、メイジーは考えまいとした。

スタンが何事もなかったかのように港で昔の仕事についたときには、さすがのメイジーもびっくりした。そして、それは彼女を確信させたに過ぎなかった——アーサーの失踪《しっそう》について、あれほど執拗《しつよう》にわたしが問い質《ただ》してもほんの少ししか明らかにしなかったくせに、実ははるかに多くのことを知っているのだ。戻ってきたスタンをふたたび問い質したとき、少ししつこすぎたとあって、一回だけ拳《こぶし》が飛んできたことがあった。次の朝、ミス・ティリーは目のまわりの黒い痣《あざ》を見て見ぬ振りをしてくれたが、客の一人か二人に気づかれたので、メイジーは二度とスタンにその質問をしなかった。しかし、ハリーが同じ質問をしたときには、スタンは必ず家族の盟約を守ってこう答えた。「おまえの父さんは戦争で死んだ。おまえの父さんに銃弾《たま》が当たったとき、おれは隣りにいたんだ」

メイジーは空いた時間があると、できるだけハリーと一緒にいるようにした。息子がメリーウッド初等学校《エレメンタリー》へ通うようになれば、自分の人生ももう少し楽になるはずだった。だが、朝、実際に彼を学校へ連れていくようになってみると、仕事に遅刻しないために路面電車《トラム》を使わなくてはならず、その乗車賃という余分な出費が出てくるようになったし、学校へ迎えにいくためには午後の休憩時間を利用し、家へ連れて帰ってお茶を一杯飲ませてから、母に世話を任せて仕事に戻らなくてはならなかった。

学校へ通うようになってまだ何日かしかたっていないとき、週に一度の風呂《ふろ》をハリーに使わせていたメイジーは、息子の尻《しり》に何本か鞭《むち》の痕《あと》があるのに気がついた。

「だれにやられたの？」彼女は問い質した。

「校長先生」

「どうして？」

「それは言えないよ、母さん」

以前の鞭の痕が消えもしないうちに、またもや六本の新たな赤い条《すじ》を見つけて、メイジーはふたたび息子を問い質した。だが、ハリーは白状しなかった。三度目の鞭の痕を見つけたときは、コートを羽織り、自分の胸の内を教師に伝えるために、メリーウッド初等学校を訪ねた。

ミスター・ホールコムは、メイジーが想像していたような人物ではまったくなかった。まず第一に、それほど年齢《とし》が上ではなさそうだったし、彼女が部屋に入るのを、立ち上がって迎えてくれた。彼女のメリーウッド時代の記憶にある教師とは、まるで違っていた。

「うちの息子はなぜ校長先生に鞭で打たれたんでしょう？」ミスター・ホールコムが椅子を勧める暇《いとま》も与えず、メイジーは食ってかかるような口調で訊《き》いた。

「学校をサボりつづけているからです、ミセス・クリフトン。朝礼が終わるとすぐに姿をくらまし、午後のサッカーの時間まで戻ってこないんですよ」

「では、そのあいだ、どこで何をしているんでしょうか」

「どうやら港ではないかと睨《にら》んでいるんですがね」ミスター・ホールコムが答えた。「もしかしたら、その理由をご存じではありませんか？」

「あの子の伯父が港で働いていて、その伯父がいつもあの子に言ってるんです。学校なんて時間の無駄だって。なぜなら、遅かれ早かれバリントンの会社で自分と一緒に働くんだからって。たぶん、そのせいではないでしょうか」

「そうならないといいんですが」ミスター・ホールコムが言った。

「なぜそんなことをおっしゃるんですか？」メイジーは訊いた。「あの子の父親はそれで満足していたんですけど？」

「そうかもしれませんが、ハリーの場合はそうではないかもしれません」

「どういう意味ですか？」メイジーは憤然として訊いた。

「ハリーは聡明《そうめい》な子ですよ、ミセス・クリフトン。とても頭がいいんです。私の説得を受け入れて、もっときちんと授業に出てくれさえすれば、途方もなく大きなことを成し遂げる可能性を持っているんです」

あの二人のうち、どっちが本当のハリーの父親なのかを突き止めるべきだろうか、とメイジーは不意に考えた。

「賢い子供たちのなかには、自分がどれほど賢いかを、学校を卒業するまで気がつかない者もいるんです」ミスター・ホールコムは話しつづけていた。「その無駄にした時間を後悔しながら、残りの人生を送ることになる子がね。私としては、絶対にハリーをその一人にしたくないのです」

「教えてください、そのためには、わたしはどうすればいいんでしょう」メイジーはようやく腰を下ろした。

「港へ逃げ出さないで、毎日、学校にとどまるよう励ましてやってください。学業ができるようになれば、自分にどんなに誇りを持てるようになるかを教えてやってほしいのです。サッカー・グラウンドだけでなくてね。気づいておられるとは思いますが、念のために申し上げると、ミセス・クリフトン、サッカーは彼の強みではありません」

「そうなんですか?」

「残念ながら。しかし、ハリーにしても、自分が学校代表になれないことも、ましてブリストル・シティのプレイヤーになるなど夢のまた夢だということも、そろそろ本人もわかっているに違いありません」

「あの子のためになるのであれば、わたしにできることなら何でもします」メイジーは約束した。

「ありがとうございます、ミセス・クリフトン」メイジーが腰を上げるのを見て、ミスター・ホールコムは付け加えた。「あなたに励ましてもらうことができれば、その効果は校長の鞭よりもはるかに長続きするはずです。それは私が保証します」

その日から、ハリーがどういう学校生活を送っているか、メイジーは以前よりもはるかに気をつけるようになった。そして、ミスター・ホールコムについて、また、今日は彼に何を習ったかについて、息子から聞くのが楽しみになり、鞭打ちの痕が消えているのを見て、もう授業を抜け出したりはしていないようだと安心した。ところが、ある夜、自分がベッドに入る直前に眠っているハリーの尻を確かめると、驚いたことに、以前より赤くて深い鞭打ちの痕がまたもや出現していた。今度はミスター・ホールコムに会いにいく必要はなかった。彼のほうから〈ティリーズ・ティー・ショップ〉にきてくれたのである。

「丸まるひと月はなんとか欠席せずに授業に出ていたんですが」ミスター・ホールコムが報告した。「また、姿を見せなくなってしまったんです」

「でも、わたしにはこれ以上どうすればいいのかわかりません」メイジーはお手上げだと思いながら言った。「もうお小遣いも止めて、ちゃんと学校にいなかったら、二度と一ペニーだってやらないと警告してあるんです。実を言うと、あの子の伯父のほうが、わたしよりはるかに影響力があるんですよ」

「それはなおさら残念ですね」ミスター・ホールコムが言った。「しかし、私は解決策が見つかったような気がします。しかし、それにはあなたが全面的に協力してくださることが不可欠です」

自分はまだたったの二十六歳だけど、とメイジーは考えていた。たぶん、二度と結婚することはないだろう。だって、適齢期の女性がこんなにたくさんいる時代に、子供という枷《かせ》のついている女がいいという物好きはいないはずだもの。いまでも婚約指輪と結婚指輪をしつづけていることが、たぶんティー・ショップで誘いをかけられる回数を減らしている原因だろうと思われたが、それでも、一人や二人はそういう常連客がいないわけではなかった。ただし、ミスター・クラディックはそういう数少ない客に含まれなかった。親愛なるその老人は、メイジーの手を握りたがるだけだったのだ。

ミスター・アトキンズは〈ティリーズ・ティー・ショップ〉の常連客で、メイジーが担当するテーブルにつくのを好み、ほぼ毎朝やってきては、ブラック・コーヒーとフルーツ・ケーキを注文するのが決まりだった。メイジーがびっくりしたことに、ある朝、支払いを済ませたあとで、映画に誘ってきた。

「何たって、グレタ・ガルボの『肉体と悪魔』だよ」何とかメイジーをその気にさせようという口振りだった。

客に誘われたことは何度かあったが、若くてハンサムな男に関心を持たれたのは初めてだった。

かなりしつこく誘ってくる客をも撃退する決まり文句をメイジーは持っていて、これまではそれでうまくいっていたから、今度も同じ言葉を繰り返した。「ありがとうございます、ミスター・アトキンズ、でも、余暇はなるべく息子と一緒にいてやりたいんです」

「だけど、一晩ぐらいは例外を作ってもいいんじゃないのかな?」ミスター・アトキンズはほかの客のように簡単には諦《あきら》めなかった。

メイジーは彼の左手にちらりと目を走らせた。結婚指輪はなかったし、それ以上によくない、指輪を外した白い痕もなかった。

自分がこう言っている声が聞こえた。「ありがとうございます、ミスター・アトキンズ」そして、木曜の夜、ハリーが眠ったあとで会うことに同意した。

「エディでいいよ」そして、六ペンスのチップを渡して店を出ていった。

エディはフラットノーズ・モーリスで現われ、映画館へ連れていってくれた。それも印象的だったが、後ろの席で並んで坐《すわ》っているあいだ、ずっと映画に没頭していたことにも驚いた。肩に腕が回ってきても文句を言うつもりはなかったし、事実、最初のデートでどこまで許そうかと考えていたぐらいだった。

幕が下りるとオルガンが演奏され、全員が起立して国歌を斉唱した。

「一杯どう?」映画館を出ながら、エディが誘った。

「遅くなって路面電車《トラム》が混みはじめる前に帰るつもりでいるんですけど」

「路面電車の最終便の心配は無用だよ、メイジー、このエディ・アトキンズと一緒のときはね」

「そういうことなら、ちょっとだけ」メイジーが応《こた》えると、エディは道路を渡って〈レッド・ブル〉へ案内した。

「ところで、あなたは何をなさってるの、エディ」メイジーは半パイントのオレンジ・スカッシュを自分の前に置いてくれたエディに尋ねた。

「エンターテインメント・ビジネスの世界にいるんだ」と応えただけで、エディはそれ以上の説明をしなかった。そして、メイジーのことに話題を振った。「きみが何をしているかを訊く必要はないな」

二杯目のオレンジ・スカッシュのあと、エディが時計を見て言った。「明日は朝が早いんだ。そろそろ送っていくよ」

スティル・ハウス・レーンへの道中、メイジーはハリーのことを話し、彼がホーリイ・ナティヴィティ教会の聖歌隊に入ることをどんなに自分が願っているかを打ち明けた。エディは純粋に興味を持ったようだった。二七番地の前で車が止まったとき、メイジーはキスを待ち受けた。しかし、エディは何もしないで運転席を飛び降り、車のドアを開けて、玄関までエスコートした。

メイジーはキッチンのテーブルにつくと、今夜あったこと、そして、なかったことを、母にすべて話して聞かせた。彼女はひと言こう言った。「その男は何が目的なんだい？」

13

ミスター・ホールコムがきちんとした服装の男性をともなってホーリイ・ナティヴィティ教会へ入っていくのを見たとき、メイジーはハリーがまた何かをやらかしたのではないかと嫌な予感がしたが、一方では、そんなことはないのではないかとも思うところがあった。というのは、もう一年以上、息子の尻《しり》には赤い条《すじ》がついていなかったからだ。

気持ちをしっかり持たなくてはと自分に言い聞かせているメイジーのほうへ歩いてきたミスター・ホールコムは、彼女を見たとたんに気恥ずかしそうな笑みを浮かべただけで、連れの男性とともに、通路を挟んだ三列目の信徒席に腰を下ろした。

メイジーはときどき二人に目を走らせたが、ミスター・ホールコムのかなり年配の連れには心当たりがなかった。もしかしてメリーウッド初等《エレメンタリー》学校の校長先生だろうか？

聖歌隊が最初の聖歌を歌うために起立すると、ミス・マンデイがその二人のほうを一瞥《いちべつ》してからオルガン奏者にうなずいて、準備ができたことを知らせた。

今朝のハリーはいつにも増して素晴らしいとメイジーは思ったが、その息子が数分後にまた起立して二度目のソロを歌ったときにはびっくりし、さらに三回目のソロを歌ったときにはもっと驚いた。ミス・マンデイが何かをするとき、そこに必ず理由があるのはだれもが知っていたが、この場合の理由が何なのかは、まだメイジーにはわからなかった。

ワッツ師が会衆に最後の祝福を与えたあとも、メイジーは信徒席に坐《すわ》ったまま、三回もソロを歌った理由がわかるかもしれないと思いながら、息子がやってくるのを待った。その気掛かりを抱えて母親とおしゃべりをしながらも、目はミスター・ホールコムから決して離さなかった。彼は年上の連れの男性をミス・マンデイとワッツ師に紹介していた。

間もなく、ワッツ師が二人をともなって聖具室へ入っていき、ミス・マンデイは決意を顔に浮かべて、断固たる足取りで通路をメイジーのほうへ向かってきた。それは教会区民なら周知のとおり、彼女が何らかの任務を帯びていることを意味していた。「ちょっと内々でお話しできますか、ミセス・クリフトン」と、彼女は訊《き》いた。

そして、メイジーに返事をする間《ま》を与えるでもなく踵《きびす》を返し、聖具室へと通路を引き返していった。

エディ・アトキンズはひと月以上も〈ティリーズ・ティー・ショップ〉へ顔を出さなかったが、ある朝、ふたたびやってくると、メイジーが担当しているテーブルのいつもの席に腰を下ろした。そして、注文を取りにきたメイジーに、ひと月ぶりとは思えない、なれなれしい大きな笑みを浮かべてみせた。

「おはようございます、ミスター・アトキンズ」メイジーは注文を書き留めるためのノートを開いた。「何にいたしますか？」

「いつものを頼むよ」エディが言った。

「お久しぶりですね、ミスター・アトキンズ」メイジーは言った。「いつものとは何でしたかしら？」

「いや、連絡しなかったことは申し訳ない、メイジー」エディが応《こた》えた。「急にアメリカへ行かなくちゃならなくてね、ゆうべ帰ってきたばかりなんだ」

その言葉を信じたかった。母にはすでに告白していたが、一緒に映画を観《み》にいって以来連絡がなくて、ちょっとがっかりしていたのだ。あのときは愉《たの》しかったし、結構うまくいったと感じてもいたのだった。

もう一人、足繁《あししげ》くティー・ショップに通いはじめている男性がいて、彼もまたエディと同じく、メイジーが担当しているテーブルにしか腰を下ろさなかった。自分が少なからぬ関心を持たれていることに気づかないわけにはいかなかったが、それを素振りには出さなかった。なぜなら、その男性が中年だというだけでなく、指に結婚指輪があったからだ。しかし、超然とした雰囲気をまとっていて、顧客を観察している弁護士のようであり、メイジーに声をかける口調には、いつも、わずかながら尊大なところが感じられた。メイジーには母の声が聞こえるようだった――「その男は何が目的なんだろうね」。しかし、それは考えすぎかもしれなかった。というのは、その男性はメイジーに声こそかけるものの、それが会話に発展したことは一度もなかったからだ。

一週間後、メイジー目当ての客が二人とも、同じ日の朝にコーヒーを飲みにやってきて、あとで会えないだろうかと訊いてきたときには、さすがににやりと笑みが浮かぶのを抑えられなかった。

まずはエディが、単刀直入に切り出した。「今夜、仕事が終わったらきみを迎えにくるよ。いいだろ、メイジー？　どうしてもきみに見てもらいたいものがあるんだ」

メイジーは先約があると応えたかった。彼の都合のいいときが必ずしも相手の都合がいいときとは限らないことを知ってもらいたかったのだ。だが、勘定書《ビル》を持ってテーブルへ戻ったとき、その思いとは裏腹なことを言っている自分に気がついた。「それじゃ、仕事が終わったあとで会いましょう、エディ」

メイジーの顔からまだ笑みが消えないうちに、もう一人の客が言った。「ちょっと話をさせてもらってもよろしいかな、ミセス・クリフトン」

なぜわたしの名前を知っているんだろう、とメイジーは怪訝《けげん》に思った。

「経営者とお話しになるほうがよろしいのではありませんか、ミスター……」

「フランプトンです」男性が応えた。「いや、せっかくだが、私が話をしたいのは経営者ではなくて、あなたなんだ。午後の休憩時間に、ロイヤル・ホテルで会うわけにはいかないかな。せいぜい十五分かそこらですむと思うが」

「必要なときにはやってこないくせに」メイジーはミス・ティリーに訴えた。「くるとなると二台同時に姿を現わすバスみたいですよね」ミスター・フランプトンは見たことがあるような気もするけど、いまははっきりしない、と女店主は言った。

メイジーはミスター・フランプトンのテーブルへ勘定書を持っていったとき、息子を迎えに四時きっかりに学校へ行かなくてはならないから、余裕は十五分しかないことを強調した。ミスター・フランプトンはうなずいた。そのことなら知っているというような感じだった。

セント・ビーズ校の奨学金を申請するのが、本当にハリーにとって一番いいことなのだろうか？

この問題をだれに相談すればいいか、それがわからなかった。スタンははなから頑《かたく》なに反対しつづけているわけだから、議論のもう一方の面を考えてくれるとは思えない。ミス・ティリーはミス・マンデイの友人であり、仲がよすぎるから、冷静な見方をできないだろう。ワッツ師はすでに主に導きを求めるよう助言してくれているが、過去の例を見る限りでは、それが必ずしも信頼できるとは限らないと証明されている。ミスター・フロビッシャーはいい人だとは思うけれど、最終決断ができるのは母親であるわたしだけだということを明確にしている。ミスター・ホールコムは自身の考えを、疑いの余地がないほどはっきりと明らかにしている。

メイジーはミスター・フランプトンを頭から閉め出して仕事をつづけ、最後の客の応対が終わったところで、いままで着ていたエプロンドレスをくたびれたコートに着替えた。

ミス・ティリーはロイヤル・ホテルのほうへ向かうメイジーを窓越しに見ていた。漠然とした不安を感じたが、その理由はよくわからなかった。

メイジーはロイヤル・ホテルに足を踏み入れたことすらなかったが、西部地方の最高級ホテルの一つだという評判は知っていた。そのホテルを内側から見られるというのが、ミスター・フランプトンと会うことに同意した理由の一つでもあった。

通りの反対側の舗道に立ち、客が回転ドアを押して入っていくところを観察した。そういうドアを目にするのは初めてで、それを通り抜けるにはどうすればいいかわかったという自信ができるのを待って、ようやく通りを渡り、回転ドアをくぐり抜けようとした。少し強く押しすぎたせいか、想像していたよりも早く、飛び込むようにしてロビーに入る結果になった。

周囲を見回すと、ロビーの隅のアルコーヴに、ミスター・フランプトンが独りで坐っていた。メイジーが歩み寄ると、すぐに立ち上がり、握手をして、相手が向かいに腰を下ろすのを待った。

「コーヒーはどうかな、ミセス・クリフトン」ミスター・フランプトンは訊き、メイジーが応える間もなく付け加えた。「もっとも、味は〈ティリーズ・ティー・ショップ〉の足元にも及ばないがね」

「いえ、結構です、ミスター・フランプトン」メイジーは断わった。なぜ彼が自分に会いたがったのか、その理由を知ることにしか関心はなかった。

ミスター・フランプトンがゆっくりと煙草《たばこ》を点《つ》け、深々と煙を吸い込んだ。「ミセス・クリフトン」そして、煙草を灰皿に戻して話しはじめた。「最近、私が〈ティリーズ〉にちょくちょく顔を出していることは、もちろん気づいておられるだろうが」メイジーはうなずいた。「実を言うと、私があの店へ顔を出しているたった一つの理由は、あなたなんですよ」彼が一息入れた瞬間、メイジーはすでに万端の用意をしてある、〝助平な顧客撃退の態勢〟を整えた。「私は長年、ホテルで仕事をしているが」彼はつづけた。「あなたほど効率的に仕事をこなすウェイトレスは見たことがない。このホテルの全ウェイトレスがあなたのようであればと思うと、残念でならないんですよ」

「ミス・ティリーにしっかり仕込んでもらいましたから」

「それはあの店の四人のウェイトレスも同じでしょう。しかし、誰一人として、あなたの才能には及びもつかない」

「お世辞はやめてください、ミスター・フランプトン。でも、どうしてそんな話を――」

「私はこのホテルの総支配人を務めているが」彼は言った。「あなたにここのコーヒー・ルーム――〈パーム・コート〉――の責任者になってもらいたいのですよ。見ておわかりのとおり」そして、大きく手を動かして店内を示した。「百ほども席があるのに、常時稼《か》働《どう》しているのはその三分の一もない。これでは、会社の投資にまったく見合っていないと言わざるを得ない。あなたが取り仕切ってくれれば、間違いなく現状は変わるだろう。もちろん、それに見合う報酬は保証します」

口を挟もうにも、その口が動こうとしなかった。

「勤務時間も、ミス・ティリーの店のそれとそんなに大きく変わることはありません。給料は週給五ポンド、さらに、〈パーム・コート〉のウェイトレスのチップの総額の半分があなたの取り分だ。また、お客さまを増やすことができれば、当然、それも昇給の理由になる。それから――」

「でも、ミス・ティリーの店を辞めることは考えられません」メイジーはようやく口を挟んだ。「この六年というもの、とてもよくしてもらいましたから」

「その気持ちは本当に素晴らしいと思いますよ、ミセス・クリフトン。いま、あなたがそう言わなかったら、実際、私は失望したでしょう。人は誠実でなくてはならないと、私は常々考えています。しかし、あなたは自分の将来だけでなく、息子さんの将来も考えなくてはならないのではないですか？　セント・ビーズ校からの奨学金提供の申し出を受けるのであれば？」

ふたたび、口が動かなくなった。

その日の夕方、仕事を終えると、店の前でエディの車が待っていた。運転席に彼の姿はあったが、今回は飛び降りて助手席のドアを開けてはくれないようだった。

「それで、今夜はどこへ連れていってもらえるのかしら」彼女は車に乗りながら訊いた。

「行ってからのお楽しみだな」と応えて、エディがエンジンをかけた。「だけど、がっかりはしないはずだ」

彼はギアをファーストに入れると、メイジーがこれまでに訪れたことのない地区の方向へ車首を向けた。数分後、車は一本の枝道に入り、大きな樫《かし》のドアの前で止まった。その上で、ネオン・サインの赤い文字が輝いていた――〈エディズ・ナイトクラブ〉。

「あなたのものなの？」メイジーは訊いた。

「隅から隅までね」エディが誇らかに認めた。「なかに入って、自分の目で見てみるといい」そして車を飛び降り、店のドアを開けて、メイジーを招じ入れた。「昔は穀物倉庫だったんだ」狭い木造の階段室を降りながら、説明した。「でも、いまはこんな上流まで船が上がってこられないから、会社が倉庫の場所を移さざるを得なくなり、とても手頃な家賃で借りることができたというわけさ」

入った部屋は広く、ぼんやりと薄暗かったが、しばらくすると目が慣れてきて、全体を把握できるようになった。六人ほどの男が背の高い革のストゥールに腰かけてカウンターに向かい、ほぼ同数のウェイトレスが彼らにまとわりついていた。カウンターの奥の壁は大きな鏡になっていて、その部屋を実際より広く見せようとしていた。中央はダンス・フロアで、その周囲を赤のプラッシュ・ヴェルヴェットの、二人しか坐れないブース席が取り巻いていた。奥には小さなステージがあって、ピアノ、コントラ・バス、ドラム、そして、数脚の譜面台が準備されていた。

エディがカウンターのストゥールに腰を下ろし、部屋を見渡した。「ぼくが長いことアメリカへ行っていたのは、このためなんだ。ニューヨークやシカゴでは、こういうもぐり酒場《スピークイージー》が続々とできはじめていて、しかも、大繁盛《だいはんじょう》している」そして、葉巻に火をつけてから付け加えた。「ここを別にして、こういう種類の店がブリストルにできることは、まずもってあり得ない。それは間違いない」

「確かに、それは間違いなさそうね」メイジーはカウンターにいる彼の隣りへ行って繰り返したが、ストゥール《ドール》に腰掛けようとはしなかった。

「何にする《ホワッツ・ユア・ポイズン》、かわいこちゃん？」それがアメリカ風だと考えている言い方で、エディが訊いた。

「わたし、飲まないの」メイジーは改めて伝えた。

「それがきみを選んだ理由の一つだよ」

「わたしを選んだ?」

「そうとも。きみはカクテル・ウェイトレスの監督者として非の打ち所がない。週給は六ポンドだが、この店が流行《はや》りはじめたら、〈ティリーズ・ティー・ショップ〉で稼げる以上の金額を、チップだけで手にすることができるはずだ」

「でも、ああいう服装をしなくちゃいけないんでしょ?」メイジーはウェイトレスの一人を指さした。そのウェイトレスは肩が剝《む》き出しの赤いブラウスを着て、かろうじて膝《ひざ》が隠れるかどうかという黒のタイト・スカートをはいていた。セント・ビーズの制服と同じ色の取り合わせで、メイジーにはそれがおかしかった。

「いいじゃないか。きみのような美人にサーヴィスしてもらえれば、客は金を遣うのを惜しまない。もちろん、いろんな誘いがかかるだろうが、きみならうまく切り抜けられるに違いない」

「男性しか入れない店だとしたら、どうしてダンス・フロアがあるの?」

「もう一つ、アメリカから持ち帰った考え《ステイツ》があるんだ」エディが言った。「カクテル・ウエイトレスと踊りたければ、その代価を払ってもらうという仕組みだよ」

「その代価には、踊る以外の何かも含まれているんじゃないの?」

「それはその客とウェイトレス次第だ」エディが肩をすくめて見せた。「店の外なら、何があろうとぼくには関係のないことだからな」そして、少し大きすぎる声で笑った。メイジーは笑わなかった。「どう思う?」

「そろそろ帰ろうと思ってるわ」メイジーは言った。「遅くなるって、ハリーに伝える時間がなかったの」

「仰《おお》せのままに、ハニー」エディはメイジーの肩に腕を回してカウンターを離れると、階段室を上っていった。

スティル・ハウス・レーンへ走る車のなかで、エディが将来の計画を語った。「もう、二軒目にも目星をつけてあるんだ」そして、興奮気味に付け加えた。「というわけで、未来は天井知らずだよ」

「天井知らずね」メイジーが繰り返したとき、二七番地の前に着いた。

メイジーは車を飛び降りると、急ぎ足で玄関へ向かった。

「それで、考えるのに何日か必要かな?」エディが追いかけてきて訊いた。

「いいえ、その必要はないわ、エディ」メイジーは即座に答えた。「考えはもう決まってるの」そして、ハンドバッグから鍵《かぎ》を取り出した。

エディがにやりと笑い、彼女の肩に腕を回した。「そんなに難しい決断じゃなかったはずだものな」

　メイジーはその腕を逃れて、甘い笑みを浮かべた。「わたしのことを考えてくれるのはありがたいんだけど、ハニー、わたしはこれからもお客さまにコーヒーをサーヴィスしていたいの」そして、玄関を開けて付け加えた。「でも、声をかけてくれてありがとう」

「わかったよ、かわいこちゃん《ドール》。でも、考えが変わったら、ぼくのドアはいつも開いているからね」

　メイジーは家に入ってドアを閉めた。

14

メイジーはようやく一人の人物に決めた。その人なら、アドヴァイスを求められそうだった。事前に知らせず、ドアをノックしたときにそこにいてくれるのを願って、いきなり訪ねることにした。

スタンにも、ハリーにも、だれを訪ねるかは黙っていた。教えたら、一方はそれを止めようとするだろうし、もう一方は信頼を裏切られたと感じるだろうと思われたからだ。

仕事が休みの日を待ち、ハリーをメリーウッド初等学校《エレメンタリー》へ送っていったその足で、路面電車《トラム》で造船所へ向かった。色々考えた末に、朝の遅い時間を選んであった。そのころなら、あの男はまだ執務中だろうし、スタンは港の反対側で、貨物船の荷物の積み降ろしに没頭しているはずだった。

門衛詰所に着いて、もう一度清掃員の仕事を求めにきたのだと言うと、そこに詰めている男が無頓着《むとんちゃく》に赤煉瓦《あかれんが》の建物のほうを指し示した。メイジーを思い出した様子は依然としてなかった。

バリントン・ハウスのほうへ歩きながら、六階の窓を見上げて、どれが彼の執務室《オフィス》の窓だろうかと思案した。この前ミセス・ネトルズと会ったときのことが思い出され、名乗った瞬間に彼女の態度が変わったときの様子がよみがえった。いまのメイジーは楽しい仕事と自分を尊敬してもらえる場所があるだけでなく、つい数日前には、さらに二つの仕事の申し出まで受けていた。仕事をさせてくれとあの女に頼む必要はもうないのだと安堵《あんど》を覚えながら、赤煉瓦の建物の前を通り過ぎ、波止場地帯を歩きつづけた。

その人の住まいが見えたとき、初めて足取りが遅くなった。だれであれ、どういう形であれ、人が鉄道客車で暮らせるとはとても信じられず、自分がとんでもない過《あやま》ちを犯したのではないかと不安が頭をもたげはじめた。居間や、寝室や、あるいは書斎といった、ハリーから聞いていた話は誇張に過ぎなかったのではあるまいか？「あなたはもうここまできてしまったのよ、メイジー・クリフトン、いまさらやめるわけにはいかないわ」彼女は自分を叱咤《しった》し、思い切って客車のドアをノックした。

「お入りなさい、ミセス・クリフトン」優しい声が応《こた》えた。

ドアを開けると、一人の老人が坐《すわ》り心地のよさそうな座席に、本やそのほかのものをまわりに置いて坐っているのが見えた。驚いたことに客車のなかはとても清潔に保たれていて、スタンの言い分と大違いだとわかった——三等車で暮らしているのはオールド・ジャックではなく、実はわたしのほうだ。偏見のない子供の目を通して見れば明らかな、本来は無視されるべき伝説を、いまのいままで鵜呑《うの》みにしていたのだ。

すぐにオールド・ジャックが立ち上がり、自分の向かいの座席に坐れと手招きした。

「若きハリーのことで見えたに違いない、そうでしょう？」

「実はそうなんです、ミスター・ター」メイジーは認めた。

「おそらく」老人が言った。「彼をセント・ビーズ校へ行かせるべきか、メリーウッド初等学校にとどめるべきか、決めかねておられるのではありませんか？」

「どうしてそうだとわかるんですか？」メイジーは訊《き》いた。

「このひと月というもの、私もその問題を考えていたからですよ」オールド・ジャックが答えた。

「では、どうすべきだとお考えなんでしょう」

「セント・ビーズへ行けば、あの子は間違いなく多くの困難に直面するだろうが、もしこの機会を逃したら、彼は一生、それを恨みに思って生きていくことになるかもしれませんね」

「あの子が奨学生になれないという可能性もあるでしょう。そうなれば、わたしたちには選択肢はなくなります」

「その選択肢については」オールド・ジャックが言った。「ミスター・フロビッシャーが若きハリーの歌声を聞いた瞬間になくなっているんです。ところで、あなたがここに見えた理由は、それだけではないのではありませんか?」

ハリーがこの老人をどうしてあそこまで慕うのか、メイジーはその理由がわかりはじめていた。「お見通しなんですね。ミスター・ター。実は、もう一つ助言をお願いしたい問題があるんです」

「息子さんは私をジャックと呼んでいます。もっとも、機嫌を損ねたときにはオールド・ジャックになるけれどね」

メイジーは微笑した。「たとえあの子が奨学生になれたとしても、あの子に少し余裕を持たせてやれるだけのお金を稼げるかどうか、ずっとそれが気にかかっていたんです。だって、セント・ビーズ校へ行くような子は、みんな、それが当たり前なんでしょう? でも幸いなことに、つい最近ですが、別の仕事の申し出があったんです。それを受ければ、収入は多くなるんです」

「だが、ミス・ティリーの店を辞めたいとあなたが言ったときに、彼女がどういう反応をするかが心配だと?」

「ミス・ティリーをご存じなんですか?」

「いや、知りません。でも、ハリーからいろいろ聞いているのでね。彼女はミス・マンデイと明らかに同じだけれども、彼女以上に稀《まれ》なタイプです。それは保証します。あなたが心配する必要はありません」

「どういうことでしょう？」

「では、説明させてください」オールド・ジャックが言った。「ハリーをセント・ビーズの奨学生にするためだけでなく——こっちのほうがはるかに大事なのだが——彼に自分自身の価値を証明させるために、ミス・マンデイはすでに時間と技術を無制限にと言っていいぐらい投資しています。そうだとすれば、これはほぼ断言してもいいだろうが、彼女は起こる可能性のある事態をすべて想定して、一番仲のいい友だちに相談しているはずです。そして、その一番仲のいい友だちが、たまたまミス・ティリーというわけです。だから、あなたが新しい仕事のことをミス・ティリーに話しても、それほどの驚きをもって迎えられることはないのではないでしょうか」

「ありがとうございます、ジャック」メイジーは言った。「あなたに友だちになっていただいて、ハリーは本当に運のいい子です。あの子は父親を知らないし」彼女は小声で付け加えた。

「これまでの長い人生で私が受けた、最高の褒め言葉ですよ」オールド・ジャックが応えた。「ハリーがあんな悲劇的な状況で父親を失ったことは、気の毒と言うしかありません」

「夫がどうして死んだかをご存じなんですか？」

「ええ、知っています」オールド・ジャックは認めたが、余計な口を滑らせたことに気づいて、すぐに付け加えた。「と言っても、ハリーから聞いた限りにおいてですが」

「あの子はどんなふうに話しているんでしょう」メイジーは不安になった。

「この前の大戦で戦死したと話してくれました」

「でも、それは本当ではないとあなたは思っていらっしゃる」

「ええ、そのとおりです」オールド・ジャックがふたたび認めた。「それに、父親が戦死したのでないことは、ハリーも知っているのではないですか？」

「では、あの子はなぜそう言わないんでしょう？」

「あなたも話したくないことがあるんだと、たぶんそう考えているんでしょう」

「でも、わたし自身、本当のことを知らないんです」メイジーは告白した。

オールド・ジャックは意見を口にしなかった。

メイジーは考えながら、ゆっくりと家路をたどった。一つの疑問には答えが出たが、もう一つの疑問はいまだに解決していない。しかし、たとえそうだとしても、夫に何があったのか、真実を知っている人間のリストに、オールド・ジャックを加えてもいいのは間違いない。

結果として、ミス・ティリーの反応についてのオールド・ジャックの予測は正しかったとわかった。ミスター・フランプトンの申し出のことを打ち明けると、これ以上は無理だと思われるほど積極的な支持と理解を示してくれたのである。

「あなたがいなくなると、わたしたちはみんな寂しくなるけど」と、ミス・ティリーは言ってくれた。「正直なところ、ロイヤル・ホテルはあなたを得て実に幸運だわ」

「長いあいだ本当によくしていただいて、どう感謝すればいいかわからないぐらいです」メイジーは言った。

「感謝というなら、ハリーこそあなたに感謝すべきね」ミス・ティリーが応えた。「もっとも、彼がそれに気づくのは時間の問題に過ぎないでしょうけどね」


ひと月後、メイジーは新しい仕事に就いた。〈パーム・コート〉の稼働率《かどう》が三十パーセントを超えない理由が明らかになるのに、そう長くはかからなかった。

ミス・ティリーは自分の仕事を天職と見なしていたが、〈パーム・コート〉のウェイトレスはそうではなく、義務としか考えていなかった。顧客の名前も、彼らの好みのテーブルも、憶《おぼ》える努力をしようとしなかった。さらにまずいことに、運ばれたコーヒーが冷めていたり、注文されたケーキが新鮮でなかったりする不始末が、少なからずあった。それに値する働きをしていないのだから、チップをもらえないのは当たり前だった。

ふた月が過ぎるころには、ミス・ティリーがいかに多くを教えてくれたかがわかるようになりはじめた。

三カ月後、メイジーは七人いるウェイトレスのうちの五人を交代させたが、ティリーの店から引き抜いたわけではなかった。そして、制服をこざっぱりしたものに変え、皿、カップ、ソーサーも新しくした。それ以上に重要だと考えて、コーヒーとケーキの納入業者を代えた。これも、ミス・ティリーに教えられたことだった。

「ずいぶん金遣いが荒いじゃないか、メイジー」自分の机に新たな請求書の束が置かれたとき、ミスター・フランプトンが言った。「投資に見合うようにという、私の言葉を忘れないでくれよ」

「もう半年待ってください、ミスター・フランプトン。そうすれば、結果がわかるはずです」

昼も夜も働いているにもかかわらず、メイジーは何とか時間をひねり出して、朝にはハリーを学校へ送り、午後には迎えに通いつづけた。そういう彼女が一日だけ遅刻を認めてほしいとミスター・フランプトンに願い出た。

その理由を聞いて、ミスター・フランプトンは丸一日の休みを与えた。


二人して家を出る直前、メイジーは自分の姿を鏡に映して点検した。日曜の晴れ着《サンディ・ベスト》を着ていたが、行く先は教会ではなかった。彼女は息子を見下ろして微笑した。ハリーは赤と黒の真新しい制服を着て、とても格好よかった。だが、たとえそうであったとしても、停留所で路面電車を待つあいだ、人の目をまるっきり意識しないわけにはいかなかった。

「パーク・ストリートまで二枚」——一番の路面電車に乗ると、メイジーは女車掌《クリッピー》に告げた。

その女車掌がしげしげと息子を見ているのに気づいたとき、母は誇らしさを隠せず、自分は正しい結論を下したのだと確信した。

目的の停留所で路面電車を降りると、母親にスーツケースを持たせるのをハリーが拒否した。メイジーは息子と手をつないで、丘の上の学校をゆっくりと目指していった。自分と息子と、どっちがより不安を感じているのか、よくわからなかった。新学期の第一日目に校門の前でハンサム・キャブや運転手付きの車から降りてくる少年たちから、目を離せなかった。あのなかに、せめて一人ぐらいは息子の友だちになってくれる子がいてほしいものだと願うしかなかった。何しろ、母親であるメイジーよりいい服装《みなり》をしている子守り女《ナニー》が何人もいたのだ。

校門に近づくにつれて、ハリーの歩みが遅くなった。場違いなところにきたと怖《お》じ気《け》づいたのだろうか、とメイジーは息子の胸の内を推し量ろうとした。それとも、これから見知らぬところで生活するのを不安がっているだけなのか？

「ここまでにしましょう」メイジーは言い、屈《かが》んでハリーの額にキスをした。「頑張るのよ、ハリー。みんなの誇りになってちょうだい」

「じゃあね、母さん」

息子の後ろ姿を見送りながら、自分以外にもハリー・クリフトンを見ている者がいるらしいことが気になった。

15

初めて客を断わらなくてはならなかったときのことを、メイジーは決して忘れないだろう。

「少しお待ちいただければ、間違いなくテーブルをご用意できますが」

客が支払いを済ませたとたんにスタッフがテーブルを片づけ、テーブルクロスを取り替え、必要なものを並べ直し、次の客のための準備を完了するのに五分しかかからないことを、メイジーは密《ひそ》かに自慢に思っていた。

〈パーム・コート〉があっという間に流行《はや》りはじめたために、常連客が不意にやってきたときに備えて、常に二つのテーブルを予備に確保しておかなくてはならなくなった。

ティリーの店にいたころの顧客が〈パーム・コート〉に移ってきはじめたときは、多少の後ろめたさを感じないわけにはいかなかった。とりわけ、親愛なる老人、ミスター・クラディックの場合がそうだった。彼はハリーが新聞配達をしていたときのよしみで、彼を憶《おぼ》えてくれていた。それ以上に自分が認められたとうれしくなったのは、ミス・ティリー自らが、朝のコーヒーを飲みに立ち寄ってくれるようになったことだった。

「ちょっと商売敵の偵察にね」と、彼女は言った。「ところで、メイジー、このコーヒーの味は最高よ」

「それはそうですよ」メイジーは応《こた》えた。「あなたの味ですもの」

エディ・アトキンズもときどき姿を見せたが、ウェストのサイズは言うまでもなく、葉巻のサイズを見る限りでは、いまだに天井知らずの状態がつづいているに違いないと思われた。相変わらず友好的ではあったが、誘ってくることは一度もなかった。それでも、ドアがいつでも開いていることは、定期的に思い出させてくれた。

それなりの数のファンがいないわけではなかったから、メイジーはときどきなら夜の付き合いをするのも大目に見ることにしていた。それは洒落《しゃれ》たレストランでのディナーのこともあり、ときにはオールド・ヴィク・シアターを訪れて芝居を観《み》たり、映画――特にグレタ・ガルボが出演している場合には――を観たりすることもあった。それでも、夜に別れるときにはせいぜい頬に軽いキスをさせるにとどめて、それ以上は何事もなく家に帰った。少なくとも、パトリック・ケイシーと出会うまではそうだった。彼はアイルランド人の魅力が単なる決まり文句でないことを証明してくれた。

パトリックが初めて〈パーム・コート〉に入ってきたとき、振り向いてその顔を見直したのは、メイジーだけではなかった。身長は六フィートを少し超え、波打つ黒髪と、運動選手のような引き締まった身体《からだ》を持っていた。それだけでも大半の女性には充分だったが、メイジーを捕らえたのは——たぶん、多くの女性もそのはずだと彼女は感じていた——笑顔だった。

それにしても、パトリックは金融の世界にいると言っているが、エディだってエンターテインメント・ビジネスの世界にいると言っているぐらいだから、果たして言葉どおりに信じていいものかどうか……。パトリックは月に一、二度、仕事でブリストルへくることになっていて、そのときには、メイジーも彼との付き合いを自分に許し、ディナーや、芝居や、映画を一緒に楽しんだ。ときには敢《あ》えて自分に課している鉄則に例外を認めて、スティル・ハウス・レーンへ帰る最終の路面電車《トラム》に乗らないことすらあった。

コークに家があり、妻と六人の子供がいると聞いても驚きはしなかっただろうが、その時点では、彼は独身だと、嘘《うそ》も隠しもなく、心底から信じていた。

ミスター・ホールコムが〈パーム・コート〉に現われたときには、部屋の一番奥の隅のテーブルに案内するのが、メイジーの決まりごとになっていた。そこなら、太い柱が邪魔をしてくれて、ほかの客の目にさらされずにすむからだ。メイジーはハリーについての最新情報を収集するために、そこで二人きりになるのを自分に許していた。

今日、ミスター・ホールコムは過去よりも未来に関心がある様子で訊《き》いてきた。「セント・ビーズ校を卒業したあとのハリーの進路は、もう決まっているのですか?」

「いまのところ、深くは考えていません」メイジーは認めた。「いずれにしても、卒業までまだ時間がありますし」

「いや、そうでもありませんよ」ミスター・ホールコムが戒めた。「まさか、メリーウッド初等学校へ戻そうなどと望んではおられないでしょうね」

「そんなことは望むはずがありません」メイジーはきっぱりと応えた。「でも、ほかにどんな道があるでしょうか」

「ハリー自身はブリストル・グラマー・スクールへ進みたいと言っていますが、奨学生になれなかったら、あなたを学費の問題で悩ませることになるのではないかと心配しています」

「学費なら心配無用です」メイジーは請け合った。「いまのお給料とチップを合わせれば、ハリーの母親がウェイトレスだと知ってもらう必要はだれにもありません」

「やり手のウェイトレス、でしょう」混み合っている店内を見渡して、ミスター・ホールコムが訂正した。「どうして自分の店を持たれないのか、私にはそれが不思議でなりませんね」

　メイジーは笑っただけで、ミス・ティリーがいきなり訪ねてくるまで、そんなことは忘れてしまっていた。

メイジーはセント・メアリー・レッドクリフ教会の日曜の朝課には必ず出席していたが、それは息子の歌声を聴くためだった。ハリーが声変わりするのはそんなに先ではないとミス・マンデイから教えられていたし、数週間後に息子がテノールのソロを歌うとは決まっていないこともわかっていた。

その日曜の朝、メイジーは主教座聖堂参事会員の説教に集中しようとしたが、気づいてみると、心はよそへ移ろっていた。通路を隔てた席に坐《すわ》っているバリントン夫妻に目を走らせると、息子のジャイルズと、名前は知らなかったが、おそらく娘だと思われる二人の女の子が一緒だった。ジャイルズ・バリントンが親友だとハリーから聞いたときには、さすがに驚かずにはいられなかった。知り合えたのは名前の頭文字が近かったからで、偶然以上の何物でもないと息子は言っていた。ジャイルズは単なる親友ではないかもしれないとハリーに告げなくてはならないときがこないことを、メイジーは願った。

ブリストル・グラマー・スクールの奨学生になろうと努力している息子の力にもっとなってやれないのが、メイジーはもどかしくてならなかった。ミス・ティリーに教えてもらって、メニューは読めるようになっていたし、足し算と引き算もできるようになっていた。それに、簡単な言葉なら綴《つづ》れるようにもなっていたが、ハリーが直面し、くぐり抜けようとしているのがどんなに難しく厳しい試練であるかを思うと、戦《おのの》くしかなかった。

あなたがこれほど多くの犠牲を払うのを厭《いと》わなかったからこそ、ハリーはここまでやってこられたのだから自信を持て、とミス・マンデイはメイジーを鼓舞しつづけてくれた。「いずれにしても」と、彼女は付け加えた。「頭の良さにかけては、あなたはハリーに一歩も引けを取らないわ。彼と同じ機会を与えてもらえなかっただけですよ」

ミスター・ホールコムは彼自身が〝時期〟と形容するものについて、間断なく情報を届けてくれていたから、試験の日が近づくにつれて、メイジーはまるで自分が受験するかのように不安を募らせた。そして、オールド・ジャックの言葉――〝本人よりも傍観者のほうが苦しい場合が往々にしてある〟――は本当だと身に染《し》みてわかった。

いまや〈パーム・コート〉は連日客で溢《あふ》れていたが、メディアが〝軽薄な三〇年代〟と呼んでいる十年にあってもさらなる変革をやめようとしなかった。

朝はコーヒーだけでなく、さまざまな種類のビスケットを提供しはじめていたし、昼のお茶のメニューも、ミセス・バリントンにインドか、中国か、どちらがいいかと訊かれたとハリーが話してくれてからは特に、朝に負けないぐらいの人気が出つつあった。しかし、スモークサーモンのサンドウィッチをメニューに加えるべきだという提案はミスター・フランプトンに却下された。

日曜には必ず、小さなクッションにひざまずいた。神に祈ることは一つしかなかった――「どうかお願いします、ハリーを必ず奨学生にしてやってください。それが叶《かな》えば、何であれ二度とお願いごとはいたしません」

試験まで一週間になるとメイジーは眠れなくなり、ベッドに横になったまま、ハリーの準備は順調だろうかとばかり考えるようになった。驚くほど多くの客がハリーに頑張れと伝えてほしいと言ってくれたが、それは教会の聖歌隊で彼が歌うのを聴いたからであり、朝刊を配達してもらったからであり、単に自分の子供が過去、現在、未来のいつか、ハリーと同じ経験をした、している、することになっているからだった。まるでブリストルの半分が試験を受けるかのように思われた。

試験当日の朝、メイジーは何人かの客をいつもと違うテーブルへ案内するという間違いを犯し、ミスター・クラディックには定番になっているホット・チョコレートではなくコーヒーを出してしまい、さらには二人の客に別の客の勘定書を渡してしまうというへまままでしでかした。が、文句を言う者はいなかった。

たぶん準備はできていると思うけど、とハリーは言った。十分と言い切る自信はないいんだ。トマス・ハーディという人物のことも口にしたが、そのときは、それが息子の友人なのか、あるいは教師の一人なのか、メイジーにはわからなかった。

木曜の朝、〈パーム・コート〉のグランドファーザー時計が十時を打った。その時間に校長先生が学校の掲示板に試験結果を貼《は》り出すことは、メイジーも知っていた。しかし、ミスター・ホールコムがやってきて、柱の陰のテーブルに直行したのは、さらに二十分後だった。表情からは、ハリーの合否はわからなかった。メイジーはミスター・ホールコムのテーブルへ急ぐと、この四年で初めて、客の向かいに――〝崩れ落ちた〟と形容するほうが正確かもしれないが――腰を下ろした。

「ハリーは上位で合格しました」ミスター・ホールコムが報告した。「しかし、残念ながら、ほんのわずかなところで奨学生にはなれませんでした」

「それはどういうことでしょうか」メイジーは訊いた。手が震えるのを抑えようとしなくてはならなかった。

「最上位の十二人は八十点以上で、全員が一般公募奨学生として受け入れられました。実は、ハリーの友だちのディーキンズは九十二点を取って、一番で合格したのです。ハリーも七十八点という立派な成績で、三百人中十七番で合格しています。ミスター・フロビッシャーによると、思いがけないことに英語が足を引っ張ったようですね」

「あの子はディケンズではなく、ハーディを読むべきだったんです」一冊も本を読んだことのないメイジーが言った。

「それでも、ブリストル・グラマー・スクールに入学できるのは間違いありません」ミスター・ホールコムが言った。「ただし、年間百ポンドの奨学金は受け取れませんが」

　メイジーは立ち上がった。「では、わたしは午前中と午後だけではなくて、夜の勤務もしなくてはならなくなったわけですね。だって、あの子はメリーウッド初等学校へは戻らないんですから。それだけは、ミスター・ホールコム、わたしの口からでも断言できると思います」

それからの数日というもの、驚くほど多くの常連客がハリーの偉業を称《たた》え、メイジーを祝福してくれた。そのなかには一人か二人、自分の息子が不合格になった親がいることもわかった。一人はたった一点足りなかったために涙を呑《の》まなくてはならず、それはとりも直さず、彼らは次善の選択を余儀なくされたということだった。メイジーはそれを知って、いかなる障害が立ちはだかろうとも、何としても新学期の第一日目にハリーをブリストル・グラマー・スクールへ行かせるのだという決意をさらに強く固めた。

次の週末、気づいてみると、妙なことにチップが二倍になっていた。親愛なる老人、ミスター・クラディックなど、五ポンド紙幣をメイジーに握らせてこう言った。「ハリーのために遣ってくれ。あの子が母親の価値を証明してくれるのを祈っているよ」

首を長くして待っていたもの、つまり、白くて薄い封筒がスティル・ハウス・レーンの郵便受けに投げ込まれると、ハリーは手紙を開いて、母に読んで聞かせた。〝クリフトン、H〟は九月十五日に始まる秋学期から本校のAコースの生徒となる資格を得た、という内容だった。最後の段落まできて、入学候補生がこの申し出を受け入れるか、あるいは拒否するか、それをミセス・クリフトンが確認し、文書にして返していただきたいとあったとき、ハリーは不安そうに母親を見た。

「すぐに〝受け入れる〟と返事をしなさい！」メイジーは命じた。

ハリーが母を抱きしめてささやいた。「これで、父さんが生きていてくれたらどんなによかったか」

生きているかもしれないわよ、とメイジーは胸の内で独りごちた。


数日後、二通目の手紙がドア・マットの上に届いた。それは学校が始まる前に購入しておくべきものを細々《こまごま》と記した一覧表で、どれも二組ずつ、ものによっては三組以上揃《そろ》えなくてはならないようだった。靴下に至っては、灰色のくるぶし丈のものを六組と、靴下留めまで必要とされていた。

「わたしのストッキング留めで代用できればいいのにね」とメイジーが言うと、ハリーは真っ赤になった。

三通目は自動車クラブから合同学生軍事教練隊まで、広い範囲で列挙されている課外活動のリストで、そこから三つを選ぶよう新入生に勧めていた。なかには一回活動するごとに五ポンドの参加費を払わなくてはならないものもあったが、ハリーはその必要のない聖歌隊を選び、さらに、演劇クラブと芸術鑑賞クラブを選んだ。後者には、ブリストルの外の美術館を訪ねる場合は経費がかかるという条件がついていた。

ミスター・クラディックがあと何人かいてくれないものかとメイジーは思ったが、何であれ心配すべき要素があるとしても、それをハリーに悟られるのは絶対にあってはならなかった。ブリストル・グラマー・スクールが五年制であることはミスター・ホールコムから何度も聞いていたが、メイジーは彼にこう言った――「あの子は十四歳で学校をやめない、最初の家族なんです」

メイジーは自分を励まし、もう一度〈T・C・マーシュ――最高級仕立屋〉を訪ねた。必要なものがすべて揃い、新学期の第一日を迎える準備ができると、メイジーは徒歩での出退勤を再開した。一週間分の往復の路面電車代、五ペンスを節約するためである。

「一年で一ポンドよ。それだけあれば、ハリーに新しいスーツを買ってやれるわ」彼女は母親に言った。

メイジーはずいぶん前にわかっていたが、両親はいまの一家のありようを、自分たちの子供によってもたらされた不幸な運命と諦《あきら》めているのかもしれなかった。だが、そこには不面目をともなう場合が往々にしてあった。

来賓や両親を迎えてのセント・ビーズ校の卒業式の日《スピーチ・デイ》、帽子を持っていない母親はメイジーだけだった。そのあと、彼女は中古の帽子を買った。それがどんなに流行遅れになろうとも、ハリーがブリストル・グラマー・スクールを卒業するまでは、何としても保《も》たせなくてはならなかった。

ハリーは入学の日に母親と一緒に学校へ行くことに同意したが、メイジーの見るところでは、夕方には一人で路面電車に乗って帰ってこられるぐらいには成長していた。というわけで、いまのメイジーの主たる懸念《けねん》は、ハリーがどうやって学校へ行き、どうやって帰ってくるかではなく、夜をどう過ごさせるかだった。これからのハリーは寄宿学校の通学生徒《デイ・ボーイ》であり、学期中も、もはや学校で寝起きすることはない。スタン伯父とふたたび部屋を共有したりしたら、悲惨な結果になるのは火を見るよりも明らかだ。メイジーはその懸念をとりあえず頭から閉め出し、ハリーの入学式に同伴するための準備をした。

件《くだん》の帽子、洗濯したばかりの一張羅のオーヴァーコート、地味な黒い靴、一足しか持っていない絹のストッキング。まずまずだろう、とメイジーは満足した。これならほかの子の親に混じっても、それほどみすぼらしくはないはずだ。階段を下りていくと、すでにハリーが玄関で待っていた。濃い紫がかった赤と黒の新しい制服を着た息子は、とても格好よく見えた。スティル・ハウス・レーンを何度も行進させて、そこの住人がブリストル・グラマー・スクールへ行くことを、界隈《かいわい》のみんなに教えてやりたいぐらいだった。

セント・ビーズ校へ入学した日と同じく路面電車を使ったが、ユニヴァーシティ・ロードの一つ手前の停留所で降りてもいいかとハリーが訊《き》いた。手をつなぐのはさすがに断られていたが、メイジーはそれでも、何度となく息子の帽子とネクタイを直してやった。

校門の前に若者が賑《にぎ》やかに群れているのが最初に目に入ったとき、メイジーは言った。

「わたしはここで帰るわよ、仕事に遅れるといけないからね」ミスター・フランプトンが丸一日の休みをくれたのを知っているハリーが怪訝《けげん》な顔をした。

急いで息子を抱擁しながらも、そのままそこに立ち尽くして、丘の上を目指して歩いていく息子を見守りつづけた。ハリーに最初に声をかけたのは、ジャイルズ・バリントンだった。メイジーは意外に思った。彼はたぶんイートン校へ行くはずだと、ハリーから聞いていたのだ。二人はたったいま大事な契約を交わし終えた大人のような握手をした。

人群れの奥にバリントン夫妻の姿があった。彼は何としてもわたしを避けるつもりでいるのだろうか？ 数分後、ディーキンズ夫妻がバリントン夫妻と合流した。ペロクウィン記念奨学生になった息子も一緒だった。またもや握手が交わされたが、ミスター・ディーキンズの場合は左手だった。

親と息子が別れの儀式を始めるなか、メイジーが見ていると、ミスター・バリントンはまず自分の息子と、次いでディーキンズと握手をしたが、ハリーが手を差し出したときには背を向けてしまった。ミセス・バリントンが当惑の表情を浮かべた。なぜ息子の親友をヒューゴーが無視したのか、彼女はあとで本人に理由を確めかるだろうか、とメイジーは思った。だが、訊いたとしても、まず本当のことは言わないだろう。なぜミスター・バリントンはいつもぼくに冷たいのだろうとハリーが訊いてくるまで、猶予《ゆうよ》があるとは思えないのが恐ろしかった。それでも、真実を知っているのは三人しかいないのだし、ハリーがその理由を突き止めると考える根拠は、メイジーには思い浮かばなかった。

16

ミス・ティリーはいまや、〈パーム・コート〉に決まったテーブルを持つほどの常連になっていた。

たいてい四時ごろやってきて、紅茶《アール・グレイ》ときゅうりのサンドウィッチを注文するのだが、クリーム・ケーキ、ジャム・タルト、チョコレート・エクレアのたっぷりした盛り合わせには絶対に手を出そうとせず、スコーンにバターをつけたものをたまに食べる程度だった。

ある日の夕方、珍しく遅れて五時前に姿を現わしたとき、メイジーはいつものテーブルが空いていることに胸を撫《な》で下ろした。

「今日はもう少し人目につかないテーブルのほうがいいかもしれないわね、メイジー。実は、二人だけで話したいことがあるの」

「わかりました、ミス・ティリー」メイジーは応《こた》え、部屋の奥の、柱の陰になっているせいでミスター・ホールコムがお気に入りのテーブルへ案内した。「あと十分で休憩になりますから」メイジーは告げた。「そのときに、もう一度参ります」

補佐のスーザンが交代しにくると、メイジーは彼女に、ちょっとのあいだミス・ティリーと話があるので、二人だけで放っておいてくれるよう頼んだ。

「あの婆《ばあ》さん、何かいちゃもんでもつけようというんですか？」スーザンが訊《き》いた。

「いまわたしが知っていることのすべてを教えてくれた婆さんよ」メイジーはにやりと笑ってみせた。

時計が五時を知らせると、メイジーはミス・ティリーの坐《すわ》っているテーブルへ戻り、彼女の向かいに腰を下ろした。客と同席することは滅多になかったし、稀《まれ》にそういう場合でも、決して寛《くつろ》いだ気分にはなれなかった。

「あなたもお茶をいかが、メイジー？」

「いえ、結構です、ミス・ティリー」

「それはそうよね。長く引き留めないようにするつもりだけど、あなたに会いにきた本当の理由を説明する前に、ハリーの様子を教えてもらえるかしら」

「そろそろ成長が止まってくれないと困るんですけどね」メイジーは言った。「数週間ごとにズボンが短くなっていくようなんですもの。この調子がつづいたら、年末には、あの子の長ズボンは半ズボンになってしまうでしょうね」

ミス・ティリーが笑った。「学業のほうはどうなの？」

「学期末の評定では――」メイジーは一呼吸置き、正確な文言を思い出そうとした。「〝実に満足すべき滑り出しで、非常に有望である〟でした。英語は一番だったんですよ」

「なんだか皮肉ね」ミス・ティリーが言った。「わたしの記憶が正しければ、英語はあの子が入学試験でしくじった科目よね」

メイジーはうなずき、ハリーがトマス・ハーディの作品を読んでいなかったために生じた、経済的な問題を考えないようにした。

「あなたにとっては本当に自慢の息子よね」ミス・ティリーが言った。「日曜にセント・メアリー・レッドクリフ教会へ行って聖歌隊に彼がいると、わたしもうれしくなるのよ」

「聖歌隊にいるにはいるんですけど、もうほかのバリトンの子たちと一緒に後列で満足しなくてはならないんです。あの子のソリストの日々は終わりました。でも、学校では演劇クラブに入って、アーシュラを演じているんですよ、あそこには女子生徒がいませんからね」

「『空騒ぎ』ね」ミス・ティリーが言った。「さて、いつまでもあなたに時間を無駄にさせるわけにはいかないわ。そろそろ、会いにきた理由を話さなくちゃね」そして、気持ちを新たにするかのように紅茶を一口飲むと、今度は一気に話しはじめた。

「わたしも来月で六十になるわ。それで、しばらく前から引退を考えているの」

メイジーは意表を突かれた。ミス・ティリーは永遠にあの店をつづけるものと信じてこれっぽっちも疑っていなかったのだ。

「ミス・マンデイとも相談したんだけど、二人でコーンウォールへ引っ込もうかと考えているのよ。海のそばにかわいらしいコテッジがあって、それに目をつけているの」

ブリストルを離れないでください、とメイジーは懇願したかった。あなたたちをとても愛しているんです。二人ともいなくなったら、わたしはだれに助言を求めればいいんですか？

「ところが、先月、いきなり放っておけない問題が出来《しゅったい》したの」ミス・ティリーはつづけた。「地元の実業家から話があって、わたしのティー・ショップを売ってくれないかというのよ。あそこを、版図を拡大しつつある自分の帝国に組み込みたいらしいの。わたしとしては〈ティリーズ・ティー・ショップ〉がその一部になるなんて嫌だけど、即座に断わるには、提示されている金額があまりに魅力的なの」メイジーは一つだけ訊きたいことがあったが、すぐにはさえぎらずに、最後まで話させることにした。「それ以来、わたしはうんざりするほどその問題を考えつづけて、あなたが同じ金額を提示できるなら、知らない人よりはあなたに譲るほうがいいという結論に達したというわけ」

「それで、提示されている金額はいくらなんですか？」

「五百ポンドよ」

メイジーはため息をついた。「わたしの名前を思い浮かべてもらっただけでもありがたいと思います」そして、未練を断ち切ろうとした。「でも、実を言えば、わたしには五百ポンドどころか、五百ペニーだって自由になるお金はないんです」

「そういう答えが返ってくるんじゃないかと思っていたわ」ミス・ティリーが言った。「だけど、保証人を見つけられれば、話は変わってくるんじゃないの？　きちんと説明すれば、必ず十分に見合う投資だと考えてもらえるはずよ。だって、あの店は去年、百十二ポンド十シリングの利益を出しているの。そこにはわたしの給与は含まれていないわ。あなたに売るのなら五百ポンド以下でもわたしはかまわないんだけど、もうセント・モースに素敵なコテッジを見つけていて、所有者は三百ポンドを一ペニーでも欠けたら売らないと言っているの。ミス・マンデイもわたしも、一年か二年なら何とか生きていけるぐらいの蓄えがかろうじてあるだけだし、二人とも年金に頼れないから、二百ポンドよけいにあれば大違いなのよ」

喉《のど》から手が出るほどいい話だけれども、自分には到底どうにもならないと断わろうとしたとき、パトリックが〈パーム・コート〉に姿を現わし、いつものテーブルに腰を下ろした。

セックスのあと、メイジーはミス・ティリーの申し出をパトリックに打ち明けた。彼はベッドに坐ると、煙草《たばこ》を点《つ》け、深く、ゆっくりと煙を吸い込んだ。

「その程度の金額なら、工面するのはそう難しくないだろう。だって、ブルネル（イギリスの土木・

造船技術者）がクリフトン吊橋《つりばし》を架けるための資金を調達しようとしているわけじゃないからね」

「それはそうだけど、五百ポンドを調達しようとしているミセス・クリフトンは恐ろしく貧乏なのよ？」

「確かにそうかもしれないが、そのティー・ショップの現金収支と所得証明は明らかにできるはずだし、信用度ももちろんわかるだろう。何はともあれ、過去五年間の帳簿を見せてもらう必要があるし、相手が嘘《うそ》も隠しもなく、すべてをきみに話しているかどうかも確認しなくちゃならない」

「ミス・ティリーはだれかを騙《だま》そうとするような人では絶対にないわ」

「それから、家賃の見直しが近い将来に予定されていないことも確かめる必要がある」メイジーの抗議を無視して、パトリックがつづけた。「さらに、きみが利益を出しはじめる時期について、彼女の会計士が違約条項を付けていないかどうかも調べなくてはならない」

「ミス・ティリーはそんなことをする人じゃないってば」

「ずいぶんと信用しているんだな、メイジー。いいかい、忘れてほしくないんだが、この取引はミス・ティリーが自分で扱うんじゃなくて、彼女から報酬をもらおうと考えていて、いまの顧客に雇いつづけてもらえなければ、ほかの顧客を捜さなくてはならない弁護士が扱うんだぞ」

「あなただって、ミス・ティリーに会えばわかるわよ」

「その老婦人に対するきみの思いには感動させられるが、メイジー、ぼくの仕事はきみのような人を護《まも》ることなんだ。そもそも、一年間の利益が百十二ポンド十シリングでは、投資してくれた人に誠実かつ定期的な払い戻しをしたら、きみが生きていくために十分な金は残らない」

「自分の給与は利益に含まれていないって、ミス・ティリーは断言したわ」

「そうかもしれないが、きみはその給与がどのぐらいかを知らないだろう。それで生活するとなれば、一年間に少なくとも二百五十ポンドがさらに必要になる。さもなければ、金が足りなくなるだけでなく、ハリーもグラマー・スクールをやめなくてはならなくなるだろうな」

「だから、早くミス・ティリーに会ってみればいいのよ」

「それに、チップはどうなるんだ？　ロイヤル・ホテルでは総額の半分をもらっていて、それが一年間で少なくとも二百ポンドにはなるし、その二百ポンドにはいまのところ税金がかかっていない。まあ、そう遠くない将来に政府がそれに気づくのは間違いないと、ぼくは前々から思ってはいるけどね」

「やっぱり、リスクが大き過ぎるからって、ミス・ティリーに断わるべきかしら。だって、いまあなたが言ったとおり、ロイヤル・ホテルにいれば収入は保証されるわけだし、リスクはまるっきりともなわないわけだから」

「それは確かにそのとおりだけど、ミス・ティリーがきみの評価の半分でもいい人なら、これは文字どおり千載一遇の好機かもしれない」

「どっちなの？　はっきりしてよ、パトリック」メイジーは言った。苛立《いらだ》ちが声に出ないよう努力しなくてはならなかった。

「帳簿を見せてもらったら、すぐにはっきりするよ」

「ミス・ティリーに会ったら、すぐにはっきりするわよ」メイジーは言った。「だって、そのとたんに、あなたにも善意の本当の意味がわかるはずだもの」

「その徳の化身に会うのが待ちきれないな」

「それはつまり、あなたがわたしの代理人になってくれるってこと？」

「そうだよ」と答えて、パトリックが煙草を消した。

「それで、あなたはこの一文無しの寡婦《かふ》からどのぐらいの手数料をせしめるつもりなのかしら、ミスター・ケイシー？」

「明かりを消してくれればいいよ」

「引き受ける価値のあるリスクだという確信が本当にあるのかね」ミスター・フランプトンが訊いた。「こんなに金のかかるときに？」

くれています」

「わたしの財政助言者はそう考えています」メイジーは応えた。「すべての数字が上向くだけでなく、借りたお金を返済し終えたら、五年以内に利益が出はじめるはずだと言ってくれています」

「しかし、それはハリーがブリストル・グラマー・スクールへ通う年月とかぶるだろう」

「それはわかっています、ミスター・フランプトン。でも、ミスター・ケイシーによれば、わたしの実質的な給与は売買の一部として確保でき、従業員に分配したあとのわたしの取り分のチップの額も、いまとほぼ変わらないとのことです。それよりもっと重要なのは、五年後にはわたしは自分の資産を持ち、それ以降は利益のすべてがわたしのものになるということなんです」メイジーはパトリックの正確な言葉を思い出そうとしながら言った。

「きみの気持ちはもう決まっているようだね」ミスター・フランプトンが言った。「だが、一つだけ忠告させてくれないか、メイジー。被雇用者と雇用者のあいだには大きな違いがある。前者はきみも知っているとおり、毎週末に給料を家へ持って帰ればいい。だが後者は、そうなった瞬間に、毎週金曜の夕方、人数分の給与袋にきみの金を入れて従業員に渡す責任が生じるんだ。率直に言って、メイジー、きみはいまやっていることについては最高に優れているが、そうであるにもかかわらず選手から監督に役割を変わりたいという気持ちは、本当に確かなものなのか？」

「ミスター・ケイシーが助言してくれますから」

「ケイシーが有能であることは私も認めるにやぶさかではないが、一方で、彼は国じゅうの大物の顧客の面倒を見てもいるんだ。つまり、日々の仕事を切りまわさなくてはならないのは、経営者であるきみだということだ。何か問題が生じたとしても、そのときに常に彼がいて、きみの手を握ってくれるとは限らないぞ」

「でも、これはわたしの人生で二度と与えられないかもしれない、文字どおり千載一遇の好機なんです」メイジーはパトリックの言葉をそのまま繰り返した。

「それなら仕方がない」フランプトンが言った。「だが、きみがいなくなると、このホテルの全員がどんなに寂しがるか、それだけは確かだな。本来ならきみの埋め合わせはきかないはずなんだが、そうでない理由があるとすればたった一つ、きみが補佐をとてもよく訓練してくれたことに尽きる」

「スーザンなら、あなたを失望させませんよ、ミスター・フランプトン」

「それはもちろんわかっている。だが、彼女は絶対にメイジー・クリフトンにはなれないだろう。では、今度の新しい事業でのきみの成功を祈る最初の一人にさせてもらおうか。ただし、物事が計画どおりにいかなかったら、いつでもこのロイヤル・ホテルで仕事が待っていることを忘れないでくれ」

ミスター・フランプトンが机の向こうで立ち上がり、六年前と同じようにメイジーと握手をした。

17

ひと月後、メイジーはコーン・ストリートにあるナショナル・プロヴィンシャル銀行の支配人、ミスター・プレンダーガストの立ち会いの下で六通の書類にサインをした。もちろん、パトリックが一通一通、一行一行に目を通して説明してくれたあとのことだった。いまの彼はミス・ティリーを大きく誤解していたことを素直に認め、彼女のように立派な振舞いをする人ばかりなら、自分は失業するだろうとまで言っていた。

メイジーは一九三四年三月十九日の日付の入った五百ポンドの小切手をミス・ティリーに渡し、引き替えに、大袈裟《おおげさ》なほどの抱擁とティー・ショップを受け取った。一週間後、ミス・ティリーとミス・マンデイはコーンウォールへ発《た》った。

翌日から店を開けて仕事を始めたメイジーは、〈ティリーズ・ティー・ショップ〉の名前をそのまま残すことにした。店のドアの上に〈ティリーズ（一八九八年創業）〉と掲げてあればどれほど信用が増すか、その効用を決して見くびるべきではないし、ミス・ティリーがこの世を去るまでは、あるいは、去ったあとでも、それを変えるべきではないかもしれないと、パトリックが助言してくれたのだ。「常連というのは変化を嫌うものだし、それがいきなりであればなおさらだ。だから、何であれ彼らにそういう印象を与えないほうがいい」

それでも、メイジーはいくつか、常連客の気分を害さずにできる変更を実行した。たとえば、新しくしたテーブルクロスも悪くなかったし、椅子《いす》と、そしてテーブルまでもが古風で趣きがあるように見えはじめていた。それに、ミス・ティリーが気づかなかったのか、絨毯《じゅうたん》も年月を経て擦り切れようとしていた。

「急いじゃだめだ」月に一度やってくるパトリックが、あるとき注意した。「金は稼ぐよりも使うほうがはるかに簡単だということを肝に銘じるんだ。それから、昔からの客が何人かこなくなっても、利益が思っていたほどではなくても、最初の何カ月かは驚かないことだ」

結果を見ると、パトリックの言うとおりだった。最初のひと月は客の数が減った。ふた月目もやはり同じで、ミス・ティリーの人気がどれほどのものだったかを、それが証明していた。三カ月目も客の数が上向かないようなら、現金収支と当座借り越し《オーヴァードラフト》の限界について助言するつもりでパトリックはいたが、客の減少ももう一つのパトリックの言い方を借りるなら底を打ち、翌月には急激にとはいかないまでも、上昇に転じさえした。

一年目の終わりの収支はとんとんだったが、それでも銀行融資分の返済ができるほどではなかった。

「焦《あせ》らないことよ」たまにブリストルに出てくるミス・ティリーが、あるとき助言してくれた。「わたしだって、利益が出るまで何年もかかったんだから」だが、メイジーには何年も待つ余裕はなかった。

二年目は上々の滑り出しで、〈パーム・コート〉でメイジーを贔屓《ひいき》にしてくれていた常連の何人かが、昔の行きつけで、いまはメイジーのものになった店へ戻ってきてくれた。エディ・アトキンズは恰幅《かっぷく》がよくなり、葉巻のサイズもさらに大きくなっていたから、彼の言うところのエンターテインメント・ビジネスなるものが繁盛《はんじょう》しているとしか思えなかった。ミスター・クラディックは毎朝十一時にやってきたが、天気がよくても悪くても、レインコートを着て、手には傘があった。ミスター・ホールコムもときどき姿を見せ、そのたびに、ハリーの最新情報を知りたがった。メイジーは決して彼に支払いをさせようとしなかった。パトリックはブリストルに出てきたとき、真っ先に〈ティリーズ・ティー・ショップ〉に立ち寄るのが常だった。

二年目に入ると、メイジーは新鮮なものと新鮮でないものの区別を知らないように思われる納入業者を一軒、別の業者に代え、お客さまはいつでも正しいのだと理解できていないウェイトレスを一人入れ替えた。いまや女性が仕事を持つのが受け入れられるようになっていたこともあり、何人もの若い女性が空いた席に応募してきた。採用することにしたカレンはちりちりにカールした金髪と大きな青い目、そして、ファッション雑誌が〝砂時計〟と形容するスタイルの持ち主だった。メイジーの見るところ、彼女ならこれまでの常連よりも少し若い、新しい客を開拓してくれそうだった。

新しいケーキ納入業者を選ぶのは、ウェイトレスの選考より難しいことがわかった。契約を申し入れてきた数社に、メイジーは非常に厳しい要求を突きつけた。しかし、〈バロウズ・ベーカリー（一九三五年創業）〉のボブ・バロウズがやってきて、最初の顧客になってくれないかと頼んだとき、メイジーは一ヵ月の試用期間を与えてやった。

ボブは勤勉で信頼できるとわかったし、それより重要なのは、常に新鮮で味もよかったから、「そうだな、もう一つもらおうかな」とたびたび客に言わせることだった。彼の作るクリーム・パンとフルーツ・スコーンは特に人気があったが、新たな流行《ファド》になっていたチョコレート・ブラウニーは、昼の十二時になるはるか前にケーキスタンドから姿を消すように思われた。もっとたくさん作ってほしいと何度頼んでも、これ以上は無理だという答えしか返ってこなかった。

ある朝、ボブが製品を配達にきたとき、なんだか元気がないようにメイジーには見えた。坐《すわ》らせ、コーヒーを淹《い》れてやって話を聞くと、自分が一年目に経験したのと同じ、現金収支の問題を抱えていることがわかった。それでもボブは、最初の顧客になってくれたあなたにはどれほど感謝しても足りないぐらいだとくどいほど言いながらも、このところで新しく契約してくれた店が二軒あるから、間もなく状況は上向くはずだと自信ありげだった。

何週間かが過ぎるうちに、二人でコーヒーを飲むのが朝の日課のようになった。それでも、デートを申し込まれたときには、ボブとは仕事の付き合いでしかないと考えていたから、それ以上驚きようがないほど驚いた。彼はヒッポドロームで上演されている「グラマラス・ナイト」のチケットを二枚買っていた。パトリックに連れていってもらえないかと期待している、最新のミュージカルだった。メイジーはボブに礼を言い、しかし、いまのこの関係を損ないたくないのだと婉曲《えんきょく》に断わった。本心では、もう自分の人生には二人の男性――一人はにきびを気にしている十五歳の若者で、もう一人は月に一度だけブリストルへやってきて、わたしが恋していることに気づいていない様子のアイルランド人――がいるのだと付け加えたかった。

しかし、ボブはそれを拒絶と受け取らず、ひと月後には白鉄鉱製のブローチをプレゼントしてきて、メイジーをさらに当惑させた。彼女は頰にキスをしてやりながら、今日がわたしの誕生日だとどうして知っているのだろうと訝《いぶか》った。その晩、ブローチを引き出しにしまい、それっきり忘れてしまうところだったが、そのあとも、贈り物は定期的に手渡されつづけた。

パトリックはライヴァルのしつこさを面白がっているふうで、ある晩の夕食の席で、きみは複数の有望な恋人候補者を持つ美人というわけなんだな、とメイジーを冷やかした。

メイジーは笑わなかった。「ああいうことはやめなくちゃね」

「それなら、どうして業者を代えないいんだ？」

「いい業者を見つけるのは、恋人を見つけるよりはるかに難しいの。ボブは信用できるし、彼のケーキの味はこの町で一番だし、値段も競争相手よりも安いのよ」

「それに、きみに恋をしている」パトリックがまたもや冷やかした。

「からかわないでよ、パトリック。とにかく、やめるわ」

「そんなことよりはるかに大事な話があるんだ」と、パトリックが腰を屈《かが》めてブリーフケースを開けた。

「わかっていると思うけど」メイジーは釘《くぎ》を刺そうとした。「わたしたちがここにいるのは、ろうそくの明かりの下でロマンティックなディナーを一緒に楽しむためで、ビジネスの話をするためじゃないのよ」

「残念ながら、待てないいんだ」パトリックが数枚の書類をテーブルに置いた。「これは過去三カ月のきみの預金残高の記録だ。そして、銀行はこの数字に満足していない」

「でも、状況は好転しつつあるって、あなた、そう言わなかった？」

「銀行もそう考えているよ。きみは彼らが薦める限界以上に支出を低く抑えてきているからね。だけど、どういうわけか、同じ時期の収入が落ちているんだ」

「それはあり得ないはずよ」メイジーは訝った。「だって、先月のお客さまの数は過去最高を記録しているんだもの」

「だから、先月のきみの店の請求書と領収書を全部、丹念に調べてみた。まったく計算が合わなかったよ。こういう結論を伝えるのは残念だが、メイジー、ウェイトレスのなかに、現金箱に手を突っ込んでいる者がいるようだな。飲食物を提供する業界では珍しいことでは全然なくて、普通はバーマンやヘッド・ウェイターが犯人の場合が多いんだが、いったん始まったら、犯人を突き止めて捕まえるまでは終わらない。一刻も早く犯人を見つけないと、来年も利益が出ないことになるし、当座借り越しを減らすどころか、一ペニーも銀行へ返済できなくなってしまうぞ」

「どうすればいいの？」

「これからは、もっとしっかり従業員に目を光らせるんだ、だれかが尻尾《しっぽ》を出すまでね」

「その尻尾はどうすればわかるの？」

「いくつか兆候があるから、そこに気をつければいい」パトリックが教えた。「分不相応な暮らしをしている者はいないか、よく観察するんだ。そんな余裕はないはずなのにコートを新調したとか、値の張る宝石を身につけているとか、休みを取るとか、そういったことだな。それは新しい恋人ができたからだと、たぶん彼女は言い訳するだろうが――」

「なんてこと」メイジーは思わず口走った。「そのだれかに、わたし、心当たりがあるわ」

「だれだ?」

「カレンよ。数カ月前に雇ったばかりだけど、最近は週末の休みになるとロンドンへ出かけてるの。この前の月曜なんか、わたしがほんとに羨《うらや》ましくなるような新しいスカーフを巻いて、革の手袋までしていたわ」

「急いで結論に飛びつくのはやめよう」パトリックが戒めた。「ともかく、彼女から目を離さないことだ。チップをそのまま懐《ふところ》に入れているか、現金箱に手を突っ込んでいるか、あるいは、両方やっているかだ。断言してもいいが、それが止《や》むことは絶対にない。ほとんどの場合、盗人《ぬすっと》というのは実際に捕まるまで、自分は大丈夫だと自信を深めていくものなんだ。きみはそれを阻止しなくてはならない。しかも、可及的速やかにだ。さもないと、店を潰《つぶ》すことになる」

こそこそと従業員を見張るのは、どうにも気が進まなかった。なぜと言って、若いウェイトレスの大半は自分が選んでいたし、年上のウェイトレスはミス・ティリーの時代からの長年にわたる生え抜きなのだから。

カレンのことは特に注意して見ていたが、盗みを働いているというはっきりした気配はなかった。しかし、パトリックが警告したとおり、盗人というのは正直な人々よりも狡《ずる》賢《がしこ》いものだし、一分一秒も彼女から目を離さずにいるのは不可能だった。

ところが、問題は勝手に解決した。カレンが退職願いを出し、婚約したから月末にはロンドンにいるフィアンセのところへ行くと宣言したのだ。ずいぶんと値の張りそうな婚約指輪だったが、その代金をだれが払ったかまでは、メイジーも訊《き》けなかった。まあいいでしょう、と彼女は諦《あきら》めた。心配すべき問題が一つ減って、ほっとしていた。

しかし、数週間後にブリストルへ戻ってきたパトリックが、先月の売り上げがまた落ちていると報告した。だとすれば、犯人はカレンではないかもしれなかった。

「警察へ届ける潮時かしら」メイジーは訊いた。

「いや、まだだ。きみがいま一番避けなくてはならないのは、何であれ従業員の気持ちを害することにしかならない、あらぬ噂《うわさ》や言いがかりが世間に広まることだ。警察に頼れば解決に時間はかからないかもしれないが、犯人が捕まる前に、きみは最も優秀な従業員の何人かを失う恐れがある。自分が疑いの目で見られるのに嫌気がさすだろうからね。それに、客だって雰囲気の変化を気取《けど》らないはずがない。それもまた、絶対に避けなくてはならないことの一つだ」

「この状態をいつまでつづけられるかしら」

「もうひと月、待ってみよう。それで犯人が見つからなかったら、警察に訴えるしかないだろうな」そして、パトリックが大きな笑みを浮かべた。「さあ、仕事の話はここまでだ。ここからは、きみの誕生日をお祝いするという、本来の目的に戻ろうじゃないか」

「わたしの誕生日は二カ月前よ」メイジーは言った。「それに、ボブのことがなかったら、あなたはわたしの誕生日なんて知りもしなかったんじゃないかしら？」

パトリックがふたたびブリーフケースを開けたが、今度取り出したのは、だれでも知っている〈スワン〉のロゴ・マークが入った、ロイヤル・ブルーの箱だった。テーブル越しにそれを渡されたメイジーは、ゆっくりと箱を開けた。姿を現わしたのは、黒い革の手袋と、バーバリーの伝統的な模様が入った、ウールのスカーフだった。

「あなたって、本当にわたしから惜しみなく奪っていくのね」メイジーはパトリックに抱きついた。

パトリックは応《こた》えなかった。

「どうしたの？」メイジーは訊いた。

「もう一つ、知らせがある」メイジーは彼の目を覗《のぞ》き込み、〈ティリーズ・ティー・ショップ〉について、ほかにも問題が出てきたなんてことがあるのだろうかと訝った。「実は昇進したんだ。ダブリンの本社の副部長になったんだよ。これからはほとんどの時間を机に縛りつけられるし、ブリストルの担当も別の人間になる。きみを訪ねることはもちろんできるが、そうたびたびというわけにはいかなくなるだろう」

その夜、メイジーは彼の腕のなかで泣き明かした。二度と結婚したいとは思わないだろうと考えていたのだが、それは愛する男が手の届かないところへ行ってしまったとわかるまでだった。

次の日、遅れて店に出ると、ボブが入口で待っていて、玄関を開けると、届けにきた今朝の製品をヴァンから降ろしはじめた。

「すぐにくるから」と言い置いて、メイジーは従業員用の化粧室へ向かった。

テンプル・ミーズ駅で、列車に乗ったパトリックを見送って最後の別れを言った瞬間、またもや涙が溢《あふ》れたから、ひどい顔をしているに違いなかったが、何かあったのではないかと客に疑われるのは避けなくてはならなかった。「私的な問題を仕事に持ち込んではだめよ」と、ミス・ティリーは口が酸《す》っぱくなるほど従業員に言い聞かせていた。「お客さまは自分の問題を考えるだけで手一杯なの。だから、あなたたちの問題まで考えてもらう必要はありません」

鏡を見ると、見事に化粧が崩れていた。「なんてざまなの」声に出して吐き捨てたとき、ハンドバッグをカウンターに置いてきたことに気がついた。それを取りに店へ引き返すと、とたんに吐き気がするほど気分が悪くなった。ボブが背を向けて立ち、片手を現金箱に突っ込んでいた。彼は一握りの紙幣と硬貨をズボンのポケットに入れると、こっそりと現金箱を閉め、次のケーキのトレイを取りにヴァンへ戻っていった。

パトリックならどう助言してくれるか、メイジーは実際に教えてもらうまでもなく、正確にわかっていた。カフェに入ると、現金箱の脇《わき》に立って、ボブが入口をくぐって戻ってくるのを待ちかまえた。彼はケーキのトレイではなく赤い革の箱を手にしていて、メイジーに向かって大きな笑みを浮かべると、片膝《かたひざ》をついた。

「いますぐ、ここを出ていってちょうだい、ボブ・バロウズ」メイジーは言った。自分でもびっくりするような口調だった。「今度この店の近くで見かけたら、警察へ通報します」

言い訳か罵声《ばせい》の洪水が返ってくるものと覚悟していたのだが、ボブは大人しく立ち上がると、盗んだ金をカウンターに置いて、何も言わずに出ていった。メイジーがそばの椅子《いす》に崩れ落ちたとき、最初の従業員がやってきた。

「おはようございます、ミセス・クリフトン。この時期にしてはいい天気ですね」

18

薄い茶封筒が二七番地の郵便受けに届くたびに、差出人がブリストル・グラマー・スクールで、たぶんハリーの授業料と、ブリストル市慈善協議会が言うところの〝予備費〟の支払い要請ではないかとメイジーは疑った。

帰宅途中に毎日銀行に寄り、仕事用の口座にその日の売り上げを、そして、〝ハリー用〟と呼んでいる口座にチップの取り分を預けるのが日課になっていた。四半期の終わりには、ブリストル・グラマー・スクールからの次の授業料払込み要請に耐えるだけの貯金がそこにできているのではないかと期待してのことだった。

届いた手紙の封を切ると、そこに書かれている文字をすべて読めるわけではなかったが、三十七ポンド十シリングという数字と、署名があるのはわかった。支払い可能なぎりぎりの線だったが、いつだったか、ハリーの最新の成績報告をミスター・ホールコムに読んで聞かせてもらってからは、自分は無駄なお金を使っているわけではないと確信できるようになっていた。

「いいですか」と、ミスター・ホールコムはそのとき念を押したのだった。「こういう支出は、ハリーが卒業してからも減らないと思いますよ」

「どうしてですか？」メイジーは訊《き》いた。「あれだけの教育を受けたんだから、仕事に就くのが難しいはずはないでしょうし、自分の払いは自分でできるようになっているのではありませんか？」

出来の悪い生徒が要点をつかみ損ねたときのように、ミスター・ホールコムが悲しげに首を振った。「私の見るところでは、彼はブリストル・グラマー・スクールを卒業したら、オックスフォード大学へ進んで、英語の勉強をしたいと考えているはずです」

「それは何年ぐらいになるんでしょう」メイジーは訊いた。

「三年、もしかすると四年になるかもしれません」

「そのころには、あの子は恐ろしく英語が読めるようになっているでしょうね」

「もちろん、仕事に就くには十分です」

メイジーは笑った。「最終的には、あなたと同じく学校の先生になったりして」

「彼は私と同じではありませんよ」ミスター・ホールコムが言った。「敢《あ》えて推測するなら、最終的には書き手になるんじゃないでしょうか」

「書き手になったら、それで生活ができるんですか？」

「もちろんです。もっとも、成功すれば、ですがね。しかし、書き手としてうまくいかなかった場合には、あなたの言われたとおりになるかもしれません。つまり、私と同じく、学校の先生で終わる可能性があるということです」

「充分です」メイジーは真顔で応《こた》えたが、それはミスター・ホールコムのささやかな皮肉を理解していないからだった。

メイジーは封筒をバッグにしまった。今日の午後、仕事を終えて銀行へ寄ったら、三十七ポンド十シリングの小切手を切る前に、ハリーの口座にそれだけの残金があるかどうかを確かめなくてはならなかった。当座借り越しをしたら銀行を儲《もう》けさせるだけだと、パトリックに教えてもらっていた。授業料の納入を学校が二、三週間猶予《ゆうよ》してくれたこともときとしてないではなかったが、パトリックはそれについても、学校だってメイジーの店と同じで、いつまでも待てるわけではなく、各学期の終わりには、帳簿上で貸借勘定を一致させなくてはならないのだと説明した。

そんなに待たずにやってきた路面電車に腰を下ろしたとたん、思いはパトリックへ戻っていった。それでも、どんなに彼が恋しいかを打ち明けるつもりは、たとえ相手が母親であっても、絶対になかった。

消防車が路面電車を追い越していき、メイジーはわれに返った。その行方を窓越しに凝視している乗客もいた。消防車が見えなくなると、頭のなかは〈ティリーズ・ティー・ショップ〉のことへ移っていった。ボブ・バロウズとの取引をやめて以降、銀行の支配人の報告によれば、ティー・ショップは毎月着実に利益を出しつづけていて、年末には、百十二ポンド十シリングというミス・ティリーの時代の記録を破る可能性もあった。そうなれば、融資してもらっている五百ポンドの返済を開始できるはずだし、ハリーに新しい靴を買ってやる余裕もできるというものだ。

ヴィクトリア・ストリートで路面電車を降りると、ベドミンスター橋を渡りながら時計を見た。ハリーの最初のプレゼントだったと思い出し、ふたたび息子のことを考えた。七時三十二分、ティー・ショップを開けるまでにはまだ十分時間があった。八時に最初の客を迎える準備ができていればいい。〝準備中〟の札を裏返して〝営業中〟にするとき、舗道に小さな列ができているのを見るのは、いつでもうれしかった。

もう少しでハイ・ストリートにたどり着くというとき、さらに一台の消防車が猛スピードで追い越していった。いまやメイジーにも、空に立ち昇っている黒煙が見えた。そして、ブロード・ストリートへと曲がったとたん、初めて心臓が早鐘を打った。消防車が三台と警察車両が一台、〈ティリーズ・ティー・ショップ〉の前に弧を描くように停まっていた。

メイジーは駆け出した。

「まさか、わたしの店だなんてことはないわよね」彼女は叫んだ。何人かの従業員が、通りの反対側でひとかたまりになっているのが見えた。一人が泣いていた。ついさっきまで正面入口だったところへわずか数ヤードのところで、警察官に行く手をさえぎられた。

「経営者です！」抗議しながらも、自分の見ている光景がいまだ信じられなかった。この町でいちばん人気のあったティー・ショップが、いまや残骸《ざんがい》となって煙を上げていた。黒々とした煙に取り巻かれて、メイジーは涙ぐみ、咳《せ》き込んだ。ゆうべ店を閉めて鍵《かぎ》をしたときにはぴかぴかだったカウンターも焼け焦《こ》げてしまい、椅子《いす》や染《し》み一つないクロスに覆《おお》われたテーブルが並んでいた床には灰が積もっていた。

「大変お気の毒なことでした、マダム」警察官が言った。「ですが、ご自身の安全のために、通りの反対側へ移動して、従業員の人たちと一緒にいてもらわなくてはなりません」

メイジーはもう一度〈ティリーズ・ティー・ショップ〉を振り返り、後ろ髪を引かれる思いで通りを渡りはじめた。反対側へ着く直前、野次馬の群れの端に立っている男が目に留まった。視線が合った瞬間、男は背を向けて歩き去った。

ブレイクモア警部補が手帳を開き、テーブル越しに容疑者を見た。

「今朝の三時ごろはどこにおられましたか、ミセス・クリフトン」

「自宅で寝《やす》んでいました」メイジーは答えた。

「それを証言してくれる人はいますか？」

「そのときだれかが同じベッドにいたかという意味であれば、警部補、答えはノーです。なぜそんなことを訊くんですか？」

ブレイクモアがメモを取り、そうすることで、多少考える時間を稼いでから答えた。

「ほかに関わっている者がいるかどうかを突き止めるためです」

「関わっているって、何にですか？」メイジーはさらに訊いた。

「放火にです」ブレイクモアが応え、注意深くメイジーを観察した。

「でも、〈ティリーズ・ティー・ショップ〉を燃やしてやろうなんて、いったいだれなんでしょう？」口調が強くなった。

「そこですよ、それについてあなたに力を貸してもらえるのではないかと、かなり期待しているんですがね」警部補が言い、間を置いて、あとで後悔するようなことをミセス・クリフトンが口走るのではないかと期待した。しかし、彼女は何も言わなかった。

よほど図太いのか、それとも、単にうぶなだけなのか、ブレイクモア警部補はメイジー・クリフトンについて判断がつかなかったが、一人、その質問に答えられそうな人物を知っていた。


ミスター・フランプトンが机の向こうで立ち上がり、握手をしてから、メイジーに椅子を勧めた。

「〈ティリーズ・ティー・ショップ〉は災難だったね。本当に気の毒に思っているよ」彼は言った。「でも、死傷者が出なかったことを神に感謝しようじゃないか」最近のメイジーは、神に感謝するのをほとんどやめていた。「建物も、建物のなかにあったものも、全部保険金が降りるんだろうね」

「ええ、もちろんです」メイジーは応えた。「ミスター・ケイシーのおかげで、ほとんどに保険がかかっていましたから。ただ残念なことに、わたしが関与していないと警察が断定するまでは一ペニーも支払わないと保険会社が言っているんです」

「警察はきみを疑っているのか？　信じられないな」フランプトンは不満げだった。

「わたしは財政上の問題を抱えていますからね」メイジーは応えた。「警察を責められません」

「その疑いが馬鹿《ばか》げていると彼らが納得するのは時間の問題に過ぎないさ」

「その時間がわたしにはないんです」メイジーは言った。「だから、こうして時間を割いていただいたというわけです。仕事を見つけなくてはなりません。最後にお目にかかったとき、おっしゃってくださいましたよね、いつだろうとロイヤル・ホテルへ戻りたくなったら……」

「もちろん、本気で言ったことだ」ミスター・フランプトンがさえぎった。「だがいまは、きみに以前の地位に戻ってもらうわけにはいかないんだよ。スーザンが見事な手腕を発揮してくれているんでね。それに、新たに三人を雇い入れたばかりなんだ。というわけで、いまのところ〈パーム・コート〉には空きがない。現時点できみに提供できるのは、ほとんど重要とは言えない――」

「何だってかまいません、ミスター・フランプトン」メイジーは必死だった。「本当です」

「夜、ホテルのレストランが閉まったあとでも何か食べられるところがほしいというお客さまの声があって」ミスター・フランプトンが言った。「朝の六時にブレックファスト・ルームが開くまでに限って、夜十時以降も〈パーム・コート〉でコーヒーとサンドウィッチを提供しようと考えていたところなんだ。最初は週給三ポンドしか払えないが、言うまでもなく、チップは全額きみのものだ。私が気を悪くする心配は無用だから、不本意だと思ったら断わってもらってもーー」

「いいえ、やらせてもらいます」

「では、いつから始められる？」

「今夜からお願いします」


次の茶封筒が二七番地のドア・マットの上に置かれると、メイジーは封を切らないままバッグに入れて思案した。二通目、もしかして三通目の授業料納入要請の文書が届けられたあと、ついには会計責任者ではなく校長が差出人の分厚い白い封筒がやってくるまで、そして、学期末に子息の退学手続きを取っていただくようミセス・クリフトンにお願いするという文面を目にするまで、どのぐらいの猶予があるのだろう？　ハリーがその手紙を自分に読んで聞かせるときがくるのが、メイジーは心底恐ろしかった。

九月に最上級学年になるハリーは、オックスフォード大学へ上がって、この時代の最も高名な学者の一人であるアラン・クウィルターの下《もと》で英語を学ぶという話をするときはいつでも、その目に興奮が宿るのを隠せないでいた。もうそれは叶《かな》わないのだと告げなくてはならないときがくるのかと思うと、メイジーは耐えられなかった。

ロイヤル・ホテルでの最初の幾晩かはとても静かで、月が変わっても、それほど忙しさが増すわけでもなかった。メイジーは暇なのが嫌いだったから、朝の五時にやってきた清掃員が、〈パーム・コート〉については掃除すべきところがないとわかるということがたびたびあった。いちばん忙しい夜でさえ、せいぜい六人の客を迎えたに過ぎず、なかには夜半を過ぎたためにホテルのバーを追い出され、コーヒーとハム・サンドウィッチを注文するよりメイジーにちょっかいを出すことに興味があるように思われる者もいた。

仕事の出張できていて、一泊しかしない客が大半だったから、常連を増やすチャンスは望めそうになかったし、チップも、ハンドバッグのなかで眠ったままの茶封筒の面倒を見るには、到底間に合いそうになかった。

ハリーがブリストル・グラマー・スクールをやめずにすみ、オックスフォード大学へ上がるチャンスがわずかでもあるのなら、気は進まないにしても助けを求められる人物は一人しかいなかった。万策尽きたらその人物に懇願するのも、メイジーは厭《いと》わない覚悟だった。

19

「ミスター・ヒューゴーが援助の手を差し伸べてくれると考える根拠は何だろう？」オールド・ジャックが座席に背中をもたせながら訝《いぶか》った。「これまでに彼がハリーを気にかけたことなど一度もないはずだし、それどころか逆に……」

「ハリーの将来について何らかの責任があると感じる人物がこの世界にいるとすれば、あの男だからです」メイジーはその言葉が口から出た瞬間に後悔した。

オールド・ジャックが束《つか》の間《ま》沈黙したあとで訊《き》いた。「私に隠していることがありませんか、メイジー」

「いいえ」メイジーは応《こた》えたが、少し早すぎた。嘘《うそ》をつくのは、とりわけオールド・ジャックに対しては嫌だったが、これだけは自分の胸に収めて墓場まで持っていくと決めている秘密の一つだった。

「いつ、どこでミスター・ヒューゴーと対決するか、何か考えがありますか？」

「どうすべきかは、はっきりわかっています。彼が夕方の六時前に執務室《オフィス》を出ることは滅多にないし、その時間には、建物にいる従業員も退社して、夜のお楽しみに出かけています。彼の執務室が六階にあって、左側の三つ目のドアだということもわかっています。それに――」

「そうだとしても、ミス・ポッツのことはご存じかな?」オールド・ジャックがさえぎった。「受付を突破して、何とか気づかれずに六階へたどり着けたとしても、彼女を避ける術《すべ》はないんですよ?」

「ミス・ポッツ? 聞いたことがありませんけど」

「十五年前からミスター・ヒューゴーの専属秘書をしている女性です。私自身の経験から言わせてもらえば、ミス・ポッツを秘書にしたら番犬はいらないでしょう」

「それなら、彼女が退勤するのを待てばいいんじゃないですか?」

「ミス・ポッツがボスより早く退勤することは絶対にないし、朝も、彼が出勤する三十分前には必ず席についています」

「だけど、彼の自宅のマナー・ハウスに入り込むのはもっと難しいはずです。ジェンキンズという番犬のような執事もいるし」

「それなら、ミスター・ヒューゴーが一人きりになって、逃げることもできず、ミス・ポッツやジェンキンズが助けにもこられない時間と場所を突き止めるしかないでしょうね」

「そんな時間と場所があるんですか?」メイジーは訊いた。

「あります」オールド・ジャックが答えた。「もっとも、タイミングを間違えないようにしなくてはだめですがね」

メイジーは暗くなるのを待って、オールド・ジャックの鉄道客車を忍び出た。音を立てないよう爪先《つまさき》立ちで砂利敷きの道を進み、一台の車の後部ドアをそうっと開けてなかに潜り込んでから、ふたたびそうっとドアを閉めた。長く待つのも仕方がないと諦《あきら》めて、坐《すわ》り心地のいい革張りの座席に身体《からだ》を沈めた。サイド・ウィンドウの向こうに、はっきりと建物を見ることができた。辛抱強く待っているうちに、一つ、また一つと明かりが消えはじめた。オールド・ジャックによれば、彼の窓の明かりが最後に消えるはずだった。

待っているあいだに、彼にぶつけるつもりの質問を頭のなかで反芻《はんすう》した。何日も前から練習し、今日の午後、オールド・ジャックを相手に予行演習をしたのだった。そのとき、いくつかアドヴァイスをしてもらい、メイジーはありがたくそれに従うことにした。

六時を過ぎてすぐに、一台のロールス－ロイスが姿を現わして建物の正面で停まり、運転手が車を降りて脇《わき》に立った。数分後、サー・ウォルター・バリントン会長が正面玄関に颯爽《さっそう》と姿を現わして後部座席に収まると、ロールス－ロイスは勢いよく走り去った。

続々と窓が暗くなっていき、まだ明るいままでいるのはついに一つだけになった。まるでクリスマス・ツリーのてっぺんで輝く一つ星のようだった。不意に、砂利を踏む足音が聞こえた。メイジーは後部座席を滑り降りると、床にうずくまった。話に夢中になっている男の声が二つ、近づいていた。二人というのは想定外で、反対側のドアから逃れ出て夜の闇《やみ》に紛れてしまおうとしたまさにそのとき、二人の足が止まった。

「たとえそうだとしても」メイジーの知っている声が言った。「これに私が関わっていることは一切他言しないでもらえればありがたい」

「もちろんです、サー。信用していただいて大丈夫です、サー」もう一つの声が応えた。耳に憶《おぼ》えのある声だったが、どこで聞いたかをメイジーは思い出せなかった。

「連絡を絶やさないようにしよう、オールド・フェロウ」最初の声が言った。「どうしたって、また銀行の力を借りないわけにはいかないからな」

一人の足音が遠ざかっていき、車のドアが開いた。メイジーは石のように身体を硬くした。

彼が運転席に乗り込み、ドアを閉めた。運転手を付けずに自分でハンドルを握り、これ見よがしにブガッティを走らせるほうが好きなのだ。それはオールド・ジャックが提供してくれた、お金では買えないほど貴重な情報だった。

彼がイグニション・キイを回すと、ブガッティは車体を震わせながら生き返った。何度かエンジンが吹かされ、ギアが一速《ファースト》に入れられた。門衛が敬礼するのを尻目《しりめ》に、ヒューゴー・バリントンは幹線道路へ飛び出し、普段の夜とまったく同じく、マナー・ハウスへ帰ろうと市街のほうへ車首を向けた。

「後部座席にいることを明かすのは、町の中心部に入ってからでなくてはならない」と、オールド・ジャックはアドヴァイスしてくれていた。「そこまで行ったら、彼は車を止める危険を冒せない。あなたと一緒にいるところを見られたうえに、自分がだれか、気づかれる恐れがあるからだ。だが、市街を外れたら、その瞬間に、躊躇《ちゆうちよ》なくあなたを放り出すでしょう。だから、あなたにはせいぜい十分から十五分しかないことになる」

「それだけあれば十分です」メイジーは応えたのだった。

メイジーは車が大聖堂を通り過ぎ、カレッジ・グリーンを突っ切るのを待った。夜のこの時間、いつも盛《さか》っているところだった。しかし、身体を起こして彼の肩を叩こうとしたそのとき、車が速度を落としはじめ、ついには停まってしまった。ドアが開き、彼が降りて、ドアが閉まった。運転席と助手席のあいだから覗《のぞ》いてみると、ぎょっとしたことに、車が駐《と》まっているのはロイヤル・ホテルの前だった。

十を超す考えが、一瞬のうちに頭を駆け巡った。手遅れになる前に飛び降りるべきか？　彼はなぜロイヤル・ホテルを訪れたのか？　たまたまわたしが非番だっただけなのか？　どのぐらいあそこにいるつもりなのか？　やはり、このまま車にとどまることにした。こんなに人のいるところで外に出たら、見つかってしまう恐れがある。それに、いまを逃せば、授業料納入の期日前に一対一で対決する機会はもうないと考えたほうがいい。

疑問の一つの答えは二十分だとわかったが、彼が運転席に戻って車を出したとき、メイジーは冷たい汗に濡《ぬ》れていた。自分の心臓がこんなに速く打つことができるとは、いまのいままで知らなかった。半マイルほど走るのを待ってから、身体を起こして彼の肩を叩いた。

彼はぎょっとして振り返ったが、その表情は確認から確信へ変わり、わずかに気を取り直すと、ぶっきらぼうに訊いた。「何の用だ?」

「何の用かは、よくわかっているんじゃないかしら」メイジーは言った。「わたしのたった一つの関心はハリーなの。その彼の授業料を向こう二年間、間違いなく払えるようにしたいのよ」

「どうしてきみの息子の授業料を私が出さなくてはならないのか、十分に説得力のある理由を聞きたいものだな」

「それは、彼があなたの息子だからよ」メイジーは落ち着いていた。

「どうしてそうだと断定できるんだ?」

「セント・ビーズ校の初日に、あなたがハリーを見ているところを観察させてもらったの」メイジーは言った。「それに、毎週日曜日にセント・メアリー・レッドクリフ教会であの子が聖歌隊で歌うときも、あなたを観察していたわ。その目に表われる表情をね。それから、新学期の初日にあの子との握手を拒否したときも、あなたの目には同じ表情が表われていた」

「そんなのは何の証拠にもならんだろう」多少自信を取り戻した口調だった。「せいぜいが女の勘とやらに過ぎん」

「そういうことなら、あなたがウェストン＝スーパー＝メアくんだりまで出かけて何をしていたか、そろそろもう一人の女性に教えるときがきたかもしれないわね」

「彼女がきみの言うことを信じると考える根拠は何なんだ」

「せいぜいが女の勘かしらね」メイジーは言った。彼が黙ったのを見て、メイジーはこのまま押していくべきだと自信を持った。「それに、アーサーの姿が消えた翌日、あなたがなぜわたしの兄をわざわざ逮捕させたのか、そのことにもミセス・バリントンは興味をお持ちになるんじゃないかしらね」

「あれは偶然だ、それ以上の何物でもない」

「あれ以来、わたしの夫が二度と姿を現わさないのも偶然なの？」

「私はクリフトンの死と何の関係もない！」ヒューゴーは叫んだ。車が蛇行しはじめ、危うく対向車とぶつかりそうになった。

　メイジーはいま聞いた言葉に驚愕《きょうがく》し、思わず背筋が伸びた。「やっぱりそうだったのね。夫の死の責任を負うべきはあなただったのね」

「そうだという証拠があるなら、見せてもらおうか」バリントンが傲然《ごうぜん》と言い返した。

「もう証拠なんか必要ないわ。あなたは長い年月、わたしたち一家にひどい仕打ちをしてくれているけど、それでも赦《ゆる》してあげないわけじゃないし、そう難しい埋め合わせを要求するつもりもないわ。ハリーがブリストル・グラマー・スクールに通っているあいだ、あの子の学費の面倒を見てくれればいいの。そうすれば、あなたを煩《わずら》わせることは二度とないわ」

ヒューゴーはすぐに返事をしなかったが、結局は口を開いた。「その支払い方法をどうするのが一番いいか、考える時間が二、三日必要だな」

「会社の慈善基金を使えば簡単でしょ？　大した金額じゃないし」メイジーは言った。「あなたのお父さまが理事長なんだもの」

今度はバリントンも答えを準備していなかった。この情報をわたしがどうやって手に入れたかを考えているのだろうか？　まあ、オールド・ジャックを見くびっているのはこの男だけではないけどね。メイジーはハンドバッグを開けると、薄い茶封筒を取り出して、助手席に置いた。

ヒューゴーが暗い路地に車を止め、運転席を飛び出して後部ドアを開けた。この対決はこれ以上ないほどうまくいったと思いながら、メイジーは外に出た。その足が地面についた瞬間、肩をつかまれて乱暴にゆさぶられた。

「いいか、よく聞け、メイジー・クリフトン。そして、しっかり頭に叩き込め」ヒューゴーの目は獰猛《どうもう》な怒りに燃えていた。「今度私を脅したら、おまえの兄を馘《くび》にするだけでなく、二度とこの町で働けないようにしてやるからな。それに、私があいつの父親だなどと、これっぽっちでも妻に匂《にお》わせたりしたら、おまえを逮捕させて、刑務所ではなく病院送りにして、二度と出てこられないようにしてやる」

そして、メイジーを突き放すと拳《こぶし》を固め、容赦なく顔を殴りつけた。メイジーは地面に倒れ、身体を丸めた。つづいて蹴《け》りが襲ってくるはずだったが、何事も起こらないので顔を上げると、仁王立ちしたヒューゴーが茶封筒を細かく引き裂いてまき散らした。まるで花嫁の上に降りそそぐコンフェッティのようだった。

そして、一言も発せずに車に飛び乗り、走り去った。

白い封筒が郵便受けに届いたとき、メイジーは負けを覚悟した。午後になってハリーが学校から帰ってきたら真実を話さざるを得ない。だけど、その前に銀行へ行き、いくらでもないゆうべのチップを預けてから、今学期末で息子は退学するのでブリストル・グラマー・スクールから授業料の支払い請求がくることはもうないと、ミスター・プレンダーガストに告げなくてはならない。

路面電車代を節約するために、銀行へは歩いていくことにした。道々、自分ががっかりさせることになる人たちを一人残らず思い浮かべた。ミス・ティリーとミス・マンデイはわたしを赦してくれるだろうか？　従業員の何人か、特に古株の者たちは、あの火事のあと、次の仕事を見つけられなかった。それに、わたしが仕事にいけるよう、いつもハリーの面倒を見てくれた両親がいる。オールド・ジャックはこれ以上望めないほど息子の力になってくれた。そして、何よりもハリー本人だ。ミスター・ホールコムの言葉を借りるなら、あの子は月桂冠《げっけいかん》を頭にいただこうとしていたのだ。

銀行に着くと、急いでいるわけではなかったから、いちばん長い列に並んだ。

「おはようございます、ミセス・クリフトン」列の先頭に出ると、出納係が明るい声で挨《あい》拶《さつ》した。

「おはよう」メイジーは挨拶を返し、四シリング六ペンスをカウンターに置いた。

出納係は慎重に金額を確認し、硬貨をカウンターの下の別のトレイに移した。そして、ミセス・クリフトンが預けた金額を確認する伝票を書いて渡してくれた。メイジーは次の客に場所を譲るために脇に寄り、伝票をバッグにしまった。

「ミセス・クリフトン」出納係の声がした。

「何？」メイジーは顔を上げた。

「ミスター・プレンダーガストがお話ししたいことがあるそうです」

「わかりました」学校から授業料納入の請求がきたが口座にはそれに足りる金額が残っていないと、わざわざプレンダーガストに教えてもらう必要はなかった。実を言うと、課外活動にかかった費用の請求が学校からくることはもうないと彼に告げることができると思うと、ほっとする気持ちもあった。

　銀行業務を行なっているホールを若い男に案内されて静かに横断し、長い廊下を歩いていった。支配人の執務室《オフィス》に着くと、案内してきた男が軽くノックし、ドアを開けて知らせた。「ミセス・クリフトンをご案内しました」

「わかった」ミスター・プレンダーガストが応《こた》えた。「あなたにお話ししておかなくてはならないことがあるのですよ、ミセス・クリフトン。どうぞ、お入りください」この前この声を聞いたのはどこだっただろう、とメイジーは訝《いぶか》った。

「ミセス・クリフトン」メイジーが腰を下ろすと、彼はすぐにつづけた。「こういうことを申し上げなくてはならないのは誠に残念なのですが、ブリストル市慈善協議会への三十七ポンド十シリングの直近のあなたの小切手は、期日に支払いをすることができませんでした。もう一度小切手を切り直されたとしても、現時点でのあなたの口座には満額を支払えるだけの残金が残っていません。もちろん、近い将来に口座の金額が増えるというのであれば話は別です」

「それはありません」メイジーは応え、バッグから白い封筒を取り出すと、プレンダーガストの前の机に置いた。「猶予《ゆうよ》してもらえるのなら、何であれ最終学期に生じたハリーの余分な掛かりは返済します。もしよろしければ、そのことをあなたのほうからブリストル市慈善協議会へ伝えてもらうわけにはいかないでしょうか」

「本当に残念です、ミセス・クリフトン」ミスター・プレンダーガストが言った。「何とかお力になれればいいのですが」そして、白い封筒を手に取って訊いた。「開封してよろしいですか？」

「もちろんです」メイジーは応えた。いったいどれだけの借りが学校に対してあるのか、いまのいままで、知るのを避けようとしていたのだった。

ミスター・プレンダーガストが机に置いてあった薄い銀製のペーパーナイフを取り上げ、封筒を開いた。そして取り出したのは、ブリストル・アンド・ウェスト・オヴ・イングランド保険会社の、ミセス・メイジー・クリフトン宛《あて》の小切手だった。金額は六百ポンド、すでに支払い満期がきていた。

ヒューゴー・バリントン

一九二一年―一九三六年

20

後に夫を殺したと非難されなければ、あの女の名前など思い出しもしなかっただろう。すべてが始まったのは、ウェストン＝スーパー＝メアへの社員旅行に同行するよう、父から問答無用で命じられたときだった。「会長の息子が社員を軽んじていないことを知らしめるのはいいことだからな」と、父は言った。

そうと納得したわけではなかったし、有り体に白状すれば、そんな経験はまったく時間の無駄だと考えていたが、何であれ父はいったん決めたら梃子《てこ》でも動かないから、議論する意味がないこともわかっていた。そして、メイジー――何というありふれた名前だ――が、面白半分であるにせよついてこなかったら、本当に時間の無駄になっただろう。会長の息子と恐れげもなく寝ようとするさまは、この私でさえ驚いたほどだったが、ブリストルへ戻ったらそれっきりだろうと思われたし、あの女がアーサー・クリフトンと結婚しなければ、実際にそうなっていたはずなのだ。

私は机に向かって〈メイプル・リーフ〉の契約書類に目を通し、そこに書かれている数字を何度も検《あらた》めて、会社の金を少しでも救うための方策を考えようとしたが、どんなに頑張ってもいい知恵は出てこず、この契約を守るしかないと判断せざるを得なかった。

最初の交渉のときから、〈マイソン〉のカウンターパートは自分たちに有利に契約交渉を進めて、私の側に想定外の遅れが何度かあって予定が五カ月ずれ込んだいま、十二月十五日までに建造が完了しなければ、その契約に付帯している罰則規定が発効することになっていた。そもそもはかなりの利益を生む夢の契約だったはずのものが、ここへきて悪夢に変わり、十二月十五日に目覚めたときには大きな損失を生じさせようとしていた。

わが社がその契約を結ぶことに父は最初から反対で、その理由もはっきりしていた。「われわれは得意分野にこだわるべきだ」と、彼は重役会議のたびに自分の席で繰り返した。「〈バリントン海運〉は百年前から、遠く世界の隅々まで物資を運び、あるいは持って帰り、船を造るのは、ベルファスト、リヴァプール、そして、ニューカッスルのライヴァルたちに任せてきたのだ」

父に心変わりさせるのは無理だとわかっていたから、若手の重役の説得に時間を費やした——この数年、われわれは幾つものチャンスを逃しているが、その一方で、他社は先を争って利益の出る契約に飛びついている。このままでは、簡単に彼らのいいようにされかねない、と。そしてついに彼らを説得し、かろうじてではあったが多数派工作に成功して、新しい分野へ乗り出すことが認められると、急速に規模を拡大している船団に新たに貨物船を一隻《せき》加えようとしている〈マイソン〉と、その船の建造契約を結んだ。

「頑張って期日どおりに〈メイプル・リーフ〉を引き渡せたら」と、私は重役会議で宣言した。「続々と契約が舞い込むのは間違いない」

「あとになって悔やまないですむことを祈ろう」重役会議の採決で敗れたあと、父はそう言っただけだった。

私はすでに悔やみはじめていた。一九二一年の〈バリントン海運〉は記録的な利益を予想されているにもかかわらず、関連会社の〈バリントン造船〉だけが年間収支で赤字を出してしまいそうだったからだ。早くも重役のなかには造船業に乗り出したことに距離を置き、自分は重役会の採決で父のほうに投票したと、誰彼なしに言いふらしている者もいた。

私は社長に任命されて間もなかったから、陰で何を言われているかは容易に想像がついた。「父親とそっくりだ」という声は、どこからも聞こえてくるはずがなかった。ある重役など早々と辞表を出し、辞職が現実になったとき、自分の考えをもっとはっきりさせなくては気が済まなかったと見えて、父にこう言っていた。「あの若者は判断力に欠けます。彼が会社を潰《つぶ》さないよう用心すべきです」

しかし、私は諦《あきら》めなかった。〈メイプル・リーフ〉の建造が期日に間に合いさえすれば、まだとんとんですむか、もしかすると、わずかながらでも利益を上げられるかもしれない。それはこれからの数週間がどうなるかに一《いっ》に懸かっていたから、私は八時間勤務の三交代制にして二十四時間仕事をつづけるよう命じ、期日までに建造が完了したら十分なボーナスをはずむと約束した。何と言っても、門の前には喉《のど》から手が出るほど仕事をほしがっている男が群れているのだ。

秘書に退勤すると告げようとしたそのとき、あの男が何の前触れもなく社長室に飛び込んできた。

背の低いがっちりした男で、筋肉が盛り上がっていて肩は分厚く、明らかに港湾労働者の肉体だった。私の頭にまず浮かんだのは、こいつはいったいどうやってミス・ポッツの前を通り抜けたのかという疑問だった。そのミス・ポッツが珍しくうろたえてあとを追ってくると、わかりきったことを口走った。「止めることができませんでした。警備員《ウオッチマン》を呼びますか?」

私は男の目を覗《のぞ》き込んだ。「いや、その必要はない」

ミス・ポッツはそのまま入口にとどまっていたが、私と男は互いを値踏みし、先制攻撃をすべきかどうか決めかねている蛇とマングースのように睨《にら》み合った。やがて、男が不承不承に帽子を脱ぐと、早口でまくしたてはじめた。何を言っているのかわかるまで、しばらく時間がかかった。

「親友《ベスト・メイト》が死んじまいます! 何とか手を打ってもらわないと、アーサー・クリフトンが死んじまうんです」

落ち着いて事情を説明するよう私が言ったとき、港湾労働者の親方のハスキンズが慌《あわ》てた様子で入ってきた。

「タンコックのやつが煩《わずら》わせてしまったようで、申し訳ありません」息が落ち着くや、ハスキンズが詫《わ》びた。「断言しますが、騒ぎは完全に収まっています。社長が心配なさるようなことは一つもありません」

「騒ぎとは何なんだ?」私は訊《き》いた。

「友だちのクリフトンが船内で作業をしているときに仕事の交代時間がきて、新しく交代して仕事を始めた連中がどういうわけかクリフトンを船内に閉じ込めてしまったと、ここにいるタンコックが言い張っているんです」

「行って、自分で確かめてくださいよ!」タンコックが叫んだ。「あいつが内側から船体を叩《たた》く音が聞こえるから!」

「そんなことがあり得るのか、ハスキンズ?」私は訊いた。

「何でもあり得ます。ですが、昼のうちに仕事を仕舞いにして、いまごろはもうパブにいるって線が強いんじゃないでしょうか」

「それなら、退勤したという記録が門衛詰所にどうして残っていないんだ?」タンコックが詰め寄った。

「それも珍しいことじゃないんです、サー」ハスキンズはタンコックを見ようともしなかった。「出勤記録が残っていないことは稀《まれ》ですが、退勤記録が残っていないのはよくあることですから」

「もしあんたが自分の目で確かめに行かなければ」タンコックが言った。「その手をあいつの血で汚したまま墓場へ行くことになるんだぞ」ハスキンズをも沈黙させたほど激越な言葉だった。

「ミス・ポッツ、一番ドックへ行ってくる」私は言った。「長くはかからないはずだ」

がっちりした小男は、それ以上一言も言わずにオフィスを飛び出していった。

「ハスキンズ、私の車に同乗するんだ」私は命じた。「そうすれば、どうすればいいかを車中で相談できる」

「どうする必要もありません、サー」ハスキンズはなおも言い張った。「あんなのは最初から最後まで、戯言《たわごと》もいいところです」

車で二人きりになると、私は初めて単刀直入に港湾労働者の親方に訊いた。「わずかでもクリフトンが船内に閉じ込められている可能性はないのか?」

「絶対にありません」ハスキンズが言い切った。「社長の時間を無駄にさせるのを申し訳なく思うばかりです」

「だが、あの男はかなりの確信があるように見えたぞ」私は言った。

「あいつは一旦《いったん》こうと思い込んだら、鴉《からす》でも鳩《はと》だと言って譲らないような男なんです」

私は笑わなかった。

「クリフトンの交代時間は六時です」ハスキンズがもっとまじめな口調でつづけた。「溶接作業員がやってきて、次の交代がやってくる午前二時までに仕事を終わらせるつもりでいることを、クリフトンが知らなかったはずはないんです」

「そもそもクリフトンは船内で何をしていたんだ?」

「溶接作業員が作業を始める前の最終点検をしていました」

「交代時間がきたのをクリフトンが知らなかった可能性はないのか?」

「交代時間を知らせるサイレンは、ブリストルの町の真ん中にいても聞こえます」そのとき、車がタンコックを追い抜いた。彼は憑《つ》かれたように走りつづけていた。

「船内の奥深くにいてもか?」

「船の二重底のなかにいたら聞こえなかった可能性はあるかもしれませんが、自分の交代時間を知らない港湾労働者に出くわしたことは、私はありません」

「それは彼が時計を持っていればの話だろう」私は言い、ハスキンズが時計をしているかどうか手首を見た。何もなかった。「クリフトンがいまも実際にそこにいた場合、救出する手立てや道具はあるのか?」

「アセチレン・トーチの数は十分にあるので、船体を焼き切って、すでに完成している部分を取り外すことはできます。ただ、それには時間がかかります。仮にクリフトンがそこにいたとしても、われわれがたどり着いたときに生きている見込みはほぼないんじゃないでしょうか。それに、その救出作戦を本当にやれば、焼き切った部分を元どおりにするのにさらに二週間《フォートウナイト》、もしかすると、もっと長くかかるかもしれません。全員にボーナスを出すのは時間を節約するためであって無駄にするためではないと、社長、あなたは常々おっしゃっているではないですか」

その船の横に車を止めたときには、夜番の作業が始まって優に二時間はたっていた。そこでは、百人は超しているに違いない男たちが、ハンマーとアセチレン・トーチでリヴェットの隙間《すきま》を埋め、汗だくで仕事に精を出していた。道板を上りながら見ると、タンコックがこっちへ向かって走っていた。しばらくして私に追いつくと、身体《からだ》を二つ折りにし、膝《ひざ》に手を当てて喘《あえ》いで、何とか息を整えようとした。

「それで、私にどうしてほしいんだ、タンコック？」彼の息遣いが元に戻るや、私は訊いた。

「ほんの数分でいいから、みんなに仕事を中断させてください。そうすれば、あいつが内側から船体を叩いている音が聞こえるはずです」

いいだろう、と私はうなずいた。

ハスキンズが肩をすくめた。そんな命令を出すのを考えることすら信じられないと、その態度がはっきり物語っていた。それでも、作業員が手を止めて口を閉ざすまでに、何分かが必要だった。船にいる者も波止場にいる者も、全員が身じろぎもせず、じっと耳を澄ました。だが、飛び交う鷗《かもめ》の鳴き声と煙草《たばこ》吸いの咳《せき》がときどき聞こえるだけで、それ以外の音は一切しなかった。

「私が言ったとおり、サー、こんなのはみんなの時間を無駄にしているだけです」ハスキンズが言った。「クリフトンはいまごろ、〈ピッグ・アンド・ホイッスル〉で三パイント目のビールをすすってますよ」

だれかがハンマーを取り落とし、その音があたりに反響した。そのとき、一瞬――ほんの一瞬に過ぎなかったが――、それとは違う、一定の間隔を置いた小さな音を聞いたような気がした。

「あいつだ！」タンコックが叫んだ。

やがて、始まったときと同じぐらいいきなり、音が止《や》んだ。

「だれか、何か聞こえたか？」私は大声で訊いた。

「おれには何も聞こえませんでした」ハスキンズが言い、逆らえるものなら逆らってみろと言わんばかりに作業員を睨み回した。

何人かが睨み返し、一人か二人は脅すようにしてハンマーを握り直した。だれかが攻撃の口火を切るのを待っているかのようだった。

私は反乱を鎮圧する最後のチャンスを与えられてはいるが、しかし、どちらにしても勝ち目のない船長になったような気がした。仕事に戻れと命じれば、クリフトンの死は私が自ら手を下したも同然だという噂《うわさ》が、全員がそれを信じるまで広がりつづけるはずであり、私は何週間、あるいは何カ月、もしかしたら何年も権威を回復できないだろう。しかし、そこにいると決まったわけではないクリフトンを救出するために船体を焼き切らせれば、契約どおりの期日に船を完成させて利益を出す可能性は完全に潰《つい》えてしまうし、自分がいつの日か重役会議の議長になる望みも消えてしまう。私はただそこに立ち尽くし、このまま静寂がつづいて、タンコックが間違っているとみんなが考えてくれることを願った。静寂がつづき、刻一刻とときが過ぎるごとに、その願いが叶《かな》えられるのではないかという自信が私のなかで膨らんでいった。

「だれにも何も聞こえないようですね、サー」しばらくしたころ、ハスキンズが言った。「みんなを仕事に戻してかまいませんか？」

作業員はぴくりとも動かず、挑戦的に私を睨んでいたが、ハスキンズに睨み返されて目を伏せる者も一人、二人と出てきはじめた。

私はハスキンズを見て、全員を仕事に戻せと命じた。そのあと間もなくして、確かに静寂が破れ、またも船体を叩く音が聞こえたように思われた。タンコックに目を走らせたが、その音は不承不承仕事に戻っていく千人の作業員が立てる騒音に呑《の》み込まれてしまった。

「タンコック、とっととパブへ行って、おまえの仕事仲間がそこにいるかどうか確かめろ」ハスキンズが命じた。「もしいたら、したたかに叱《しか》り飛ばしてやるんだ。あいつのせいで、みんなが時間を無駄にするはめになったんだからな」

「もしいなかったら」私はそのあとにつづけた。「その男の家へ行って、姿を見たかどうか、奥さんに確かめろ」そして、言ったとたんに過《あやま》ちを犯したことに気づいて、急いで付け加えた。「奥さんがいれば、ということだ」

「いますよ」タンコックが応《こた》えた。「おれの妹です」

「それでもあいつの居所がわからなければ、私のところへ戻ってこい」

「そのころには手遅れになっていると思いますがね」タンコックは踵《きびす》を返すと、肩を落として歩き去った。

「用があったら、社長室にいるからな」私はハスキンズに告げて道板を下ると、タンコックが戻ってこないことを願いながら、車でバリントン・ハウスへ引き上げた。

机に向かっても、ミス・ポッツがサインしてほしいと置いていった手紙に集中できなかった。船体を叩く音が、いまも頭のなかで聞こえつづけていた。いつまでも耳について離れず、眠ることもできないぐらい頭のなかで繰り返される、聞き慣れた音楽のようだった。明日の朝になってクリフトンが仕事にこなければ、その音が消えることは決してないように思われた。

一時間がたつころには、私は楽観しはじめていた。タンコックは例の仕事仲間を見つけて、いまごろは馬鹿《ばか》な騒ぎを起こしてしまったと後悔しているのではないか。

滅多にないことに、ミス・ポッツは先に退勤していた。私も帰宅しようと机の最上段の引き出しに鍵《かぎ》をかけているとき、階段を駆け上がってくる足音が聞こえた。可能性があるのは一人だけだった。

顔を上げると、二度と見ないですませたかった男が、鬱屈《うっくつ》した激しい怒りを目に宿して入口に現われた。

「あんたが親友を殺したんだぞ、馬鹿野郎」タンコックが拳《こぶし》を振りながら怒鳴った。「その手であいつを殺したも同然だ！」

「落ち着け、タンコック、オールド・チャップ」私は宥《なだ》めた。「われわれが知る限りでは、クリフトンはまだ死んだと決まったわけではないだろう」

「いや、あいつは墓場へ行ってしまったよ。あんたが融通を利《き》かせず、あのろくでもない仕事の期日を頑固に守ろうとしたばっかりにな。だけど、本当のことがわかったら、あの船に乗る者なんか一人もいなくなるんだぞ」

「造船作業中の死亡事故は日常茶飯事だ」われながら下手な弁明だった。

タンコックが一歩足を踏み出した。殴られるのではないかと覚悟したが、彼はそこに両足を踏ん張って立ったまま、拳を固めて私を睨みつけていた。「この経緯をおれが警察に話したら、自分が一言命じればあいつの命を救えたことをあんたは認めなくちゃならないだろう。だけど、あんたは自分が儲《もう》けることしか頭になかったんだよな? だとしたら、そんなあんたのために二度とこの港で働くやつなんか一人もいないように、このおれが絶対にしてやろうじゃないか」

警察沙汰《ざた》になったら、ブリストルの半分はクリフトンがまだ船内に閉じ込められていると信じるだろうし、労働組合はその部分を焼き切って開けろと要求するに決まっている。そんなことをしたら、そこで何が発見されるかは疑う余地がない。

私はゆっくりと椅子《いす》から立ち上がり、部屋の奥の金庫の前へ行った。ダイヤルを回して組合せ番号を合わせ、鍵を回して扉を開けると、分厚い白封筒を取り出して机に戻った。そして、銀のレター・オープナーで封を切って、五ポンド紙幣を一枚抜いた。五ポンド紙幣など、生まれてこのかたタンコックが見たことがあるとは思えなかった。それを彼の前の吸い取り紙の上に置き、細い目が見る見る大きくなっていくのを眺めた。

「どうあろうと、おまえの友だちを連れ戻すことはできないんだ」私は最初の一枚の上にもう一枚、五ポンド札を重ねた。タンコックの目は金に釘付《くぎづ》けだった。「いずれにせよ、彼が何日か仕事をサボっているだけという可能性だって、ないとはだれにも言えないだろう。仕事の性質上、そう珍しいことでもないはずだしな」そして、二枚目の上に三枚目の五ポンド札を置いた。「それに、彼が戻ってきたら、仕事仲間がおまえに知らせずにはおかないさ」四枚目を重ね、さらに五枚目を置いた。「おまえだって、警察に嘘《うそ》をついて無駄手間をかけさせたかどで告発されたくはないだろう。何しろ、刑務所行きになってもおかしくないぐらいの重罪だからな」さらに二枚が追加された。「そんなことになったら、もちろん仕事も失うわけだし」タンコックが紙幣から顔を上げて私を見た。その顔にあった怒りは、明らかに恐怖に変わりつつあった。つづいて、三枚が重ねられた。「自分を人殺し呼ばわりしてくれた男を雇いつづける気には、さすがの私だってなれないからな」重ねた五ポンド紙幣の上に最後の二枚を置くと、封筒は空になった。

タンコックが顔をそむけた。私は財布を出し、五ポンド札を一枚と三ポンド十シリングを付け加えた――合計六十八ポンド十シリング。タンコックの目が金へ戻った。「あそこには、もっとある」説得力があるように聞こえてほしいと祈りながら、私は言った。

タンコックはゆっくり机の前までやってくると、私を見ないで金をかき集め、ポケットに押し込んで、一言も発しないまま出ていった。

私は窓のところへ行くと、タンコックが建物を出て、のろのろと港の門のほうへ歩いていくのを見送った。

そのあと、金庫の扉を一杯に開き、なかに入っていたものを床にまき散らしてから、空の封筒を机に置いた。そして、鍵をせずにオフィスをあとにした。建物を出たのは、私が最後だった。

21

「ブレイクモア警部補がお見えです」ミス・ポッツが告げ、脇《わき》へどいて、社長室へ警官を通した。

部屋へ入ってくる警察官を、ヒューゴー・バリントンは注意深く観察した。身長は警察官になるために必要と規定で定められている五フィート九インチぎりぎりというところで、体重は何ポンドか多そうだったが、それでも引き締まって見えた。おそらく平巡査のころに買ったのだろうと思われるレインコートを手にして、もっと最近の、それでも流行遅れの茶色のフェルト帽をかぶっていた。そしてそれが、警部補になってから日が浅いことを示していた。

握手をして腰を下ろすや、ブレイクモアが手帳とペンを上衣《うわぎ》の内ポケットから取り出した。「ご承知のとおり、私はゆうべここで起こったと言われている窃盗事件の調べを行なっています」バリントンは〝言われている〟という言葉が気に入らなかった。「では、金がなくなっていることに最初に気づいたのはいつか、という質問から始めさせてもらってかまいませんか？」

「もちろんだ、警部補」役に立ちたいと聞こえるよう、バリントンは最大限の努力をした。

「私は今朝七時に港に着くと、夜番の作業の進捗《しんちょく》状況を確認するために造船区画へ直行した」

「それは毎朝のことですか？」

「いや、ときどきだ」ヒューゴーは答えたが、なぜそんなことを訊《き》かれるのかがわからなかった。

「そこにはどのぐらいおられましたか？」

「二十分か、もしかすると三十分というところかな。そのあと、ここへ向かった」

「では、七時二十分、遅くとも三十分ごろには、ここに入られたわけですね？」

「そうだな、そんなところだろう」

「そのときには、秘書はもう出勤していましたか？」

「ここにいた。彼女が私より遅く出勤することはまずない。実に優秀な女性だ」ヒューゴーは笑みを浮かべて付け加えた。

「確かにそのようですな」警部補が相槌《あいづち》を打った。「では、金庫が破られているのをあなたに知らせたのはミス・ポッツだったんでしょうか」

「そうだ。今朝、出勤してきたら、金庫の扉が開いていて、なかに入っていたものが床に散らばっていたので、すぐさま警察に通報したとのことだった」

「まずあなたに知らせたのではない？」

「ああ。その時間、私は出勤途中の車のなかにいたからな」

「今朝は秘書があなたより早くここにきたと言われましたが、ゆうべはどうだったんでしょう？　退勤したのは秘書よりあなたのほうが先ですか？」

「それが記憶にないんだ」ヒューゴーは言った。「しかし、私が彼女より遅くここを出ることは滅多にないからな」

「そのようですね。それについては、ミス・ポッツからも確認が取れています」警部補が認めた。「しかし、彼女はこうも言っているんです――」そして、手帳に目を走らせた。「――『ゆうべは、ミスター・バリントンが対応する必要のある問題が生じたために、わたしのほうが先に退勤しました』」ブレイクモアが顔を上げた。「その問題がどういうものだったのか、教えてもらえますか？」

「このぐらいの規模の会社を経営していれば」ヒューゴーは言った。「問題が起こるのはしょっちゅうだよ」

「では、ゆうべ起こった問題をはっきり憶《おぼ》えておられない？」

「そういうことだ、警部補、憶えていないんだ」

「今朝、このオフィスへ着いて、金庫の扉が開いているのを見たとき、最初に何をしましたか？」

「何がなくなっているかを確かめた」

「それで、何がなくなっていましたか？」

「現金を全部持っていかれていた」

「全部持っていかれたと断言できる理由は何でしょう」

「私の机の上に、封を切ったこの封筒があったからだ」ヒューゴーはその封筒を手渡した。

「この封筒には、いくら入っていたんですか？」

「六十八ポンド十シリングだ」

「ずいぶん自信がありそうですね」

「あるとも」ヒューゴーは応《こた》えた。「どうしてそんなに驚くんだ？」

「金庫には全部五ポンド紙幣で六十ポンドしか入っていなかったとミス・ポッツに聞いたところですが、それならミスター・バリントン、八ポンド十シリングはどこから出てきたんでしょう」

ヒューゴーはすぐには答えず、ややあってようやく言った。「ときどき、机の引き出しに小銭を入れているときがあるんだよ、警部補」

「〝小銭〟と言うには少し金額が大き過ぎると思いますが、まあ、それはいいでしょう。とりあえず話を金庫に戻させてください。今朝、あなたがこのオフィスへ入ったとき、最初に気づいたのは、金庫の扉が開いていることだったんですね」

「そのとおりだ、警部補」

「金庫の鍵《かぎ》は持っておられますか？」

「もちろん」

「組合せ番号を知っていて、鍵を持っているのは、あなた一人ですか？」

「いや、ミス・ポッツも金庫を開け閉めできる」

「ゆうべ、退勤されるとき、金庫には確かに鍵がかかっていましたか？　絶対にそうだと断言できますか？」

「鍵は常にかかっている」

「では、この事件は玄人《くろうと》の犯行だと考えざるを得ませんね」

「そう考える理由は何だね、警部補」ヒューゴーは訊いた。

「しかし、犯人が玄人だとすると」ブレイクモアが質問を無視してつづけた。「どうして金庫の扉を開けたままにしておいたんでしょうね。そこがわからないんですよ」

「何が言いたいんだ？」

「説明しましょう。玄人というのは、現場を犯行前の状態にそっくりそのまま戻そうとするものなんです。そうすれば、すぐには犯行がばれないし、盗品を処分する時間も稼げるというわけです」

「時間を稼げる」ヒューゴーは繰り返した。

「玄人なら金庫の扉を閉め、封筒も持ち去って、何かがなくなっていることをあなたが知るまでに、より多くの時間を稼ごうとするはずなんです。私の経験では、何日も、あるいは何週間も金庫を開けない人がいるんですよ。こんなふうにあなたの執務室《オフィス》を散らかしたままにしておくのは素人《しろうと》だけです」

「では、犯人は素人なんじゃないのか？」

「それなら、どうやって金庫の扉を開けたんでしょう」

「ミス・ポッツの鍵を何らかの方法で手に入れたとか？」

「組合せ番号もですか？　しかし、ミス・ポッツは金庫の鍵は毎晩自宅へ持ち帰ると断言してくれましたし、それはあなたも同じですよね」ヒューゴーは応えなかった。「金庫のなかを見せてもらってもかまいませんか？」

「ああ、もちろんだ」

「あれは何ですか？」ブレイクモアが金庫の最下段の棚に置いてあるブリキの箱を指さした。

「コインのコレクションだよ、警部補、私の趣味なんだ」

「すみませんが、あの箱を開けてもらえませんか？」

「そこまでする必要が本当にあるのか？」ヒューゴーは苛立《いらだ》ちを抑えられなかった。

てやった。

「申し訳ありませんが、お願いします」

ヒューゴーは仕方なしに箱を開けると、長年にわたって収集し、貯《た》めてきた金貨を見せてやった。

「さて、これでもう一つ、腑《ふ》に落ちないことが出てきました」ブレイクモアが言った。

「われらが盗人《ぬすっと》は、金庫から六十ポンド、机の引き出しから八ポンド十シリングを失敬しているにもかかわらず、それ以上のかなりの価値があるに違いない金貨の入った箱には手をつけていません。それに、封筒の問題があります」

「封筒?」ヒューゴーは訝《いぶか》った。

「そうです、金が入っていたとあなたがおっしゃっている封筒です」

「しかし、私は今朝、机の上でそれを見つけたんだぞ」

「それを疑っているわけではありません。しかし、よく見てください、あまりにきちんと、丁寧に開封されていると思われませんか?」

「たぶん、私のレター・オープナーを使ったんじゃないのか?」ヒューゴーは勝ち誇ってそれを持ち上げて見せた。

「もちろん、その可能性は否定できません。しかし、またもや私の経験では、盗人というのは封筒を破って開ける傾向があるんですよ。なかに何が入っているかあらかじめわかっているかのように、レター・オープナーを使ってきれいに開封したりはしないんです」

「だが、ミス・ポッツから聞いたところでは、きみはもう犯人を見つけたんだろう」ヒューゴーは苛立ちが声に出ないよう努力しなくてはならなかった。

「いや、まだです。金は見つけましたが、犯人を見つけたとは、まだ完全には確信していません」

「しかし、その金はそいつが持っていたんじゃないのか？」

「それはそのとおりです」

「では、それ以上何が必要なんだ」

「その男が真犯人であるという、確かな証拠です」

「きみが告発したその男というのは、だれなんだ？」

「告発したとは、私は言っていませんよ」ブレイクモアが手帳を一ページめくった。「スタンレー・タンコックなる男ですが、彼はあなたのところの港湾労働者だと判明しています。この名前に心当たりはありませんか」

「あるとは言えないな」ヒューゴーは答えた。「だが、その男がこの造船所で働いているのなら、社長室の場所は間違いなく知っているはずだ」

「社長室の場所をタンコックが知っていることについては、私も疑いを持っていません。なぜなら、昨日の夕刻の七時ごろ、あなたに会いにここへきて、自分の義理の弟のアーサー・クリフトンなる人物が造船所で建造中の船底に閉じ込められてしまい、救出命令を出してくれなければ死んでしまうと訴えたと、タンコック本人が言っているからです」

「ああ、そうだった。いま、思い出した。昨日の午後、私は造船所へ行ったが――それは親方のハスキンズが裏付けてくれるはずだ――、それが誤った知らせで、みんなの時間が無駄になっただけだとわかった。あいつがここへきてそんなことを言ったのは、金庫の在《あり》処《か》を知りたかっただけに決まっている。そして、それがわかったから、あとで戻ってきて、私の金を盗んだんだ」

「もう一度ここへ戻ってきたことは、タンコックも認めています」ブレイクモアがさらに一ページ、手帳をめくった。「そのときに、クリフトンの件を口外しないという条件で、あなたが六十八ポンド十シリングを渡してくれたとも主張しているんですよ」

「馬鹿馬鹿《ばかばか》しい。そんな度外れた提案をする者がこの世界にいるとは思えないがな」

「では、別の視点から見てみましょうか。とりあえず、こう仮定しましょう。タンコックはゆうべの七時から七時半のあいだに、あなたの金を盗む意図を持って、ここへ戻ってきた。そして、何らかの方法で、だれにも気づかれずに六階へ上がり、この社長室へたどり着いて、組合せ番号を合わせ、あなた、または、ミス・ポッツの鍵で金庫を開けて封筒を取り出し、丁寧に開封して、金を抜き取った。が、金貨の入っている箱には見向きもしなかった。金庫の扉を開けたままにし、なかにあったものを床にまき散らし、丁寧に封を切った封筒をあなたの机に置いて、紅はこべ（一九〇五年にロンドンで出版された、バロネス・オルツイ作の小説の主人公）のように跡形もなく消えてしまった」

「必ずしも午後七時から七時半のあいだである必要はあるまい」ヒューゴーは挑戦的に言った。「今朝の八時までなら、いつだってよかったはずだ」

「いや、私はそうは考えていません」ブレイクモアが否定した。「いいですか、ゆうべの八時から十一時まで、タンコックにはアリバイがあるんです」

「そのいわゆる〝アリバイ〟とやらは、きっとあいつの友《メイト》だちなんだろう」ヒューゴーは言った。

「そのアリバイは、最後には三十一人になりましたよ」ブレイクモアが応えた。「あなたの金を盗んだあと、タンコックは八時ごろに〈ピッグ・アンド・ホイッスル〉というパブに現われ、そのときに飲んだ分だけでなく、滞っていた払いもきれいに精算しています。その払いに使われたのが五ポンドの新券で、いま、私の財布に入っていますがね」

警部補は財布を出すと、その五ポンド札を抜き取り、ヒューゴーの机に置いた。

「パブの店主がさらに話してくれたところによれば、タンコックがそこを出たのが十一時ごろで、あまりに酔っていたために、仲間が二人、彼をスティル・ハウス・レーンの家まで送っていったそうです。私たちが踏み込んだとき、彼はそこにいました。私としては名誉にかけて言わなくてはなりませんが、あなたの金を盗んだのがタンコックであれば、われわれは犯罪の天才ともいうべき男を手中にしたことになるわけで、私自身はそういう男を刑務所送りにした刑事として鼻を高くできるでしょうね。あなたはまさにそれを、つまり、タンコックを刑務所送りにすることを目論《もくろ》んでいたんじゃありませんか？」そして、ブレイクモアは付け加えた。「彼に金をくれてやったときにね？」

「私がそんなことをすると考える根拠は、いったい何なんだ？」ヒューゴーは声を平静に保とうとしながら、質問に質問で返した。

「スタンレー・タンコックが逮捕されて刑務所に入ったら、アーサー・クリフトンについての彼の話に本気で耳を貸す者なんかいなくなるからですよ。ちなみに、昨日の午後以降、アーサー・クリフトンの姿はだれにも見られていません。私としては、即刻船体を開くよう、上司に具申するつもりです。そうすれば、タンコックの訴えが嘘《うそ》だったかどうか、彼がみんなの時間を無駄にしただけなのかどうか、はっきりするでしょう」

ヒューゴー・バリントンは鏡を覗《のぞ》き、ボウ・タイをまっすぐに直した。アーサー・クリフトンの件も、ブレイクモア警部補が訪ねてきたことも、父親には黙っていた。あの年寄りには、できるだけ何も知らせないほうがいい。社長室で盗難があり、港湾労働者が一人逮捕されたと、それだけ教えれば十分だ。

ヒューゴーはディナー・ジャケットを着ると、ベッドの端に腰掛けて妻の準備が終わるのを待った。遅刻は大嫌いだったが、急いでくれとどんなに頼んでも、エリザベスには効果がないとわかっていた。ジャイルズと妹のエマの様子は、もう見にいっていた。二人とも、ぐっすり眠っていた。

ヒューゴーは息子が二人欲しかった。跡継ぎと、跡継ぎに万一のことがあった場合の控えとしてである。そのためには、エマではだめで、男の子をもう一人もうけるべく、さらなる努力をしなくてはならなかった。ヒューゴーの父親は次男で、兄はボーア戦争のとき、南アフリカで戦死していた。ヒューゴーの兄も、イープルで、連隊の半数とともに命を落としていた。というわけで、ヒューゴーはいずれ会長として父のあとを襲い、父が世を去れば、肩書きと一族の富を引き継げるはずだった。

男の子をもう一人持つためには、エリザベスと改めて努力をしなくてはならなかったが、ヒューゴーにとって、妻とのセックスはもはや喜びではなくなっていた。事実、そんなときがあったことすら記憶になく、最近では別のところでの気晴らしを求めていた。

「あなたたちの結婚は天がお決めになられたのよ」というのが、ヒューゴーの母の口癖だったが、父親のほうはもっと現実的で、自分の長男とハーヴェイ卿《きょう》の一人娘を一緒にさせるのは、結婚よりも合併の色合いが強かった。その長男――ヒューゴーにとっての兄――が西部戦線で戦死したとき、彼の婚約者はヒューゴーに引き継がれることになった。それはもはや合併ではなく、乗っ取りだった。エリザベスは処女だったが、ヒューゴーは驚かなかった。実を言うと、彼にとっては二人目の処女だった。

待たせたことをいつものように詫《わ》びながら、ようやくエリザベスがドレッシング・ルームから出てきた。マナー・ハウスからバリントン・ホールまでは二マイルしかなく、その二つの屋敷のあいだの土地はすべてバリントン一族のものだった。ヒューゴーとエリザベスが両親の客間に入ったのは八時を何分か過ぎたころで、先に着いていたハーヴェイ卿は二杯目のシェリーを手にしていた。ヒューゴーは室内を一瞥《いちべつ》して、ほかの客をあらためた。知らない顔は一組の男女だけだった。

ヒューゴーの父がすぐにその男のところへ息子を連れていき、ダンヴァーズ大佐だと紹介した。最近着任した、州警察本部長だった。ヒューゴーは今朝のブレイクモア警部補の事情聴取をダンヴァーズに黙っていることにし、ディナーの席に着く直前に父親を隅のほうへ連れていって、社長室での盗難についての最新情報を伝えたが、アーサー・クリフトンの名前は口にしなかった。

猟で捕らえた鳥のスープ、肉汁たっぷりのラム、青々とした莢隠元《さやいんげん》、そして、クレム・ブリュレとつづいたディナーのあいだ、話題は皇太子《プリンス・オヴ・ウエールズ》のカーディフ訪問と、そこでの炭鉱労働者に同情する、無用もいいところの発言から、この前のロイド・ジョージ首相が決めた輸入税と、それが海運業界に対して及ぼすであろう影響、さらには、オールド・ヴィク・シアターで上演され、賛否さまざまな批評がなされたバーナード・ショウの「傷心の家」へと伸びていって、ふたたびプリンス・オヴ・ウェールズと、いかにして彼にふさわしい妻を見つけるかという難題へ戻っていった。

デザートが終わって使用人がテーブルを片づけると、女性陣は客間へ移ってコーヒーを楽しみ、男たちには執事がブランディかポート・ワインを勧めた。

「あなたが輸入するものを、私が船で運ぶわけだ」サー・ウォルターがハーヴェイ卿にグラスを挙げた。テーブルを回っている執事が、今度は客に葉巻を勧めていた。ハーヴェイ卿は〈ロメオ・イ・フリエタ〉を点《つ》け、その葉巻に満足すると、義理の息子であるヒューゴーを見て言った。「父上から聞いたが、悪党《ブライター》がきみの執務室へ押し入って、大金を盗んでいったそうだな」

「そうなんです」ヒューゴーは認めた。「ですが、ありがたいことに、犯人は捕まりました。それが私のところの港湾労働者だったのは残念ですが」

「そうなのか、ダンヴァーズ？」サー・ウォルターが訊いた。「犯人は捕まったのか？」

「その件については聞いていますが」州警察本部長が応えた。「だれであれ告発されたという報告は、まだ私のところに届いていません」

「なぜだ？」ハーヴェイ卿が訊いた。

「金は私からもらったものだと、その男が言っているからです」ヒューゴーは割って入った。「実は今朝、警部補に事情聴取されたときには、私とその男のどっちが加害者で、どっちが被害者かわからなくなりはじめたぐらいです」

「そんな気分にさせてしまったとは、申し訳ないことをしました」ダンヴァーズ大佐が謝った。「その捜査を担当している刑事の名前を教えていただけますか?」

「ブレイクモア警部補です」と答えて、ヒューゴーは付け加えた。「私の印象では、彼はわが一族に悪意を持っているようでしたね」

「私たちと同様、あなたのところも多くの人間を雇っているわけだが」サー・ウォルターがグラスをテーブルに戻した。「このぐらいの規模になると、見当違いの悪意を持っている輩《やから》がいたとしても驚くには当たらんよ」

「これは認めざるを得ないのですが」ダンヴァーズが言った。「ブレイクモアは気配りのできる刑事として知られているわけではありません。しかし、それについては私のほうで調べてみて、もし彼に行き過ぎがあると思ったらこの件の担当から外し、ほかの刑事にやらせましょう」

22

学生時代は人生で最も幸福なときであると劇作家のR・C・シェリフは言っているが、ヒューゴーの経験ではそうではなかった。しかし、サー・ウォルターが〝要領がいい〟と評する、息子のジャイルズはそのはずだった。

二十四年も前のことなのに、学校の初日に何があったかを、ヒューゴーは忘れようとしても忘れられなかった。あの日、彼はハンサム・キャブをセント・ビーズ校の正門へ乗りつけた。父と母と、そして、スクール・キャプテンに指名されたばかりの兄のニコラスが一緒だった。「きみのおじいさんは港湾労働者だったというのは本当なのか？」ともう一人の新入り《ニュー・バグ》に無邪気に訊《き》かれて、ヒューゴーは泣き出してしまった。サー・ウォルターは自分の父親が〝独力で成り上がった〟ことを誇りにしていたが、八歳の子供にとっては第一印象がすべてで、はやし立てる声が寄宿舎に響いた。「じいさんは港湾労働者！　じいさんは港湾労働者！　おまえは泣き虫の赤ん坊！　おまえは泣き虫の赤ん坊！」

今日、息子のジャイルズはサー・ウォルター・バリントンのロールス－ロイスでセント・ビーズ校へ向かうことになっていた。ヒューゴーは自分の息子は自分の車で送ってやりたかったが、父が聞く耳を持つはずがなかった。「バリントン家が三代つづいてセント・ビーズ校とイートン校で教育を受けるんだ。それにふさわしいやり方でなくてはだめだ」

ジャイルズはまだイートン校から入学を許されたわけではないし、それどころか、どの学校で教育を受けるかを自分自身で決める可能性もあるのだとは、ヒューゴーは指摘しなかった。「そんなことはとんでもない」父が言うのが聞こえるようだった。「理想には反逆が附随しがちだ。そして、反逆《ヘヴン・フォービッド》は鎮圧されなくてはならない」

家を出発してから一時間というもの、母親のエリザベスはずっと一人息子の世話を焼きつづけていたが、ジャイルズは最初からひと言も口をきこうとしなかった。エマは自分が一緒に行けないとわかってめそめそと泣き出し、グレイス——もう一人の娘で、ヒューゴーは二人目の男の子を持つ努力をすでに放棄していた——は子守り女《ナニー》の手を握って石段の上に立って、動き出したロールス－ロイスに向かってもう一方の手を振った。

田舎の小径《こみち》をゆっくりと縫って町を目指す車のなかで、ヒューゴーは一族の女系化よりも気掛かりなことがあった。おれは初めてハリー・クリフトンを見ることになるのだろうか？　もう一人欲しかったにもかかわらず持つことのできなかったもう一人の息子だと、密《ひそ》かに認めることになるのだろうか？　それとも、一目見た瞬間に、血がつながっていることはあり得ないと疑いの余地なくわかるのだろうか？

　クリフトンの母親に出くわすことだけは、何としても避けなくてはならない。しかし、ヒューゴーは訝《いぶか》った。そもそも彼女を見分けられるだろうか？　彼女がロイヤル・ホテルの〈パーム・コート〉でウェイトレスをしていると最近になってわかり、それまでは町で仕事の打ち合わせをするときには頻繁にそこを使っていたが、これからは、夜、たまに行くぐらいにしなくてはならないだろうし、それも、彼女が昼番の仕事を終えて退勤していると確認できたときに限られる。

　メイジーの兄のスタン・タンコックは、三年の刑期の半分をつとめただけで出所していた。ブレイクモア警部補がどうなったか、ヒューゴーはまったく知らなかったが、父親のディナー・パーティ以降、姿を現わすことはなかった。タンコックの裁判で証言したのは若い巡査部長で、だれが加害者かを疑っている様子はまったくなかった。

　タンコックが何事もなく刑務所に送られるや、アーサー・クリフトンがどうなったかという憶測の類《たぐ》いはあっという間に聞こえなくなった。あの男は死がありふれている業界で、もう一つの数字になっただけだった。しかし、半年後にハーヴェイ卿《きょう》が〈メイプル・リーフ〉を進水させたとき、この船には〈海の墓場《デイヴィ・ジョーンズ・ロッカー》〉という名のほうがふさわしいはずだとヒューゴーは思わずにはいられなかった。

　最終的な数字が重役会議で公表されたとき、そこに現われたのは、このプロジェクトが一万三千七百十二ポンドの損失を生じさせて終わったという事実だった。将来においても造船契約の入札に参加しつづけるべきだとは、さすがにヒューゴーも提案しなかったし、サー・ウォルターは二度とその問題を取り上げようとしなかった。会社は元々の事業の海運業に戻り、この数年というもの、順調に業績を伸ばしていた。

スタンが地元の刑務所へ送られたあと、ヒューゴーはあの男のことを聞くのもこれが最後だろうと考えた。しかし、彼が出所する直前、ブリストル刑務所の副所長からミス・ポッツに電話があり、ヒューゴーに会いたいと頼んできた。その頼みに応じると、副所長はタンコックを昔の仕事に戻してやってほしいと懇願した。それが叶《かな》わなければ、彼が職に就ける望みはほとんどないのだ、と。ヒューゴーは話のその部分——職に就ける望みがない——を聞いたとき、最初は内心で小躍りしたが、そのあとしばらくして、考えを変えた。そして、港湾労働者の親方のフィル・ハスキンズを刑務所へ派遣し、タンコックと面会させて、条件を呑《の》めば仕事に復帰させてやってもいいと提案した。その条件とは、アーサー・クリフトンの名前を二度と口にしない、もし口にしたら、被雇用者に関する書類を一切合財受け取って、別の場所で仕事を探すことになる、というものだった。タンコックはありがたくその条件を呑み、いまも、確かにそれを遵守《じゅんしゅ》しつづけていた。

ロールス-ロイスがセント・ビーズ校の正門の前で止まり、運転手が飛び降りて後部ドアを開けた。いくつかの目が彼らのほうへ向けられたが、そこには賞賛の眼差《まなざ》しと羨望《せんぼう》の眼差しの両方があった。

　ジャイルズは注目されるのを明らかに嫌がっていて、運転手はもとより、両親さえも無視して、足早にその場を離れた。母親があとを追い、腰を屈《かが》めて靴下を引っ張り上げてやり、そのあとで、最後の爪《つめ》の検査をした。その間《かん》、ヒューゴーは大勢の子供たちの顔を観察しながら、いままで一度も見たことのない人間を見分けられるものだろうかと思案していた。

　そのとき、一人の少年が坂を上ってくるのが見えた。父親も母親も付き添っていなかった。少年の向こうに、彼を見送っている女性がいた。忘れようにも忘れられない顔だった。ヒューゴーも彼女も、セント・ビーズ校の初日に登校してくるヒューゴーの息子は一人なのか、それとも二人だろうかと思いを巡らせているに違いなかった。

　ジャイルズが水痘《すいとう》に罹《かか》り、学校の病棟《サナトリウム》で数日を過ごさなくてはならなくなったとき、ヒューゴーはハリー・クリフトンが自分の息子でないと証明するチャンスかもしれないと考えた。サナトリウムにいる息子に面会に行くことを、エリザベスに教えるつもりはなかった。一見どうということもないように思える質問を女性看護師長《マトロン》にするときに、そこにいてほしくなかったのだ。

　ヒューゴーは午前中の郵便物の処理を終えると、ちょっと息子に会いにセント・ビーズ校へ行ってくるが、戻ってくるまでに少なくとも二時間はかかるはずだとミス・ポッツに伝え、自分で運転する車を町へ走らせて、フロビッシャー・ハウスの前で止めた。サナトリウムの場所は忘れようがなかった。自分がセント・ビーズにいたとき、定期的に訪れなくてはならなかったからだ。

勢いよく病室に入っていくと、ジャイルズはベッドに坐《すわ》って熱を測ってもらっていた。父親を見たとたんに、息子の顔が輝いた。

ベッドの脇《わき》に立っている看護師長が患者から体温計を受け取り、水銀柱の目盛りを見て宣言した。「三十七度まで下がったわね。月曜の朝の一時間目には出席できると思うわよ」そして、体温計を振った。「わたしはこれで失礼します、ミスター・バリントン。息子さんと二人だけにして差し上げましょう」

「ありがとう」ヒューゴーは応《こた》えた。「帰る前に、ちょっとあなたと話をさせてもらってもよろしいかな?」

「もちろんです、ミスター・バリントン。看護師長室にいますから、声をかけてください」

「そうひどくもなさそうじゃないか、ジャイルズ」看護師長が病室を出ていくや、ヒューゴーは言った。

「全然元気だよ、お父さん。実を言うと、土曜の午前中には退院させてもらえないかと思っているんだ。そうすれば、サッカーができるからね」

「帰るときに、看護師長に伝えておこう」

「ありがとう、お父さん」

「ところで、勉強のほうはどうなんだ？」

「悪くないよ」ジャイルズが答えた。「だけど、その理由はたった一つなんだ。クラスでいちばん勉強のできる二人と、学習室が同じなんだよ」

「その二人とは、だれとだれなんだ？」ヒューゴーは訊いたが、返ってくる答えが怖かった。

「一人はディーキンズだよ。あいつは学年でも一番で、実は、ほかのやつらはあいつと話もしないんだ。ガリ勉《スウォット》だと思ってるんだよ。でも、ぼくのいちばんの親友はハリー・クリフトンなんだ。ディーキンズほどじゃないけど、あいつもすごく頭がいいんだよ。聖歌隊で歌っているところを、たぶんお父さんも聴いているんじゃないのかな。きっと、あいつを気に入ると思うよ」

「だが、クリフトンは港湾労働者の息子じゃないのか？」ヒューゴーは言った。

「そうだよ。そして、おじいさんと同じで、あいつはそのことを隠していないんだ。でも、お父さんはどうしてそのことを知っているの？」

「クリフトンは昔、うちの会社で働いていたはずだ」ヒューゴーは口にしたとたんに後悔した。

「それはお父さんの前の時代の話でしょう」ジャイルズが言った。「だって、あいつのお父さんはこの前の戦争で戦死しているんだから」

「だれに聞いたんだ?」

「ハリーのお母さんだよ。ロイヤル・ホテルでウェイトレスをしていて、ぼくたち、あいつの誕生日にそこへお茶を飲みに行ったんだ」

クリフトンの誕生日はいつなのかと本来なら訊くところだが、藪蛇《やぶへび》になるのが怖かった。それで、その質問を思いとどまって、こう言った。「お母さんから、愛していると伝えてくれと頼まれた。今週中に、エマと一緒に見舞いにくるんじゃないかな」

「うわ、それだけは勘弁《ヤック》してもらいたいな」ジャイルズが悪態をついた。「水疱だけでもうんざりなのに、そこに恐るべき妹のエマが加わるなんて最悪だ」

「そこまで嫌わなくてもいいだろう」ヒューゴーは笑った。

「いや、やっぱり最悪だよ」ジャイルズは引き下がらなかった。「それに、グレイスだって似たような妹になりそうだしね。休暇はあの二人も一緒でなくちゃだめなのかな、お父さん?」

「当たり前だ。一緒に過ごすに決まっているだろう」

「実は考えていたんだけど、この夏はハリーもトスカナへ連れていけないかな。あいつ、外国へ行ったことがないんだよ」

「それはできない相談だ」ヒューゴーが拒絶した。少し強すぎる口調だった。「休暇は厳密に家族だけのもの。知らない人間を加えるわけにはいかない」

「でも、あいつは知らない人間じゃないよ」ジャイルズが抵抗した。「ぼくの親友なんだから」

「だめなものはだめだ」ヒューゴーは重ねて拒否した。「その話はこれで終わりだ」息子の顔に失望が浮かぶのを見て、父親はすぐさま話題を変えた。「ところで、誕生日には何がほしいんだ、息子よ？」

「最新型のラジオがいいな」即座に返事が返ってきた。「〈ロバーツ・リライアブル〉ってやつだよ」

「学校にラジオを持ち込んでもいいのか？」

「うん」ジャイルズが認めた。「ただし、週末しか聴いちゃいけないんだけどね。消灯後や平日に聴いているのがばれたら没収されるんだ」

「手に入るかどうか、やってみよう。誕生日には帰ってくるんだろうな？」

「帰るけど、お茶だけだよ。予習の時間には学校にいなくちゃならないからね」

「そういうことなら、私もおまえがいるあいだに、ちょっと家《うち》に寄ることにしよう」ヒューゴーは言った。「さて、そろそろ帰るぞ。看護師長と話もあるしな」

「土曜の午前中に退院できるかどうか、忘れないで訊いてよね」本来の目的を実行するために病室を出ようとする父親に、息子が念を押した。

「息子さんのお見舞いにきてくださって、本当に喜んでいるんですよ、ミスター・バリントン。おかげで、彼もますます元気になるでしょう」オフィスへやってきたヒューゴーを見て、看護師長が言った。「でも、ご覧になったとおり、もうほぼ完全に回復しているんですけどね」

「そうですね。あいつも土曜の午前中には退院させてもらいたいと考えているようですよ。サッカーの試合に出られるようにね」

「たぶん大丈夫だと思います」看護師長が応えた。「ところで、それ以外に何か話があるとおっしゃいましたよね?」

「実はそうなんです。あなたも知ってのとおり、看護師長、ジャイルズは色覚障碍なんです。あの子にとって、それが何らかの困難の原因になるかどうかを教えてもらいたいというだけなんですがね」

「わたしの知る限りでは、その心配はありません」看護師長が答えた。「万一あるとしても、彼が緑のフィールドの上で白い境界線まで赤いボールをかっ飛ばす邪魔にはならないでしょう」

ヒューゴーは笑い声を上げたあと、周到に準備してきた次の作戦を実行に移した。「私もセント・ビーズにいたんだが、そのとき、よくからかわれたんです。たった一人の色覚障碍だったせいでね」

「断言しますが」看護師長が言った。「ジャイルズをからかう者は一人もいませんよ。それに、いずれにせよ、彼の親友も色覚障碍ですから」

　ヒューゴーは社長室へ戻る車のハンドルを握りながら、状況が手に負えなくなる前に何とか手を打たなくてはならないと考え、もう一度ダンヴァーズ大佐に相談してみることにした。

　机につくや、面会も電話も取り継がないようミス・ポッツに命じ、彼女がドアを閉めて出ていくのを待ってから受話器を上げた。数分後、州警察本部長の声が返ってきた。

「ヒューゴー・バリントンです、大佐」

「元気ですか?」

「おかげさまで。ところで、内々に助言をもらえないかと思って電話をしたんですが」

「何なりと、オールド・フェロウ」

「警備部門の責任者を新しくしたいので、人を探しているところなんです。あなたなら、どこに当たればいいか、知っておられるのではないかと思いましてね」

「実はその条件をぴったり満たすと思われる人物がいるんですが、まだ手が空いているかどうか。とにかく、それを確認して、折り返し電話を差し上げましょう」

警察本部長は言葉を違《たが》えることなく、翌朝すぐに電話をしてきた。「私の頭にあった人物ですが、いまはパートタイムの仕事をしているけれども、いずれはもっと長い期間勤められる職を探しているとのことでした」

「どういう人物か、詳しく教えてもらえますか？」ヒューゴーは訊いた。

「警察でもっと高いレヴェルの仕事をするための訓練を受けていたんですが、犯人を逮捕するためにミッドランド銀行へ突入したときに重傷を負い、退職を余儀なくされました。その事件は、たぶん憶《おぼ》えておられるはずです。何しろ、全国版のニュースになったぐらいですからね。私見では、警備部門を率いるには理想の候補者ですし、率直に申し上げると、彼を手に入れられるのは幸運です。いまもまだ関心がおありなら、詳細をお送りしましょうか」


ヒューゴーは自宅からデレク・ミッチェルに電話をした。何を企《たくら》んでいるかをミス・ポッツに知られたくなかった。そして、月曜の午後六時にロイヤル・ホテルで会うことにした。その時間ならミセス・クリフトンはすでに退勤しているし、〈パーム・コート〉も人の目が少なくなっているはずだった。

ヒューゴーは約束の時間より何分か早く着いて、普段なら見向きもしない一番奥の、柱の陰になっているテーブルへ直行して腰を下ろした。そこならミッチェルと会っているところを見られたり、話を聞かれたりする恐れはないと思われた。待っているあいだに、まったく見も知らない男を信用できるかどうかの解答を得るために必要な想定問答を、頭のなかで何度も反芻《はんすう》した。

五時五十七分、軍人を思わせる、長身でがっしりした体格の男が、回転ドアを押してホテルへ入ってきた。ダーク・ネイヴィのブレザー、グレイのフランネルのズボン、短い髪、しっかりと磨き上げられた靴、それを見ただけで、いかに規律を重んじる人物であるかがわかった。

ヒューゴーは立ち上がると、まるでウェイターでも呼ぶかのように手を上げた。ミッチェルはかすかに足を引きずるのを隠そうともせず、ゆっくりと部屋を突っ切っていた。ダンヴァーズによれば、その足の負傷のせいで、傷病警察官として免役になったのだった。以前、ブレイクモア警部補と一対一で対峙《たいじ》したときの記憶がよみがえったが、今回は自分が質問をする側だった。

「どうも」

「どうも」ヒューゴーは応じ、ミッチェルと握手をした。そして、腰を下ろした相手を細かく観察した——潰《つぶ》れた鼻、カリフラワーのようになった耳。ふたたびダンヴァーズのメモが思い出された——ミッチェルは昔、ブリストルのラグビー・チームで二列《ロック》としてプレイしていたのだった。

「最初に言っておきたいんだが、ミッチェル」ヒューゴーは時間を無駄にせずに切り出した。「これからのきみとの話し合いは、極秘の性質のものだ。だから、一切他言は無用だと肝に銘じてもらわなくてはならない」ミッチェルがうなずいた。「実際、どうしても秘密にしておかなくてはならないから、きみと会わなくてはならない本当の理由はダンヴァーズ大佐にも明らかにしていない。実を言うと、警備活動を率いる人材を探しているわけではないんだ」

ミッチェルは相変わらず表情を表わさないまま、相手の考えを聞こうと待っていた。

「探偵の役目をしてくれる人物を探しているんだよ。その目的はたった一つ、この町に住んでいる女性の行動を、毎月報告してもらうことだ。実は、その女性はこのホテルで働いている」

「承知しました」

「仕事でも、私的なところでも、その女性が何をしているか、どんなに些細《ささい》だと思われることでも、すべてを知りたい。繰り返して言うが、きみが彼女に関心を持っていることを気取られては絶対にならない。だから、その女性の名前を明らかにする前に、きみがそういう任務に耐える能力があるかどうかを聞かせてもらいたい」

「その類《たぐ》いの仕事は決して易《やさ》しくはありません」ミッチェルが言った。「しかし、不可能でもありません。若いころ、巡査部長だったときに囮《おとり》捜査に従事し、とびきりの悪党を捕まえて十六年の刑を宣告させたことがあるんですが、そいつがいまこのホテルに入ってきたとしても、私と気づかれない自信があります」

ヒューゴーは初めて笑みを浮かべた。「具体的な話をする前に、きみがそういう仕事を引き受ける気があるかどうかを確認しておく必要がある」

「それについては、いくつか条件があります」

「たとえば？」

「一つは、これがフル－タイムの仕事かどうかということです。というのは、私はいま、パート－タイムで銀行の夜間警備員をしているんです」

「明日、その銀行に辞表を出してもらおう」ヒューゴーは答えた。「私の仕事に専念してもらいたいからな」

「時間は？」

「きみの好きにしてくれてかまわない」

「報酬は？」

「週給八ポンドを、一カ月分前払いする形でどうだろう。もちろん、経費は別に払う」

ミッチェルがうなずいた。「できれば、現金でもらうほうがいいと思います。そうすれば、何かあった場合でも、あなたのところまで足がつく心配をしなくてすみますからね」

「なるほど、そこまで考えるか」ヒューゴーは感心した。聞いた瞬間に、そうしようと決めていた。

「それから、毎月の報告ですが、文書と口頭と、どちらがいいでしょうか」

「口頭で頼む。紙にするのは極力避けたい」

「では、毎月異なる場所で、異なる曜日に会うことにしましょう。そうすれば、同じ人物と出くわす可能性が低くなります」

「反対する理由はないな」ヒューゴーは応《こた》えた。

「では、いつから始めますか」

「もう三十分前から始まっているよ」ヒューゴーは言い、一枚の紙と、三十二ポンドが入った封筒を内ポケットから取り出してミッチェルに渡した。

ミッチェルはその紙に書いてある名前と住所をしばらく見つめたあとで、新しい雇い主に返した。「あなたの専用電話番号と、いつ、どこへ連絡すればいいかも教えておいてもらう必要があります」

「午後五時から六時のあいだなら、いつでも社長室へ連絡してもらってかまわない」ヒューゴーは言った。「緊急の場合でない限り、自宅へ連絡するのは絶対にやめてくれ」そして、ペンを取り出した。

「電話番号は口頭で教えてもらえば結構です。書いてもらう必要はありません」

23

「ジャイルズさまのお誕生日のお祝いには出席なさいますよね？」ミス・ポッツが確認を求めた。

ヒューゴーは予定表を見た。〝ジャイルズ、十二日、誕生日、マナー・ハウス、午後三時〟と、ページの一番上に大きな文字で記してあった。

「途中でプレゼントを買う余裕があるかな？」

ミス・ポッツが社長室を出ていったと思うと、間もなく、光沢のある赤い包装紙にリボンをかけた、大きな包みを持って戻ってきた。

「何が入っているんだ？」ヒューゴーは訊《き》いた。

「ロバーツ社の最新型のラジオです。先月、社長がサナトリウムにお見舞いにいらしたとき、ジャイルズさまが欲しいとおっしゃっておられたものです」

「ありがとう、ミス・ポッツ」ヒューゴーは時計を見た。「あいつがケーキを切るところを見るんだったら、そろそろ出かけたほうがいいな」

ミス・ポッツが分厚いファイルをヒューゴーのブリーフケースに収め、訊かれる前に答えた。「明朝の重役会議の背景資料です。ジャイルズさまがセント・ビーズへ帰られたあとで、目を通していただけますか。そうすれば、夕方、わざわざここへお戻りになる必要がなくなりますから」

「ありがとう、ミス・ポッツ。何から何まで抜かりがないな」

マナー・ハウスへと車で市内を突っ切っていると、嫌でも気づかざるを得なかったのだが、ハイウェイを走っている車の数が一年前よりはるかに多くなっているように思われた。政府が制限速度を時速三十マイルまで上げて以来、それまでは無頓着《むとんちゃく》に道路を横断していた歩行者も用心するようになっていた。ハンサム・キャブを追い抜いたとき、馬が驚いて棒立ちになった。市議会がついに自動車によるタクシーを認可したいま、馬が引くハンサム・キャブはいつまで生き延びられるだろうか、とヒューゴーは訝《いぶか》った。

市内を抜けると、スピードを上げた。息子のお祝いに遅れたくなかった。それにしても、あいつは成長が早い。もう母親の背丈を超えてしまっている。最終的には、父親であるおれよりも大きくなるのだろうか？

ジャイルズがセント・ビーズを卒業してイートン校に席を得たら、あのクリフトンとの友情もすぐに過去のものになってしまうはずだと、ヒューゴーはほぼ確信していた。もっとも、その前に処理しなくてはならない問題がいくつかあるけれども。

敷地へ入る門をくぐると、車のスピードを落とした。いつもながら、樫《かし》の並木を縫って進むマナー・ハウスまでの長いドライヴは愉《たの》しかった。運転席を出たときには、すでに石段の上に立っていたジェンキンズが玄関のドアを開け、それを押さえたまま報告した。

「ミセス・バリントンは客間にいらっしゃいます。ジャイルズさまと、学校のお友だち二人もご一緒です」

玄関ホールに入ると、エマが階段を駆け下りてきて、飛びつくようにして父親に抱きついた。

「その包みは何なの？」

「ジャイルズの誕生日のプレゼントだよ」

「それはわかってるけど、中身は何？」

「まあ、待ちなさい。いずれわかるんだから」ヒューゴーは苦笑して娘をたしなめ、ブリーフケースを執事に預けた。「書斎に運んでおいてくれ、ジェンキンズ」エマが父親の手を取り、客間のほうへ引っ張っていった。

ドアを開け、ソファに坐《すわ》っている少年が見えた瞬間、ヒューゴーの顔からさっと笑みが消えた。

ジャイルズが弾《はじ》かれたように立ち上がり、父親へ駆け寄った。「誕生日、おめでとう、息子よ」ヒューゴーは包みを渡してやった。

「ありがとう、お父さん」ジャイルズが言い、友だちを紹介した。

ヒューゴーはディーキンズとは握手をしたが、ハリーが手を差し出したときには「こんにちは、クリフトン」と言っただけで、お気に入りの椅子《いす》に腰を下ろした。

ジャイルズが包みのリボンをほどくのを、ヒューゴーは興味を持って見守った。プレゼントを見るのは、息子だけでなく、父親も初めてだった。それが最新型のラジオだとわかってジャイルズが喜びを爆発させたが、それでも、ヒューゴーの口元はゆるまなかった。ある質問をクリフトンにしなくてはならなかったが、その答えが何か意味を持っているような形で返ってこないよう、用心が必要だった。

彼が沈黙しているあいだも、三人はダイヤルを調節して周波数を二つの局に合わせ、スピーカーから聞こえてくる知らない声や音楽に熱心に耳を澄ませて、そのあとに必ず笑いと歓声がつづいた。

ミセス・バリントンは自分もそこにいた、「メサイア」のコンサートについてハリーとおしゃべりし、彼の歌った「私は知る、我が贖《あがな》い主は生きておられる」が本当に素晴らしかったと付け加えた。

「ありがとうございます、ミセス・バリントン」ハリーが言った。

「セント・ビーズを卒業したら、ブリストル・グラマー・スクールへ進むのが望みなのかね、クリフトン?」いまがそのときだと、ヒューゴーは質問をぶつけた。

「奨学金をもらえたら、ですが」ハリーが答えた。

「でも、どうして奨学金が重要なの？」ミセス・バリントンが訝った。「ほかの子たちと同じく、あなたなら間違いなく入学を許されるでしょうに」

「授業料を払う余裕が母にないからです、ミセス・バリントン。母はロイヤル・ホテルでウェイトレスをしているんです」

「でも、お父さまが――」

「父はいません」ハリーがさえぎった。「この前の戦争で戦死しました」

「ごめんなさい」ミセス・バリントンが詫《わ》びた。「知らなかったものだから」

そのときドアが開いて、執事補佐が大きなケーキの載った銀の盆を捧《ささ》げ持って入ってきた。そのケーキに立てられている十二本のろうそくを、ジャイルズが一本残らず一吹きで消し、みんなが拍手喝采《かっさい》した。

「きみの誕生日はいつなんだ、クリフトン？」ヒューゴーはふたたび質問をぶつけた。

「先月でした」ハリーが答えた。

ジャイルズがケーキを切ると、ヒューゴーは立ち上がり、何も言わないまま客間を出た。

書斎へ直行したが、ふと気づくと、明日の重役会議の背景資料に集中できないでいた。クリフトンの誕生日が明らかになったいま、相続に関する法律を専門とする弁護士に助言を求める必要があると思われた。

一時間ほどもたっただろうか、玄関ホールでいくつもの声が聞こえ、やがて玄関が閉まって、車が走り去る音が聞こえた。数分後、書斎のドアにノックがあり、エリザベスが入ってきた。

「どうしていきなり客間を出ていってしまったんですか?」彼女が訊いた。「それに、なぜ見送りに降りてこなかったんですか?　ジャイルズとあの子のお友だちが帰るところだとわからないはずはなかったでしょうに」

「明日の朝、難しい重役会議があるんだ」ヒューゴーは資料に目を落としたままで言った。

「それは自分の息子を見送らない理由にならないでしょう。まして、誕生日なんですよ」

「考えなくてはならないことがたくさんあるんだ」ヒューゴーは依然として顔を上げなかった。

「そうだとしても、当たり前のことだけど、何があろうとお客さまに失礼な態度を取るのは許されないはずです。ハリー・クリフトンに対するあなたの態度は、使用人に対するよりもぞんざいだったじゃありませんか」

ヒューゴーはようやく顔を上げた。「それはたぶん、クリフトンが使用人より劣等だと私が見なしているからかもしれないな」エリザベスの顔にショックが浮かんだ。「あの子の父親が港湾労働者で、母親がウェイトレスだということを知っているのか?　あれがジャイルズが交わるべき子供だと言う自信は、私にはないな」

「ジャイルズはあなたと逆の考え方をしています。出自《しゅつじ》がどうあれ、ハリーは魅力的な少年ですよ。あなたがあの子を嫌う理由が、わたしにはわかりません。だって、ディーキンズとはあんなふうには接しなかったじゃありませんか。出自を云々《うんぬん》するなら、ディーキンズだって新聞販売業者の息子ですよ？」

「そして、一般公募奨学生でもある」

「ハリーだって、とても有望な聖歌隊奨学生です。教会へ通うブリストル市民なら、それを知らない人は一人もいません。今度あの子と会うことがあったら、もう少し分別のある接し方をしてもらえませんか」それだけ言うと、エリザベスは黙って書斎を出ていった。ドアがいつもより強く閉まった。

　ヒューゴーが重役会議室へ入っていくと、サー・ウォルター・バリントンはいつもの上座にとどまっていた。

「政府が立法化しようとしている輸入関税のことですが、だんだん心配になってきているんですよ」ヒューゴーは父親の右隣りに腰を下ろした。「われわれのバランス・シートに影響を及ぼしかねません」

「そういう問題が生じたときのために弁護士を抱えているんだろう」サー・ウォルターが言った。「だとすれば、彼に助言を求めればよかろう」

「しかし、計算してみたんですが、もし法律として成立してしまえば、年間二万ポンドがのしかかってくる可能性があるんです。この問題について、うちの弁護士以外のだれかに相談すべきだと思いませんか？」

「今度私がロンドンへ行ったときに、サー・ジェイムズ・アムハーストに相談してみてもいいかもしれんな」

「今度の木曜日、私はイギリス船主協会の年次晩餐会《ばんさんかい》に出席するためにロンドンへ行くことになっています」ヒューゴーは言った。「彼はこの業界の法律顧問だから、そのときに、私が彼と相談すればいいいんじゃないでしょうか」

「ただし、どうしてもその必要があると確信できた場合に限ってだぞ」サー・ウォルターが釘を刺した。「それから、アムハーストが一時間単位で相談料を取ることを忘れるな。その場所が晩餐会場であっても例外ではないからな」

イギリス船主協会の晩餐会はグロヴナー・ハウスを会場とし、千人を超す会員と、招待客《ゲスト》が出席して催された。

ヒューゴーは協会の事務局にあらかじめ電話をし、サー・ジェイムズ・アムハーストの隣りの席にしてもらえないかと頼んでみた。事務局は思いがけない依頼に驚いたが、それでも、上座のテーブルの席の組み合わせを変えることに同意してくれた。何しろ、いまは亡《な》きジョシュア・バリントンが協会の創設メンバーだったのだ。

　ニューカッスル主教が食前の感謝の祈りを捧げ終え、かの高名な勅撰《ちよくせん》弁護士が右隣りの人物との会話に没頭する間《かん》、ヒューゴーはその邪魔をせずに控えていたが、ようやくその弁護士が自分の左隣りに席を割り当てられた初対面の男に目を向けるや、一切時間を無駄にしないで用件を切り出した。

「私の父のサー・ウォルター・バリントンは」と、ヒューゴーは獲物の目を捕らえた。「輸入関税法案が庶民院を通過しようとしていることについて、また、それがこの業界に多大な影響を及ぼす可能性について、とても憂慮しております。それで、今度ロンドンを訪れたとき、その問題について、自らあなたに相談をお願いできないかと考えているのですが」

「もちろん遠慮は無用だ、親愛なる若者」サー・ジェイムズが言った。「父上の秘書から私の事務員に電話を入れてもらうだけでいい。そうすれば、父上が今度この町に見えたとき、必ず時間を空けておくようにするから」

「ありがとうございます、サー」ヒューゴーは礼を言った。「ところで、話は少し軽くなりますが、アガサ・クリスティーの作品は何かお読みになったことがあるでしょうか」

「あるとは言えないな」サー・ジェイムズが答えた。「面白いのかね?」

「実は、最新作の『ラジオ』をとても面白く読んでいるところなんですが」ヒューゴーは言った。「その筋書きが実際の法廷であり得るものかどうか、よくわからないのです」

「そのご婦人はどのように書いておられるのかな?」アムハーストが訊いたとき、焼き過ぎの牛肉を載せた、冷たい皿が前に置かれた。

「ミス・クリスティーによれば、相続権を有する勲爵士《ナイト》の長男が、非嫡出子《ひちゃくしゅっし》であるにもかかわらず、父親の肩書きを引き継いでいるのです」

「ああ、それはいま、実に興味深い法律上の難問なのだよ」サー・ジェイムズが言った。「つい最近も、法官議員たちがそういう事例を検討しているのだ。私の記憶が正しければ、争ったのはベンソンとカーステアーズだ。メディアが〝私生児の改正〟としばしば呼んでいる一件だよ」

「それで、法官議員の方々の結論はどうなったんでしょうか?」ヒューゴーは興味津々《しんしん》の声にならないよう用心しながら訊いた。

「たとえその若者が嫡出子でなくとも、元々の遺言書に瑕疵《かし》が見つからなかったらという条件付きで、彼らは最初に生まれた子供のほうに味方した」それはヒューゴーが聞きたくなかったほうの答えだった。「しかし」サー・ジェイムズがつづけた。「法官議員たちは自分に責任が及ぶのを避けるために、遺言補足書を付け足して、個々の事例はケース・バイ・ケースで扱われるべきであり、それはガーター紋章官の検討後に限定されるとしたのだ。法官議員どもの典型的なやり方だ」そして、こう付け加えてからナイフとフォークを手に取り、牛肉への攻撃を開始した。「先例を作ることは恐ろしくてできないが、責任転《てん》嫁《か》は大喜びでするということだよ」

サー・ジェイムズがふたたび右隣りの男を相手にしはじめると、ヒューゴーはハリー・クリフトンが〈バリントン海運〉だけでなく、一族の不動産も相続する権利があると気づいた場合の意味を考えた。自分が非嫡出子の男親だと認めなくてはならないだけでも充分不本意だったが、自分の死後、ハリー・クリフトンが一族の肩書きを引き継いでサー・ハリーになるのは、考えるだに耐えられなかった。自分の力の限りを尽くし、いざとなれば手段をも選ばずに、絶対に阻止しなくてはならない。

24

ヒューゴー・バリントンは朝食をとりながら、セント・ビーズ校の校長から届いた手紙に目を通した。セント・ビーズ・クリケット代表チームのための観覧席を新たに造りたいので、総額で千ポンドを募ることにしたというお願いと、その概略が示されていた。小切手帳を開いて〝１００〟と数字を書き込んだとき、車が屋敷の前の砂利の上で停まる音が聞こえた。

日曜の朝のこんな早い時間に訪ねてくるとしたらだれだろうと窓際《まどぎわ》へ確かめにいき、スーツケースを持った息子がタクシーの後部から降りてくるのを見て、首をひねった。今日の午後にはエイヴォンハーストとの今シーズン最後の試合があるはずで、息子がバッティングで母校に貢献するのを見るのを楽しみにしていたのだ。

ジェンキンズが危うく間に合って玄関を開けたとき、ジャイルズが石段を登り切った。

「おはようございます、ジャイルズさま」あたかも帰ってくるのを待っていたかのように、ジェンキンズが挨拶《あいさつ》した。

ヒューゴーは足早にブレックファスト・ルームを出て、玄関ホールへ向かった。そこではジャイルズがスーツケースを脇《わき》に置き、うなだれて立っていた。「どうしたんだ？」ヒューゴーは訊《き》いた。「学期の終わりまでには、まだ一週間あるんじゃないのか？」

「停学処分を受けたんです」ジャイルズが短く答えた。

「停学？」ヒューゴーは鸚鵡返《おうむがえ》しに言った。「そんな罰を喰らったからには、よほどのことをしたんだろう。何をしでかしたのか、よかったら教えてもらおうか」

　ジャイルズが顔を上げ、いまも玄関脇に黙って立っているジェンキンズを見た。「ジャイルズさまのスーツケースを寝室へお運びします」執事が言い、スーツケースを持ってゆっくりと階段を上っていった。

「ついてこい」執事の姿が見えなくなるや、ヒューゴーは息子に命じた。

　二人とも押し黙ったまま書斎に入ったが、ヒューゴーはドアを閉めてからようやく口を開いて問い質《ただ》した。「学校がこれほど重い処分を下さなくてはならないような何をしたんだ」そして、椅子に深々と身を沈めた。

「売店《タック・ショップ》で盗みを働いたのが見つかったんです」ジャイルズはいまも書斎の中央に立ったままでいた。

「何か、簡単な弁明はできないのか？　たとえば、誤解だとか？」

「できません」ジャイルズは懸命に涙をこらえていた。

「自分を弁護できるような材料はないのか？」

「ありません」ジャイルズがためらった。「ただし……」

「ただし、何だ？」

「お菓子は全部、だれかにやっていたんです、お父さん。自分のために持っていたことは一度もありません」

「くれてやった相手はクリフトンだな？　間違いあるまい」

「それに、ディーキンズにもやりました」ジャイルズが言った。

「最初に唆《そそのか》したのはクリフトンだったんだな？」

「違います」ジャイルズがきっぱり否定した。「実際、ハリーはぼくが何をしているかに気づくや、ぼくがあいつとディーキンズにやっていたお菓子を必ず売店へ返しにいっていたんです。そのうえ、ミスター・フロビッシャーに濡《ぬ》れ衣《ぎぬ》を着せられそうになったときも、敢《あ》えて責めを引き受けようとさえしてくれたんです」

　長い沈黙のあとで、ヒューゴーは言った。「それで、処分は停学なんだな？　退学では本当にないんだな？」

　ジャイルズがうなずいた。

「新学期に学校へ戻るのを許してもらえると思うか？」

「難しいと思います」

「そこまで確信ありげなのはどうしてだ？」

「校長先生があんなに怒ったのを初めて見たからです」

「そんなのは、この話を聞いたときのお母さんの怒りの半分にも及ばないだろうな」

「お願いです、お父さん、お母さんには言わないでください」懇願するジャイルズの目から、堰《せき》を切ったように涙が溢《あふ》れた。

「おまえが一週間早く帰ってきて、新学期になってもセント・ビーズへ戻らない理由を、お母さんにどう説明しろと言うんだ」

ジャイルズは返事をしようともせずにすすり泣きつづけた。

「それに、おじいさんとおばあさんだって何と言うかわからないぞ」ヒューゴーは付け加えた。「おまえが結局イートン校へ行けなくなった理由を明らかにしたらな」

ふたたび、長い沈黙が落ちた。

「部屋へ戻れ。私がいいと言うまで、階下《した》へ降りようなどとは考えるな」

「わかりました」ジャイルズが書斎を出ていこうとした。

「それから、何だろうとこのことを他人《ひと》に話すんじゃないぞ。特に使用人の前では気をつけろ」

「はい」ジャイルズが書斎を飛び出し、危うく階段の上で衝突しそうになりながらジェンキンズを追い抜いていった。

ヒューゴーはブレックファスト・ルームに戻ると、椅子に腰を下ろして前屈《まえかが》みになり、ないはずのない校長からの呼出しが届く前にこの状況を逆転させる方法があるのなら見つけ出そうとした。机に両肘《りょうひじ》をついて頭を抱えたが、しばらくして、小切手が目に留まった。思わず口元がゆるみ、〝100〟のあとにもう一つ〝0〟を付け加えてサインをした。

25

　ミッチェルは待合室の奥の隅に坐《すわ》って〈ブリストル・イヴニング・ポスト〉を読んでいた。ヒューゴーはその前を通り、隣りに腰を下ろした。隙間風《すきまかぜ》が冷たかったので、両手はポケットに入れたままだった。

「対象は」ミッチェルは依然として新聞に目を落としたままだった。「新規に事業を立ち上げる資金として、五百ポンドを調達しようとしています」

「彼女が関心を示す可能性があるとすれば、どんな事業だろうな」

「〈ティリーズ・ティー・ショップ〉です」ミッチェルが答えた。「ロイヤル・ホテルの〈パーム・コート〉へ移る前、そこで働いていたようです。最近、経営者のミス・ティリーに、ミスター・エドワード・アトキンズなる人物から五百ポンドで店を買いたいという申し出があったのですが、彼女はアトキンズをあまり好ましく思わず、同額を出せるのなら店を譲ってもいいと、対象に明言したというわけです」

「それだけの大金を調達する当てが彼女にあるとすれば、それはどこだ？」

「対象の財政をコントロールしたいと願っているだれかかもしれません。そのだれかが、後々、それを有利に利用しようと考えているとか」

ヒューゴーは沈黙を守り、ミッチェルは新聞から目を離さなかった。

「彼女は資金調達を試みるために、だれかに近づいているのか?」

「最近、ミスター・パトリック・ケイシーなる男性から助言を受けています。ダブリンに本社を持ち、個人への融資を専門にしている金融会社、〈ディロン・アンド・カンパニー〉の社員です」

「そのケイシーに接触するにはどうすればいい?」

「それはお薦めできません」ミッチェルが言った。

「なぜだ?」

「彼は月に一度ブリストルへやってきて、必ずロイヤル・ホテルに泊まります」

「別にそこで会わなくてもいいんだがな」

「このところで、ミスター・ケイシーは対象と親密な関係になっています。ブリストルへきたときには、必ず対象を夕食に誘い、劇場へ連れていっているし、ついこのあいだなど、一緒にホテルへ戻るのを目撃されています。そして、三七一号室でともに夜を過ごしたということです」

「面白い」ヒューゴーは言った。「ほかには?」

「もう一つ、あなたが関心を示されるのではないかと思われる事実があります。対象が使っている銀行は、コーン・ストリート四九番地の〈ナショナル・プロヴィンシャル〉で、支配人はミスター・プレンダーガストという人物であり、対象の口座の残高は十二ポンド九シリングです」

そういう特殊な情報をどうやって手に入れているのかとヒューゴーは訊《き》きたかったが、こう言うだけで我慢することにした――「素晴らしい。ほかに何かわかったら、どんなに些細《ささい》な情報でもかまわないから、一つ残らず、すぐに教えてもらいたい」そして、分厚い封筒をオーヴァーコートのポケットから取り出し、ミッチェルのほうへ滑らせた。

「そろそろタントンからの七時二十二分着が九番ホームに到着するぞ」

ミッチェルが封筒をポケットにしまい、新聞を畳んで待合室を出ていった。最初から最後まで、雇い主を見ようとは一度もしなかった。

ジャイルズがイートン校に席を得られなかった本当の理由を知ったとき、ヒューゴーは怒りを抑えられなかった。まず校長に電話をしたが拒絶され、ものわかりのいい寮監は同情こそしてくれたが、決定が覆《くつがえ》される望みはないだろうと悲観的だったし、理事長までが、折り返しかけ直すと言った電話をかけてこなかった。エリザベスと二人の娘は、最近のヒューゴーが理由も明らかにしないまままたびたび癇癪《かんしやく》を破裂させる原因を突き止められないでいたが、それでも冷静に、イートン校に拒否されたという、ジャイルズの犯した微罪の矢面《やおもて》に立ちつづけた。

ブリストル・グラマー・スクールの新学年が始まる日、ヒューゴーは不承不承に息子をそこへ連れていった。エマは泣いてふてくされたが、彼女にもグレイスにも同行を許さなかった。

車を停めようとカレッジ・ストリートに入ったとき、最初に見えたのが、校門の前に立っているハリー・クリフトンだった。ヒューゴーが車を停めてブレーキを引くより早くジャイルズが飛び降り、親友に挨拶《あいさつ》しようと走り出した。

エリザベスはほかの子の親たちと本当に愉《たの》しそうにおしゃべりしていたが、ヒューゴーは独り離れたところにいて、偶然クリフトンと遭遇したときには、わざと握手をしなかった。

マナー・ハウスへ帰る車のなかで、なぜ息子の親友にあんなに見下した態度を取るのかとエリザベスが訊いた。ヒューゴーはそれに対して、自分たちの息子はイートン校へ行くはずだったのだと答えた。あそこで交わることになっていたのは紳士の子弟であって、小商人《こあきんど》の息子ではない。まして、ハリー・クリフトンなどは論外だ、と。エリザベスは最近しばしばそうするように、沈黙という比較的安全な場所へ撤退した。

26

「〈ティリーズ・ティー・ショップ〉全焼！　放火の疑いあり！」新聞の売り子がブロード・ストリートの角に立って叫んでいた。

ヒューゴーは急ブレーキを踏むと車を飛び降り、売り子に半ペニーを渡して、車へ戻る途中で一面を読みはじめた。

〝ブリストルのランドマークであり、市民のほとんどが常連と言っても過言ではなかった〈ティリーズ・ティー・ショップ〉が、今朝、早い時間に全焼した。警察は三十代前半の地元男性を逮捕し、放火の罪で告発した。現在、ミス・ティリーはコーンウォールに住んでいて……〟

メイジー・クリフトンと従業員が舗道でひとかたまりになり、強《こわ》ばった顔で焼け落ちたティー・ショップの残骸《ざんがい》を睨《にら》みつけている写真を見て、ヒューゴーはにやりとした。神は間違いなく、おれに味方してくれている。

車に戻ると新聞を助手席に放り出し、ブリストル動物園へとふたたび走り出した。こうなったら、できるだけ早く、ミスター・プレンダーガストと会う約束を取りつけなくてはならない。

かの女性の支援者であることをだれにも知られたくないのであれば、どんな用件であれプレンダーガストと会うときには、ミス・ポッツが退勤したあとの夜の会社の社長室を使うほうが好ましいとミッチェルが助言してくれていた。ミス・ポッツが夜には自宅へ帰るのかどうか、実はヒューゴーは知らなかったが、そのことはミッチェルには言わないでおいた。すぐにでもプレンダーガストと会って最後の儀式を執り行ないたかったが、その前にもう一人、会わなくてはならない人物がいた。

動物園に着いたとき、ミッチェルはロージーに餌《えさ》をやっているところだった。

ヒューゴーはゆっくりとそこへ歩いていき、手摺《てす》りにもたれて、ブリストル動物園がつい最近、インドのウッタル・プラディシュ州から買い入れ、いまも大勢の入場者が見物しようと群がっている象を、いかにも興味ありげに眺める振りをした。ミッチェルがパンのかたまりを投げてやると、ロージーはそれを鼻で捕まえ、よどみない動きで口へ運んだ。

「対象がロイヤル・ホテルに復帰しました」ミッチェルが象に顔を向けたまま報告した。

「仕事の場所は〈パーム・コート〉、勤務時間は夜の十時から翌朝六時までです。給料は週給三ポンド、そこにチップの全額が加わりますが、夜のその時間は極端に客が少ないので、多くは望めない状況です」そして、もう一つパンのかたまりを象に投げてからつづけた。「ボブ・バロウズなる人物が逮捕され、放火の罪で告発されています。バロウズは対象の店のケーキ納入業者でしたが、後に契約を打ち切られました。彼はすでに洗いざらい自白して、対象に結婚を申し込もうと婚約指輪まで買っていたが、あっさり断わられた――少なくとも、彼の言い分ではそうなっています――ことまで明らかにしています」

　ヒューゴーの口元を笑みがよぎった。「担当刑事はだれだ？」

「ブレイクモア警部補です」ミッチェルが答えた。ヒューゴーの笑みが消え、眉根《まゆね》が寄った。「ブレイクモアは当初、対象がバロウズとぐるではないかと考えていましたが」ミッチェルがつづけた。「その後、ブリストル・アンド・ウェスト・オヴ・イングランド保険会社に対して、彼女はもはや容疑者ではないと伝えています」

「そいつは残念《ピティ》だな」ヒューゴーの眉間《みけん》の皺《しわ》は消えなかった。

「必ずしも気の毒《ピティ》とは言えないんじゃないですか」ミッチェルが言った。「その保険会社はミセス・クリフトンに対し、完全かつ全面的に彼女の主張を受け入れて、六百ポンドの小切手を切っていますからね」ヒューゴーは苦笑した。

「彼女は果たしてそれを息子に教えたかな」ヒューゴーは言ったが、それはほとんど自分に対する質問だった。

聞こえていたとしても、ミッチェルはその言葉を無視してつづけた。「もう一つ、あなたが関心を示されるかもしれない情報があります。金曜の夜、ミスター・パトリック・ケイシーがロイヤル・ホテルに泊まり、対象を〈プリムソル・ライン〉へディナーに連れ出して、彼女をともなって三七一号室へ戻っています。翌朝、彼女がホテルを出たのは、七時を過ぎた直後でした」

長い沈黙がつづいた。それはミッチェルの月例報告が終わったという、いつもの印だった。ヒューゴーは内ポケットから封筒を取り出し、そっと相手のポケットに忍ばせた。ミッチェルはそれを確認もせず、パンの最後のかたまりを、もう満足しているロージーに投げてやった。

「ミスター・プレンダーガストがお見えです」と告げると、ミス・ポッツが脇《わき》へどいて銀行家を社長室へ通した。

「わざわざ足を運んでいただいて申し訳ない」ヒューゴーは言った。「それでも、こんなに機密度の高い問題を銀行で相談したくない理由は、もちろんわかってもらえると思うが」

「よくわかっていますとも」プレンダーガストが応《こた》え、腰を下ろす前にグラッドストーン・バッグを開けてファイルを取り出すと、机の向かいに坐《すわ》っているヒューゴーへ一枚の資料を押しやった。

ヒューゴーは最後の一行を確認すると、椅子《いす》に背中を預けた。

「よろしければ、もう一度要点を繰り返しましょう」プレンダーガストが言った。「あなたは五百ポンドを当行を通じて提供され、それによって、ミセス・クリフトンはブロード・ストリートの〈ティリーズ・ティー・ショップ〉を購入することができたわけです。そして同意された契約によって、その満額と、一年に五パーセントの複利によって発生する利子は、五年のあいだに返済されることになっていました。

「〈ティリーズ・ティー・ショップ〉は一年目と二年目、何とか利益を出すことに成功しましたが、利子、あるいは元金の一部を返済するに足る金額ではなく、出火当時、ミセス・クリフトンはあなたに対して五百七十二ポンド十六シリングの負債を負っていたことになり、そこに銀行手数料が加わるので、負債総額は五百九十二ポンド十六シリングとなります。これはもちろん、保険金の支払いによって十分に補われるので、あなたの投資額は安泰ですが、ミセス・クリフトンは事実上、無一文になることを意味します」

「運の尽きということかな」ヒューゴーは言い、数字をさらに仔細《しさい》にあらためたあとで付け加えた。「ともあれ、その最終金額に、ミスター・ケイシーが提供した助言等々の手数料が含まれないのはなぜか、理由を教えてもらえるだろうか」

「自分が提供した助言等々については一切手数料を請求しないと、ミスター・ケイシーから銀行へ通知があったからです」

ヒューゴーは眉をひそめた。「少なくとも、それはあの貧乏な女にとってはいいニュースだな」

「そのとおりです。それでも彼女の困窮に変化はなく、もはや息子さんの新学期の授業料を支払えないのではないかと、私も危惧《きぐ》しているほどです」

「かわいそうに」ヒューゴーは言った。「そうなると、彼女の息子は学校をやめざるを得なくなるのかな」

「遺憾ながら、そうなるしかないと言わざるを得ません」ミスター・プレンダーガストが答えた。「実際、本当に残念なことですよ。彼女は息子さんを自分の命より大切にしていると言っても過言ではないほどですから、学校にとどめるためなら、どんな犠牲も厭《いと》わないでしょうがね」

「本当に残念だな」と応じながら、ヒューゴーはファイルを閉じて立ち上がった。「これ以上引き留めては申し訳ないし、ミスター・プレンダーガスト、私も三十分後に市内で約束があるんだ。よかったら、送っていこうか?」

「ご親切にありがとうございます、ミスター・バリントン。しかし、それには及びません。ここへは自分で運転してきましたのでね」

た。

「何に乗っているんだ?」ヒューゴーはブリーフケースを手に、出口へ向かいながら訊いた。

「モーリス・オックスフォードです」プレンダーガストが急いで書類をグラッドストーン・バッグにしまい、ヒューゴーにつづいて社長室を出た。

「国民車だな」ヒューゴーは言った。「きみ同様、とても信頼が置けると聞いているよ、ミスター・プレンダーガスト」二人は声を上げて笑い、肩を並べて階段を下りた。「確かにミセス・クリフトンは気の毒だが」ヒューゴーは建物を出ながら言った。「それでも、女が事業に手を染めることについて本当に賛成していいものかどうか、私にはまだ絶対の確信があるわけではないんだ。物事の本来のありようから外れているだろう」

「まったく同感です」プレンダーガストが応え、二人はヒューゴーの車まできたところで足を止めた。「それにしても」銀行家が付け加えた。「あなたはもうこれ以上はできないぐらい、あの貧しい女性に助けの手を差し伸べておられますよ」

「そう言ってもらうのはありがたいが、プレンダーガスト」ヒューゴーは言った。「たとえそうだとしても、これに私が関わっていることは一切他言しないでもらえればありがたい」

「もちろんです、サー」プレンダーガストが請け合い、二人は握手をした。「信用していただいて大丈夫です、サー」

「連絡を絶やさないようにしよう、オールド・フェロウ」と言って、ヒューゴーは運転席に坐った。「どうしたって、また銀行の力を借りないわけにはいかないからな」プレンダーガストが微笑した。

市内へ車を走らせていると、思いはメイジー・クリフトンへ戻っていった。あいつにはおそらくは立ち直れないぐらいの急所に一撃を食らわせてやったはずだが、今度ばかりは本当にノックアウト・パンチを浴びせてやらなくてはなるまい。

市内に入ると、彼女がいまどこにいるかが気になった。たぶん息子を坐らせ、夏学期が終わったらブリストル・グラマー・スクールをやめなくてはならない理由を説明しようとしているのではないか。何事もなかったかのようにハリーに勉強をつづけさせてやれるかもしれないと、あの女はほんの一瞬でもはかない希望を抱いただろうか。ともかく、このことはジャイルズには黙っていよう。話題にするのは、あいつが最終学年になり、友だちのハリーがブリストル・グラマー・スクールへ戻ってこなかったと、自分から言ってきたときでいいだろう。

自分の息子がブリストル・グラマー・スクールへ行かざるを得なくなったことは、それを考えるだけで、いまでも心臓の鼓動が速くなるほど腹が立った。しかし、ジャイルズがイートン校に席を得られなかった本当の理由は、エリザベスにも自分の父親にも、明らかにするわけにはいかなかった。

大聖堂を通り過ぎると、そのままカレッジ・グリーンを突っ切って、ロイヤル・ホテルの正面玄関へとハンドルを切った。約束の時間には何分か早かったが、待たされることはないという自信があった。回転ドアを押してなかに入ると、ゆったりとした足取りでロビーを歩いていった。総支配人のミスター・フランプトンの執務室《オフィス》がどこにあるかは、尋ねるまでもなくわかっていた。

ヒューゴーを見た瞬間、総支配人の秘書が弾《はじ》かれたように立ち上がった。「ミスター・フランプトンに知らせて参ります」そして、ほとんど走るようにして、隣接している支配人執務室へ入っていった。間もなく、総支配人が姿を現わした。

「ようこそおいでくださいました、ミスター・バリントン」フランプトン自らが、ヒューゴーを執務室へ案内した。「ご夫妻ともにお変わりはございませんか？」ヒューゴーはうなずき、総支配人の向かいに腰を下ろしたが、握手はしなかった。

「あなたから会いたいと連絡をいただいたとき、勝手ながら、〈バリントン海運〉恒例の年次晩餐会《ばんさんかい》の段取りを確認させていただきました」フランプトンが言った。「三百人を少し超えるお客さまがいらっしゃるということでよろしゅうございますか？」

「客の数などどうでもいい」ヒューゴーは言った。「ここにきた理由はそれではないんだ、フランプトン。私にとって実に不愉快な事柄について、内々で相談をしたかったんだよ」

「それは申し訳ございません」フランプトンが背筋を伸ばして坐り直した。

「先般、わが社の社外重役の一人がこのホテルに泊まり、翌日、私のところへきて、ある事実を知らせてくれた。証拠があるわけではないが、深刻な話だったから、総支配人の耳に入れておくべきだと考えたというわけだ」

「それはもちろんです」フランプトンが汗ばんだ掌《てのひら》をズボンで拭《ふ》いた。「最も大切なお客さまが不快な思いをなさるのは、私どもが何より望まないことですので」

「そう言ってもらえるなら、私もうれしいよ」ヒューゴーは応えた。「件《くだん》の紳士は、チェックインしたときすでにレストランが閉まっていたので、軽い食事でもと思って〈パーム・コート〉へ行った」

「あれは私が発案したサーヴィスでして」フランプトンが硬い笑みを浮かべた。

ヒューゴーはそれを無視して話をつづけた。「そして、担当と思われる若い女性が注文を取りにきた」

「私のところのミセス・クリフトンだと思います」

「名前までは知らないが」ヒューゴーはさらにつづけた。「彼女がコーヒーとサンドウィッチを運んできたとき、もう一人の紳士が〈パーム・コート〉に入ってきて、注文したものを部屋まで運んでくれないかと頼んだ。かの重役はそのことしか憶《おぼ》えていないんだが、その紳士にはかすかながらアイルランド訛《なま》りがあったらしい。そのあと、わが重役は勘定書にサインして、部屋へ引き上げた。翌朝は、朝食をとって重役会議の資料に目を通したかったから早起きしたんだが、部屋を出たとき、ゆうべの女性がまだホテルの制服姿のまで三七一号室から出てくるのを目撃した。彼女は廊下の突き当たりまで行くと、窓をよじ登って非常階段へ出ていったということだ」

「いや、驚きました……それにしても、こともあろうに――」

「その重役は、これから先、ブリストルへきたときは別のホテルに泊まらせてくれと言っている。上品ぶっていると思われるのは本意ではないが、フランプトン、ここは昔から、妻と子供を連れてくるのを私が喜びとしているホテルなんだ」

「その女性を即刻解雇し、推薦状も出さないと、ミスター・バリントン、いまここで私がお約束します。それから、この話を聞かせていただいて、心から感謝していることを付け加えさせてください」

ヒューゴーは立ち上がった。「問題の女性を解雇するに当たっては、私や会社の名前が出ないようにしてもらうとありがたいな」

「安心して任せていただいて結構です」フランプトンが言った。

ヒューゴーは初めて表情をゆるめた。「もっと明るい話をしようか。われわれは年に一度の晩餐会をとても楽しみにしているんだ。必ずや、いつものきみの基準を適用した、レヴェルの高いものになるはずだからな。来年はわが社の創立百周年を祝うわけだから、さすがの父もまず間違いなく金を惜しまないで盛大にやるだろう」二人はやや大き過ぎる声で笑った。

「大船に乗った気でお任せください、ミスター・バリントン」そして、顧客につづいて執務室を出た。

「それからもう一つ、フランプトン」ロビーを出口へ向かいながら、ヒューゴーは言った。「このことはサー・ウォルターには黙っていてもらいたい。こういう種類の問題になると、父は少し旧弊な考え方をする恐れがあるのでね。きみと私だけの胸に納めておいたほうがいいように思うんだ」

「否《いな》やのあろうはずがありません、ミスター・バリントン」フランプトンが応えた。「元より内々に処理いたしますので、ご安心ください」

ヒューゴーは回転ドアを押してホテルを出ながら考えた――こんな値が付かないほど高い価値を持った情報を手に入れておれに教えるために、ミッチェルはどれほどの時間をここで過ごしたのだろう？

車に飛び乗るとエンジンをかけ、マナー・ハウスを目指してふたたび走り出した。依然としてメイジー・クリフトンのことを考えているとき、肩を叩《たた》かれたような気がした。振り返って、後部座席にだれが坐っているかがわかった瞬間、目も眩《くら》むようなパニックに襲われた。おれがフランプトンと会うことをどうやって知ったのかと、見当違いな疑惑すら頭に浮かんだ。

「何の用だ?」ぶっきらぼうに訊《き》いたが、車のスピードはゆるめなかった。一緒にいるところをだれかに見られたくなかった。

彼女の要求を聞いているあいだは、どうしてそんな詳しいことまで知っているのかと訝《いぶか》ることしかできなかったが、話が終わったときには、躊躇《ちゅうちょ》なく相手の出した条件を呑《の》んだ。彼女を車から降ろす、一番簡単な方法だとわかったからだ。

ミセス・クリフトンが薄い茶封筒を助手席に置いた。「返事を聞かせてちょうだい、待ってるわ」

ヒューゴーは封筒を内ポケットに入れると、暗い枝道に入ってスピードを落とし、しばらくそのまま進んで、だれにも見られる恐れがないと確信してから車を停めた。そして運転席を飛び出し、後部ドアを開けた。そのときに見た彼女の顔には、目的以上のものを勝ち得たという表情がはっきりと浮かんでいた。

束《つか》の間《ま》の勝利に浸らせてやったあと、ヒューゴーは頑《かたく》なに枝にへばりついている林檎《りんご》を振るい落とそうとするかのように、彼女の両肩をつかんで揺さぶった。二度と自分を煩《わずら》わせたらどうなるか、間違いなくわからせたと思った瞬間に手を離し、渾身《こんしん》の力を込めて顔を殴りつけた。彼女は地面に転がり、身体《からだ》を丸く縮めたまま震えていた。腹に蹴《け》りを見舞ってやろうかと考えたが、たまたま通りかかった者に見られる危険は冒したくなかった。ヒューゴーは黙って車に戻って走り去った。

オールド・ジャック・ター

一九二五年―一九三六年

27

南アフリカの北トランスヴァールのうららかな午後、私は十一人を殺した。国はそのことに対して満腔《まんこう》の謝意を表わそうと、職務範囲をはるかに超えて奉仕してくれたとして、ヴィクトリア十字勲章で報いてくれた。以来、平安な眠りが私に訪れることは、一夜としてなかった。

イギリス国内でイギリス人を殺したのであれば、裁判官は私に絞首刑《こうしゆけい》を宣告して、死をもたらしてくれただろう。だが、そのときの私は、事実上の終身刑を宣告されたも同然だった。なぜなら、非業《ひごう》の死を遂げた十一人の若者の顔が、硬貨に刻まれて決して消えることのない肖像のように、いまも毎日、まぶたに浮かびつづけているからだ。自ら命を絶つこともしばしば考えたが、それは卑怯者《ひきょうもの》の解決策でしかない。

官報に載せられ、〈タイムズ〉に転載された、軍功を称《たた》える感状では、私はロイヤル・グロスターシャー連隊の二名の将校、五名の下士官、そして、十七名の兵の命を救ったことになっていた。その将校の一人がウォルター・バリントン中尉《ちゆうい》で、私が多少なりと威厳を失わずに終身刑に服していられるとすれば、それは彼のおかげだ。

その戦闘から何週間かがたったあと、私は船でイギリスへ送り返され、数カ月後には名誉除隊を許された。いまでは神経衰弱と呼ばれている病気が原因だった。陸軍病院に半年入院し、そのあと、社会へ戻ることを許された。私は名前を変え、故郷であるサマーセットのウェルズという町を避けて、ブリストルへ向かった。聖書の放蕩《ほうとう》息子と違って、私は数マイルしか離れていない、父の実家があるそこなら静穏を楽しめるはずの、隣りの州へ行くのも拒否した。

ブリストルへ着いたその日は、市内を歩き回り、ゴミ箱で残飯を漁《あさ》った。夜の寝室は公園、ベッドはベンチ、毛布は新聞紙で、モーニング・コールは新しい夜明けの到来を告げる最初の鳥の声だった。あまりに寒いときや、雨が降っているときは、市内の鉄道駅の待合室へ避難した。ベンチの下で寝て、翌朝、最初の列車が動き出す前に起床した。夜が長くなりはじめると、リトル・ジョージ・ストリートの救世軍で無料宿泊者登録をした。そこで親切な女性たちが支給してくれる分厚いパンと薄いスープの食事をしたあと、馬の毛を織り固めた硬いマットレスで、毛布を一枚かけて眠るという贅沢《ぜいたく》を貪《むさぼ》った。

何年かが過ぎていくうちに、私は死んだものだと、かつての戦友や同期の将校たちが考えてくれればいいと願うようになっていた。自分が終身刑に服するための刑務所としてここを選んだことを、特に彼らに知ってもらいたくもなかった。そういう日がそのままつづいていくかもしれなかったある日、通りの真ん中で一台のロールス－ロイスが急ブレーキを踏んだ。後部ドアが勢いよく開いて飛び出してきたのは、本当に久しぶりに見る顔だった。

「タラント大尉！」と叫んで、その男は私のほうへ近づいてきた。私は顔をそむけた。人違いだと思ってほしかった。しかし、ウォルター・バリントンが人違いをするような男でないことは、忘れようにも忘れられるはずがなかった。彼は私の両肩をつかみ、しばらくじっと見つめてから言った。「嘘《うそ》でしょう、これはいったいどういうことです、オールド・フェロウ」

放っておいてほしいのだとわからせようとすればするほど、ウォルター・バリントンは救い主になる決意を固くしていった。私はついに根負けしたが、それでも、その前に要求すべきは要求して、条件を呑《の》ませた。

最初、彼はマナー・ハウスで自分や妻と一緒に住んでくれと懇願したが、屋根のない生活が長過ぎるから、そういう居心地のよさは気が重いだろうとしか、私には思えなかった。彼は自分の名前を冠した会社の重役になってくれないかとまで言ってくれた。

「それで、私がどんな役に立てるというんだ？」私は訊《き》いた。

「まさにあなたがそこにいてくれることが、大尉、われわれ全員の士気を鼓舞してくれるんですよ」

私は彼に感謝し、しかし、まだ十一人の命を奪った償いを終えていないのだということを説明した。それでも、彼は諦《あきら》めなかった。

私はついに折れ、港の夜警の仕事を引き受けることにして、週給三ポンドと、住むところを提供してもらうことで合意した。というわけで、そのときに住まいとして提供されたプルマンの鉄道客車の廃車両が、私の独房になった。もしハリー・クリフトン少年と出会わなければ、終身刑は私が死ぬ日までつづいていたかもしれない。

後に、自分の全人生を形作ってくれたのは私だとハリーは言ってくれたが、彼が私を救ってくれたというのが本当だ。

初めて出会ったとき、若きハリーはせいぜい四歳か五歳ぐらいでしかなかった。「入っておいで、少年」窓越しになかをうかがっている彼に、私は声をかけた。しかし、彼は慌《あわ》てて頭を引っ込め、一目散に逃げていった。

次の土曜、彼はおそるおそる窓の向こうからなかを覗《のぞ》き込んだ。私はふたたび声をかけ、大丈夫だと安心させようとした。「どうして入ってこないのかな、少年？　別に嚙《か》みついたりはせんよ」今度は私の言葉を信用したのか、ドアを開けた。しかし、いくつか言葉を交わすと、やはり逃げていった。私はそんなに恐ろしい姿かたちをしていたのだろうか？

次の土曜には、ドアを開けただけでなく、両足を踏ん張るようにして入口に立ち、挑戦的に私を睨《にら》んだ。それから一時間と少しのあいだ、ブリストル・シティＦＣから、蛇が脱皮する理由、だれがクリフトン吊橋《つりばし》を架けたかまで、さまざまなことについておしゃべりをした。やがて、少年が言った。「そろそろ帰らなくちゃ。お母さんがお茶の支度をして待ってるんだよ、ミスター・ター」今度は走らずに歩いて帰っていったが、途中で何度も振り返った。

以降、彼は毎週土曜になると訪ねてくるようになり、メリーウッド初等学校《エレメンタリー》へ入学してからは、ほぼ毎日姿を見せるようになった。学校をサボらないで読み書きを習うべきだと説得するのにしばらく時間がかかったが、正直に言うと、ミス・マンデイ、ミスター・ホールコム、そして、しっかりした彼の母親の助けがなかったら、それすら成し遂げられなかっただろう。その素晴らしいチームのおかげで、ハリーは自分の潜在能力に気づいたのだ。そして、彼がセント・ビーズ校の聖歌隊奨学生になるための準備を始め、土曜の午前中しか客車を訪ねる時間を見つけられなくなったとき、私は自分たちの苦労が報われたのだとわかった。

ハリーがセント・ビーズに入学すると、クリスマス休暇までは会えないものと覚悟した。しかし意外なことに、新学期の最初の金曜の夜、もうすぐ十一時になろうとするころ、ハリーが客車のドアの前に立っていた。

監督生——残念ながら、そのろくでなしの名前を思い出せないのだが——がいじめるから逃げてきたけど、このまま船に乗ってしまおうと考えているんだ、と彼は言った。それを実行していたら、たぶん海軍提督にも昇っていたかもしれない。しかし、幸いにも私の助言を入れてくれて、翌日の朝食に間に合うよう学校へ戻っていった。

港へくるときはいつもスタン・タンコックと一緒だったから、ハリーがアーサー・クリフトンの息子だとわかるまでには少し時間がかかった。いつだったか、ハリーに父親を知っているかと訊かれ、知っていると答えた。きちんとしていて、勇敢で、信心深い男だったし、軍歴も立派だ、と。そのあとで、父親がどうして死んだかを知っているかと訊かれた。私は知らないと答えた。あの子に嘘をついたのは、後にも先にもそのときだけだ。彼の母親の希望を、私が潰《つい》えさせるわけにはいかなかったのだ。

勤務の交代時間がきたとき、私は波止場に立っていた。私に目をくれる者はいなかった。ほとんど存在していないかのようだったし、何人かなど、そもそも私がそこにいないと考えていた。そして、私も存在を主張しなかった。そのほうが、匿名《とくめい》で終身刑に服するのに都合がよかったのだ。

アーサー・クリフトンは港湾労働者の優秀な——最優秀と言ってもいい——親方で、仕事に対しても真面目《まじめ》だった。それに引き替え、彼の親友とやらのスタン・タンコックはいい加減で、その日の仕事を終えると、まずは〈ピッグ・アンド・ホイッスル〉に立ち寄り、泥酔したあげく、ほとんど真夜中になってから、かろうじて家にたどり着くのが常になっていた。

私はアーサー・クリフトンが〈メイプル・リーフ〉の船内に入っていくところを見ていた。その船の二重底を密閉する溶接作業員がやってくる前に、最終チェックをしようとしていたのだ。勤務の交代時間がきたことを告げるあの耳障《みみざわ》りなサイレンの音を聞けば、だれでも気もそぞろになるに違いない。一つのグループが勤務を終えて現場を離れ、別のグループが現場にやってくる。自分たちの勤務時間内に仕事を完了し、ボーナスを受け取りたければ、溶接作業員は遅滞なく仕事を始めなくてはならない。クリフトンが二重底から出てきたかどうかを確認するなど、私も含めて、だれの頭にも浮かばなかった。

われわれ全員が、クリフトンは勤務交代のサイレンを聞いていないはずがなく、何百人もの港湾労働者と一緒に門を出て、いまごろは家路についているはずだと思い込んでいた。彼は義理の兄と違って、一パイントのビールのために〈ビッグ・アンド・ホイッスル〉に立ち寄ることは滅多になく、まっすぐスティル・ハウス・レーンへ帰って、妻や息子と過ごすほうを好んでいた。あのころの私は、アーサー・クリフトンの妻も子供も知らなかったし、あの晩、彼が家に戻っていたら、決して知ることはなかったかもしれない。

タンコックの必死の叫びを聞いたのは、夜番の勤務グループが作業している真っ最中だった。彼は船体のある部分を指さしていたが、親方のまとめ役のハスキンズが、まるでうるさい蜂《はち》を追い払うかのようにタンコックの手を払いのけた。

タンコックはハスキンズを相手にしても埒《らち》があかないと気づき、一気に道板を下ると、波止場地帯をバリントン・ハウスのほうへ走り出した。どこを目指しているか気づいたハスキンズが、すぐにあとを追った。いまにも追いつこうとしたとき、タンコックはスウィング・ドアを突き破るようにして海運会社の本社へ飛び込んだ。

わずか数分でタンコックが建物を飛び出してきたときには驚いたが、直後にハスキンズと社長までが姿を現わしたときは、それ以上に驚いた。スタン・タンコックとはわずかな時間しか話していないはずなのに、何がミスター・ヒューゴーに社長室を出る気にさせたのか、私には想像できなかった。

その理由は時を置かずしてわかったが、それはミスター・ヒューゴーが造船所に着いたとたんに、作業員全員に仕事を中断し、道具を置いて静かにするよう命じたからだ。まるで休戦記念日のようだったが、実際には、仕事に戻るようハスキンズが指示するまで、さして長くはかからなかった。

そのとき初めて、アーサー・クリフトンはいまも二重底のなかにいるのではないかという疑いが、私の頭に浮かんだ。しかし、自分たちが造っている鋼鉄の墓場にだれかが生きて囚《とら》われているかもしれないとたとえ一瞬でも疑ったなら、人間であればだれだろうと、素知らぬ顔で歩き去ることなどもちろんできないはずだった。

溶接作業員が仕事に戻ると、ミスター・ヒューゴーがふたたびタンコックに話しかけた。タンコックは退勤する港湾労働者たちに混じって港の門を出ると、やがて姿が見えなくなった。今度もそのあとをハスキンズが追っているのではないかと目を凝らしたが、彼は仕事の遅れを取り返そうと、ガレー船を漕《こ》ぐ奴隷《どれい》を叱咤《しった》する船長もかくやとばかりに、作業員の尻《しり》を目一杯叩《たた》くほうに関心があるようだった。間もなくして、ミスター・ヒューゴーは道板を下り、車に戻って、バリントン・ハウスへ引き上げていった。

次に客車の窓から外を見たときには、タンコックが港の門を通って戻ってきて、ふたたびバリントン・ハウスへ突進していく姿があった。今度は少なくとも三十分は建物にとどまり、外に出てきたときには、もう顔を朱に染めて震えてはいず、ずいぶん怒りがおさまっているように見えた。きっと、クリフトンが見つかったとミスター・ヒューゴーに報告にきただけなのだ、と私は考えた。

社長室を見上げると、ミスター・ヒューゴーが窓際《まどぎわ》に立ち、港を出ていくタンコックを見送っていた。その姿が見えなくなってようやく窓際を離れたと思うと、数分後、外へ出てきて車に乗り込み、そのまま走り去った。

次の日の朝にはアーサー・クリフトンが出勤時間を記録するものと私は決め込んでいたが、実際にはそうならなかったし、以後二度と、彼の出勤時間が記録されることはなかった。

翌朝、ブレイクモア警部補と名乗る人物が、私の客車にやってきた。人は相手の性格を判断するときに、彼なり彼女なりが同胞をどう扱うかを見る場合がしばしばあるが、ブレイクモアは珍しく、客観的で平等なものの見方ができる人物だった。

「あなたは昨日の午後七時から七時半のあいだに、スタンレー・タンコックがバリントン・ハウスを出たところを見たということですね？」

「そうです」私は認めた。

「急いでいたり、不安そうだったり、だれにも気づかれずにその場を去ろうとしているようなところが見受けられましたか？」

「いや、その逆です」私は言った。「状況を考えると著しく無頓着《むとんちゃく》だなと、そのときはそう思ったような気がします」

「状況を考えると？」ブレイクモアが鸚鵡返《おうむがえ》しに訊いた。

「彼はその一時間ほど前、仕事仲間のアーサー・クリフトンが〈メイプル・リーフ〉の二重底に閉じ込められているのにどうして救出しようとしないんだと、抗議していたんです」

ブレイクモアがその言葉を手帳に書き留めた。

「そのあと、タンコックがどこへ行ったか、心当たりはありませんか」

「ありません」私は答えた。「彼が仕事仲間の一人に腕を回して門を出ていくところを見たのが最後です」

「ありがとうございました、サー」警部補が言った。「大変役に立ちました」だれかから

〝サー〟と呼ばれたのは本当に久しぶりだった。「もしよろしければ、あなたの都合のいいときでかまいませんので、署へきてもらって、調書を取らせてもらえませんか」

「個人的な理由から、できることならそれはお断わりしたい」私は言った。「しかし、あなたが都合のいいときにここへ取りにきてくれるのであれば、見聞きしたことを文章にするのに否《いな》やはありません」

「それで結構です、サー」

警部補はブリーフケースを開けて警察の調書用紙を取り出すと、それを私に渡して帽子を上げた。「ありがとうございました、サー。また連絡させてもらいます」しかし、彼と顔を合わせることは二度となかった。

六週間後、スタン・タンコックは住居侵入の罪で三年の懲役刑を宣告された。その裁判で、ミスター・ヒューゴーは検察側の第一証人になっていた。私は一回も欠かさず傍聴し、実際に有罪なのはどちらか、胸の内では疑いの余地がなくなった。

28

「あなたが私の命を救ってくれたことを忘れないようにしましょう」

「私はこの二十六年間、それを忘れようとしてきたんだ」オールド・ジャックは改めて彼に言った。

「しかし、あなたは同胞である二十四人の西部地方人の命を助けて、いまでもこの町では英雄です。だが、ご自身はその事実にまるで気づいておられないようだ。どうしても訊《き》いておかなくてはならないんですが、大尉、いつまで自分を責め苛《さいな》むつもりなんですか」

「私が殺した十一人が、いまきみを見ているようにははっきりと見えなくなるまでだ」

「しかし、あなたは任務を遂行しただけでしょう」サー・ウォルターが異議を呈した。

「あのときは、私もそう思っていた」オールド・ジャックは認めた。

「では、何が変わったんですか」

「その質問に答えられれば」オールド・ジャックは言った。「ここでこんな会話はしていないよ」

「しかし、あなたはいまでも、同胞のために大いに力を発揮できるはずです。たとえば、あの若い友人がそうでしょう。あの子は学校をサボっているだけだとあなたは言われるが、あなたがロイヤル・グロスターシャー連隊のジャック・タラント大尉《たいい》で、ヴィクトリア十字勲章を授けられていると知ったら、もっと尊敬の念を持ってあなたの言うことを聴くのではありませんか？」

「それを知ったら、二度と私に寄りつかなくなるかもしれないぞ」オールド・ジャックは言った。「いずれにせよ、若きハリー・クリフトンについては別の計画があるんだ」

「クリフトン……クリフトン……」サー・ウォルターが首をひねった。「どこかで聞いたことのある名前だが、なぜだろう？」

「ハリーの父は〈メイプル・リーフ〉の二重底に閉じ込められて、だれも助けようとしなかった――」

「それは私の聞いている話と違いますね」サー・ウォルターがさえぎった。口調が変わっていた。「私が聞いているのは、クリフトンは妻を捨てて出ていった、なぜなら、彼女が――あからさまに言うなら――ふしだらだからだと、そういう話なんですが」

「それなら、きみは自分が誤解させられていたと知ることになるな」ジャックは言った。「なぜなら、私が本当のことを教えてやれるからだ。ミセス・クリフトンは魅力に溢《あふ》れた、聡明《そうめい》な女性だよ。彼女と結婚できた男はそれだけでも充分に幸運なのに、なぜその幸運を手放すんだ？」

サー・ウォルターは心底からショックを受けたようだったが、しばらくしてふたたび口を開くと、小声で訊いた。「クリフトンが二重底に閉じ込められたなどという眉唾物《コック・アンド・ブル》の話を、あなたはまさか信じておられないでしょうね」

「残念ながら、信じているよ、ウォルター。いいかね、あの夜のことは最初から最後まで、この目で見ているんだ」

「それなら、どうしてそのときに何も言わなかったんですか？」

「言ったさ。翌日、ブレイクモアという警部補が事情聴取にやってきたときに、目撃したことはすべて話し、要請されたから調書まで書いた」

「それなら、なぜあなたの調書はタンコックの裁判で証拠として提出されなかったんでしょう」サー・ウォルターが訊いた。

「ブレイクモアが二度と私の前に現われなかったからだよ。それで、こっちから警察へ出向いたんだが、彼はもう担当を外されていると言われ、代わりに担当になった刑事は私と会うことを拒否した」

「ブレイクモアを担当から外させたのは私です」サー・ウォルターが言った。「あの男はヒューゴーがタンコックを金で懐柔し、クリフトンの一件に捜査の手が及ばないよう細工をしたかどで告発しようとしていたんです」オールド・ジャックは沈黙をつづけた。「この話はもう終わりにしましょう」サー・ウォルターがつづけた。「息子が完璧《かんぺき》とはほど遠いことは私もわかっていますが、そこまでするとは思えない――」

「あるいは、思いたくないのではないかな」オールド・ジャックはさえぎった。

「ジャック、あなたはどっちの味方なんですか」

「正義の味方だよ。初めて会ったとき、きみがそうだったようにな」

「私はいまでも正義の味方です」サー・ウォルターは言ったが、そのあとしばらく沈黙してから付け加えた。「約束してほしいんです、大尉。何であれヒューゴーに関して、わが一族の評判を貶《おとし》めるとあなたが信じるようなことがあったら、私に教えるのを躊躇《ちゅうちょ》しないでください」

「約束しよう」

「私も約束しましょう。ヒューゴーが法を犯したと、一瞬でも私が疑うようなことがあれば、躊躇なく息子を司法の手に委《ゆだ》ねます」

「そういう必要が生じないことを祈ろうじゃないか」オールド・ジャックは言った。

「まったくです。さて、もう少し気分のいい話題に戻りましょうか。当座、必要なものはありませんか？　その気になれば、私はいまでも……」

「きみのところに、もう着なくなって余っている服はないかな」

サー・ウォルターが訝《いぶか》った。「失礼ですが、なぜそれが必要か、聞かせてもらってもいいでしょうか」

「それは勘弁してもらおう」オールド・ジャックは応《こた》えた。「だが、実を言うと、ある紳士に会わなくてはならなくてね、そのためにしかるべき服装をする必要があるんだよ」

オールド・ジャックは長い年月のあいだにずいぶん痩《や》せていたから、サー・ウォルターの服を着るとだぶだぶもいいところだったし、シェイクスピアの『十二夜』に登場する臆《おく》病《びょう》な伊達男《だておとこ》のサー・アンドリュー・エイギューチークと同じく、背も旧友より数インチ高かったからズボンの裾《すそ》を出さなくてはならなかったが、それでも、かろうじてくるぶしに届く程度だった。しかし、ツイードのスーツ、格子縞《こうしじま》のシャツ、ストライプのネクタイといういでたちは、今回の特別な話し合いにふさわしいと感じられた。

数年ぶりに港の外へ出ると、数少ない見知った顔が、見慣れないこぎれいな服装を訝り、振り返った。

学校のベルが四時を告げ、オールド・ジャックが陰に引っ込んで見ていると、子供たちがまるで刑務所から脱走するかのごとく、大騒ぎをしながらメリーウッド初等学校《エレメンタリー》の校門から溢れ出てきた。

ミセス・クリフトンは十分前からそこで待っていて、ハリーは母親の姿を認めると、不承不承にその手を取った。とびきりの美人だ、とオールド・ジャックは思った。母子が帰っていくのを見ていると、ハリーはいつものように飛び跳ねながら際限なくおしゃべりをし、まるでスティーヴンソンが設計した蒸気機関車〈ロケット号〉のように大量のエネルギーを発散させていた。

オールド・ジャックは二人が視界から消えるのを待って道路を渡り、校庭に入っていった。普段の着古した格好であれば、玄関にたどり着くはるか手前で学校関係者に行く手を阻《はば》まれていたに違いない。廊下の左右に目を走らせていると、一人の教師がやってくるのが見えた。

「手間を取らせて申し訳ない」オールド・ジャックは言った。「ミスター・ホールコムにお目にかかりたいのですが」

「左側の三つ目のドアです、オールド・フェロウ」教師が廊下の先を指さした。

オールド・ジャックはミスター・ホールコムの教室の前で足を止め、静かにドアをノックした。

「どうぞ」

ドアを開けると、チョークの粉にまみれた長い黒のガウンを着た若い男が、生徒が帰ったあとの教室で、何列にも並んでいる机と向かい合ったテーブルにつき、練習問題集の採点をしていた。「お邪魔して申し訳ない」オールド・ジャックは声をかけた。「ミスター・ホールコムを探しているのですが」

「それなら、もう探す必要はありませんよ」教師が応えてペンを置いた。「もっとも、友人たちはジャ
「ターと言います」オールド・ジャックは一歩前へ進んだ。「もっとも、友人たちはジャックと呼んでいますがね」

ホールコムの顔が晴れた。「ハリー・クリフトンがほとんど毎朝訪ねている方ですね」

「残念ながら、そういうことです」オールド・ジャックは認めた。「申し訳ありません」

「謝っていただく必要はありません」ホールコムが言った。「あなたと同じぐらいの影響を、自分があの子に及ぼせないのが残念なだけです」

「そのことで、あなたにお目にかかりにきたのですよ、ミスター・ホールコム。ハリーは稀《まれ》に見る子です。その才能を最高の形で発揮できるよう、あらゆるチャンスを与えてやるべきだと私は確信しているのです」

「そのとおりです」ホールコムが応えた。「それに、あの子はたぶん、あなたが気づいてもおられない才能さえ持っているかもしれません」

「と言いますと？」

「天使の声を持っているんですよ」

「ハリーは天使とはほど遠いでしょう」オールド・ジャックはにやりと笑みを浮かべた。

「それもまったくそのとおりですが、それがあの子を学校にこさせる最大のチャンスになるかもしれません」

「何か考えがあるのですか？」

「あの子がホーリイ・ナティヴィティ教会の聖歌隊に誘われる可能性が、かなり高い確率であるのです。ですから、もっとちゃんと学校へくるよう、あなたからあの子を説得してもらえば、私が読み書きを教えられるというわけです」

「教会の聖歌隊に入るのに、なぜ読み書きがそんなに重要なのですか？」

「ホーリイ・ナティヴィティ教会では、読み書きができないと聖歌隊に入れません。指揮者のミス・マンデイが、その規則に例外を設けることを断固拒否しているのです」

「では、あの子が必ずあなたの授業に出るようにすればいいんですね？」オールド・ジャックは訊いた。

「いえ、それ以上のことをしてほしいのです。つまり、学校へこないときは、あなたに教師役をしてもらいたいのです」

「しかし、私は教員資格を持っていませんよ」

「資格があるから尊敬する、資格がないから軽んじるというような子では、ハリー・クリフトンはないはずです。それにお互いわかっているとおり、あなたの言うことはよく聴いているではありませんか。私たちが手を結んだら、きっとうまくいくのではないでしょうか」

「しかし、私たちの企《たくら》みにハリーが気づいたら、あなたも私も、二度とあの子に会えなくなりますよ」

「あの子のことはすっかりお見通しのようですね」ホールコムがため息をついた。「ですから、絶対に気づかれないようにしなくてはなりません」

「それはなかなかに難しいことかもしれないが」オールド・ジャックは言った。「望むところでもあります。やってみましょう」

「ありがとうございます、サー」ミスター・ホールコムが言い、少し間を置いて付け加えた。「握手をさせていただいてもいいでしょうか」手が差し出されたとき、オールド・ジャックは驚きを隠せなかったが、その手を優しく握り返した。「お目にかかれて光栄です、タラント大尉」

オールド・ジャックの顔に怯《おび》えが浮かんだ。「どうして私の名前を……」

「いまも、父があなたの写真を居間に飾っているんです」

「しかし、なぜ？」オールド・ジャックは訝った。

「あなたに命を救ってもらったからです、サー」

それから数週間、ハリーがオールド・ジャックのところへくる回数は減っていき、ついに、会うのは土曜の午前中だけになった。ホールコムの計画がうまくいったと確信したのは、今度の日曜にホーリイ・ナティヴィティ教会で歌うのを聴きにきてくれないかと、ハリーが頼んだときだった。

その日曜の朝、オールド・ジャックは早起きをし、バリントン・ハウスのサー・ウォルターの専用洗面室を使ってシャワー――最近発明されたばかりだった――を浴びると、髭《ひげ》まで整えて、サー・ウォルターのお下がりのもう一着のスーツを着た。

礼拝が始まる直前にホーリイ・ナティヴィティ教会に着いて、後ろのほうの信徒席の端にそっと腰を下ろした。前から三列目にミセス・クリフトンの姿があり、その左右に、彼女の両親と思われる男女が坐《すわ》っていた。ミス・マンデイについて言うなら、千人の会衆のなかにいても、一目でそうとわかるはずだった。

ハリーの声についてのミスター・ホールコムの形容は、決して大袈裟《おおげさ》ではなかった。自分がウェルズ大聖堂へ通っていたころからの記憶にある限りでは、飛び抜けて美しかった。彼が口を開き、「主よ、わたしをお導きください」を歌いはじめた瞬間に、自分の秘蔵っ子が例外的な才能を持っていることに疑いの余地はなくなった。

ワッツ師が最後の祝福を与えるやいなや、オールド・ジャックはだれにも悟られないように教会を抜け出し、急いで港へ向かって引き返した。あの歌声に心から聞き惚《ほ》れたとハリーに伝えるまで、一週間も待たなくてはならなかった。

歩いているうちに、サー・ウォルターに咎《とが》められたことが思い出された――「自分を抑え込むのをやめさえすれば、あなたはハリーのためにもっと多くのことをしてやれるんですよ」その言葉を慎重に考えたが、罪悪感という枷《かせ》を外す準備は、まだできていなかった。しかし、ハリーの人生を変えられる男なら知っていた。あのおぞましい時代をともに過ごし、もう二十五年以上も顔を合わせていない男、セント・メアリー・レッドクリフ教会へ聖歌隊員を送り込んでいる学校で教鞭《きょうべん》を執っている男だった。残念ながら、メリーウッド初等学校は毎年行なわれる聖歌隊奨学生募集がやってくる学校ではなかったから、その男を正しい方向へ導いてやる必要があった。

唯一《ゆいいつ》心配があるとすれば、フロビッシャー中尉《ちゅうい》が自分を憶《おぼ》えてくれているかどうかだった。

29

オールド・ジャックが待っていると、ヒューゴーがバリントン・ハウスから出てきて、帰宅の途についた。しかし、ミス・ポッツの部屋の明かりがようやく消えたのは、それから三十分後だった。

オールド・ジャックは客車を出ると、バリントン・ハウスのほうへゆっくりと歩き出した。ほんの三十分もすれば、女性清掃員たちが仕事にやってくるはずだった。明かりの消えた建物に忍び込むと、六階まで階段を上った。そこへの立ち入りをサー・ウォルターが黙認してくれて二十五年がたったいま、オールド・ジャックは夜目の利《き》く猫のように廊下を進み、暗闇《くらやみ》のなかで、〈社長室〉と記されたドアの前に立った。

ヒューゴーの机につくと、明かりをつけた。だれかが気づいたとしても、ミス・ポッツが残業をしていると思うはずだった。電話帳をめくり、〝セント〟の項をたどっていった――〝アンドリューズ、バーソロミューズ、ベアトリス、ビーズ〟。

そして、生まれて初めて受話器を手に取った。そのあとどうすればいいかがわからなかったが、回線の向こうで声が応《こた》えた。「番号をどうぞ」

「TEM八六一二」人差し指でその番号をたどりながら告げた。

「承知しました」待っているあいだに、刻々と不安が募った。電話に出たのが本人でなかったら何と言おうか？　黙って受話器を戻すしかないだろう。ポケットから一枚のメモを取り出し、前の机の上に広げて置いた。やがて呼出し音が聞こえ、受話器の上がる音がして、男の声が言った。「フロビッシャー・ハウスです」

「ノエル・フロビッシャーですか？」セント・ビーズ校ではそのときの寮監の名前がそれぞれの寮の名前になるという伝統を思い出しながら、ジャックは訊《き》いた。そして、机の上に広げた台本を見た。一行ずつ心を砕いて書き、果てしなく予行演習をしてきたのだった。

「私ですが」正体不明の声の主が自分のクリスチャン・ネームまで知っているとあって、フロビッシャーは明らかに驚いていた。長い沈黙がつづき、彼はいくぶん苛立《いらだ》ちを含んだ声で呼びかけた。「もしもし？」

「私だ、ジャック・タラント大尉《たいい》だよ」

今度はもっと長い沈黙が落ち、しばらくして、ようやくフロビッシャーの声が戻ってきた。「ご無沙汰《ぶさた》しています、大尉」

「こんなに遅い時間に煩《わずら》わせて申し訳ない、オールド・フェロウ。だが、どうしてもきみの助言を必要としたものでね」

「煩わすなど、とんでもありません。こんなに久しぶりに大尉の声を聞けるとは、光栄の至りです」

「そう言ってもらえるとありがたいが」オールド・ジャックは言った。「あまりきみの時間を無駄にしたくないので用件に入ろう。セント・ビーズ校はいまも、セント・メアリー・レッドクリフ教会へソプラノの聖歌隊員を送り込んでいるのかな?」

「はい、送り込んでいます。いまのこの世界では多すぎるほどの変化が生じていますが、その伝統は昔のまま生き延びているものの一つです」

「私の時代には」オールド・ジャックは訊いた。「セント・ビーズは例外的な才能を持ったソプラノを聖歌隊奨学生として入学させていたが、それはどうなのだろう」

「それもまだ生き延びています。実を言うと、数週間後には、出願してきた候補者の選考に入ることになっています」

「それは州内のどこの学校でもいいのかな?」

「はい、飛び抜けた声を持っているソプラノであれば、どの学校でもかまいません。ただし、学業成績が優秀であるという条件が付きますが」

「なるほど」オールド・ジャックは言った。「そういうことなら、考慮してもらいたい候補者がいるんだがね」

「わかりました。それで、その候補者ですが、いまはどこの学校に通っているのですか?」

「メリーウッド初等学校だ」

またもや長い沈黙が落ちた。「正直なところ、その学校からの入学申請は過去に一度もありません。ひょっとして、音楽の担当教員の名前はご存じではありませんか？」

「あの学校に音楽の教師はいないんだ」オールド・ジャックは答えた。「しかし、その子の担任教師に連絡してもらえないだろうか。ミスター・ホールコムというんだが、彼が女性の聖歌隊指揮者に引き合わせてくれるはずだ」

「その子の名前を教えていただけますか？」フロビッシャーが言った。

「ハリー・クリフトンだ。彼の歌声を聴きたかったら、今度の日曜にホーリイ・ナティヴィティ教会の朝課に出席するといい」

「あなたもいらっしゃるんですか？」

「私は行かない」オールド・ジャックは答えた。

「それでは、その子が歌うのを聴いたあと、どうやってあなたに連絡すればいいんでしょうか」フロビッシャーが訊いた。

「連絡はしなくていい」オールド・ジャックはきっぱりと言い、そのまま受話器を戻した。台本を畳み直してポケットにしまったとき、建物の外で砂利を踏む音が確かに聞こえた。彼は急いで明かりを消し、社長室から廊下へと滑り出た。

ドアが開く音がして、階段で人の声がしはじめた。六階にいるところを見つかるのは、何としてもまずかった。重役とミス・ポッツ以外は、絶対に立ち入ってはならないことになっているのだ。サー・ウォルターに迷惑をかけるわけにはいかなかった。

足早に階段を下り、四階に着いたところで、自分のほうへ上がってくるミセス・ネトルズが見えた。片手にモップ、もう一方の手にバケツを持っていたが、隣りにいる女性には心当たりがなかった。

「こんばんは、ミセス・ネトルズ」オールド・ジャックは声をかけた。「最高の夜だから、ちょっと巡回しようかと思ってね」

「こんばんは、オールド・ジャック」ネトルズがゆっくりと擦れ違いながら応えた。彼は角を曲がると足を止め、じっと聞き耳を立てた。「あれがオールド・ジャックよ」ミセス・ネトルズの声が聞こえた。「いわゆる夜警なの。恐ろしく変な人だけど、まったくの無害だから、出くわしたらただ無視すればいいわ……」一歩ごとに遠くなっていくその声を聞きながら、オールド・ジャックは苦笑した。

客車へ向かってゆっくりと引き返しながら、ハリーがセント・ビーズ校の聖歌隊奨学生に応募すべきかどうか助言を求めにくるまで、どのぐらい待てばいいだろうかと考えた。

30

客車のドアがノックされ、ハリーが入ってきて、一等車のオールド・ジャックの向かいの座席に腰を下ろした。

セント・ビーズ校の学期中は、会えるのは土曜の午前だけだったが、それでも、彼は欠かさずやってきていた。オールド・ジャックはそのお返しにセント・メアリー・レッドクリフ教会の朝課に出席し、ミスター・フロビッシャーとミスター・ホールコムが、自分たちの秘蔵っ子を誇りに思って顔を輝かせている様子を眺めて楽しんでいた。

休暇に入ると、ハリーがこの客車を第二の自分の家のように振る舞うせいで、いつ現われるか予想がつかなくなった。新学期が始まってハリーがセント・ビーズへ戻ってしまうと、必ず寂しくなった。自分のことを、ハリーが一度も持てなかった父親のようだとミセス・クリフトンが言ってくれたときは、心底うれしかった。事実、ハリーは昔から欲しくてたまらなかった息子も同然だった。

「ずいぶん早く新聞配達が終わったんだな」その土曜日の朝、客車に入ってきたハリーに、オールド・ジャックは目を擦《こす》り、瞬《まばた》きしながら言った。

「早くなんかありませんよ、ご老体、あなたが遅くまで寝ていただけです」ハリーが言い、昨日の〈タイムズ〉を一部差し出した。

「そして、若者、きみは日に日に生意気になっていくな」オールド・ジャックはにやりと笑って見せた。「それで、新聞配達はどうなんだ？」

「うまくいっています。母に腕時計を買ってあげられるぐらいは貯《た》められると思います」

「お母さんの新しい仕事を考えると、実に気の利《き》いたプレゼントだ。だが、本当に買えるのか？」

「もう四シリング貯まりました」ハリーが答えた。「休みが終わったときには六シリングぐらいにはなっているはずです」

「買う時計はもう決めたのか？」

「決めてあります。ミスター・ディーキンズの店の陳列棚にあるんですが、いつまでもそこにはないと思いますよ」ハリーがにやりと笑みを浮かべた。

ディーキンズ——オールド・ジャックが決して忘れられない名前だった。「いくらするんだ？」

「わかりません」ハリーが言った。「ミスター・ディーキンズに値段を訊《き》くのは、学校へ戻る前日にしようと思っているんです」

どんな時計であれ、六シリングでは買えないことをどう伝えればいいかわからなかったので、オールド・ジャックは話題を変えた。「新聞配達が勉強の妨げになってはいないだろうな。改めて念を押す必要はないと思うが、入学試験は日々近づいているんだぞ」

「フロビッシャー先生より厳しいですね」ハリーが言った。「でも、毎朝二時間、それから午後はほぼ毎日二時間、ディーキンズと一緒に図書館にこもっていると言ったら、喜んでもらえますか？」

「ほぼ、か？」

「ジャイルズと、ときどき映画《フリック》を観《み》にいくんですよ。それに、来週は州のグラウンドでグロスターシャーがヨークシャーと対戦するんです。ハーバート・サトクリフのバッティングを見るチャンスなんです」

「ジャイルズがイートン校へ行ったら、きみはさぞかし寂しくなるだろうな」オールド・ジャックは言った。

「ディーキンズやぼくと一緒にブリストル・グラマー・スクールへ行きたいと、あいつはいまも父親を説得しつづけているんです」

「ディーキンズやぼく、か」オールド・ジャックは繰り返した。「しかし、言っておくが、ミスター・ヒューゴーというのは、一旦《いったん》こうと決めたら、その頑固さはジャイルズ以上だぞ」

「ミスター・バリントンはぼくを好きじゃありませんからね」ハリーは言い、オールド・ジャックを驚かせた。

「なぜそう思うんだ？」

「ぼくの扱いが、セント・ビーズのほかの子と違うんですよ。息子の友だちにふさわしくないと思ってるみたいなんです」

「きみはその問題と一生対峙《たいじ》することになるだろうな、ハリー」オールド・ジャックは言った。「イングランド人というのは世界一の鼻持《スノッブ》ちならない人種で、なぜかはわからないが、ほとんど常にそうでありつづけている。私の経験でも、能がないやつほど、上に媚《こ》びて下を見下す。いわゆる上流階級という輩《やから》は、それにすがらなければ生き延びられないとでも思っているかのようだ。というわけで、忠告しておくが、あいつらはきみのような成り上がりが、招待もしていないのに自分たちのクラブへ乱入するのが面白くないんだ」

「でも、あなたはそんなふうにぼくを扱っていないじゃないですか」ハリーが言った。

「それは私が上流階級ではないからだよ」オールド・ジャックは笑って応《こた》えた。

「そうかもしれないけど、母はあなたのことを第一級の人物だと言っていました」ハリーが言った。「だから、ぼくもそうなりたいんです」

　ミスター・ヒューゴーがなぜいつもハリーをあそこまでぞんざいに扱うのか、本当の理由を教える勇気がなかった。少年の父親が死んだ日、自分があの時間にあそこにいて、実際に何があったかを目撃したのを、ときどき後悔することさえあった。

「また眠ってるんじゃないでしょうね、ご老体」ハリーが言った。「今日は一日じゅうあなたとおしゃべりしているわけにいかないんですよ。母とブロード・ストリートの〈クラークス〉で待ち合わせて、新しい靴を買ってもらうことになっているんです。いま履いているのだって、全然傷《いた》んではいないんですけどね」

「きみのお母さんは特別な女性だよ」オールド・ジャックは言った。

「だから、腕時計を買ってあげるんです」ハリーが応えた。

店に入ると、ドアの上でベルが鳴った。これだけの時間がたっているのだから、おそらくディーキンズ二等兵は自分のことを憶《おぼ》えていないだろうと、オールド・ジャックは希望的に考えた。

「おはようございます、サー。どんな御用向きでしょう？」

とたんに、ディーキンズ二等兵だと見紛《みまが》いようもなくわかった。オールド・ジャックは笑顔で陳列棚の前に立ち、最上段に並んでいる二つの時計を見た。「このインガーソルの値段を知りたいだけなんだが」

「女物のほうですか、それとも、男物でしょうか、サー？」ミスター・ディーキンズがカウンターの奥から出てきた。

「女物だ」オールド・ジャックは答えた。

ディーキンズが片手で陳列棚の鍵《かぎ》をあけ、手際《てぎわ》よく台から外すと、値札をあらためた。

「十六シリングです、サー」

「ありがとう」オールド・ジャックは十シリング札《テン・ボブ》をカウンターに置いた。ミスター・ディーキンズの顔が訝《いぶか》しさを増した。「ハリー・クリフトンがこの腕時計の値段を尋ねたら、ミスター・ディーキンズ、申し訳ないけれども、六シリングだと言ってもらえないだろうか。というのは、彼があなたのところでの新聞配達をやめたときに溜《た》まっているのが六シリングのはずで、あの子がこの時計を母親にプレゼントしたいと願っているのを、私が知ってしまったからなんだ」

「あなたはオールド・ジャックですよね」ディーキンズが言った。「あの子はあなたにとても感謝するでしょう……」

「いや、あの子には黙っていてもらいたいんだ」オールド・ジャックはディーキンズをしっかりと見つめて頼んだ。「この時計が六シリングだと信じてもらいたいのでね」

「承知しました」ミスター・ディーキンズが時計を台に戻した。

「それで、男物のほうはいくらだろう」

「一ポンドです」

「前金として十シリング《テン・ボブ》預け、残金は毎週半クラウンずつ払って、来月一杯で完済するというわけにはいかないだろうか？」

「それはまったく問題ありません。しかし、その前に試して見られたらいかがですか」

「いや、結構だ」オールド・ジャックは断わった。「私が使うわけではないんだ。ハリーがブリストル・グラマー・スクールの奨学生になれたら、プレゼントしてやるつもりなのでね」

「私も同じことを考えていたんですよ」ミスター・ディーキンズが言った。「息子のアルジーが、それを手首に巻くに足る幸運をつかみ取ったらですがね」

「それなら、急いでもう一つ注文したほうがいい」オールド・ジャックは言った。「ハリーによれば、あなたの息子さんは絶対確実だそうだから」

ミスター・ディーキンズが声を上げて笑ったあとで、まじまじとオールド・ジャックを見た。「どこかでお目にかかったことがありませんか、サー？」

「そんなことはないと思うが」オールド・ジャックは答え、そそくさと店をあとにした。

31

そっちからこないのなら、こっちから行ってやるというわけか……オールド・ジャックは内心で苦笑しながら、立ち上がってミスター・ホールコムを迎え、坐《すわ》るよう勧めた。

「軽食堂車で一緒にお茶でもいかがかな？」オールド・ジャックは尋ねた。「ミセス・クリフトンが親切なことに、最高級の紅茶《アール・グレイ》を分けてくれたのでね」

「いや、結構です」ホールコムが言った。「朝食を済ませたばかりなものですから」

「ところで、あの子は惜しいところで奨学生になり損ねたそうだね」ミスター・ホールコムの訪問の目的はおそらくそのことだろうと、オールド・ジャックは見当をつけていた。

「失敗したというのは、ハリーの見方です」ホールコムが言った。「実際には、三百人中十七番だったし、この九月には間違いなく、成績最上位者のAコースに入るべく入学要請がくるんですから」

「しかし、彼はそれを受けることができるだろうか？　母親にさらなる経済的負担がのしかかるわけだろう」

「予想外の障害《しょうがい》が立ちはだからない限り、彼女はこれから五年間、ハリーをあの学校へ通わせられるはずです」

「そうだとしても、ほかの大半の子が保証されている、ささやかな予備費にすら不自由することになるんだよ」

「たぶん、そうでしょう。しかし、あの学校のさまざまな掛かりを、リストを見て計算したんですが、彼が入りたがっている三つの課外活動のうち、少なくとも二つには入っても大丈夫だと思われます」

「その三つとは」オールド・ジャックは想像した。「聖歌隊、演劇クラブ、そして……」

「芸術鑑賞クラブです」ホールコムが引き取った。「聖歌隊の遠征費用に関してはミス・マンデイとミス・ティリーが引き受けてくれることになり、演劇クラブについては私が面倒を見て……」

「では、芸術鑑賞クラブは私が何とかしよう」オールド・ジャックは言った。「あの子の新しい情熱の対象だからね。レンブラントやフェルメール、それに新人のマティスも含めて、私もまだハリーに負けない自信はある。いまの彼は、私の関心をピカソというスペイン人に向けようとしているが、残念ながら、私には良さがわからない」

「その名前は私も聞いたことがありませんね」ホールコムが認めた。

「これからだって、聞こえてくるかどうか」オールド・ジャックは否定的だった。「しかし、くれぐれもハリーには内緒に願いたい」そして小さなブリキの箱を手にすると、蓋《ふた》を開けて、そこに入っている三枚の紙幣と、硬貨をほとんど全部、取り出した。

「それはいけません」ホールコムが押しとどめようとした。「私がお邪魔した理由は、そういうことではありません。実は今日の午後、もう少ししてから、ミスター・クラディックに会いにいくつもりでいます。あの人なら、必ずや――」

「ミスター・クラディックより私のほうに優先権があることは、あなたもわかるはずだ」オールド・ジャックは金を押しつけた。

「ありがとうございます」

「最高の金の使い方だよ」オールド・ジャックは言い、思いついて付け加えた。「たとえ〝貧者の一灯〟でもね。少なくとも、私の父はよしとしてくれるだろう」

「お父さま、ですか?」ホールコムが訊《き》き返した。

「ウェルズ大聖堂の駐在主教座聖堂参事会員なんだ」

「知りませんでした」ホールコムが言った。「では、少なくとももときどきは会いに行けるわけですね」

「悲しいことに、そうはいかないんだよ。残念ながら、私は現代版〝放蕩《ほうとう》息子〟でね」オールド・ジャックは答えた。その話にこれ以上深入りするつもりはなかった。「それで、青年、私を訪ねてこられた目的は何なのかな」

「〝青年〟と最後に呼ばれたのはいつだったでしょう、記憶にないくらい大昔ですよ」

「それでは、いまでもそう呼んでもらえるのをありがたく思うことだ」オールド・ジャックはからかった。

ホールコムが笑った。「実は、学校の演劇のチケットが二枚あるんです。演目は『ジュリアス・シーザー』なんですが、ハリーも出演するんですよ。それで、初日の夜に観《み》にいらっしゃったらどうかと思ったものですから」

「オーディションを受けていることは知っていたが」オールド・ジャックは応《こた》えた。「どの役を演じるのかな?」

「シナです」ホールコムが教えた。

「歩き方でハリーを見分けるわけだ（シェイクスピアの『ジュリアス・シーザー』には、二人のシナが登場する）」

ホールコムが頭を下げた。「では、私と一緒に観てくださるんですね?」

「申し訳ないが、それはできない」オールド・ジャックは手を上げて相手を制した。「私のことを気にかけてくれるのは本当にありがたいけれども、ホールコム、私にはまだ劇場へ行く準備ができていない。たとえ一観客としてであっても、だめなんだ」

残念ながら、オールド・ジャックは演劇祭でのハリーの演技を観ることができず、それがどんなものだったかは、演者本人の口から聞くだけで満足しなくてはならなかった。翌年、ホールコムが今年こそ観るべきかもしれないと示唆《しさ》したときのハリーはもっと大きな役がついていて、オールド・ジャックは危うく誘惑に負けそうになったが、ついに夢を現実にしたのは、さらに一年後、ハリーが「夏の夜の夢」で妖精パックを演じたときだった。

大勢の人のなかに出ていくのはいまだに恐ろしかったが、学校のホールの一番後ろでこっそり観ることにした。そこならだれにも見られずにすむだろうし、それ以上に恐ろしい、自分だと気づかれる心配もないはずだった。

だれかが置いていったらしい地元の新聞に踊る大見出しに気づいたのは、バリントン・ハウスの六階の洗面室で髭《ひげ》を整えているときだった――〝〈ティリーズ・ティー・ショップ〉全焼！　放火の疑いあり！〟。その下の写真を見た瞬間、気分が悪くなった。ミセス・クリフトンが舗道で従業員とひとかたまりになり、焼け落ちた店の残骸《ざんがい》をなすすべもなく眺めていた。〝詳細は十一ページへ〟という指示に従ってページをめくったが、そのページはなかった。

洗面室を出ると、ミス・ポッツの机に十一ページがあるのではないかと急いだが、その机がきれいに片づけられ、ゴミ箱も空になっているとわかっても、特に驚きはしなかった。恐る恐る社長室のドアを開けてなかを覗《のぞ》くと、なくなっていた十一ページが、ミスター・ヒューゴーの机に広げられていた。オールド・ジャックは背もたれの高い革張りの椅子《いす》に腰を下ろし、その部分を読みはじめた。

読み終えてすぐに、ハリーは学校をやめなくてはならないだろうかという懸念《けねん》が頭に浮かんだ。

記事によれば、保険金が満額支払われない限り、ミセス・クリフトンは倒産の危機に直面する恐れがあった。記事はさらにつづけて、自分たちが調査して生じた疑いを警察がすべて排除してくれるまでは、保険金は鐚一文《びたいちもん》支払われないだろうと、ブリストル・アンド・ウェスト・オヴ・イングランド保険会社のスポークスマンが語ったことを明らかにしていた。あの可哀相《かわいそう》な女性にこれ以上のひどい仕打ちがあるだろうか、とオールド・ジャックは思った。

さすがにメイジーという名前を公表するほど新聞も不注意ではなかったが、彼女の写真がでかでかと一面を飾っている理由については、オールド・ジャックには疑いの余地がなかった。記事を読み進めて、担当の刑事がブレイクモア警部補だとわかると、ささやかな希望が感じられた。あの男なら、ミセス・クリフトンは自分の作り上げたものに火をつけるような人物でないと理解するのにそう長い時間は必要としないだろう。

新聞をミスター・ヒューゴーの机に戻したとき、初めて手紙に気がついた。本来なら、知ったことではないと無視したはずだったが、最初の段落の〝ミセス・クリフトン〟という文字に目が留まった。

その手紙を読んでいくと、信じがたいことに、五百ポンドを提供してミセス・クリフトンが〈ティリーズ・ティー・ショップ〉を買えるようにしてやったのは、ミスター・ヒューゴーだということだった。あの男がメイジーに助けの手を差し伸べた理由は何だろう？彼女の夫の死について、多少なりと自責の念を持っているということがあり得るだろうか？　それとも、無実の男に濡《ぬ》れ衣《ぎぬ》を着せて、刑務所送りにしたことを恥じているのか？確かに、タンコックが刑務所を出るや、すぐに元の仕事に復帰させてやってはいる。ヒューゴーについては疑わしきは罰せずということにすべきだろうかと迷ったとき、「息子が完璧《かんぺき》とはほど遠いことは私もわかっていますが、そこまでするとは思えない――」という、サー・ウォルターの言葉が思い出された。

オールド・ジャックはもう一度、その手紙を読み返した。ナショナル・プロヴィンシャル銀行の支配人、ミスター・プレンダーガストの手になるもので、彼はこう書いていた――〝自分はふたたび保険会社に対して、彼らが契約上の義務を履行し、保険証書に記載されている満額、すなわち六百ポンドをミセス・クリフトンに補償するよう念を押し、ミセス・クリフトンは無実であって、ブレイクモア警部補が最近当行に対し、もはや彼女は捜査の対象では一切ないと通知してきたことを伝えました〟。

プレンダーガストはその手紙の最後の段落で、近い将来ミスター・バリントンと相談し、その問題を解決して、ミセス・クリフトンが受け取る資格のある満額を受け取ることができるようにすべきであると提案していた。読み終えたとき、机の上の小さな時計が七回鳴った。

オールド・ジャックは明かりを消して廊下へ飛び出し、階段を駆け下りた。ハリーの演技を、遅刻しないで最初から観たかった。

32

オールド・ジャックはその夜遅く客車に戻ると、今週ハリーが置いていってくれた〈タイムズ〉を手に取った。山高帽《ボウラー・ハット》もサスペンダーも新調する予定はなかったし、『嵐《あらし》が丘』の初版本も必要なかったから、第一面の個人広告欄は無視した。

ページをめくっていくと、エドワード八世国王が地中海でヨットの休日を楽しんでいる写真が目に留まった。隣りに、ミセス・シンプソンというアメリカ人女性が立っていた。記事は言葉遣いこそ曖昧《あいまい》だったが、一大警世紙たるわがタイムズとしては、離婚経験のある女性と結婚したいという若き国王の希望を支持するのは難しいとほのめかしていた。エドワード贔屓《びいき》のオールド・ジャックは悲しくなった。ウェールズを訪問したとき、そこの炭鉱労働者の苦境にはっきりと同情を寄せてからは、特に好感を持っていた。しかし、かつてジャックの乳母がよく言っていたとおり、いいことしかない一日などないのだ。

そのあと、かなりの時間をかけて、関税改正法案に関する記事を読んだ。それは庶民院の二度目の読会を通過したばかりだったが、ウィンストン・チャーチルはその法案を指して、まったく得体の知れないものであり、成立したとしても、政府も含めて、誰一人恩恵を被《こうむ》ることはないと反対を煽《あお》っていた。この問題についてのサー・ウォルターの忌憚《きたん》のない意見を聞くのを、オールド・ジャックは待ちきれなかった。

次のページには、英国放送協会《BBC》がアレクサンドラ宮殿から最初のテレビ放送を行なったという記事が載っていた。テレビというのは、オールド・ジャックにははなから理解できないものだった。そもそもどうやって絵を電波で個人の家庭に送り届けられるのか？　彼自身はラジオすら持っておらず、テレビを手に入れたいとは金輪際思わなかった。

スポーツ欄には、優雅な服装のフレッド・ペリーの写真があり、その上に、〝三度のウインブルドン・チャンピオン、全米オープンの勝利をほのめかす〟と見出しが躍っていた。テニス特派員はつづけて、外国人競技者のなかにはフォレスト・ヒルズでショート・パンツを穿《は》く者がいるかもしれないと言っていたが、それもまた、オールド・ジャックが受け入れられないものの一つだった。

〈タイムズ〉を読むときはいつもそうするように、今日もまた、死亡記事は最後まで取っておいた。自分より年若い者が、戦争によってだけでなく、死んでいく年齢に達していた。

そのページをめくったとたん、顔から血の気が引き、圧倒的な悲しみが押し寄せた。見出しが〝敬虔《けいけん》な〟と形容するウェルズ大聖堂駐在主教座参事会員、トマス・アレグザンダー・タラント師の死亡記事を、ジャックは時間をかけて読み切り、父の死を確認したとたんに自分を恥じた。

「七ポンド四シリング?」オールド・ジャックは鸚鵡返《おうむがえ》しに訊《き》き返した。「しかし、ブリストル・アンド・ウェスト・オヴ・イングランド保険会社から届いたのは六百ポンドの小切手だったのではないのですか? しかも、私の記憶が正しければ、〝満額を支払うという最終決定をもって〟と記されていたと思うが」

「そのとおりなんですけど」メイジーが言った。「融資してもらった元金、その元金の複利の利子、そして銀行の手数料を清算すると、七ポンド四シリングしか残らなかったんです」

「私もずいぶん世間を知らないと言わざるを得ないな」オールド・ジャックは言った。「こともあろうに、一瞬、ほんのちらりとでも、ヒューゴー・バリントンが人の役に立とうとしているなどと考えたわけだから」

「それを言ったら、わたしはあなたの倍も世間知らずですよ」メイジーが言った。「だって、あの男が一枚噛《か》んでいると、ほんのこれっぽっちでも疑っていたら、あいつの金なんか一ペニーだって受け取らなかったはずだし、受け取ってしまったために、すべてを失うはめになってしまったんですから。ホテルの仕事さえもね」

「しかし、それはなぜなのかな?」オールド・ジャックは訊いた。「ミスター・フランプトンは常々、あなたの代わりはいないと言っていたんでしょう」

「でも、もうそうではないらしいんです。馘《くび》の理由はわたしも訊いたんですが、それには答えてもらえず、わたしについての苦情が確かな筋から寄せられたとしか教えてもらえませんでした。でも、その確かな筋がロイヤル・ホテルに立ち寄って総支配人とおしゃべりした翌日に解雇されたのは偶然ではないはずです」

「バリントンがホテルに入るところを見たんですか？」オールド・ジャックは訊いた。

「いえ、入るところは見ていません。でも、出ていくところは見ています。忘れないでください、わたしはあいつの車に隠れて、戻ってくるのを待っていたんですから」

「そうでした」オールド・ジャックは言った。「それで、ハリーのことであの男と対決したときはどうだったんです？」

「車にいるあいだは」メイジーが言った。「アーサーの死に責任があると、事実上認めたような口振りでした」

「これだけの年月がたったあとで、いまさらながらに正直になったと？」オールド・ジャックは信じられなかった。

「そうではなくて」メイジーが答えた。「口が滑っただけでしょう。でも、次の学期の授業料の払い込み依頼書を助手席に置くと、それをポケットにしまって、どう力になれるか考えると言ったんです」

「それを信じたんですか?」

「すっかり鵜呑《うの》みにしました」メイジーが認めた。「だって、車を停めたとき、わざわざ運転席から出てきて、わたしのために後部ドアを開けてまでくれたんですもの。でも、わたしが外へ出たとたんに殴り倒し、払い込み依頼書を引きちぎって、走り去ってしまいました」

「目のまわりの痣《あざ》はそのせいだったのか」

メイジーがうなずいた。「そのうえ、妻に接触しようなどと考えたら、それだけで病院送りにして、二度と出てこられないようにしてやると警告までしてくれました」

「そんなのはただのこけおどしですよ」オールド・ジャックは言った。「さすがのあいつでも、そこまではできるはずがない」

「そうだといいんですが」メイジーは不安げだった。「敢《あ》えて引き受けたい危険ではありません」

「それで、わたしの夫の死はあなたの夫に責任があるとミセス・バリントンに知らせたとしても」オールド・ジャックは言った。「あなたがスタン・タンコックの妹であることをヒューゴーが奥さんに教えれば、ことはそれで終わりだ。あなたに言われたことなど、彼女はすぐさま忘れてしまうでしょう」

「そうかもしれません」メイジーが認めた。「でも、彼女の夫がハリーの父親かもしれないと教えたら、ミセス・バリントンもそう簡単に忘れたりはできないんじゃないでしょうか……」

　オールド・ジャックは仰天して言葉を失い、メイジーがいま言ったことの意味を理解しようとした。「私は世間知らずなだけでなく」彼はようやく口を開いた。「根っからの愚か者らしい。あなたの夫の死に自分の夫が関わっていたと奥さんが信じようと信じまいと、ヒューゴー・バリントンにとってはどうでもいいんです。彼が何より恐れているのは、自分が父親であるかもしれないとハリーに知られることなんですよ……」

「でも、それをわたしの口からハリーに告げるつもりは絶対にありません」メイジーが言った。「わたしが何より望まないのは、あの子が父親はだれだろうと悩みながら一生を送ることなんです」

「バリントンはまさにそれを当てにしているんです。そして、あなたという脅威を取り除いたいま、今度はハリーを潰《つぶ》すことに全力を挙げるに違いありません」

「でも、なぜでしょう?」メイジーが訊いた。「ハリーはこれまで、ヒューゴー・バリントンにまったく害をなしていないのに?」

「もちろん、いまのところはそのとおりです。しかし、自分がヒューゴー・バリントンの長男だとハリーが証明できれば、彼が会社や肩書きだけでなく、それにともなうすべてを相続し、同時に、ジャイルズが何も相続できなくなる可能性が出てくるでしょう」

今度はメイジーが言葉を失う番だった。

「そういうことなら、ハリーをブリストル・グラマー・スクールから追い出そうとヒューゴーが躍起になっている本当の理由がわかったいまこそが、サー・ウォルターを訪ねて、彼の息子についての不快な真実を明らかにする潮時かもしれないな」

「だめです。お願いですから、それだけはやめてください」メイジーが懇願した。

「なぜですか？　ハリーがブリストル・グラマー・スクールへ通いつづけられる、大きなチャンスかもしれないんですよ？」

「そうかもしれません。でも、それをやったら、兄のスタンが馘になることは確実です。それ以外にもヒューゴーがどんな仕打ちをするか、わかったものじゃありません」

オールド・ジャックはしばらく沈黙したが、やがて応《こた》えた。「サー・ウォルターに真実を話すのを許してもらえないのなら、私としては、ヒューゴー・バリントンがいま住んでいる汚れたどぶに浸《つ》かって、とりあえずは彼と同じやり方をするしかないでしょうね」

33

「何とおっしゃいました？」ミス・ポッツは耳を疑った。

「ミスター・ヒューゴーと二人だけで話がしたいんだ」オールド・ジャックは繰り返した。

「失礼ですが、その目的は何でしょうか？　おうかがいしてもよろしいですか？」皮肉な調子を隠そうともしない声だった。

「彼の息子の将来だよ」

「ここでお待ちください。ミスター・バリントンの意向をうかがってきます」

ミス・ポッツは社長室のドアを静かにノックしてなかへ消えたが、間もなく戻ってきたときの顔には驚きが浮かんでいた。

「お会いになるそうです」開いたドアを押さえたまま、彼女が言った。

その前を通り過ぎながら、オールド・ジャックは頬がゆるむのを抑えられなかった。ヒューゴー・バリントンが顔を上げたが、椅子《いす》を勧めようとも、握手の手を差し出そうともしなかった。

「あんたがジャイルズにどんな関心があるというんだ?」ヒューゴーが訊《き》いた。「あの子にはない」オールド・ジャックは応《こた》えた。「あるのは、あなたのもう一人の息子のほうだ」

「いったい何の話だ?」声がうわずっていた。

「私がだれのことを言っているかわからなければ、そもそも私に会わなかったのではないのかな?」オールド・ジャックは軽蔑《けいべつ》の口調で応じた。

ヒューゴーの顔から血の気が引いた。気を失うんじゃないかと、オールド・ジャックが思わず心配してやるほどだった。「それで、用件は何だ?」ヒューゴーの口がようやく動いた。

「あなたはずっと取引を生業《なりわい》としているが」オールド・ジャックは切り出した。「あなたが取引したくなるものを持っているのだよ」

「そんなものをあんたが持っているとも思えないが、まあ、聞いてやろう」

「アーサー・クリフトンが謎《なぞ》の失踪《しっそう》を遂げ、スタン・タンコックが犯してもいない罪を問われて逮捕された次の日、私はブレイクモア警部補から、あの夜に目撃したことを一つ残らず文章にしてくれと頼まれた。しかし、あなたがブレイクモアを担当から外させたために、その文書はいまも私の手元にある。読む人間によっては非常に興味深い内容ではないかと、そんな気がしているのだがね」

「それは脅迫になるんじゃないのか？」ヒューゴーが吐き捨てるように言った。「そうだとすれば、長期刑を宣告されかねないぞ。わかってるのか？」

「そういう文書を、みんなが許可を必要とせずに目に触れられるようにするのは、市民の義務以外の何ものでもないと考える人間だっているんじゃないのかな」

「年寄りの世迷《よま》い言《ごと》に興味を持つようなやつがいるとしたら、それはだれなんだ？　私の弁護士たちが誹毀《ひき》文書法について説明してやれば、メディアだって絶対に取り上げないだろう。それに、警察が幕を引いてから、もう何年もたっているんだぞ？　よく言っても変わり者、悪く言えば頭がおかしいと思われている年寄りの話を警察本部長が真に受け、手間と金のかかる調べを再開するとは、私には考えられないな。というわけで聞かせてもらいたいんだが、あんたの非常識きわまりない申し立てを共有してくれるとすれば、それはいったいだれなのかね？」

「あなたの父上だよ」オールド・ジャックは答えた。ブラフだったが、メイジーにした約束をヒューゴーは知らないはずだった。

ヒューゴーが崩れるように椅子に腰を落とした。なぜそうなのかは見当もつかなかったが、オールド・ジャックがサー・ウォルターに絶大な影響力を持っていることは、わかりすぎるほどわかっていた。「いくら出せば、その文書を私に譲るつもりなんだ？」

「三百ポンドだ」

「法外にもほどがある！」

「向こう二年間、ハリー・クリフトンがブリストル・グラマー・スクールに通いつづけるために必要な授業料と、ささやかな予備費を合わせた金額だよ。三百ポンドというのは、それに一ペニーも多くないし、少なくもない」

「各学期の始めにジャイルズの授業料と予備費を払い込むわけだから、クリフトンの分も、そのとき一緒に払い込めばいいんじゃないのか？」

「それはだめだ。私の文書を手に入れた瞬間に、あなたはもう一人の息子の分を払わなくなるだろうからな」

「現金のほうがいいんだろ？」バリントンがポケットから鍵《かぎ》を取り出した。

「いや、結構だ」オールド・ジャックは拒否した。「あなたから口止め料をもらったスタン・タンコックがどんな目にあわされたか、いまもはっきり憶《おぼ》えているのでね。それに、無実の罪でこの先三年も刑務所暮らしはしたくないからな」

「いいだろう。だが、それだけ大きな額の小切手を切るとなると、銀行へ連絡して確認する必要がある」

「どうぞ、やってくれ。遠慮は無用だ」オールド・ジャックはヒューゴーの机の上の電話を身振りで示した。

ヒューゴーがちらりとためらったあとで受話器を上げ、回線の向こうから声が返ってくるのを待って告げた。「TEM三七三一を頼む」

ふたたび待っていると、別の声が言った。「もしもし」

「きみか、プレンダーガスト？」

「いえ、違います」声が答えた。

「よかった。きみでなくては話せないことなんだ。一時間ほどしたら、ミスター・ターという人物が三百ポンドの小切手を持ってそっちへうかがう。支払い先はブリストル市慈善協議会になっている。その処理を早急にして、それがすんだらすぐに電話をくれないか」

「折り返し電話をすべきであれば、『うん、それでいい』とおっしゃっていただければ結構です。二分後に電話をします」声が言った。

「うん、それでいい」バリントンは繰り返し、受話器を置いた。

そして机の引き出しから小切手帳を取り出し、〝支払い先：ブリストル市慈善協議会〟と記したあと、行を変えて〝三百ポンド〟と書き込み、サインをしてからオールド・ジャックに渡した。彼はそれを慎重にあらためてうなずいた。

「封筒に入れよう」ヒューゴーが言い、机の下のブザーを押した。ちらりと入口へ目をやると、ミス・ポッツが入ってくるところだった。

「お呼びでしょうか」

「ミスター・ターがお帰りだ。これから銀行へいらっしゃる」ヒューゴーが言い、小切手を封筒に入れると封をして、表に〝ミスター・プレンダーガスト〟と宛名《あてな》を記してから〝親展〟と大文字で付け加えてからオールド・ジャックに返した。

「ありがとう」ジャックは礼を言った。「銀行から帰ったらすぐに、私自身があの文書をここへ届けよう」

ヒューゴーがうなずいたちょうどそのとき、机の上の電話が鳴りはじめた。受話器を取ったのは、オールド・ジャックが部屋を出てからだった。

ブリストル市内まで路面電車を使うことにした。こういう特別な場合だから、そのぐらいの費《つい》えは正当化されるような気がした。二十分後、銀行に入っていくと、受付にいた若い行員に、ミスター・プレンダーガスト宛の手紙を持参したことを告げた。行員は特にどうという様子を見せなかったが、それも、こう付け加えるまでだった。「ミスター・ヒューゴー・バリントンからだ」

行員は持ち場を離れ、自らオールド・ジャックを案内してフロアを横断すると、長い廊下を歩いて支配人室の前に立った。そしてノックすると、ドアを開けて告げた。「ミスター・バリントンのお手紙を持参された紳士がお見えです」

ミスター・プレンダーガストが机の向こうでさっと立ち上がり、握手をして、自分の向かいの椅子を勧めた。オールド・ジャックは封筒を差し出して言った。「ミスター・バリントンから、直接手渡すよう頼まれたものですから」

「承知しました」プレンダーガストは表書きを見たとたんに、見慣れたヒューゴーの筆跡だと確信し、封筒を開けて小切手を取り出したが、ちらりと見ただけで不審を口にした。「これは何かの間違いではありませんか？」

「いえ、間違いでも何でもありません」オールド・ジャックは答えた。「あなたのほうの都合がつき次第、全額をブリストル市慈善協会へ支払われることをミスター・バリントンは望んでいます。つい三十分前に、彼自身が電話で、あなたにそうするよう指示したでしょう」

「いや、今朝はまだミスター・バリントンとは話していませんが？」プレンダーガストが小切手をオールド・ジャックに返した。

信じられなかった。いま睨《にら》みつけている小切手には何も書き込まれていなかった。ミス・ポッツが部屋に入ってきたときにヒューゴーがすり替えたに違いないとわかるまでに、そう長い時間はかからなかった。このいかさまの真骨頂は、封筒に〝ミスター・プレンダーガスト〟と宛先を記し、〝親展〟と付け加えたところにあった。そうすれば、本人が手にするまで、封筒が開けられることは絶対にない。しかし、一つどうしてもわからないことがある。あの電話に出たのは、いったいだれだったのか？

オールド・ジャックはプレンダーガストにそれ以上何も言わずに急いで部屋を出ると、さっき横断したフロアを逆方向へ突っ切って、通りへ飛び出した。数分待っただけで、港方面行きの路面電車がきた。ふたたび門を通り抜けて造船所へ入ったときは、そこを出てからせいぜい一時間ほどしかたっていないはずだった。

見憶えのない男が、大股《おおまた》で近づいてきた。軍人のような雰囲気を身にまとっていて、片足を引きずっていた。この前の戦争で負傷したのだろうか、とオールド・ジャックは訝《いぶか》った。

その男と擦れ違うと、急いで波止場を下っていった。客車のドアが閉まっているのを見てほっとし、ドアを開けたときにはもっとほっとした。出ていったときのままだった。両膝《りょうひざ》をついて敷物の隅を持ち上げると、警察の調書が姿を消していた。ブレイクモア警部補ならプロの仕業と形容したに違いない、鮮やかな手口だった。

34

だれにも気づかれないことを願いながら、オールド・ジャック・ターは信徒席の五列目に腰を下ろした。大聖堂のなかはもう一杯で、付属の礼拝堂でも、席を見つけられずに通路に立ったり、後方で肩を接するようにしている会衆がいた。

バス及びウェルズ主教がオールド・ジャックの父親について、神に対して疑う余地なく忠実であり、妻の早すぎる死のあと、地域社会に貢献すべくいかに心を砕いていたかを述べて称揚するのを聞いているうちに、オールド・ジャックは涙が盛り上がってくるのをこらえられなくなった。「その証《あかし》が」主教が膨大な数の会衆に向かって両腕を広げ、宣言した。「いまここに集っている、聖職者としての故人を崇《あが》め、敬意を表わしにきた人々の数であります。

「そして、故人は虚栄心とは無縁の人であったにもかかわらず、一人息子のジャックを間違いなく自慢に思っていることだけは隠し得ませんでした。ジャックは無私の勇気、勇敢さ、そして、自らの命を犠牲にすることさえ厭《いと》わない人物で、南アフリカにおけるボーア戦争では多くの部下の命を救い、ヴィクトリア十字勲章を授けられたのです」そして、五列目を見下ろして言った。「今日、この会衆のなかに彼の姿を見ることができて、私は無上の喜びを感じています」

まだ見たことのないその人物を捜して、数人が周囲を見回しはじめた。オールド・ジャックは恥ずかしさのあまり、俯《うつむ》いているしかなかった。

ついに大勢の信徒がタラント大尉《たいい》のところへやってきて、自分たちがどれほど故人を高く評価していたかを口々に訴えた。そこには必ず、〝献身〟、〝無私〟、〝寛容〟、そして、〝愛〟という言葉が含まれていた。

ジャックは父親の息子であることを誇りに思う一方、かつての仲間を自分の人生から排除してきたのと同じように、父親まで排除してきたことが恥ずかしくなった。

出口へ向かって歩いているとき、どこかで見憶《みおぼ》えのある年輩の紳士が大きな門の脇《わき》に立っていた。明らかにジャックに話があって待っている様子だった。その紳士が一歩前に出てくると、帽子を取って訊《き》いた。「タラント大尉でしょうか?」権威を感じさせる声だった。

ジャックは丁重に応《こた》えた。「そうですが、サー」

「私はエドウィン・トレントと言います。名誉にも父上の弁護士をつとめさせてもらい、同時に――これは私の願望ですが――、父上の最も古い、最も仲のよかった友人の一人でもあります」

　ジャックは心を込めて握手をした。「あなたのことはよく憶えていますよ、サー。トロロプの愛や、スピン・ボウリングのより微妙なところを実際にはどうすればいいかを教えてくださいました」

「憶えてもらっていて光栄です」トレントが微笑した。「駅までご一緒してかまいませんか?」

「もちろんですとも」

「あなたも知ってのとおり」二人で町のほうへ歩きながら、トレントが本題に入った。「お父上は九年前から、この大聖堂の駐在主教座参事会員をつとめておられました。これも知っておられるでしょうが、世俗のものにはまったく関心がなく、自分がお持ちのわずかなものまで、自分より貧しい人々に分け与えておられたのです。聖人の列に加わるとしたら、間違いなく漂泊者の守護聖人になられるでしょうね」

　オールド・ジャックはにやりと笑みを浮かべた。朝食抜きで学校へ行かなくてはならなかったある日のことが思い出された。三人の浮浪者が廊下で寝ていて、母の言葉を引用するなら、自分たちが食べるはずだったものを彼らが食べ尽くしたのだった。

「それで、遺言書を読まれればおわかりになると思いますが」トレントがつづけた。「お父上はこの世に生をうけるときに無一物だったのとまったく同じく、この世を去るときも無一物でいらっしゃいました。ただし、千人の友人は別で、それについては真の富と考えておられたはずです。お父上はお亡《な》くなりになる前、私を信用して、ある仕事を依頼されました。つまり、あなたが葬儀に参列しておられたら、お父上がこの世で最後に認《したた》められた手紙を渡すという仕事です」そして、オーヴァーコートの内ポケットから封筒を取り出すと、オールド・ジャックに渡して、もう一度帽子を上げた。「これで役目を果たすことができました。ご子息に再会できたことを誇りに思います」

「ありがとうございました、サー。ただ、私のせいで、父がそもそもこういう手紙を書く必要に迫られたことが残念でなりません」ジャックも帽子を上げ、二人はそこで別れた。

父の手紙を読むのはブリストルへ帰る列車が動き出してからにしようと決め、機関車がもうもうと黒煙を吐き出しながら駅を出ていく三等車にふたたび腰を落ち着けた。子供のころ、どうしていつも三等車で旅行するのかと父に訊き、答えが返ってきたときの記憶がよみがえった。「四等車がないからだよ」自分が三十年ものあいだ一等車に住みつづけているのは、それを思うと皮肉だった。

ゆっくりと封を開け、手紙を取り出してからもしばらくは畳んだままにして、父のことを考えつづけた。息子にとって、それ以上は望み得べくもない庇護者《ひごしゃ》であり、友人だった。これまでの自分の人生を振り返ってみると、行動も、判断も、決定も、及ぶべくもないけれども、せいぜいが父の模倣でしかない。

ようやく手紙を開くと、真っ黒なインクで記された、肉太で線の細さと太さの差が著しい、曲線的な、見慣れた筆跡が目に飛び込んできた。その瞬間、新たな記憶が洪水のようによみがえった。ジャックは文面に目を落とした。

サマーセット州　ウェルズ
ウェルズ大聖堂構内にて
一九三六年八月二十六日

愛する息子へ
おまえが優しくも私の葬儀に参列してくれていれば、いまごろはこの手紙を読んでいるに違いない。おまえがあの会衆のなかにいてくれたことに、まず感謝をさせてもらいたい。

オールド・ジャックは顔を上げ、窓の向こうを過ぎ去っていく田園風景へ目をやった。父に対してあんなにも無思慮で思いやりのない過し方をしてしまい、いまとなっては赦《ゆる》しを乞《こ》うこともできないのだと思うと、ふたたび罪悪感に捕らわれた。彼は手紙に目を戻した。

おまえがヴィクトリア十字勲章を授けられたとき、私はイギリスじゅうの父親のなかでだれよりも鼻が高かった。あのときのおまえに与えられた感状は、いままさにこの日も、依然として私の机の上に飾られている。しかし、年月が過ぎるにつれて、私の喜びは悲しみに変わり、ついには主に尋ねざるを得なくなった。たった一人の敬愛する妻のみならず、一人しかいないわが子まで失うという罰を受けるような、何を私がしたのかと。

おまえがこの世界に対して頭と心をそむけたのには、立派な目的があったに違いない。それはわかっている。だが、そうする理由を私に教えてくれなかったことは、残念と言うしかない。しかし、この手紙を読んでくれたら、その最後の願いを叶《かな》えてもらえるのではないかと思っている。

オールド・ジャックは胸ポケットのハンカチで涙を拭《ふ》き、ようやく読みつづけることができた。

神はおまえにリーダーシップと、仲間を鼓舞する能力という、驚くべき才能を与えられた。そうであるなら、おまえは創造主と対面するとき、「マタイによる福音書」

二五、一四〜三〇のたとえにあるように、神が与えたもうたもう一つの才能を埋もれさせたことを告白しなくてはならなくなるはずだ。お願いだから、それをわかっていながら墓場へいくのはやめてもらいたい。

そうではなくて、その才能を仲間の役に立つように使うのだ。そうすれば、そのときがきて——くるに決まっているのだが——、仲間たちが葬儀に参列してくれたとき、ジャック・タラントという名前を聞いて思い出してくれるのは、ヴィクトリア十字勲章だけではないはずだ。

おまえを愛する父

「大丈夫ですか？」通路を隔てた席に坐《すわ》っていた女性が、隣りへ移ってきて心配してくれた。

「ありがとう、何でもありません」その頬をいまも滂沱《ぼうだ》の涙が濡《ぬ》らしていた。「今日、牢《ろう》獄《ごく》から解き放たれたというだけですから」

ジャイルズ・バリントン

一九三六年―一九三八年

35

新学期の初日、ハリーが校門を入ってくるのを見たときは、ぞくぞくするほどうれしかった。私は夏期休暇をトスカナの別荘で過ごしたから、〈ティリーズ・ティー・ショップ〉が焼け落ちたときにはブリストルにいなかったし、それを知ったのは新学期が始まる前の週末にイギリスへ戻ってからだった。私としてはハリーをイタリアへ連れていきたかったのだが、父が頑として聞く耳を持たなかった。

ハリーを嫌う人間には会ったことがなかったが、父だけは例外で、家のなかでその名前を口にすることすら許さなかった。どうしてそこまで嫌うのか、その理由を知っているのではないかと母に一度訊《き》いたことがあったが、彼女も私以上に詳しくは知らないようだった。

そのことについて、父を追及しようとは思わなかった。なぜなら、父の目に映る私が、必ずしも栄光に包まれていたわけではないからだ。セント・ビーズ校の生徒だったとき、万引きが露見して危うく退学処分を受けるところだったし――父がどうやってその処分を撤回してもらったのかは、いまだに謎《なぞ》のままなのだが――、そのあとは、イートン校へ入学できなくて、またもや父を失望させた。入学試験が終わったとき、これ以上は無理だというほど頑張ったと父には言ったし、それは事実だった。いや、半分事実というのが正しい。共謀者が口を閉ざしていてくれさえすれば、それですんだはずだった。それは私に、少なくとも一つの教訓を与えてくれた。馬鹿《ばか》を相手にするときは、そいつが馬鹿なことをしても驚くな、ということだ。

そのときの共謀者はブリドポート伯爵《はくしやく》の息子のパーシイで、ひょっとすると私より厳しいかもしれないジレンマに直面していた。というのは、ブリドポート家は七代つづいてイートン校で教育を受けていて、若きパーシイはそのかなりの高打率を台無しにしてしまいそうだったのだ。

それが貴族であれば規則を曲げるのを厭《いと》わないことでイートン校は知られていて、学業成績の悪い子供がその敷居をまたぐのを許すことがときとしてあった。それがつまらない策を講じようとパーシイを選んだ、そもそもの理由だった。「ブリドポートがいまより多少頭がよくても、人並みの頭脳の持ち主とはとても言えないな」とミスター・フロビッシャーが同僚《ピーク》の教員に言っているのをたまたま聞いた瞬間、私は共犯者を探す必要がなくなった。

パーシイはイートン校に受け入れてもらおうと必死であり、私は拒否されることを望んでいた。だとすれば、これは二人がともに目的を達成するチャンスだと、そのときはそれしか考えられなかった。

その計画についてては、ハリーにもディーキンズにも相談しなかった。ハリーは倫理という範疇《はんちゅう》では恐ろしくまっすぐな男だから、反対するのは火を見るより明らかだし、ディーキンズは試験に落ちたいと思っている人間がいること自体が、そもそも理解できないだろうと思ったのだ。

入学試験の予定日の前日、父はいかにも精悍《せいかん》なブガッティの新車を駆って、私をイートン校へ連れていってくれた。時速百マイルを叩《たた》き出すという評判が事実であることは、A4道路に入ったとたんに証明された。その夜は〈スワン・アームズ〉で過ごした。二十年以上前にそこで入学試験の前日を過ごして以来、父が使いつづけているホテルだった。ディナーのあいだ、父はイートン校に行くべき理由を熱心に語って私を説得しようとし、私自身も疑いの余地のない父の思いの強さに最後は負けそうになったが、すでにパーシイ・ブリドポートと話がついている以上、彼をがっかりさせるわけにはいかないだろうと思い直した。

パーシイと私はすでにセント・ビーズで取引成立の握手をし、入学試験会場に入ったら、お互いの名前を入れ替えて記録係に伝えることで合意に達していた。あらゆる人々から〝閣下《ミラッド》〟と呼ばれる気分は、たとえそれが数時間であっても、恐ろしくいいものだった。

イートン校の試験問題は、二週間前に行なわれたブリストル・グラマー・スクールのそれより簡単で、私の出来も、パーシイが九月にイートン校へ戻ってくるに十分以上だと自信を持ってもよさそうに思われた。その一方で、私が本物の〝閣下《ミラッド》〟にがっかりさせられる心配はないと確信できる程度の難しさは保たれていた。

答案用紙を提出し、お互いが本来の自分に戻ると、私は父とお茶を飲むためにウィンザーへ向かった。そこで試験の首尾を訊かれたときには、できる限りの最善を尽くしたと答えた。父はそれを聞いて満足した様子で、リラックスさえしはじめたが、それは私の後ろめたさを募らせることにしかならなかった。ブリストルへ戻る道中も気持ちは沈んだままで、家に着いて母に同じことを訊かれたときには、後ろめたさがさらに強くなりさえした。

十日後、〝残念なお知らせをしなくてはなりません〟で始まる手紙がイートン校から届いた。私は三十二点しか取っていなかった。パーシイは五十六点で、秋の新学期からの入学を認められた。それは彼の父親を喜ばせ、ミスター・フロビッシャーには信じられないという驚きを与えた。

すべては目論見《もくろみ》どおりにいくはずだったのだが、どうしてイートン校に入学できたかを、パーシイが友だちにばらしてしまった。その友だちが別の友だちに話し、さらにその友だちが別の友だちに話して、彼がパーシイの父親に話してしまった。ブリドポート伯爵（戦功十字章）は恥を知る人物だったから、すぐさまそれをイートン校へ知らせた。その結果、パーシイは校門をくぐりもしないうちに退学処分になった。ミスター・フロビッシャーが個人的に仲介してくれなかったら、ブリストル・グラマー・スクールにおける私の運命も同じ道をたどったに違いない。

私の父は、それは単なる事務的な手違いに過ぎず、自分の息子は入学試験で実際に五十六点を取っているのだから、ブリドポートがいなくなった席に坐《すわ》らせるべきだとイートン校の校長を説得しようとした。どう見ても筋の通らないその理屈は、イートン校がクリケット代表チームのための観覧席は必要としていないこともあり、折り返し便《リターン・オヴ・ポスト》で拒絶された。そして当然のことながら、私は新学期の初日にブリストル・グラマー・スクールへ行くことになった。

最初の年、私はジュニア・チームに編入され、百点《センチュリー》を三度叩き出してレギュラーとして認められ、いくらかは面目をほどこすことに成功した。ハリーは「空騒ぎ」でアーシュラを演じ、ディーキンズは変わることなくディーキンズで、彼が第一学年賞《ファースト・フォーム・プライズ》を勝ち得たときも、驚く者は一人もいなかった。

二年目、ハリーの母が経済的に苦しいところに立たされているに違いないと、よりはっきり知ることになった。そのきっかけは、ハリーが靴紐《くつひも》を結ばずに靴を履いているのに気づいたことだった。靴が小さくなっていて、靴紐を結ぶと足が痛いと彼が言ったのだ。

というわけで、私たちが最上級生になるほんの数週間前に〈ティリーズ・ティー・ショップ〉が全焼したとき、もうこの学校に通うのは無理かもしれないとハリーが考えていると知っても、私はまったく驚かなかった。助けてやってもらえないだろうかと父に頼もうかとも考えたが、それは時間の無駄だというのが母の意見だった。新学期の初日に彼が校門をくぐる姿を見て私があんなに喜んだのには、そういう経緯《いきさつ》があったのだ。

ハリーによれば、彼の母親はロイヤル・ホテルで新たに職を得たが、それは夜の仕事で、彼女がもともと期待していたよりも、はるかに実入りがよくなりつつあるようだった。

次の夏期休暇のとき、私はトスカナの家族旅行に改めてハリーを誘いたかったのだが、そんなことは父が一顧だにしないこともわかっていた。それでも、芸術鑑賞クラブ——ハリーはいまや、そのクラブの部長をつとめていた——がローマ遠征を計画していたので、それがたとえ私がヴィラ・ボルゲーゼを訪ねなくてはならないことを意味しても、そこで落ち合うことで意見の一致を見た。

私たちは西部地方の、外部から干渉されることもほとんどない、自分たちだけと言ってもいいような世界に住んでいたが、それでも、大陸で何が起こっているかを知らずにいるのは不可能だった。

ドイツではナチスが、イタリアではファシスト党が台頭しはじめていたが、平均的なイギリス人にはほとんど関係がないようで、依然として土曜には地元で一パイントの林檎酒《サイダー》とチーズ・サンドウィッチを楽しみ、午後には村の緑地でクリケットを観戦――私の場合は自分でプレイするのだが――していた。この現実無視のおめでたい状況が何年もつづき得たのは、もう一度ドイツと戦争するなど、考えるだに耐えられなかったからにほかならない。私たちの父親は戦争を根絶するための戦争を戦ったが、いまさら口にできないことが、みんなにあるようだった。

もし戦争になったら、とハリーはまったく曖昧《あいまい》さを残さずに言い切った。大学へ行くのをやめて、即刻軍に志願する。父と伯父が二十年前にしたように、と。私の父は、本人の言葉を借りるなら〝徴兵免除〟になったのだが、それは父が色覚障碍で、いまの持ち場にとどまり、造船所で重要な役割を果たすほうが戦争努力として効果的だと当局が判断したからだった。もっとも、それがどれほど重要な役割なのかは、いまもって私には正確にはわからないのだが。

ブリストル・グラマー・スクールの最終学年、ハリーと私はオックスフォード大学を目指すことにした。ディーキンズはすでに、ベイリアル学寮《カレッジ》の一般公募奨学生の資格を与えられていた。私は〝ザ・ハウス〟、すなわちクライスト・チャーチ学寮へ行きたかったのだが、そこがグラマー・スクール出身者を受け入れることは滅多にないと受験指導教師から丁重このうえなく忠告されたので、結局はブレイズノーズ学寮に甘んじることになった。かつてP・G・ウッドハウスが自作の登場人物、バーティー・ウースターをして、〝頭脳などというものはここにもないし、あそこにもない〟と酷評させた学寮である。

ブレイズノーズはクリケットのオックスフォード代表選手《ブルー》を最も多く抱えている学寮でもあったから、ブリストル・グラマー・スクールの最終学年に主将になり、パブリック・スクール選抜の一員としてローズで試合をしたときを含めて二度の百点《センチュリー》を記録したことが、そこに入学するために大いに有利に働くに違いないと思われた。事実、私がブレイズノーズの面接に行くとき、ブリストル・グラマー・スクールの学年主任のドクター・パジェットは、たぶん面接室に入ったとたんにクリケットのボールが飛んでくるだろうが、それをキャッチできれば合格であり、そのボールを片手で捕ったら奨学生になれると教えてくれた。後にその話は眉唾《まゆつば》だとわかったが、いま、一緒に飲んでいるときに学寮長が発する質問は、ホラティウスよりもクリケットの大選手、ハットンにまつわるものが多いのは認めなくてはならない。

ブリストル・グラマー・スクールでの最後の二年間は、それ以外にも、喜ばしいことも残念なこともあった。ベルリン・オリンピックで、ジェシー・オーエンズが四つの金メダルを、しかもヒトラーの目の前で勝ち取ったのは紛れもなくいいことのほうに入り、エドワード八世が離婚歴のあるアメリカ人女性と結婚したいという理由で王位を放棄したことは、疑いようもなく残念なことだった。

国王が王位を放棄していいものかどうかについては国論が二分されているようであり、ハリーと私の意見も割れていた。王になるべく生まれた人物が、どうして離婚歴のある女性と結婚するために王位を犠牲にできるのか、私には理解できなかった。ハリーは国王の苦衷にもっと同情的で、自分たちが恋というものを経験するまでは、あの気の毒な男性がどんなに悩み苦しんでいるか、見当もつかないはずだと言っていた。私はそれを戯言《コツズスワロップ》と聞き捨て、私たち二人の人生をともに変えることになるローマへの旅まで、そうではないことに気づかなかった。

36

セント・ビーズでの最終盤、そして、ブリストル・グラマー・スクールでの最後の二年間、自分は必死で勉強したとジャイルズが考えているとすれば、それは彼が、そしてハリーも、いまままではディーキンズだけが知っていた勉強時間を知るようになったというに過ぎない。

最終学年主任のドクター・パジェットは二人に対して、オックスフォード大学かケンブリッジ大学に受け入れてもらおうと考えているのなら、ほかのことは一切忘れて、起きているあいだは一分一秒も疎《おろそ》かにすることなく受験準備に励まなくてはならないと、実に明確に告げた。

ジャイルズは最終学年に主将として学校のクリケット代表チームを率いたいと考えていたし、ハリーは学校の演劇祭で主役を張るのを熱望していた。ドクター・パジェットはそれを聞いたとき、たとえ『ロミオとジュリエット』がその年のオックスフォード大学の入学試験の指定文学作品だったとしても、眉《まゆ》をひそめて厳命した。「では、それ以外の活動には、一切、絶対に参加しないことだ」

　ハリーは渋々聖歌隊を諦《あきら》め、週にさらに二日、夕方の勉強時間を増やした。しかし、どんな生徒であれ勝手にやめることのできない活動があった。毎週の火曜と木曜、午後四時に、生徒全員が完全装備で閲兵式場に直立不動で立ち、合同学生軍事教練隊の一員として検査を受けなくてはならなかったのである。

「ドイツが愚かにもふたたび宣戦布告をわが国にしたとしても、われわれにその準備ができていないなどとヒトラー・ユーゲントに思わせてはならない」連隊付先任上級曹長が怒鳴った。

　肩書きに〝元〟がつくロバーツ連隊付先任上級曹長が同じ言葉を繰り返すたびに、整列している生徒たちは身震いした。一日また一日と過ぎるにつれて、自分たちが学生として大学へ行くのではなく、下級将校として見知らぬ土地へ出動し、前線勤務に就く可能性が高くなりつつあると気づきはじめていたのだ。

　ハリーはロバーツ先任上級曹長の言葉を真剣に受け止め、あっという間に学生見習士官に昇進した。ジャイルズはさほどには本気で受け取っていなかったが、それはたとえ召集されても、父と同様、色覚障碍であることを申し立てれば敵と直接対峙《たいじ》するのを避けられるという簡単な解決策があるとわかっていたからである。

　ディーキンズはそういう状況に最初から最後までほとんど関心を示さず、きっぱりとこう言い放って取り合わなかった。「情報部隊に行くのに、ブレン・ガンの分解の仕方を知る必要はないだろう」

長い夏休みが近づいていて、そのころには全員が休暇の準備を終えていた。休暇のあとはふたたび学校へ戻って最終学年を迎え、最後にもう一度試験官と対決しなくてはならなかった。学期が終わって一週間後、三人は夏休みに突入した。ジャイルズはトスカナで家族に合流し、ハリーは芸術鑑賞クラブを率いてローマへ向かい、ディーキンズはすでにオックスフォード大学入学を認められているにもかかわらず、ブリストル中央図書館に引きこもって人類との接触を完全に断った。

休暇中にハリーに会いたければ、父に気づかれないようにするしかなく、その計画を知られてはならないと、ジャイルズは何年も前から考えるようになっていた。さもないと、どんなに慎重に計画したとしても、失敗に終わってしまうだろう……。しかし、その企《たくら》みを成功させるためには、妹のエマを頻繁に口実として利用しなくてはならず、彼女はその役目を果たすことに同意する前に、必ず見返りを自分のものにしないではいなかった。

「今夜のディナーのときに口火を切ってくれれば、ぼくがあとにつづくよ」細心の計画を枠組みを説明したあとで、ジャイルズは言った。

「それが自然界の当然の秩序だ、みたいな言い方ね」エマがぶっきらぼうに応《こた》えた。

ディナーの最初のコースが供されたあとで、エマが無邪気に母親に訊《き》いた――明日、ヴィラ・ボルゲーゼに連れていってもらえないかしら。是非とも観《み》ておきなさいって、美術の先生に言われているの。母親にすでに別の計画があるのを知った上で、頼んでいるのだった。

「ごめんなさいね。ダーリン」母が謝った。「明日はアレッツォのヘンダーソン家の方とお昼をご一緒することになっているの。あなたもどう？　大歓迎よ」

「ローマへ行くなら、ジャイルズに連れていってもらえばいいだろう。だめだという理由はないからな」ヒューゴーがテーブルのもう一方の端から口を挟んだ。

「どうしてもそうしないといけませんか」ジャイルズはとりあえず抵抗した。実は、同じ提案をしようとしていたところだった。

「もちろんだ」有無を言わせない口調だった。

「でも、何の意味があるんです？　時間的に言って、向こうへ着いたらすぐに引き返さなくちゃならなくなる。そんなことをする意味はほとんどないでしょう」

「プラザ・ホテルへ泊まることにすれば、そうでもあるまい。明日の朝一番に電話をして、二部屋予約しておいてやろう」

「そこまで大人扱いして大丈夫かしら」ミセス・バリントンは少し不安げだった。

「何週間かしたら、ジャイルズは十八歳だぞ。もう大人だ、責任を引き受けてもいい年ごろだ」ジャイルズは大人しく屈服したかのようにうなずいて見せた。

翌朝、ジャイルズとエマはタクシーで地元の駅へ行き、危ういところで早朝の列車に間に合って、ローマへ出発した。

「しっかり妹の面倒を見るんだぞ」二人が別荘を出る前、父親が念を押した。

「もちろんです」ジャイルズは動き出したタクシーのなかから請け合った。

客車に入ったエマは席を譲ろうと立ち上がった数人の一人が空けてくれた座席に腰を下ろしたが、ジャイルズは立ちっぱなしを余儀なくされた。ローマへ着くとタクシーでヴィア・デル・コルソへ直行し、予約してあったホテルにチェックインしたあと、ヴィラ・ボルゲーゼへ向かった。ジャイルズが驚いたことに、自分とさして年齢が違わないのに軍服を着ている若者がずいぶん見受けられ、行き交う柱という柱、街灯柱という街灯柱のほとんどすべてに、ムッソリーニのポスターが掲げられていた。

タクシーを降りると、二人は庭園を通り抜け、さらに多くの軍服とすれ違い、さらに多くの頭領《イル・ドゥーチェ》のポスターを目にしたあと、ようやく豪壮なヴィラ・ボルゲーゼにたどり着いた。

ハリーが手紙でジャイルズに知らせてくれたところでは、芸術鑑賞クラブが参加する公式ツアーは十時に開始予定となっていた。時計を確かめると、十一時を数分過ぎていた。運がよければ、ツアーはそろそろ終わりが近いはずだった。ジャイルズはチケットを二枚買って一枚をエマに渡すと、回廊《ガレリア》へつづく階段を上り、学生らしき一団を探した。エマは最初の四つの部屋を独占して展示されている、たくさんのベルニーニの像を時間をかけて堪能《たんのう》し、決して急ごうとしなかった。ジャイルズは回廊から回廊へと移動していき、ついに濃い紫がかった赤のジャケットを着て黒のフランネルのズボンをはいた若者の一団を見つけた。彼らは肩を寄せ合うようにして、クリーム色のシルクのカソックをまとって白の司教冠《ミトラ》を頭に戴《いただ》いた、年配の男性の小さな肖像画を取り囲んでいた。

「いたぞ」ジャイルズは言ったが、エマの姿はどこにもなかった。妹のことはとりあえず置いておいて、熱心に話を聴いているその一団のほうへ歩いていった。そして、彼女を見た瞬間、ローマへきた理由を忘れてしまった。

「カラヴァッジョは一六〇五年に、教皇パウロ五世のこの肖像画の制作を依頼されたのです」彼女が言った。かすかなイタリア訛《なま》りが聞き取れた。「まだ完成していないことがわかると思いますが、それは画家がローマを逃げ出したからなのです」

「なぜ逃げ出したのですか、ミス？」最前列の少年が訊いた。将来のいつか、自分が必ずディーキンズの位置を占めると決意しているのが明らかだった。

「酔っぱらいの喧嘩《けんか》に関わり合いになって、結果として、一人の男を殺してしまったからです」

「逮捕されたんですか？」同じ少年が訊いた。

「いえ」ガイドが否定した。「カラヴァッジョはいつでも、司法の手が伸びる前に何とか町から町へと逃れつづけていましたが、最終的に、教皇聖下が赦《ゆる》すと認められたのです」

「なぜですか?」またもや同じ少年が訊いた。

「自分のために、さらにいくつかの仕事を依頼したいと考えておられたからです。そのなかには、今日のローマでも観ることができる、十七の作品が含まれています」

その瞬間、ハリーは畏怖《いふ》の目で肖像画のほうを見つめているジャイルズに気がついた。彼はグループを離れ、友人に歩み寄って訊いた。「いつからそこに立ってたんだ?」

「恋に落ちるに十分なときからだ」ジャイルズが応えたが、その目は依然としてツアー・ガイドに釘付《くぎづ》けのままだった。

ジャイルズが見つめていたのは肖像画ではなく、少年たちに説明をしている、優雅で自信に満ちた若い女性だったのだと気づいて、ハリーは思わず笑ってしまった。「彼女とおまえとでは、ちょっと年齢《とし》が釣り合わないんじゃないか?」ハリーは言った。「それに、高嶺《たかね》の花のような気もするけどな」

「その危険は喜んで引き受けるさ」ジャイルズが応えると、件《くだん》のガイドが少年たちを連れて次の部屋へ移動しはじめた。ジャイルズは従順にそのあとに従って、彼女がはっきり見えるところに位置を占め、少年たちはアントニオ・カノーヴァ（イタリアの新古典主義の彫刻家）の手になる「パオリーナ・ボルゲーゼ」像に目を凝らした。「おそらく、古今を通じて最も偉大な彫刻家です」彼女が言った。異を唱えるつもりは、ジャイルズにはなかった。

「さて、わたしたちのツアーはここで終わりです」彼女が宣言した。「でも、もっと質問があるようだったら、わたしはもう少しここにいますから、遠慮なく訊いてください」

ジャイルズは遠慮しなかった。

ハリーが面白がって見ていると、颯爽《さっそう》とした足取りで若いイタリア人女性のところへ行き、あたかも旧知の仲のようにおしゃべりを始めた。最前列のあの少年でさえ、敢《あ》えて割り込もうとはしなかった。数分後に戻ってきたジャイルズは、大きなにやにや笑いを顔に貼《は》りつけていた。

「今夜、一緒に晩飯を食うことになった」

「ほんとかよ」ハリーは信じられなかった。

「だけど、問題が一つあるんだ」友人の疑い深い人《ダウティング・トマス》（十二使徒の一人であるトマスがキリストの復活を疑い、イエスを見るまで信じなかったことから）ふうの表情を無視して、ジャイルズが付け加えた。

「問題は一つじゃないんじゃないのか？」

「……おまえの助けがあれば何とかなるんだ」

「付き添いとして同行してほしいんじゃないのか？」ハリーはほのめかした。「万一手に負えなくなったときのために」

「違うよ、馬鹿《ばか》なことを言わないでくれ。カテリーナにローマのナイト‐ライフを紹介してもらっているあいだ、妹の面倒を見てもらいたいんだ」

「馬鹿言え」ハリーは即座に拒否した。「おまえの妹の子守りをするために、はるばるローマくんだりまできてるわけじゃないんだぞ」

「だけど、親友だろ？」ジャイルズが泣きついた。「おまえに断わられたら、だれに頼めるというんだ？」

「パオリーナ・ボルゲーゼに頼んでみたらどうだ？　今夜の予定はないんじゃないか？」

「晩飯に連れていって、十時に間違いなくベッドに入らせてくれるだけでいいんだ」

「言いたくはないんだが、ジャイルズ、おまえはおれと晩飯を食うためにローマへきたんじゃなかったのか？」

「あいつをおれから離しておいてくれたら、千リラの礼をする。おまえとは明日の朝だって、ホテルで朝飯を食えるだろう」

「おれは簡単に買収はされないんだ」

「そのうえに」ジャイルズが切り札を切った。「カルーソが歌う『ラ・ボエーム』のレコードも進呈するよ」

ハリーが気づくと、横に若い娘が立っていた。

「ところで」ジャイルズが言った。「これが妹のエマだ」

「やあ」ハリーは言い、ジャイルズに目を戻した。「取引成立だ」

翌朝、ハリーはパレス・ホテルへ行った。ジャイルズと朝食を食べるためだったが、出迎えた彼は、百点《センチユリー》を叩《たた》き出したときにいつも浮かべるのと同じ、露骨に自慢げな笑みを消そうともしなかった。

「それで、カテリーナはどうだったんだ？」ハリーは訊いたが、返事は聞きたくなかった。

「おれが見たなかで最も荒々しい夢よりもすごかったよ」

もっと詳しく訊こうとした矢先に、ウェイターが横に現われた。「カプチーノを《カプチーノ・ベル・フアヴオーレ》」そして、ふたたび訊いた。「それで、彼女とはどこまでいったんだ？」

「最後までさ」ジャイルズが答えた。

ハリーの口があんぐりと開いたが、言葉は出てこなかった。「おまえ……」

「何だ？」

「その……」もう一度試みた。

「だから、何なんだ？」

「ということは、彼女の裸を見たんだな？」

「見たとも。当たり前だろう」

「全身を？」

「もちろん」ジャイルズが答えたとき、コーヒーのカップがハリーの前に置かれた。

「上だけじゃなくて、下も？」

「全部だ」ジャイルズがふたたび答えた。「全部と言ったら全部だ」

「胸に触ったか？」

「乳首を舐《な》めた」ジャイルズがコーヒーをすすった。

「何をしたって？」

「いま言っただろう」

「だけど、その……したのか？」

「だから、〝最後まで〟って言っただろう」

「何回？」

「数えられないくらいだ」ジャイルズが言った。「彼女はどこまでも欲張りで、七回か、八回ぐらいかな。全然寝かしてくれなかったんだ。今朝の十時にヴァチカンの美術館で子供たちに講義してやる必要が彼女になかったら、おれはいまもあそこにいたはずだ」

「だけど、彼女が妊娠したらどうするんだ？」ハリーは訊いた。

「何をうぶなことを言ってるんだ、ハリー。忘れるなよ、彼女はイタリア人なんだぞ」ジャイルズがふたたびコーヒーに口をつけてから訊いた。「ところで、妹はいい子にしてたか？」

「料理は素晴らしかったよ。だが、カルーソのレコードのことを忘れたわけじゃないからな」

「そんなに行儀が悪かったのか？　まあ、うまくいかないときもあるってことだ」

エマが部屋に入ってきて横に立つまで、二人はまったく気がつかなかった。ハリーは慌《あわ》てて立ち上がると、彼女に席を勧めて言い訳した。「置き去りにして悪かった。でも、十時にヴァチカンの美術館へ行かなくちゃならないんだ」

「カテリーナに愛していると伝えてくれ！」ジャイルズに背後から叫ばれ、ハリーは走るようにしてブレックファスト・ルームをあとにした。

ハリーの姿が視界から消えるのを待って、ジャイルズは妹に尋ねた。「それで、ゆうべはどうだった？」

「心配していたほど悪くはなかったわ」エマはクロワッサンを手に取った。「でも、あの人、少し真面目《まじめ》すぎるんじゃないの？」

「ディーキンズに会ったら、その意見は変わるんじゃないか？」

エマが笑った。「まあ、少なくとも料理は美味《おい》しかったわ。でも、忘れないで、お兄さまの蓄音機《グラモフォン》はわたしのものですからね」

37

ジャイルズが後に語ったところでは、それは人生で最も忘れられない夜だったが、そうなったのは、いい理由からでは決してなかった。

年に一度の演劇祭はブリストル・グラマー・スクールの大きな行事の一つだが、それはとりわけて町が演劇の優れた伝統を誇っているからであり、結果として、一九三七年は大当たりの年になった。

全国の多くの学校の例に漏れず、ブリストル・グラマー・スクールもまた、シェイクスピアの指定書からその年の演目を採用していて、「ロミオとジュリエット」と「夏の夜の夢」が候補に挙がったが、ドクター・パジェットは喜劇でなく悲劇を選んだ。一番の理由は、ロミオを演じられる者はいるが、ボトム（『夏の夜の夢』に登場するアテネの職工）を演じられる者がいないからだった。

ブリストル・グラマー・スクール史上初めて、町の反対側にあるレッド・メイズ女学校の若き淑女たちが招待され、少女役のオーディションが行なわれたが、それはレッド・メイズ校長のミス・ウェブと何度も打ち合わせをしてからのことであり、彼女はその打ち合わせで、女子修道院長をも満足させるに充分な基本原則《クラウンド・ルール》を設定しなくてはならないと主張して譲らなかった。

「ロミオとジュリエット」は学期の最終週に三夜連続で上演されることになっていて、例年そうであるように、土曜の夜のチケットが真っ先に完売になった。卒業生や出演者の両親が最終日の観劇を望むからである。

ジャイルズは不安げにロビーに立ち、ひっきりなしに時計を見ながら、両親と妹の到着をじりじりする思いで待っていた。ハリーがまたもや素晴らしい演技を見せてくれ、父親が最終的に彼を受け入れてくれることを期待していたのだ。

〈ブリストル・イヴニング・ワールド〉の批評子は、ハリーの演技を〝年齢以上に成熟している〟と好意的ではあったが、最も高い評価はジュリエット役に与えて、あれ以上感動的な死の場面はストラトフォード・アポン・エイヴォン（毎年、そこでシェイクスピア・フェスティヴァルが行なわれる）でも観《み》たことがないと褒めちぎっていた。

ジャイルズはロビーに入ってきたミスター・フロビッシャーと握手をし、連れのミスター・ホールコムという人物を紹介された。二人は大ホールへ入って、自分たちの席へ向かった。

観客のあいだにつぶやきが広がったのは、ジャック・タラント大尉《たいい》が中央通路を通って、最前列の席に着いたときだった。最近ブリストル・グラマー・スクールの理事に就任したのだが、それに反対する者は一人もいなかった。理事長と言葉を交わそうと上半身を横に傾けたとき、ほんの何列か後ろにメイジー・クリフトンの姿を認めて温かい笑みを送ったが、彼女と一緒に坐《すわ》っている男には心当たりがなかった。次に驚いたのは、配役のリストを見たときだった。

校長夫妻が最後の観客として大ホールへ入ってきて、最前列の、サー・ウォルター・バリントンとタラント大尉の並びに腰を下ろした。

ジャイルズは一分過ぎるごとに不安が募り、両親は幕が上がる前にやってくるだろうかと疑いはじめていた。

「ほんとうにごめんなさい」ようやく姿を見せた母が謝った。「わたしのせいよ。わたしが時間に無頓着《むとんちやく》なのがいけないの」そして、グレイスと一緒に大ホールへ急いだ。その一ヤード後ろに父親がつづいていたが、息子がそこに立っているのを見ると、訝《いぶか》しげに眉《まゆ》をひそめた。ジャイルズは父をびっくりさせたかったから、プログラムをまだ渡していなかった。母親には渡していたのだが、それは彼女がジャイルズと同じく、ヒューゴーがハリーをついによそ者扱いするのをやめ、一家の友人として遇してくれることを期待しているからだった。

バリントン一家が席に着いてすぐに幕が上がり、満員の大ホールに期待の静寂が落ちた。

ハリーが初めて登場すると、ジャイルズはちらりと父親へ目をやったが、いまのところは何の反応も示していないようだった。その夜初めて、緊張が解けはじめた。しかし、その平和な状態がつづいたのは、舞踏会場のシーンでロミオが、そしてヒューゴーが、初めてジュリエットを見るまででしかなかった。バリントン一家の周辺にいる観客が次第に苛《いら》立《だ》ちを募らせたことに、自分たちの観劇の楽しみを損ねるのもおかまいなしに、一人の男が落ち着きを失い、プログラムを見せろと、ささやくというには大き過ぎる声で要求しはじめていた。彼らをさらに苛立たせたのは、ロミオがこう言った直後だった——「あれはキャピュレットの娘ではないのか?」。とたんにヒューゴー・バリントンが立ち上がり、人の足を踏むのもかまわずに憤然として自分の列を抜け出すと、足取りも荒く中央通路を下っていって、突き飛ばすようにスウィング・ドアを開けて夜のなかへ姿を消した。ロミオが気を取り直し、完全に態勢を整えるまでにしばらくかかった。

サー・ウォルターは背後で起こっていることに気づいていないふりをしようとし、タラント大尉も不審そうに眉をひそめはしたものの、目は舞台から離さなかった。振り返れば見えるはずだったが、ミセス・クリフトンは台本にないヒューゴー・バリントンの退場を無視して、舞台上で若い恋人同士が語り合う言葉を一言も聞き逃すまいと集中していた。

幕間《まくあい》、ジャイルズは父を捜したが見つけることができず、駐車場を覗《のぞ》いてみると、ブガッティの姿も消えていた。ロビーへ戻ると、祖父が屈《かが》むようにして、母の耳元で何事かをささやいていた。

「ヒューゴーは完全に正気を失ってしまったのか？」サー・ウォルターは訊《き》いた。

「いえ、充分正気です」エリザベスが怒りを隠そうともせずに答えた。

「そうだとしたら、いったいどういうつもりなんだ？」

「わかりません」

「もしかして、あのクリフトンという少年と関係があるのではないのか？」

エリザベスが答えようとしたそのとき、オールド・ジャックが通りかかって、二人のところへやってきた。

「お嬢さんは瞠目《どうもく》すべき才能の持ち主ですよ、エリザベス」彼女の手にキスをしたあとで、オールド・ジャックが言った。「それに、美貌《びぼう》という、あなた譲りの武器も手にしておられる」

「あなたこそ、大尉、お世辞が上手でいらっしゃいますこと」そして、付け加えた。「初めてお目にかかると思いますが、息子のジャイルズです」

「こんばんは、サー」ジャイルズが挨拶《あいさつ》した。「お目にかかれてほんとうに光栄です。それから、このあいだの理事就任、おめでとうございます」

「ありがとう、若者」オールド・ジャックが応《こた》えた。「ところで、かの友人の演技をどう思う？」

「すごいですよ。でも、ご存じかどうか――」

「こんばんは、ミセス・バリントン」

「こんばんは、校長先生」

「あの長い行列に並ばなくては、お嬢さんの才能を……」

タラント大尉がそっとその場を離れ、ハリーの母親のところへ行くのを見て、あの二人がどうして知り合いなんだろうとジャイルズは訝った。

「お目にかかれて何よりです、タラント大尉」

「私もですよ、ミセス・クリフトン。今夜のあなたはとても魅力的だ。このブリストルにこんな美人がいるのをケーリー・グラントが知っていたら、ハリウッドくんだりへ逃げだしたりは絶対にしなかったでしょうに」そして、声をひそめた。「エマ・バリントンがジュリエットを演じるとご存じでしたか？」

「いえ、知りませんでした。ハリーも教えてくれなかったし」メイジーは答えた。「もっとも、教える理由もないかもしれませんけどね」

「舞台の上であの二人がお互いに対して表わした愛情が、見事な演技以上のものでないことを祈ろうではありませんか。もしそれがお互いの本心なら、もっと大きな問題を抱え込むことにもなりかねませんからね」彼は周囲を見回し、いまの会話が盗み聞きされていないことを確認した。「まだハリーには何も話していないんでしょうね」

「一言も話していません」メイジーは答えた。「それに、バリントンのわきまえのない振舞いからすると、彼も意表を突かれたみたいですね」

「こんばんは、タラント大尉」ミス・マンデイがオールド・ジャックの腕に触った。ミス・ティリーが隣りに立っていた。「あなたの秘蔵っ子を見に、はるばるロンドンからいらっしゃったんですね？」

「親愛なるミス・マンデイ」オールド・ジャックが応じた。「ハリーは隅から隅まであなたの秘蔵っ子ですよ。遠くコーンウォールからわざわざ演技を見にきてもらったわけだから、きっと彼も大喜びでしょう」ミス・マンデイが顔をほころばせたそのとき、幕間の終わりを告げるベルが鳴った。

全員が席へ戻るとすぐに後半の幕が開いたが、六列目に一つだけ、空席が目立っていた。死のシーンでは、人前では涙をこぼしたことがない者まで涙ぐみ、ミス・マンデイがそんなに泣いたのは、ハリーの声が壊れたとき以来だった。

最後の幕が下りた瞬間、観客が一つになって立ち上がった。ハリーとエマが拍手喝采《かっさい》の嵐《あらし》に迎えられ、手をつないで舞台の前へ進み出ると、滅多に気持ちを外に表わさない大人の男たちまでが歓声を送った。

二人が向かい合ってお辞儀をしたとき、ミセス・バリントンが笑みの浮かんだ顔を赤らめて言った。「なんてこと、あれは演技ではないわ」ジャイルズにも十分聞こえる声だった。役者たちが最後のお辞儀をするはるか前に、メイジー・クリフトンとオールド・ジャックの胸にも同じ思いがよぎっていた。

ミセス・バリントン、ジャイルズ、そして、グレイスが楽屋へ行くと、ロミオとジュリエットはまだ手をつないだまま、手放しの賞賛を与える観客の列に応対していた。

「おまえ、すごかったぞ」ジャイルズは友人の背中を叩《たた》いた。

「悪くはなかったという程度だよ」ハリーが言った。「でも、エマは素晴らしかった」

「ところで、いったいいつ、こういうことになったんだ?」ジャイルズはささやいた。

「始まりはローマだ」ハリーがいたずらっぽい笑みを浮かべて認めた。

「そして、おれはカルーソのレコードだけでなくグラモフォンも犠牲にした上に、二人をくっつけることまでしたわけか」

「最初のディナー・デートの金も払ってもらったよ」

「お父さまはどこ?」エマがあたりを見回した。

グレイスが姉に事情を教えようとしたとき、オールド・ジャックが現われた。

「おめでとう、マイ・ボーイ」彼は言った。「実に見事な演技だった」

「ありがとうございます、サー」ハリーは応えた。「でも、今夜の芝居の本当のスターに会うのは初めてですよね?」

「初めてだ。だが、断言してもいいが、お嬢さん、私が四十歳若かったら、数多《あまた》のライヴアルを撃退しなくてはならなかったでしょうな」

「わたしはあなたのことをだれよりもいい人だと思っています。だから、ライヴァルなんかいませんよ」エマが言った。「だって、あなたにどんなによくしてもらったかをハリーに聞かされて、耳にたこができているんですもの」

「それに負けず劣らず、私も彼によくしてもらっていますよ」オールド・ジャックが言ったとき、ハリーは母親に気づいて抱擁した。

「おまえを本当に誇りに思うわ」メイジーが言った。

「ありがとう、お母さん。でも、エマ・バリントンを紹介させてよ」ハリーは言い、彼女の腰に腕を回した。

「息子さんがこんなにハンサムな理由が、いまわかりました」と言って、エマがメイジーと握手をして付け加えた。「母を紹介したいんですが」

いずれは彼女に会うことになるのではないかと何年も前から思ってはいたが、こういう形で実現するとは夢にも予想していなかった。握手をしながらも不安だったが、エリザベス・バリントンがとても友好的な笑みを返してくれたのを見て、自分たちのあいだにつながりがある可能性を知らされていないことはすぐにわかった。

「こちらはミスター・アトキンズよ」メイジーは観劇中、ずっと隣りに坐っていた男性を息子に紹介した。

ハリーはミスター・アトキンズと初対面だったが、母が毛皮のコートを着ているのを見て、自分の靴が三足に増えた理由はアトキンズだろうかと訝った。

ミスター・アトキンズに話しかけようとしたそのとき、ドクター・パジェットが勢い込んで機先を制し、ヘンリー・ワイルド教授を紹介した。名前を聞いたとたんに、ハリーははっとした。

「きみはオックスフォード大学で英語を学ぶのが希望だそうだな」ワイルドが言った。

「はい、あなたに教えていただければ、ですが、サー」

「なるほど、このロミオの魅力は舞台の上だけではないようだ」

「それから、エマ・バリントンを紹介します、サー」

オックスフォード大学マートン学寮《カレッジ》の英語英文学教授が、わずかに頭を下げた。「実に見事な演技でしたよ、お嬢さん」

「ありがとうございます、サー」エマが応えた。「わたしもあなたに教えていただきたいと願っている一人です」そして、付け加えた「来年、サマヴィル（オックスフォード大学の女子カレッジ）を受験するんです」

ジャック・タラントがミセス・クリフトンを盗み見ると、その目には隠しようのない恐怖が浮かんでいた。

「おじいさん」やってきた理事長を見て、ジャイルズが言った。「ぼくの友だちのハリー・クリフトンです。確か初対面ですよね」

サー・ウォルターは心を込めてハリーと握手をし、そのあとで孫娘を抱擁した。「二人のおかげで、私は鼻高々だよ」

オールド・ジャックとメイジーには悲しいほどにはっきりしはじめていたのだが、この〝星回りの悪い〟恋人同士は、自分たちがどんな問題を実際に動き出させているか気づいていなかった。


ミセス・バリントンと子供たちをマナー・ハウスへ送り届けるよう、サー・ウォルターが運転手に命じた。エマの大勝利にもかかわらず、チュー・ヴァレーへ向かう車のなかで、母は腹立ちを隠そうともしなかった。車が門を抜けて屋敷へと上っていくうちに、ジャイルズは客間にまだいくつか明かりがついていることに気がついた。

運転手にドアを開けてもらって車を降りるやいなや、エリザベスはジャイルズ、エマ、そしてグレイスがもう何年も聞いたことのない口調で寝るように命じ、自分は客間へ向かった。ジャイルズとエマは渋々広い階段室を上っていったが、母の姿が見えなくなるや最上段に腰を下ろし、一方、グレイスは大人しく自分の部屋へ入っていった。母はわざとドアを開けたままにしたのだろうかと、ジャイルズは訝りさえした。

エリザベスが居間へ入ってきても、夫は立ち上がりもしなかった。彼の横のテーブルには、半分空になったウィスキーのボトルとタンブラーがあった。

「あんな赦《ゆる》されない振舞いをしたからには、もちろん弁明をしてもらえるんでしょうね」

「弁明しなくてはならないことなんかない」

「今夜、エマはあなたのあのおぞましい振舞いをかろうじて克服したんですよ」

ヒューゴーがウィスキーをタンブラーに注ぎ直し、一気に呷《あお》った。「エマには即刻レッド・メイズ校をやめさせる。すでに退学手続きも終わっている。次の学期からは、二度と、絶対にあいつと会う心配のない、遠い学校へ通うんだ」

階段の上でいきなりエマが泣き出し、ジャイルズは妹の肩を抱いた。

「あなたがあんな恥ずかしい振舞いをしなくてはならないような何を、ハリー・クリフトンがしたというの？　あるいは、できるというの？」

「おまえの知ったことじゃない」

「もちろん、知ったことです」エリザベスは冷静を保つ努力をしなくてはならなかった。

「わたしたちはいま、自分たちの娘と、息子の親友の話をしているんですよ。もしエマがハリーに恋しているのなら――わたしにはそう見えるけど――あの子が心を奪われる相手として、彼ほど立派でふさわしい青年は考えつかないわ」

「ハリー・クリフトンは娼婦同然の女の息子だ。だから、あの女は亭主に捨てられたんだ。繰り返して言うが、エマがあのろくでなしのガキと接触することは、二度と絶対に許さん」

「わたし、寝《やす》ませてもらいます。さもないと、癇癪《かんしゃく》が破裂しそうだわ」エリザベスは言った。「いまの状態でわたしのところへこようなんて、考えもしないでちょうだい」

「どんな状態であれ、おまえのところへ行こうなどとは考えてもいなかったさ」バリントンがさらにウィスキーを注ぎ直した。「おまえが寝室で喜びを与えてくれたことなんか、記憶にある限り一度もないんだからな」

エマが弾《はじ》かれたように立ち上がり、自分の部屋へ飛び込んで鍵《かぎ》をかけた。ジャイルズは動かなかった。

「あなたは明らかに酔っているわ」エリザベスは言った。「明日の朝、その酔いがさめてから、もう一度話し合いましょう」

「明日の朝だろうといつだろうと、話し合うことなんか何もない」ヒューゴーは部屋を出ていく妻の背中にもつれる舌で吐き捨てたが、間もなくがっくりと後ろへのけぞり、クッションを枕《まくら》代わりに鼾《いびき》をかきはじめた。

翌朝、八時になる直前、客間の鎧戸《よろいど》を開けたジェンキンズは、ご主人さまがいまだにディナー・ジャケットのままでアームチェアに崩れ落ち、熟睡しているのを見ても、驚きを表わさなかった。

　朝日が当たってヒューゴーが身じろぎし、瞬《まばた》きをすると、執事を透かし見てから時計を確かめた。

「一時間ほどしたら、ミス・エマを迎えに車がくることになっている。だから、ジェンキンズ、あの子に荷造りさせて、準備を整えさせろ」

「ミス・エマはここにいらっしゃいません、サー」

「何だと？　では、どこにいるんだ」ヒューゴーは立ち上がろうとしたが、とたんにぐらりとよろめき、そのままアームチェアに倒れ込んだ。

「それがわからないのです、サー。ミス・エマとミセス・バリントンは、ゆうべ夜半を過ぎてすぐに、この屋敷を出ていかれました」

38

「どこへ行ったと思う?」マナー・ハウスへ帰ったあとで何があったかをジャイルズから聞いたとたんに、ハリーは尋ねた。

「わからない」ジャイルズが答えた。「二人が出ていったときは、おれは寝ていたんだ。ジェンキンズから聞き出せたのは、真夜中を過ぎてすぐにタクシーがやってきて二人を駅へ運んだことだけだ」

「ゆうべ、おまえがマナー・ハウスに帰ったとき、お父さんは酔っぱらっていたんだな?」

「べろべろにな。今朝、おれが朝食に降りていったときもまだ酒が抜けていなくて、出くわした誰彼なしに怒鳴りつけ、喚《わめ》き散らすというていたらくだった。何しろ、全部おれが悪いと詰《なじ》ろうとまでしたんだからな。それで、祖父母のところへ避難したというわけだ」

「おじいさんは二人の居所を知ってるんじゃないのか?」

「それはないと思う。もっとも、何があったか話して聞かせたときも、さして驚いた様子はなかったけどな。祖母はいつまででも、好きなだけいればいいと言ってくれたよ」

「ブリストルにはいないだろうな」ハリーは推測した。「だって、タクシーで駅へ行ったんだろ?」

「いまごろは、もうどこにいても不思議はないよ」ジャイルズが言った。

二人ともしばらく黙っていたが、やがてハリーが口を開いた。「トスカナの別荘はどうだろう?」

「それもないと思うけどな」ジャイルズは否定的だった。「だって、真っ先に父の頭に浮かぶ場所だぜ。だとしたら、そんなに長く隠れてはいられないからな」

「そうだとしたら、おまえのお父さんが二人を追いかけるのをためらうような場所に違いない」二人はふたたび沈黙し、今度もハリーが口を開いた。「二人がいるところを知っているかもしれない人に心当たりがあるんだ」

「だれだ?」

「オールド・ジャックだよ」ハリーは答えた。タラント大尉《たいい》とはいまもまったく呼べなかった。「おまえのお母さんはあの人と友だちになって、とても信頼しているんだ」

「彼はいまどこにいるんだ?」

「〈タイムズ〉の読者ならだれでも知ってることだぞ」ハリーは軽蔑《けいべつ》の口調で言った。

ジャイルズが友だちの腕を殴りつけた。「おまえが立派なおつむを持ってるのはわかってるから、彼がどこにいるか教えろ」

「おれの記憶が正しければ、ロンドンのソーホー・スクウェアにある自分のオフィスにいるはずだ」

「昔からロンドンで一日過ごす口実がほしかったんだが」ジャイルズが言った。「残念なことに、金を全部マナー・ハウスに置いてきてしまった」

「金なら大丈夫だ」ハリーは請け合った。「おれは金持ち《フラッシュ》なんだ。あのアトキンズって人が五ポンドくれたんだよ。もっとも、本代にしろってことだったけどな」

「心配するな」ジャイルズが言った。「ほかの方法を考えればいいんだ」

「たとえば？」ハリーは訊《き》いた。希望が顔に表われていた。

「エマからおまえに手紙がくるのをじっと待ってるとか」

今度はハリーが友だちの腕を殴りつける番だった。「そうかもしれないが」彼は言った。

「やっぱり、だれかがおれたちの計画に気づく前に動き出すべきだろうな」

「おれは三等車で旅行する習慣がないんだよ」列車がテンプル・ミーズ駅を出ると、ジャイルズがこぼした。

「それなら、おれが金を出しているあいだに慣れるんだな」ハリーは言った。

「ところで、教えてほしいんだが、ハリー、おまえの友だちのタラント大尉はいま、何をしているんだ？　政府によって市民移動部隊の隊長に任じられたことも、それが大したものらしいことも知っているが、実際に何をしているかがわからない」

「聞いているところでは」ハリーは答えた。「あの部隊は難民に住む場所を提供するのが仕事で、オールド・ジャックはその責任者だ。特に、ナチス・ドイツの圧制から逃れてきている家族を対象としている。彼自身の言葉によれば、父親の仕事を引き継いでいるんだそうだ」

「おまえの友だちのタラント大尉というのは第一級《クラス・アクト》の人物なんだな」

「おまえはその半分も知らないよ」ハリーは言った。

「切符を拝見します」

二人はその旅の大半を、エマとミセス・バリントンがいる可能性のある場所を推測することに費やしたが、列車がパディントン駅に着いても、いまだに確たる結論に到達できないでいた。

地下鉄でレスター・スクウェアまで行って太陽の下に出ると、ソーホー・スクウェアを探しにかかった。ウェスト・エンドを歩いているとき、ジャイルズが眩《まばゆ》いネオンの明かりや、見たこともない商品が潤沢に並んでいるショウ・ウィンドウにあまりに気を取られるので、ハリーはときどき、ロンドンへきた本当の目的を思い出させてやらなくてはならなかった。

ソーホー・スクウェアへ着いて、二人の目に飛び込まずにいなかったのは、汚れた老若男女が俯《うつむ》き、足を引きずるようにして、広場の奥の大きな建物にひっきりなしに出入りしている光景だった。

ブレザーにグレイのフランネルのズボンという、いかにも場違いな服装の二人の若者は、そういう人々に混じって建物に入り、矢印に導かれて四階へ上がった。ここで公《おおやけ》の仕事をしている人間だと勘違いしたのだろう、数人の難民が脇《わき》へ寄って道をあけてくれた。

ジャイルズとハリーは隊長室の前にできている長い列に加わった。そのままなら半日はそこに並んでいなくてはならなかったかもしれないが、幸いなことに秘書が出てきて、二人に気づいてくれた。彼女はまっすぐハリーのところへやってくると、タラント大尉に会いにきたのかと尋ねた。

「はい」ハリーは答えた。「昔からの友だちなんです」

「そうなんですってね」秘書が言った。「すぐにあなただとわかったわ」

「どうしてですか？」ハリーは訝《いぶか》った。

「タラント大尉の机に、あなたの写真が飾ってあるのよ」彼女が答えた。「ついていらっしゃい。あなたの顔を見たらお喜びになるわ」

二人の少年――いまや若者だったから、少年と見なすのはオールド・ジャックもやめるべきだったのだが――が隊長室に入ってくるのを見たとたんに、その顔が輝いた。「よくきてくれた」彼は跳び上がるようにして机の向こうで立ち上がり、二人を迎えた。「それで、今度はだれから逃げているのかな？」

「ぼくの父からです」ジャイルズが小さな声で答えた。

オールド・ジャックは机の向こうから出てきてドアを閉めると、坐《すわ》り心地がいいとは言えないソファに二人を坐らせ、自分は椅子《いす》を引き寄せて、ゆうべ演劇祭のあとで別れて以降にあったことをつぶさに語る彼らの言葉に注意深く耳を傾けた。

「きみのお父さんが大ホールを出ていくところは、もちろん私も見ている」オールド・ジャックが言った。「しかし、きみのお母さんや妹さんにそこまでひどい仕打ちができるとは夢にも思っていなかったな」

「母と妹がどこにいるか、心当たりはないでしょうか、サー」

「それはないが、どうしても推測しなくてはならないとしたら、きみのおじいさんのところかもしれないな」

「いいえ、それはありません。今朝、ぼくは祖父と一緒でしたが、彼も二人の居所を知りませんでした」

「どっちのおじいさんか、私はまだ言ってないぞ」ジャックが言った。

「ハーヴェイ卿《きょう》のほうですか？」

「たぶん、間違いないのではないかな」ジャックが言った。「彼と一緒なら二人も安心だし、ヒューゴー・バリントンといえども、二人を追ってそこへ行くのは二の足を踏むに違いないと確信も持てるだろうからね」

「でも、祖父はぼくが知っているだけでも、家を三つ持っているんです」ジャイルズが言った。「どこから探しはじめればいいかわかりません」

「ぼくも馬鹿《ばか》だな」ハリーは言った。「ハーヴェイ卿のいるところならわかってるぞ」

「ほんとか？」ジャイルズが訊いた。「どこだ？」

「スコットランドの田舎の別荘だよ」

「ずいぶん自信がありそうだな」ジャックが言った。

「そう考える理由は一つしかないんですけどね。実は先週、ハーヴェイ卿からエマに、学校の演劇祭にこられないと連絡があったんです。その理由が確か、十二月と一月は昔からスコットランドで過ごしているからというものだったように思います。でも、忌々《いまいま》しいことに住所を憶《おぼ》えていないんですよ」

「マルジェリー・キャッスルだ。ハイランズのマルジェリーの近くだよ」ジャイルズが言った。

「お見事だ」ジャックが言った。

「ところが、そうでもないんです。毎年、クリスマスの贈り物の日《ボクシング・デイ》に、母に言われて全部の親戚《しんせき》に礼状を書いているから知っているだけで、ぼく自身は一度もスコットランドへ行ったことがなく、その別荘がどこにあるか知らないんです」

オールド・ジャックが立ち上がり、机の後ろの本棚から大きな地図帳を取り出すと、索引でマルジェリーを見つけてページをめくり、机の上に置いた。そして、ロンドンからスコットランドまで指を走らせて言った。「エディンバラまで夜行列車で行き、そこでマルジェリー行きのローカル線に乗り換える必要がある」

「そこまで行くには残金が足りないんじゃないかな」ハリーは財布のなかをあらためた。

「それなら、きみたちに鉄道乗車許可証を発行するしかないな」ジャックは机の引き出しから淡い黄褐色の大判の綴《つづ》りを取り出すと、書き込み用紙を二枚ちぎり取り、必要事項を書き込んでサインをしてからスタンプを捺《お》した。「考えようによっては」と、彼は付け加えた。「きみたちは明らかに故郷を逃げ出し、家を探している難民だからな」

「ありがとうございます、サー」ジャイルズが言った。

「最後にアドヴァイスを一つしておこう」オールド・ジャックが机の向こうで立ち上がりながら言った。「ヒューゴー・バリントンは邪魔されることを好む男ではないが、その一方で――ほとんど断言してもいいが――ハーヴェイ卿を怒らせるようなことは何であれしないだろう。ただし、それはきみについては適用されないからな、ハリー。だから、マルジェリー・キャッスルのなかに無事に入るまでは、絶対に油断をしないことだ。足を引きずっている男に出くわしたら、それがいつだろうと、用心しなくてはだめだぞ。ヒューゴー・バリントンの手先だ。抜け目がないし、いろいろな手を考えつくやつだが、それより重要なのは、自分の雇い主以外は人を人とも思っていないことだ」

39

ジャイルズとハリーは今度も三等車両に乗せられたが、二人とも疲れ果てていたので、夜っぴて車両の扉が開け閉めされ、ポイントが切り替わるたびに車輪が大きな音を立て、一定の間隔をおいて汽笛が鳴り響いたにもかかわらず、ぐっすりと眠りつづけた。

六時になる数分前、列車がニューカッスルに着くと、ジャイルズははっと目を覚ました。窓の外を見ると、鈍い灰色の一日と、列車に乗るのを待っている兵士の隊列が迎えてくれていた。ジャイルズよりそう年上でもないように思われる少尉《しょうい》に、軍曹が敬礼して訊《き》いた。「乗車許可をいただけますか、サー」少尉が敬礼を返し、もっと静かな声で応《こた》えた。「乗車を許可する、軍曹」兵士が縦列になって列車へと進みはじめた。

いまそこに戦争の脅威があるという現実、自分とハリーがオックスフォード大学へ進む前に軍服を着ることになるのではないかという疑いは、ジャイルズの頭にへばりついて離れることがなかった。一度も会ったことはなかったが、ニコラス伯父はいまプラットフォームにいる若者のような年齢のとき、将校として小隊を率い、イープルで戦死していた。

もしすべての戦争を終わらせるためのもう一つの大戦が行なわれるとしたら、兵士はどの戦場で死に、芥子《けし》の赤い造花を身につけた人々に死を悼《いた》んでもらうことになるのだろうか。

その思いは、コンパートメントの窓に映った姿にさえぎられた。急いで振り返ったが、もう影も形もなかった。タラント大尉の警告に過剰反応しただけか、あるいは、偶然に過ぎなかったのだろうか？

ジャイルズはハリーを見た。まだ熟睡していたが、たぶん二日前から寝ていないはずだった。列車がベリック－オン－トウィードで転轍《てんてつ》されたとき、さっきの男がまたもや自分たちのコンパートメントの前を通りかかったことに気がついた。男はコンパートメントを一瞥《いちべつ》しただけで、そのまま行ってしまった。もはや偶然ではない。おれたちがどの駅で降りるか目を光らせているのだろうか、とジャイルズは訝《いぶか》った。

ハリーがようやく目を覚まし、瞬《まばた》きしながら伸びをした。「腹が減って死にそうだ」

ジャイルズは身を乗り出してささやいた。「この列車に、おれたちを尾行しているやつが乗ってるぞ」

「そう思う根拠は？」とたんにしっかりと目が覚めて、ハリーは訊いた。

「このコンパートメントの前を一度ならず通っているんだ」

「切符を拝見します！」

乗車許可証を渡し、車掌がその端を切り取るや、ジャイルズが尋ねた。「この列車の各駅の停車時間はどのぐらいですか？」

「そうですね、われわれが予定時刻どおりに走っているかどうかによりますが」車掌がいくらか面倒くさそうに答えた。「会社の規則では、短くとも四分は停まることになっています」

「次の駅はどこですか？」またもジャイルズが訊いた。

「ダンバーです。三十分ほどで到着します。しかし、この乗車許可証によれば、あなた方の目的地はマルジェリーになっていますよ」そう付け加えて、車掌は次のコンパートメントへ移っていった。

「どうしてあんなことを訊いたんだ？」ハリーが訝った。

「尾行されているかどうかを突き止めようと思ってさ」ジャイルズは答えた。「計画の次の段階では、おまえにも手伝ってもらう必要がある」

「今度はどんな役を演じればいいんだ？」ハリーが座席の端に坐《すわ》り直し、身を乗り出して訊いた。

「ロミオでないことは確かだ」ジャイルズは言った。「列車がダンバーで停まったら、プラットフォームへ降りてくれ。おれはだれかがおまえを尾行しているかどうかを確かめる。降りたら、そのまま改札口へ向かい、引き返して、待合室へ入ってお茶を買うんだ。停車時間が四分しかないことを忘れるな。その前に戻ってこないと、列車が出てしまうぞ。それから、何をするにせよ、絶対に後ろを振り返るな。さもないと、おれたちが尾行に気づいたことを悟られる恐れがある」

「だけど、尾行しているとしたら、そいつが関心を持っているのは間違いなく、おれよりおまえなんじゃないのか？」

「おれはそうは思わないな」ジャイルズが否定した。「それに、おまえの友だちのタラント大尉が正しければ、敵の狙《ねら》いは絶対におれではないはずだ。なぜなら、大尉はおそらく、これまでおれたちに話してくれた以上の何かを知っていると、そんな気がするからだ」

「そう言われただけでは、完全に納得はできないけどな」ハリーは言った。

三十分後、列車は巨体を震わせてダンバーに停まった。ハリーは客車のドアを開けてプラットフォームに降り、出口へ向かった。

例の男がハリーを追っていく姿を、ちらりとではあったが、ジャイルズの目が捕らえた。

「やっぱりな」ジャイルズは座席に背中を預けて目をつむった。ハリーが降りたのはお茶を買うのが目的だと気づいたら、あの男はおれが列車を降りていないことを確認するために、絶対にこっちも調べるはずだ。

ジャイルズが目を開けると、ハリーがチョコレートを持ってコンパートメントに戻ってきた。

「どうだった？」彼は訊いた。「やっぱり尾行されているのか？」

ころだ」

「間違いない」ジャイルズは認めた。「事実、そいつが列車に戻ってこようとしていると

「どんな男だ？」不安が声に表われないようにしながら、ハリーは訊いた。

「ちらっと見ただけだが」ジャイルズが言った。「四十歳ぐらい、きちんとした服装で、髪はとても短く、身長は六フィートを少し超えているといったところかな。それから、見落とす心配のない特徴がある。足を引きずっているんだ」

「というわけで、われわれがだれを敵に回しているかはわかったわけだが、シャーロック、次はどうするんだ？」

「まず大事なのは、ワトソン君、われわれにはいくつか有利な点があるのを忘れないようにすることだ」

「おれには一つとして思い浮かばないな」

「いいか、一つ目は、われわれは尾行されていることを知っているが、あいつはそれをわれわれが知っていることを知らないということだ。それに、われわれは自分たちの行き先も知っているが、あいつははっきりとは知らない。そしてもう一つ、われわれは引き締まった肉体を持っているし、年齢もあいつの半分以下だ。さらに、足を引きずっているところを見ると、そんなに素速くは動けないだろう」

「おまえ、こういうことがよほど得意なんだな」ハリーは感心した。

「そりゃそうさ、そういう才能が生まれつき備わっているんだ」ジャイルズが言った。「何しろ、あの父親の息子だからな」

ジャイルズが自分の計画を十回以上も繰り返してハリーに説明しているとき、列車がエディンバラのウェイヴァリー駅に着いた。二人は客車を降りると、ゆっくりとプラットフォームを歩いて改札口へ向かった。

「間違っても振り返るなよ」ジャイルズがハリーに念を押し、乗車許可証を提示して改札を抜けるとタクシーの列のほうへ向かっていった。

「ロイヤル・ホテルまで」ジャイルズが運転手に告げて、ハリーが後部座席の隣りに腰を下ろす前に付け加えた。「ぼくたちの後ろについてくるタクシーがいるかどうか、教えてもらえるかな」

「承知しました」運転手が答え、タクシーは列を離れて車の流れに合流した。

「どうしてエディンバラにロイヤル・ホテルがあると知ってるんだ?」ハリーは訊いた。

「ロイヤル・ホテルはどこの町にだってあるんだよ」ジャイルズが答えた。

数分後、運転手が言った。「確信はありませんが、列のすぐ後ろにいたタクシーが、あまり離れずについてきてるようですね」

「ありがとう」ジャイルズが言った。「ロイヤル・ホテルまでの料金はいくらだろう」

「二シリングです、サー」

「そのタクシーをまいてくれたら、四シリングに奮発しよう」

運転手が即座にアクセルを踏み込み、二人の乗客はいきなり座席の背に押しつけられた。ジャイルズがすぐに態勢を立て直してリア・ウィンドウ越しに後方をうかがうと、件《くだん》のタクシーもスピードを上げていた。まだ六十ヤードか七十ヤードは離れていたが、長くはその距離を保っていられないように思われた。

「次の角を左折して、一瞬でいいからスピードを緩めてくれ。そして、われわれが飛び降りたあともそのまま走って、絶対に止まらずにロイヤル・ホテルまで行ってもらいたい」ジャイルズが運転手に言い、ハリーは差し出された掌《てのひら》にフロリン銀貨を二枚置いた。

「おれが飛び降りたら、すぐにつづくんだぞ」ジャイルズがハリーに指示した。「そのあとは、おれのするとおりにしろ」ハリーはうなずいた。

タクシーが角を曲がって一瞬減速するや、ジャイルズはとたんにドアを開けて飛び降りた。舗道に転がったあと、すぐに立ち上がって一番近くの商店へと突進し、飛び込むと同時に床に伏せた。わずか数秒後に、ハリーも突き飛ばすようにしてドアを開けてその商店に入り、ドアを閉めて、友人の隣りに俯《うつぶ》せになった。ほとんど間を置かずに、例のタクシーが角を曲がってきた。

「どうなさいました？」降伏したかのように床に伏せている二人の若者を、店員が両手を腰に当てて見下ろした。

「いや、何でもない」ジャイルズは立ち上がると、穏やかな笑みを彼女に向けながら埃《ほこり》を払い、「ありがとう」と言っただけで店をあとにした。

つづいて立ち上がったハリーは、コルセットしか着けていないウェストの細いマネキンと向かい合うはめになり、顔を真っ赤にして店を飛び出すと、舗道にいるジャイルズのところへ急いだ。

「あの足の悪い男が、今夜、ロイヤル・ホテルに泊まってゆっくりするとは思えない」ジャイルズは言った。「先を急ぐべきだろうな」

「同感だ」ハリーが応えると、ジャイルズがふたたびタクシーを止め、二人は後部座席に乗り込んだ。「ウェイヴァリー駅まで」

「おまえ、こういうことをどこで教わったんだ?」駅へ引き返すタクシーのなかで、ハリーは感嘆して訊いた。

「なあ、ハリー、厄介な敵につきまとわれながらスコットランドを旅する方法を知りたければ、おまえの場合、ジョセフ・コンラッドを読むのを少し減らして、ジョン・バカン(スコットランドの作家。代表作に、スパイ小説の嚆矢とも言うべき『三十九階段』などがある)を読むのを少し増やすべきだな」

エディンバラまでと較《くら》べて、マルジェリーへの旅はかなり時間がかかり、ずいぶんと退屈だったが、足を引きずっている男の気配はなかった。機関車が四両仕立ての客車を引っ張って、二人の乗客をようやく小さな駅へ運び込んだとき、太陽は一番高い山の向こうへすでに姿を消していた。駅長が出口に立ち、その日の最終列車から降りてくる客の切符を検《あらた》めようと待っていた。

「タクシーはありませんか?」ハリーと一緒に乗車許可証を差し出しながら、ジャイルズは訊いた。

「申し訳ないんですが」駅長が答えた。「ジョックは六時ごろにお茶の時間だというので帰ってしまいました。一時間もすれば戻ってくるでしょうが」

ジョックが駅長に対して取った行動が理屈に合っているかどうか、ジャイルズはその説明について一度、そしてもう一度考えたあとで訊いた。「それでは、マルジェリー・キャッスルへ行くにはどうすればいいか、教えてもらえるとありがたいんですが」

「歩くしかありませんな」いかにも役に立つだろうと言わんばかりだった。

「どっちの方角でしょう」必死さが声に出ないようにしながら、ジャイルズは訊いた。

「向こうへ三マイルほどです」駅長が丘のほうを指さした。「見落とす心配はありません」

駅長のアドヴァイスのなかで情報として正しかったのは、結局、〝向こうへ〟という部分だけだとわかった。というのは、一時間以上歩いてもあたりは漆黒の闇《やみ》で、何であれ城の気配など依然としてなかったからだ。

ハイランズでの最初の夜を、羊の群れだけを仲間に野宿して過ごすはめになるのだろうかとジャイルズが覚悟しはじめたとき、ハリーが叫んだ。「あそこだ！」

靄《もや》が立ちこめたような闇を透かして目を凝らすと、城の輪郭はまだはっきりしなかったが、いくつかの窓からこぼれる明かりが見えて、ジャイルズは気持ちが高ぶった。苦労して歩いていくと、ついに大きな両開きの鍛鉄の門にたどり着いた。鍵《かぎ》はかかっていなかった。長い車道《ドライヴウエイ》を上っていくと、姿は見えないけれども、犬の吠《ほ》える声が聞こえた。さらに一マイルほど歩いていくと、濠《ほり》にかかった橋があり、その向こうに、よそ者を歓迎しないように見える、頑丈な樫《かし》の扉が控えていた。

「話すのはおれに任せてくれ」ジャイルズが言い、二人は疲れた足を引きずるようにして橋を渡って、樫の扉の前に立った。

その扉をジャイルズが拳《こぶし》の腹で三度叩《たた》くと、間もなくしてそれが内側から開き、くすんだ緑《ロヴァット》色のジャケットにキルト、白いシャツに白いボウ・タイという服装の大男が姿を現わした。

その執事頭が、目の前に立っている、疲れて汚れた二人を見下ろした。「お待ち申しておりました、ジャイルズさま」と彼は言ったが、ジャイルズは一度も会ったことがなかった。「ご主人さまがしばらく前からお待ちで、ディナーをご一緒しようかとお考えでございますが？」

40

〝ジャイルズとハリー・クリフトン、マルジェリーへ向かう。到着予定は六時ごろ〟

ハーヴェイ卿《きょう》が電報をジャイルズに渡して、にやりと笑った。「共通の友人のタラント大尉《たいい》からだ。間違っていたのは、おまえたちの到着時間だけだな」

「駅からずっと歩かなくちゃならなかったんですよ」ジャイルズが猛烈な勢いで食べながら抗議した。

「そうだな。実は最終列車を降りたおまえたちを迎えに、車を出そうかと考えてもみたんだがね」ハーヴェイ卿が言った。「まあ、食欲を増進するうえで、ハイランドを歩くに勝るものはないからな」

ハリーは微笑を浮かべた。ディナーのテーブルに着いてからほとんど話していなかったし、エマがテーブルの奥の席に坐《すわ》っていたから、ときどき切なげに盗み見るだけで満足しなくてはならず、そもそも二人だけにはなれないのではないかと不安を感じてもいた。

最初の料理は濃厚なハイランドのブロスで、ハリーはそれを少し早く平らげすぎてしまったが、ジャイルズがお代わりしたのに乗じて二杯目を頼んだ。ほかの者たちが静かに話しながら、二人が二杯目を食べ終わり、主菜が供されるのを待っていなかったら、三杯目も頼むところだった。

「おまえとミスター・クリフトンの安否を気遣っている人たちについては、二人とも気にする必要はない」ハーヴェイ卿が言った。「すでにサー・ウォルターとミセス・クリフトンへ私から電報を打ち、二人とも無事で元気にしているとはっきり伝えてある。ただし、おまえの父親には連絡していないからな、ジャイルズ」彼はそう付け加えたあと、それ以上のことは言わなかった。ジャイルズはちらりと視線を母へ送った。硬い表情だった。

しばらくして食堂のドアが勢いよく開き、数人の制服姿の使用人が入ってきて、スープ皿を下げていった。そのあと、さらに三人の使用人が銀の盆を運んできたが、ハリーが見たところ、そこには六羽の小ぶりのチキンが載っていた。

「雷鳥が好物ならいいんだがね、ミスター・クリフトン」初めて〝ミスター〟付きでハリーを呼んだハーヴェイ卿が言った。一羽が彼の前に置かれた。「私が自分で撃ったんだ」

どういうふうにすればいいか見当がつかなかったのでジャイルズを見ていると、彼はナイフとフォークを取り、鳥を小さく切り分けはじめた。セント・ビーズで一緒にとった、最初の夕食が思い出された。その皿が片づけられるころには、モーゼル・ワインを何とか三杯飲み終え、そして考えた――「もう結構です。もう一杯、スープをいただけますか」と、何歳になったら言ってもいいんだろう。

　その状況が多少改善されたのは、さまざまな果物を盛った大きな皿がテーブルの真ん中に置かれたときだった。そのなかにはハリーが見たこともないものがあって、その名前と原産地をハーヴェイ卿に尋ねようかと思ったが、あからさまに無知を晒《さら》すことになった最初のバナナの記憶がよみがえり、どれの皮を剝《む》き、どれを切り、どれをただ齧《かじ》ってもいいか、ジャイルズのやりようを注意深く観察して、そのとおりに真似《まね》ることで我慢しなくてはならなかった。

　果物が終わると、またもや使用人が一人現われ、ハリーの皿の横に、水の入ったボウルを置いた。危うく手にとって飲もうとしたとき、レディ・ハーヴェイがそれで指を洗い、その指を拭《ふ》くために使用人がリネンを差し出すのが見えた。ハリーが水に指を浸すと、魔法のようにすぐさまナプキンが現われた。

　ディナーのあと、女性陣は客間へ移った。ハリーもそこに加わりたかった。そうすれば、ジュリエットが毒を服《の》んで以降に起こったすべてのことを、エマに話して聞かせてやれるのに。しかし、彼女が食堂を出ていくやいなや、ハーヴェイ卿はふたたび腰を落ち着けた。それは執事補佐に葉巻を要求し、大きなグラスにコニャックを注ぐよう求める合図だった。卿がコニャックの味を見てうなずくと、ジャイルズとハリーの前にグラスが置かれた。

執事が葉巻入れ《ヒューミドール》の蓋《ふた》を閉じ、二人のグラスにブランディを注いだ。

「さて」ハーヴェイ卿が二度、三度と盛大に葉巻をふかしたあとで訊《き》いた。「二人とも、オックスフォード大学へ進む希望を持っていると理解していいのかな」

「ハリーが合格するのは間違いありません」ジャイルズが答えた。「でも、ぼくは夏のあいだに百点《センチユリー》を二度、できればローズで一度、叩《たた》き出す必要があります。もっとも、明らかに学業成績が不足していることを試験官が見逃してくれれば、という条件が付いていますけどね」

「ジャイルズは控えめに言っているんです、サー」ハリーは言った。「彼だって、合格の可能性はぼくと同じぐらいあります。だって、クリケットだけでなく、スクール・キャプテンでもあるんですから」

「ともあれ、これだけは保証しよう。合格したら、人生で最も幸福な三年を経験できるはずだ。もっとも、ヘル・ヒトラーが愚かにもこの前の結果を覆《くつがえ》せると虚《むな》しい希望に固執して、ふたたび戦争を引き起こさなければ、だがね」

三人はグラスを挙げ、ハリーは生まれて初めてのブランディを味わった。うまいとは思えず、飲み切らなかったら失礼だろうかと考えていると、ハーヴェイ卿が助け舟を出してくれた。

「そろそろ女性陣と合流しようか」卿はグラスを空にし、葉巻を灰皿で消すと、ジャイルズやハリーの意向も聞かずに立ち上がって食堂をあとにした。二人の若者も主人につづいて玄関ホールを横断し、客間へ入った。

ハーヴェイ卿がエリザベスの隣りに腰を下ろすと、ジャイルズがハリーに目配せして自分は祖母のところへ行き、ハリーはソファにいるエマの隣りに坐った。

「ここまではるばるやってきてくれるなんて、あなたって本当に男らしいのね、ハリー」エマが彼の手に触った。

「演劇祭の夜に起こったことは、本当に気の毒だと思う。この騒ぎのそもそもの原因がぼくでないことを祈るだけだよ」

「あなたが原因だなんて、そんなことがあるはずがないでしょう、ハリー。母に対して父があんな口のきき方をしなくてはならないようなことは、あなたは何もしてないわ」

「でも、たとえ芝居で役を演じているときでさえ、ぼくときみが一緒にいるべきではないとお父さんが考えているのは、秘密でも何でもないじゃないか」

「それについては、明日の朝、話しましょう」エマがささやいた。「散歩に出て、二人だけでしばらく丘陵地帯を歩けばいいわ。わたしたちの話を聞いているのはハイランドの牛だけよ」

「楽しみにしてるよ」ハリーは応《こた》えた。彼女の手を握ったままでいたかったが、多すぎる目が、ずっと二人のほうをうかがっていた。

「あんなに大変な旅のあとだから、若いとはいえ、二人ともへとへとでしょう」レディ・ハーヴェイが言った。「そろそろ寝《やす》んだらどうかしら？　朝食のときに会いましょう」

ハリーは寝《やす》みたくなかった。ここにとどまって、自分とエマが一緒にいるのをヒューゴー・バリントンがあれほどに嫌う理由を彼女が見つけたかどうか、知る努力をしたかった。しかし、ジャイルズにすぐに立ち上がられ、祖母と母親の頬にキスをしてお休みなさいと挨拶《あいさつ》されては、自分一人が残るわけにいかなかった。ハリーは身を乗り出すようにしてエマの頬にキスをし、素晴らしい夜を提供してもらった礼をハーヴェイ卿に言ってから、ジャイルズにつづいて客間を出た。

ふたたび玄関ホールを横断しているとき、ハリーはペプローという画家の描いた、皿に盛られた果物の絵が気になって足を止めた。そのとき、エマが客間から飛び出してきてハリーの首にしがみつき、そっと唇にキスをした。

ジャイルズは知らない振りを装《よそお》って階段を上がりつづけ、一方、ハリーは客間のドアを気にしつづけた。そのとき背後でドアの開く音を聞いたエマが、さっと身体《からだ》を離した。

「おやすみ、おやすみ、お別れするのは楽しみなような、悲しいような」彼女がささやいた。

「どうせなら、朝になるまでおやすみを言いつづけています」ハリーも同じくジュリエットの台詞《せりふ》で応えた。

ンが訊いた。

「二人でどこへ行くの?」ブレックファスト・ルームを出ながら、エリザベス・バリント
「クラグ・コーウェンに登るつもりよ」エマが言った。「寝ないで待ったりしないでね。だって、二度とわたしたちとは会えないかもしれないんだから」

エリザベスが声を上げて笑った。「それなら、しっかり厚着をして行きなさいよ。ハイランズでは羊だって風邪を引くんだから」そして、ハリーが出ていってドアを閉めるのを待って付け加えた。「ジャイルズ、十時に書斎でわたしたちと会いたいと、おじいさまがおっしゃっているわ」ジャイルズには、それが要請でなく命令に聞こえた。

「わかりました、お母さん」ジャイルズは答え、窓の向こうの小径《こみち》をクラグ・コーウェンのほうへ歩いていくエマとハリーを見守った。城から数ヤードしか離れていないのに、エマが早くもハリーの手を握った。ジャイルズがにやりと笑って見ていると、二人は角を曲がって、松の並木の向こうへ姿を消した。

玄関ホールの時計が打ちはじめ、ジャイルズは廊下を急がなくてはならなかった。十回目が鳴り終わるまでに、祖父の書斎に着いている必要があった。部屋へ入った瞬間、祖父母と母が話をやめた。明らかにジャイルズを待っていたのだった。

「まあ、坐りなさい」ハーヴェイ卿が言った。

「ありがとうございます、サー」ジャイルズは応え、祖母と母のあいだの椅子《いす》に腰を下ろした。

「これは作戦会議と呼ぶのが一番ふさわしいと思う」背もたれの高い革張りの椅子に坐っていたハーヴェイ卿が顔を上げ、あたかも重役会議の開会を宣言するかのように言った。「どういう作戦行動を取るべきかを決める前に、最新情報を伝えておきたい」いまや自分が家族会議の正会員と祖父に見なされているのが、ジャイルズはうれしかった。

「ゆうべ、私はサー・ウォルターに電話をした。あの夜の公演の最中のヒューゴーの振舞いについては、エリザベスからその話を聞いたときの私に劣らず、彼も驚いていた。しかし、エリザベスがマナー・ハウスへ帰ってからのことについては、改めて私が教えてやらなくてはならなかった」ジャイルズの母は俯《うつむ》いただけで、さえぎろうとしなかった。「それで、私が自分の娘と長時間話をしたこと、さらに、これから取るべき可能性のある行動は二つしかないとわれわれが考えている旨《むね》を伝えた」

ジャイルズは背もたれに背中を預けたが、リラックスしたわけではなかった。

「私の得た感触では、ウォルターも私と同じ考えでいることに疑いの余地はない。つまり、エリザベスがマナー・ハウスへ戻ることを万に一つでも考えるとしたら、そのためには、ヒューゴーがいくつかの譲歩をしなくてはならないということだ。そしてその第一は、あのひどい振舞いを無条件に謝罪することだ」

ジャイルズの祖母が同意を示してうなずいた。

「二つ目は、絶対に二度と——繰り返すが、絶対に二度と——エマを転校させるなどと口にせず、将来においては、彼女がオックスフォードへ進もうとする努力を無条件に支援することだ。昨今は若い男でも、その目的を達成するのは充分に難しい。しかし、女性にとってはほぼ不可能と言っても過言ではないからな。

「三つ目の、そして最も重要な、私が断固として譲るつもりのない要求は、ハリー・クリフトンに対してそこまでひどい扱いをしつづける理由を、われわれ全員に説明するということだ。それはハリーの伯父がヒューゴーから盗みを働いたことと関係があるのではないかと私は疑っている。しかし、その罪を犯したのが父親だというならともかく、伯父だろう……父親が港湾労働者で、母親がウェイトレスだというだけで、ハリー・クリフトンは自分の子供たちと交わる価値がないとヒューゴーは考え、エリザベスにもたびたびそう主張しているようだが、私はその考えを受け入れることを拒否する。ヒューゴーは忘れているかもしれないが、私の祖父はワイン卸業者の臨時雇いの事務員で、彼自身の祖父はと言えば、十二の年齢《とし》で学校をやめ、若きクリフトンの父親と同じ港湾労働者になっている。それから、万一忘れている者がいるかもしれないので付け加えるが、私がこの一族の初代ハーヴェイ卿《きょう》であり、しかも、その歴史は浅いもいいところだ」

ジャイルズは歓声を上げたかった。

「いまや、ここにいる誰一人として」ハーヴェイ卿がつづけた。「エマとハリーが互いをどう思っているか、気づいていない者はいないはずだ。そしてそれは、あの二人が類《たぐ》い稀《まれ》な若者であることを考えれば驚くには当たらない。もし時が満ち、二人の関係が花開いたら、私とヴィクトリアの喜びはだれにも負けないだろう。エマとハリーのことについては、ウォルターもまったく私と同意見だった」

ジャイルズは微笑した。たとえ父親が絶対に受け入れないとしても、ハリーが一族の一員になるという考えが気に入った。

「ウォルターには言ってあるんだが」ジャイルズの祖父はさらにつづけた。「ヒューゴーがこれらの条件に黙って従わなければ、エリザベスは直ちに離婚手続きに入る以外に道がなくなる。私も〈バリントン海運〉の重役を辞めて、その理由を公《おおやけ》にすることになる」

それを聞いて、これまでにどちらの一族にも離婚した夫婦がいないことを知っているジャイルズは悲しくなった。

「これらのことどもについて息子と話し合う機会を持ったあと、数日のうちに返事をくれることに、ウォルターは快く同意してくれた。そして、ヒューゴーは酒を断つとすでに約束していて、本心から後悔しているらしいとも教えてくれた。最後にみんなに念を押しておくが、これは一族の問題であり、いかなる状況においても、第三者に相談すべき性質の事柄ではない。われわれとしては、これがすぐに忘れられるであろう、残念な出来事以上のものではなかったと証明されることを祈らなくてはならない」

翌朝、ヒューゴーが電話をしてきて、息子と話をさせてほしいと頼んだ。そして、まったく自分の落ち度であるにもかかわらずおまえを責めたことを申し訳なく思っているとひたすらジャイルズに謝ったあとで、クリスマスには一緒に過ごせるようエマと母親を全力を挙げて説得し、マナー・ハウスへ帰らせてほしいと懇願しただけでなく——義父が示唆《しさ》したとおり——この出来事はすぐに忘れられるはずだという希望も口にした。ハリー・クリフトンの名前は一度も出なかった。

41

テンプル・ミーズ駅で列車を降りると、ジャイルズと母は先に車に乗り、エマがハリーに別れを告げるのを待ってやった。

「つい昨日まで、九日も一緒にいたんじゃないか」ジャイルズは言った。「あいつら、明日も会うことを忘れてるのか?」

「たぶん、その次の日もね」ジャイルズの母が言った。「でも、あなただっていつかはあなるかもしれないということを、あんまりありそうではないけれども、忘れないようにするほうがいいわね」

エマがようやく車に乗り込んだが、走り出すやいなや後ろを向き、リア・ウィンドウ越しに名残りを惜しんで、ハリーの姿が見えなくなるまで手を振りつづけた。

ジャイルズは早く家へ帰りたかった。父親が長いあいだあんなにハリーを邪険に扱いつづけた理由が、とうとうわかるのではないか。それにしても、そんな目にあわされるような何をハリーはしたのだろう? もちろん、売店《タック・ショップ》で万引きをしたり、わざと試験に落ちたりというような、そんな――ある意味ではたわいもない――ことであるはずはない。これまでにも十以上の可能性を考えてみたが、どれも合理性があるとは思えなかった。そしていま、ようやく真実が明らかになるかもしれない。ちらりと母親をうかがうと、普段は滅多に気持ちを表に出さないにもかかわらず、チュー・ヴァレーが近づくにつれて、動揺が募っているのがはっきりと見て取れた。

車が屋敷の前に止まると、ジャイルズの父親が石段のてっぺんに立って待っていた。ジェンキンズの姿は見えなかった。ヒューゴーはすぐさまエリザベスに謝罪し、それから子供たちにも詫びを言って、会えなくて寂しかったと付け加えた。

「客間にお茶の用意がしてある」ヒューゴーが言った。「そこで待っているから、準備ができたら降りてきてくれ」

階下《した》に降りたのはジャイルズが最初で、彼は父親と向かい合った椅子《いす》に落ち着かない気分で腰を下ろした。そうやって母とエマがやってくるのを待っていると、父親が仕方なしに当たり障《さわ》りのない話題を持ち出した――スコットランドは楽しかったか？　グレイスは子守り《ナニー》と一緒に、学校の制服を買いにブリストルへ行っているんだ。ハリーの名前は一度も出なかった。数分後、母親とエマが入ってくると、ジャイルズの父親はすぐに立ち上がり、二人が腰を下ろしたとたんに、全員のカップに手ずから紅茶を注いだ。これからするつもりでいる告白を、使用人に聞かれたくないと考えているのは明らかだった。

全員が腰を落ち着けると、ジャイルズの父親は浅く坐《すわ》り直してから、低い声で話しはじめた。

「最初に三人に言わなくてはならないのだが、全員がエマの大勝利だと形容しているあの晩の私の振舞いは、とても受け入れてもらえるものではない。カーテン・コールのときに父親がいなかったのも、エマ、ひどすぎることだった」そして、娘をまっすぐに見た。「それにもまして、あの夜、おまえたちが家に戻ってきたときに私がお母さんにした仕打ちは、到底赦《ゆる》されるものではないし、そういう深い傷が癒《い》えるには長い時間がかかりかねないこともわかっている」

ヒューゴー・バリントンが頭を抱えた。ジャイルズが見ると震えていたが、何とか気を取り直してつづけた。

「おまえたちはみな、理由はそれぞれに異なるが、私が長いあいだハリー・クリフトンをぞんざいに扱っている理由を知りたいと言っている。彼が存在していることに私が耐えられないのは事実だが、そうなった責任はすべて私にある。その理由を知ったら、おまえたちもわかってくれるかもしれないし、もしかしたら同情さえしてくれるかもしれない」

ジャイルズがちらりと母親を盗み見ると、彼女は身じろぎもせずに椅子に坐っていた。胸の内を推し量る術《すべ》はなかった。

「ずいぶん前のことだが」ヒューゴーはつづけた。「私はいまの会社の社長になったばかりのとき、関連会社を創《つく》って造船業に乗り出すべきだと重役たちを説得した。父親は懸念《けねん》したが、私はカナダの会社と契約し、〈メイプル・リーフ〉という商船を造ることになった。結果として、それは会社にとって財政的な災厄になっただけでなく、私個人の大失態にもつながってしまった。私はまだそこから完全に立ち直れずにいるし、この先立ち直れるかどうかも疑わしい。その説明をさせてくれ。

「ある日の午後、一人の港湾労働者が社長室へ飛び込んできて、仕事仲間が〈メイプル・リーフ〉の船体のなかに閉じ込められてしまい、船体を焼き切って開けろと私が命令しなければ死んでしまうと、強硬に主張した。もちろん、私はすぐに造船現場へ急行したが、その話は一から十まであり得ないと、親方がきっぱり否定した。それでも、私は作業員に道具を置くよう言い、船体内部からの物音に耳を澄ませられるようにした。かなり長いあいだ待ったが、音はまったく聞こえなかったし、作業スケジュールもすでに数週間遅れていたから、仕事に戻るよう命じた。

「船体内部に閉じ込められていると言われている港湾労働者は、翌日の勤務時間にいつもどおり現われるだろうというのが、私の予想だった。しかし、そのとき現われなかっただけでなく、以後、二度と姿を見られていない。以来、やはりあそこで死んだのではないかという思いが、私の良心から消えたことはない」そして間を置き、顔を上げて言った。「その港湾労働者の名前はアーサー・クリフトンだ。そして、ハリーは彼の一人息子だ」

　エマがすすり泣きはじめた。

「あの若者を見るたびに私がどんな思いをしてきたか、私が自分の父親の死の責任を負うべき人間だと彼が知ったときにどういう思いに捕らわれるか、もしできるのであれば、想像してもらいたい。ハリー・クリフトンがジャイルズの親友になり、私の娘と恋に落ちるなど、ギリシャ悲劇もかたなしだ」

　ヒューゴーはふたたび頭を抱えてしばらく言葉を失っていたが、ようやく顔を上げて言った。「質問があったら何でもしてくれ、最善を尽くして答えよう」

　ジャイルズは母に最初の質問の機会を譲った。「無実の人に濡衣《ぬれぎぬ》を着せて刑務所へ送ったの？」エリザベスが小さな声で訊《き》いた。

「そんなことをするわけがないだろう、マイ・ディア」ヒューゴーは否定した。「そんなことができる人間でないことぐらいはわかってもらいたい。スタン・タンコックは腕がいいとは言えない盗人《ぬすっと》だった。社長室へ押し入り、盗みを働いた。それでも、あの男がアーサー・クリフトンの義理の兄だというだけの理由で、出所したその日に元の仕事に戻してやった」エリザベスが初めて笑みを浮かべた。

「お父さん、訊いてもいいですか？」ジャイルズは言った。

「もちろんだ」

「ぼくたちがスコットランドへ行ったとき、尾行させましたか？」

「答えはイエスだ、ジャイルズ。礼を失した私の振舞いを詫《わ》びようと、お母さんとエマの行き先を突き止めるのに必死だったんだ。どうか赦してもらいたい」

　全員がエマを見た。彼女は一言も発していなかったが、口を開いたときに出た言葉は全員を驚かせた。「お父さんはいまわたしたちに話したことを、一つ残らずハリーにも話す必要があるわ」ささやくような声だった。「そして、彼が赦すと言ってくれたら、わたしたちの家族のなかに歓迎しなくちゃいけないわ」

「彼を家族のなかに歓迎するのはもちろんやぶさかではないが、マイ・ダーリン、彼のほうが私と二度と口をききたくないとしても不思議ではないだろうな。しかし、彼に父親のことを教えるわけにはいかない」

「どうして？」エマが詰め寄った。

「自分の父親はこの前の戦争で勇敢な死を遂げたと信じたまま息子は成長しているから、その死についてそれ以外のことを知らせたくないのだと、ハリーの母親がはっきり言っているからだ。だから、いまこの瞬間まで、私はその約束を守って、あの恐ろしい日にあったことはだれにも言わないできたんだ」

　エリザベスが立ち上がり、夫に歩み寄って、優しくキスをした。ヒューゴーがうなだれてすすり泣いた。直後にジャイルズも両親のところへ行き、父親の肩に腕を回した。

　エマは動かなかった。

42

「おまえのお母さんって、昔からあんなに美人だったか？」ジャイルズが訝《いぶか》った。「それとも、おれが年を取ってきてるだけなのかな」

「さあ、どうかな」ハリーは応《こた》えた。「一つ言えるのは、おまえのお母さんは昔からとても優雅だってことだ」

「もちろん素敵な人だと思うし、愛しているが、おまえのお母さんと較《くら》べると明らかに時代に遅れてるよ」ジャイルズが言ったとき、片手にパラソル、もう一方の手にハンドバッグを持ったエリザベス・バリントンが不意に姿を現わした。

ほかのほぼすべての少年の例に漏れず、ジャイルズもまた、母親が姿を見せたときにどんな服装をしているかがとても気になった。たとえば帽子について言えば、母親という母親、娘という娘が、アスコット競馬場よりも激しく、こぞって妍《けん》を競っていた。

ハリーはドクター・パジェットと話している自分の母親をいつもより注意深く観察し、彼女がほかの大半の母親より目立っていると認めざるを得ず、少し気恥ずかしさを感じた。

しかし、経済的な不安という重荷をもう背負っていない様子なのはうれしいことであり、それには母の右隣りに立っている男が関係しているのだろうと推測した。

しかし、ミスター・アトキンズに感謝するのはやぶさかでないとしても、彼が継父になるという考えは気に入らなかった。過去において、ミスター・バリントンは自分の娘を過度に守ろうとしたが、ハリーは自分の母親のこととなると、彼とまったく同じ気持ちになることを否定できなかった。

ミスター・フランプトンがホテルでの仕事ぶりにいたく満足し、夜間の管理責任者に昇進させてくれて、さらに給料が上がったと、ハリーは最近、母親から聞いていた。短すぎるぐらいになるまで辛抱しないとズボンを買い換えられないという心配は、もはや確かになくなった。しかし、芸術鑑賞クラブの遠征でローマへ行く費用についても何も言われなかったときは、さすがにびっくりした。

「会えてうれしいわ、ハリー。今日はあなたの勝利の日ね」ミセス・バリントンが言った。「わたしの記憶が正しければ、賞を二つも取ったのよね。エマがあなたの名誉を一緒に分かち合えないのは本当に残念だけど、ミス・ウェブがおっしゃったとおり、あの学校では午前中を休んで他校の卒業式に出席することはできないの。たとえ自分の兄がスクール・キャプテンでもね」

ミスター・ヒューゴー・バリントンが向こうからやってきて、ジャイルズが用心深く見ているると、ハリーと握手をした。父親の側にはいまも明らかに温かみが欠けていたが、それを懸命に隠そうと努力していることは、だれにも否定できなかった。

「それで、オックスフォードからの合否の通知はいつ届くんだ、ハリー？」ヒューゴーが訊《き》いた。

「来週中には届くと思います、サー」

「きみが合格するのは間違いないだろうが、ジャイルズはきわどいところだろうな」

「あいつにも栄光のときがあったのを忘れないでください」ハリーは言った。

「そんなときがあったかしら？」ミセス・バリントンが悲しげに訝った。

「ぼくがローズで百 点《センチユリー》を叩《たた》き出したときのことを言ってるんじゃないのかな、お母さん」

「それはそれで賞賛に値することかもしれんが、オックスフォード大学にへ入る役にどう立つのか、私にはどうしてもわからないんだがね」

「普通なら、ぼくもあなたに同意しますよ、お父さん」ジャイルズが言った。「あのとき、メリルボン・クリケット・クラブ（英国クリケット連盟本部のある、世界で最も有名なクリケット・クラブ）の会長が歴史学の教授の隣りに坐《すわ》っていたという事実がなかったらね」

そのあとにつづいた笑い声は、ベルの音で静かになった。少年たちが足早に大ホールのほうへ移動しはじめ、その親たちは何歩か遅れて、大人しくそのあとにつづいた。

ジャイルズとハリーは、監督生と賞を授けられる生徒のために設けられた、いちばん前の三列に腰を下ろした。

「セント・ビーズの一日目を憶《おぼ》えてるか？」ハリーは訊いた。「最前列に坐って、ドクター・オークショットにひどく怯《おび》えたときのことだよ」

「彼に怯えたことなんか、おれは一度もなかったぞ」ジャイルズが応えた。

「そうだな、おまえはもちろんそうだったんだろう」ハリーは認めてやった。

「だけど、次の日の朝の食堂で、おまえが朝食のポリッジの椀《わん》を舐《な》めたのはよく憶えてるよ」

「そしておれは、それを二度と口にしないとおまえが誓ったことを憶えてるぞ」ハリーはささやいた。

「それなら、これからは二度と口にしないと約束しよう」ジャイルズが応じた。ささやきではなかった。「最初の晩におまえをスリッパで叩いた、あの弱い者いじめの好きな嫌なやつの名前は何だったかな」

「フィッシャーだ」ハリーは答えた。「二日目の晩だ」

「いまは何をしてるのかな」

「ヒトラー・ユーゲントのキャンプでも仕切ってるんじゃないのか」

「だとすれば、それはおれたちが戦争へ行く十分な理由になるな」とジャイルズが言ったとき、理事長と理事を迎えて大ホールの全員が立ち上がった。

寸分の隙《すき》もない服装の男たちが縦一列で、ゆっくりと通路を歩いて壇上に上がった。校長のミスター・バートンは主賓を壇上最前列中央の席に案内してから、最後に腰を下ろした。

全員が着席するや、校長は立ち上がって両親と来賓を迎えたあと、学校の年次報告を行なった。彼はその冒頭で一九三八年はわが校の最高の年だったと評価し、それからの二十分を費やして、その主張を裏付けるべく学業とスポーツ両面での成果を詳しく披露したあと、ブリストル大学名誉総長であり、エッピング選出の国会議員であるライト・オナラブル・ウィンストン・チャーチル庶民院議員に祝辞と賞の贈呈をお願いすると述べて報告を締めくくった。

ミスター・チャーチルはゆっくりと立ち上がると、しばらく聴衆を見下ろしてから口を開いた。

「主賓のなかには、自分は学生時代に一つの賞も取ったことがない、実はクラスでビリだったのだと聴衆に告げることで、祝辞を始める者がいる。私はそんなことは言えない。確かに賞は一つも取らなかったが、少なくともビリになったことは一度もなかった――ビリから二番目だったからだ」生徒がどよめいて歓声を上げ、教師たちは苦笑した。ディーキンズだけが冷静だった。

笑いが収まると、チャーチルの顔がいきなり厳しくなった。「いま、わが国はまたもや歴史上の偉大な瞬間に直面している。イギリス国民は自由世界の運命を決するよう、ふたたび要請されるかもしれない。今日、この大ホールに集う諸君の多くは……」そして、声を落とし、親たちのほうは見向きもせず、自分の前に列をなしている少年たちを凝視した。「あの大戦を生き延びた者は、辛《つら》いことにわが国が悲劇的な数の命を失い、それが一つの世代全体に及んでいることを決して忘れないだろう。ハロー校の私の同級生も、二十人が前線に出たが、選挙権を行使できるようになるまで生きた者はたった三人しかいない。だれであれ二十年後にここで祝辞を述べる者が、野蛮かつ不必要に人命を浪費した最初の世界大戦だと言わずにすむことを祈るのみであり、諸君が一人残らず成功し、幸福な人生を長く生きることを願うばかりだ」

　ジャイルズはだれよりも早く立ち上がり、席へ戻る主賓に盛大な拍手を送った。イギリスがどうしても戦争を回避できなくなったら、ネヴィル・チェンバレンに代わって首相になるのは、この人物を措《お》いてほかにないような気がした。数分後、一斉に立ち上がって万雷の拍手を送っていた全員がふたたび着席すると、校長が改めてミスター・チャーチルに賞の授与を依頼した。

　ジャイルズとハリーが大喜びしたのは、ディーキンズがその年の最優秀生徒だとミスター・バートンが告げ、さらに、こうつづけたときだった――「今朝、私のもとにオックスフォード大学ベイリアル学寮《カレッジ》の学寮長から電報が届き、ディーキンズが最優秀奨学生《スコラー》に選ばれたことが知らされました」そして、つづけた。「わが校の四百年の歴史のなかで、この栄誉を得た最初の生徒であることを申し上げておくべきかもしれません」

分厚い眼鏡をかけ、いまもハンガーにかかっているかのようにだぶだぶのスーツを着た、身長六フィート二インチのひょろ長い生徒がゆっくりと壇上へ向かいはじめると、ジャイルズとハリーはすぐさま立ち上がった。ミスター・ディーキンズは跳び上がりたかったし、息子がミスター・チャーチルから賞を授与されるところを写真に撮りたかったが、不興を買うのではないかと気にして実行には移さなかった。

英語賞と読書賞を授与されたハリーも温かく迎えられ、校長が付け加えた。「彼が演じたロミオを、私たちは誰一人として、決して忘れないでしょう。来週、オックスフォード大学に席を与える旨《むね》の電報が届く生徒たちのなかに彼が含まれていることを、私たち全員で祈ろうではありませんか」

ハリーに賞を渡すとき、ミスター・チャーチルがささやいた。「私は大学へ行かなかった。それが残念でならない。電報が届くことを願っているぞ、クリフトン。幸運を祈る」

「ありがとうございます、サー」ハリーは応えた。

しかし、その日一番の拍手喝采《かっさい》が沸《わ》き起こったのは、スクール・キャプテンとクリケット・チームの主将として校長賞を受け取るために、ジャイルズが壇上へ上がったときだった。主賓が驚いたことに、理事長が弾《はじ》かれたように席を立ち、ミスター・チャーチルのところへ行こうとするジャイルズに握手を求めた。

「私の孫なのです、サー」サー・ウォルターが少なからぬ誇りを持って紹介した。

チャーチルが笑顔でジャイルズの手を握り、その顔を見て言った。「母校に対して明確に奉仕した非凡さを、必ずや母国に対しても同じく発揮してくれるものと信じているぞ」

イギリスが戦争をすることになったら自分はどうするか、ジャイルズはその瞬間にはっきりとわかった。

授与式が終わると、生徒、親、教師、全員が一団となって起立し、校歌を斉唱した。最後のリフレインを歌い終えると、校長が先導し、主賓と教職員が壇上から降りて、大ホールから秋の午後の陽のなかへ出ていった。やがて、そのほかの全員が芝生に溢《あふ》れ出し、お茶に加わった。特に三人の少年は、成功を祈る人たちや、ジャイルズを〝ほんとうに可愛《かわい》い〟と思っている、卒業生の姉妹に囲まれていた。

「人生で最も誇らしい日よ」ハリーの母が息子を抱擁して言った。

「あなたの気持ちはよくわかりますよ、ミセス・クリフトン」オールド・ジャックがハリーと握手をして言った。「ミス・マンデイが長生きして、今日のきみを見られれば本当によかったんだがね。彼女にとっても、今日が人生で最も幸福な日になったことは疑いの余地がないからな」

ミスター・ホールコムが脇《わき》に立ち、お祝いを言う順番を辛抱強く待っていた。二人が昔からの友人だと知らないハリーは、彼にタラント大尉《たいい》を紹介した。

楽団が演奏をやめて偉い人たちもいなくなると、ジャイルズとハリーとディーキンズは三人だけで芝生に腰を下ろし、思い出話に耽《ふけ》った。もう生徒《スクールボーイ》ではなくなったのだ。

43

木曜の午後、一通の電報が下級生によってハリーの学習室へ届けられた。ジャイルズとディーキンズがじりじりしながら開封されるのを待っていると、ハリーは茶色い小型の封筒をそのままジャイルズに渡した。

「またもやおれに責任を押しつけるんだな」ジャイルズが封筒を開けたが、文面を読んだ瞬間、表情が変わるのを抑えられなかった。

「だめだったんだ」ジャイルズの声には驚きがあり、ハリーは椅子《いす》に崩れ落ちた。「と言っても、それは奨学金の話だけどな」そして、文面を声に出して読んでいった。「〝われわれは貴君をオックスフォード大学ブレイズノーズ学寮《カレッジ》の給費生《エキシビショナー》として迎え入れることを喜びに思う。おめでとう。詳細は数日以内に連絡する。学寮長W・T・S・スタリーブラス〞悪くないじゃないか。まあ、ディーキンズと同じ合格等級でないのは確かだけどな」

「だったら、おまえはどの合格等級なんだ？」訊《き》いてはいけないことだったと、ハリーは口から言葉が出た瞬間に後悔した。

「一人は奨学生《スコラー》、一人は露出狂《エキシビショニスト》――」

「給費生《エキシビショナー》だ」ディーキンズが訂正した。

それを無視して、ジャイルズはつづけた。「そして、一人は自費生《コモナー》。語呂《ごろ》がいいじゃないか」

その日、ブリストル・グラマー・スクールにはそれ以外に十一本の合格電報が届いたが、ジャイルズ・バリントン宛《あて》はなかった。

「お母さんに教えてあげろよ」夕食の大食堂へ入りながら、ジャイルズが言った。「心配で、今週は寝られなかったはずだぞ」

ハリーは時計を見た。「もう仕事に出かけてるはずだから、間に合わないよ。明日の朝までは無理だ」

「ホテルへ行って、びっくりさせてあげればいいじゃないか」ジャイルズが提案した。

「それはだめだな。母は私用で仕事の邪魔をされるのを職業人として嫌がっているし、たとえこのためだとしても」ハリーは勝ち誇って電報を振った。「例外を認めるとは思えない」

「そうだとしても、お母さんには知る権利があるんじゃないのか？」ジャイルズが食い下がった。「だって、おまえをオックスフォード大学へ進ませるために、すべてを犠牲にしてきたんだぞ。率直に言うが、もしおれなら、たとえ母がマザーズ・ユニオン（イギリスで創設された聖公会系の国際婦人団体）で挨拶《あいさつ》している最中でも割り込むけどな。おまえだってそう思うだろう、ディーキンズ？」

ディーキンズが眼鏡を外し、ハンカチで磨きはじめた。深く考えているときの癖だった。

「ぼくならパジェットに訊いてみるな。それで、もし反対されなかったら――」

「名案だ」ジャイルズが引き取った。「これから訊きに行こう」

「おまえもくるか、ディーキンズ？」ハリーは訊いたが、ディーキンズの眼鏡が鼻の先端に戻っていることに気がついた。もう一つの世界へ行ってしまったことの印だった。

「心からおめでとうと言わせてもらおう」電報を読んだとたんに、ドクター・パジェットが祝福した。「もしこう言ってよければ、この結果は当然過ぎるぐらい当然だ」

「ありがとうございます、サー」ハリーは応《こた》えた。「ロイヤル・ホテルへ行って、母に知らせてやってもかまわないでしょうか」

「いけないという理由は思いつかないな、クリフトン」

「私も同行していいでしょうか」ジャイルズが無邪気に訊いた。

パジェットがためらった。「まあ、いいだろう。だが、バリントン、ホテルにいるあいだに酒を飲もうとか、煙草《たばこ》を吸おうなどとは、考えもするんじゃないぞ」

「シャンパン一杯もだめですか？」

「だめだ、バリントン、林檎酒《サイダー》一杯だって飲んではならない」パジェットがきっぱりと禁じた。

二人の若者はゆっくりと校門を出た。点灯夫が自転車の上に立ち、背伸びをするようにして街灯に火を入れていた。夏休みの話になったが、そのときに、初めてハリーがジャイルズの家族と一緒にトスカナへ行く計画がまとまり、ブリストルでのオーストラリア代表とグロスターシャー代表のクリケット対抗戦を見逃さないように帰ってくるという合意が成立した。すでに全国民にガス・マスクが支給されているいま、宣戦布告がなされる可能性——あるいは、ハリーの言うところの確率——がどのぐらいあるかというところまで話題は広がったが、もう一つの、お互いの胸の内にわだかまっていることについては、どちらも口に出さなかった。九月にジャイルズがオックスフォード大学でハリーやディーキンズに合流できるだろうか、ということである。

ホテルが近づくと、ハリーは仕事中の母の邪魔をしてはいけないのではないかという思いがふたたび頭をもたげたが、ジャイルズはすでに回転ドアを突破して、ロビーでハリーを待っていた。

「ほんの二分もあればすむだろう」追いついたハリーに、ジャイルズが言った。「お母さんに合格したことだけ伝えて、そのあとまっすぐ学校へ戻ればいい」ハリーはうなずいた。

ジャイルズが〈パーム・コート〉の場所を尋ねると、ドアマンはロビーの奥の少し高くなっている一画だと教えてくれた。階段を六段上ると、ジャイルズは受付デスクに歩み寄り、声を落として受付嬢に言った。「ミセス・クリフトンとちょっと話したいのだが」

「ミセス・クリフトンですか？」受付嬢が訊き返した。「その方は予約をなさっているでしょうか？」そして、予約リストを指でたどった。

「そうじゃないんだ、ここで働いているんだよ」ジャイルズは言った。

「すみません、最近ここにきたばかりなものですから」受付嬢が謝った。「ちょっとウェイトレスに訊いてみます。あの人たちなら知っていると思いますので」

「ありがとう」

ハリーは階段の下にとどまったまま、目で母親を捜していた。

「ハティ」受付嬢が通りかかったウェイトレスに訊いた。「ミセス・クリフトンって人がここで働いてる？」

「いまはもういないわ」即座に答えが返ってきた。「二年前に辞めたわよ。それ以来、何の音沙汰《おとさた》もないわね」

「きっと何かの間違いだ」ハリーはジャイルズのところまで階段を駆け上がった。

「彼女がいまどこにいるか、心当たりはないだろうか」ジャイルズが声を落としたままで訊いた。

「ありません」ハティが言った。「でも、ナイト・ポーターのダグに訊いてごらんになったらいかがでしょう。昔からここで働いていますから」

「ありがとう」ジャイルズは言い、ハリーを見て付け加えた。「何か簡単な理由があるんだろうが、それを詮索《せんさく》したくないとおまえが言うなら……」

「いや、ダグが母の居場所を知っているかどうか、確かめよう」

ジャイルズはハリーが考え直すかもしれないと思い、その時間を与えようとゆっくりとポーターのデスクへ歩み寄ったが、友人は何も言わなかった。「ダグ？」ジャイルズは青が色褪《いろあ》せ、ボタンももう輝いていない制服を着た男に訊いた。

「そうですが」彼が応えた。「どうなさいました？」

「ミセス・クリフトンを探しているんだ」

「メイジーはもうここでは働いていません。少なくとも二年ほど前に辞めたはずです」

「いまどこで働いているか、わかるかな」

「わかりません」

ジャイルズは財布を出すと、半クラウン銀貨をカウンターに置いた。ポーターはしばらくそれに目を落としていたが、間もなく、また口を開いた。「断言はできませんが、〈エディズ・ナイトクラブ〉にいるかもしれません」

「エディ・アトキンズのことかな？」ハリーは訊いた。

「そうだと思います」

「なるほど、あり得ることだな」ハリーは言った。「それで、そのナイトクラブはどこにあるんだ？」

「ウェルシュ・バックです」ポーターが銀貨をポケットにしまいながら答えた。

ハリーはそれ以上何も言わずにホテルを出ると、待っているタクシーの後部座席に飛び乗った。ジャイルズが隣りに腰を下ろし、時計を見て言った。「学校へ戻るべきだと思わないか？　お母さんに知らせるのは、朝ならいつでもできるんだから」

ハリーは首を振り、ジャイルズに思い出させた。「マザーズ・ユニオンで挨拶している最中でも割り込むと言ったのはおまえだぞ」そして、きっぱりと運転手に行き先を告げた。「ウェルシュ・バックの〈エディズ・ナイトクラブ〉まで」

短い旅のあいだ、ハリーはひと言も口をきかず、タクシーが暗い枝道に入って〈エディズ・ナイトクラブ〉の前で止まると、車を降りて入口へ向かった。

そして、拳《こぶし》を握ると、断固としてドアを叩《たた》いた。覗《のぞ》き窓が開き、二つの目が二人の若者を凝視した。「入店料は一人五シリング」その目の奥で、声が言った。ジャイルズが十シリング札を窓に押し込んだ。とたんに、ドアが勢いよく開いた。

二人はぼんやりと明かりのともった階段室を地下へ降りていった。ジャイルズが先に彼女を見つけて引き返そうとしたが、もう遅かった。ハリーは憑《つ》かれたような目で、カウンターのストゥールに一列に腰掛け、客や自分たち同士でおしゃべりをしている女性を見つめていた。そのなかの一人、シーｰスルーの白いブラウスに短い黒革のスカート、黒のストッキングの女がやってきて言った。「いらっしゃい」

ハリーは彼女を無視した。その目はカウンターの一番奥のストゥールに腰掛け、年配の男の話に聞き入っている女性――男の手が彼女の太腿《ふともも》に置かれていた――に釘付《くぎづ》けになっていた。ハリーがだれを見ているか確かめて、黒革のスカートの女が言った。「あら、若いのにお目が高いわね。でも、教えといてあげるけど、メイジーは好みがうるさいの。それに、簡単に言いなりにはならないってことも忠告しておかざるを得ないわね」

ハリーはくるりと踵《きびす》を返して階段を駆け上がり、ドアを引き開けて通りに飛び出すと、その場に膝《ひざ》をついて激しく嘔吐《おうと》した。追いかけてきたジャイルズも膝をついて、少しでも気分を楽にしてやろうとハリーに腕を回した。

道路の反対側の暗がりに立っていた男が、足を引きずりながら歩き去った。

エマ・バリントン

一九三二年―一九三九年

44

彼を最初に見たときのことは決して忘れないだろう。

マナー・ハウスへやってきたのは、兄のジャイルズの十二歳の誕生日を祝うお茶のときだった。とても物静かで控えめだったから、どうしてこの人がジャイルズの親友になり得たのだろうと不思議だった。もう一人のディーキンズは、本当に変わっていた。午後のあいだ、ひたすら食べつづけて、ほとんどしゃべらなかった。

ようやく口を開いたときのハリーの声は静かで優しく、人に耳を傾けさせずにいなかった。誕生パーティは何事もなく楽しくつづいたが、父が入ってくると、ハリーはまたしゃべらなくなった。相手がだれであれ、あんなに冷淡に応対する父親を見るのは初めてで、まったくの初対面の人にどうしてそういう振舞いが赦《ゆる》されるのか、わたしには理解できなかった。でも、それ以上に、彼に誕生日を訊《き》いたときの父の反応が不可解だった。あんなにありふれた質問に対して、どうしてあれほど極端な反応が起こり得るのだろうか？　父は直後に席を立ち、ジャイルズと彼のお客さまにさようならも言わないで部屋を出ていった。父のその振舞いに母が当惑したことは想像に難くないが、それでも、気づかないふりをしてお茶を淹《い》れ直した。

数分後、ジャイルズと二人の友人は学校へ帰った。彼はわたしに向かって微笑したが、わたしは母親に倣《なら》って、気づかないふりをした。だけど、玄関が閉まると客間の窓際《まどぎわ》に立って、車が車道《ドライヴウエイ》を小さくなっていき、ついに視界から消えるまで見送った。彼がリア・ウィンドウ越しに見ているような気がしたが、確信はなかった。

三人が帰ってしまうと、母は父の書斎へ直行した。声高に話す声が聞こえたけれど――そのころ、それはどんどん頻繁になっていた――、戻ってきたときの母は、あたかも何もなかったかのような笑顔でわたしを見た。

「あのジャイルズの親友は何という名前なの？」わたしは訊いた。

「ハリー・クリフトンよ」母が教えてくれた。

次にハリー・クリフトンを見たのは、セント・メアリー・レッドクリフ教会での降臨節のキャロル礼拝のときだった。彼は「ああ、ベツレヘムよ」を歌い、わたしの親友のジェシカ・ブレイスウェイトは、わたしがまるでハリーを新しいビング・クロスビーであるかのように恍惚《こうこつ》として見ていると言ってひやかした。わたしもわざわざ否定はしなかった。礼拝のあと、彼がジャイルズと話しているのを見て、とてもよかったと言いに行きたかったが、父が帰りを急いでいるようだった。父が車を出す直前、子守り《ナニー》と思われる女性が彼を大袈裟《おおげさ》なぐらいに抱擁しているのが見えた。

彼の声が壊れた夜、わたしもセント・メアリー・レッドクリフ教会にいたが、そのときは、大勢の会衆が首を振り、ささやき合う者まで出てきた理由を理解できなかった。いまでも、二度と彼の歌声を聴くことはなかったということしかわかっていない。

ジャイルズのブリストル・グラマー・スクールの一日目、彼が車で送ってもらうとき、わたしは自分も連れていってほしいと母に懇願した。だけど、その理由はたった一つ、ハリーに会いたかったからだ。でも、父はうんと言わず、これ見よがしに大泣きをして見せたにもかかわらず、妹のグレイスと一緒に石段の上に取り残された。ジャイルズがイートン校に受け入れてもらえなかったせいで父の機嫌が悪いことは知っていたが、なぜ受け入れてもらえなかったのかは、わたしにもいまだにわからない。だって、彼よりもっと出来の悪い生徒が大勢合格していたのだから。母はジャイルズがどの学校へ行こうと気にしていないようだったが、ブリストル・グラマー・スクールと決まったとき、わたしは躍り上がりたいほどうれしかった。またハリーに会う機会が増えるだろうだからだ。

事実、それから三年のあいだに、わたしたちは少なくとも十回以上は会っているに違いないのだけれど、彼にとってはローマで出会ったのが最初で、それ以前のことはまったく憶《おぼ》えていなかった。

あの夏、家族全員がトスカナの別荘で過ごしているとき、ジャイルズがわたしを隅へ引っ張っていって、どうしても助言がほしいと頼んできた。そういうときの兄は何かを企《たくら》んでいると決まっていたが、話を聞いてみると、わたしも兄に劣らずその企みを成功させたくなった。

「それで、今度は何をしてほしいの？」

「明日、ローマへ行く口実が必要なんだ」ジャイルズが言った。「ハリーと待ち合わせているんだよ」

「ハリーって？」わたしは無関心を装《よそお》った。

「馬鹿《ばか》だな、ハリー・クリフトンに決まってるだろう。いま、学校の芸術鑑賞クラブの遠征でローマにきていて、ぼくが向こうへ行って、一日付き合うと約束しているんだ」父が承諾しないことは、教えてもらうまでもなく明らかだった。「一日、ローマに行ってみたいと」ジャイルズはつづけた。「お母さんに頼んでくれるだけでいいんだ」

「でも、わたしがローマへ行きたがっている理由を訊かれるわよ」

「そのときは、前々からヴィラ・ボルゲーゼを訪ねたかったと言えばいい」

「どうしてヴィラ・ボルゲーゼなの？」

「明日の朝十時に、ハリーがそこへくるからだよ」

「でも、連れていってやるとお母さまが言ったらどうするの？　あなたは行けなくなってしまうんじゃないの？」

「お母さんはそんなことは言わないよ。明日はアレッツォのヘンダーソン家と夫婦で昼飯ということになってるんだ。だから、おまえの付き添いを志願するのさ」

「それで、見返りは何？」ハリーに会いたくてたまらないでいるのを悟られたくなかったので、わたしは訊いた。

「ぼくの蓄音機《グラモフォン》だ」

「それはくれるってこと？　そうじゃなくて、貸すだけってこと？」

ジャイルズはしばらく黙っていたが、渋々認めた。「永久貸与だ」

「それなら、いますぐちょうだい」わたしは言った。「そうでないと、協力はできないわね」驚いたことに、本当にその場でグラモフォンを渡してくれた。

それ以上にびっくりしたのは、次の日、母がジャイルズのささやかな罠《わな》に引っかかったときだった。彼がわたしの付き添い役を申し出るまでもなかった。それより先に、父がそうしろと主張したのだ。あくまでも抜かりのないジャイルズは、念には念を入れて、抵抗したあげくについに白旗を掲げるというふりまでして見せた。

その次の日の朝、わたしは早起きし、かなりの時間を費やして、何を着ていくべきか考えた。母に疑いを持たれないためにはそれなりに地味な服装でなくてはならないが、一方では、ハリーに必ず気づいてほしかった。

ローマ行きの列車に乗っているあいだに洗面所に隠れると、母のシルクのストッキングを穿《は》き、ジャイルズに気づかれない程度に、薄く口紅をさした。

ホテルにチェックインすると、ジャイルズはすぐにヴィラ・ボルゲーゼへ向かいたがったが、それはわたしも同じだった。

庭園のなかを歩いてヴィラへ向かっているとき、一人の兵士が振り返ってわたしを見た。そんな経験は初めてだったので、自分の頬が赤くなるのがわかった。

回廊《ガラリア》に入るやいなや、ジャイルズはハリーを捜しにかかったが、わたしはためらいが先に立ち、絵画や彫像に大いに関心があるふりを装っていた。きっかけが必要だった。

ようやく二人のところへ行ってみると、ジャイルズは親友とおしゃべりをしながらも、心は上の空で、傍目にもはっきりわかるほど、ツアー・ガイドに目を奪われていた。もし訊かれたら、望みはないと答えて間違いないと思われたけれども、こと女性となると、兄というのは往々にして妹の意見が耳に入らないものではある。それでも、万に一つアドヴァイスを求められれば、彼女の靴を褒めるよう勧めただろう。わたしが見ても羨《うらや》ましくなるような素敵な靴だった。イタリア人は自動車のデザインで有名なだけだと男の人たちは考えているが、タラント大尉《たいい》は例外で、女性をどう扱うべきかを熟知していた。ジャイルズはそのことについて、大尉から多くを学べたはずだ。この兄は、わたしを扱いにくい──彼はその意味を知らないだろうけど──妹としか見なしていなかった。

きっかけを見計らってゆっくりとそばへ行き、ジャイルズがわたしたちを紹介するのを待った。その日のディナーにハリーが誘ってくれたときの、わたしの驚きを想像してほしい。その瞬間は、ふさわしいイヴニング・ドレスを持ってきていないということしか頭に浮かばなかった。ディナーのあいだにわかったのだが、わたしの面倒を見てくれたら千リラ払うとジャイルズは提案し、それだけではだめだとハリーに断わられて、カルーソのレコードも手放すことで取引を成立させたのだった。あなたはレコードを手に入れ、わたしはグラモフォンを手に入れたのだと伝えたが、ハリーには意味がわからないようだった。

ホテルへ戻る途中で道路を渡るとき、彼は初めてわたしの手を握った。渡り終わっても、わたしは手を離さなかった。掌《てのひら》が汗ばんでいるところを見ると、女の子の手を握るのは初めてで、ひどく神経質になっているようだった。

ホテルに戻ると、彼がもっと楽な気持ちでキスできるように仕向けようとしたが、ハリーは握手をして、古い友人同士のようにお休みと言っただけだった。でも、ブリストルへ戻ったら、すぐにまた会えないかしらとほのめかすと、最高にロマンティックなデート・スポットの提案までしてくれた。それは市の中央図書館だったが、ハリーの考えでは、そこなら絶対にジャイルズと遭遇する心配がなかった。わたしは喜んで同意した。

十時をほんの少し過ぎたころ、ハリーが帰り、わたしは部屋へ上がった。数分後、ジャイルズが寝室のドアの鍵《かぎ》を開ける音が聞こえた。にやりと笑わざるを得なかった。カルーソのレコードやグラモフォンと引き替えにするだけの価値がある、カテリーナとの夜だったとは思えなかった。

二週間後、家族でチュー・ヴァレーへ帰ると、三通の手紙が玄関ホールのテーブルでわたしを待っていた。三通とも宛名《あてな》は同じ筆跡で、父は気づいたかもしれないが、何も言わなかった。

次の一カ月、ハリーとわたしは市の中央図書館で、たくさんの幸せな時間を一緒に過ごした。だれにも不審に思われずにすんだ大きな理由は、ディーキンズでさえ知らないような部屋をハリーが見つけたからだった。

新学期が始まると、それまでのようには頻繁に会えなくなり、自分がどんなにハリーを恋しく思っているかをすぐに思い知らされることになった。一日おきに手紙をやりとりし、週末は数時間でも一緒にいようとした。ドクター・パジェットが図らずも介入してこなければ、その状態がそのままつづいたかもしれない。

ある土曜の午前中、〈カーワディーンズ〉でコーヒーを飲んでいるとき、ハリーは大胆にも、英語の先生がミス・ウェブを説得し、その年のブリストル・グラマー・スクールの演劇祭にレッド・メイズ校の女子生徒も参加できるようにしたと教えてくれた。三週間後にオーディションが行なわれたときには、わたしはジュリエットの役を完璧《かんぺき》に自分のものにしていた。哀れにも無邪気なドクター・パジェットは、自分の幸運が信じられなかったに違いない。

リハーサルは一週間に三日、わたしたちが午後一緒にいられるだけでなく、若い恋人役を演じられることも意味していた。初日の夜に幕が上がるころには、それはもう演技ではなくなっていた。

初日、二日と、会心の演技だったから、最終三日目の夜に両親がきてくれるのが待ちきれなかった。ただし、びっくりさせたかったから、ジュリエットを演じることは父には教えていなかった。舞台に登場して間もなく、わたしの気が散ったことに、だれかが騒々しく大ホールを出ていった。舞台の魔法が解けてしまうから、特定の観客を見てはならないとドクター・パジェットに何度も教えられていたおかげで、あんなにこれ見よがしに出ていったのがだれなのかはわからなかった。父でないことを祈ったが、幕が下りたあとも楽屋へ姿を見せなかったとき、その祈りは聞き届けられなかったのだとわかった。さらに悪いことに、父のつまらない怒りが、いまだ理由はわからなかったが、ハリーに向けられたものだと確信せざるを得なかった。

その夜、家に戻ると、わたしとジャイルズは階段のてっぺんに坐《すわ》って、最近は珍しくなくなった、両親の口論に聞き耳を立てた。だけど、その日の口論はいつもと違っていた。父が母に対してあんなに酷《むご》い言葉を投げつけるのを聞くのは初めてだった。わたしはもはや耐えられなくなり、自分の部屋へ駆け込んで鍵をした。

ベッドに倒れ込んでハリーのことを考えていたら、低いノックの音が聞こえた。ドアを開けると、母が泣いていたことを隠そうともしないで立っていて、すぐにこの家を出るから、小さなスーツケースに荷物を詰めるように言った。タクシーで駅へ行き、危ういところでロンドン行きの始発列車《ミルク・トレイン》に間に合った。何があって、どこでわたしと連絡がつくかを教えるために、列車のなかでハリーに手紙を書いた。その手紙をキングズ・クロス駅で投函《とうかん》し、エディンバラ行きの列車に乗り換えた。

次の日の夜、ディナーの直前にハリーとジャイルズがマルジェリー・キャッスルに現われたときの、わたしの驚きを想像してほしい。わたしたちは思いがけなくも素晴らしい九日間をスコットランドでともに過ごした。チュー・ヴァレーへ帰りたくなかった。たとえ父が電話をしてきて、演劇祭の夜の非道な振舞いを無条件に謝罪したとしても、だ。

でも、最終的には帰らなくてはならないのはわかっていた。ある日の朝、長い散歩をしているとき、父が彼に対して敵意を持ちつづける理由を突き止める努力をすると、わたしはハリーに約束した。

マナー・ハウスへ戻ると、父はこれ以上は無理だというほどにわたしたちを宥《なだ》めようとし、自分が長年にわたってハリーをぞんざいに扱ってきたことの説明を試みた。母とジャイルズはその弁明を受け入れたようだったが、わたしには父がすべてを明らかにしたとは思えなかった。

わたしにとって状況がさらに難しさを増しさえしたのは、ハリーのお母さんが一家の秘密にとどめておかなくてはならないと断固として主張しているから、彼のお父さんの死についての真実を教えてはならないと父に命じられたときだった。ミセス・クリフトンなら、わたしがハリーと一緒にいるのを父がよしとしない本当の理由を知っているような気がしたが、わたしとしては二人に、何をもってしても、だれをもってしても、愛し合っている者同士を離れ離れにしておくことはできないのだと伝えたかった。しかし、危機はわたしが予想もできなかった形で訪れた。

ハリーがオックスフォード大学に合格したかどうか、彼に負けないぐらい早く知りたくてたまらなかったから、結果を知らせる電報が届いたら午前中に図書館の前で会う約束をしていた。

その金曜の朝、何分か遅刻してそこへ行くと、ハリーは階段のてっぺんに坐って頭を抱えていた。落ちたんだ、とわたしは思った。

45

姿を見たとたんにハリーが飛び上がり、いきなりエマを抱きしめた。彼が人前で彼女に齧《かじ》りついたままでいるなど、これまでに一度もないことだった。エマはそれによって、悪い知らせでしかあり得ないと確信した。

一言もしゃべる間を与えず、自分も黙ったまま、ハリーはエマの手を取って図書館に入ると、木造の回り階段を下り、煉瓦《れんが》敷きの狭い廊下を歩いて、〈古代〉と記してあるドアの前で足を止めた。そしてなかをうかがい、自分たちの隠れ家に気づいた者がいないことを確認した。

二人は小さなテーブルに向かい合って坐《すわ》った。去年、本当に多くの時間を一緒に過ごしたところだった。ハリーは震えていたが、それは寒さのせいではなかった。窓のない部屋は四方を本棚に囲まれ、そこに埃《ほこり》をかぶった革表紙の書籍が並べられて、なかには何年も開かれていないように見えるものがあった。いずれは、自《おの》ずと古代になっていくはずのものたちだった。

しばらくして、ハリーが口を開いた。

「きみがぼくを愛するのをやめさせられるような言葉とか、振舞いとか、何でもいいからそういうものがあると思うか？」

「あるものですか、マイ・ダーリン」エマは答えた。「絶対にないわ」

「きみのお父さんがあれほど断固としてぼくたちを遠ざけようとする理由がわかったんだ」

「わたし、実はもう知ってるの」エマはわずかに俯《うつむ》いて告白した。「でも、誓って言うけど、そんなことは問題じゃないわ」

「どうしてきみが知ってるなんてことがあり得るんだ」ハリーが訊《き》いた。

「わたしたちがスコットランドから帰ってきた日に、父が教えてくれたのよ。絶対に秘密にしておくという条件付きでね」

「母が売春婦《プロスティテュート》だと言ったのか？」

エマは仰天した。気を取り直して言葉を発するのに、しばらく時間がかかった。「いいえ、父はそんなことは言ってないわ」言葉遣いが激しくなった。「あなた、自分の母親によくもそんなひどいことが言えるわね」

「だって、事実だ」ハリーが言った。「母は二年前にロイヤル・ホテルを辞めている。てっきりあそこで働いているものと思っていたんだけど、実は〈エディズ〉というナイトクラブにいるんだ」

「だからって、売春婦ということにはならないわよ」エマは言い返した。「カウンターに坐っていた男は、片手にウィスキーのグラスこそ持っていたけど、もう一方の手は母の太腿《ふともも》に置いていて、会話を楽しもうなんて様子じゃなかった」

エマはテーブル越しにぐいと身を乗り出し、そっとハリーの頰に触れた。「かわいそうにね、マイ・ダーリン。でも、だからといって、あなたへのわたしの気持ちは変わらないわ。いまも、これからも、ずっとね」

ハリーが力のない笑みを苦しげに浮かべたが、エマは何も言わなかった。間もなく、避けることのできない問いが発せられることはわかっていた。

「きみのお父さんが秘密にしておくように言ったのがそのことでないとすると」ハリーが深刻な声に戻って訊いた。「いったい何を言ったんだ？」

今度はエマが頭を抱える番だった。事実を話す以外、明らかに選択肢はなかった。母親と同じで、しらばっくれるのは得意でなかった。

「いったい何と言ったんだ？」ハリーがもっと力のこもった声で繰り返した。

エマはテーブルの縁をつかんで体勢をしっかり確保しようとし、力をかき集めて、ようやくハリーを見た。ほんの数フィートしか離れていないのに、もっと遠いように見えた。

「あなたがわたしにしたのと同じ質問を、わたしもあなたにする必要があるわ」エマは言った。「あなたがわたしを愛するのをやめさせられるような言葉とか、振舞いとか、何でもいいからそういうものがあると思う？」

ハリーが身を乗り出し、エマの手を握った。「あるもんか、当たり前だ」

「あなたのお父さまは戦死したんじゃないのよ」彼女は静かに言った。「それに、その死の責任は、たぶん父にあるわ」そして、しっかりと彼の手を握り返してから、スコットランドから帰った日に父親が語ったすべてを明らかにした。

エマが話し終えたとき、ハリーは呆然《ぼうぜん》と言葉を失っていた。立ち上がろうとしたが脚に力が入らず、まるで一発のパンチで大きすぎるダメージを喰らったボクサーのように、ふたたび椅子《いす》に崩れ落ちてしまった。

「父が戦争で死んだのでないことは、しばらく前にわかっていた」ハリーが小声で言った。「だけど、母がどうしてありのままの真実を話してくれなかったのか、その理由がいまだにわからないんだ」

「でも、真実がわかったじゃない」エマは涙をこらえようとしながら言った。「この関係を終わりにしたいとあなたが思ったとしても、わたしはそれを理解するわ。だって、父があなたの家族にあんな仕打ちをしたんですもの」

「それについては、きみは何も悪くない」ハリーが言った。「でも、お父さんは赦《ゆる》せないな」そして、間を置いてから付け加えた。「それに、彼が母について本当のことを知ったら、ぼくは彼に顔を合わせられないよ」

「父が知らなければいいんでしょ？」エマは言い、もう一度ハリーの手を取った。「あなたとわたしだけの秘密にすれば大丈夫よ」

「それはもう無理だ」ハリーが言った。

「どうして？」

「ぼくたちをエディンバラまで尾行してきた男が〈エディズ・ナイトクラブ〉の向かいの暗がりに立っていたのを、ジャイルズが見ているんだ」

「だったら、自分を貶めていたのは父のほうよ」エマは言った。「なぜって、わたしたちにまた嘘《うそ》をついただけでなく、早くも自分の言葉に背いているんだもの」

「どうして？」

「二度と尾行はしないと、父はジャイルズに約束したの」

「お父さんの標的《プロスティテユート》はジャイルズじゃない」ハリーが言った。「たぶん、母だと思う」

「でも、なぜ？」

「母がどうやって生活のための金を稼いでいるかを突き止められれば、きみにぼくのことを諦《あきら》めさせられると考えているに違いない」

「あの人は自分の娘のことを本当に知らないのね」エマは言った。「だって、わたしはますます強く気持ちを固めたんですもの。何だろうと、だれだろうと、絶対にわたしたちを別れさせたりはできませんからね。それに、あの男がどんな手を使って諦めさせようとしても、あなたのお母さまを尊敬するわたしの気持ちは、もっと強くなっていくでしょうね」

「どうしてそう言えるんだ?」ハリーは訊いた。

「あなたのお母さまはウェイトレスをして一家を支え、ついには〈ティリーズ・ティー・ショップ〉の経営者になり、お店が火事で焼けたうえに放火の疑いをかけられたときも、無実だと自分でわかっているから昂然《こうぜん》と胸を張っていらっしゃった。そして、ロイヤル・ホテルでふたたび職を見つけ、そこを馘《くび》になったときも、まだ白旗は掲げなかった。六百ポンドの小切手を受け取り、問題はすべて解決したと安堵《あんど》したのも束《つか》の間《ま》、実はその六百ポンドはないに等しいとわかっただけで終わり、しかもまさにそのときは、あなたに学校をやめさせないためにお金が必要だった。だから、必死の思いで方向を変えて……」

「でも、ぼくはそこまでしてもらいたくはなかった……」

「それはお母さまだってわかっていらっしゃるわよ、ハリー。でも、それでも価値ある犠牲だと考えておられるんだわ」

ふたたび、長い沈黙がつづいた。「何てことだ」ハリーが言った。「母のことをよくもあんなに悪く考えられたものだ」そして、顔を上げてエマを見た。「頼みがある」

「何なりと」

「母に会いに行ってもらえないかな？　口実は何でもいいが、ゆうべ、あのおぞましい店にぼくが行ったところを見たかどうか、できれば突き止めてもらいたいんだ」

「見ていたとしても、正直にそうおっしゃるかしら。そうでなかったとしても、わたしにはわからないわよ？」

「いや、わかるさ」ハリーは小声で言った。

「でも、お母さまがあなたを見ていたら、あそこで何をしていたのかって、きっとわたしに訊かれるでしょうね」

「母を捜していたんだ」

「でも、なぜ？」

「オックスフォード大学に合格したと知らせるためだよ」


エマはホーリイ・ナティヴィティ教会の後ろのほうの信徒席にそっと腰を下ろし、礼拝が終わるのを待った。前から三列目に、ミセス・クリフトンが老女と並んで坐っているのが見えた。その日の午前中、もっと早い時間に再会したときのハリーは少し緊張が解けた様子で、自分が知る必要のあることを明確にし、エマはその埒《らち》の外へは出ないと約束した。そして、台本を何度かリハーサルし、エマは完璧《かんぺき》に台詞《せりふ》を頭に入れた。

年配の聖職者が最後の祝福を与え終わると、万に一つも見落とされないよう、中央通路へ出てミセス・クリフトンを待った。メイジーはエマに気づいて驚きを隠さなかったが、顔にはすぐに歓迎の笑みが浮かんだ。急いでやってくると、一緒にいる老女を紹介した。

「お母さん、こちらはハリーのお友だち《フレンド》のエマ・バリントンよ」

大きく歯を見せた笑顔をエマに向けて、老女が訊いた。「友だち《フレンド》と恋人《ガールフレンド》じゃ大違いだけど、あんたたちはどっちなんだい」

ミセス・クリフトンが声を上げて笑ったが、エマがどう答えるか、興味津々《しんしん》でいることははっきりわかった。

「恋人《ガールフレンド》です」エマは誇らかに答えた。

老女がふたたび歯を剝《む》き出してにやりと笑ったが、メイジーは微笑《ほほえ》まなかった。

「何にしても、それは結構なことじゃないか」ハリーの祖母が言った。「さて、一日じゅう、ここでおしゃべりをしているわけにはいかないんでね。夕食を作らなくちゃならないんだよ」そして、ゆっくりと歩き出したが、すぐに振り返って訊いた。「一緒に夕食をどうだろうね、お嬢さん？」

それはハリーが想定していた質問で、彼はそれに対する返事も準備していた。「本当にありがとうございます」エマは台本どおりに答えた。「でも、両親が待っていますので」

「そうだろうね」老女が応《こた》えた。「いつだって親の願いは尊重しなくちゃいけないからね。それじゃ、メイジー、またあとで」

「少しご一緒させてもらってもいいですか、ミセス・クリフトン？」二人で教会を出ながら、エマは訊いた。

「ええ、もちろんよ」

「実は、ハリーに頼まれて会いにきたんです。あなたが知りたいと思っておられるだろうから、オックスフォード大学に合格したと伝えてくれとのことでした」

「まあ、何て素晴らしい知らせでしょう」メイジーがエマを抱きしめ、すぐにその手を離して訊いた。「でも、あの子はどうして自分で言いにこないのかしら」

エマは今度も台本どおりに答えた。「罰として居残りを命じられて」リハーサルのせいで過剰な口調にならないよう、自分を戒めながらつづけた。「シェリーの作品の一節を書き写しているんです。すみません、兄が悪いんです。ハリーが合格したと聞いて、シャンパンを一本こっそり学校へ持ち込み、ゆうべ、学習室でお祝いをしているところを見つかったんです」

「それって、そんなにいけないことかしら？」メイジーがいたずらっぽい笑みを浮かべて訊いた。

「ドクター・パジェットはそう考えられたようです。本当にまずいことをしたと、ハリーは後悔していました」

メイジーがあまりにからからと笑ったので、ゆうべ、息子がナイトクラブを訪ねたことを知らないのだとエマは確信した。実はもう一つ、答えのわからない疑問があって、それを訊きたかったのだが、ハリーにいつになく強い調子で止められていた。「父が死んだ理由をぼくに知られたくないと母が思っているのなら、それはそれでいい」

「一緒にお昼を食べられるといいんだけど、ごめんなさいね。あなたに話しておきたいことがあったんだけど、今度の機会にしましょうか」

46

ハリーは翌週、もう一つの爆弾が落ちるのを待って過ごし、ついにそれが現実になると、歓声を上げて喜んだ。

学期の最終日、ジャイルズに電報が届いて、オックスフォード大学ブレイズノーズ学寮《カレッジ》史学部への入学が認められたことを告げたのだ。

「かろうじて《バイ・ザ・スキン・オヴ・ヒズ・ティース》」というのが、校長へ報告に行ったときに、ドクター・パジェットが使った表現だった。

二カ月後、一人の奨学生《スコラー》と、一人の給費生《エキシビショナー》と、一人の自費生《コモナー》は、それぞれに異なる交通手段を使って歴史ある大学の町に到着し、学部生としての三年が始まった。

ハリーは演劇部と将校教育部に入り、ジャイルズは学生クラブとクリケット・クラブに入ったが、ディーキンズはボドリアン図書館の奥深くに土竜《もぐら》のように潜り込み、地上に現われることは滅多になかった。すでにそのときには、オックスフォードで一生を過ごすと決めていた。

ハリーは自分のこれからの人生を決めることができないでいたが、その間《かん》、首相は頻繁にドイツとの往復を繰り返し、ついにヘストン空港に帰ってきたときには、満面に笑みをたたえて一枚の紙を振りながら、国民が聞きたいと思っていることを聞かせた。イギリスが戦争の瀬戸際《せとぎわ》にあることは、ハリーが見ても疑いの余地がなかった。どうしてそんなに確信があるのかとエマに訊《き》かれたときには、こう答えた。「気がついてないのか？　ヘル・ヒトラーはイギリス訪問を面倒くさがっている。われわれは常にしつこく懇願し、結局は足蹴《あしげ》にされるんだ」エマはその意見を無視したが、ハリーが正しいかもしれないとは、ミスター・チェンバレン同様、思いたくなかった。

エマは週に二回、ときには三回、ハリーへ手紙を書いたが、その一方では、自分もオックスフォード大学に受け入れてもらうべく、試験の準備に必死で取り組んでいた。

ハリーはクリスマス休暇でブリストルへ帰省すると、できる限りの時間をエマと一緒に過ごしたが、ミスター・バリントンだけは避けつづけた。

エマは休暇を家族と一緒にトスカナで過ごすのを断わり、それよりもハリーと一緒にいるほうがいいということを、父親に隠そうともしなかった。

入学試験が近づくにつれて、エマは市立図書館の〈古代〉の部屋にこもるようになり、その時間の多さはディーキンズでさえ感心するに違いなかったが、ハリーの見るところでは、やはりこもることが好きな彼の友人が前年にそうさせたのと同じぐらい、彼女も試験官を感心させるに違いなかった。そのことをエマに言うたびに、オックスフォード大学の男女学生比は二十対一なのだと彼女は繰り返して、決して楽観しなかった。

「ケンブリッジ大学ならいつだって行けるだろう」ジャイルズが愚かな提案をした。

「あそこはもっと前時代的よ」というのが、エマの反応だった。「何しろ、いまだに女性の入学を認めていないんだから」

エマが何よりも恐れているのは、オックスフォード大学に入学できないことではなく、合格したとしても、そのときには戦争が始まっていて、決してイギリスになることはないよその国の戦場へ、ハリーが志願して出動してしまうことだった。物心ついてから常にあの戦争を忘れることができないのは、いまも大勢の女性が毎日黒い服をまとい、戦争を根絶するための戦争とはもはやだれも呼ばなくなったあの戦線から還《かえ》ってこなかった、夫や恋人、兄弟や息子を悼《いた》みつづけているからだった。

戦争が始まっても志願はしないで、せめて召集されるのを待ってほしい、とエマはハリーに懇願した。しかし、ヒトラーがチェコスロヴァキアへ侵攻し、ズデーテン地方を併合したら、ドイツとの戦争は避けられないし、そうなったら翌日には軍服を着るというハリーの考えはまったく揺らぐことがなかった。

ハリーの一年目の終わりに、オックスフォード大学記念祭の舞踏会に彼から招待されたとき、エマは戦争の可能性を話題にしないと決めた。そして、自分についても、もう一つの決断をした。

舞踏会当日の朝、オックスフォードに着いたエマは、ランドルフ・ホテルにチェックインした。その日はハリーに案内してもらって、サマヴィル学寮《カレッジ》、アシュモリアン博物館、ボドリアン図書館を巡った。数カ月後には彼女もオックスフォードの学生になるものと、ハリーは決めてかかっていた。

ホテルへ戻ると、エマは長い時間を費やして舞踏会の準備を整えた。ハリーが八時に迎えにくることになっていた。

約束の時間より数分早く、ハリーはゆっくりとホテルの玄関をくぐった。流行のミッドナイト・ブルーのディナー・ジャケットは、十九歳の誕生日に母からプレゼントされたものだった。フロントからエマの部屋に電話をし、いま着いたからロビーで待っていると告げた。

「すぐに行くわ」彼女が約束した。

時間が過ぎていき、ハリーはロビーを往《い》きつ戻りつせずにはいられなくなった。〝すぐに〟とはどういう意味だったのか？　しかし、ジャイルズがよく言っていたが、彼女は時間の伝え方を母親を見て覚えたのだった。

そのとき、彼女の姿が階段の上に現われた。ハリーが動けないでいると、ゆっくりと階段を下りはじめた。ストラップレスの青緑色のシルクのドレスが、優雅さをさらに際立たせていた。ハリーと入れ替われればどんなにうれしいかという表情を、ロビーにいる若い男たち全員が浮かべていた。

「すごいな」エマが階段を下りきると、ハリーは言った。「ヴィヴィアン・リーも真っ青だ。それにしても、素敵な靴だね」計画の第一段階は成功ね、とエマは内心でほくそ笑んだ。

二人はホテルを出ると腕を組み、ラドクリフ・スクウェアのほうへゆっくり歩いていった。ハリーの学寮《カレッジ》の門をくぐると、太陽がボドリアン図書館の向こうへ隠れようとしていた。その日の夜にブレイズノーズ学寮《カレッジ》にやってきた者のなかで、イギリスがわずか数週間後に戦争に引きずり込まれ、今夜ここで踊っている若者たちの半分以上が卒業できなくなるなどと想像している者は、一人もいなかった。

しかし、陽気な若いカップルにとりあえず考えられるのはコール・ポーターとジェローム・カーンの音楽に合わせて踊ることしかなく、数百人の学生とその客は何箱ものシャンパンを空にして、その合間にスモークサーモンの山を平らにした。無礼な輩《やから》がさらっていくかもしれないと心配だったから、ハリーは滅多にエマから目を離さなかった。

ジャイルズは少しシャンパンを飲み過ぎ、大いに牡蠣《かき》を食べ過ぎて、同じ女の子と二度は踊らないという方針を貫き通した。

日付が変わった二時、ビリー・コットン・ダンス・バンドが最後のワルツを演奏しはじめた。ハリーとエマはぴったりくっつき合い、オーケストラのリズムに合わせて身体を揺らした。

ついにバンド・マスターが国歌を演奏するために指揮棒を挙げたとき、エマは気づかないわけにいかなかったのだが、周りにいる若者全員が、どんなに酔っていても直立不動の姿勢を取って「ゴッド・セイヴ・ザ・キング」を歌っていた。

ハリーとエマはたわいもないおしゃべりをしながら、ゆっくりランドルフ・ホテルへ引き返した。ひたすら夜が終わってほしくなかった。

「ともあれ、二週間後には、入学試験でまたやってくるんだから」ホテルの階段を上がりながら、ハリーが言った。「遠からず再会できるわけだ」

「そうよ」エマは応《こた》えた。「でも、最後の問題を解き終えるまでは、気晴らしをしている時間はないわ。その呪縛《じゅばく》が解けたら、週末を一緒に過ごせるけどね」

ハリーがお休みのキスをしようとしたとき、エマがささやいた。「わたしの部屋へこない？　プレゼントしたいものがあるの。誕生日を忘れてるなんて思われたくないものね」

ハリーの顔に驚きが浮かび、若いカップルが手をつないで階段室を上がっていくのを見たホール・ポーターの顔にも、同じ表情が浮かんだ。部屋の前までくると、エマが神経質な手つきで鍵《かぎ》を鍵穴に差し込もうとし、何度か失敗したあとで、ようやくドアを押し開けた。

「ちょっと待ってて」彼女がバスルームへ消えた。

ハリーは一つしかない椅子《いす》に腰を下ろし、誕生日のプレゼントなら何がいちばん欲しいかを考えようとした。バスルームの扉が開き、薄暗い明かりのなかにエマの輪郭が現われた。優雅なストラップレスのドレスが、ホテルのタオルに替わっていた。

彼女がゆっくり近づいてくると、ハリーの耳に自分の心臓の高鳴りが聞こえはじめた。

「あなた、ちょっと厚着が過ぎるんじゃないの、マイ・ダーリン？」エマが言い、ジャケットを脱がせて床に落とした。それからボウ・タイをほどき、シャツのボタンを外して、二つともジャケットの仲間入りをさせた。左右の靴と靴下がそれにつづき、ゆっくりとズボンが下りていった。行く手に残る障害物が一つになり、エマがそれを取り除こうとしたとき、ハリーは彼女を抱き上げてベッドルームへ運んだ。

何の勿体《もったい》もつけずにどすんとエマをベッドへ降ろしたとき、タオルが外れて床に落ちた。ローマから帰って以来、彼女はこの瞬間をたびたび想像し、最初のセックスは不器用でぎこちないものになるのだろうと考えていた。しかし、明らかに彼女に負けず劣らず神経質になっているにもかかわらず、ハリーはどこまでも優しく、思いやりがあった。終わったあと、ハリーの腕に抱かれて、このまま眠らずに起きていたかった。

「誕生日のプレゼントだけど、気に入ってもらえたかしら」彼女は訊いた。

「もちろんだよ」ハリーが答えた。「でも、次の包装をほどくのを来年まで待たずにすんだら、こんないいことはないんだけどな。そうだ、それで思い出したけど、ぼくもきみにプレゼントがあるんだ」

「でも、今日はわたしの誕生日じゃないわよ」

「誕生日のプレゼントじゃないよ」

彼はベッドを飛び降りると、ズボンを床から拾い上げてポケットをまさぐり、革張りの小箱を取り出した。そして、ベッドの横まで戻ってくると、片膝《かたひざ》をついて言った。「エマ、マイ・ダーリン、ぼくと結婚してくれないか」

「そんなところで、滑稽《こっけい》もいいところよ」エマが眉《まゆ》をひそめた。「さあ、ベッドへ戻りなさい。さもないと凍え死んでしまうわよ」

「質問に答えてくれるまでは戻らない」

「馬鹿《ばか》なことを言わないで、ハリー。あなたがジャイルズの十二歳の誕生パーティにマナー・ハウスへやってきた日から、わたしはあなたと結婚すると決めてるの」

ハリーが大笑いしながら、エマの左手の薬指に指輪をはめてやった。

「こんなに小さなダイヤモンドで申し訳ない」ハリーは詫《わ》びた。

「リッツ・ホテルと同じぐらい大きいわよ」エマはベッドに戻ったハリーに言った。「それに、あなたってとても段取りがいいみたいだから、もう日取りも決めてるんでしょ？いつにしたの？」

「七月二十九日、土曜日、三時」

「どうして？」

「学期の最終日だからだよ。何があろうと、ぼくが卒業してしまったら、セント・メアリー・ユニヴァーシティ教会は予約できなくなるんだ」

エマが起き上がり、ベッドサイド・テーブルの鉛筆とメモ用紙をつかむと、何かを書きはじめた。

「何をしてるんだ？」ハリーは訝《いぶか》った。

「招待客のリストを作ってるの。だって、あと七週間しかないんだもの……」

「それはあとでいいよ」ハリーは彼女を腕のなかに取り返した。「また誕生日がこようとしてるんだ」

「結婚を考えるには若すぎる」本人がそこにいないかのように、エマの父親が言った。

「あなたにプロポーズされたとき、わたしはエマと同い年でしたよ」エリザベスが思い出させた。

「しかし、おまえは人生で最も大事な入学試験を、結婚式のわずか二週間前に控えてはいなかっただろう」

「まさにそうだからこそ、わたしがすべての段取りをエマに代わってしているんです」エリザベスが言った。「そうすれば、エマは入学試験が終わるまで、それだけに集中していられるでしょう」

「結婚式を何カ月か延期するほうが絶対にいいんだがな。それにしても、どうしてそんなに急ぐんだ？」

「何ていい考えなんでしょう、お父さま」エマが初めて口を開いた。「もしかしたら、ヘル・ヒトラーに頼んでみたらどうかしら。実は娘が結婚したがっているから、あなたの優しさに免じて、戦争を数カ月延期してもらえないだろうかってね」

「それに、ミセス・クリフトンの考えはどうなんだ？」ヒューゴー・バリントンが娘の言葉を無視して訊いた。

「この知らせを喜ぶ以外、彼女がどう考えるというんですか？」エリザベスが訊いた。夫は応えなかった。

エマ・グレイス・バリントンとハロルド・アーサー・クリフトンが結婚することは、十日後の〈ロンドン・タイムズ〉で公《おおやけ》にされた。その結婚予告《バーンズ》を次の日曜日、セント・メアリー・レッドクリフ教会のスタイラー師が最初に読み上げ、その翌週には三百通を超す招待状が発送された。ハリーがジャイルズに新郎付添い役《ベスト・マン》を、タラント大尉《たいい》とディーキンズに新郎先導役《アッシャー》を頼んだときも、意外に思う者はいなかった。

しかし、ハリーがショックを受けたことに、オールド・ジャックはその招待を断わってきた。親切に招待してもらってありがたいが、現在の状況を顧慮すると、自分の持ち場を離れるわけにはいかないというのである。ハリーは手紙を書き、考え直してもらえないだろうか、新郎先導役は無理だとしても、せめて結婚式には出席してもらえないだろうかと懇願した。それに対するオールド・ジャックの返事は、ハリーの困惑をさらに募らせた。彼はこう言っていた――「私がそこにいると、妨げになる恐れがある」

「あの人はいったい何を言ってるんだ？」ハリーはわけがわからなかった。「出席してくれたらみんなが名誉に思うことは、絶対にわかっているはずなのに」

「彼もわたしの父親に負けず劣らずね」エマが言った。「父はわたしを花婿《はなむこ》に正式に引き渡すのを拒否して、結婚式に出るかどうかもわからないと言ってるのよ」

「だけど、これからはもっときみを支援すると約束したんじゃなかったのか」

「あのときはね。でも、わたしたちが婚約したと聞いた瞬間に、がらっと変わってしまったの」

「ぼくのほうも、婚約を知らせたとき、母が諸手《もろて》を挙げて大喜びしたと言えば嘘《うそ》になるな」ハリーは認めた。

その後、ハリーと再会したのは、入学試験を受けにふたたびオックスフォードへ行ったときで、しかも、最後の科目の試験が終わるまで辛抱しなくてはならなかった。試験会場を出ると、婚約者が階段の上で、片手にシャンパンのボトル、もう一方の手にグラスを二つ持って待っていた。

「それで、出来はどうだったんだ？」エマのグラスを満たしながら、ハリーが訊《き》いた。

「わからない」エマはため息をついた。試験会場から女子生徒が溢《あふ》れだしていた。「あのライヴァルの数を見て初めて、自分が何を相手にするのかがわかったんだもの」

「まあ、きみの場合はほかにすることがあるから、試験の結果だけを思い悩んで過ごさなくてもすむじゃないか」

「結婚までちょうど三週間よ」エマが思い出させた。「わたしが不合格になって、あなたの考えが変わるには十分以上の時間だわ」

「きみが給費生《エキシビショナー》になれなかったら、ぼくは自分の立場を考え直さなくちゃならないかもしれないぞ。だって、格下の自費生《コモナー》と付き合っているのを見られるわけにはいかないからな」

「わたしが給費生《エキシビジョナー》になったら、自分の立場を考え直して、奨学生《スコラー》を捜さなくちゃならなくなるかもしれないわね」

「ディーキンズなら、まだ空いてるぜ」ハリーは彼女のグラスにシャンパンを注ぎ足した。

「そのときには、もう手遅れよ」エマが言った。

「どうして？」

「合否が発表されるのが、わたしたちの結婚式の日の朝なんだもの」

二人はその週末の大半を彼女の小さなホテルの部屋に閉じこもり、結婚式の段取りをするか、そうでないときはセックスをして飽きなかった。日曜の夜には、エマは一つの結論に達していた。

「母は本当によくやってくれているわ」彼女は言った。「でも、父に対してはそこまで評価できないわね」

「お父さんは結婚式に出てくれるのかな？」

「ええ、出席するわ。そこまでは母が説得してくれたんだけど、わたしを正式に花婿に渡すことはまだ拒んでるの。オールド・ジャックのほうはどうなの？　最新情報を教えてよ」

「ぼくの出した最後の手紙に返事もくれないんだ」ハリーは言った。

47

「あなた、少し肥《ふと》った？」娘のウェディング・ドレスの背中の最後のホックを留めようとして、エマの母親が訊《き》いた。

「そんなことはないと思うけど」エマは鏡に映る自分の全身像を批評的に見ながら応《こた》えた。

「素晴らしい」というのが、後ろへ下がって娘の花嫁衣装を検《あらた》めたときのエリザベスの意見だった。

母子《おやこ》はすでに何度もロンドンへ行き、マダム・ラネーに仮縫いをしてもらっていた。メイフェアにかわいらしい流行のブティックを持ち、メアリー王女とエリザベス王女が贔屓《ひいき》にしていると言われているデザイナーだった。マダム・ラネーは仮縫いのたびに自ら監督し、首回りにヴィクトリア朝風の過去《サムシング・オールド》の時代を感じさせる刺繍《ししゅう》レースをあしらって、今年新しい《サムシング・ニュー》と言われて流行のシルクのボディスと第一帝政様式のベル・スカートを実に自然に融合させていた。クリーム色の小さなティアードロップ・ハットは、上流社会の女性が来年飛びつかずにいない、とマダム・ラネーが保証していた。その話題に関してエマの父親が何かを言ったのは、請求書を見たときだけだった。

　エリザベス・バリントンはちらりと時計を見た。二時四十一分。「急ぐ必要はないわ」娘にそう言ったとき、ドアにノックがあった。〈入室ご遠慮ください《ドゥ・ノット・ディスターブ》〉の札を掛けたことは確かだったし、運転手には三時前に車に戻ることはないと伝えてあった。昨日、下見をしておいたから、ホテルから教会までは七分だということもわかっていた。エリザベスとしては、当世風に、エマを少し遅れさせるつもりだった。「何分か待たせるの。彼らを心配させない程度にね」二度目のノックがあった。

「はい」と応えて、エリザベスはドアへ向かった。洒落《しゃれ》た赤い制服の若いポーターが、今日、十一本目の電報を差し出した。それを受け取ってドアを閉めようとしたとき、ポーターが言った。「重要な電報だとお伝えするようにとのことでした、マダム」

　真っ先に頭に浮かんだのは、だれかが最後の最後になって出席できなくなったのだろうかということだった。それが上座に予定している客でないこと、そうだとしたら、席の組み替えをしなくてすむことを願うしかないと思いながら、電報を開いて文面を見た。

「だれから？」エマが帽子の角度をもう一インチ調整し、ちょっと派手過ぎだろうかと考えながら訊いた。

　エリザベスから電報を渡され、目を通したとたんに、エマの目に涙が溢《あふ》れた。

「本当におめでとう、ダーリン」エリザベスはハンドバッグからハンカチを出し、娘の涙を拭《ふ》いてやった。「抱きしめたいのは山々だけど、ドレスが皺《しわ》になると困るものね」

エマの準備が整ったと満足すると、エリザベスは自分の服装を手早く鏡で確認した。

「お嬢さまの大事な日なのですから、奥さまのほうが目立つのは厳禁ですけれど、あまりに地味で目立たないというのもいけません」と、マダム・ラネーに釘《くぎ》を刺されていたのだ。エリザベスはノーマン・ハートネルの帽子が、たとえ若い世代から〝粋《シック》〟と呼ばれていないとしても、とりわけ気に入っていた。

「そろそろ行きましょう」彼女はもう一度時計を見て宣言した。エマがちらりと新婚旅行用の衣装を見て微笑した。披露宴が終わったら、すぐにそれに着替えて、ハリーとスコットランドへハネムーンに出発することになっていた。ハーヴェイ卿《きょう》が二人に二週間、マルジェリー・キャッスルを提供すると申し出てくれただけでなく、その間《かん》、一族の者はだれだろうと、敷地から十マイル以内に近づけないようにすると気を遣ってくれていた。そして、もしかするとハリーにはそのほうが大事かもしれなかったが、毎晩、ハイランドのブロスを三杯食べることができ、そのあとには、頼まなくても雷鳥の料理が出てくることになっていた。

エマは母につづいてスイートを出ると、廊下を歩いていった。階段室までくると、脚がもつれるに決まっているという不安に捕らわれた。しかし、実際に下りはじめると、ほかの客が脇《わき》へ寄って道をあけてくれたので、困難はなかった。

ポーターがエマのためにホテルの玄関のドアを開けてくれ、サー・ウォルターのお抱え運転手がロールス－ロイスの後部ドアの脇に立って、花嫁が祖父と一緒になれるよう待ちかまえていた。隣りに坐《すわ》ってドレスを直している孫娘を、片眼鏡《モノクル》を右目に当てて観察していたサー・ウォルターが宣言した。「いや、実に美しい。まったくのところ、ハリーはだれよりも運のいい男だ」

「ありがとうございます、おじいさま」エマは祖父の頬にキスをした。リヤ・ウィンドウの向こうを一瞥《いちべつ》すると、母が二台目のロールス－ロイスに乗ろうとしているところだった。二台は間もなく動きだし、午後の車の流れに合流した。セント・メアリー・ユニヴァーシティ教会を目指して、平穏な旅が始まった。

「お父さまは教会にいるの？」エマは不安が声に表われないようにしながら訊いた。

「一番乗りでやってきたよ」祖父が応えた。「おまえを正式に花婿《はなむこ》に渡す特権を私に譲ったことを、早くも後悔しているに違いない」

「ハリーは？」

「あんなに神経質になっている彼は見たことがないな。だが、ジャイルズがすべてを掌握しているらしい。それにしても、そんなことは初めてではないのかな。何しろ、あの子は先月の初めから、新郎付添い役《ベスト・マン》のスピーチの準備をしていたんだからな」

「わたしたち二人とも、同じ人を親友に持てて運がいいわ」エマは言った。「ねえ、おじいさま、いつだったか、花嫁というのは例外なく、結婚式の朝に、これでよかったのか迷うという話を読んだことがあるんだけど」

「まあ、不思議でも何でもないだろうな」

「でも、わたしはそんなこと、思ったこともないわ。だって、相手はハリーですもの」エマが言ったとき、車がセント・メアリー・ユニヴァーシティ教会の前で止まった。「死ぬまで一緒に暮らすとわかっているんです」

エマは祖父が降りるのを待ち、ドレスを抱えるようにしてあとにつづいて、舗道で彼に合流した。

エリザベスが急いで娘のところへやってくると、最後の花嫁衣装の確認をして、ようやくエマが教会に入るのを許した。そして、淡いピンクの薔薇《ばら》の小さなブーケをエマに渡したとき、新婦付添い役《ブライズメイド》の二人――エマの妹のグレイスと、親友のジェシカ――が、列の最後尾についた。

「今度はあなたの番ね、グレイス」新婦付添い役の衣装の皺を伸ばしてやろうと屈《かが》みながら、エリザベスが言った。

「そうならないといいんだけど」グレイスが母親に聞こえるほどの声で、だれにともなく言った。

エリザベスは一歩下がって、うなずいた。二人の教会世話役が重厚な扉を引き開け、それを合図にオルガン奏者がメンデルスゾーンの「結婚行進曲」を奏《かな》ではじめると、会衆が全員立ち上がって花嫁を迎えた。

教会へ足を踏み入れた瞬間にエマが驚いたことに、彼女の幸せを分かち合おうと、本当に大勢の人たちがオックスフォードまでやってきてくれていた。祖父に腕を取られて通路をゆっくりと歩き出し、祭壇へと歩を進めていくと、そこに集う人々が笑顔でエマを見た。

通路の右側にミスター・フロビッシャーの姿があり、その隣りにミスター・ホールコムが坐っていた。ミス・ティリーは大胆きわまりない帽子をかぶって、はるばるコーンウォールからきてくれたのだろう。ドクター・パジェットは最高に優しい笑顔を向けてくれた。しかし、それらとは比較にならない笑みが彼女自身の顔に浮かんだのは、タラント大尉《たいい》を見つけたときだった。彼は俯《うつむ》き、決してサイズが合っているとはいえないモーニング・スーツを着ていた。結局出席する決心をしてくれたのだとわかって、ハリーも大喜びしているに違いない。最前列にはミセス・クリフトンがいた。とてもいま風に見えるところからすると、何を着ていくか、ずいぶん時間をかけて考えたようだった。エマの口元を笑みがよぎったが、意外でもあり、がっかりもしたことに、未来の姑《しゅうとめ》は未来の嫁が通りかかっても、顔を向けてくれなかった。

そして、ハリーが見えた。彼は祭壇の階段にジャイルズと並んで立って、花嫁を待っていた。祖父に腕を取られてさらに通路を進んでいくと、最前列でヒューゴー・バリントンの隣りに坐っていた、もう一人の祖父がいきなり立ち上がった。父親は少し憂鬱《ゆううつ》そうに見えた。やはり、花嫁を正式に花婿に渡す役目を引き受けなかったことを後悔しているのか。サー・ウォルターが足を止め、祭壇の脇に立つと、エマは四段の階段を上がって未来の夫のところへ行き、身を乗り出してささやいた。「危うく心変わりしそうだったわ」ハリーはにやりと笑みが浮かびそうになるのを何とかこらえようとし、つづいてやってくるはずの落ちを待った。「この大学の奨学生《スコラー》が自分より格下の給費生《エキシビショナー》と結婚していいものかってね」

「きみをとても誇りに思うよ、マイ・ダーリン」ハリーは言った。「本当におめでとう」

ジャイルズが心からの尊敬を表わしてお辞儀をし、会衆のあいだで伝言ゲームが始まって、瞬《また》く間にその知らせが列から列へと伝わっていった。

演奏が終わると、大学付き司祭のスタイラー師が両手を挙げて言った。「親愛なる紳士淑女のみなさん、今日、私たちが神の前に集い、この会衆と向かい合っているのは、この男とこの女の聖なる結婚をともにするためです……」

エマは不意に不安になった。すべて暗記しているはずの応唱を一つとして思い出せなかった。

「第一に、子供を産むように神は定められています……」

エマは司祭の言葉に集中しようとしたが、早くここを抜け出して、ハリーと二人になりたくてたまらなかった。もしかしたら、ゆうべのうちにスコットランドへ二人で逃げて、〝駆け落ちの地〟の別名を持つ、グレトナ・グリーンに隠れてしまうべきだったのかもしれない。そのほうがはるかにマルジェリー・キャッスルに近いと、彼女はハリーに言ったことがあった。

「その聖なる境遇の仲間入りをすべく、この二人はいまここにいるのです。したがって、二人が一緒になるのが法によって認められない理由を明らかにし、異議を申し立てることのできる者は、いまこの場でそれを行ない、さもなくば、永久に沈黙を守らなくてはなりません……」

スタイラー師はそこで間を置き、気を持たせておいてから、こう言うつもりだった。「私はあなたたち二人に命ずる」そのとき、ある声がはっきりと宣言した。「異議あり！」

エマとハリーはあまりにおぞましいその発言にぎょっとし、そんなことのできる人間はだれだろうと声のほうを見た。

スタイラー師が信じられないという表情で顔を上げた。聞き違いではないかと一瞬思ったが、教会を埋め尽くした顔という顔が、予想もしない邪魔を入れた張本人を探して、前後左右を見回していた。師はこんなどんでん返しの経験がなく、こういう場合にどうすべきかを必死で思い出そうとした。

エマはハリーの肩に顔を埋《うず》め、ハリーはひそひそとささやき交わす会衆のほうを見て、こんなに人をうろたえさせ、仰天させる原因を作った犯人を捜した。エマの父親に違いないという気がしていたが、最前列にいるヒューゴー・バリントンは真っ青になって、時ならぬ中断を結婚式にもたらした張本人を捜し出そうとしていた。

スタイラー師はやむを得ず声を張り上げ、騒ぎを鎮《しず》めなくてはならなかった。「いま、この結婚に異議を表明した紳士にお願いします。どうぞ名乗り出てください」

長身で姿勢のいい人物が通路に出ると、全員が注視するなかを祭壇へと歩き出し、牧師の前で足を止めた。ジャック・タラント大尉だった。まるで引き剝がされるのを恐れるかのように、エマがハリーにしがみついた。

「あなたはこの婚姻の儀式を進めるべきでないと考えておられる」スタイラー師が改めて念を押した。「そう理解してよろしいですか？」

「そのとおりです」オールド・ジャックが静かに認めた。

「では、お願いしなくてはなりません。あなた、花嫁、花婿、そして、肉親のみなさんは、聖具室へお集まりください」スタイラー師が声を大きくして付け加えた。「会衆のみなさんは、このままここでお待ちください。この異議を検討した後、結論をお伝えします」

指名された面々がスタイラー師のあとに従い、エマとハリーを先頭に聖具室へ向かった。彼らは一様に押し黙っていたが、残された会衆は依然としてざわざわとささやき交わしていた。

二つの家族が狭い聖具室に詰め込まれるや、スタイラー師がドアを閉めた。

「タラント大尉」彼は口を開いた。「まず申し上げておかなくてはなりませんが、この婚姻の儀式を続行すべきかどうかを決める権限は、法律によって、私一人に与えられています。そして当然のことながら、あなたの異議の内容をうかがうまでは、いかなる判断もすべきではないと考えています」

立錐《りっすい》の余地もないと言っても過言ではない狭い部屋のなかで、冷静でいるのはオールド・ジャック一人のようだった。「ありがとうございます、司祭さま」彼は言った。「まず最初に、あなた方全員、とりわけエマとハリーに、このような介入をしたことを謝らなくてはなりません。この数週間というもの、この不幸な結論に至るまでには、私自身も良心と格闘しなくてはなりませんでした。何らかの口実を設けて、今日のこの結婚式を欠席するという、もっと楽な道を選ぶこともできたでしょう。事実、いずれは自分がこのような異議申し立てをしなくてすむことになるのではないかと期待して、最後の最後まで沈黙を守っていたのです。しかし、ハリーとエマの互いに対する愛が実際に何年も成長しつづけるばかりでしぼむことがなく、私のその期待が現実になることはないとわかったとき、これ以上沈黙していることはできないと決断せざるを得ませんでした」

全員がオールド・ジャックの言葉に一心に聞き入っていたために、ヒューゴー・バリントンが聖具室の奥のドアからこっそり出ていったことに気づいたのは、妻のエリザベスだけだった。

「ありがとうございました、タラント大尉」スタイラー師が言った。「あなたの介入が誠意によるものだということは受け入れますが、この若い二人にどういう不都合があると考えておられるのか、それを具体的に教えてもらう必要があります」

「ハリーに対してもエマに対しても、そうした不都合があると思ったことはありません。二人を愛し、高く評価しているし、いまの状況についても、みなさんと同様に当惑しています。そうではなく、私が不都合だと思っているのは、ヒューゴー・バリントンなのです。自分がこの不運な二人の父親だという可能性があることを、ずいぶん前から知っていたのですからね」

全員が息を呑《の》み、オールド・ジャックの言葉の重大さを把握しようとした。スタイラー師も言葉を失っていたが、全員に見つめられてようやく口を開いた。「いまのタラント大尉の主張を裏付けられる、あるいは、否定できる方はおられますか?」

「それは事実ではあり得ません」いまもハリーにしがみついたままのエマが言った。「間違いに決まっています。わたしの父がハリーの父親だなんて、あるはずが……」

花嫁の父がもうそこにいないことに全員が気づいたのは、そのときだった。スタイラー師がミセス・クリフトンを見た。彼女は声を殺して泣いていた。

「わたしはタラント大尉の懸念《けねん》を否定できません」彼女がためらいながら言い、ややあってから言葉をつないだ。「告白しますが、わたしは一度だけ、ミスター・バリントンと関係を持ちました」そして、ふたたび沈黙した。「一度だけですが、残念なことに、それは私が夫と結婚するわずか数週間前だったのです」――ゆっくりと顔が上がった――「だから、どちらがハリーの父親か、知る術《すべ》がないのです」

「みなさんに指摘しておくべきだと思いますが」オールド・ジャックが言った。「ヒューゴー・バリントンは一度ならず、ミセス・クリフトンを脅しているのです。その忌々《いまいま》しい秘密を秘密のままにしておかなかったら、ただではおかないとね」

「質問をさせてもらってもよろしいかな、ミセス・クリフトン」サー・ウォルターが優しい声で訊《き》いた。

メイジーはうなずいたが、その顔は伏せられたままだった。

「いまは亡《な》きあなたのご主人は色覚障碍だったかな?」

「わたしが知る限りでは、そうではなかったと思います」メイジーがかろうじて聞き取れる声で言った。

サー・ウォルターはハリーを見た。「だが、きみは色覚障碍なのではないのかな?」

「色覚障碍です」ハリーは即座に認めた。「でも、どうしてそれが重要なんでしょうか?」

「私も色覚障碍だからだよ」サー・ウォルターが答えた。「私の息子も、孫も、やはり色盲なんだ。わが一族が何世代にもわたって煩《わずら》わされている遺伝的な形質だ」

ハリーはエマを腕のなかに引き寄せた。「誓って言うが、マイ・ダーリン、このことについて、ぼくは何も知らなかったんだ」

「それは当然よ」エリザベス・バリントンが初めて言葉を発した。「知っていたのはわたしの夫だけで、彼はそれを進んで認める勇気がなかったんだもの。その勇気があったら、こんなことにならずにすんだはずなんですけどね」そして、ハーヴェイ卿《きょう》を見た。「お父さま、この結婚式をつづけられない理由を、招待してきていただいているお客さまに説明していただけないかしら」

ハーヴェイ卿がうなずいた。「いいとも、任せてもらおう」そして、娘の腕にそっと触った。「しかし、おまえはどうするんだね?」

「娘を連れて、ここからできる限り遠いところへ行きます」

「わたしはできるだけ遠くへなんか行きたくないわ」エマが言った。「ハリーが一緒でない限りはね」

「不本意でしょうけど、あなたの父親はそうする選択肢しか残してくれていないのよ」エリザベスは優しく娘の腕を取った。しかし、エマはハリーにしがみついたまま動こうとしなかった。「残念だけど、きみのお母さんの言うとおりだよ、マイ・ダーリン。でも、きみのお父さんが阻止できないことが一つある。それは、ぼくがきみを愛しつづけるということだ。そしてぼくは、たとえ一生かかっても、彼がぼくの父親でないことを証明してみせる」

「裏口から出られるほうがいいかもしれませんね」スタイラー師がミセス・バリントンに提案した。エマは渋々母の言うことを聞き、ハリーから腕を離した。

スタイラー師はミセス・バリントンとエマを案内して聖具室を出ると、狭い廊下を出口へ向かったが、驚いたことに鍵《かぎ》が開いていた。「神があなたたちとともにありますように、わが子たちよ」そして、二人を送り出した。

エリザベスは娘を連れて、教会の前で待っているロールス－ロイスを目指した。そこには外へ出て気分転換をしたり、煙草《たばこ》を吸ったりしている招待客がいて、二人の女性がいきなり現われ、リムジンの後部座席に乗り込もうとしているのに気づいて好奇心を隠せない様子だったが、エリザベスはそれを無視した。

彼女は運転手が気づくより早く一台目のロールス－ロイスのドアを開け、娘を後部座席へ押し込んだ。運転手は大扉の脇《わき》で新郎新婦が出てくるのを待っていたが、ハリー・クリフトン夫妻の結婚を世界に告げる鐘が鳴り響くまで、少なくともあと三十分はあるだろうと油断していたのだった。ドアが閉まる音を聞いた瞬間、運転手は吸っていた煙草を消し、車へ駆け寄って運転席に飛び込んだ。

「ホテルへ戻ってちょうだい」エリザベスは指示した。

二人は一度も言葉を交わさないまま、ホテルという安全地帯へたどり着いた。エマはベッドに突っ伏してすすり泣き、エリザベスはその髪を撫《な》でてやった。エマが子供のころ、泣いているときにはそうやって慰めてやったものだった。

「どうすればいいの？」エマが泣きながら言った。「いきなりハリーを愛するのをやめるなんて、そんなことできないわ」

「それはよくわかっているわ」エリザベスは応《こた》えた。「でも、あなたのお父さまがハリーの父親でないと証明されるまで、あなたたちは一緒にはなれないわ。これは運命なの」そして、髪を撫でてやりつづけた。泣き疲れて眠ってしまったのかと思ったとき、エマが小さな声で訊いた。「生まれてくる子に父親はだれかと訊かれたら、わたしは何と答えることになるのかしら」

ハリー・クリフトン

一九三九年―一九四〇年

48

エマと彼女の母親が教会を去ったあと、いちばん記憶に残っているのは、全員が恐ろしく冷静だったということだ。取り乱す者も、気を失う者もいなかったし、大きな声を出す者もいなかった。どれほどの数の人々の生活が修復不能なほどの損害を受けたか、あるいは破壊されたか、たまたまそこを訪れた者なら気づかなくても仕方がないと赦《ゆる》されたかもしれない。寸分も弱みを見せないのが――わずか一時間のうちに自分の人生が粉々にされたとしても絶対にそれを認めないのが――イギリス人なのだ。しかし、正直に言うなら、私個人の人生は粉々にされてしまっていた。

私は麻痺《まひ》したような静寂のなかに立ち、その一方では、それぞれに異なる俳優たちが自分の役を演じていた。オールド・ジャックは自分の義務と考えていることを、それ以上でもそれ以下でもなく果たしていたが、真っ青な顔と深く刻まれた皺《しわ》が、自分ではそう思っていないことを物語っていた。結婚式への招待を断わってしまえば、こんな面倒なことを引き受けずにすんだだろうに、ヴィクトリア十字勲章を授与された男は、背を向けて逃げるわけにいかないのだ。

試練に直面したとき、エリザベス・バリントンはどんな男と較《くら》べても決して引けを取らないことを証明した。たとえて言うなら、悲しいことにブルータスと結婚しなかった、ポーシャそのものだった。

スタイラー師が戻ってくるのを待ちながら聖具室を見回しているとき、私はサー・ウォルターがひどく気の毒になった。彼は孫娘の腕を取って通路を歩きながらも、得られるはずの孫息子を得られなかった。しかし、それ以上に、息子を失っていた。私が子供のころにオールド・ジャックが言っていたとおりの、父親と〝同じ形質を受け継いでいるとは思えない〟息子ではあるにせよ。

大切な母を抱き寄せて、愛していると改めて安心させようとしたとき、彼女は腕のなかに入ってくるのをためらった。あの日、あそこで起こったすべてのことの責めは自分一人にあると、彼女は明らかに信じていた。

そしてジャイルズは、父親が聖具室をこっそり逃げ出し、卑怯《ひきょう》にも自分の振舞いの責任を他人に押しつけて隠れてしまったとき、男になった。その日、何があったのかは、いずれそこにいた人の大半に知れることになるのだが、それはどこからどこまで、エマにとってそうであるのと同じぐらい、ジャイルズにとっても甚大《じんだい》な被害をもたらした。

最後に、ハーヴェイ卿《きょう》である。彼は危機に際してどう振舞うべきかを教えてくれる、一つの手本だった。ミセス・バリントンとエマを送り出して戻ってきたスタイラー師から血族に関する法的意味合いを教えられるやいなや、われわれは全員一致で、ハーヴェイ卿に両家を代表して、待っている招待客に事情を説明してもらうことにした。

「ハリーには私の右側に立っていてもらいたい」と、彼は指示した。「わが娘のエリザベスが十二分に明らかにしたとおり、彼に一切の落ち度がないことを、招待客全員に完全に納得してもらいたいからだ」

「ミセス・クリフトン」彼は私の母を見た。「私の左側に立ってもらうようお願いします。逆境におけるあなたの勇気は、われわれみなの、そして、特にそのうちの一人の、手本になってきました」

「タラント大尉《たいい》には、ハリーの隣りに立っていただきたい。メッセンジャーを責めるのは愚か者だけです。ジャイルズは大尉の隣りにいるように。サー・ウォルターはミセス・クリフトンの隣りに、残った者は私の後ろに控えてもらいたい。はっきり言っておくが」彼はつづけた。「この悲劇的な問題を処理するに当たっての私の目的は、そして望みは、たった一つしかない。すなわち、今日、この教会に集っている人々全員に、われわれが出した結論にまったく疑いを抱かせず、私たちが分裂した一族であるというようなことを未来永劫《えいごう》言わせないよう、完璧《かんぺき》に納得させることだ」

それ以上は一言も発せず、彼は小さな一団を率いて聖具室を出た。

われわれが教会に戻ると、おしゃべりをしていた招待客がそれに気づき、そのおかげで、ハーヴェイ卿は静粛を求める必要がなかった。われわれは祭壇へ上り下りする階段の上で、ハーヴェイ卿によって指定された位置に立った。それはあたかも、後に結婚アルバムに収められる両家の記念写真を撮ろうとしているかのようだった。

「友人のみなさん」ハーヴェイ卿が口を開いた。「大変に申し訳ないことではありますが、私はここで両家を代表し、わが孫娘のエマ・バリントンとミスター・ハリー・クリフトンの結婚式を、今日は、そして、今日以外のいつであれ、執り行なわない旨《むね》をお伝えしなくてはなりません」最後の〝今日以外のいつであれ〟という言葉は、いつの日かうまく解決されるのではないかといまだに一縷《いちる》の望みにすがっている者にとって、戦慄《せんりつ》すべき最後通告を意味していた。「私はみなさんにお詫《わ》びしなくてはなりません」ハーヴェイ卿はつづけた。「あなた方に何であれご迷惑をおかけしたとすれば、まったく不本意なことであります。最後に、今日お集まりいただいたことにお礼を申し上げ、つつがなく帰宅されることを祈って、報告を終わりとします」

そのあとがどうなるか、私はわかっていたわけではなかった。だが、招待客が一人、もう一人と席を立ち、ゆっくりと教会を出ていきはじめた。やがて滴《しずく》は流れに変わり、ついに、そこに残っているのは、祭壇の階段にいるわれわれだけになった。

ハーヴェイ卿はスタイラー師に礼を言い、心のこもった握手を私としてくれてから、妻をともなって教会を出ていった。

　母は私を見て何か言おうとしたが、感情に圧倒されて言葉にならなかった。オールド・ジャックが救出に現われ、母の肩を優しく抱いて、そこを離れていった。サー・ウォルターはグレイスとジェシカを護《まも》っていた。母親の二人にとっても、新婦付添い役《ブライズ・メイド》の二人にとっても、一生思い出したくない日だった。

　とうとうジャイルズと私だけが残された。彼は私の新郎付添い役《ベスト・マン》として教会に入ってきて、自分は私の異母兄弟なのかと疑いながら出ていくことになった。人が一番辛《つら》いとき、みんなが離れていくなかでそこにとどまってくれる者もいる。そのなかで、数歩でも近づいてきてくれるほんの一握りの者は、より深い親友になれる。

　ジャイルズと私は、残念に思う自分の気持ちを表わす言葉を見つけられないでいる様子のスタイラー師に別れを告げると、石畳の中庭を重い足取りで力なく横断し、学寮《カレッジ》へ戻った。そして、一言も交わさずに木造の階段室を上がり、私の部屋で古い革張りの椅子《いす》に沈み込むと、沈黙したまま若い感傷に浸った。

　二人きりでそうしていると、昼が夜へとゆっくり移ろっていった。間欠的に交わす言葉には意味も内容もなく、筋道もなかった。最初の長い影が現われたとき——その闇《やみ》の先触れは人の口を軽くする場合が往々にしてあるのだが——私が何年も考えたことのない質問をジャイルズが発した。

「おまえ、ディーキンズと一緒に初めてマナー・ハウスへきたときのことを憶《おぼ》えてるか？」

「忘れるわけがないだろう。おまえの十二歳の誕生日で、おまえのお父さんはおれと握手するのを拒んだんだ」

「なぜだろうかと考えたことがあるか？」

「今日、その理由がわかったような気がするよ」あまりに鈍感に過ぎると聞こえないよう、ハリーは用心しながら答えた。

「いや、それは違うな」ジャイルズが小声で言い返した。「今日わかったのは、おまえがエマの異父兄かもしれないということだ。父がおまえのお母さんとのことをずっと隠してきた理由が、ようやくわかったよ。本当の父親がだれかをおまえが知るのを、ひどく恐れていたからだ」

「わからないな、だからどうだというんだ」私はジャイルズを見つめて言った。

「それなら、あのとき、父がおまえにした、たった一つの質問を思い出してみろ」

「おれの誕生日を訊《き》かれたな」

「そうさ、そして、おまえがおれより何週間か早く生まれたことを知って、何も言わずに部屋を出ていった。そのあと、おれたちが学校へ帰るときも、書斎にこもったまま見送りに現われなかった。おれの誕生日なのに、だ。あの振舞いの意味が、今日、ようやくわかったよ」

「これだけ長い年月がたってるんだぞ、いまとなっては、あんな些細《ささい》なことに意味なんかあり得ないんじゃないか?」私は訊いた。

「あるさ。父はあの瞬間に、おまえが最初に生まれた自分の息子であり、自分が死んだら、一族の肩書き、事業、そして、全財産を受け継ぐのがおれではなくて、おまえだと気づいたんだ」

「だけど、おまえのお父さんは、だれであれ自分の望む人物に遺産を相続させることができるだろう。それは間違いなく、おれではないはずだ」

「ことがそんなに単純ならどんなにいいか」ジャイルズが言った。「祖父から耳にたこができるほど聞かされているんだが、祖父の父のサー・ジョシュア・バリントンは一八七七年、海運業界への貢献を認められ、ヴィクトリア女王によってナイトに叙せられた。おれの曾祖父《そうそふ》に当たるその人物が、遺言書のなかで、すべての自分の肩書き、事業、資産は、永代、最初に生まれて生きている息子に相続させなくてはならないと言い遺《のこ》しているんだ」

「だけど、明らかに自分のものではないとわかっているんだから、おれにはどうでもいいことだよ」私はジャイルズを安心させようとした。

「そうかもしれないが」ジャイルズは言った。「この問題については、おまえに選択肢はないかもしれないんだ。なぜなら、そのときがきたら、法律がおまえをバリントン一族の筆頭の地位に据えるよう要求するからだ」

ジャイルズは夜半を過ぎた直後に私の部屋をあとにし、車でグロスターシャーへ向かった。エマと私はさよならも言わずに別れてしまったが、彼女がいまも私と会う気があるかどうかを確かめてやると約束してくれ、何か情報を得たらすぐにオックスフォードへ引き返してくると言ってくれた。

その晩は眠れなかった。あまりに多くの思いが頭を駆け巡り、一瞬、ほんのちらりとではあるが、自殺も考えた。しかし、オールド・ジャックに諭されるまでもなく、それは卑怯者の逃げでしかなかった。

それから三日間、私は部屋を出なかった。ドアを優しくノックする音を無視し、電話にも出ず、ドアの下から差し込まれる手紙も開かなかった。心から心配してくれている人々に応《こた》えないのは礼儀を失しているかもしれないが、ときとして、過剰な同情は孤独よりも辛い場合があるのだ。

四日目に、ジャイルズがオックスフォードへ戻ってきた。持って帰ってきたのが救いになる知らせでないことは、彼の口が開く前にわかった。さらに、それは私が予想していたよりはるかに悪いものだということも判明した。エマと彼女の母はマルジェリー・キャッスルへ行ってしまっていた。本来ならエマと私の、親族でさえ十マイル以内に立ち入りを許されない、ハネムーンの地となったはずのところだった。ミセス・バリントンは事務弁護士に夫との離婚手続きを開始するよう指示したが、その相手となるヒューゴー・バリントンに書類を渡すことすらできなかった。だれにも気づかれずに彼が聖具室を出ていって以降、姿を見た者すらいなかった。ハーヴェイ卿とオールド・ジャックはともに〈バリントン海運〉の重役を辞したが、サー・ウォルターに敬意を表して、辞任の理由を公《おおやけ》にしなかった。とは言っても、噂《うわさ》好きの連中の口を封じることはできなかったが。私の母は〈エディズ・ナイトクラブ〉を辞め、グランド・ホテルのダイニング・ルームでウェイトレスとして働くことになった。

「エマはどうなんだ？」私は訊いた。「おれと会う気があるのかな……」

「話す機会がなかったんだ」ジャイルズが言った。「おれが着いたときには、二人ともスコットランドへ発《た》ってしまっていた。だが、玄関ホールのテーブルに、おまえ宛《あて》の手紙が遺してあった」心臓の鼓動が速くなるのを感じながら封筒を受け取ると、そこには見慣れた筆跡があった。「あとで晩飯を食う気分になったら、おれのところへこいよ」

「ありがとう」しかし、とてもそんな気分ではなかった。

コブの中庭を望む窓際《まどぎわ》の椅子に腰を下ろしたものの、一条《ひとすじ》の希望の光さえ射《さ》すことがないとわかっている手紙を開く気には、なかなかなれなかった。ようやく封を切って三枚の便箋《びんせん》を抜き出すと、そこにはエマの几帳面《きちょうめん》な文字が記されていた。それでも、実際に読みはじめるには、しばらく時間が必要だった。

マナー・ハウス　チュー・ヴァレー　グロスターシャー
一九三九年七月二十九日

愛《いと》しいハリー

いまは真夜中です。わたしは寝室にいて、これからも愛するであろうたった一人の男性に宛てて、この手紙を書いています。

絶対に赦《ゆる》すことはあり得ないわたしの父への深い憎悪《ぞうお》は、いきなり冷静さに取って代わられています。だから、いまのうちにこの手紙を書いてしまわなくてはなりません。さもないと、信用できないあの男がわたしたちをどんなに手ひどく裏切ってくれたかを思い出させるために、もっと苦く痛烈な非難の言葉が戻ってくるはずだからです。

ただ心残りなのは、恋人としてではなく、混雑した部屋のなかで他人として別れ、「死が二人を分かつまで」という言葉をわたしたちに発せさせるべきでないと運命が判断したことです。でも、わたしは死ぬまでたった一人の男性を愛しつづける自信があります。

あなたの愛の記憶だけで満足するつもりは、わたしはありません。なぜなら、あなたの父親がアーサー・クリフトンであるという望みがほんのわずかでもあるあいだは――安心してください、マイ・ダーリン――わたしの気持ちが変わることはないからです。

時間がたてば、あなたについての記憶は夕陽が沈むように色が淡くなっていき、ついには消えてしまって、やがては新しい夜明けがくると、母はそう信じています。でも、あの人は忘れているのかもしれないけど、わたしが結婚する日、わたしたちの互いを愛する気持ちはとても純粋で、一途《いちず》で、稀《まれ》なものだから、試練のときもそれに耐えることは疑いがないと言い、自分はそこまでの幸せを経験したことがないから、妬《ねた》ましいぐらいだと告白したんですよ。

でも、マイ・ダーリン、あなたの妻になれる、そして、法によって結ばれる日がくるまで、離れ離れでいなくてはならないとわたしは心を決めました。だれであれほかの男性があなたに取って代わろうとしても、そう望むだけで無駄であり、まがいもので手を打つぐらいなら、わたしは必要とあれば独身を通します。

あなたがわたしの隣りにいるはずだと期待して手を伸ばさない夜明けがあるでしょうか。あなたの名前をささやかずに眠りに落ちることができるでしょうか。

これまで一緒に過ごしたような年月をもう一年でも経験できるのなら、わたしは喜んで残る一生を犠牲にするでしょう。神が創《つく》りたもうた法であろうと、人間が作った法であろうと、わたしのその決意を変えることはできません。いつか、同じ神と同じ人々の前で、あなたとわたしが一緒になれる日がくることを、わたしはいまでも祈っています。でも、それまでも、マイ・ダーリン、わたしはいつもあなたの妻でいます。たとえ名前だけであっても。

エマ

49

ようやく気力を奮い起こして床に散らばっていた無数の手紙を開封していくうちに、ロンドンのオールド・ジャックの秘書から届いている一通に行き当たった。

ソーホー・スクウェア　ロンドン
一九三九年八月二日　水曜

親愛なるミスター・クリフトン
この手紙を受け取られるのはスコットランドでのハネムーンから戻られてからになるかと思いますが、タラント大尉《たいい》は結婚式のあともオックスフォードに滞在していらっしゃるのでしょうか。月曜の朝は出勤なさらず、それ以降も姿をお見せになりませんので、どうすれば大尉と連絡が取れるかをご存じではないかと考えて、この手紙を差し上げた次第です。

ご連絡をお待ちします。

かしこ
フィリス・ワトソン

数日はブリストルに滞在し、サー・ウォルターと過ごして、結婚式を中止せざるを得なくなった原因を作り、〈バリントン海運〉の重役を辞めたにもかかわらず、会長とは変わらず親友であることを明確にするつもりだとミス・ワトソンに伝えるのを、オールド・ジャックは明らかに忘れていたようだった。まだ開けてない手紙の山のなかにミス・ワトソンからの二通目がないところを見ると、もうソーホー・スクウェアへ戻って机に向かっているに違いないだろうと思われた。

午前中は未開封の手紙を開け、一通残らず返事を書くことに費やした。多くの人々が優しくも同情を寄せてくれていて、それによってハリーが自分の不幸を思い出したとしても、彼らの落ち度ではなかった。不意に、オックスフォードからできるだけ遠くへ離れなくてはいられないと思い立ち、受話器を上げて、交換手にロンドンへの長距離電話を申し込んだ。三十分後、その交換手が電話をかけ直してきて、その番号はずっと話し中だと告げた。次善の策として、サー・ウォルターを捕まえようとバリントン・ホールへ電話をしてみたが、呼出し音が鳴りつづけるばかりだった。二人とも連絡がつかないことに欲求不満を募らせながらも、オールド・ジャックの金言の一つ、〝後ろばかり向いていないで、前を向いて動き出せ〟に従うことにした。

スコットランドでのハネムーンのために荷造りしておいたスーツケースを手に取ると、門衛詰所へ行き、これからロンドンへ行くが、新学期が始まるまで戻らないと告げた。「ぼくの居場所をジャイルズ・バリントンが訊《き》いてきたら」ハリーは付け加えた。「オールド・ジャックのところで仕事をしていると伝えてもらいたい」

「オールド・ジャックですね」門衛が繰り返し、その名前を紙に書き留めた。

ロンドンのパディントン駅までの列車のなかで、ハリーは〈タイムズ〉の、ロンドンの外務省とベルリンのドイツ政府のあいだでやりとりされた最新のコミュニケに関する記事に読み耽《ふけ》った。ハリーの見るところでは、同時代人で平和の可能性をいまだに信じているのはミスター・チェンバレンだけのようだった。〈タイムズ〉の予測では、イギリスは日ならずして戦争に突入し、ドイツがイギリスの最後通牒《つうちょう》を無視してポーランドへ侵攻すれば、チェンバレン内閣は総辞職のほかなかった。

一大警世紙を自任するその新聞はさらにつづけて、その場合、最終的には連立内閣を形成するしかなくなり、それを率いるのは穏健な外務大臣のハリファックス卿《きょう》であって、短気で予測がつかないウィンストン・チャーチルではないだろうとも述べていた。〈タイムズ〉は明らかにチャーチルを嫌っていたが、ハリーの考えでは、歴史の、特にこの瞬間にイギリスが必要としているのは、〝穏健〟な人物ではなく、弱い者いじめをするやつをいじめ返すのを恐れない人物だった。

パディントン駅で列車を降りたときに出迎えてくれたのは、四方八方から波のように押し寄せてくる、さまざまな色の軍服の群れだった。戦争が始まったらどの軍に志願するか、ハリーはすでに決めていた。ピカディリー・サーカスへ向かうバスに乗っているとき、ぞっとするような考えが頭をよぎった——自分が祖国に奉仕しているときに死ねば、バリントン一族の問題はすべて解決するはずだ。ただし、例外が一つあるが。

ピカディリーに着くと、ハリーはバスを飛び降り、ウェスト・エンドの円形広場に群れる大道芸人のあいだを縫い、劇場街を抜け、高級レストランや法外な金を取るナイトクラブの前を通り過ぎた。それらはまるで、忍び寄ろうとしている戦争の気配を断固無視するつもりでいるかのようだった。最初に訪ねたときと較《くら》べて、ソーホー・スクウェアの建物に出入りする難民はさらにその数を増して列が長くなり、着ているものもひどくなっているように見えた。またもや四階まで上がろうとすると、何人かの難民が脇《わき》へ寄って道をあけてくれた。今度も職員と間違えたに違いなかったが、一時間後には実際に職員になっているのがハリーの希望だった。

四階に着くと、ミス・ワトソンのところへ直行した。彼女は申請書類を処理し、鉄道乗車許可証を発行し、住むところを手配し、絶望的な状況の人たちに少額の現金を渡していた。その顔が、ハリーを見たとたんに輝いた。「タラント大尉も一緒なの？」それが第一声だった。

「いや、違います」ハリーは答えた。「オールド・ジャックはロンドンへ戻っているんじゃないんですか？　てっきりそう思っていたものだから、何かお手伝いができるんじゃないかときてみたんですが？」

「それは本当にありがとう、ハリー」ミス・ワトソンが言った。「でも、いまあなたがわたしのためにできる一番役に立つことは、タラント大尉を見つけてもらうことなの。大尉がいらっしゃらないと、ここはパンク寸前なのよ」

「最後に消息を聞いたところでは、サー・ウォルター・バリントンのグロスターシャーの自宅に滞在されているとのことでした」ハリーは言った。「少なくとも二週間は前のことですが」

「あなたの結婚式のためにオックスフォードへ発《た》たれた日から、一度も顔を見ていないの」英語をまったく話せない二人の難民を慰めようとしながら、ミス・ワトソンが言った。

「オールド・ジャックの住まいに電話してみたんですか？」ハリーは訊いた。

「大尉は電話を持っておられないのよ」ミス・ワトソンが答えた。「それに、この二週間というもの、わたしもほとんど家に帰っていないわ」そして、見渡す限りどこまでも伸びている行列のほうへ顎《あご》をしゃくった。

「それなら、オールド・ジャックの住まいへ行ってみて、その結果を報告しに戻ってきますよ」

「そうしてもらえる？」そのとき、二人の少女がすすり泣きはじめた。「さあ、泣かないのよ。何も心配しなくても大丈夫ですからね」ミス・ワトソンは宥《なだ》め、膝《ひざ》をついて、二人を抱いてやった。

「住所を教えてください」ハリーは言った。

「ランベス・ウォーク、プリンス・エドワード・マンション二三号室よ。一一番のバスでランベスまで行って、そこからはだれかに訊くしかないわね。ありがとう、ハリー」

ハリーは踵《きびす》を返して階段を目指した。おかしいと思わざるを得なかった。ミス・ワトソンに理由も告げずに持ち場を離れるようなオールド・ジャックでは絶対にないはずなのに。

「訊くのを忘れていたけど」背後でミス・ワトソンの声が響いた。「ハネムーンはどうだったの？」

聞こえないふりをしてもいいぐらいには離れただろう、とハリーは考えた。

ピカディリー・サーカスへ戻ると、兵士を満載した二階建てのバスに乗った。バスは将校が群れるホワイトホールを下り、庶民院から出てくるかもしれない情報の断片でも知ろうと待っている野次馬が溢《あふ》れるパーラメント・スクウェアを通り過ぎると、さらに走りつづけてランベス橋を渡り、アルバート・エンバンクメントでハリーを降ろしてくれた。

〝イギリス、ヒトラーの返事待ち〟と見出しを叫んでいる新聞売りの少年が、二つ目の角を左へ、三つ目の角を左へ曲がれと教えてくれて、おまけに付け加えた。「ランベス・ウォークなんて、だれでも知ってると思ってたけどな」

ハリーはまるで追われている男のように猛然と走り出し、アパートの集まる街区まで足を止めなかった。しかし、そこはひどく荒れ果てていて、プリンス・エドワードの名前を冠して果たしていいものだろうかと訝《いぶか》しく思わざるを得なかった。もう長くは蝶番《ちょうつがい》がもたないだろうと思われる玄関のドアを開け、何日も前からそこに放り出してあるらしいゴミの山を巧みに避けながら、足早に階段を上がった。

三階に着くと、二三号室の前で足を止め、しっかりとドアをノックした。だが、応答はなかった。もう一度、今度はもっと力を込めてノックしたが、やはり応《こた》えはなかった。この建物で働いているだれかを捜そうと階段を駆け下りると、地階で一人の老人がさらに古そうにさえ見える椅子《いす》に沈み込み、自分で巻いた煙草《たばこ》を吸いながら、〈デイリー・ミラー〉をめくっていた。

「最近、タラント大尉を見ませんでしたか？」ハリーは鋭い口調で訊いた。

「この二週間は見ていません、サー」老人はハリーのアクセントを聞いた瞬間、弾《はじ》かれたように立ち上がって、ほとんど不動の姿勢を取った。

「彼の部屋のマスター・キイは持っているんですか？」ハリーは訊いた。

「持っていますが、サー、非常のとき以外は使うことを許されていません」

「いまが非常のときなんです。私が保証します」ハリーは言い、老人の返事を待たずに、ふたたび階段を駆け上がった。

それほど速くはないにしても老人はあとをついてきて、二三号室の鍵《かぎ》を開けてくれた。ハリーは手早く部屋から部屋へと捜索を行なったが、オールド・ジャックがいる気配はなかった。最後のドアは閉まっていた。最悪の事態を恐れながら、そっとノックした。返事がないので、用心深くドアを開けてなかに入ると、きちんとベッドが作られたままで、使われた様子はなかった。きっといまもサー・ウォルターの屋敷にいるに違いないというのが、ハリーの頭に最初に浮かんだ考えだった。

老人に礼を言って階段を降り、考えをまとめようとしながら外へ出ると、通りかかったタクシーを捕まえた。土地鑑のない町でバスを使い、時間を無駄にしたくなかった。

「パディントン駅まで。急いでるんだ」

「今日はみなさん、急いでるようですね」運転手が車を出しながら言った。

二十分後には六番線のプラットフォームに立っていたが、テンプル・ミーズ駅行きの列車が出るまでにはまだ五十分もあった。その時間を使ってサンドウィッチ——「チーズしかないんですが、サー」——とお茶を買い、ミス・ワトソンに電話をして、オールド・ジャックが住まいに戻っていないことを知らせた。彼女の声は、さっき別れたときよりもさらに、あり得ないぐらい困惑しているようにさえ聞こえた。「これからブリストルへ向かいます」ハリーは言った。「オールド・ジャックを捕まえたら、すぐにあなたに電話します」

列車が首都をあとにし、スモッグに覆《おお》われた裏通りを抜けて空気の澄んだ郊外へ出ると、ハリーは考えた。たとえヒューゴー・バリントンと出くわす恐れがあるとしても、まずは港のサー・ウォルターの会長室へ直行するしかないだろう。オールド・ジャックを見つけるのを、何よりも優先させるのだ。

テンプル・ミーズ駅へ着くと、二つのバスを捕まえなくてはならなかったが、どれに乗るべきかを角に立っている新聞売りに訊く必要はなかった。その新聞売りは〝イギリス、ヒトラーの返事待ち〟と、声を限りに叫んでいた。見出しは同じだったが、今度はブリストル人のアクセントだった。三十分後、ハリーは港の門の前にいた。

「何か？」門衛はハリーを知らなかった。

「サー・ウォルターに面会したいんです。約束はしてあります」ハリーは疑われないことを願いながら言った。

「承知しました、サー。場所はご存じですか？」

「ありがとう、知っています」ハリーはゆっくりと、まだ一度も足を踏み入れたことのない建物へと歩き出した。会長室へ着く前にヒューゴー・バリントンと鉢合わせしたらどうしようかと、それが気になりはじめた。

いつもの場所に会長のロールス－ロイスが駐《と》まっているのを見てほっとし、ヒューゴー・バリントンのブガッティがないとわかって、さらに安堵《あんど》が募った。バリントン・ハウスへ入ろうとしたまさにそのとき、遠くの鉄道客車が目に留まった。そんなことがあり得るだろうか？　ハリーは向きを変え、プルマンのワゴン・リット（ヨーロッパ横断鉄道の寝台車の個室）を目指した。オールド・ジャックはウィスキーを二杯も飲むと、自分の住まいをそう自慢することがよくあった。

客車に着くと、まるで大きな屋敷ででもあるかのように、窓ガラスの枠をそうっとノックした。執事は現われなかったから、自分でドアを開けてなかに入った。通路を歩いて一等車へ行くと、彼はそこにいて、いつもの座席に坐《すわ》っていた。

ヴィクトリア十字勲章をつけているオールド・ジャックを見るのは初めてだった。

友人の向かいに腰を下ろすと、初めてそこに坐ったときのことが思い出された。五歳ぐらいだっただろうか、まだ足が床に届かなかった。つづいて、セント・ビーズを脱走した夜がよみがえった。先を見通す力のあるこの老紳士に説得されて、朝食に間に合うよう学校へ戻ったのだ。オールド・ジャックが独唱《ソロ》を聴きに教会へきてくれたときには、おれの声はもう壊れてしまっていた。彼はそれを小さな挫折《ざせつ》に過ぎないとみなして、まともに取り合おうともしなかった。それから、ブリストル・グラマー・スクールの奨学生になれなかったとわかった日のことがある。あれは大きな挫折だった。しかし、そうであるにもかかわらず、オールド・ジャックはインガーソルの腕時計をプレゼントしてくれた。その時計はいまもおれの手首に巻かれている。きっと、最後の一ペニーまではたかなくてはならなかったに違いない。ブリストル・グラマー・スクールの最後の年には、おれの演じるロミオを観《み》るためにロンドンからやってきてくれた。あのとき、初めてエマを紹介したのだった。決して忘れられないのは卒業式だ。あの日、ジャックは母校の理事として壇上に並び、おれが英語賞と読書賞を授与されるのを見ていてくれた。

長年にわたる友情に満ちた行ないはあまりに多く、それに対して十分なお返しをすることはもうできなくなってしまった。ハリーはいま、自分が愛した男を見つめていた。彼が死ぬなど、考えたこともなかった。一等車にともに坐っていると、若い人生に陽が落ちていった。

50

ハリーはストレッチャーが救急車に乗せられるのを見ていた。心臓発作だと医者は言い、救急車は走り去った。

オールド・ジャックの死をサー・ウォルターに知らせにいく必要はなかった。翌朝、目覚めると、〈バリントン海運〉の会長が隣りに坐《すわ》っていたからだ。

「もう生きている理由がなくなったと、彼は私に言ったんだ」それがサー・ウォルターの最初の言葉だった。「私もきみも、最大かつ最愛の友人を失ってしまったな」

ハリーの返事は、サー・ウォルターにとって意外なものだった。「もうオールド・ジャックが住まなくなったいま、この客車をどうされるつもりですか？」

「私が会長でいるあいだは、何人《なんぴと》たりとここへ近づくことを許さない」サー・ウォルターは言った。「私にとって、あまりに多くの個人的な思い出があるところだからな」

「それは私も同じです」ハリーは言った。「子供のころ、自分の家《うち》よりも多くの時間をここで過ごしました」

「そして、教室にいるより長い時間をな」サー・ウォルターがいたずらっぽい笑みを浮かべた。「私の執務室の窓から、きみをよく見ていたものだよ。オールド・ジャックが自ら進んで多くの時間を一緒に過ごそうとしているからには、きみはよほど印象的な子供に違いないと、私はそう思っていたんだ」

学校へ戻って読み書きを習うべきだという理由をオールド・ジャックがどう思いついたかがよみがえり、ハリーはにやりとした。

「これからどうする、ハリー？　大学へ戻って、勉強をつづけるか？」

「いえ、サー、残念ながらイギリスは戦争になると思います。時期は……」

「私の推測では、その時期は今月末だな」サー・ウォルターが言った。

「そのときには、すぐさま学校をやめて、海軍に志願します。私がどういうつもりでいるかは、すでに指導教官のミスター・ベインブリッジにも伝えてあります。戦争が終わったら、すぐに復学できると保証してもらいました」

「いかにもオックスフォード大学らしいな」サー・ウォルターが言った。「あそこは昔から、長い目でものを見るんだ。では、ダートマスで海軍士官としての訓練を受けるのかね？」

「いえ、サー、生まれたときから船のあるところにいましたから、もう教わることはないと思います。いずれにしても、オールド・ジャックは新兵から始めて、自力で昇進の道を歩んでいきました。だから、私がそうしていけない理由はないはずです」

「そのとおりだ」サー・ウォルターが言った。「実際、一緒に従軍していたわれわれが彼に一目置いていたのは、それが理由の一つだ」

「一緒に従軍されていたとは知りませんでした」

「実はそうなんだよ。南アフリカで一緒だった」サー・ウォルターが言った。「彼がヴィクトリア十字勲章を授けられたのは、あの日、一緒にいた二十四人の命を救ったからであり、私もその一人だ」

「それを聞いて、これまでわからなかったことの大半が理解できました」ハリーは言った。そして、サー・ウォルターに二度目の驚きをもたらした。「その二十四人のなかに、私の知っている人がいるでしょうか、サー？」

「フロビッシャー」サー・ウォルターが答えた。「もっとも、あのころはフロビッシャー中尉だったがね。ホールコム伍長《ごちょう》、ミスター・ホールコムのお父さんだ。そして、若きディーキンズ二等兵」

「ディーキンズのお父さんですか？」

「そうだ。昔はよく〝ガキ〟と呼ばれていたよ。優秀な若い兵士だった。口数は多くなかったが、非常に勇敢だと証明してみせた。あの恐ろしい日に片腕を失ったんだよ」

二人は沈黙し、それぞれにオールド・ジャックのことを考えていたが、やがてサー・ウォルターが訊《き》いた。「では、ダートマスへ行かないのだとすれば、マイ・ボーイ、独力でどうやって戦争に勝つつもりなのか、聞かせてもらってもいいかな?」

「私を受け入れてくれる船なら何でもかまいません。ただし、わが大英帝国の敵を探すことを厭《いと》わないという条件はつきますが」

「そういうことなら、力になれるかもしれんぞ」

「ありがとうございます、サー。でも、私が乗り組みたいのは軍艦であって、客船や貨物船ではないんです」

サー・ウォルターがふたたび微笑した。「では、そうしようじゃないか、マイ・ボーイ。いいかね、ここの桟橋を出入りする船については、私はすべての情報を知る立場にあるし、そういう船の船長のほとんど全員を知っている。考えてみると、その船長たちの父親をも、彼らが船長だったときに知っているんだ。どうだね、私の執務室へ寄って、この数日のうちにどういう船が入港して、どういう船が出港するか、見てみないか? ただ見てみるだけではなくて、きみを乗せてくれる船があるかどうかもわかるのではないかな?」

「ご親切にありがとうございます、サー。でも、まず母を訪ねてやってもかまいませんか? しばらくは会えなくなるかもしれないので」

「それがいい、是非ともそうしなさい」サー・ウォルターが言った。「母上に会ったあと、午後遅くにでも私の執務室へくればいい。そのあいだに、私も出入港する船の最新のリストをゆっくり調べられるからな」

「ありがとうございます、サー。母に私の計画を説明したら、すぐに戻ってきます」

「そのときには、会長と面会の約束があると門衛に言ってくれればいい。保安上の面倒な手続き抜きで通れるよう、手配しておこう」

「ありがとうございます、サー」ハリーは口元がほころびそうになるのをこらえた。

「それから、母上にくれぐれもよろしく伝えてもらいたい。彼女は実に瞠目《どうもく》すべき女性だ」

サー・ウォルターがオールド・ジャックの親友だった理由を、ハリーは改めて思い出した。


ハリーは町の中心に堂々と聳《そび》える、ヴィクトリア様式で建てられたグランド・ホテルに入ると、ドアマンにダイニングルームへの行き方を尋ねた。ロビーを横切っていってびっくりしたことに、給仕長の机の前に小さな列ができて、テーブルへ案内されるのを待っていた。その列の最後尾につくと、〈ティリーズ・ティー・ショップ〉でもロイヤル・ホテルでも、仕事中に息子が立ち寄るのを母がひどく嫌がっていたことが思い出された。

待っているあいだにダイニングルームの様子をうかがうと、満席のテーブルで客がおしゃべりに興じていて、食糧不足の心配をしている者も、この国が戦争に突入すれば召集されるかもしれないと不安を感じている者も、一人としていないようだった。銀の盆に載せられたたっぷりとした料理が、ひっきりなしにスウィングドアをくぐって姿を現わし、シェフの服装の男がトロリーを押してテーブルのあいだを経巡ってローストビーフを切り分け、そのあとに舟形のグレイヴィ・ソース入れを持った男がつづいていた。

母の姿はどこにもなかった。ジャイルズはおれが聞きたい話だけを聞かせたのではないかと疑いはじめたとき、不意に母がスウィングドアから飛び出してきた。料理を盛りつけた三枚の皿を、両腕で巧みに持っていた。彼女はそれを手際《てぎわ》よく客――彼女がそこにいることに、ほとんど気づいてもいなかった――の前に置くと、すぐに厨房《ちゆうぼう》へ引き返していった。そして、今度は野菜の皿を三枚持って姿を現わした。行列の一番前に出るころには、無限のエネルギーと、是非を問わない熱意、そして、挫折《ざせつ》をものともしない精神力を自分に与えてくれたのがだれなのか、ハリーは改めて認識した。この瞠目すべき女性であり、母である人が払ってくれた犠牲に、自分は果たしてどうすれば報いることができるだろう――。

「お待たせして申し訳ございません」給仕長がハリーの思いをさえぎった。「いまのところ空いているテーブルがございませんので、二十分ほどして戻っていただくわけにはいかないでしょうか?」

実はテーブルが空くのを待っているわけではないのだとは、ハリーは言わなかった。母がウェイトレスの一人だというだけでなく、手持ちの金で足りそうなメニューがグレイヴィ・ソースしかなかったからである。

「仕方がないな、そうしようか」ハリーはがっかりしたふりを装《よそお》うとした。十年ほどしたら戻ってくるか。そのころには、給仕長にはたぶんお母さんがなっているはずだ。笑みをたたえてホテルを出ると、バスに乗って港へ引き返した。


秘書に案内されてそのまま会長室へ直行すると、サー・ウォルターは机に身を乗り出し、一杯に広げられた港の予定表、時刻表、そして、海図を検《あらた》めているところだった。

「よくきた、まあ坐りなさい」サー・ウォルターが言い、片眼鏡《モノクル》を右目に固定してから、厳粛な顔でハリーを見た。「ちょっと時間があったから、今朝の話を考えてみた」そして、ひどく真剣な声でつづけた。「その話に移る前に、きみの決心が揺るぎないものであることを確認しておく必要がある」

「私の決心が揺らぐことは絶対にありません」ハリーは即座に答えた。

「そうかもしれないが、ジャックなら大学へ戻って、召集されるまで待てと助言しただろうという確信が、私にもきみと同じぐらい強くあるんだ」

「確かにオールド・ジャックならそう助言してくれたかもしれません、サー。だけど、彼自身はその助言を自らに適用しなかったはずです」

「彼のことを本当によく知っているんだな」サー・ウォルターが感心した。「実は、きみがそれを言うだろうと予想はしていたんだ。では、ここまでわかったことを教えよう」そして、机の上の資料に目を戻した。「わが海軍の戦艦〈レゾリューション〉が、一カ月後にブリストルに入り、給油をして、次の命令を待つことになっている。これはいい知らせだ」

「一カ月後ですか」ハリーは焦《じ》れったさを隠そうともしなかった。

「そのぐらいは我慢するんだな」サー・ウォルターが諭した。「私がなぜ〈レゾリューション〉を選んだかというと、艦長が私の古い友人で、私の計画のほかの部分がうまくいけばという条件付きではあるが、きみを甲板員として乗船させられる自信があるからだ」

「でも、船乗りの経験のない人間を採用しようと、〈レゾリューション〉の艦長が考えてくれるでしょうか」

「たぶん、考えないだろう。だが、ほかのすべてが収まるところへ収まれば、〈レゾリューション〉に乗り込むころには、きみは老練な船乗りになっているはずだ」

オールド・ジャックのお気に入りの訓辞の一つ、〝人は自分が話しているときには多くを学べないものだ〟を思い出して、ハリーは途中でさえぎらずに、最後まで聞くことにした。

「いま」サー・ウォルターはつづけた。「この二十四時間のあいだにブリストルを出港する船が三隻《せき》ある。その三隻は、三週間から四週間後に戻ってくることになっている。だとすれば、きみが戻ってきて、〈レゾリューション〉の甲板員になるのに十分間に合うはずだ」

ハリーは口を挟みたかったが、黙っていた。

「では、最初の候補から始めよう。〈デヴォニアン〉の目的地はキューバだ。積み荷目録によれば、コットン・ドレス、じゃがいも、〈ラレー・レントン〉の自転車を運んでいき、帰りは煙草《たばこ》と砂糖とバナナを積んで、四週間後にブリストル港へ入る予定になっている。

「二番目の候補は〈カンザス・スター〉だ。客船で、明日の朝一番にニューヨークへ出港する。アメリカ合衆国政府に徴発されて、イギリスがドイツとの戦争を決断する前に、アメリカ国籍所有者を母国へ連れ戻す役目を担《にな》っている。

「三番目は〈プリンセス・ベアトリス〉という空の油槽船《オイル・タンカー》で、アムステルダムへ給油のために戻る途中なんだが、今月末には石油を満載してブリストルへ戻ってくることになっている。三人の船長はみな、できるだけ早く、無事に港に戻る必要があることを痛いほどわかっている。なぜなら、戦争が始まったら、ドイツ軍はたとえ民間船であっても〈デヴォニアン〉と〈プリンセス・ベアトリス〉を格好の標的と見なすだろうし、〈カンザス・スター〉が無事でいられるのは、大西洋をうろついているドイツのＵ－ボートが、赤や青の国旗を翻《ひるがえ》している船なら何でも沈めてしまえという、本国からの命令を待っているあいただだけだからだ」

「その三隻はどういう種類の乗組員を必要としているんですか？」ハリーは訊いた。「私は決して経験豊かとは言えませんからね」

サー・ウォルターが机の上を引っかき回し、一枚の書類を見つけた。「〈プリンセス・ベアトリス〉は甲板員が足りない。〈カンザス・スター〉は厨房の仕事をする人間を捜している。まあ、普通は皿洗いか、ウェイターだ。一方で、〈デヴォニアン〉が必要としているのは四等航海士だ」

「では、最後の一隻は候補から外れますね」

「ところが、妙なことに」サー・ウォルターが言った。「私の考えでは、きみに最適なのはその最後の一隻なんだよ。〈デヴォニアン〉の乗組員は三十七人で、見習い航海士をともなって海に出ることは稀《まれ》だ。だから、きみに初心者以上の何かを期待する者は一人もいないはずだからな」

「しかし、船長はどうして私を受け入れようと考えたんでしょう？」

「きみのことを自分の孫だと私が言ったからさ」

51

ハリーは〈デヴォニアン〉に向かって栈橋を歩いていた。小さなスーツケースを持っていると、新学期の第一日目の生徒になったような気がした。船長はどんな人だろう？　ジャイルズやディーキンズのような連中と並んで寝るのだろうか？　オールド・ジャックのような人に出会うだろうか？　フィッシャーみたいなやつが船乗りにもいるのだろうか？　同行して船長に紹介してやろうとサー・ウォルターが言ってくれたが、それは新しい船の仲間に愛されるための最善の方法ではないように思われた。

ちょっと足を止めて、これからひと月を過ごすことになる古い船をしっかりと観察した。サー・ウォルターから教えてもらったところでは、〈デヴォニアン〉は一九一三年に建造されていたが、その時代、海はまだ帆船に支配されていて、動力船は最先端をいくものと考えられていた。しかし、二十六年後のいま、彼女はそう遠くない将来に現役を退き、老朽船が落ち着くべき港の一画へ移されて、そこで解体され、スクラップとして売り払われてしまうはずだった。

サー・ウォルターはまた、ヘヴンズ船長はあと一年勤めて退職することになっているが、船主はそれ以前でも、船と同時に、彼もお払い箱にするつもりかもしれないとほのめかしていた。

〈デヴォニアン〉の同意規約では、乗組員数は三十七名となっていたが、ほとんどの貨物船がそうであるように、その数は必ずしも正確ではなかった。香港《ホンコン》で雇ったコックと皿洗いが給与台帳に載っていなくても、故郷《くに》へ帰る希望を持っていない、法を犯して逃げている一人あるいは二人が甲板員としてたまたま雇われていても、驚くには当たらないはずだった。

ハリーはゆっくりと道板を上って甲板に立ったが、乗船許可があるまでそこを動かなかった。長年港をうろついたおかげで、船のしきたりはよくわかっていた。船橋を見上げ、そこで指示を与えている男がヘヴンズ船長に違いないと考えた。サー・ウォルターによれば、貨物船の上級航海士は実際には商船長《マスター・マリナー》なのだが、船上では常に船長《キャプテン》と呼ばれることになっていた。ヘヴンズ船長《キャプテン》はずんぐりした体型で、身長は六フィートにわずかに足りず、年齢は六十より五十に近く見え、顔は陽に焼けて、きちんと髭《ひげ》を整えていたが頭は禿《は》げはじめていて、そのせいもあってジョージ五世に似ていた。

船長はタラップを登り切ったところで待っているハリーに気づくと、船橋で隣りに立っている航海士に手際《てぎわ》よく指示を与えてから甲板へ降りてきた。

「船長のヘヴンズだ」彼はきびきびと自己紹介をした。「ハリー・クリフトンだな？」そして、心のこもった握手をした。「〈デヴォニアン〉へようこそ。推薦者の評価はとても高かったぞ」

「伝えておくべきだと思いますが、サー」ハリーは言おうとした。「実は、これは私の最初の――」

「それは知っている」ヘヴンズが言い、それから声を落とした。「だが、この船の上で生き地獄の思いをしたくなかったら、そのことはだれにも言わずに胸にしまっておくことだ。それから、きみが何をするにせよ、オックスフォード大学にいたなどと口走るんじゃないぞ。ここにいる連中の大半は」そして、甲板で作業中の船乗りを示した。「それが別の船の名前ぐらいにしか思わないからな。ついてきたまえ、四等航海士の居住区画を教えてやろう」

ハリーは船長のあとを追いながら、十二の疑わしげな目が自分の一挙手一投足を見つめていることに気がついた。

「この船には、上級船員があと二人いる」追いついたハリーに船長が言った。「機関長のジム・パターソンは、人生のほとんどを下の機関室で過ごしている。だから、食事のとき以外は姿を見られないし、そのときにも姿を現わさないことがときどきある。十四年も私の下で働いてくれているんだが、正直なところ、彼が機関室でこの老貴婦人をなだめすかしてくれなかったら、太平洋どころか、イギリス海峡を横断できるかどうかすら怪しいかもしれない。それから、三等航海士のトム・ブラッドショーは船橋《ブリッジ》にいる。まだ三年しかこの船にいないから、資格証明書は持っていない。ほとんど人付き合いをしない男だが、腕はとてもいい。教えたやつがきちんとしていたんだろうな」

ヘヴンズが下の甲板へつづく狭い階段吹き抜けに姿を消そうとしていた。「あれが私の船室で、それがパターソンのだ」彼は通路を歩きながら言い、清掃用具置き場のように見えるものの前で足を止めた。「これがきみの船室だ」そしてドアを開けたが、わずか数インチ進んだだけで狭い木造のベッドにぶつかるだろうと思われた。「とても二人一緒には入れないから、おれはここで遠慮するが、着るものはベッドの上にある。着替えたら、船橋へくるように。私もそこにいる。一時間足らずで出港だぞ。キューバに入港するまでの航海で、たぶん港を出るときがいちばん面白い部分だ」

ハリーは半分しか開かないドアをすり抜けるようにして部屋に入ったが、ドアを閉めなくては、着替えをする空間を作れなかった。寝台の上にきちんと畳んで置かれているものを検《あらた》めた——厚手のブルーのセーターが二着、白いシャツが二枚、ブルーのズボンが二本、ブルーのウールの靴下が三足、厚いゴム底のカンヴァス地の靴が一足。まるっきり寄宿学校時代に戻ったようだった。その衣類には例外なく、以前に何人もが着回したらしくてくたびれているという共通点があった。ハリーは急いで船乗りの服装に着替えると、自分のスーツケースを開けて荷ほどきをした。

引き出しは一つしかなかったから、小さなスーツケース――私服で一杯だった――は、ベッドの下に押し込むしかなかった。船室のなかで、ベッドだけは完璧《かんぺき》だった。ハリーはドアを開け、またすり抜けるようにして通路に出ると、階段吹き抜けを捜しにかかった。見つかったとたんに甲板に出ることができたが、そこでも、いくつかの不審げな目が彼の動きを追っていた。

「クリフトン」ハリーが初めての船橋に入ると、ヘヴンズ船長が声をかけた。「三等航海士のトム・ブラッドショーを紹介しよう。港湾当局の許可が下り次第、彼が本船を港の外へ連れて出ることになっている。ところで、ブラッドショー」ヘヴンズが言った。「今度の航海における任務の一つに、この若者にわれわれの知っているすべてを教え、ひと月後にブリストルへ戻ったときには、戦艦〈レゾリューション〉のクルーが彼をヴェテランの船乗りと見紛《みまが》うまでに育て上げることがあるからな」

ブラッドショーが何か言ったとしても、その言葉はサイレンの長い二鳴きに呑《の》み込まれた。長年ハリーの耳に馴染《なじ》んだそのサイレンは、二艘《そう》のタグ・ボートが位置につき、出港する〈デヴォニアン〉をエスコートする準備が整ったことを知らせるものだった。船長が使い込まれたブライヤーのパイプに煙草《たばこ》を詰め、ブラッドショーは船の霧笛を二度鳴らしてその知らせに応《こた》えて、〈デヴォニアン〉がいつでも出港できることを伝えた。

「出港準備だ、ブラッドショー」ヘヴンズが指示して、マッチを擦った。

ブラッドショーはハリーがその瞬間まで気づかなかった、真鍮《しんちゅう》の伝声管の覆《おお》いを外した。「ミスター・パターソン、全機関微速前進。タグ・ボートが位置につき、出港するわれわれをエスコートする準備を整えている」かすかにアメリカ訛《なま》りがあることがわかった。

「全機関微速前進、ブラッドショー」機関室から声が返ってきた。

ハリーは船橋の横から下を見た。乗組員がそれぞれの任務を実行していた。船首に二人、船尾に二人、全部で四人が桟橋のキャプスタンから太いロープを巻き上げ、別の二人がタラップを引き上げていた。「水先案内人から目を離さないことだ」船長がパイプを吹かす合間に言った。「われわれを無事に港の外へ誘導して、ブリストル海峡へ出すのが彼の責任だ。彼がその責任を果たしたあとは、ブラッドショーの出番になる。きみが多少でも優秀だとわかったら、クリフトン、一年後には彼のあとを襲うことになるかもしれんぞ。もっとも、そのときには私はお役ご免になって、ブラッドショーが後釜《あとがま》に坐《すわ》っているだろうがな」ブラッドショーがちらりとも笑みを漏らさなかったので、ハリーは何も言わずに自分の周囲の様子を観察しつづけた。「私の彼女を夜に連れ出すことは、だれであろうと許されていない」ヘヴンズがつづけた。「もっとも、そいつが彼女に失礼を働く心配はないと、私が確信していれば別だがな」今度もブラッドショーはにこりともしなかった。もしかしたら、これまでに何度も同じ話を聞かされているのかもしれなかった。

操船が徹頭徹尾スムーズに行なわれていることに、ハリーはうっとりした。〈デヴォニアン〉はゆっくりと桟橋を離れると、二艘のタグ・ボートの助けを借りて徐々に船首を港の外へと向け、エイヴォン川を下って吊橋《つりばし》の下をくぐった。

「あの橋を架けたのがだれか、知ってるか、クリフトン」ヘヴンズがパイプを口から離して訊《き》いた。

「イザムバード・キングダム・ブルネルです、サー」ハリーは答えた。

「あの橋が開くのを、彼が生きているうちに見られなかったのはなぜだ？」

「地元議会の資金が底を突き、橋が完成する前に彼が死んでしまったからです」

ヘヴンズが面白くなさそうな顔をした。「次は、あの橋の名前はきみの名前に因《ちな》んでいると教えてくれるんだろうな」そしてパイプを口に戻すと、バリー島に着いてタグ・ボートがふたたびサイレンを二度長く鳴らし、曳航索《えいこうさく》を切り離して港へ引き返すまで口を開かなかった。

〈デヴォニアン〉は年老いた貴婦人かもしれなかったが、間もなく、船長以下乗組員が彼女の扱い方を熟知していることが明らかになった。

「交代だ、ブラッドショー」船長が命じたそのとき、もう一対の目が船橋に現われた。その目の持ち主は、熱い紅茶の入ったマグを二つ持っていた。「この横断航海のあいだ、船橋には三人の上級船員がいるからな、ルー。ミスター・クリフトンのマグも忘れるなよ」

中国人はうなずき、下の甲板へ姿を消した。

港の灯りが水平線の向こうに見えなくなると、波は次第に高さを増し、船を左右に揺らしはじめた。ヘヴンズとブラッドショーは両足を踏ん張り、まるで床に糊付《のりづ》けされているかのように立っていたが、ハリーは倒れないよう、ひっきりなしに何かにしがみつかなくてはならなかった。さっきのルーという中国人が三つ目のマグ・カップを持って再登場したとき、それが冷えていることも、普段なら母が砂糖を一つ入れてくれることも、ハリーは船長に黙っていた。

多少の自信が芽生え、この経験を楽しみはじめたとき、船長が言った。「今夜は出番はほとんどないから、クリフトン、下へ行って、少し寝る努力をしたらどうだ？ 七時二十分にここへ戻ってきて、朝食のあいだの見張りをしてくれればいい」ハリーが異議を唱えようとしたとき、ブラッドショーの顔に初めて笑みが浮かんだ。

「それでは失礼します、サー」ハリーは甲板へつづく階段を下りると、揺れのせいでよろよろしながら、狭い階段吹き抜けを目指して歩いていった。その一歩一歩をさらに多くの目が見ているような気がしていると、わざと聞かせようとするかのように、大きな声が言った。「きっとお客さまだぜ」

「いや、上級船員だ」もう一つの声が応じた。

「どう違うんだ？」数人が声を上げて笑った。

船室へ戻ると、すぐに服を脱いで薄い木造の寝台に上がり、前後左右の揺れで転げ落ちたり壁にぶつかったりする心配のない、楽な姿勢を見つけ出そうとした。吐こうにも洗面台がなかった。舷窓《げんそう》でもあればそこを開けて外へ吐けるのだが、それもなかった。

横になって起きていると、思いはエマへ戻っていった。まだスコットランドにいるのだろうか。それとも、マナー・ハウスに戻っているか。もしかしたら、もうオックスフォードで住むところを決めたかもしれない。おれがどこにいるかわからずに、ジャイルズは首をひねっているだろうか。それとも、おれがいまは海に出ていて、ブリストルへ戻ったら戦艦〈レゾリューション〉に乗り組むことを、サー・ウォルターから聞いただろうか？　母も、息子の所在がわからなくて困惑しているのではないか？　あのとき、鉄則を破ってでも、母の仕事に割り込むべきだったのかもしれない。最後にオールド・ジャックが頭に浮かび、不意に罪悪感に襲われた――彼の葬儀に間に合うようには帰れない。

オールド・ジャックより自分の葬儀が先になるとは、そのときのハリーには知るよしもなかった。

52

ベルが四回鳴って、ハリーは目を覚ました。飛び起きて、天井に頭をぶつけながら、急いで着替えた。あの窮屈な出口から通路へ出ると、階段吹き抜けを駆《か》け上がり、甲板を走って、船橋への階段を飛ぶように上っていった。

「遅れて申し訳ありません、サー。寝過ごしてしまいました」

「二人きりのときには〝サー〟は必要ない」ブラッドショーが言った。「トムでいい。それに、遅れたどころか、一時間も早い。きっと船長が教えるのを忘れたんだろうが、朝食時の見張りのベルは七回で、四回は六時の見張りだ。しかし、せっかくきたんだから、おれが小便に行っているあいだ、舵輪《だりん》を握ってみるか？」びっくりしたことに、ブラッドショーは冗談を言っているわけではなかった。「羅針盤《コンパス》の矢が常に、絶対に〝南南西〟を指しているようにすれば、進路を間違うことはあり得ない」アメリカ訛《なま》りがもっとはっきりわかった。

ハリーは両手で舵輪を握り、羅針盤の小さな黒い矢を凝視して、船にまっすぐ波を切り裂かせようとした。振り返ると、航跡は一直線に伸びていた。ブラッドショーはいとも簡単そうにやって見せていたが、実は女優のメイ・ウェストを連想させるような曲線になってもおかしくないほど難しいことだとわかった。ブラッドショーが船橋を留守にしていたのはほんの数分に過ぎなかったが、戻ってきてくれたときには、だれかを見てこんなにうれしいと思ったことは滅多にないほどうれしかった。

ブラッドショーが舵輪を握ると、まったくゆがみのない完璧《かんぺき》な直線が、しかも片手で再現された。

「忘れるなよ、おまえは貴婦人を扱ってるんだぞ」ブラッドショーが言った。「しがみつくんじゃなくて、優しく撫《な》でてやるんだ。それができれば、彼女は細い道をまっすぐに行ってくれる。さあ、もう一回やってみろ。そのあいだに、おれは朝食時の位置を今日の海図に書き込むから」

二十五分後に一回ベルが鳴り、ヘヴンズ船長がブラッドショーを解放するために船橋に現われたとき、ハリーが海面に描いた線は完全にまっすぐではなかったかもしれないが、少なくとも酔っぱらった船員が舵《かじ》を握っていたかのようには見えなかった。

朝食のとき、ハリーは機関長でしかあり得ない人物を紹介された。

ジム・パターソンは青白い顔をしていて、それが人生の大半を甲板の下で過ごしているように見せていたし、それ以外の時間は食べることに費やしていることを、太鼓腹が示唆《しさ》していた。ブラッドショーと違って非常なおしゃべりで、船長とは長い付き合いであることがすぐに明らかになった。

今度もルーが料理を運んできたが、その皿は三枚とも、清潔とは決して言えなかった。ハリーは脂《あぶら》っぽいベーコンと焼きトマトを諦《あきら》め、焦《こ》げたトースト一枚と林檎《りんご》を一つ食べるだけにした。

「午前中は船内を見学して回ったらどうだ、クリフトン」皿が片づけられると、ヘヴンズ船長が提案した。「パターソンと一緒に機関室へ行って、あそこで何分我慢できるか、試してみるのもいいかもしれんぞ」パターソンがいきなり大声で笑い出し、トーストの最後の二枚をつかんで言った。「これが焦げていると思ってるんなら、おれと一緒に五分ほど過ごしてみるんだな」

新しい家に自分だけ取り残された猫のように、ハリーは甲板の外側をあちこち歩き回り、自分の新しい王国をよく知ろうと努めた。

この船の全長が四百七十五フィート、全幅が五十六フィートで、最高速度が十五ノットだということはわかったが、こんなにたくさんの人目につかないところがあることは知らなかった。何かの目的に使われているに違いなかったが、それを知るには時間が必要だった。また、甲板上で船長の目を逃れていられるところはどこにもなく、船員が怠けるチャンスはまったくないこともわかった。

ハリーは階段吹き抜けを使って中甲板に下りた。船尾区画は上級船員の居住区、中間区画は厨房、船首区画は広い空間になっていて、ハンモックが吊《つ》ってあった。だれであれそこで寝られる者がいるとは到底思えなかったが、そのとき、二時間交替の見張りを終えた六人ほどの船乗りが、船に合わせてゆっくり左右に揺れるハンモックで満足そうに眠っているのが見えた。

鉄の狭い階段吹き抜けが下甲板につづいていて、そこには〈ラレー・レントン〉の自転車が百四十四台、コットン・ドレスが千着、じゃがいもが二トン、いずれも箱に詰めて並べられ、荷崩れしないように固定されていた。いずれも、キューバへ着くまで開けられる予定はなかった。

最後に細い階段を下りると、そこがボイラー室で、パターソンの領土だった。彼は頑丈な鉄のハッチを開けると、シャデラク、メシャク、アベデネゴ（三人とも旧約聖書の「ダニエル書」に出てくる、ダニエルの友人。ネブカドネザルの造った金の像を礼拝するのを拒否したために、燃えさかる炉に入れられた）のように、恐れる様子もなく灼熱《しゃくねつ》の火炉《かろ》へと進んでいき、六人のがっちりした筋肉隆々の男たちの仕事ぶりを見守った。六人がヴェストを炭塵《たんじん》で黒く汚し、背中を汗でびっしょり濡《ぬ》らしながら、一日に三回の食事では足りないと言って口を開けている二つの炉にスコップで石炭を放り込んでいた。

ヘヴンズ船長が予言したとおり、ハリーは何分もしないうちに、よろよろと通路へ引き返さずにはいられなかった。汗に濡れて、息をするのが苦しかった。しばらくしてようやく甲板に戻ると、その場に両膝《りょうひざ》をつき、喘《あえ》ぐようにして新鮮な空気を吸い込むというありさまだった。あそこで働いている連中は、あの環境で一日に三回、二時間ずつスコップを振るい、それを週に七日つづけて、どうやって生き延びているのだろうと訝《いぶか》るしかなかった。

汗が引き、息が元に戻ると、ハリーは気を取り直して船橋へ向かった。北斗七星のどの星が北極星を指しているのか、この船は一日平均何海里を進むことができるのか、何トンの石炭が必要なのかなど、訊《き》きたいことが山ほどあった。ヘヴンズ船長はうれしそうにその質問に答えて、知識を求めて満足することを知らない若い四等航海士に執拗《しつよう》に質問攻めにされても、一度として苛立《いらだ》ちを見せなかった。事実、一番感心したのは二度と同じ質問をしなかったことだと、ハリーが休憩でそこにいないときにブラッドショーに言ったほどだった。

ハリーはそれからの数日で、海図上の点線と羅針盤の針が合っているかどうかをチェックする方法、鷗《かもめ》を観察して風向きを知る方法、そして、二つの波のあいだに船を通し、それでも進路を維持しつづける方法を学んだ。最初の一週間が終わるころには、食事休憩中の航海士に代わって舵輪を握ることを許された。夜には船長が星の名前を教えてくれて、星というのは羅針盤と百パーセント同じレヴェルで信頼できると指摘したあとで、ただし自分の知識は北半球に限定されると告白した。〈デヴォニアン〉は海の上で二十六年を過ごしたが、赤道を越えたことが一度もないからだ、と。

船での生活が十日を過ぎたころには、さすがのヘヴンズ船長も、嵐《あらし》でもいいからきてくれないかと願うようになった。ハリーの果てしない質問攻めにくたびれてきただけでなく、この若者の調子を狂わせるものが果たしてあるかどうかを確かめたかったからだ。ジム・パターソンはすでに船長に報告していたが、その日の朝、ハリーはボイラー室で一時間生き延び、キューバに着く前にはきっちり二時間仕事ができるようになると決心していた。

「少なくとも、おまえさんはあそこで質問攻めにはあわずにすんでいるわけだ」船長は言った。

「今週はな」機関長が応《こた》えた。

ひょっとしてあの若い四等航海士から自分が何かを学ぶときがくるのではあるまいか、と船長は考えた。それが現実になったのは航海の十二日目、ハリーがボイラー室で初めて、二時間の作業を完遂した直後のことだった。

「ミスター・パターソンが切手を集めているのはご存じですか、サー？」ハリーが訊いた。

「ああ、知っているとも」船長は自信満々で答えた。

「そのコレクションがいまや四千種類を超え、そこにはミシン目の入っていないペニー・ブラック（一八四〇年にイギリスで発行された最初の切手）や、喜望峰を図柄にした、南アフリカの三角形の切手が含まれていることはどうです？」

「もちろん、知っている」船長は繰り返した。

「では、いまやそのコレクションが、メイブルスロープにある彼の自宅よりも価値が高くなっていることはどうでしょう？」

「何を言ってるんだ、あれは自宅と言ったって、せいぜいがコテッジに過ぎんだろう」船長は何とか負けまいとしながら、ハリーが次の質問をする前に付け加えた。「機関長にうまく取り入っていろいろ聞き出すのもいいが、きみがそれと同じぐらいトム・ブラッドショーのことを探り出せるかどうか、私にはそっちのほうに興味があるんだがな。なぜなら、率直に言うが、ハリー、おれは三等航海士と三年も一緒にいるが、彼のことは十二日しか一緒にいないきみのことよりもよくわかっていないんだ。寡聞《かぶん》にして知らなかったが、アメリカ人のなかにもあんな無口なのがいるんだな」

　船長の言葉を考えれば考えるほど、長い時間を一緒に過ごしているにもかかわらず、自分がいかにトムについて知らないかを思わざるを得なかった。兄弟や姉妹がいるかどうかも、父親がどういう仕事をしているのかも、両親がどこに住んでいるのかも、恋人がいるかどうかすらも知らなかった。アメリカ人であることはかろうじて訛りのおかげでわかったが、どこの出身かは、町どころか、州すら見当がつかなかった。

ベルが七回鳴った。「操舵を代わってくれるか、クリフトン」船長が言った。「おれはパターソンとブラッドショーと晩飯を食べてくる。何か見つけたら、躊躇《ちゅうちょ》なく知らせろ」そして、船橋を出際《でぎわ》に付け加えた。「この船よりでかいものなら、なおさらだ」

「了解《アイ・アイ・サー》しました」ハリーは応えた。たとえわずか四十分であっても、一人で任されるのはいい気分だったし、その四十分も、日々伸びつづけていた。

この早熟な若者が早くも退屈しはじめていることにヘヴンズ船長が気づいたのは、キューバへ着くまでにあと何日かかるかと訊かれたときだった。自分がどういう目にあわされるかをまだ知らない戦艦〈レゾリューション〉の艦長に、ヘヴンズは少なからぬ同情を覚えるようになりはじめていた。

ハリーは最近、夕食のあとも操舵を任されるようになっていたが、それは船長たちが船橋へ戻る前に、ジン・ラミーを楽しめるようにするためだった。それに、ルーがハリーのために船橋へ運んでくるマグ・カップはいまや必ず湯気を立てていたし、要求どおり、砂糖も一つ入っていた。

もしブリストルへ戻る前にミスター・クリフトンがこの船を乗っ取ろうとしたら、あんたの側につくとは言い切れないかもしれないと、ある晩、パターソン機関長が船長に言った。

「反乱でも唆《そそのか》そうと考えているのか、ジム？」機関長にラムを少し注ぎ足しながら、ヘヴンズは訊いた。

「まさか。しかし、これは伝えておくべきだと思うが、船長《スキッパー》、あの若造はすでにボイラー室の作業編成を組み替えやがった。というわけで、おれの部下がどっちの味方につくか、おれにはわかってるんだよ」

「では、せいぜいわれわれにできるのは」ヘヴンズは自分のグラスにラムを注いだ。「手旗信号手に命じて〈レゾリューション〉にメッセージを送らせ、彼らが何と対峙《たいじ》することになるかを警告してやることぐらいだな」

「この船に手旗信号手なんかいないじゃないか」パターソンが言った。

「それなら、あいつを鉄の檻《おり》にでも閉じ込めるしかないか」ヘヴンズは応じた。

「そいつは名案だな、スキッパー。だが、口惜しいことに、この船には鉄の檻もないんだ」

「いよいよ残念だな。ブリストルへ戻ったらすぐに何らかの手を打つことを、忘れないで私に思い出させてくれないか」

「だが、おまえさんは忘れてるようだが、クリフトンはこの船を降りたその足で〈レゾリューション〉に乗り組むんだぞ」パターソンが言った。

ヘヴンズはラムを一口呷《あお》って繰り返した。「いよいよ残念だ」

53

ブラッドショーが下で船長と夕食をとれるよう、ハリーは七回のベルが鳴る数分前に船橋へ上った。

トムから船橋を任せられる時間は見張りにつくたびに長くなっていたが、不満に思ったことは一度もなかった。一日に一時間ではあるにせよ、自分が船を指揮しているのだという幻想に心地よく浸れたからである。

羅針盤の矢の向きを確かめ、船長があらかじめ設定した進路へ舵輪《だりん》を回した。その日の当直を終える前に進んだ距離と進路を海図に記入して日誌を書くまでの信頼を、ハリーはすでに船長から勝ち得ていた。

満月の下、穏やかな海と、前方に待ちかまえる千マイルの大洋に囲まれて、思いはイギリスへ戻っていった。いま、エマは何をしているだろう。

彼女はオックスフォード大学サマヴィル学寮《カレッジ》の自室にいて、ラジオをＢＢＣの一般家庭向け放送、〈ホーム・サーヴィス〉の周波数に合わせ、ミスター・ネヴィル・チェンバレンの国民に向けての訴えを聞こうとしていた。

「こちらはロンドンのＢＢＣ放送です。ただいまより、首相の言葉をお送りします」

「私はいま、首相公邸の内閣室から、国民のみなさんに話しています。今朝、ベルリン駐在イギリス大使がドイツ政府に最後通牒《つうちょう》を手渡しました。その内容は、ドイツが直ちにポーランドから撤退する準備を整えるという返事が十一時までに届かなければ、英独間は戦争状態になる、というものです。しかし、その返事はいまだ届いておらず、したがって、わが国はいまやドイツと戦争状態にあることを、ここで国民のみなさんにお知らせしなくてはなりません」

しかし、〈デヴォニアン〉のラジオはＢＢＣの電波を拾うことができなかったから、乗組員はだれもが普段と変わらず、自分の持ち場で仕事に精を出していた。

ハリーがいまだエマのことを思っているとき、一つ目が船首をかすめていった。どうすべきかわからなかった。船長には知らせたくなかった。もし何でもなければ、夕食の邪魔をして時間を無駄にさせたと叱《しか》られるのがおちだ。完全に現実に立ち戻った瞬間、二つ目が見えた。それが何であるか、今度は疑いの余地がなかった。目を凝らすと、細長い、きらきら光る物体が、海面のすぐ下を船首へ向かって接近していた。ハリーは本能的に舵輪を右へ回し、船は左へ曲がった。意図とは正反対の動きだったが、その間違いのおかげで、接近していた物体は船首のわずか数ヤード先をすり抜けていき、警報を発する時間ができた。

　今度は躊躇《ちゆうちよ》なく掌《てのひら》でクラクションを押した。とたんに警報が凄《すさ》まじい音で鳴り響いた。間もなくブラッドショーが甲板に現われて船橋へと走り出し、そのすぐ後ろを、ヘヴンズ船長がジャケットに腕を通しながら追いかけはじめた。

　一人また一人と乗組員が甲板に出てきて、それぞれの持ち場へ直行した。だれもが予定外の消火訓練だと思っていた。

「どうした、クリフトン?」ヘヴンズが船橋の入口で冷静に訊《き》いた。

「魚雷だと思いますが、サー、これまで見たことがないので断言はできません」

「われわれの残飯を食って喜んでいるイルカの可能性はないか?」

「はい、あれはイルカではありません」

「おれも魚雷は見たことがない」ハリーに代わって舵輪を握ったヘヴンズが認めた。「どっちの方向からきた?」

「北北東です」

「ブラッドショー」ヘヴンズが呼んだ。「全乗組員に緊急態勢を取らせろ。おれが命令したら救命ボートを降ろせるよう、準備を急がせろ」

「アイ・アイ・サー」ブラッドショーが応《こた》え、手摺《てす》りを滑って甲板へ下りると、すぐに乗組員に指示を飛ばしはじめた。

「クリフトン、目をしっかり開いて、何か見えたらすぐに教えてくれ」

ハリーは双眼鏡をひっつかみ、ゆっくりと海面を見渡していった。それと同時に、ヘヴンズが伝声管に向かって怒鳴った。「全機関逆進だ、パターソン、全機関を逆進させて、次の指示を待て」

「アイ・アイ・サー」一九一八年以来、その命令を聞いたことのなかった機関長が、意外そうな声で応えた。

「またきました」ハリーは報告した。「北北東から、まっすぐこっちへ向かっています」

「見えた」ヘヴンズは一気に舵輪を左へ回した。魚雷はわずか数フィートのところをそれていった。次はこうはいかないだろうことはわかっていた。

「きみの言ったとおりだ、クリフトン、あれはイルカではない」ヘヴンズが淡々と言い、小声で付け加えた。「どうやら戦争が始まったようだな。敵には魚雷があり、われわれには〈ラレー・レントン〉の自転車が百四十四台と、じゃがいもと、コットン・ドレスがあるばかりだ」ハリーは目を凝らしつづけた。

船長があまりに落ち着いているので、ハリーはほとんど危険を感じなかった。「四発目がこっちへ向かって直進しています、サー」彼は報告した。「またもや北北東からです」

ヘヴンズはもう一度言うことを聞いてもらおうと果敢に試みたが、老貴婦人は意に沿わないその命令に十分早く応えてくれず、魚雷が船首に嚙《か》みついた。数分後、喫水線の下で火災が起こり、この船の原始的な消火手段では消し止められそうにないとパターソンから報告があった。もはや絶望的であることは、言われるまでもなくヘヴンズもわかっていた。

「ブラッドショー、船を捨てる準備にかかれ。乗組員は救命ボートで待機し、次の指示を待て」

「アイ・アイ・サー」ブラッドショーが甲板から叫んだ。

ヘヴンズが伝声管に向かって怒鳴った。「パターソン、部下を連れていますぐ退避するんだ。いますぐだぞ。急いで救命ボートへ向かえ」

「いま退避しているところだ、スキッパー」

「また魚雷です」ハリーは言った。「今度は北北西から、右舷《うげん》胴体へ向かっています」

ヘヴンズはもう一度舵輪を一気に回したが、今度は避けきれないだろうと覚悟した。数秒後、魚雷がふたたび命中して、船が傾きはじめた。

「船を捨てろ！」ヘヴンズが怒鳴り、スピーカー・システムに手を伸ばした。「船を捨てろ！」何度か繰り返してから、まだ双眼鏡で海面を捜索しているハリーを見た。

「一番近くの救命ボートへ急げ、クリフトン。さあ、もたもたするな。だれであれ、ここに残っている意味はないんだ」

「アイ・アイ・サー」ハリーは応えた。

「スキッパー」機関室から声が上がってきた。「四番船倉のハッチが開かない。五人の部下と閉じ込められてる」

「いまからそっちへ向かう、パターソン。すぐに出してやるからな。計画変更だ、クリフトン、おれについてきてくれ」ヘヴンズが階段を飛ぶように駆け下っていき、ハリーもすぐ後ろにつづいた。

「ブラッドショー」すでに上甲板を舐《な》めはじめている油を含んだ炎を左右に回避しながら、ヘヴンズが怒鳴った。「急いで乗組員を救命ボートに乗せて、一刻も早く船を離れろ」

「アイ・アイ・サー」ブラッドショーが手摺りにしがみついて応えた。

「オールをくれ。それから、救命ボートを一艘《そう》、待機させておいてくれ。ボイラー室に閉じ込められているパターソンと彼の部下をそれに乗せるからな」

ブラッドショーが救命ボートのオールをつかみ、もう一人の船員の助けを借りて、それを船長に渡した。ハリーとヘヴンズはそれぞれにオールの前後の端を持ち、つんのめるように四番船倉へと甲板を急いだ。魚雷を相手にオールが何の役に立つのか、ハリーにはわからなかったが、いまは質問をしているときではなかった。

ともかく突き進んでいくと、中国人のルーがひざまずいて、神だか何だかに祈っていた。

「さあ、早く救命ボートに乗るんだ、馬鹿《ば》《か》野郎！」ヘヴンズが怒鳴った。ルーはよろよろと立ち上がっただけで、動けなかった。ハリーは追い越しざまにブラッドショーのほうへ彼を突き飛ばした。ルーは足をもつれさせながら、危うくブラッドショーの腕のなかに倒れ込んだ。

ヘヴンズ船長は四番船倉の上のハッチにたどり着くと、オールの持ち手の先端をアーチ形のフックに挿し込み、跳び上がって、全体重を反対端のブレードにかけた。ハリーもすぐに力を貸し、梃子《てこ》の要領で、何とか二人がかりで巨大な鉄の板を持ち上げた。ついに一フィートほどの隙間《すきま》ができた。

「きみは下にいる連中を引っ張り上げろ、クリフトン。おれはこの隙間がふさがらないようにする」ヘヴンズが言ったとき、二本の手が隙間から現われた。

ハリーはオールから手を離し、両膝《りょうひざ》をついて、開いているハッチへと這《は》い進んだ。男の両肩をつかんだ瞬間、波が襲いかかって、船倉へ雪崩《なだ》れ込んだ。それでもハリーはその男を引っ張り上げて、救命ボートへ急げと叫んだ。二人目はもっと身が軽く、ハリーの助けを必要とせずに自力で脱出したが、三人目はパニックに捕らわれて完全に理性を失っていて、開口部からしゃにむに飛び出そうとしてハッチの蓋《ふた》に頭をぶつけ、よろめきながら仲間のあとを追っていった。そのあとの二人は矢継ぎ早に甲板に出てきて、四つん這いのまま、最後の救命ボートへ向かった。ハリーはパターソン機関長が出てくるのを待ったが、一向に姿が見えなかった。船の傾きがますます急になり、頭から船倉に転落しないよう、甲板にしがみついていなくてはならなかった。

暗闇《くらやみ》に目を凝らすと、伸びきった手が見えた。ハリーは開口部に顔を突っ込み、墜落するぎりぎりまで身体《からだ》を伸ばしたが、手は機関長の指に届かなかった。パターソンは何度か跳び上がったが、そのたびに、頭上から落ちてくる海水が邪魔をした。ヘヴンズ船長も機関長が出てこられない原因はわかっていたが、そこへ行って力を貸すわけにいかなかった。オールを離したら、ハッチの蓋が落ちて、ハリーを押し潰《つぶ》してしまう。

いまや膝まで水に浸《つ》かっているパターソンが叫んだ。「おれのことはもういい、二人とも、手遅れにならないうちに救命ボートに乗るんだ！」

「そんなことができるか！」船長が怒鳴り返した。「クリフトン、下りていって、あいつを押し上げながら上がってきてくれ」

ハリーはためらわなかった。後ろ向きになって足から開口部に入ると、横桟を指でつかんで下りていき、最後に手を離して暗闇のなかへ飛び降りた。とたんに、油じみた、氷のように冷たい水しぶきが上がった。体勢を安定させると左右の横桟を握り、水に浸かりながら腰を落とした。「私の両肩に上がってください、サー。そうすれば、手が届くはずです」

機関長は四等航海士の指示に従ったが、手を伸ばしても、あと数インチ甲板に届かなかった。ハリーは残っている力のすべてをかき集めて、パターソンをさらに押し上げた。ついにパターソンの手がハッチの縁まで伸びて、指先がそこに絡《から》みついた。いまや海水が滝のように船倉に降り注ぎ、船体の傾きはますます険しくなりつつあった。ハリーが機関長の尻《しり》の下に手をあてがい、重量挙げの選手のように押し上げていくと、ついにパターソンの顔が甲板の上に出た。

「また会えて何よりだ、ジム」オールに最後の一オンスまで体重をかけつづけている船長が、呻《うめ》くように言った。

「おれもだよ、アーノルド」のろのろと開口部から這い上がりながら、機関長が応えた。

沈みつつある船に最後の魚雷がとどめを刺したのは、そのときだった。オールが弾《はじ》けるようにして半分に折れ、ハッチの鉄の蓋が機関長の上に落ちた。その蓋はまるで中世の死刑執行人のように一撃できれいに機関長の首を切り落とし、音を立てて開口部を塞《ふさ》いだ。パターソンの死体は船倉へ逆戻りし、ハリーの脇《わき》の水のなかへ落ちた。

ハリーが神に感謝したことに、いまや周囲を取り巻いている闇のおかげでパターソンの死体を見ずにすんだし、脱出路を断たれてしまったとしても、少なくとも海水の流入は止まっていた。

〈デヴォニアン〉が転覆しはじめると、ハリーは考えた——船長も死んだに違いない。そうでなければ、いまごろはハッチの蓋を叩《たた》きながら、おれを救い出す方法を探していなくてはおかしいはずだ。水のなかにどすんと腰を落として、また考えた——父さんと同じように空っぽの船の底に閉じ込められ、そこを墓場にすることになるとは、何という皮肉だろう。それでも船倉の壁にしがみつき、死を逃れる最後の努力をした。水が肩の上、首の上、頭の上へと一インチ、また一インチと上がってくるのを待っていると、目の前でいくつもの顔が浮かんでは消えた。あと少ししか生きられないとわかったとき、人は妙なことを考えるものらしい。

おれが死ねば、少なくともおれの愛した多くの人たちの問題は解決する。エマは残りの人生をほかの男に見向きもせずに送るという誓いから解放されるし、サー・ウォルターは父親の遺言の重みを思い煩《わずら》う必要がなくなる。いずれはジャイルズが一族の肩書きと父親の財産を引き継ぐのだ。おれのことを自分の息子ではないと証明する必要がもはやなくなったいま、ヒューゴー・バリントンでさえ生き延びるかもしれない。おれの愛する母だけが……。

不意に、凄《すさ》まじい爆発が起こった。数秒後、〈デヴォニアン〉は真っ二つになり、半分になった船体がともに驚いた馬のように棒立ちになったと思うと、そのまま海の底へ沈んでいった。

Uーボートの艦長が潜望鏡を通して見ていると、〈デヴォニアン〉は波の下に姿を消した。そのあとには、千着の色鮮やかなコットン・ドレスと、たくさんの死体が、じゃがいもに取り巻かれて浮いたり沈んだりしていた。

54

「自分の名前がわかりますか?」ハリーは看護師を見上げたが、唇が動かなかった。「わたしの言っていることがわかりますか?」彼女が訊《き》いた。またもやアメリカ訛《なま》りだった。

ハリーが何とかわずかにうなずいて見せると、彼女が微笑した。ドアが開く音が聞こえ、だれかが病室に入ってきた。顔は見えなかったが、看護師がすぐにその人物のところへ行ったところからすると、権威のある人物のようだった。姿は見えないとしても声は聞こえたから、なんだか盗み聞きをしているような気がした。

「やあ、クレイヴン看護師」年配の男の声だった。

「こんばんは、ドクター・ウォーレス」看護師が応《こた》えた。

「二人の患者の具合はどうだね?」

「一人はよくなっているのがはっきりわかりますが、もう一人はまだ意識が戻りません」

ということは、少なくとも二人は生き延びたわけだ、とハリーは思った。歓声を上げたかったが、唇は動くのに声が出なかった。

「身元はわからないままか？」

「はい。でも、パーカー船長が二人の容態を確かめに見えたとき、二人の制服の名残りをご覧に入れたんですが、たぶん上級船員に間違いないだろうとのことでした」

ハリーの心臓が跳ねた。ヘヴンズ船長は生きているかもしれないぞ。医師がもう一つのベッドへ向かう足音が聞こえたが、首を動かせないので、そこに寝ているのがだれなのかは確かめられなかった。ややあって、医師の声が言った。「かわいそうだが、今夜はもう保《も》たないだろうな」

それはあんたがヘヴンズ船長をたぶん知らないからだ、とハリーは教えてやりたかった。知っていれば、そんなに簡単には死ぬと決めつけられるはずがない。

医師がハリーの横へきて診察を始めた。中年で、真面目《まじめ》で思慮深い顔をしているとしか、ハリーにはわからなかった。ドクター・ウォーレスは診察を終えると背を向け、看護師にささやいた。「この患者ははるかに希望が持てるような気がするな。もっとも、あんな目にあったあとだから、確率はせいぜい五分五分だがね」そしてハリーを見ると、聞こえているかどうかもわからないのに言った。「頑張るんだぞ、若者。われわれもきみを元気にするために全力を尽くすからな」ハリーは礼を言いたかったが、力を振り絞ってようやくできたのは、わずかにうなずいてみせることだけだった。ベッドの脇《わき》を離れた医師が看護師にささやく声が聞こえた。「今夜、どちらかが死んだら、どう処理すればいいかはわかっているかな？」

「はい、わかっています、ドクター。すぐ船長に報告し、遺体を仮安置室へ降ろします」

何人の〈カンザス・スター〉の乗組員がすでにそこにいるのか、ハリーは訊きたかった。

「私にも報告してもらえるとありがたいな」ウォーレスが言った。「たとえ寝《やす》んでいてもかまわない」

「もちろん、お知らせします、ドクター。ところで、ちょっとお尋ねしたいんですが、収容した可哀相《かわいそう》な溺死者たちをどうするか、船長はもう決めていらっしゃるんでしょうか」

「全員を船乗りであると見なし、明日の夜明けに水葬に付すよう指示されている」

「どうしてそんなに早い時間なんですか？」

「ゆうべ、どれだけ多くの命が失われたかを、船客に知られたくないんだ」医師はそう付け加えて歩き去った。ドアが開く音が聞こえた。「おやすみ、クレイヴン看護師」

「おやすみなさい、ドクター」看護師が応え、ドアが閉まった。

クレイヴン看護師は戻ってくると、ハリーのベッドの横に腰を下ろした。「確率なんか糞食《くそく》らえよ。わたしはあなたを死なせはしませんからね」

ハリーは看護師を見上げた。糊《のり》の利《き》いた白い制服と白いナース・キャップに隠されていたが、そうだとしても、その目に宿る強い信念は見落としようがなかった。

次に目が覚めたときは暗くなっていて、おそらく隣りの部屋からだろう、奥の隅で明かりがちらちらしていた。最初に頭に浮かんだのは、隣りのベッドで生きようと戦っている、ヘヴンズ船長のことだった。ハリーは彼が生きつづけて、二人で一緒にイギリスへ帰れるよう祈った。その晩には、船長は退職し、おれはサー・ウォルターが押し込んでくれるはずのイギリス海軍戦艦に乗り組むことができる。

思いはふたたびエマへ、そして、自分が死ねばバリントン一族にとって多くの問題が解決されるはずだったのに、生きながらえればふたたびそれに悩むことになる、という考えへ移ろっていった。

またドアの開く音がして、今度は聞き憶《おぼ》えのない足音が病室に入ってきた。顔は見えなかったが、靴の音が二つのことを示唆《しさ》していた。男だということと、どこへ行こうとしているか、ということである。奥でもう一つのドアが開き、明るさが増した。

「やあ、クリスティン」男の声が言った。

「あら、リチャード」あの看護師の声が応えた。「遅いじゃない」怒っているのではなく、からかっている口調だった。

「悪かったよ、ハニー。上級船員は全員が船橋に残っていなくちゃならなかったんだ。生存者の捜索をようやく諦《あきら》めたところだ」

ドアが閉まり、ふたたび明るさが減った。それからどのぐらいの時間がたったのか――

三十分か、一時間か――ハリーには知る術《すべ》がなかったが、ふたたびドアが開いて、二人の声が聞こえた。

「ネクタイが曲がってるわ」看護師が言った。

「そいつはまずいな」男が応えた。「おれたちが何をしているか、感づかれるかもしれないからな」彼女が笑い、男は出口へと歩き出したが、不意に足を止めて訊いた。「ここにいる二人だけど、身元はわかったのか？」

「ミスターAとミスターB、ゆうべの救出作戦の唯一《ゆいいつ》の生き残りよ」

おれはミスターCだと彼女に教えてやりたいと思っていると、二つの足音が近づいてきた。ハリーは目をつぶった。二人の話を聞いていたと思われたくなかった。看護師がハリーの手首を取って脈を診た。

「ミスターBの脈は一時間ごとに強くなっているような気がするわ。ねえ、二人のうちの一人も助けられないなんて、考えるだけで耐えられないわ」彼女はハリーのベッドを離れ、もう一つのベッドへ歩いていった。

ハリーは目を開け、わずかに顔を横に向けた。金の肩章のついた洒落《しゃれ》た白の正装制服姿の、長身の若者が見えた。何の前触れもなく、クレイヴン看護師がすすり泣きはじめた。若者が優しく肩に腕を回して慰めようとした。違う、嘘《うそ》だ、そんなことはあり得ない、とハリーは叫びたかった。ヘヴンズ船長が死ぬはずはない。一緒にイギリスへ帰るんだ。

「こういう場合の手続きはどうすることになっているんだ?」若者がいささか形式張って訊いた。

「すぐに船長に報告する必要があるわ。それに、ドクター・ウォーレスも起こさなくちゃ。書類が全部整って正式に許可が下りたら、遺体を仮安置室へ移して明日の葬儀の準備をするの」

違う、違う、違う――ハリーは叫んだが、二人には聞こえなかった。

「私は何であれ神に祈ってるの」看護師がつづけた。「アメリカがこの戦争に巻き込まれませんようにってね」

「それはあり得ないよ、ハニー」若い上級船員が言った。「またもやヨーロッパでの戦争に関わり合いになるほど、ローズヴェルトは馬鹿《ばか》じゃないさ」

「この前も、政治家はそう言ったわ」クリスティンが改めて確認した。

「どうしてそんな話を持ち出すんだ?」若者が心配そうな声で訊いた。

「ミスターAはあなたと同じぐらいの年格好なの」彼女は言った。「故郷に婚約者がいるかもしれないでしょう」

ハリーははっと気がついた。隣りのベッドにいるのはヘヴンズ船長ではなくて、トム・ブラッドショーだ。決断したのは、そのときだった。

ふたたび目を覚ましたとき、隣りの部屋から声が聞こえていた。やがて、ドクター・ウォーレスとクレイヴン看護師が病室に入ってきた。

「さぞ辛《つら》かったでしょうね」看護師が言った。

「楽しいわけはないさ」医師が認めた。「さらに悪いことに、名前がないまま墓に入るようなものだからな。それが船乗りの望む葬《ほうむ》り方であるのは確かに船長の言うとおりだし、私も異論はないがね」

「ほかの船から知らせはあったんですか？」

「あった。われわれよりは多少ましだったらしい。死者は十一人だが、生存者が三人いた。中国人が一人と、イギリス人が二人だ」

イギリス人の一人がヘヴンズ船長だという可能性はあるだろうか、とハリーは訝《いぶか》った。

医師が腰を屈《かが》めてハリーのパジャマの第一ボタンを外すと、胸の何カ所かに冷たい聴診器を当てて注意深く耳を澄ました。看護師がハリーの口に体温計を含ませた。

「熱はずいぶん下がっています、ドクター」水銀柱の目盛りを調べて、看護師が報告した。

「素晴らしい。薄いスープを与えてみようか」

「はい、わかりました。乗客に関しては、わたしの手伝いは必要ありませんか？」

「いや、それには及ばない。いまのきみの最重要な仕事は、この患者を死なせないことだ。二時間後にまた診にくる」

ドアが閉まると、看護師はすぐにベッドの横に戻ってきて腰を下ろし、微笑して訊いた。

「わたしが見える？」ハリーはうなずいた。「自分の名前がわかる？」

「トム・ブラッドショー」彼は答えた。

55

「トム」ハリーの診察を終えたドクター・ウォーレスが言った。「ゆうべ亡《な》くなった仲間の名前を知っているかな。彼のお母さんか、もしいるのなら、奥さんに手紙を書いて報告しようと思うんだが」

「名前はハリー・クリフトンです」ハリーはかろうじて聞き取れるような小声で答えた。「結婚はしていませんが、彼のお母さんのことはよく知っています。実は、私も手紙を書こうと考えていたんです」

「きみは親切な人なんだな」ウォーレスが言った。「しかし、やはり私からも手紙を送りたいんだ。住所はわかるか」

「わかります」ハリーは答えた。「ですが、向こうの気持ちを考えると、まったく見知らぬ人から突然連絡されるよりは、まず私が伝えるほうがいいのではないでしょうか」

「まあ、きみがそう考えるのなら、それでもいいが」ウォーレスは納得した様子ではなかったが、そう言った。

「では、そうしましょう」今度はもう少し断定的に、ハリーは応《こた》えた。「〈カンザス・スター〉がブリストルへ戻ったら、必ず私の手紙を投函《とうかん》してください。ドイツと戦争になったいまでもイギリスへ戻るつもりで船長がおられるなら、ですが」

「アメリカはドイツと戦争をしてはいない」ウォーレスが言った。

「もちろんです。アメリカはドイツと戦争状態になんかありません」ハリーは急いで訂正した。「これからもそうならないことを祈りましょう」

「そうだな」ウォーレスが同意した。「しかし、仮にそうなったとしても、〈カンザス・スター〉はイギリスへ戻るのを中止しない。あそこにはまだ何百人ものアメリカ市民が母国へ帰る手段を持たないまま残されているんだ」

「危険ではありませんか?」ハリーは訊《き》いた。「ゆうべ、私たちがあんな目にあったばかりなんですよ?」

「いや、私はそうは思わないな」ウォーレスが言った。「ドイツが最も望まないのは、アメリカの客船を沈めることのはずだ。それをやったら、アメリカを否応《いやおう》なく戦争に引きずり込むことになるからな。うまくいけば、明日には看護師同伴で甲板を散歩できるかもしれないから、トム、いまは少し休んだほうがいい。もっとも、最初は一周限定だがね」と、彼は強調した。

ハリーは目をつぶったが眠るつもりはなく、自分が下した決断について、また、それによってどれだけの人が影響を受けるかについて、考えはじめた。トム・ブラッドショーに成り代わることによって、自分の将来を考える多少の時間的余裕はできた。ハリー・クリフトンが海の上で殺されたと知ったら、サー・ウォルターをはじめとするバリントン一族は、何であれこれまで自分たちが拘束されていると考えていたかもしれない義務から解放され、エマは自由を得て、新しい人生を始められる。オールド・ジャックもおれの決断に賛成してくれるだろう。だが、この決断がどこにどういう影響を及ぼすかは、おれにも完全にわかっているわけではない。

しかし、トム・ブラッドショーの復活自体が問題を作り出すのは疑いの余地がないから、用心を怠ってはならない。まして、ブラッドショーについては何も知らないに等しいのだから、クレイヴン看護師が彼の過去について尋ねてきたときには、何かをでっち上げるか、話題をそらすかしなくてはならない。

ブラッドショーは答えたくない質問をそらす名人で、明らかに一人でいることを好んでいた。短くとも三年は――あるいはそれ以上かもしれないが――母国の土を踏んでいないから、家族は彼が近々帰ってくることを知る術《すべ》がなかったに違いない。〈カンザス・スター〉がニューヨークに着いたら、次に乗船可能な船でイギリスへ帰ろう。

最大のジレンマは、一人息子を失ったと思わせるという無用の苦しみを、どうすれば母に与えられずにすむかということだったが、それについては、〈カンザス・スター〉がイギリスへ戻ったときに母への手紙を投函してやると、ドクター・ウォーレスが約束してくれたことによって解決した。だが、そのためには、ハリーが手紙を書かなくてはならなかった。

時間をかけて頭のなかで推敲《すいこう》を繰り返したおかげで、それを紙に移す体力が回復するころには、ほとんど文章を暗記していた。

ニューヨーク
一九三九年　九月八日

最愛のお母さん
ぼくが海の上で殺されたと、だれかがあなたに知らせる前にこの手紙が届くよう、全力を尽くしました。
この手紙の日付でもわかるとおり、九月四日に〈デヴォニアン〉が沈められたときには、ぼくは死んでいません。実はアメリカの船に助けられて、いまも至って元気にしています。ですが、別人の身分を仮に名乗る機会があり、それを利用することにしたのです。そうすれば、何年も前から図らずもぼくが原因となっているように思われる多くの問題から、あなたとバリントンの一族を解放できるのではないかと考えたからです。

大事なのは、エマに対するぼくの愛が決して衰えることはない、それどころか、大きく燃えさかっていることを、あなたがわかっていてくれることなのです。でも、いつの日か、ぼくの父親はアーサー・クリフトンであってヒューゴー・バリントンではないと証明できるかもしれないという、虚《むな》しい希望にすがってこれからの人生を過ごしてほしいと彼女に期待する権利は、ぼくにはないように思われるのです。でも、こうすれば、だれかほかの男性と一緒の人生を、少なくとも考えることはできるはずです。もちろん、その男性を妬《ねた》ましくは思いますが。

イギリスへはそう遠くない将来に帰るつもりです。何であれトム・ブラッドショーなる人物から連絡があったら、それはぼくです。

イギリスの地を踏んだら、すぐに連絡します。でも、お願いします、ぼくの秘密は絶対に口外しないでください。あなたが自分の秘密を長年にわたって絶対に口外しなかったように。

あなたを愛している息子　ハリー

文面を何回か読み返し、〝厳秘・親展〟と記した封筒に収めると、宛名《あてな》を書いた――ミセス・アーサー・クリフトン、スティル・ハウス・レーン二七番地、ブリストル。

次の日の朝、彼はその封筒をドクター・ウォーレスに渡した。

「どう？　ちょっと甲板を歩いてみる気になった？」クリスティンが訊いた。

「もちろん」ハリーは答え、彼女の恋人が使っていると聞いた表情を作ろうとしたが、〝ハニー〟と付け加えるのはいかにも不自然だとわかった。

ハリーは長くベッドで過ごしているあいだ、ドクター・ウォーレスの言葉に注意深く耳を傾け、一人のときには、クリスティンが東部のものだとリチャードに教えていたその訛《なま》りを会得《えとく》しようとした。ドクター・パジェットと過ごした時間に感謝しなくてはならなかった。あのとき、おそらくは舞台でしか使うことはないだろうと思っていた発声技術を叩《たた》き込まれたのだが、いまは舞台に立っているのだ。しかしもう一つ、家族や幼少期の教育についての、クリスティンの無邪気な好奇心にどう対処するかという問題があった。

病室にはその二冊しかなかったので、ホレイショ・アルジャー（アメリカの少年読物作家）とソーントン・ワイルダー（アメリカの小説家・劇作家）の作品の助けを借りることにして、そこから、コネティカット州ブリッジポートの出の家族をひねり出した。その構成は、小さな町で〈コネティカット・トラスト・アンド・セイヴィングズ〉という銀行の支配人をしている父、本分を守って家事を切り盛りしている、かつては町の美人コンテストで準ミスになったことのある母、そして、姉のサリーである。サリーには町で金物屋を営んでいるジェイクという夫がいて、幸せに暮らしている。この想像力をもってすれば、俳優より作家になる可能性が高いのではないかというドクター・パジェットの言葉を思い出して、ハリーは内心でにやりとした。

足を恐る恐る床につけ、クリスティンの助けを借りて、ゆっくりと立ち上がった。ドレッシング・ガウンを羽織り、看護師の腕を取って、おぼつかない足取りで部屋を出ると、階段を経由して甲板へ上がった。

「アメリカへ帰るのはいつ以来？」ゆっくりと甲板を回りはじめたとき、クリスティンが訊いた。

常にブラッドショーについてわずかながら実際に知っていることを幹にし、そこに自分が考え出した架空の家族の小さな枝葉をいくつか付け加えることにしよう、とハリーは決めていた。「三年とちょっとぶりかな」彼は答えた。「だけど、家族は何も言わないんだ。小さいころから、ぼくが海に憧《あこが》れていたのを知っているからね」

「でも、どうしてイギリスの船に乗り組むことになったの？」

何というい質問だ、とハリーは内心で舌打ちした。残念なのは、おれが答えを持ち合わせていないことだ。説得力のある返事を思いつく時間を多少なりと稼ごうと、よろめいて見せた。クリスティンがハリーを支えようと腰を屈《かが》めた。

「大丈夫」ハリーはふたたびクリスティンの腕を取って言うと、続けざまにくしゃみをした。

「そろそろ病室へ戻りましょうか」クリスティンが言った。「風邪を引いたら、元も子もないもの。散歩なら明日でもできるしね」

「きみの言うとおりにするよ」もう質問攻めにされずにすむぞ、とハリーはほっとした。

母親が小さな子供を寝かしつけるようにして布団《ふとん》にくるんでもらうと、ハリーはあっという間に深い眠りに落ちた。


〈カンザス・スター〉がニューヨーク港へ入る前日には、甲板を何とか十一周することができた。だれにも認めていなかったが、初めてアメリカを見るのだと思うと、胸の内での興奮を抑えられなかった。

「入港したら、まっすぐブリッジポートへ向かうの?」最後の一周のとき、クリスティンが訊いた。「それとも、ニューヨークに滞在するの?」

「どうするか、まだ考えてないんだ」ハリーは言ったが、実はさまざまなことを大量に考えていた。「入港が何時になるかによりけりだな」彼は次の質問を予想しながら、付け加えた。

「それもそうね。イースト・サイドにリチャードのアパートがあるんだけど、今夜はそこに泊まったらどう?　素敵なところよ」

「だけど、彼を面倒に引きずり込みたくはないな」

クリスティンが笑った。「ねえ、トム、あなたってアメリカ人というより、イギリス人に近い話し方をするときが結構あるわね」

「これだけ長いあいだイギリスの船に乗っていれば、だれだって最後にはイギリス人《ライミー》に堕落させられずにはすまないさ」

「それもわたしたちと問題を共有できない理由なの？」ハリーはいきなり足を止めた。よろめいてみせようと、くしゃみをしてみせようと、今度は助けになりそうになかった。

「そもそもあなたがもう少し率直だったら、わたしたちはうまく問題を解決していたでしょうね。でも、そうじゃなかったから、パーカー船長に報告して、どうすべきかを決めてもらうしかなかったのよ」

ハリーは手近なところにあったデッキ・チェアに崩れ落ちるように腰を下ろしたが、クリスティンは手助けをする素振りも見せなかった。負けだなと悟って、ハリーは言った。

「ことはきみが思っているよりはるかに複雑なんだ。でも、他人を巻き込みたくない理由なら、説明できる」

「その必要はないわ」クリスティンが言った。「船長はもう解決の手を差し伸べてくれたの。でも、あなたがもっと大きな問題にどう対処するつもりでいるかは訊きたがっていたけど」

ハリーは俯《うつむ》いた。「船長の質問には喜んで答えるつもりでいるよ」ハリーは言った。イギリス人だとばれているのなら、それはそれでもいいと、ほとんどほっとしているところもあった。

「わたしたち同様、船を下りてからあなたがどうするのかを、船長も知りたがっているでしょうね。だって、着るものだって、お金だって、まったく持ってないんでしょ？」

ハリーは微笑した。「〈カンザス・スター〉のドレッシング・ガウンを見たら、ニューヨーカーはとてもかっこいいと思うんじゃないかと踏んでたんだけどな」

「率直に言って、あなたがローブ姿で五番街を歩いたとしても、たいていのニューヨーカーは気づきもしないでしょうね」クリスティンが言った。「気づいたとしても、最新のファッションだとたぶん思うんじゃないかしら。でも、万一そう思ってもらえなかった場合を考えて、リチャードが白いシャツを二枚とスポーツ・ジャケットを一着、提供してくれているわ。あなたよりずいぶん背が高いのが残念よね、そうでなければ、ズボンも一本もらえたのにね。ドクター・ウォーレスは茶色のウィング・チップを一足、靴下を一足、ネクタイを一本差し出してくれたわ。それでも、ズボンの問題が残ってるけど、サイズの合わなくなったバミューダ・ショーツを船長が持ってるわ」ハリーは噴き出した。「気を悪くしないでもらいたいんだけど、トム、乗組員たちもいくらか出してくれたのよ」そして、分厚い封筒を差し出した。「コネティカットへの旅費を引いても、少しは余るんじゃないかしら」

「きみに感謝するにはどうしたらいいんだろう」ハリーは訊いた。

「感謝なんか必要ないわ、トム。わたしたち、あなたが生きていてくれて大喜びしてるの。あなたのお友だちのハリー・クリフトンも助けられたらよかったんだけどね。それでも、あなたの手紙を直接届けるよう、パーカー船長がドクター・ウォーレスに指示したと聞いたら、喜んでくれる？」

56

その朝、〈カンザス・スター〉がニューヨーク港に入る二時間ほど前、ハリーはだれよりも早く甲板に出た。その四十分後に太陽が仲間に加わった。そのころには、アメリカの第一日をどう過ごすか、はっきりと決まっていた。

すでにドクター・ウォーレスには、これまでとてもお世話になったと――どれほど感謝してもしきれないとわかってはいたが、そうするしかないので――礼だけを言い、別れを告げてあった。ウォーレスはブリストルへ着いたらすぐミセス・クリフトンに手紙を届けると約束してくれたが、彼女は神経質なところがあるから直接訪ねないほうがいいかもしれないとハリーがほのめかすと、渋々それを受け入れた。

感激したのは、パーカー船長自らが病室へバミューダ・ショーツを持ってきて、幸運を祈ってくれたときだった。船長が船橋へ戻ると、クリスティンが断固として命じた。「さあ、ベッドに入りなさい、トム。明日、コネティカットまで行くつもりなら、体力を蓄えなくちゃ」トム・ブラッドショーは一日か二日、リチャードやクリスティンと一緒にマンハッタンで過ごしたかったが、イギリスがドイツに宣戦布告したいま、ハリー・クリフトンには何であれ時間を無駄にする余裕はなかった。

「朝、起きたら」クリスティンがつづけた。「日の出前に船客専用甲板に上がってみるといいわ。昇る朝陽のなかをニューヨーク港へ入るところを堪能《たんのう》できるわよ。これまでに何度も見てはいるでしょうけど、トム、わたしはいつでも感動するの」

「ぼくもだよ」ハリーは言った。

「入港したら」クリスティンがさらにつづけた。「リチャードとわたしの勤務が終わるのを待っていてもらえないかしら？　一緒に船を降りるのはどう？」

リチャードのシャツとスポーツ・ジャケット――少し大きすぎた――を着、船長のバミューダ・ショーツ――少し長すぎた――を穿《は》いて、ドクター・ウォーレスの靴と靴下――少し小さすぎた――に足を入れると、ハリーは上陸が待ちきれなかった。

〈カンザス・スター〉の事務長《パーサー》が前もって電報を打ち、トム・ブラッドショーというアメリカ市民が予定外の船客になっていることを、ニューヨーク移民局に知らせていた。ニューヨーク移民局は返信で、ミスター・ブラッドショーに当局まで出頭してほしいと要請し、そこからは自分たちが対応すると言ってきていた。

リチャードにグランド・セントラル駅で降ろしてもらったら、しばらく駅を探検したあとで港へ引き返し、船員組合の事務所へ直行して、イギリス行きを予定している船を探すつもりでいた。ブリストル以外なら、行き先はどこでもよかった。

適当な船を見つけたら、どんな仕事でもいいから、船乗りとして雇ってもらうつもりだった。船橋だろうと、ボイラー室だろうと、甲板磨きだろうと、じゃがいもの皮剝《かわむ》きだろうとかまわない。とにかく、イギリスへ帰れればいいのだ。そういう船がないということなら、一番安い木賃宿に泊まるつもりでいた。クリスティンからもらったかさばった封筒の中身は、もう確かめてあった。寝台――〈デヴォニアン〉の掃除用具置き場ほどの広さしかない船室に据えてあったものよりは大きいだろう――の料金を心配しなくてはならないような金額ではなかった。

悲しいのは、イギリスへ戻っても昔の友だちのだれとも接触することができず、また、母に連絡するときでさえ用心しなくてはならないことだ。しかし、イギリスの土を踏んだ瞬間から、目指すのはたった一つ、わが国王の戦艦に乗り組み、国王の敵との戦いに加わることしかない。その戦艦が港へ戻ったら、まるで逃亡中の犯罪者のように、常に艦内にとどまっていなくてはならないとしても、だ。

その思いを破ったのは、一人の貴婦人だった。朝霧の向こう、目の前にぼんやりと姿を現わした〈自由の女神〉を、ハリーはうっとりと見つめた。このランドマークを写真で見たことはあったが、本物を初めて目の当《ま》たりにして、ようやくその大きさを実感できた。

彼女は〈カンザス・スター〉の頭上高くに聳《そび》えて、アメリカ合衆国へやってくる訪問者、移民、そして、同胞を歓迎していた。

港へと進みつづける船の上で、ハリーは手摺《てす》りにもたれてマンハッタンのほうを見た。がっかりしたことに、記憶にあるブリストルのビルのいくつかと較《くら》べても、摩天楼群はいくらも高いように見えなかった。しかし、それは時間の経過とともにどんどん大きさを増し、ついには天にも届かんばかりになって、見上げようとすると、手をかざして太陽をさえぎらなくてはならなかった。

やってきたニューヨーク港湾局のタグ・ボートに誘導してもらい、〈カンザス・スター〉は無事に七番桟橋の停泊位置に入った。歓声を上げる人々を見ていると、今朝ニューヨークまでやってきた若者――つい三週間前にブリストルを出発した四等航海士からずいぶん成長してはいたが――は、初めて不安になりはじめた。

「さあ、笑って、トム」

振り返ると、リチャードがコダックのブラウニー箱型カメラを見下ろし、マンハッタンのスカイラインを背景にしてそこに映っている、上下逆さまのハリーの像を覗《のぞ》いていた。

「あなたはきっと、そう簡単に忘れられない船客になるわね」クリスティンがやってきて言い、今度は二人一緒のところをリチャードに撮影させた。看護師の制服を洒落《しゃれ》た水玉模様のドレスに着替え、ベルトと靴を白で統一していた。

「ぼくもきみたちのことは忘れないよ」自分がどれほど神経質になっているかを気取られないといいがと願いながら、ハリーは応《こた》えた。

「そろそろ上陸の時間だ」リチャードが言い、カメラの蓋《ふた》を閉じた。

三人が広い階段室を下りて下甲板へ行ってみると、すでに何人かの船客が一列になって船を降り、待ち人が無事に着いて安心した親戚《しんせき》や、無事に着くかどうか心配していた友人と再会しようとしていた。三人もタラップを下りていったが、いかに多くの船客や乗組員が自分と握手をし、幸運を祈ってくれたがっているかを知って、ハリーは気持ちが高ぶった。

波止場に降り立つや、ハリー、リチャード、クリスティンは移民局へ向かい、そこにできている四本の列の一つに並んだ。ハリーはあちこち目を走らせずにはいられなかった。訊きたいことは山ほどあったが、その一つでも口に出したら、アメリカの土を踏むのは初めてだとばれてしまうに違いなかった。

最初に驚いたのは、アメリカ人というのは実にさまざまな肌の色をした人々で構成されているという事実だった。ブリストルでは肌の黒い男は一人しか見たことがなく、足を止めて見つめてしまったという記憶があった。それは無礼で思慮に欠ける振舞いだとオールド・ジャックにたしなめられ、さらにこう付け加えられた――「肌の色が白いというだけでみんなに足を止めて見られたら、きみはどんな気持ちになる？」しかし、ハリーの想像力を何よりも捉《とら》えたのは、周囲のすべてがめまぐるしく、賑《にぎ》やかで、やかましいことであり、それに引き替えると、ブリストルは時代遅れで、徐々に廃《すた》れていきつつあるかのように思われた。

リチャードの申し出を受け入れて、今夜は彼のところに泊まることにすればよかったと、早くも後悔しはじめていた。そうすれば、こんなにも刺激的だと港から出もしないうちにわかった町に何日か滞在できたかもしれないのに。

「おれが最初でいいかな？」列の先頭に出ると、リチャードが言った。「そうすれば、車を取りにいって、ターミナルの前で二人を待っていられるだろ？」

「いい考えだわ」クリスティンが同意した。

「次！」移民局の係員が怒鳴った。

リチャードが机の前に立ってパスポートを渡すと、係員は顔写真を一瞥《いちべつ》しただけでスタンプを捺《お》した。「お帰りなさい、ティベット中尉《ちゅうい》」

「次！」

ハリーは前に進み出たが、パスポートも身分を証明する書類もないまま他人の名前を名乗ることが不安で、何となく落ち着かなかった。

「名前はトム・ブラッドショー」ハリーは自信はなかったが、それでも自信ありげに名乗った。「私が上陸することは、〈カンザス・スター〉のパーサーがあらかじめ電報で知らせていると思うが」

係官は仔細《しさい》にハリーの顔を検《あらた》めると、一枚の書類を手に取り、名前の並んだ長いリストを確かめていった。そして、ようやく一つの名前にチェック・マークを入れると、後ろを見てうなずいた。遮断棒の向こうに男が二人立っていることに、ハリーはそのとき初めて気がついた。二人ともグレイのスーツにグレイの帽子というまったく同じ服装で、一方がハリーに笑みを浮かべて見せた。

移民局の係員が書類にスタンプを捺してハリーに渡した。「お帰りなさい、ミスター・ブラッドショー、ずいぶん久しぶりでしたね」

「本当に久しぶりだよ」ハリーは応えた。

「次！」

「待ってるよ」ハリーは机へと向かうクリスティンに言った。

「すぐすむわ」彼女が約束した。

ハリーは遮断棒をくぐり、初めてアメリカ合衆国に入った。

グレイのスーツの二人が近づいてきて、一人が言った。「おはようございます、サー。ミスター・トーマス・ブラッドショーでしょうか」

「そうだが？」ハリーは答えた。

その言葉が口から出るかでないかのうちに、もう一方がハリーの腕をつかんで後ろへ捻じ上げ、最初の男が手錠をかけた。あまりにあっという間の出来事で、抗議する時間もなかった。

表向きは冷静さを保っているように見せながら、すでに頭のなかでは、自分がトム・ブラッドショーではなくて、実はハリー・クリフトンというイギリス人だとばれた可能性があるのではないかと考えていた。たとえそうだとしても、せいぜい国外退去を命じられ、船に乗せられて、イギリスへ送還されるぐらいですむはずだ。いずれにしても、おれのそもそもの目的はそれなのだから、抵抗する必要もない。

舗道の脇《わき》に、車が二台停まっていた。一台目は黒の警察車両で、もう一人のグレイのスーツの男が、にこりともせずに後部ドアを開けて待機していた。二台目は赤いスポーツ・カーで、リチャードがボンネットに腰を下ろして微笑していた。

トムが手錠をかけられて連行されようとしていると気づいた瞬間、リチャードがボンネットを飛び降りて、そのほうへ走り出した。それと同時に、警察官の一人がミスター・ブラッドショーに被疑者の権利を読みはじめ、もう一人はハリーの肘《ひじ》をがっちりとつかんでいた。「あなたには黙秘権がある。あなたが言ったことは、何であれ、法廷であなたに不利な証拠として使われる可能性がある。あなたには弁護士を持つ権利がある」

その直後にリチャードが飛び込むように到着し、警官を睨《にら》みつけて言った。「おまえら、自分が何をしてるかわかってるのか？」

「弁護士を雇う余裕がない場合には、公費で一名、弁護士が指名される」一人目の警官がおかまいなしにつづけ、もう一人もリチャードを無視していた。

トムは逮捕されたことは意外でも何でもないと言わんばかりで、まるで切迫した様子がなく、それを見てリチャードは驚きを隠せなかったが、それでも、何であれ友人を助ける努力をやめるつもりはなかった。彼は警官の前に飛び出し、行く手を塞《ふさ》いで、断固とした口調で訊《き》いた。「ミスター・ブラッドショーの容疑は何なんだ？」

上司らしい刑事が足を止め、リチャードを正面から見据えて答えた。「第一級殺人罪だ」

特別収録短編

抜け穴

THE LOOPHOLE

by JEFFREY ARCHER

「それはおれが聞いた話と違うぞ」フィリップは言った。

大きな声が聞こえてバーにいたクラブのメンバーの一人がそのほうを一瞥したが、声の主がだれなのかがわかると、口元を緩めただけで自分の会話をつづけた。

その土曜の朝、ヘイズルミア・ゴルフ・クラブはすでにかなり混んでいて、もうすぐ昼食時間というころには、広々としたクラブハウスなのに空いている席を見つけるのが難しくなっていた。

メンバーの二人は部屋が混みはじめるはるか前に二ラウンド目の予約を取り、一番ホールを望むアルコーヴのテーブルに腰を落ち着けていた。フィリップ・マスターズとマイケル・ギルモアは土曜の朝のゲームをいつもより早く終え、いまは会話に夢中になっているようだった。

「聞いた話と違うって、それなら、どう聞いてるんだ？」マイケル・ギルモアは声を落としたが、近くにいる者に聞こえないほどではなかった。

「あの件ではおまえにまんざら落度がなくはなかったと聞いてるよ」

「いや、おれに落度はなかった」マイケルが言った。「おまえ、何を言おうとしているんだ？」

「何も言おうとなんかしちゃいないさ」フィリップは答えた。「だが、忘れるなよ、おれを騙すことはできないぞ。おれは以前おまえの雇い主だったから、おまえの言うことは何だろうと額面どおりに受け取れないことを身に染みてわかってるんだからな」

「おれはだれも騙そうなんてしていなかったさ」マイケルが抗弁した。「おれが失業したことは周知の事実だ。それ以外のことは何も言ってない」

「確かにな。だが、周知の事実でないのは、おまえがどうして失業することになったか、なぜ次の仕事を見つけられないかだ」

「なぜ次の仕事を見つけられないかは簡単だ、いまは仕事を見つけるのが簡単じゃないからだ。ちなみに、おまえが大成功して、ろくでもない大金持ちなってるのはおれのせいじゃないからな」

「そして、おまえが一文無しで、いつだって仕事にあぶれてるのもおれのせいじゃないぞ。実際、前の雇い主に推薦状を書いてもらえれば、仕事にありつくのはそんなに難しいことじゃないんだからな」

「おまえ、いったい何を仄めかしているんだ？」マイケルが訊いた。

「何も仄めかしてなんかいるもんか」

何人かのメンバーが自分たちの会話を中断し、奥で繰り広げられている話を聞き取ろうと耳を澄ました。

「おれが言おうとしてるのは」フィリップはつづけた。「だれもおまえを雇わない理由は簡単で、推薦状を書いてくれる雇い主を見つけられないからであり、みんながそれを知ってるってことだ」

みんながそれを知っているわけではなかったし、だからこそ、いまこの部屋にいる大半がその理由を知ろうと聞き耳を立てているのだった。

「おれは余剰人員整理《リストラ》の割を食っただけだ」マイケルが言い張った。

「おまえの場合、リストラは馘首《くび》を遠回しに言い換えただけだ。あのときそう見なかった者はいなかったぞ」

「リストラだ」マイケルが繰り返した。「今年は会社の儲けが少し満足のいかないものになるとわかったっていう簡単な理由だ」

「少し満足がいかない？　馬鹿を言うな。儲けなんてそもそもなかったじゃないか」

「それは単に、大手の取引先の一つか二つをライヴァルに取られたからだ」

「そのライヴァルはささやかな内部情報に大喜びで金を払ったと、おれはそう聞いてるがね」

いまやクラブハウスにいるメンバーのほとんどが自分たちの会話を中断し、身体を傾けたり、ひねったり、振り返ったり、テーブルに乗り出したりして、窓のあるアルコーヴに坐っている二人の発する言葉を一言も聞き漏らすまいとしていた。

「それらの取引先を失ったことについては、今年の年次総会の株主への報告ですべて説明されたじゃないか」マイケルが言った。

「だが、元従業員が馘首《くび》にされて何日も経たないのに新車を買う余裕がどうしてあったのかは株主に説明されたか？」フィリップは追及した。「しかも二台目を、と付け加えておこうか」そして、トマトジュースを一口飲んだ。

「あれは新車じゃない」マイケルが防御の口調になった。「中古のちっぽけなミニで、会社へ車を返さなくちゃならなくなったときに、リストラで支払われた一時金の一部で買ったんだ。いずれにしても、キャロルが銀行へ出勤するときに車が必要だってことはわかるだろう」

「正直言うと、おれは彼女に驚いてるんだ。おまえにこんな目に遭わされつづけっぱなしなのに、こんなに長いあいだよく我慢してるもんだってな」

「こんな目に遭わされつづけっぱなしとは、その言外の意味は何だ？　何のことを言ってるんだ？」

「言外になんか何も言ってないよ」フィリップは切り返した。「だけど、ある若い女性も、まあ名前は伏せておくほうがいいだろうが」——後段については、聞き耳を立てている者の大半ががっかりしたようだった——「ほぼ同じ時期にリストラで会社を辞めたという事実がある。もちろん、妊娠してた」

バーマンがお代わりはどうか訊かなくなって七分が経とうとしていたが、いまやそこにいるメンバーのなかで、二人の男の言い合いに聞き耳を立てていない振りをしている者はほとんどいなかった。なかには、信じられないと言わんばかりにあからさまに二人を見ている者さえいるありさまだった。

「しかし、おれは彼女をほとんど知らなかったんだぞ」マイケルが抵抗した。

「さっき言っただろう、それはおれの聞いた話と違う。さらに聞いてるところでは、生まれた子供はだれかさんにとてもよく似ていて——」

「いくらなんでも言葉の度が過ぎてるんじゃないのか」

「それはおまえが何も隠していなければ、だ」フィリップはきっぱりと言った。

「おれは何も隠してなんかいない、わかってるはずだ」

「キャロルが見つけた、新車のミニの後部席に散らばっていたブロンドの髪の毛のことはどうなんだ。一緒に仕事をしていた彼女もブロンドだったんだろ?」

「いや、あれはゴールデンレトリーヴァーの毛だ」

「おまえ、ゴールデンレトリーヴァーなんか飼ってないじゃないか」

「そうだが、ミニの前の持ち主が飼ってたんだ」

「ミニの前の持ち主はあの雌犬なんか飼ってなかったし、そんな呆れた戯言《たわごと》をキャロルが信じるなんてことがあるはずがない」

「キャロルは信じたさ。だって、事実なんだからな」

「残念ながら、おまえはとうの昔に事実ってものと縁が切れてしまってる。おまえが馘首にされた理由の一つ目はスカートを穿いていて四十歳以下であればだれであろうと手を出すのをやめられなかったこと、二つ目は店の金をちょろまかすのをやめられなかったことだ。もっと早く気づくべきだったよ。だって、いいか、おれ自身が同じ理由でおまえを辞めさせなくちゃならなかったんだからな」

　マイケルが弾かれたように立ち上がった。頰がフィリップのトマトジュースとほとんど同じ色になっていた。拳を振り上げ、フィリップめがけて振り下ろそうとしたとき、クラブの理事長のメイザー大佐が横に現れた。

「おはようございます、サー」フィリップは起立すると、落ち着いて挨拶をした。

「おはよう、フィリップ」大佐が大きな声で応えた。「この些細な誤解だが、不必要なほどにずいぶんな大事《おおごと》になっていると思わないか？」

「些細な誤解ですって？」マイケルが抵抗した。「こいつが私のことを何と言っていたか、お聞きにならなかったんですか？」

「残念ながら、ここにいるほかのメンバーと同様、一言漏らさず聞かせてもらったよ」大佐が言い、フィリップを見て付け加えた。「二人とも、いい仲間のように握手をして、終わりにすべきではないかな」

「女たらしで嘘つきのいかさま師と握手をする？　あり得ませんよ」フィリップは拒否した。「いいですか、大佐、この男はこのクラブにふさわしくありません。しかも、あなたはまだ話の半分しか聞いておられません」

大佐がそれでも二人を宥めてことを収めようとするより早くマイケルがフィリップに飛びかかり、揉み合う二人を理事長より若い者が三人がかりで引き離さなくてはならなかった。大佐は即座に警告を発し、この不品行を次の月例理事会で報告するが、それまでは二人ともクラブへの出入りを禁ずると告げた。

クラブの事務長のジェレミー・ハワードがクラブハウスを出ていく二人に同行し、フィリップが冷静にロールスロイスに乗り込んで車道《ドライヴ》を下り、門を出ていくのを見送った。だが、マイケルについては、ミニが発進するまで、クラブハウスの階段の上で何分か待たなくてはならなかった。彼は運転席で何かを書いているようだった。ようやくミニが門を出ていくと、事務長は回れ右をしてクラブハウスのバーへと引き返した。クラブの敷地を出てしまえば、あの二人がお互いに何をしようと知ったことではなかった。

戻ってみると、理事長杯の勝者の推定や、レディズ・ハンディキャップ杯の組み合わせや、今年のユース・トーナメントのスポンサー候補者の予想は中断されたままだった。

「今朝、私が十六番ホールを通りかかったときには、あの二人はとても和気藹々《わきあいあい》のように見えましたよ」クラブ・キャプテンが大佐に報告した。

大佐は自分が戸惑っていることを認めた。あの二人のことは十五年近く前、彼らがクラブに入会した日から知っていた。二人とも悪い男ではない、と大佐はキャプテンに保証した。事実、かなりの好感を持っていた。みんなの記憶にある限りでは、二人は毎週土曜日の午前中に一緒に一ラウンドをプレイしていて、険悪な言葉の応酬を聞いたことがある者もいなかった。

「残念だよ」大佐が言った。「マスターズには今年のユース・トーナメントのスポンサーを頼めればと思っていたんだが」

「いい考えだと思いますが、いまとなっては難しいかもしれませんね」

「あの二人、何を思ってあんな言い争いをしたんだろう。わからないな」

「フィリップが大成功しているのにマイケルは不遇をかこっているという、単にそれだけのことではありませんかね？」キャプテンは仄めかした。

「いや、それ以上の何かがあるはずだ」大佐が応え、思慮深く付け加えた。「今朝のあの小競り合いにはもっと深い事情があるに違いない」

フィリップ・マスターズがキッチンの販売員という最初の仕事を辞め、自分の事業を一から造り上げたことはクラブの全員が知っていた。〈レディーフィット・キッチン〉はフィリップの自宅の庭の片隅の納屋で産声を上げ、いまや町の反対側で三百人を越す従業員を抱える工場に成長していた。〈レディーフィット・キッチン〉の株が公開されると、経済紙はフィリップの株だけで二百万の価値があると推測した。五年後に会社が〈ジョン・ルイス・パートナーシップ〉に買収されたときは、フィリップが無傷どころか十分以上のものを手に入れていることを人々は知ることになった。千七百万ポンドの小切手と五年の雇用契約という、人気スターでも喜ぶはずの取引を成立させて撤退したのである。その棚ぼたの儲けの一部は、ヘイズルミアの目の前の森のなかの、六十エーカーの広さを持ち、寝室からゴルフ・コースを見ることさえできる、ジョージ王朝風の壮大な屋敷の購入に費やされた。フィリップは二十年来の妻のサリーがいて、彼女は〈セーヴ・ザ・チルドレン・ファンド〉の地域支部長と治安判事《ジャスティス・オヴ・ピース》を務めていた。息子はオックスフォード大学セント・アンズ・カレッジに合格したばかりだった。

マイケルはその息子の名付け親だった。

マイケル・ギルモアはこれ以上あり得ないほどフィリップと対照的だった。学校——そこでフィリップと無二の親友になった——を出たあとは職を転々とした。大手醸造所の〈ワトニーズ〉の見習いから始めたのだが、わずか五か月しかつづかず、出版社の外交販売員へ職を変えた。彼もまたフィリップと同様、子供のころから好きだった地元の医者の娘のキャロル・ウェストと結婚した。

娘が生まれたとき、キャロルから家を留守にすることが多過ぎると訴えられ、出版社の外交販売員を辞めて地元の清涼飲料会社に販売部長として就職した。二年後に部下の副部長が地域統括部長に昇進して上司になったとき、その決定に腹を立てて辞表を叩きつけた。初めてもらうことになった失業手当が底を突くと穀物梱包会社の仕事を得たが、穀物アレルギーがあることがわかり、診断書を書いてもらってそれを証明して、最初のリストラ一時金の小切手を手にした。そのあと、フィリップの〈レディーフィット・キッチン〉に外交販売員として入社したが、会社が買収されてひと月も経たないうちに何の説明もなく辞職した。二度目の失業手当の恩恵にあずかったあと、電子レンジを造っている会社の販売部長になった。ようやく腰を落ち着けたかに見えたが、それも何の前触れもなくリストラの対象になるまでに過ぎなかった。その年の会社の利益が半減したことは事実であり、重役たちはマイケルを整理しなくてはならないことを残念がった——というか、少なくとも社内誌はそう言っていた。

マイケルが四度目のリストラの対象になったときは、さすがのキャロルも困惑を隠せなかった。娘が美術学校への入学を認められたこともあり、今回は一時金で凌ぐのは無理だった。

フィリップは娘の名付け親だった。

「それで、どうするつもりなの？」クラブでの一件を夫から聞かされて、キャロルは不安そうに訊いた。

「できることは一つしかない」マイケルは答えた。「何であれ名誉は守らなくちゃならないからな。あの馬鹿野郎を訴える」

「子供のころからの親友にそういうやり方はあんまりじゃないの？　それに、どのみち裁判をする余裕なんかないわよ」キャロルは言った。「フィリップは大金持ちで、わたしたちは一文無しなんだもの」

「仕方がない」マイケルが言った。「たとえ一切合財を売り飛ばすことになってもやり通すしかないんだ」

「あなたはいいとしても、わたしや娘もあなたと一緒に苦しむことになるのよ？　それでもやるの？」

「裁判費用と慰謝料をあいつに支払わせたら、ぼくたちのだれも苦しむことになんかならないよ」

「でも、あなたが負ける可能性だってあるでしょう」キャロルは反論した。「そうなったら、わたしたちには何もなくなるのよ――いいえ、何もなくなるよりもっと悲惨なことになるわ」

「それはあり得ない」マイケルは言った。「あいつは目撃証人の前で悪口の限りを尽くすという過ちを犯した。今朝、クラブハウスにいたメンバーは五十人を下らなかったに違いないし、そこにはクラブの理事長や現地新聞の編集長も含まれている。あいつが口にしたことを一言でも聞き漏らしているはずがない」

そう言われてもキャロルは納得できなかったが、それからの数日、マイケルの口からフィリップの名前が一度も出てこなかったことにほっとし、夫が理性を取り戻してくれたのではないかと希望的な観測をした。この件は洗いざらい忘れられるのが最善だった。

しかし、〈ヘイズルミア・クロニクル〉がマイケルとフィリップのいざこざについて彼らなりの物語を活字にすることにした。〝ゴルフ・クラブで諍いが勃発〟という見出しの下に、この前の土曜日に起こったことについての記事が慎重に言葉を選んで掲載された。〈ヘイズルミア・クロニクル〉の編集長は、そのときの二人が発した言葉をそのまま載せるわけにはいかないことを重々承知していた。そんなことをしたら、自分が訴えられかねなかった。それでも、あの朝何があったか、読者の興味を百パーセント引きつけるべく十分に仄めかすことに何とか成功していた。

「これで決まりだ」マイケルが記事を三度読み返したあとで言った。もはや何を言っても、何をしても、夫を止めることはできないとキャロルは諦めるしかなかった。

次の月曜、マイケルは地元の事務弁護士のレジナルド・ロマックスに連絡をした。マイケルの同級生でもあり、フィリップの同級生でもあった。マイケルは〈ヘイズルミア・クロニクル〉の記事を手に、そのときに発せられた言葉を何であれそのまま公にするのは無分別だと〈クロニクル〉が感じた会話を、ロマックスに要約して教えた。さらに、あの朝クラブハウスであったことについて自分の立場からの詳しい状況説明をして、自分の主張を裏付けるための四ページからなる手書きのメモを渡した。

ロマックスは慎重にメモを検めた。

「これを書いたのはいつだ？」

「おれたちが出入り禁止になってすぐ、車のなかで書いた」

「それは用意周到だったな」ロマックスが言った。「実に手際がいいじゃないか」そして、半月形の眼鏡の縁越しに、うかがうような目で依頼人を見た。マイケルはそれを無視した。

「もちろんわかっていると思うが、裁判は金のかかる時間潰しだぞ」ロマックスがつづけた。「普通、言葉での中傷による名誉棄損は金がかかる。それに、これほど強力な証拠があっても――」ロマックスが自分の前のメモをつついた。「――負ける可能性がある。言葉での中傷による名誉棄損に関しては、ほかの者が何を憶えているか、あるいはもっと大事なのは、憶えていると認めるかに大半が懸かっているんだ」

「それはよくわかってる」マイケルは言った。「それでも、やると決めたんだ。あの朝のクラブハウスには、おれたちの声が聞こえる範囲に五十人以上いたんだから」

「それなら仕方がないな」ロマックスが言った。「では、当座の経費と裁判準備の着手金として五千ポンドを前払いしてもらいたい」マイケルの顔に初めてためらいが現われた。

「もちろん、それは回収可能だ。もっとも、勝てば、だけどな」

マイケルは小切手帳を取り出して金額を書き込んだ。リストラの一時金の残りで辛うじて間に合うに過ぎないことが頭をかすめた。

次の月曜の午前中、〈ロマックス、デイヴィス・アンド・ロマックス〉によって、フィリップ・マスターズを被告としての言葉による名誉棄損の訴えが正式に提出された。

一週間後、その訴状は同じ町の、実は同じ建物にある別の弁護士事務所で受理された。

クラブでは、ギルモア対マスターズの法廷での戦いについてどちらが正しくどちらが間違っているかの議論が、何週間経っても沈静化しなかった。

メンバーは自分たちが証人として出廷することになる可能性についてこそこそとささやき合った。すでに、〈ロマックス・デイヴィス・アンド・ロマックス〉から書状が届き、あの日の朝、二人の発した言葉について思い出せるなら証言してほしいと要請されている者もいた。憶えていない、あるいは、聞いていないと申し立てるものが大半だったが、そのときの口論を目の当たりにしているかのように生々しく再現する者も何人かいた。マイケルはそれで勢いづき、キャロルは落胆することになった。

一か月ほど経ったある朝、キャロルが銀行へ出勤したあとレジナルド・ロマックスから電話があり、被告側の事務弁護士が〝他の権利に影響を及ぼすことなし〟での協議を要求していることを知らせてきた。

「こっちはあれだけの証拠を持ってるんだ。おまえさんだって、もちろん驚きはしないよな」マイケルは応えた。

「協議するだけだよ」ロマックスが思い出させた。

「協議だろうと協議でなかろうと、十万ポンド以下で手を打つつもりはない」

「いや、向こうがどういう考えでいるかすらまだわからない――」ロマックスが言おうとした。

「おれにはわかる。それに、あの馬鹿野郎のせいで、この三か月近くというもの仕事の面接すら受けられないでいることもわかってるんだ」マイケルは軽蔑の口調で言った。「十万ポンド以下じゃ絶対に駄目だからな、わかったか？」

「この状況を考えれば、きみはいささか楽観的に過ぎるんじゃないかな」ロマックスが言った。「ともあれ、協議が行なわれたらすぐに、向こうがどういう反応をしたかを電話できみに教えるよ」

その日の夜、マイケルはそのいいニュースをキャロルに教えたが、彼女のほうはロマックスと同様に疑わしげだった。その件に関する話し合いを電話の音がさえぎった。マイケルはロマックスの言葉に慎重に耳を傾けた。キャロルが隣りにいた。二万五千ポンドでの和解を望んでいるようで、双方の経費を負担することにすでに同意していた。

キャロルはその提案をありがたく受け容れるとうなずいたが、マイケルは十万ポンド以下では一切同意するなとロマックスに繰り返しただけだった。「わからないのか、これが最終的に裁判になったらどのぐらいの金を自分が払うことになるか、フィリップはもう計算済みなんだ。それに、おれが戦いをやめないこともよくわかってる」

キャロルとロマックスは依然として納得しなかった。「これはきみが認識しているよりはるかに際どい、どっちに傾くかまだわからない戦いなんだ」ロマックスが言った。「高等法院の判事がきみたちの言葉のやりとりを悪意のない冗談に過ぎないと見なす可能性だってある」

「悪意のない冗談だって？　だが、悪意のない冗談のあとにつづいた揉み合いはどうなんだ？」マイケルは言った。

「最初に手を出したのはきみだろう」ロマックスが指摘したあとで付け加えた。「この状況では、二万五千はいい数字だ」

マイケルは譲歩を拒否し、十万ポンドの要求を繰り返すことで会話を打ち切った。

二週間が過ぎて、被告側から早期決着と引き替えに五万ポンドを支払うと申し出があった。マイケルは即座にその申し出を拒否した。「早期決着なんかくそ食らえだ。言っただろう、十万ポンド以下は論外だとな」今回はロマックスも驚かなかった。思慮分別を求めるいかなる申し出にも耳を貸すつもりが依頼人にないことを、さすがにもうわかっていた。

さらに三週間が経ち、その間《かん》に双方の弁護士が何度か電話で話した結果、被告側が十万ポンドを満額支払うことで合意が成立した。ある日の夜、ロマックスはその吉報をあたかも自分の手柄のような口調の電話でマイケルに告げ、必要な書類をすぐに作成すると保証した。そして、ものの数日で合意文書への署名が行なわれた。

「もちろん、きみが負担した経費は全額回収できる」ロマックスは付け加えた。

「当たり前だ」マイケルが応えた。

「これで、あとはきみが声明書に同意するだけですべて完了だ」

短い声明書が作成され、双方が同意して〈ヘイズルミア・クロニクル〉へ送られた。

〈クロニクル〉は次の金曜日の第一面でそれを記事にした。〝ギルモア対マスターズの言葉での中傷による名誉棄損の訴えは、被告側がかなりの額の示談金を支払う条件で和解に至り、その直後に双方の合意をもって取り下げられた。フィリップ・マスターズはあの朝クラブハウスで発した言葉を全面的に撤回し、無条件の謝罪を行なったうえで、二度とその言葉を繰り返さないことを約束した。ミスター・マスターズは原告側の経費を全額負担した〟

同じ日、フィリップは理事長のメイザー大佐に手紙を書き、問題の土曜日は少し飲み過ぎていたかもしれないと認め、思慮を欠いた暴言を口にしたことを悔やんで謝罪し、そういうことは二度と起こさないと保証した。

この結末を悲しんでいるのはキャロルだけのようだった。

「どうしたんだ、ダーリン？」マイケルは訊いた。「勝ったんだぞ。のみならず、ぼくたちの財政問題も解決したんじゃないか」

「それはわかってるけど」キャロルが言った。「十万ポンドと引き替えに無二の親友を失っていいのかしら？」

次の土曜日の朝マイケルが喜んだことに、届いた郵便物のなかにゴルフ・クラブの紋章付きの封筒があった。彼は緊張してその封を開け、そこに入っていた一枚の便箋を抜き出して読んでいった。

親愛なるミスター・ギルモア
先週水曜日の月例理事会において、メイザー大佐が四月十六日土曜日の朝のクラブハウス内での貴殿の振る舞いを議題に取り上げられました。
そして、複数のメンバーからの苦情を議事録に残すこととするものの、今回に関しては当事者双方に厳重注意するに留めると決せられました。将来において同様の事態が生じた場合は、会員資格《メンバーシップ》は自動的に消滅します。

四月十六日にメイザー大佐によって発せられた出入り禁止措置は、本日をもって解除されました。

敬具

ジェレミー・ハワード（事務局長）

「買い物に行ってくるわね」キャロルが階段の下から声をかけた。「あなた、午前中はどうするの？」

「ゴルフを一ラウンドやるつもりだよ」マイケルは手紙を畳みながら答えた。

「いいわね」とキャロルは応じたものの、この先一緒にプレイしてくれる人なんて見つかるんだろうかと訝った。

その土曜日の朝、かなりの数のメンバーが、マイケルとフィリップが一番ホールでティー・アップするのに気がついた。クラブ・キャプテンは大佐に、あの諍いが全員が満足する形で落着したのを目の当たりにできたのは喜ばしいことだと言った。

「私は満足していないぞ」大佐は小声で応じた。「トマトジュースで酔うことはできないからな」

「あの二人、いったいどんな話をしているんでしょうね？」クラブ・キャプテンが張り出し窓越しにフィリップとマイケルを見て言った。二人をもっとしっかり観察すべく、大佐は双眼鏡を目に当てた。

「どうやったら四フィートのパットを外せるんだ、へたくそ?」一番グリーン上でマイケルは言った。「きっと、また酔ってるんだろう」

「おまえもよく知ってのとおり」フィリップが応じた。「おれはディナーまで一口も飲まないんだ。だから、おれがまた酔っているというおまえの申し立ては言葉での中傷による名誉棄損にほかならないと考えるが、どうだろうな」

「そうかもしれんが、証人はどこにいる?」二番ティーへ向かいながらマイケルは言った。

「忘れるなよ、おれには五十人以上の証人がいたんだからな」

二人は声をあげて笑った。

八番ホールまで二人の話題は多岐にわたったが、クラブハウスから一番遠い九番グリーンに着くまで、あの諍いのことは一度も口にしなかった。二人は周囲を見回し、声の届くところにだれもいないことを確かめた。一番近くにいるプレイヤーは二百ヤード後方の八番グリーンでまだパットをしていた。マイケルが自分のキャディバッグから分厚い茶封筒を取り出してフィリップに渡したのはそのときだった。

「ありがとう」フィリップが茶封筒を自分のキャディバッグに入れてパターを取り出し、

パッティングの姿勢を取りながら付け加えた。「今回の作戦は久し振りに完璧だったな」

「最終的におれは四万ポンドを手に入れて」マイケルはにやりと口元を緩めた。「おまえさんはまったく損をしなかったからな」

「それはおれが最高税率で税金を払い、ゆえに正当な事業の経費としての損失だと主張できるからこそ可能だったんだ」フィリップが言った。「かつておまえさんを雇っていなかったらできなかったことでもあるけどな」

「そして、おれは勝った原告として、民事訴訟の慰謝料は非課税だという恩恵にあずかってる」

「いまの大法官でさえ気づかなかった抜け穴だ」フィリップが言った。

「たとえレジナルド・ロマックスの懐に入ったんだとしても、弁護士費用のことは気の毒だったな」マイケルは付け加えた。

「それも問題はないんだ、オールド・フェロウ。あの弁護士費用についても百パーセント、非課税を主張できる。だから、おまえの見立てどおり、おれは一ペニーも失っていないし、おまえは四万ポンドを無税で手に入れたんだ」

「そして、だれにも気づかれることはない」マイケルは高笑いをした。

大佐が双眼鏡を下ろしてケースにしまった。

「今年の理事長杯の勝者を見つけたんですか、大佐?」クラブ・キャプテンは訊いた。

「いや」大佐が答えた。「見つけたのは今年のユース・トーナメントのスポンサーの最有力候補者だよ」

解説　〈クリフトン年代記〉はこう読め

野崎六助

1

〈クリフトン年代記〉は、一九二〇年に幕を開け、一九九二年に閉じられる。二十世紀の過半が物語の背景だ。二度目の世界大戦を経て、そして連続した冷戦状況という名の「平和」が終焉《しゅうえん》するまで――。

二十世紀を縦断する大河ロマン。――こうした試み自体、二十世紀的な「夢」の産物だったという意見もあるだろう。今世紀に入っての、ジェフリー・アーチャー〈クリフトン年代記〉は、一つの挑戦だった。大げさにいえば、「夢」を喪《うしな》いつつある時代への一つのメッセージだったともいえる。

〈クリフトン年代記〉七部作の刊行は、二〇一一年から一六年。当初の、三部作構想が、五部にふくらみ、七部まで達した。作者は、七十代をむかえ、作家的エネルギーをふたたび「噴火」させた。〈クリフトン年代記〉作中の多くの人物は、七十代にさしかかったところで退場していくのだが、逆に、作者のほうは、人物たちの生き血を吸いあげるかのように、ますます精力的に書きつづけた。

2

〈クリフトン年代記〉第一部『時のみぞ知る』は、全編を牽引《けんいん》する三人の主人公の子供時代から語られる。三人とは、ハリー・クリフトン、ジャイルズ・バリントン、エマ・バリントン。三人の関係は、親友同士のハリーとジャイルズ、その妹のエマがハリーと結ばれる、という間柄だ。

三人は、そして、労働者階級（ハリー）と貴族階級（ジャイルズとエマ）との代表として描かれる。二つの家系の対立構図は、全編にわたっているが、とくに、第一部の本書では主要な要素だ。

ハリーは港湾労働者の息子。父親は戦争（第一次世界大戦）で死んだと教えられてきた。しかし、自分は一九二〇年生まれだから、辻褄が合わない。では、実の父親は誰なのか――。そこでバリントン家の不肖の息子（ジャイルズの父）の名前があがってくる。そして、その真実の当否によっては、ハリーがバリントン家（貴族階級にして英国有数の海運業の当主）の跡継ぎになる可能性まである。

こうしてハリーを翻弄するのは、二つの複合した謎だ。――父親の死（失踪か、他殺か）と、その父親が実の父なのかどうか。ちなみにいえば、謎がすべて解かれるのは、第七部の終わり近くとなる。

3

よくいわれることだが、人類の歴史は、必然と偶然との気まぐれなモザイク模様を呈する。二十世紀の二度の世界大戦のような惨禍にたいして、とりわけそうした異見は多い。小説家が歴史を描く場合、偶然の因子からドラマを組み立てていくことが一般だ。必然の糸を手繰り寄せていく作業は歴史家の仕事だろう。〈クリフトン年代記〉全編を貫くのは、偶然の連鎖といっても過言ではない。その連鎖が人間を創る（あるいは破滅させる）。

過ぎ去った二十世紀という過酷な坩堝《るつぼ》に放りこまれ、攪拌《こうはん》され、悠々たる年代記のかたちでアウトプットされてくる物語。基本的に、アーチャーは面白いストーリーをつむぎ出すことに徹している。時には「面白すぎる」ことも辞さず語りつづける。

複数のプロットが同時進行し、互いに絡みあったり、あるいは、別個の話のように併行しながら、とにかく前へ前へとすすむ。くわえて、第一部ではべつの語り口も駆使される。視点人物が切り替わって、時系列が少し巻きもどされ、或《あ》る事件が異なる観点から描かれるわけだ。登山電車のスイッチバック走法のようで、読者は深く納得する。

手慣れた連続ドラマの手法だ。一話完結。しかし、終わりは終わりでなく、次回に続くかたちで、巧妙に打ちきられるのだ。本作でいえば、二十歳のハリーがニューヨークに上陸したところで終わる（ここまで到る怒涛《どとう》のストーリーの果てに！）。そして、ただちに、彼は殺人容疑で逮捕される。

――つづく第二部に手を出さずに済ませる読者は少ないにちがいない。

4

こうして第二部『死もまた我等なり』（一九三九年から四五年）は、アメリカの刑務所からはじまる。アーチャーは「天国と地獄」の両極を体験してきた作家であり、その経歴からして「塀のなかの人びと」を描くのも得意分野なのだが、米国の監獄にかんしては想像力の助けを借りたのだろう。

以下、全編の概要を簡単に記しておく――

第三部『裁きの鐘は』　一九四五年から五七年。第二部で、ハリーとジャイルズとは、それぞれ戦争英雄として活躍する。それを受けた戦後世界。ハリーは作家への途、ジャイルズは政治家への途に転身する。ハリーとエマとの幸福で永い関係は、幾多の試練にさらされる。一方のジャイルズは「女難」の長い煉獄《れんごく》を、最初の妻レディ・ヴァージニア（レディV）と開始。ハリーとエマの息子セバスティアンが十七歳となり、アルゼンチン・マフィアのドン・ペドロとのトラブルに巻きこまれる。

第四部『追風に帆を上げよ』　一九五七年から六四年。ナチスの逃亡者を部下にしたドン・ペドロはアイルランドのテロリストと結託して、悪逆な攻撃を仕掛けてくる。エマはバリントン家の海運業の実権者となり、大型観光客船の巡航に社の未来を賭けるが……。

第五部『剣より強し』一九六四年から七〇年。ハリーはソ連の反体制作家の支援に関わり、ジャイルズは東ドイツで新たな「女難」に襲われることになる。一方で、レディVが、クリフトン＝バリントン連合への強力非情な敵役として前面に出てくる。

第六部『機は熟せり』一九七〇年から七八年。ハリーによる「人権活動」は実をむすぶが、ジャイルズと東独からの亡命女性との関係はのっぴきならない窮地に。レディVは不屈の闘志をもって彼らへの攻撃をやめない。一方で、サッチャー元首相が「登場人物として」押しだされる。

第七部『永遠に残るは』一九七八年から九二年。ベルリンの壁崩壊の目撃証言が、後半におかれる。三人の運命の転変は、それぞれ収まるべきところに収まる。ハリーはベストセラー作家として頂点をきわめ（作者の自画像のように）、ジャイルズは三度目の結婚にまつわる難題を克服し、エマは祖父から継いだ海運業のみでなく、サッチャーの政治的盟友の位置にのぼる。

——時が彼らを解き放った。

5

ここに描かれるのは、まとめていえば、善と悪の闘い。悪が攻撃し、善が迎え撃つ。この明快な構図。善の側の人物がしばしば口にするように「最終的な勝利こそ肝腎なこと」

だ。英国人たる作者は、ワーテルローの戦いを引き合いに出すが、間違ってもナポレオンの名言なんかには目もくれない。「イギリスを偉大に」は、アーチャー年代記の隠れたキーワードだ。

善と悪との闘いには、べつの、もっと本質的な対立が秘められている。男の闘い、女の闘い、その二種である。ハリーとジャイルズと因縁をもつ人物で、フィッシャー少佐がいる。第一部に悪役として登場し、第二部のアフリカ戦線の場面でもしっかり「活躍」するし、第五部で退場するまでは要所で悪玉の役目を果たしている。しかしながら、作者の「愛情」に充分めぐまれた人物とはいいがたく、したがって、読者からの共感度もごく低いだろう。

やはり全編つうじての悪のナンバー・ワンは、レディVをおいて他にはいない。結果的に、つまり〈クリフトン年代記〉は、女の闘いの物語なのである。

ここで、読者には、本書の最初のページに、いま一度、注目してもらいたい。プレリュードの最初の一行である。《わたしが妊娠しなかったら、この物語が書かれることはなかっただろう》と。なんだ、ヒロインの独り言ではじまるロマンスか、と早合点してはいけない。ここから始まるのは、歴史の偶然が織りなす物語なのだ、しかも主役は女性だ、と作者がおごそかに宣言しているわけだ。

この女性メイジー（ハリーの母親）は出番は少なく、むしろ後景に退いている人物だ。

もう一人、後景にいるのはエリザベス（エマの母親）――五一歳で死ぬ。彼女の遺言状がひらかれる第三部の前半。これが、以降のレディVの大車輪の悪玉ぶりを決定的にする大仕掛けなのである。尊大な貴族の娘なのに、バリントンのファミリーに入ることを邪魔される。彼女の動機はこの一点のみとはいえ、敵対の闘志は圧倒的かつ永続的につづく。彼女の敵意は、流れからしてエマ個人に向かう。第五部後半の、名誉毀損を争う法廷場面がその頂点だ。以降、マーガレット・サッチャーがエマの絶大なサポート役として現われると、レディVの位置もたんなる悪玉以上に輝いてくるから不思議だ。

6

〈クリフトン年代記〉の終了後、中休みもほどほどに、ご承知のとおり、アーチャーは新シリーズに挑んでいる。

①『レンブラントをとり返せ　ロンドン警視庁美術骨董捜査班』（二〇一九）
②『まだ見ぬ敵はそこにいる　ロンドン警視庁麻薬取締独立捜査班』（二〇二〇）
③『悪しき正義をつかまえろ　ロンドン警視庁内務監察特別捜査班』（二〇二一）
④『運命の時計が回るとき　ロンドン警視庁未解決殺人事件特別捜査班』（二〇二一）
⑤『狙われた英国の薔薇　ロンドン警視庁王室警護本部』（二〇二二）

このシリーズの基本は、サブタイトルに明らかなように、一作ずつ専任部署が異なること、そして、ヒーローが組織内で着実に出世していくこと、である。警察小説というと、組織からはぐれた日陰者タフガイが好まれ、イギリスものも例外ではないのだが、アーチャーの主人公は「最初からトップに成ること」を約束された人物だ。

〈クリフトン年代記〉の読者にはいうまでもないことながら、主人公ウィリアム・ウォーウィック警部（役職は最新作のもの）は、年代記中のハリーが執筆しつづけ、ベストセラーの上位を勝ち取る小説作品ヒーローの名だ。年代記からの純スピンアウト作品が新シリーズなのである。〈クリフトン年代記〉第二部以降の各篇においてたびたび言及されるウォーウィックのストーリーと、後年に実現した作品内容とは、当然ながら一致してはいない。作者は年代記に全力をそそぎつつ、同時に、別作品の構想をやめられなかった。その「作家魂」の猛烈さを想像するのは愉《たの》しい。

年代記の後半、登場人物たちにいくらかの疲労がみえる（?）あいま、「ウォーウィックならこう捜査する」といった蔭《かげ》のセリフが吐かれる場面がいくつかある。ウォーウィックはすでに、多くの登場人物たちの一角にすわっているかのようだ。

7

年代記というフォーマットに沿いながら、作者は、ミステリ作家としての「血が騒ぐ」ことを抑えられなくなったのではないか。第五部・第六部の主要パーツとなる旧ソ連・旧東独にかかわるストーリー。これは、新人作家（ジョン・ル・カレのこと）の書いた『寒い国から帰ってきたスパイ』が、ハリーに与えた刺激による。しかし、ル・カレの描く世界が自分のものとは異なることを、アーチャーが知らなかったはずはない（このあたり、作家自身と分身ハリーとの使い分けが微妙なのだ）。第五部・第六部の処理は、年代記の流れにおさめてある。ミステリは封印した。

アーチャーのデビュー作は『百万ドルをとり返せ！』（一九七六）。このコンゲーム・ミステリを、いまだに彼の代表作とする評価もある。いや、作者がハリー・クリフトンの口からいわせているように、「最高作はいつも、最新作なのだ」。年代記を書き終え、彼は自らの封印を解いた。久しく離れていた「本拠地」にもどるかのように、警察ミステリに向かった。ベスト作としての最新作を不断に贈りとどけるために――。

そして、アーチャーは八十代にさしかかった。ウォーウィックの宿敵の詐欺師も健在、危ない相棒も登場し、最新シリーズへの期待はやまない。

なお、新装版の各巻には、プラス短編一篇の特別ボーナスがつく。本巻には『十二の意外な結末』から一篇。続巻には『プリズン・ストーリーズ』などから。年代記ロマンとは一味ちがうキレのいい逸品である。読者は、アーチャーの別面の才筆を、デザートのように愉しめることだろう。

＊本書は二〇一三年五月に新潮社より刊行された
『時のみぞ知る』を再編集したものです。

訳者紹介　戸田裕之

1954年島根県生まれ。早稲田大学卒業後、編集者を経て翻訳家に。おもな訳書にアーチャー『狙われた英国の薔薇 ロンドン警視庁王室警護本部』をはじめとする〈ウィリアム・ウォーウィック〉シリーズ、『遥かなる未踏峰』『ロスノフスキ家の娘』(以上、ハーパーBOOKS)、アーチャー『運命のコイン』(新潮社)、フォレット『光の鎧』(扶桑社)など。

ハーパーBOOKS

時《とき》のみぞ知《し》る クリフトン年代《ねんだい》記《き》 第《だい》1部《ぶ》

2025年1月25日発行　第1刷

著　者　ジェフリー・アーチャー
訳　者　戸《と》田《だ》裕之《ひろゆき》
発行人　鈴木幸辰
発行所　株式会社ハーパーコリンズ・ジャパン
東京都千代田区大手町1-5-1
04-2951-2000 (注文)
0570-008091 (読者サービス係)
印刷・製本　中央精版印刷株式会社

Printed in Japan
ISBN978-4-596-72221-8

ハーパーBOOKS